한 권으로 독파하는 초한지

큰글

초한지

중국대륙의 패권을 겨룬

영웅호걸들의 이야기

대한고전문화연구회 편저

법문 북스

머리말

옛날부터 힘이 뛰어나게 센 사람을 말할 때 '힘이 항우項羽 같다!' 또는 '힘이 역발산力拔山이다.'라고 비유했다.

지금으로부터 2천여 년 전 초楚나라와 한漢나라의 결전決戰에서 패한 항우項羽의 초인적인 힘을 우리나라에서는 힘이 센 사람의 대명사로 불러왔던 것이다.

《사기史記》에 의하면 항우의 힘은 매우 출중했던 모양이다. 그것은 다음과 같은 항우 자신의 시詩를 보아도 알 수 있다.

"힘은 산을 뽑고, ……(본문에 소개)"

이 처절한 내용을 가진 시를 보면 항우는, 본인도 자기의 힘이 뛰어나게 세다는 것을 알고 있었던 모양이다.

그러나 이처럼 힘이 세고 무예에 뛰어났음은 물론 전통 있는 장군의 후예로서 유리한 조건을 고루 갖추었던 젊은 항우는, 자기보다 20여 세나 나이가 많고 모든 면에서 열세劣勢였던 유방에게 결국 패하고 말았다.

유방은 항우에 비해서 보잘것없는 사람이었다. 항우가 명문 호족의 후예인 데 비하여 유방은 한낱 이름 없는 가난한 농민의 아들이었다. 항우가 삼촌인 항량項梁과 항백項伯의 도움을 받아 무장으로 자란 반면, 유방은 집이 가난하여 무예 공부는 고사하고 제대로 먹지도 못 하는 어린 시절을 보냈다.

진秦나라에 반기를 들 때도 항우는 숙부 항량 밑에서 화려하게 중용되어 수많은 군대를 거느리고 있었지만, 유방은 패현沛縣의 최말단 천직 관리賤職官吏로 있다가 도망하여 수하에 불과 백여 명의 부하를 거느린 군도群盜의 두목에 불과했다.

중국 역사상 가난한 평민 출신으로서 제왕帝王의 자리에 오른 것은 이 한고조寒苦鳥 유방과 명明나라 태조 주원장朱元璋뿐이었다.

그러면 유방은 어떻게 해서 천하를 평정했는가, 어떤 방법으로 그 막강하고 우세한 강적强敵 항우를 물리치고 한제국寒帝國을 세울 수 있었는가. 가문도 보잘것없고, 돈도 없고, 학덕과 지식도 부족했던 유방이 어떻게 부랑서민浮浪庶民에서 중국 최대 제국의 황제皇帝 자리에 오를 수 있었는가.

그것은 한 마디로 말해서 강유剛柔를 적절히 구사한 그의 성품에서 우러나오는 지휘관으로서의 장점과 특출한 참모 용병술參謀用兵術 때문이라고 알려져 있다.

항우가 어릴 때부터 자기 고집대로 자라온 직선적이고 정열적이며, 독단적이고 유아독존적唯我獨尊的인 장수였던 데 비하여, 유방은 어려서부터 하층인생下層人生을 살아왔기 때문에 매사에 정중하고 남의 말에 귀를 잘 기울이는 신중한 성품이었다.

이와 같은 유방이었기에 유능한 참모들이 많이 모여들었다. 더구나 모여드는 참모들을 유방은 유용하게 기용하여 재능을 발휘할 수 있게 해 주었다.특히 수많은 전쟁에서 위기를 극복해 주고, 항우를 멸망시키는 데 결정적인 역할을 분담해 준 장량張良, 한신韓信, 소하蕭河가 바로 유방의 일급 참모자들로서 그를 뒷받침해 주었다.

이에 비하여 항우는 참모들의 말을 듣지 않는 유아독존형이었다. 그의 독선적인 성품은 한신의 능력을 알아보지 못하고 냉대함으로써 유방에게로 도망가게 하는 실수를 범했다.

그리고 범증范增과 같은 유능한 참모를 죽이는 중대한 과오를 범함으로써 결국 패망의 길을 재촉하고 만다.

그러므로 유방과 항우의 대결은 참모들을 거느린 일종의 팀플레이에 의하여 판가름이 난 싸움이라고 할 수 있다.

항우는 조직력組織力을 전혀 발휘하지 못했다. 그

러나 항우가 유능한 군사軍師 범증 한 사람도 잘 이용하지 못한 데 비하여 유방은 정치 막료 소하, 작전 참모 장량, 천재적인 무장 한신, 선봉대장 번쾌 등 수많은 인재를 막하에 두고 절묘한 팀플레이를 연출했다.

참모들을 경쟁시키고, 서로 이해하게 하면서 하나의 목적을 위해서 종횡으로 서로 협조하게 할 수 있었던 유방의 팀플레이 연출술演出術이야말로 그에게 영광을 가져다 준 가장 큰 이유라고 볼 수 있다.

유방의 절묘한 팀플레이 연출술은 현대 사회의 조직 운영에서도 귀중한 교훈이 될 수 있을 것이다. 완벽한 팀플레이야 말로 현대 사회가 추구하는 이상이기 때문이다.

유방이 진秦에 이어 중국 대륙을 재통일하여 오늘날의 중국판도中國版圖와 비슷한 한漢나라를 세워 4백여 년이나 존속할 수 있게 한 것은 중국 역사상 특별한 의미를 갖는다.

한漢 이전에 중국 대륙을 처음으로 통일한 사람은 진왕秦王 정政이었다. 그는 이 위업을 완수한 뒤 시황제始皇帝라 칭하고, 엄격한 법치주의法治主義에 의한 중앙 집권제도를 강행했다. 그러나 불과 15년 만에 진왕 3세三世가 패공沛公 유방에게 항복함으로써 멸망하고 만다.

여기서 잠시 그 시대의 상황을 간단히 살펴보기로 한다.

중국 역사에서 〈삼대三代〉로 알려진 하夏, 은殷, 주周 시대는 요순堯舜시대라는 신화시대神話時代의 다음에 온 세습왕조시대世襲王朝時代였다. 그러나 이 〈삼대〉가 실제로 지배했던 곳은 주로 황화黃河의 중류 지역을 중심으로 한 한정된 지역뿐이었다.

그 다음에 온 춘추전국 시대春秋戰國時代에 전국 칠웅戰國七雄이 지배한 지역도 현재 중국 인구가 밀집되어 있는 지역과 거의 비슷했다. 이 때는 제후들이 명목상 주왕조周王朝에 충성을 약속하고 있었지만 실제로는 이들 하나하나가 완전한 권력을 행사하고 세습하는 독립된 국가였다.

이 5백 년 가까이 계속된 춘추전국 시대의 군웅群雄들이 진秦에 의하여 통일되지 않았다면 중국은 오늘날과 같은 거대한 단일국가單一國家가 되지 못하고, 현재의 유럽처럼 많은 나라로 나뉘어 정착되었을지도 모른다고 말하는 역사학자들도 있다. 따라서 현재와 같은 거대한 중국은 진에 의하여 처음으로 탄생했고, 한漢에 의하여 그 초석이 굳게 다져졌다고 보아야 할 것이다.

여담이지만 진秦이라는 글자의 발음은 Chin이다. 현재도 인도나 페르시아어로는 중국을 Chin이라고 부른다. 따라서 영어의 China 역시 Chin에서 온 말이라는 것을 부정할 수 없다. 그만큼 진의 통일은 그들 스스로 천하 통일天下統一이라고 말할 만큼, 이웃 나라에까지 이 거대국가巨大國家의 탄생이 전달되어 평가되었던 모양이다.

이 역사적인 거대국가 진나라는 불과 15년 만에 패현沛縣의 최말단 하층의 관리였던 유방劉邦에게 항복을 하고 말았다. 그리고 진황 3세秦皇三世의 항복을 받은 지 5년 만에 유방은 한漢의 황제가 되어 진의 판도와 비슷한 거대한 제국을 건설했다.

5백 년 가까이 군웅이 할거하던 중국을 통일하여 거대한 제국을 건설한 진은 왜 이처럼 단명短命했을까. 역사학자들은 그 원인을 여러 가지로 말한다. 그 공통된 몇 가지 의견을 간추리면 다음과 같다.

첫째. 만리장성 축성과 여산廬山의 시황제 능묘 축성, 아방궁 건설과 시황제의 전국 순행을 위한 토목공사 등 대토목공사大土木工事를 강행하기 위하여 재정이 낭비되고, 그만큼 백성들로부터 세금과 노역을 강요했다는 점.

둘째, 한비자韓非子를 이은, 재상 이사李斯의 강력한 법치주의法治主義 강행, 그리고 중앙집권적인 권력 구조에서 오는 강권정치强權政治로 백성들이 진에게 등을 돌렸다는 점.

셋째, 내시內侍 조고趙高의 전횡과 그를 중심으로 한 내시정치로 정치가 공평하고 올바르게 운용되지 못했다는 점 등을 들 수 있다.

진시황이 강력한 통일국가를 지향하기 위하여, 제후를 봉하여 세습적으로 지방을 다스리게 하던 오랜 전통을 깨고 중앙집권적인 지방장관의 임명제를 채택한 것은 혁명적인 새 제도의 도입이었다. 그러나 융통성 없는 엄격하고 철저한 법치주의는 수많은 선량한 국민을 제도적인 죄인으로 만들었다. 그리고 무고한 사람들이 벌을 받고 죽어갔다.

예나 지금이나 〈법 만능法萬能〉의 사회는 경직되고 메마르기 마련이며, 국민의 자발적인 호응을 얻기 어려운 것이다.

그 예로 최초로 진에 반기를 든 진승陳勝의 경우가 있다. 진승은 말장末將 정도의 지위에 있는 사람이었다. 그는 변방에서 근무할 병사를 인솔하고 현지로 가던 도중 큰비를 만나 지정된 날짜까지 목적지에 도착하지 못하게 되었다. 지정된 날까지 도착하지 않으면 당시의 군법으로는 이유 여하를 막론하고 무조건 사형에 처하게 되어 있었다.

진승은 이제 죽은 목숨이 되었다. 그래서 그는 한 번 죽을 목숨이라면 남자답게 큰 일을 해 보자는 결심을 하고 인솔하던 군졸들을 선동하여 반란을 일으켰다.

유방 역시 진승과 비슷한 처지에서 진에 반기를 들었다.

5백 년 동안 군웅할거로 싸움이 끊일 날이 없었던 넓은 땅을 다스리기 위해서는 엄격한 법의 행사와 냉엄한 형벌제도가 필요했는지도 모른다. 그러나 이 냉엄한 형벌제도 때문에 유방과 진승은 각각

명분 없는 진의 죄인이 되었고, 무서운 형벌로부터
자신을 보호하기 위해 반기를 들게 되었던 것이다.

차례

제1장 초한 춘추의 전야

진시황제(秦始皇帝)

중국의 역사가 시작되고서부터 2천 년 동안 진(秦)나라의 왕(王) 정(政) 만큼 강한 패왕은 없었다. 그는 군웅들이 할거하는 춘추전국 시대의 봉건 제후들을 불과 10년 동안에 모두 멸망시키고 광대한 중국의 전 국토를 정복한 뒤에 스스로 시황제(始皇帝)라고 칭했다.

그리고는 절대적인 권력을 휘두르며 그 때까지 유례가 없었던 여러 가지 사업을 이루었다. 당시에 3십만 명이나 되는 백성들을 혹사시켜서 만들어 낸 만리장성이 그것이며, 2천 명의 미녀들을 후궁으로 하여 세운 아방궁이 그것이며, 시황제 자신이 죽은 후를 위해서 만든 여산의 거대한 능묘가 그것이고, 절대적인 중앙 집권체제를 지키기 위해 수도 함양에서 중국 전토에 뻗어지게 만든 군용도로가 그것이었다.

시황제는 수천 명이나 되는 장졸들의 호위를 받으며 그 길을 통해 순행길에 나서고는 했다.

그러나 그것만으로는 시황제의 직성이 풀리지 않았다. 손아귀에 넣은 천하를 영원히 보존하려면 모든 백성들의 입을 틀어막고, 눈으로는 자기만 보게 하고, 귀로는 자기의 호령만 듣게 해야겠다고 생각했다.

그는 승상 이사(李斯)를 불러들여서 말했다.

"짐이 생각하는 것이 바로 천하의 법일 것이오. 그런데 이른바 선비라는 놈들이 감히 정사를 논하고 시비와 곡직(曲直:사리의 옳음과 그름)을 따지므로 백성들의 마음이 흔들리고 있으니 그것을 엄금토록 해야 할 것이오."

이사가 대답했다.

"지당한 분부시옵니다. 먼저 〈시경(詩經)〉·〈서경(書經)〉·〈제자백가(諸子百家)〉의 책들은 모두 불사르게 하시고, 유생들 수십 명을 본보기로 죽여서 그 시체를 저잣거리에 내다 놓는 기시형(棄屍刑:사람들이 많이 모이는 곳에서 죄인의 목을 베어 그 시체를 길거리에 버리는 형벌)에 처하게 하시옵소서. 그리고 책을 끼고 다니는 자는 허리를 끊고, 두 사람 이상이 모여서 시국을 논하는 자들은 목을 자르고, 불평을 말하는 자는 혀를 잘라 버리게 하시옵소서."

"그대의 말이 옳다."

시황제는 즉시 그것을 법령으로 포고했다.

이것은 진시황 34년에 있었던 일로서 의약과 복서(卜筮:길흉을 점치는 것)와 농사에 관한 것을 제외한 천하의 서책들은 모두 거두어져 불태워졌고, 본보기로 끌려온 20여 명의 선비들이 기시형에 처해졌다.

그러자 이듬해인 진시왕 35년에 노생(盧生)과 후생(候生) 등의 유생들이 가혹한 학정을 비방하고는 달아났다. 시황제는 크게 노해 엄명을 내렸다.

  "짐을 비방하는 학자와 유생들을 모두 잡아들여라."

  그리하여 잡혀서 끌려온 4백 6십여 명의 학자와 유생들을 모두 한 구덩이 속에 생매장해 버렸으니, 앞서서 서책을 불사른 분서(焚書)와 유생들을 묻어 버린 갱유(坑儒)를 두고 「분서갱유」라고 일컫게 되었다.

  이처럼 가혹한 형벌과 학문을 말살시키는 것을 보다 못한 태자 부소(扶蘇)가 시황제 앞에 나아가 아뢰었다.

  "폐하께서 지금 시서(詩書)를 불태우게 하시고 유생들을 생매장시키는 것은 천하를 그르치게 하는 처사이오니 가혹한 법을 폐하도록 하소서."

  태자의 말은 옳고 태도는 의연했다. 하지만 시황제는 두 눈을 부릅뜨면서 꾸짖었다.

  "네가 감히 짐의 뜻을 거스르려고 하다니, 너도 공자의 법을 따르는 자냐?"

  "저는 공자의 법이 아니오라, 천하를 편안하게 만드는 법을 따를 뿐이옵니다."

  "아니, 뭐라고?"

  크게 노한 시황제는 이사를 돌아보며,

  "승상, 태자를 함양궁에 둘 수 없으니 몽렴(蒙恬)

장군의 군감(軍監)이 되어 북방의 상군(上郡)으로 가게 하오."라고 말하고는 벌떡 일어나 안으로 들어가 버렸다.

그 후로 만리장성을 쌓는 일도 순조롭게 잘 진행되고 아방궁도 공사에 착수했으며, 동해를 메워 육지를 늘리는 공사도 한창 진행되었다.

그런데 이상했다. 그의 마음은 유쾌하지 못하고 머리 속은 항상 복잡하기만 했다. 그는 생각해 보았다. '까닭이 무엇일까?' 그 문제의 답은 어렵지 않게 나왔다. 그것은 바로 태자 부소가 했던 말 때문이었다.

"천하를 편하게 하는 법을 따를 뿐입니다."

철없는 놈의 발칙한 망발이라고 치부하는데도 이상하게 그 말이 항상 귓가에서 맴돌고 있었다.

'그래, 함양군을 떠나 천하를 순행(巡行)하면서 심기를 일전토록 하는 것이 좋을 것 같다.'

한 번 마음먹으면 즉시 실행으로 옮기는 것이 시황제의 성미였다. 그는 즉시 이사를 불러 명했다.

"순행할 준비를 서둘러 주시오."

시황제가 타고 다니는 수레는 지난 해의 두 번째 순행까지만 해도 부거(副車)를 한 대만 사용했는데 이번에는 네 대를 더 사용하도록 했다.

시황제는 드디어 꽃이 지고 잎이 무성해지는 늦은 봄에 궁을 나섰다. 때마침 산동 지방에서는 몇 해 동안 계속된 흉년으로 인해 백성들이 굶주림에 시달리고 있었다. 그들은 초근 목피(草根木皮)로 하루하루를 연명하는데, 시황제의 행차는 하루에 수만 금이나 되는 경비를 쓰니 원성이 높았고 민심도 흉흉했다.

하지만 시황제는 아랑곳하지 않았다. 장사들 3백 명으로 편성된 어림군이 전후와 좌우에서 엄중히 호위하는 가운데 황포(黃布)로 지붕을 덮은 화려한 수레 다섯 채가 일렬로 앞을 향해 나아갔다.

그 중의 네 채는 빈 수레들이었다. 시황제는 세 번째 수레에 타고 있었고, 말에 탄 승상 이사와 장군 왕전은 수레의 뒤를 따랐다.

시황제의 행렬은 함곡관을 넘어 섬서 땅을 지나갔으며, 이윽고 하남(河南)의 양무현을 향해 나아갔다.

실패한 거사(擧事)

17년 전까지만 해도 하남은 한(韓)나라 땅이었다. 그 곳에 있는 천산(淺山)이라는 작은 마을의 어느 주막에 동네 노인들 대여섯 명이 모여 앉아 소리없이 떨어지는 낙화(落花)를 보며 술잔을 기울이고 있었다.

"허어. 세월은 흐르는 물과 같다더니, 과연 봄이 온 것이 어제 같은데 어느 새 초여름이로군!"

그 중의 한 노인이 탄식하듯이 중얼거리자 또 한 노인이,

　"글쎄 말이야. 홍안의 미소년이던 것이 어제 같은데 백발노인이 웬 말인가."

하고 말하더니 스스로 술을 따라서 단번에 마셨다. 그러자 다른 노인이,

　"그런 탄식의 말은 내 마음에 들지 않네 그려. 이처럼 어려운 세상에서 살면서 어찌 그런 음풍영월만 읊조리고 있단 말이오."

하고 의미 있는 말을 했다.

　"어허, 이제 보니 이 사람 큰일 낼 사람이로군. 자네는 헛소리를 하면 기시(棄市)형에 처해진다는 말도 듣지 못 했나. 쓸데없는 말을 하면 잡혀 가서 죽게 된다네."

　맨 처음에 말했던 노인이 겁먹은 얼굴이 되어 바라보자 그 노인은,

　"허어, 그렇게 들었소?"

하고 대꾸하더니 입을 다물었다. 좌중은 잠시 침묵 속으로 빠져들었다.

　그 때, 구석자리에 앉아 노인들의 말을 듣고만 있던 젊은이 하나가 얼굴을 돌렸다. 얼굴은 관옥 같고 두 눈은 호수처럼 깊고 맑았는데. 그가 불쑥 입을 열어 말했다.

　"노인들께서 말씀을 아끼시니 후생(後生)이 몇 말씀 드리고자 합니다. 지금의 세월은 한 마디로 말

해서 강폭 무도한 세월입니다. 사내는 농사를 지을 수 없고 여인은 길쌈을 하지 못하고 있습니다. 가족들이 흩어져 제 할 일을 못 하고 있는 것은 북에서는 만리장성을 축조하고, 남에서는 오령을 축조하며 동해를 메우는 일방으로 아방궁을 짓고 있기 때문입니다. 어디 그뿐입니까, 시서를 불사르고 죄 없는 선비들을 마구 잡아서 죽이니 이것이 강폭 무도한 세월이 아니고 무엇이겠습니까…"

젊은이의 말이 여기에 이르자 "세월이 흐르는 물과 같다"면서 한탄하던 노인이,

"나는 먼저 가겠네. 공연히 함께 끌려가서 죽기는 싫으이."

하며 자리에서 일어났다. 그러자 다른 노인들도 자리에서 일어나,

"여보게, 같이 가세."

하면서 뒤따라 나갔다. 그들이 작별 인사도 채 나누지 못 하고 헤어지는 것을 바라보면서 젊은이가 쓴웃음을 지으며 탄식했다.

"시황제의 광포함이 이 지경에까지 이르렀으니 정말로 답답한 일이로다."

바로 그 때, 젊은이에게 말을 거는 사람이 있었다.

"저어, 귀공께서는 혹시 멀리 사람을 보내 저를 이 곳까지 찾아오도록 하신 장 선생이 아니신지요?"

젊은이가 돌아보니 8척 장신에 상모가 당당한 한 장사(壯士)가 그를 바라보고 있었다.

"장사께서는 어디서 오셨습니까?"

젊은이가 긴장된 얼굴로 물었다.

"저는 동방 만리 창해군(蒼海郡)에서 왔습니다."

장사가 대답하자 젊은이는 목소리를 낮추면서 말했다.

"저의 성은 장(張)이고 이름은 량(良)이며, 자는 자방(子房)이라고 합니다. 여기는 이목이 번거롭게 많으니 저쪽으로 가시지요."

앞장서서 주막에서 나온 장량은 근처에 있는 언덕의 잔디밭으로 갔다. 그리고는 공손한 어조로 장사에게 말했다.

"제가 심복 동지를 창해군으로 보내면서 천하의 의인(義人)을 구해 보라고 말한 지 어느덧 3년이 되었습니다. 장사의 존함은 무엇인지요?"

"저의 성은 여(黎)이고 이름은 홍(洪)인데, 창해 바닷가에 살고 있기에 사람들이 창해공(蒼海公)이라고 불러 줍니다. 장사라고 불릴 만한 힘을 가지고 있다고 생각하지는 않지만 일백 근짜리 철퇴는 능히 마음대로 쓸 수 있기에 천하의 대의를 위해 이 한 몸을 바치고자 하던 중에, 작년에 장 선생께서 보내신 고 씨(高氏)를 만나 말씀을 듣고 이 곳으로 오게 되었습니다."

그의 말 속에는 결연한 의지가 담겨져 있었다.

"먼 길에 고생이 많으셨습니다. 동방의 창해군은 역사가 깊은 단군 조선의 땅이라 의인 장사들이 많다기에 고 씨를 보냈던 것입니다. 한데, 고 씨는 어디로 갔으며 존형은 언제 이 곳에 오셨는지요?"

"어제 고 씨와 함께 의양(宜陽)에 있는 선생 댁으로 갔으나 선생은 안 계시고, 고 씨는 병환이 생겨 한 걸음도 옮기기가 곤란할 정도였습니다. 그래서 댁으로 가서 쉬시게 하고 저 혼자서 선생의 행방을 찾아 여기까지 오게 되었습니다."

"오, 그러셨군요."

"조금 전에 하도 시장해서 주막에 들러 요기를 하고 있었는데, 시황제의 강폭하고 무도함을 당당하게 설파하는 선생의 용모와 거동이 비범한 것을 보고 혹시나 해서 여쭈어 보았던 것입니다. 다행히 이렇게 쉽게 만나뵙게 되어 기쁘기 짝이 없습니다. 하하하…"

장사는 말을 마치면서 큰 소리로 웃었다. 장량도 따라서 웃다가 얼굴색을 고치면서 말했다.

"진나라 왕이 지금 천하를 아우르며 스스로 시황제라고 칭하고 있지만 그것은 잠시 약탈했을 뿐, 천하의 뜻있는 자들은 모두 시황제에게 복수하고자 절치부심하고 있습니다. 이러한 때 창해공께서 한 번 힘을 쓰시어 시황제를 제거하신다면 육국의 백성들은 창해공의 덕을 우러러 사모할 것이고 창해공의 이름은 청사에 길이 빛날 것입니다. 만일 창해공에게 불행한 일이 생긴다면, 창해공의 댁으로 천금을 보내 후고의 염려가 없도록 해 드릴 것입니다."

"저는 후고에 대해서 염려하지 않고 천금을 바라지도 않습니다. 오직 천하의 대의를 위해 무도한 자를 제거해 버리고자 할 뿐입니다."

듣고 난 장량은 일어나서 두 번 절한 뒤에 말했다.

"창해공의 의기는 하늘을 찌르고도 남음이 있소이다."

장량이 감격하여 눈물을 글썽이자, 장사는 황망히 일어나 마주 절하면서 말했다.

"이 모두가 대의를 위해서 하는 일이니, 선생께서는 너무 비감해지지 마십시오."

뜻있는 지사와 의기 있는 장사였기에 두 사람은 몇 마디 말을 나누지 않고도 쉽사리 의기 투합했다. 장량은 여홍을 이끌고 객줏집으로 찾아가 편히 쉬게 한 뒤에 말했다.

"불편하시더라도 여기서 쉬고 계십시오. 이번에 시황제가 동순(東巡)하는 길이 마침 이 곳 하남 땅이니 지금 어디까지 와 있는지 제가 염탐해 보고 오겠습니다."

"예."

장량은 다음 날 이른 아침에 객줏집으로 돌아왔다. 여홍은 조금도 흐트러짐이 없는 단정한 자세로

방 안에 앉아 그를 기다리고 있었다.

"시황제는 내일 정오 무렵에 박랑사(搏浪沙) 앞을 지나갈 예정이라더군요."

장량의 말을 들은 여홍은 말없이 몸을 일으켰다.

두 사람은 장사꾼으로 변장하고 목적지로 향해 걸어갔다.. 여홍은 일백 근짜리 철퇴를 긴 나무 상자에 넣어 보자기로 싸서 어깨에 둘러메고는 성큼성큼 걸었다.

꼬박 50리를 걸어 박랑사 언덕 밑에 이른 두 사람은 그 곳에서 밤을 보내고 다음 날 아침이 되자 언덕 위로 올라갔다. 박랑사 앞에 펼쳐진 넓은 들판이 손바닥처럼 한눈에 내려다보였다.

해가 하늘 한가운데에 이르렀을 때 드디어 시황제의 행차가 모습을 드러냈다. 개미 떼 같은 길고 긴 행렬이 황색기를 휘날리면서 꼬리에 꼬리를 물고 나타났다.

"창해공, 수레가 많아서 어느 것이 시황제가 탄 수레인지 구별하지 못 하겠구려."

장량이 당황하며 말하자 여홍이 나무 상자를 가까이 끌어당기면서 대답했다.

"좀더 가까이 오면 알 수 있겠지요."

두 사람이 말하고 있는 동안에 행렬은 어느덧 그들의 바로 눈 아래로 닥쳐왔다. 위세 당당한 어림군이 엄중히 호위하는 가운데 황라산(黃羅傘)으로 지붕을 가린 다섯 대의 수레들은 각각 여덟 필씩의 말에 끌려 움직이고 있었다.

'시황제는 저 다섯 대의 수레 중 어느 수레에 탔을까?'

장량과 여홍의 가슴은 당장이라도 터질 것처럼 두근거렸다.

"장 선생, 도무지 판단이 서지 않소이다."

한동안 뚫어지게 수레를 쏘아보던 여홍이 중얼거리듯이 말했다.

"의심 많은 시황제가 만일의 경우에 대비해서 저렇게 몸을 숨겼지만 저는 둘째 수레에 타고 있을 것이라고 생각되는군요."

장량이 대답하자 여홍이 고개를 돌리면서 물었다.

"어째서 그렇게 생각하시지요?"

"첫째와 다섯째와 한가운데는 적이 본능적으로 노리기 쉬운 곳입니다. 그러면 둘째와 넷째가 남는데, 시황제의 기질상 뒤쪽인 넷째보다는 앞쪽인 둘째에 탔을 것 같군요."

"알겠습니다. 그럼 저 둘째 수레를 박살내야겠군요."

말을 마친 여홍이 상자 속에서 철퇴를 꺼내 손에 쥐었다.

"창해공, 이제 이별해야 할 때가 되었군요. 하지만 후사는 염려하지 마십시오."

"장 선생, 안녕히 계십시오."

두 사람은 나뭇잎들이 무성한 회나무 밑에서 두 손을 마주잡고 작별 인사를 나누었다.

이윽고 여홍은 몸을 솟구치며 내닫기 시작했다. 언덕 위로부터 질풍처럼 내리닥치면서 어림군사들이 발길에 채여 나뒹구는 것도 모르는 것처럼 벼락같은 호통소리를 토하며 둘째 수레를 철퇴로 내리쳤다. 수레는 마치 강정이 부서지는 것처럼 단번에 산산조각이 났다.

그런데 이럴 수가, 시황제의 시체는 보이지 않았다. 텅 빈 수레만 박살이 났을 뿐이었다.

여홍은 철퇴를 다시 고쳐 쥐면서 그 뒤의 셋째 수레를 공격하려고 했다. 그러나 그보다 먼저 벌 떼처럼 달려든 어림군사들이 창칼로 그를 찔러 거꾸러뜨리고는 결박해서 수레바퀴에 맸다.

시황제의 명령에 의해 장군 왕전이 여홍을 심문했다.

"너는 어디에서 사는 누구이며, 누구의 사주를 받고 이런 흉행을 저질렀느냐?"

온몸이 피범벅이 된 여홍은 분연히 고개를 들면서 대답했다.

"나는 오직 천하의 대의를 위해 무도한 자를 제거하려고 했을 뿐이다. 그 이상 대답할 말이 없으니 더 이상 묻지 말라."

하지만 노련한 왕전은 조금도 노하는 빛을 보이지 않으며,

"바른 대로 말하면 너를 살려 줄 수도 있다."
라면서 다시 똑같은 질문을 했다.

여홍은 입을 다문 채 대답하지 않았다. 그러다가 별안간 "으아아ー"하고 고함을 지르면서 수레바퀴에 자기의 머리를 부딪쳤다.

그의 머리는 둔탁한 소리를 내며 깨지고 말았다.

언덕 위에 있는 회나무 밑에서 몸을 숨긴 채 그 광경을 내려다보고 있던 장량은 멀리서나마 허리를 굽혀 여홍에게 절을 한 뒤에 눈물을 뿌리면서 그 곳을 떠났다. 실패로 끝난 거사에 대한 통분함과 여홍에 대한 측은한 생각으로 인해 그의 가슴은 미어질 것만 같았다.

'이제 어디로 가야 한단 말인가? 천하가 넓어도 내가 갈 곳은 어디에도 없구나. 게다가 진나라의 끄나풀들이 여홍의 공모자를 찾으려고 혈안이 되겠지.'

무려 14년 동안이나 노심초사하면서 계획해 왔던 진시황 암살 시도가 그처럼 허사가 되자 장량은 깊은 절망감에 빠졌다.

발길이 닿는 대로 하염없이 걷던 그는 문득 한 친구를 생각해 냈다. 호북(湖北)의 하비라는 마을에서 살고 있는 항백(項伯)을 찾아가 그 곳에서 한동안 몸을 숨기고 있는 것이 좋겠다고 생각했다.

항백은 평범한 장사꾼 행색으로 찾아온 옛 친구

장량을 반갑게 맞아 주었다. 그는 초(楚)나라 장군 항연(項燕)의 아들로서 한(韓)나라 5대 재상 가문의 후예인 장량과는 오래 전부터 막역한 사이였다.

장량은 며칠 동안 항백의 집에 머물면서 묵은 정담을 나누기도 하고 세상 돌아가는 이야기를 나누기도 했다.

그러던 어느 날, 장량이 동네 어귀에 있는 다리 위로 홀로 나가 무심히 먼 산을 바라보며 생각에 잠겨 있을 때 이상한 일이 생겼다. 황혼빛이 깔린 다리 위로 누런색 도포를 입은 한 노인이 지나가다가 신발 한 짝을 다리 아래로 떨어뜨리고는 장량을 보며,

"젊은이, 저 신발을 좀 집어다 주게."

라고 말하는 것이었다.

장량은 말없이 다리 아래로 내려가 신발을 집어다가 노인 앞에 꿇어앉아 신겨 주었다. 신발을 신은 노인은 그대로 걸어갔다. 그런데 몇 걸음 걸어가던 노인은 신발에 묻은 진흙을 떨어내려는 듯 발을 흔들다가 다리 아래로 또 신발 한 짝을 떨어뜨리고는 뒤돌아보며 말했다.

"젊은이, 신발을 좀 집어다 주게."

그 때에야 장량은 비로소 노인의 얼굴을 유심히 보았다.

흰 수염이 가슴까지 늘어졌고 머리카락도 역시 눈빛처럼 흰데 맑은 얼굴은 신선의 풍모가 여실했

다.

장량은 또 아무런 말도 없이 신발을 집어다가 노인의 발에 신겨 주었다. 노인은 다시 걸어가기 시작했는데 이 날은 비가 온 뒤였기에 땅바닥이 꽤 질었다.

노인은 몇 걸음인가 걸어가다가 또 신발 한 짝을 다리 아래에 떨어뜨리고는 조금 전과 똑같은 말을 했다.

"젊은이, 신발을 좀 집어다 주게."

장량은 '정말 괴이한 노인이구나!' 하고 생각하면서도 두말 하지 않고 신발을 집어다가 노인의 발에 신겨 주었다. 그랬더니 노인이 장량을 내려다보면서 말했다.

"너는 마땅히 가르칠 만한 젊은이로구나. 내게 배우기를 원하느냐?"

"예."

장량은 그대로 꿇어앉은 채 공손히 대답했다.

"그렇다면 닷새 후에 저기 마주 보이는 저 나무 아래로 아침 일찍 나오너라. 내가 너에게 줄 것이 있다."

말을 마친 노인은 다시 걸어가기 시작했는데, 이젠 발을 흔들지 않으며 가볍게 걸으면서 멀어져 갔다. 장량은 이상한 일이라고 생각하면서 항백의 집으로 돌아왔으나 항백에게 그 이야기를 하지는 않았다.

어느덧 약속한 날이 되자 장량은 해가 뜨기 전에 노인이 말했던 나무 아래로 갔다. 그랬더니 노인은 벌써 와서 앉아 있다가,

"어른과 한 약속을 지키지 않다니, 그래서야 되겠느냐. 닷새 후가 되는 날 아침 일찍 다시 이리로 나오너라."
하고 말한 뒤에 그대로 가 버렸다.

장량은 하릴없이 발길을 돌려 집으로 돌아오면서 생각했다. 노인에게서 거스르지 못할 위엄과 압박감이 느껴진다고, 그것과 동시에 그 노인이 무엇인가 커다란 가르침을 줄 것 같다는 예감이 들었다.

'그래, 고매한 이인(異人)인 것임이 틀림없다.'

그렇게 생각했기에 장량은 그로부터 닷새 후가 되는 날 아침에는 더욱 일찍 나갔다. 하지만 그 날도 역시 노인이 장량보다 먼저 약속 장소에 나와 있었다. 노인은 장량을 꾸짖었다.

"너는 어찌 이토록 심하게 어른과의 약속을 어기느냐? 그대로 물러가라. 그리고 닷새 후에 다시 여기로 나오너라."

장량은 너무나 무안해 절을 하면서 사죄했다.

그리고 이번에는 아예 그 전날 초저녁때부터 나무 아래로 가서 앉아 밤을 새우면서 있기로 했다.

밤이 점점 깊어지면서 이지러진 달이 중천에 걸렸다. 장량은 하염없이 밤하늘만 쳐다보면서 노인이 나타나기를 기다렸다.

얼마나 시간이 흘렀을까. 첫닭이 울려면 아직도 먼 시각인데 희미한 달빛을 받으면서 노인의 모습이 나타났다.

"오늘은 네가 나보다 먼저 와 있을 것이라고 생각했다. 하하하…"

장량이 일어나 절을 하는 동안 노인은 환하게 웃었다.

"선생님, 배우고자 합니다. 가르쳐 주십시오."

장량은 말을 채 맺기도 전에 목이 메이는 것을 느꼈다.

5대 정승의 명문으로 한나라의 갑족이던 그의 집안이 왕실과 함께 망해 버린 후부터 그는 집안을 돌보지 않고 오직 진시황에게 복수하겠다는 일념만으로 살아오고 있었다. 자기의 한을 풀어 줄 사람은 이 노인뿐이라는 생각이 본능적으로 들었다.

노인은 장량의 말에는 대답하지 않고, 지팡이를 들어 하늘을 가리키며 불쑥 물었다.

"저 하늘을 보아라. 얼마나 크다고 생각하느냐?"

장량이 잠시 머뭇거리다가 대답했다.

"무한하고 무변하여 그 끝이 없으니, 얼마나 큰지 알 수가 없습니다."

"그럴 것이다. 광대무변한 천지 사이에 있는 티끌과 같은 인생이 무엇을 알겠느냐. 그런데 네가 하려는 일이 대체 무엇이더냐?"

노인이 지팡이를 내리면서 다시 물었다.

"스승님, 저는 오직 저의 부조(父祖)가 한왕(韓王)의 녹을 먹어 왔기에 강폭 무도한 시황제에게 복수를 하고 천하를 바로잡아 보고자 할 뿐입니다."

"내가 이미 알고 있었다. 너는 때를 모른 채 애쓰기만 했기에 아직까지 뜻을 이루지 못 했다. 창해 역사의 힘을 빌려 진시황을 죽이려다가 실패한 이유도 바로 그것 때문이었다."

"예?"

장량은 깜짝 놀라지 않을 수 없었다. 아무도 모르게 은밀하게 행했던 그 일을 이 노인이 어떻게 아는가 싶었다. 하지만 감히 묻지 못 하고 있는데 노인이 계속해서 말했다.

"때를 알면 이치를 알고, 이치를 알면 운명을 알게 된다. 봄날은 비록 추워도 싹이 트고, 가을날은 비록 따뜻해도 단풍이 지는 법이다. 천하의 이치가 이러하니 때가 되면 자연히 네가 뜻하는 바가 이루어질 날이 올 것이다."

노인의 유량한 목소리가 달빛 때문인지 더욱 위엄있게 들렸다.
노인은 잠시 말을 멈추고 한 손을 품 안에 넣어 책 세 권을 꺼내 장량에게 내밀면서

"자, 이것을 너에게 준다. 세상의 모든 이치가 이 속에 다 들어 있으니 부지런히 읽고 또 읽어라."
하고 말했다. 장량은 무릎을 꿇은 채 두 손으로 공손히 그것을 받았다.

"내가 진심으로 너에게 말한다. 먼저 너를 알고, 둘째로 남을 알고, 끝으로는 때를 알도록 하라. 만일 네가 그처럼 한다면 너의 이름은 제나라 왕을 섬긴 노중련(魯仲連)보다도, 월나라 왕을 도운 범려보다도 빛나게 될 것이다. 나는 이제 너에게 주려고 했던 말과 물건을 다 전했으니 이만 돌아가겠다."

노인이 천천히 몸을 움직였다.

"스승님, 이대로 가신다면 너무 허전합니다. 존함은 누구시온지? 어느 때 또다시 찾아뵙게 될른지…?"

장량이 노인의 옷소매를 잡듯이 하면서 안타깝게 말했다. 그러자 노인은 돌아서려던 몸을 멈추고 장량을 내려다보며,

"너는 앞으로 10년 후에 반드시 크게 이룰 것이다. 그리고 13년 후에는 천곡성(天谷城) 동쪽에다 한 사람의 왕을 장사지내게 될 것이다. 그 때 너는 한 쪽의 빈 터에서 누런 빛을 내는 돌덩이 하나를 보게 될 것이다. 그것이 바로 나다."

라고 말하더니 홀연히 사라졌다.

장량이 사방을 둘러보았지만 노인이 간 곳을 알 수 없었다. 밤하늘에는 이지러진 달이 호젓이 떠 있고 먼 곳에서 첫닭이 우는 소리가 들려 오고 있었다.

장량은 뭔지 모르게 숙연해지는 기분을 느끼며

두 손으로 들고 있던 책으로 눈길을 돌렸다. 책 표지에는 다음과 같은 글자들이 쓰여져 있었다.

「황제소서(黃帝素書): 육도(六韜): 삼략(三略)」

'그래. 이제 협기(俠氣)는 그만 부리고 배움에만 더욱 깊이 정진할 것이다.'

장량은 세 권의 책을 조심스럽게 포개어 품 속에 간직하며 중얼거렸다.

"창해공, 공이 이루지 못 한 큰 뜻을 내가 기어이 이루고야 말겠소."

서산으로 떨어진 해

박랑사에서의 흉변이 있는 후로 시황제는 천하를 순행하는 일을 중지했다. 하지만 언젠가 현경전(顯慶殿)에서 꾸었던 불길한 꿈 생각을 생각하면 그대로 가만히 있을 수가 없었다.

꿈의 내용은 다음과 같았다.

갑자기 '우르르 쾅-'하고 천지를 진동시키는 소리가 나면서 하늘에서 빛나던 해가 현경전(顯慶殿) 마당에 떨어졌다. 시황제가 깜짝 놀라 어쩔 줄 모르고 있을 때 어디선가 나타난 한 청의 동자가 그 해를 안고 달아나려고 했다. 그러자 이번에는 남쪽에서 홍의 동자가 달려오며,

"그건 네가 가질 것이 아니니 거기에 두고 썩 물러가라!"

하고 호통을 쳤다.

"고얀 놈! 네가 감히 내 힘을 당할 수 있을 것 같아서 덤비는 거냐?"

청의 동자가 고리눈을 부릅뜨면서 다가오는 홍의 동자를 난타하기 시작했다. 홍의 동자는 옷이 찢겨지고 유혈이 낭자해져 두 번이나 쓰러졌지만 최후의 일격으로 청의 동자를 쓰러뜨렸다.

그리고는 땅 위에 떨어져 있는 해를 주워서 안고 유유히 남쪽으로 돌아갔는데 그의 발 밑에서 구름과 안개가 일어나 이내 모습이 보이지 않게 되었다. 오직 오색 찬연한 빛만이 구름 속에서 아름답게 빛날 뿐이었다.

시황제는 그 때, 그 빛이 하도 눈부시고 황홀하여 크게 놀라며 꿈에서 깨어났는데 그것을 매우 상서롭지 못한 꿈이라고 생각했다. 천하(해)가 남의 것이 된다는 것은 불길한 징조라고 풀이했던 것이다.

따라서 한시 바삐 원인을 완전히 제거해 버리지 않으면 광채가 떠올랐던 동남방쪽 땅에서 두 동자가 나타나 난을 일으키게 될지도 모른다는 걱정이 그의 머리 속에서 항상 떠나지 않았다.

드디어 진시황 37년. 여름, 시황제는 드디어 호북·호남·강소·절강 지방 등의 동남방 지역을 살

살이 순행하여 그의 가슴에 맺힌 채 남아 있는 야릇한 응어리를 말끔히 걷어 내기로 했다.

시황제의 수레는 왕기(王氣)가 일어났던 곳을 향해 나아가고 있었다. 행렬이 지나가는 곳에는 인마와 수레들로 인해 누런 흙먼지가 구름처럼 일어났다.

메마르고 거친 땅을 지난 행렬이 서주(徐州) 지경으로 들어서면서부터 눈 앞에 펼쳐진 산야는 다른 지방들과는 달리 온통 푸르고 풍성해 보였다.

옛날에 초(楚)나라 땅이었던 이 곳은 오곡이 무르익는 푸른 벌판을 이루고 있었다. 바야흐로 백과(百果)가 영글어 크고 탐스러운 과일들이 나무에 주렁주렁 매달려 있었다.

행렬은 동남쪽 길로 접어들어 얼마쯤 가다가 패현(沛縣)에 당도했는데, 놀랍게도 그 곳의 하늘에 시황제가 오랫동안 찾던 서기(瑞氣)가 어려 있었다.

'그래, 저것이 바로 내가 찾아서 없애려던 왕기로다!'

시황제는 급히 승상 이사를 불러서 말했다.

"저것이 바로 짐이 전날에 꾸었던 꿈 속에서 본 왕기이다. 온 천하를 돌다가 이제야 드디어 찾았으니 경은 어서 군사들을 풀어 샅샅이 뒤지도록 하라. 조금이라도 귀인 티가 나거나 남달라 보이는 놈이 있으면 노유를 불문하고 잡아서 죽여 후환이 없도록 하라."

"예."

이사는 어림군을 풀어 그 고을의 집이라는 집은 모두 이 잡듯이 뒤지면서 시황제가 말하는 사람을 찾았다. 하지만 귀인은커녕 귀인 비슷하게 생긴 자도 보이지 않았다. 그저 무디고 순박한 농부들과 망나니 같은 텁석부리 젊은이들 몇 명만 보일 뿐이었다.

이사가 머리를 조아리며 시황제에게 아뢰었다.

"하늘에 뜨는 상서로운 구름에는 서운(瑞雲)·경운(慶雲)·제운(霽雲)이 있는데 폐하께서는 아무래도 그것들 중의 하나를 보신 것 같사옵니다. 그러니 그것들은 모두 폐하의 후덕하심을 기리는 상서로운 징조일 뿐이지, 어찌 새로운 왕기라고 말할 수 있겠나이까?"

"흐음, 그래?"

시황제는 그제서야 마음이 느긋해졌다. 이사의 말을 듣고 보니 그런 것도 같았다. 그렇지 않다면 온 마을을 다 뒤졌는데도 왕기를 타고났을 법한 자가 한 놈도 보이지 않을 수가 없었다.

시황제는 다시 한 번 서기가 가득한 하늘을 쳐다보다가 이윽고 어가를 나아가게 했다.

하지만 이 고을에는 훗날에 천하를 삼킬 영웅이 살고 있었으니 그의 이름은 유방(劉邦)이었다.

유방은 기원전 256년에 패현의 풍읍(豊邑) 중양리

(中陽里)에서 살던 유 씨라는 농민의 집에서 태어났다. 아버지는 태공(太公), 어머니는 유온이라고 불렀다. 「태공」이란 할아버지, 「온」이란 할머니라는 의미를 가진 말로서 고유 명사가 아니다. 두 명의 형이 있었는데 맏형은 「백(伯)」, 둘째형은 「중(仲)」, 이라고 했다. 「백」과 「중」도 역시 순서를 가리키는 말로써, 이것도 역시 고유 명사가 아니다. 덧붙여서 말하자면 유방의 자(字)는 「계(季)」라고 되어 있는데 그것은 막내아들이라는 의미를 가지고 있다.

그가 태어날 때 지붕 위에는 상서로운 기운이 가득했으며 그의 얼굴은 용의 상이었다고 한다. 하지만 그는 32세가 되어서야 겨우 정장(亭長:동장 정도의 벼슬)을 하게 되었으며 원래 놀기를 좋아하고 술과 계집이라면 사족을 못 썼기에 관청의 일 따위는 안중에도 없었다.

그가 현의 관리인 소하(簫何)와 조참(曹參)과 친교를 맺은 것은 이 무렵이었으며, 또 여(呂)씨라는 사람으로부터 협기가 있는 사람으로 신임을 받아 그의 딸 여치(呂雉:후의 여후)를 아내로 맞은 것도 이 무렵의 일이었다. 여치는 얼마 지나지 않아 1남 1녀를 낳았으며 살림은 변변치 않았지만 평화로운 생활이 계속되었다.

그 때가 만일 평화로운 시대였다면 유방은 그 부근에 거주하는 협객들의 우두머리로 살다가 생애를 끝냈을지도 모른다. 하지만 동란의 시대는 그가 그렇게 평온하게 살 것을 허용하지 않았다.

　그 무렵, 여산(驪山)에 있는 진시황 능묘 공사장에서는 진나라의 각지에서 보낸 죄수들을 모아 공사를 하고 있었다. 당연히 패현의 현령도 공사장에 보낼 죄수들 수백 명을 뽑아 유방으로 하여금 인솔해 가도록 했다.

　유방으로서는 그런 임무를 수행하는 것이 무척이나 괴로웠다. 여산으로 가는 도중에 유방이 인솔하는 죄수들은 하나둘 도망치기 시작했다. 때문에 죄수들의 수는 날마다 줄어들었다. 그런 일이 계속되면 여산에 도착하기도 전에 한 사람도 남지 않을 것 같았다. 그렇게 되면 인솔 책임자인 자기는 죄를 면할 수 없게 될 것이 분명했다.

　그렇게 생각하다가 보니 유방의 머리 속에서 잠자고 있던 협기가 불쑥 고개를 들었다. 그리고 반은 자포자기하는 심정이 되었기에 그는 택중(澤中)이라는 곳에 이르자 행진을 멈추고 술을 마셨다. 그리고 그들에게 말했다.

　"너희들이 여산에 도착해서 하게 될 고생은 말할 수 없을 정도로 심할 것이다. 또 살아서 돌아올 수 있을 것이라고 장담할 수도 없다. 이미 도망친 자들은 목숨을 건졌지만 나와 함께 여산까지 가는 사람들은 필시 죽게 될 것이다. 그러니 너희들은 지금부터 마음대로 도망쳐 목숨을 부지하도록 하라."

　그 말을 들은 한 죄수가 말했다.

"우리는 살 수 있겠지만, 당신은 우리를 놓아 준 죄값으로 죽을 텐데요?"

그러자 유방은 큰 소리로 대답했다.

"나도 도망치겠다. 죽기 위해서 내 발로 스스로 돌아갈 수는 없지 않은가."

그리고는 옆구리에 차고 왔던 술항아리를 열고는 술을 마시기 시작했다.

죄수들은 서로 얼굴을 마주 보며 눈치를 살피다가 하나 둘씩 저 갈 데로 흩어져 갔다. 그 중에서 10여 명만이 유방 혼자만 두고 가기가 미안했던지 그 자리에서 함께 술을 마시며 탄식과 원망을 늘어놓았다.

"이런 몹쓸 세상은 빨리 망해 버려야 해."

"죽일 놈은 간신 조고(趙高) 놈이야."

"황제라는 놈도 똑같지. 그런 얼간이가 어디 있어?"

두 사람 이상이 모여 시국을 논하기만 해도 허리를 잘라서 죽이는 진나라의 법이 있는 것을 잊은 것처럼 그들은 감히 황제에게까지 입에 담지도 못할 욕설을 퍼부어 댔다. 뿐만 아니라 그들은 유방과 행동을 같이 하겠다면서 떠나지 않았다. 때문에 유방은 근처에 있는 산으로 피해 그 곳에 있는 도둑패의 두목이 되어 때가 오기를 기다리고 있었다. 때문에 그는 그 날 이사의 주목을 받지도 못 했던 것이다.

시황제의 행렬은 다음 날 한낮쯤 되어 회계(會稽) 땅에 닿았다. 이 곳은 유서 깊은 고장으로서 월나라 왕 구천(句踐)이 오나라 왕 부차(夫差)에게 패한 곳이기도 하고, 시황제 자신이 초나라를 멸망시킨 뒤에 군(郡)을 설치한 곳이기도 했다.

시황제가 회계 땅에 들어서자 수많은 백성들이 나와서 그의 행렬을 맞았다. 그들은 길게 줄을 지어 늘어서 있었다. 하지만 반기는 기색은 없었다. 하나같이 차갑고 냉랭한 표정을 하고 있었다.

이윽고 시황제의 행렬이 회계 고을의 한복판으로 들어섰을 때였다.

"기다리고 있었다. 시황제, 이놈!"

갑자기 들려 오는 우렁찬 목소리가 줄지어 서 있는 사람들의 귀를 울렸다. 모두들 깜짝 놀라 소리가 난 쪽을 보니 8척 장신에 기골이 웅대한 젊은이가 칼을 빼 들고 서 있었다.

그는 바로 천하 장사 항우(項羽)였다. 그의 이름은 원래 적(籍)이고 우(羽)는 자인데 세상 사람들은 모두 부르기 쉽게 항우라고 부르고 있었다.

"이 칼로 저놈의 목을 베어 회왕(懷王)과 조부의 원수를 갚을 것이다."

회왕은 초나라의 왕으로서 진나라 재상 장의(張儀)의 술수에 넘어가 억울하게 죽은 사람이고, 조부라는 이는 초나라의 마지막 대장군 항연을 가리켰다.

그런데 바로 그 때, 칼을 쥔 항우의 손을 덥썩 잡는 사람이 있었다. 신장이 7척은 넘어 보이는 늠름한 그 장한은 항우의 숙부인 항량(項梁)이었다.

"칼을 거두어라."

　그의 목소리는 작았지만 천근의 무게가 있었다.

"예?"

"지금 여기서는 안 된다. 창해 역사처럼 될 뿐이다."

　항량은 젊은 조카 항우를 타일렀다. 아버지를 일찍 여읜 항우는 어렸을 때부터 항량을 아버지처럼 따르고 있었다.

　말을 마친 항량은 돌아서서 걸어가기 시작했다. 항우는 그의 말을 거역할 수 없었다. 잠시 묵묵히 서 있던 항우도 마침내 칼을 칼집에 넣고는 그의 뒤를 따라갔다.

　항우와 항량의 일을 알 리가 없었던 시황제는 그의 동남밤 순행의 마지막 목적지인 회계 고을을 둘러보고는 일로 환궁길에 올랐다.

　그런데 그로부터 얼마 지나지 않아 큰 사건이 발생했다. 환궁길을 가던 시황제가 하북성 사구(沙丘) 땅에서 갑자기 병을 얻어 죽게 된 것이다.

　행렬이 동군에 이르렀을 때였다. 하늘에서 갑자기 유성이 떨어졌는데, 그 돌에 「시황제사이지분(始皇帝死而地分)」이라는 일곱 자가 새겨져 있었다. 시황제가 죽고 땅이 나누어질 것이라는 뜻이었다.

그것을 본 시황제는 불처럼 노했다.

"이것은 필시 어떤 불충한 놈이 장난한 것임이 틀림없으니 당장 잡아서 갈가리 찢어서 죽여라."

때문에 어림군을 풀어 샅샅이 뒤졌으나 범인을 잡지 못 하자 시황제는 그 부근에서 사는 백성들을 모두 잡아들이게 했다.

"그 놈들을 모두 태워 죽여라!"

시황제의 명령에 의해 6백여호, 2천여 명의 무고한 백성들은 모두 참혹하게 죽임을 당했는데, 사람들이 타는 냄새는 근처 1백리까지 근 열흘 동안이나 풍겼다.

행렬이 태주(兗州)에 이르렀을 때 수라상을 물리고 수레에서 내려온 시황제는 한가하게 거닐며 승상 이사에게서 장성 수축 공사에 대한 이야기를 들었다. 성벽의 폭이 사람들 열 명이 나란히 말을 타고 달릴 수 있다는 보고를 듣자 그는 몹시 기뻐했다.

"장성이 완성되면 북방의 오랑캐들로 인한 걱정이 없어질 것이다."

시황제가 혼잣말처럼 중얼거리자 뒤에서 모시고 서 있던 늙은 근시 조고(趙高)가 교활하게 눈을 빛내면서 아첨했다.

"폐하의 성덕이 장성보다도 더 강하온데, 북방의 오랑캐 따위가 무슨 염려가 되겠사옵니까?"

"그대의 말이 옳도다."

라고 대꾸한 시황제는 밤하늘의 별들을 한참동안 바라보다가 승상과 근시를 물리치고 수레에 올라 잠자리에 들었다.

그리고는 그날 밤에 또 꿈을 꾸었다.

망망한 창해에서 갑자기 용신(龍神)이 나타나더니 맹렬한 기세로 시황제를 덮쳐왔다. 시황제가 기를 쓰며 도망치려고 했지만, 사지가 얼어붙기라도 했는지 꼼짝도 할 수가 없었다.

'아아, 내가 죽는구나!'

시황제는 꿈 속에서 그렇게 생각하며 혼신의 힘을 다해 이리저리 피했는데, 이번에는 용신보다 훨씬 더 크고 빠른 붉은 용이 하늘에서 내려오는가 싶더니 시황제를 한 입에 꿀꺽 삼키는 것이었다.

"으악―"

시황제는 외마디 비명을 지르며 꿈에서 깨어났다. 온몸에서 땀이 비오듯하고 심신이 혼몽하여 정신을 차릴 수가 없었다.

"후우우~"

갑자기 돌아누울 기력마저 없을 만큼 기력이 쇠잔해진 그는 와상(臥床)에서 혼자 괴로워하다가 날이 새자마자 출발하라고 재촉했다. 한시 바삐 불길한 그 땅에서 벗어나고 싶어서였다.

수레가 사구(沙丘) 땅의 별궁인 평대(平臺)에 이르렀을 때 시황제는 본능적으로 자기의 생명이 다했다는 예감을 느꼈다.

"승상 이사를 들게 하라."

이사가 얼굴이 흙빛이 되어 침상 곁에 부복하자 시황제는 힘없는 목소리로 입을 열었다.

"아마도 짐의 수명이 다했나 보오. 며칠 전에 망망한 항해에서 홀연히 나타난 용신(龍神)이 나를 삼키는 꿈을 꾸었소. 지난해에 동해를 메우게 하여 용신의 노여움을 산 것이오. 이것은 피할 수 없는 업보이니, 갑작스러운 내 병은 회복하기 어려울 것이오. 짐이 만일 죽으면 상구에 가 있는 태자 부소로 하여금 제위를 잇게 하여 천하를 잃어버리지 않도록 해 주오. 태자 부소는 명철하고 인자하여 능히 대임을 감당할 수 있을 것이오."

이사는 온몸을 떨면서 아뢰었다.

"폐하, 천하의 만민이 성수 무강하시옵기를 비옵는데, 신이 불초하여 성려하심이 크시오니 그 죄 만 번 죽어 마땅하옵니다."

"아니오. 짐은 경의 충성심을 알고 있소. 경은 짐의 유언을 경홀이 생각하지 말고, 지금 경에게 이른 말을 속히 기록하도록 하오."

시황제가 거듭 유언을 남겨, 그대로 유조(遺詔)를 받아 쓰게 하고서 눈을 감았으니 그의 향년은 50세. 진시황 37년(서력 기원전 210년) 7월 병인일에 있었던 일이었다.

한 시대를 소란케 하던 그는 육국의 백성들이 이를 갈며 미워하는 가운데 그토록이나 소원하던 불사약은 구경하지도 못한 채 이 세상에서 사라졌다.

시황제의 붕어를 아는 사람은 이사와 근시 조고, 그리고 공자 호해(胡亥)와 측근의 내관 5명뿐이었다.

이사와 조고는 외논 끝에 국상을 발하지 않기로 했다. 시황제의 죽음이 알려지면 어떤 흉측한 변괴가 일어날지 모르기 때문이었다.

그래서 황제의 시중을 드는 내관은 계속해서 어가를 모시고 있었고 식사 때가 되면 전과 다름없이 황제의 수레에도 수라상이 날라져 왔다. 하지만 때는 마침 무더운 여름이었기에 시체가 썩는 냄새를 감출 수 있는 방법이 없었다. 때문에 그들은 그 냄새를 혼동시키기 위해 앞뒤의 마차에다 생선과 건어물을 잔뜩 싣고 수도 함양으로 서둘러 돌아갔다. 그런데 행렬이 사구(沙丘)에서 함양까지 가는 25일 동안 실로 경천동지할 사건이 일어났으며, 그로 인해 역사는 매우 엉뚱한 방향으로 흘러 가게 되었다.

시신을 모시고 가던 조고가 은밀하게 승상 이사(李斯)를 찾아가 참으로 뜻밖의 말을 했다.

"무릇 권세가 없어지면 지체가 몰락하고 황금도 없어지며, 결국에는 목숨까지도 위험해지게 됩니다. 그러니 이제 폐하의 유조를 고쳐 태자 부소를 폐하고 차자 호해로써 대위(大位)를 계승케 함이 어떻겠습니까?"

너무나 엄청난 말이었기에 이사는 사시나무처럼 온몸을 떨면서 물었다.

"그, 그게 무슨 말씀이오. 신하된 자로서 어찌 감히 선제(先帝)의 유조를 고칠 수 있단 말이오?"

조고는 더욱 차갑게 눈빛을 번득이며 윽박지르듯이 말했다.

"단도직입적으로 말해서 승상의 재주와 지혜를 몽렴(蒙恬) 장군의 그것과 비교했을 때 어느 쪽이 부소 태자의 신임을 받을지 생각해 보신 적이 있으십니까?"

"내가 몽렴 장군을 따르지 못합니다."

이사의 대답을 듣자 조고는 틈을 주지 않고 계속해서 말했다.

"그래서 말씀드리는 겁니다. 부소 태자는 명석하며 결단력도 또한 대단한 사람입니다. 게다가 승상과는 전부터 사이가 좋지 않았으니, 그가 황위에 오르면 승상은 틀림없이 내침을 당하고 몽렴 장군이 승상으로 기용될 것이 분명합니다. 그러면 승상은 일개 서인(庶人)이 되고 끝내는 목숨까지도 보전하지 못하게 될 것인데 어째서 그렇게 될 것을 미리 깨닫지 못하십니까?"

"그 말씀도 일리가 있기는 하지만…"

이사가 고개를 푹 숙이면서 망설이자 조고는 결정적인 쐐기를 박았다.

"입장은 저도 마찬가지입니다만, 선제의 유조를 그대로 받들면 승상의 일신이 위태로워지고, 유조를 고치면 일신이 편안해집니다. 그러니 둘 중에서 하나를 택하시라는 겁니다."

이사는 이윽고 고개를 끄덕이면서,

"옳은 말씀이오."

라고 말했다.

그러자 조고는 숨돌릴 틈도 없이 이사를 이끌고 호해가 있는 수레로 찾아가 자기들이 의논한 일을 말하고 호해의 승낙을 청했다.

듣고 난 호해는 평소의 그답지 않게 분명한 어조로 말했다.

"아무리 용상이 좋다고 해도 형을 폐하고 아우가 서는 것은 패륜이오. 부친의 유언을 거역하는 것은 불효이며, 남의 지위를 뺏는 것은 불인이니, 이치에 맞지 않고 법을 어기는 일은 차마 못하겠소."

조고는 온몸이 오싹해지는 한기를 느꼈다. 자칫 일이 잘못되면 그의 목숨은 없어질 수도 있었다. 그는 혼신의 힘을 다해서 호해를 설득하기 시작했다.

"은나라의 탕왕이나 주나라의 무왕도 군주를 시해했습니다만 천하의 사람들은 그들이 불충했다고 비난하기는커녕 옳은 일을 했다면서 칭송하지 않았습니까. 작은 절조를 지키려다가 천하의 대사를 망치고, 작은 의리에 구애되어 크게 도모하는 바가 없다면, 그것은 현명하지 못한 일이라고 생각합니다. 때는 놓치지 않아야 하며, 권세는 남에게 맡기면 안 되는 법입니다. 지금 결단을 내리지 못하시면 나중에 크게 후회하실 것이옵니다."

전후의 사리가 어긋나는 모순투성이의 논리였으나 너무나 달콤한 조고의 말을 듣자 호해는 원래의 호해로 돌아가 길게 한숨을 내쉬면서,

"나는 잘 모르겠으니 경들이 잘 의논해서 처리하시오."

라고 중얼거렸다. 두 사람의 뜻에 따르겠다는 말이었다.

호해 앞에서 물러나온 두 사람은 즉시 시황제의 유조를 고쳐서 썼다. 동시에 태자 부소에게 보내는 시황제의 거짓 조서도 작성했으니 그 내용은 다음과 같은 것이었다.

「장자 부소는 우러러 덕을 받들지 못 하고 강토를 넓혀 공을 세우지도 못 하면서 감히 비방하는 말을 뇌까렸으니, 부자의 정리는 가긍한 바 있으나 나라의 법으로는 용서하지 못 한다. 이에 호해를 태자로 삼고 부소는 한낱 서인으로 만들어 사약과 단도로 자결하게 하는 바이다. 장군 몽렴도 역시 군대를 이끌고 변방에 있으면서 나라의 위엄을 떨치지 못 하고 짐의 아들 부소의 행적을 바로잡지 못했으니 인신으로서의 불충을 범한 것이다. 이에 자결을

명하노니, 군대의 지휘는 부장 왕리(王離)에게 위임할 지어다.」

조작된 조서는 그 날 조고의 식객인 염락(閻樂)이라는 사자가 가지고 태자 부소에게 갔다. 사자도 역시 그 때까지 시황제가 죽은 것을 모르고 있었기 때문에 그것을 황제의 진짜 조서로 알고 급히 상군으로 달려갔다.

황제의 조서를 받아 본 부소는 너무나 원통해서 눈물을 흘리며 곧장 내실로 들어가 자결하려고 했다. 그것을 본 몽렴이,

"잠깐 고정하십시오. 폐하께서는 지금 도성(함양)을 떠나 계십니다. 중간에 뭔가 간계가 있는지도 모를 일이니 이 조서의 내용을 그대로 믿고 자결하시면 안 됩니다. 폐하께 한 번 사면을 청해 보십시오. 사실이라면 자결은 그 때 하셔도 늦지 않습니다."

라고 말하고는 칼을 뽑아 사자를 벨 것처럼 두 눈을 부릅떴다. 그 조서의 진가(眞假)를 알기 위해서였다. 하지만 사자는 시황제가 죽은 것을 알지 못했기에 얼굴색 하나 변하지 않았다.

부소는 침통한 얼굴로 그 광경을 바라보다가 이윽고 말했다.

"장군, 그만 두십시오. 부왕께서 보내신 사자임이 틀림없습니다. 부왕께서 죽으라고 명하셨으니 아들

된 자는 오로지 그 명에 따를 뿐입니다. 사면을 청하는 것은 떳떳하지 못한 일입니다."

말을 마친 부소는 눈 깜짝할 사이에 황제가 내린 단도로 목을 찔러 자결해 버리고 말았다. 시뻘건 피가 내실에서 대청마루로 흘러나왔다. 뒤이어서 장군 몽렴도 대청마루에서 자결했다. 그의 몸에서도 한 줄기의 피가 솟구쳐 나왔다.

두 사람의 죽음을 확인한 사자가 돌아와 보고하자 조고는 뛸듯이 기뻐했다. 그의 보고를 들은 호해도 역시 빙그레 미소를 지었다. 그의 얼굴에는 안도하는 기색이 자리잡았다. 오직 이사 혼자만이 양심에 가책이 되어서인지 얼굴이 붉어지며 어쩔 줄 몰라 했다.

이처럼 엄청난 일을 누구 한 사람도 모르게 잘도 끝낸 이들은 마침내 시황제의 시신을 모신 어가를 앞세우고 함양궁에 입성했다.

이어서 국상이 선포되고, 이사와 조고는 그들이 고쳐서 쓴 유조에 따라 호해가 「2세 황제」로 즉위했다고 공포했다.

그리고 그 해 9월, 시황제의 시신은 함양에 있는 여산에 모셔졌다. 그 동안 수십 년에 걸쳐 70여만 명의 연인원이 동원되어 역사상 일찍이 그 유례를 찾아 볼 수 없는 대역사가 진행되어 왔었다. 때문에 7월에 죽은 시황제가 9월에 묻히기 까지의 공사는 이 거대한 묘역의 마무리 작업에 지나지 않았다.

주위 80리에 높이 50척의 땅을 파헤쳐 정전(正殿)·내전(內殿)·침전(寢殿)을 축조하고, 시황제의 시체가 들어 있는 석관을 안치할 침전은 호를 파고 그 속에 물 대신 수은을 가득 부었기에 마치 깊은 연못 가운데에 석관이 놓여진 것처럼 보였다.

침전 내부의 동서쪽에는 진주(眞珠)들을 거대한 가마솥만하게 엮어서 해와 달처럼 꾸며 걸게 했으며, 정전과 내전에는 온갖 보화와 갖은 재보들을 늘어 놓았으며 자식이 없는 후궁과 평소에 시황제의 사랑을 받았던 궁녀들을 순장하게 했다.

뿐만 아니라 능묘 안의 비밀이 새어나갈 것을 염려한 나머지 묘도(墓道)의 중간 문을 불시에 닫아 버림으로써 그 안에서 일하던 인부들을 모두 생매장시키고 말았다. 이처럼 시황제 한 사람의 무덤을 위해 수만의 보옥과 수십만 명의 피와 땀이 바쳐졌으니 실로 놀라지 않을 수 없는 일이다.

조고의 득세

사리에 어둡고 어리석은 임금 밑에 간신이 있다는 말처럼, 조고는 2세 황제 아래에서 낭중령(郎中令: 총무처 장관 정도의 지위)으로 있으면서 승상인 이사를 능가하는 무소불위의 권세를 휘둘렀다.

어느 날 조고가 2세 황제에게 아뢰었다.

"무릇 명군이 되기 위한 조건은 신인을 등용하고, 신분이 천한 자를 과감하게 발탁하며, 가난한 자에게 부를 주고, 숨은 인재들을 발굴하는 네 가지입니다. 폐하께서 제위에 오르신 지 얼마 되지 않아 천하의 인심은 아직까지 미정인 데다가 공자나 황족들 중에 불측한 생각을 품은 자들도 없지 않사옵니다. 바라옵건대 법을 엄히 하고 조정을 쇄신해야만 폐하의 존위가 선황제에 못지않게 위광을 떨칠 수 있을 것입니다."

그의 말은 그럴듯했지만 그것은 조정 안팎의 사람들을 모두 자기 사람으로 갈아치우려는 간계였다. 하지만 어리석은 2세 황제는 그 말에 귀가 솔깃해졌다. 겨우 21세의 어린 나이에 황제가 된 그였기에 일말의 불안이 있었기 때문이었다.

"참으로 옳은 말씀이오."

그렇게 되어 조정 안팎에서 갑자기 피바람이 불기 시작했다. 먼저 촉(蜀) 땅으로 귀양보냈던 몽염 장군의 일족들이 모두 주살되고, 평소에 조고의 눈에 거슬리던 자들은 하찮은 하급 벼슬인 삼랑관(三郎官)까지도 없는 죄를 뒤집어쓰고 처참하게 죽임을 당했다.

조고는 이어서 2세 황제와 한 핏줄인 공자와 황족들도 죽이기 시작했다. 두(杜) 땅에 가 있던 공자들 6명이 한꺼번에 참살되고, 역시 공자인 장려(將

閶)와 그의 두 형제도 느닷없이 내실에서 체포되었
다.

"우리에게 무슨 죄가 있다는 거냐?"

장려가 두 눈을 부릅뜨며 묻자 형리가 대답했다.

"죄목은 모릅니다. 죽이라는 명령을 받았을 뿐입
니다."

"2세 황제의 기량이 이것밖에 되지 않는단 말인
가. 진(秦) 나라의 운명도 오래 가지는 못 하겠구
나."

장려의 탄식과 함께 삼 형제는 한 자리에서 차고
있던 칼을 뽑아 자결하고 말았다.

이로써 공자 12명, 선황의 후궁들에게서 태어난
자녀들 22명이 모두 죽었다. 뿐만 아니라 선황의
총신이나 그에 연루된 신하와 관리들의 억울한 죽
음은 그 수효를 모를 정도로 많았다.

망국이 되기를 재촉하는 것처럼 2세 황제는 또
엉뚱한 짓을 벌였다.

"선제께서는 대궐이 협소하여 조궁(朝宮)을 짓게
하셨소. 그런데 전전(前殿)인 아방궁의 완공을 보지
못하시고 승하하셨으니, 짐이 이 공사를 완성하여
천하에 위엄을 떨칠까 하오."

"지당한 말씀이시옵니다. 폐하의 위광이 만세를
이어 갈 것이옵니다."

조고는 2세 황제의 비위를 잘도 맞추어 주었다.

그리하여 길이만도 3백 리가 되며 화려함의 극치

를 이룬 아방궁 공사가 다시 시작되었는데, 이와
함께 변경의 오랑캐를 토벌하기 위한 군대까지 일
으키게 되어 전국에 대동원령이 내려졌다.

백성들은 부역과 징병에 시달리고 궁을 짓는 경
비와 군량미를 대느라고 죽지 못해 사는 꼴이 되었
다.

이처럼 학정(虐政)이 갈수록 더해지자 전국에서
반란이 일어났다. 그 중에서도 초나라에서 봉기한
진승(陳勝)과 오광(吳廣)은 그 세력이 다른 지방에서
일어난 반란들을 단연 압도했다.

"왕후장상의 씨가 따로 있다더냐!"

"백성들을 못 살게 구는 황제는 당연히 죽어야 한
다!"

원래 남의 집 하인 출신인 두 사람은 절친한 친구
사이로, 그들이 내건 구호는 폭정과 굶주림에 시달
리는 백성들을 크게 고무시켰다.

그는 말장(末將) 정도의 지위에 있는 사람이었는
데 그 해 7월, 변방에서 근무할 병사들을 인솔하고
현지로 가던 중에 큰 비를 만나 지정된 날짜까지
목적지에 도착하지 못하게 되었다. 당시의 군법은
지정된 날짜까지 도착하지 못하면 이유 여하를 막
론하고 무조건 사형에 처하게 되어 있었다.

그는 이제 죽은 목숨이 되었다. 때문에 그는 이왕
죽게 된 운명이라면 남자답게 큰 일이나 한 번 해
보자고 생각하고는 인솔하던 군졸들을 이끌고 반란

을 일으켰던 것이다.

그들은 기현(祈縣)을 점령하여 무기와 군량을 장악한 뒤에 동쪽의 여러 고을들을 차례로 공략해 나갔다.

이렇게 되어 진나라를 급속도로 멸망시키게 만드는 도화선에 불이 붙었고 그것은 요원의 불길처럼 번져 나가 천하는 바야흐로 다시 혼란의 도가니 속으로 빠져들었다.

유방

세력이 커진 진승은 이윽고 초나라의 요충지인 하남의 진성에 입성했으며 스스로 왕좌에 앉아 초왕(楚王)이라고 했다. 그러자 여러 군(郡)과 현(縣)의 백성들은 그 지방의 장관을 죽이고 진승의 반란군에게 호응했다. 때문에 패(沛)현의 현령은 잔뜩 겁을 먹은 채 가신들과 함께 대응책을 마련하고자 했다.

"어떻게 해야 좋을까? 나는 이 기회에 초왕 진승에게 붙는 것이 나을 거라고 생각되는데…"

현령이 묻자 소하가 나서면서 말했다.

"현령님의 결정은 잘 된 것이라고 생각합니다. 하지만, 지금까지 진나라의 현령이었던 현령님께서 갑자기 초나라 쪽으로 돌아서시는 것을 백성들이 어떻게 생각할지 걱정됩니다."

"나도 그렇게 생각한다. 뭔가 좋은 방법이 없을까?"

이번에는 조참이 대답했다.

"한 가지 방법이 있기는 합니다만…"

"그래? 그게 뭐냐?"

"지난번에 능묘 공사장으로 가다가 도망친 자들을 이용하는 겁니다. 그들의 죄를 사해 주고 불러들인 뒤에 유방으로 하여금 백성들을 설득시키게 하면 일은 잘 풀릴 것이라고 생각합니다."

"유방?"

"그는 항상 약한 백성들의 편에 서서 행동했던 사람입니다. 죄수들을 풀어 주고 도망친 것도 실은, 그들이 끌려가면 결국 심한 노역을 하다가 지쳐 죽게 된다는 것을 알고 있었기 때문입니다. 인망이 높은 사람이니 그가 말하면 모두들 쉽게 수긍할 것이라고 생각합니다."

"좋은 생각이다. 하지만 그는 깊은 산속으로 도망쳤다던데 어떻게 만나서 내 뜻을 전하지?"

"그의 친구인 번쾌에게 부탁하면 현령님의 말씀을 전할 수 있을 것입니다."

번쾌는 유방과 같은 마을에서 사는 개백정(犬白丁)이었다. 그런데 유방의 장인인 여문(呂文)이 그의 상을 한 번 보고는 당대에 장후(將侯)가 될 상이라면서 둘째 딸을 그에게 시집보냈던 것이다. 따라서 유방과 번쾌는 동서간이었으며 사랑하기로는 친동생처럼 대하는 터였다.

유방을 비롯한 십여 명의 장정들은 산속에 있는 연못가에 초옥(草屋) 한 채를 얼기설기 지어 놓고 그 속에서 함께 지냈다.

그런데 그 산에, 지난날 큰 구렁이가 길을 막고 사람들이 지나가지 못 하게 했었던 곳이 있었으며, 밤이면 그 자리에서 여자의 울음소리가 들려오곤 했다.

어느 날 밤, 그 곳은 지나가던 한 젊은 사람이 노파가 울고 있는 것을 발견하고 물었다.

"이 밤에 무슨 일로 거기서 울고 계시오?"

"유방이 구렁이를 죽였기 때문에 슬퍼서 우는 거라오"

그 때의 일을 소문으로 들어서 알고 있던 젊은이가 물었다.

"사람이 다니는 길을 막고 있던 구렁이를 유방이 없앴으니 좋은 일을 한 것인데 슬프기는 뭐가 슬프단 말이오?"

"아니오. 그런 것이 아니오. 내 아들은 백제(白帝)의 아들로서 잠시 구렁이로 변해 나왔던 것인데 적제(赤帝)의 아들에게 무참히 죽었으니 내 어찌 울지 않을 수 있겠소"

그 말을 들은 젊은이가 '이것은 필시 헛것이나 도깨비일 것이다'라고 생각하며 칼을 뽑아 노파를 치려고 했더니 노파는 그 자리에서 연기처럼 사라져 버리고 말았다.

그러한 소문과 함께 유방이 구렁이를 베고 뜻을 세웠다는 참사기의(斬蛇起義)의 의거에 대한 이야기가 알려지면서 세상에 불평을 품은 협객과 장정들이 꾸역꾸역 찾아오기 시작했으며 그 수는 단번에, 5, 6백 명 정도에까지 이르게 되었다.

8척 거구에 얼굴 생김새가 괴이하고 위풍당당한 장한 번쾌가 유방을 찾아온 것은 바로 그즈음이었다.

번쾌가 느닷없이 찾아와 넓죽 절을 하자 유방은 깜짝 놀라며 물었다.

"아, 자네가 무슨 일로 나를 찾아왔는가?"

"형님, 드디어 때가 온 것 같습니다."

"아니, 그게 무슨 말이냐?"

"현령이 진나라에 반기를 들려 하고 있습니다."

번쾌가 커다란 입을 벌리고 싱글 벙글 웃으면서 자초지종을 설명했다.

번쾌가 하는 이야기를 들은 유방은 생각했다.

'지금 패현의 현령이 백성들을 도탄에서 구하기 위해 반기를 든다는데 어찌 그것을 보고만 있을 수 있겠는가. 그리고 언제까지나 이 곳 산속에 숨어 있을 수도 없는 바에야 이번 기회에 나 하나만 바라보고 있는 장정들과 함께 현령의 부대에 합류하는 것이 낫지 않을까? 그리하여 의병이 되어 천하

의 만민을 위해 이 한 목숨을 던져 보는 것도 장부로서 떳떳한 일이 아니겠는가?'

마침내 유방은 마음을 정하고 말했다.

"잘 알았네. 그렇게 하겠네."

한데, 유방이 5백여 명의 부하들을 이끌고 나타나자 현령은 갑자기 그가 두려워졌다. 그는 유방을 성 밖에 그대로 둔 채 성문을 굳게 닫도록 하고는 뜻을 바꾸었다. 그리고 소하와 조참을 죽이려고 했다. 때문에 두 사람은 성벽을 넘어 유방에게 도망쳐와서 그가 변심했다는 것을 알렸다.

유방은 즉시 명주에 다음과 같은 글을 여러 장 써서 화살에 묶어 성 안으로 쏘았다.

「천하의 많은 백성들이 진나라 때문에 고통을 받고 있다. 패의 원로(元老)들께서는 현령을 위해 성을 지키고 있지만 머지않아 진승의 군대가 쳐들어와 단번에 성을 함락시킬 것이다. 그러니 패현의 백성들은 하루빨리 하나로 뭉쳐 현령을 죽이고 진승의 거사에 참여하여 가족과 재산을 지켜야 한다. 그렇게 하는 것만이 패현의 백성들이 몰살을 면하는 길이다. 모든 원로들께서는 이 점을 각별히 유의하시기 바란다.」

당시의 원로란 그 지방 사람들로부터 신뢰를 받는 노인들로써, 정부를 위해 세금을 거두기도 하고 농사짓는 법을 지도하기도 했던, 다시 말하자면 지방자치 체제의 위원 역할을 하는 사람들이었는데 그들은 이미 저간의 사정을 소문으로 들어 잘 알고 있었다.

유방이 참사기의하여 장정들을 모으고 있다는 것과 현령이 마음이 변했기 때문에 소하와 조참이 유방에게 도망갔다는 것까지 모두 알고 있었다.

그들은 모여서 서로 수군거렸다.

"유방은 적제(赤帝)의 아들이라지?"

"그래, 유방이 바로 시황제가 찾아서 죽이려고 했던 홍의 동자래."

그로부터 얼마 지나지 않아 성 안에서 함성이 일었다. 유방이 보낸 편지를 본 원로들이 젊은이들을 설득하여 현령을 죽인 것이다.

그들은 성문을 열어 유방을 맞아들였다. 뿐만 아니라 그를 패현의 현령으로 추대했다. 옛날에는 상사였던 소하와 조참도 유방을 추대했으며 그의 부하가 되었다.

이어서 그들은 황제(黃帝)에게 제사를 올리고, 그들의 무운을 비는 치우제(蚩尤祭)도 지냈다. 여기서 황제라 함은 전설상의 5제(帝) 중의 하나를 말하는 것이고, 치우 역시 신농씨 시대에 최초로 무기를 만든 그 치우를 말하는 것이다. 그리고 깃발은 유방이 적제의 아들이라는 믿음에 따라 붉은 기를 쓰기로 했다. 서력 기원전 209년 9월 – 시황제가 죽고서 다음 해에 있었던 일이었다.

조참과 소하, 번쾌 등은 패공(沛公: 패의 현령을 뜻하는 존칭)이 된 유방을 위해 많은 젊은이들을 끌어들였다.

패공이 된 유방의 군대는 처음에는 3천여 명에 불과했다. 하지만 시간이 지남에 따라 빠르게 늘어났다.

그로부터 하후영 등의 뛰어난 장수와 장정들이 구름처럼 모여들어 몇 달 지나지 않아 유방은 10만 명에 가까운 대군을 거느리게 되었다.

항우와 우희(虞姬)

그 무렵 항우에게는 갑작스러운 변화가 생기고 있었다. 항우는 어릴 때부터 글공부에는 전혀 뜻이 없었다.

"글공부는 제 이름자만 쓸 수 있으면 넉넉합니다."

항량은 그렇게 말하는 항우에게 검술을 익히게 했다. 하지만 항우는 그것도 조금 계속하다가 그만두었다.

"숙부님, 검술은 결국 한 사람을 상대로 싸우는 방법에 불과한 것이니 그까짓 것을 배워 봤자 뭘 하겠습니까. 기왕에 배운다면 만인을 상대로 싸우는 법을 배우겠습니다."

그 말을 들은 항량은 고개를 끄덕였다. 하긴, 항우는 검술이나 창술을 특별히 배운 적이 없는데도 그가 휘두르는 창검을 당할 자는 아무도 없었다. 실로 그는 많은 장정들이 함께 덤벼도 이길 수 없는 쾌도비검의 창술을 가지고 있었다.

그런데 어느 날, 회계 태수 은통(殷通)이 항량에게 급히 만나자는 전갈을 보내 왔다.

'태수가 왜 갑자기 날 만나자는 것일까?'

항량이 궁금해하며 찾아가자 은통이 은근한 목소리로 말했다.

"지금 진승과 오광의 반란군이 장강(長江:양자강) 서쪽 일대를 점거하여 그 세력이 요원의 불길처럼 번지고 있소. 여러 날 동안 생각한 끝에 나도 그 반란에 가담하기로 했소. 선생께서 내 막하에 들어와 도와 준다면 일이 잘 풀릴 것 같은데 어떻게 생각하시오."

은통은 단숨에 말하고는 항량의 눈치를 살폈다.

항량은 전부터 이미 은통의 사람됨을 알고 있었다. 그는 도량이 좁고 탐욕스럽기로 유명한 전형적인 오리(汚吏)였다.

"아니, 선생! 왜 아무런 대답이 없소?"

항량이 입을 다물고 있자 은통은 안색이 달라지면서 안절부절못했다. 자기의 제안이 거절당해 누설될까 봐 겁이 난 모양이었다.

그러자 항량은 우선 듣기 좋은 말로 그를 안심시켰다.

"참으로 옳은 생각이십니다. 마땅히 봉기해야 할 때가 온 것이지요."

항량은 그 정도로 대답해 주고 집으로 돌아와서 항우에게 그 이야기를 해 준 뒤에 말했다.

"내일 너는 칼을 감추어 가지고 나와 함께 가자. 내가 태수와 이야기를 나누고 있을 때 틈을 보아서 그놈을 죽여라. 회계 고을을 빼앗아 우리의 근거지로 삼고 천하를 도모해 보자. 네 생각은 어떠냐?"

"여부가 있겠습니까."

항우는 크게 기뻐하며 찬성했다.

이튿날 아침 일찍 두 사람은 관아로 갔다. 항우는 예를 취한 뒤에 항량의 뒤에 서서 기회가 오기만을 기다렸다.

"진나라는 아무래도 오래 가지 못할 거요. 그러니 선생께서 장군이 되어 나를 도와 주시오."

은통이 말하기 시작했을 때 항우가 품 속에서 칼을 빼어 들고 나서면서 소리쳤다.

"네 이놈! 너는 지금까지 진나라의 벼슬아치로서 호의호식하다가 이제 형세가 바뀌자 진나라에 모반하려고 하다니, 네놈은 죽어야 마땅한 놈이다."

꾸짖기를 마친 항우는 한 칼에 은통의 목을 잘라 한 손에 들고 관아의 마루로 나와 큰 소리로 외쳤다.

"내가 이제 불충불의한 은통을 죽이고 나의 숙부 항량 어른을 회계의 우두머리로 모시면서 초나라의 정통을 이어 대초국(大楚國)을 세우고자 한다. 내 뜻에 불복하는 자는 앞으로 나오거라."

항우의 우렁찬 목소리는 모든 관원들을 떨게 했다. 만당(滿堂)이 쥐죽은 듯이 잠잠했다.

그 때 마침 바깥 일로 자리를 비웠던 아장 계포(季布)와 종리매(鐘離昧)가 돌아와 그 광경을 보고 말했다.

"그대는 어찌하여 나라의 관리를 함부로 죽이는 거요?"

"은통은 진나라의 녹을 먹어 오다가 모반하려 했으니 반신이요, 항량 어른은 초나라의 원수를 갚기 위해 일어서신 것이니 의인이라 은통을 죽이고 항량 어른을 우두머리로 내세우는 것은 순리가 아니겠소?"

항우의 설명을 들은 두 사람은 움찔했다. 대장군이었던 항연 장군의 아들 항량이라면 과연 초나라의 정통성을 이을 만한 인물이었고, 은통은 어느 모로 보나 떳떳하지 못한 한낱 소인배라는 생각이 들었기 때문이었다.

두 장수는 서로 마주 보다가 항량 앞으로 가서 엎드리면서 말했다.

"우리 두 사람은 삼가 장군님의 명을 받들도록 하겠습니다."

그러자 그 때까지 두려움에 떨며 눈치만 살피고 있던 다른 관원들도 일제히 엎드리면서 말했다.

"우리도 항량 장군을 받들어 모시겠습니다."

그렇게 되어 회계 고을은 삽시간에 항우의 칼 아래에 들어오게 되었다. 뿐만 아니라 그 소문을 들은 이웃 고을의 여러 곳에서 장정들이 모여들어 그 수는 불과 며칠 만에 수만 명으로 늘어나게 되었다.

어느 날 계포와 종리매가 항우에게 진언했다.

"장차 천하를 도모하려면 장수와 군사들이 많아야 합니다. 회계 땅 도산(塗山) 속에서 우영(于英)과 환초(桓楚)라는 두 호걸이 군사들 8천여 명을 기르고 있는데 그들을 얻으면 큰 도움이 될 것입니다."

"좋은 말씀을 해 주셨소이다."

항우는 즉시 항량에게 그 일을 이야기한 다음에 도산으로 향했다.

서로 만나 인사를 끝낸 뒤 항우가 힘을 빌려 달라고 청하자 환초가 대답했다.

"진나라가 무도하다는 것은 우리도 잘 알고 있어, 때가 되면 우리도 여기서 벗어나 산적 떼라는 오명을 씻고 대의를 위해 싸우려고 했습니다. 하지만 진나라의 힘은 아직도 막강하여 웬만한 영웅이 아니라면 깨뜨리지 못할 것이오. 우리들은 힘이 너무도 모자랍니다."

"힘? 힘이라고 하셨소?"

항우가 싱긋 웃으면서 물었다. 환초가 다시 대답했다.

"그렇소이다. 만일 장군께서 만 명을 상대할 수 있는 용력을 가지고 있다면 우리도 장군의 수하에 들기로 하겠소."

"그렇다면, 내 힘을 한 번 보시겠소?"

"만일 볼 수 있다면 영광으로 알겠습니다."

"그럼 무엇을 가지고 시험해 보이리까?"

항우가 묻자 우영이 환초에게 눈길을 보내더니 웃으면서 말했다.

"이 산 아래에 우왕묘(禹王廟)가 있고, 그 앞의 공터에 커다란 돌절구가 있는데 그것을 한 번 들어 보이시겠습니까?"

"해 보지요. 가십시다."

항우가 자신있게 대답하자 두 사람은 앞장서서 그 곳으로 갔다. 과연 묘 앞에 넓은 공터가 있고, 공터 한쪽에 엄청나게 큰 돌을 깎아서 세워 놓은 절구가 있었는데 높이가 7척, 둘레가 5척, 무게가 5,6천 근은 되어 보였다.

"이것이요?"

"그렇습니다. 장군께서 이 돌절구를 한 번이라도 들었다가 제 자리에 놓으신다면, 당대는 물론 후대에도 당적할 자가 없는 천하 제일의 장사라고 불리워질 것입니다."

항우는 당장 달려들어 절구를 떠밀어서 자빠뜨린

다음 두 손으로 가볍게 번쩍 들어올렸다. 그리고는 한 번, 두 번, 세 번을 땅에 놓지도 않고 계속해서 올렸다 내렸다 하더니 제 자리에 갖다 놓았다. 하지만 그는 땀을 흘리지 않았고 숨소리가 거칠어지지도 않았다.

우영과 환초는 경악을 금치 못하며 항우 앞에 꿇어 엎드려 절을 하고 나서 말했다.

"장군이야말로 하늘이 내리신 장사이십니다. 우리 두 사람은 목숨이 다할 때까지 장군을 따르겠습니다. 수하에 있는 졸개들 8천 명도 함께 거두어 주십시오."

"고맙소. 그만 일어나시오."

항우가 두 사람을 일으켜 세우자 환초가 말했다.

"오늘은 여기서 하룻밤 묵으시지요. 밤을 새워 준비를 해서 내일 아침에 장군을 모시고 떠나겠습니다."

"그건 좋도록 하시오."

그렇게 되어 항우는 다음 날 아침에 그들의 호위를 받으며 도산에서 내려가게 되었다.

그런데 산 아래로 내려온 그들이 마악 한길로 들어섰을 때였다. 그 고장 사람들로 보이는 촌민들 수십 명이 달려오더니 절을 하면서 길을 막았다.

"왜 그러는가?"

맨 앞에서 걷던 우영이 묻자 그들 중의 하나가 두어 걸음 앞으로 나와서 대답했다.

"저쪽 산 속에 어디에선가 온 검은 말 한 마리가 살고 있는데 너무나 사나워 아무도 잡아서 길들이지 못 했습니다. 우리는 그 말을 「악령의 화신」이라고 부르고 있지요. 그런데 그 말이 날마다 마을로 내려와 울부짖곤 합니다. 그 말의 울음소리가 얼마나 큰지 지붕이 흔들릴 정도여서 마음 편하게 살 수가 없습니다. 마침 항 장군께서 우왕묘의 돌절구를 번쩍 드셨다는 소문을 들었기에, 그 말을 처치해 주십사고 달려온 것입니다."

그 말을 들은 항우가 말했다.

"어디 그 곳으로 한 번 가 봅시다."

항우가 그 곳에 이르니 과연 거대한 흑마 한 마리가 숲속에서 뛰어나오더니 큰 소리로 울부짖으며 앞발을 쳐들고 길길이 날뛰었다. 잡털이 하나도 섞이지 않은 칠흑처럼 새카만 말이었다.

타고 있던 말에서 내린 항우는 가만히 노려보고 있다가 갑자기 소리를 지르면서 흑마의 갈기를 움켜잡았다. 그리고는 번개처럼 몸을 날려 말에 올라탔다.

"히히힝—"

흑마는 천지가 떠나갈 듯이 몇 번인가 크게 울더니 굉장한 속도로 달리기 시작했다. 항우는 갈기를 잡고 능숙하게 말을 몰았는데 그다지 힘들어하는 것 같지 않았다.

흑마는 세차게 콧김을 내뿜으면서 달리다가 네

발 모둠뛰기를 했다. 하지만 어느 정도 시간이 지나자 기운이 빠진 듯 전신에서 땀을 흘리며 제대로 뛰지를 못했다.

항우는 그래도 말 등에서 내리지 않고 한참 동안 말이 천천히 걸어가게 했다. 그토록이나 사납던 말이 보통 말처럼 순해지자 항우는 그제서야 말등에서 내리며,

"뜻밖에도 오늘 준마를 한 필 얻었군."

하고 중얼거렸다. 그러자 촌민들은 일제히 이마를 땅에 대고 절하며 감사의 뜻을 표했다.

"항 장군은 과연 하늘이 낸 영웅이십니다."

"그렇습니다. 사람이 옆에 오지도 못하게 날뛰던 저 악령을 굴복시키시다니…"

그 때 그들 중에서 한 노인이 걸어나오더니 항우에게 읍하고 나서 공손한 어조로 말했다.

"오늘 장군께서 이 곳에 오시어 이처럼 백성들의 고생을 덜어 주시니 감사하기 이를 데 없습니다. 비록 누추하오나 저의 집에 들러서 잠시 쉬시면 박주나마 한잔 대접해 올리고자 합니다."

"그러지요."

항우는 쾌히 응낙하고 우영·환초와 함께 노인의 집으로 갔다.

노인의 집은 크지는 않았으나 그 마을에서는 제법 번듯했다. 항우가 자리를 잡고 앉자 노인이 먼저 자기 소개를 했다.

"저의 성은 우(虞)이고 마을에서 무슨 일이 있을 때는 항상 저를 제일 첫 자리에 내세우면서 사람들이 저를 일공(一公)이라고 부릅니다. 그래서 저의 이름은 일공이랍니다."

"그래요? 정말로 좋은 이름입니다."

항우가 웃으면서 말했다.

이윽고 조촐하나마 정갈한 안주와 술이 나왔는데 우일공이 항우에게 술을 권하면서 불쑥 물었다.

"실례올시다만 항 장군의 연세가 올해에 몇이시지요?"

"스물네 살입니다."

"그럼, 성혼을 하셨겠군요?"

"아닙니다. 아직 장가를 들지 못했습니다."

항우가 대답하자 우일공이 반색을 하면서 말했다.

"장군께 청할 것이 있습니다. 이 사람에게 딸자식이 하나 있는데 제법 총명하고 용모가 단아해서 청혼해 오는 곳이 많았지만 오늘까지 배필을 정하지 못 하고 있습니다. 다행스럽게도 아직 배필을 맞이하지 않으셨다니 이 사람의 딸을 장군께 드리고자 하는데 의향이 어떠신지요?"

뜻밖의 말을 들은 항우는 소년처럼 얼굴이 붉어지면서 더듬거렸다.

"감사한 말씀입니다만, 저 같은 사람이 마땅한 배필이 될 수 있을지 모르겠습니다."

우일공은 곧 안으로 들어가 우희(虞姬)라는 딸을 데리고 왔는데 갑자기 방 안이 밝아지는 것처럼 느껴지게 만드는 아름다운 처녀였다. 더없이 청초한 그녀의 자태에서 그윽한 향기가 풍기는 것 같았다. 항우는 한눈에 정신을 빼앗긴 것처럼 그녀를 바라보기만 했다.

"미거한 여식입니다만, 장군의 마음에 들면 거두어 주십시오."

우일공의 목소리를 듣고서야 항우는 비로소 제정신을 찾았다. 그는 자리에서 일어나 우일공에게 큰절을 올리고는 허리에 차고 있던 전래의 가보 초강검(楚江劍)을 풀어서 내주면서 말했다.

"이것이 제가 맹약하는 증거이니 따님에게 주십시오."

"저의 청을 이렇게 들어 주시니 감사하기 짝이 없습니다. 너는 어서 예를 취하거라."

우일공이 만면에 웃음을 담으면서 말하자 우희는 공손히 허리를 굽히며 항우에게 인사를 했다. 항우도 정중하게 답례를 했다.

우희가 보검을 받아 들고 안으로 들어가자 우영과 환초가 축하의 말을 던졌다.

"항 장군께서 보검으로 백년가약을 맹세하셨으니 오늘은 양가에 있어서 무한히 기쁜 날이올시다. 우 노인께서는 우리에게 술 한 잔씩을 더 주셔야겠습니다."

항우는 우영·환초와 함께 군사들을 이끌고 회계성으로 돌아와 숙부 항량에게 전후 사실을 보고했다.

듣고 난 항량은 크게 기뻐했다.

"네가 이번에 일기 당천의 두 장수와 새로운 군사들 8천 명을 얻었고, 백년해로할 일생의 배필이 생긴 데다가 하늘이 내린 명마까지 얻었으니 이는 참으로 좋은 징조가 아니겠느냐."

"저도 그렇게 생각합니다."

"저 말은 높이가 7척에 길이가 10척은 실히 될 것 같구나. 말의 온몸이 숯을 칠한 듯 검으니 이름을 오추마라고 부르도록 해라. 뛰어난 명마에게 이름이 없어서야 쓰겠느냐."

이 때부터 죽을 때까지 항우와 오추는 훌륭한 주인과 충실한 종의 관계를 유지했다.

항량은 며칠 후에 사람을 보내 우희를 회계성 안으로 불러들여 항우와의 혼례를 치러 주었다.

항우는 그 날 밤에 우희의 몸을 안았다.

"아……"

여인은 참새처럼 할딱이면서 새된 소리를 냈지만 저항하지는 않았다. 항우의 억센 손이 여인의 옷을 벗기기 시작했다. 이어서 여인은 밀물과 썰물이 소용돌이치고 천지가 아득해지는 쾌감 속으로 빠져들었다.

잠시 후, 폭풍이 지나간 뒤처럼 나른한 허탈과 정

적의 순간이 다가왔다.

그녀의 어깨를 어루만지면서 항우가 열기가 채 가시지 않은 목소리로 말했다.

"나는 곧 싸움터로 나갈 거요. 당신도 잘 알겠지만 초(楚)나라의 후예인 나는 원수인 진(秦)나라를 쳐부수고 천하를 통일하려고 하오. 어수선한 이 세상이 안정되면 당신을 부르겠소."

야심이 넘치는 항우의 말을 듣는 동안 그녀의 마음속에서 여러 가지 생각이 구름처럼 피어올랐다.

'이토록 야심이 큰 사나이의 사랑을 받게 된 것은 커다란 행운이다. 야망이 없는 사나이와 평생 동안 사는 것은 얼마나 싱겁고 권태로운 일일까. 다행스럽게도 나는 이렇게 뜨겁고도 깊은 사랑을 하게 되지 않았는가'

다소곳이 듣고만 있던 여인은 갑자기 결의에 찬 반짝이는 눈으로 항우를 똑바로 보면서 말했다.

"저는 세상이 안정되건 불안하건, 그리고 당신이 싸움터에 있던 어디에 있던 간에 당신에게서 한시도 떨어져 있지 않겠어요. 끓는 물 속이나 타는 불 속이라고 해도 당신이 가는 곳이라면 따라가겠어요. 그러니 부디 저를 버리지 말아 주세요."

여인의 말을 들은 항우는 너무나 기뻐서 어쩔 줄 모르며 그녀를 안고 덩실덩실 춤을 추었다. 항우의 사랑스러운 그림자가 된 우희는 이 날부터 우미인이라고 불리워졌다. 또한 남편 항우의 전쟁터를

따라다니며 그의 성격에서 오는 결함을 보충해서
간언하며 항우를 진심으로 받들었다.

모여드는 인재들

항량의 기세는 실로 욱일승천을 거듭했다. 각처
에서 사람들이 몰려들었는데 그 수는 단번에 10만
명을 넘어섰다. 때문에 회계성은 터질 것처럼 좁아
졌다.

항량은 어느 날 항우와 부하 장수들을 모아 놓고
말했다.

"드디어 이 곳을 떠나야 할 때가 된 것 같다. 제
장들은 출전 준비를 서두르도록 하라."

이어서 그는 부서를 정했는데 항우와 우영·환초
가 선봉이 되고 자기는 계포·종리매와 함께 후군
을 맡기로 했다.

"항 장군께서 떠나시면 이 곳의 백성들은 어찌합
니까?"

고을 사람들이 관아로 와서 호소하자 항량은 좋
은 말로 그들을 위로했다.

"나도 역시 떠나는 것이 섭섭하지만 이대로 그냥
있으면 대사는 이루지 못하고 민폐만 커질 뿐이오.
우리가 뜻을 이루게 되면 회계 고을의 백성들에게
는 10년 동안 세금을 부과하지 않고 부역도 면하게

해 줄 것이오. 그러니 여러분은 마음 놓고 생업에만 힘쓰기 바라오."

초국 재립(楚國再立)의 깃발을 높이 든 항량의 대군은 드디어 진나라 정벌길에 올랐다. 수많은 깃발들이 나부끼는 오추마에 탄 항우의 모습은 전설 속의 용신(龍神), 바로 그것이었다.

항우의 선봉군이 행군을 시작한 지 사흘째 되던 날, 회하(淮河)를 마악 건넜을 때였다. 척후병이 급히 달려와 항우에게 보고했다.

"6만 명 정도 되는 군대가 앞을 가로막고 있습니다."

"진나라 놈들이로군."

항우가 중얼거리며 오추마를 급히 몰아 앞으로 달려나갔다. 그랬더니 저쪽에서도 한 장수가 말을 몰며 마주 달려 나왔다. 얼굴에 검푸른 문신 자국이 가득한 험상궂게 생긴 사나이였다.

이윽고 마주 달리던 말들이 멈추어 서자 항우가 큰 소리로 물었다.

"너는 웬 놈이기에 감히 대군의 행진을 가로막는가?"

사나이가 즉시 쇠북 소리 같은 목소리로 대답했다.

"나는 육안(六安)의 영포(英布)라고 한다. 너희가 무도한 진나라를 돕기 위해 천하의 의병들을 진압하러 가는 군대라면 모두 내 손에 죽어야 할 것이다."

"네놈은 지금 도대체 무슨 말을 하고 있는 거냐? 나는 초나라의 대장군 항연의 손자 항우다. 초나라를 다시 세우기 위해 회계에서 의병을 일으켜 무도한 진나라를 무찌르러 가는 길이다."

"항우?"

영포가 반문하며 머뭇거릴 때 항우의 등 뒤에서 환초가 뛰어나오면서 소리쳤다.

"영 장군, 어서 말에서 내려 예를 베푸시오. 나도 항 장군에게 귀의하여 초나라의 신하가 되었소."

그 소리를 듣더니 사나이는 즉시 말에서 내려 넓죽 절을 하고는 그대로 땅바닥에 엎드렸다.

"그대는 이 사람을 아는가?"

항우가 의아해하며 묻자 환초가 대답했다.

"예. 영포 장군은 저와 잘 아는 사이입니다. 그의 무용(武勇)은 천하에 당할 자가 없을 정도지요. 작년에 사람을 죽인 죄를 범해 얼굴에 문신을 당한 뒤 시황제의 능묘 공사장으로 끌려가 일하다가 도망쳐 저의 집에 얼마 동안 숨어 있기도 했었지요. 그 때 우리 두 사람이 약속하기를 좋은 주인을 만나서 공을 세워 부귀 영화를 함께 도모해 보자고 했습니다. 도산에 있을 때 최근에 그가 회남(淮南)으로 와서 장정들을 모으고 있다는 소문을 들었기에 사람을 보내 찾아 보려던 참이었습니다. 그랬는데 지금 여기서 만나게 되었으니 정말로 다행한 일입니다."

환초의 설명을 들은 항우는 말에서 내려 영포를 일으킨 뒤에 말했다.

"미안하오. 장군을 알아보지 못해서…"

"별 말씀을, 이 목숨이 다하도록 장군을 섬기겠습니다."

항량은 항우가 데리고 온 영포를 반갑게 맞으면서 말했다.

"만 명의 병사들을 얻기는 쉬워도 한 명의 장수를 얻기는 어려운 법이오. 무용이 뛰어난 영포 장군이 우리에게 와 주었으니 백만 대군을 얻은 것이나 마찬가지요."

항량은 다시 행군을 계속하여 회남 땅에 들어가 군대를 쉬게 하고는 장수들을 모아 놓고 진나라를 칠 계획을 의논했다.

그 때 계포가 나서서 말했다.

"이 곳에 범증(范增)이라는 은사(隱士) 한 분이 계십니다. 나이는 이미 칠순이 다 되었습니다만, 흉중에 감춘 지모는 옛날의 손자나 오자에 못지않은 분입니다. 만일 이분을 얻는다면 반년 안에 천하를 평정하실 수 있을 것입니다."

항량도 무릎을 치면서 말했다.

"내가 지금까지 왜 그 생각을 하지 못했을까. 나도 오래 전부터 그 이름을 들었다. 그대는 속히 가서 범증 선생을 모시고 오도록 하라."

항량은 그렇게 명령하고서 많은 폐물을 선물로 가지고 가게 했다.

계포가 즉시 명을 받들어 거소(居巢)라는 마을로 범증을 찾아갔으나 그는 그 곳에 없었다. 세속의 번다함을 피해 그 곳에서 30리쯤 떨어진 기고산(旗鼓山)으로 가서 묻혀 살고 있다는 것이었다.

계포는 기고산으로 가서 범증을 만났는데, 그는 단풍이 우거진 산 속의 초가삼간에서 살고 있었다.

"당신은 누구인고?"

범증이 묻자 계포는 즉시 가지고 온 예물을 방문 앞에 공손히 갖다 올리고 무릎을 꿇고 절을 한 다음에 찾아오게 된 이유를 말했다.

하지만 범증은 얼른 대답하지 않았다. 시황제에 의해 멸망한 초나라의 운수가 앞으로 어떻게 될 것인지 천하의 대사와 아울러 생각한 다음에 대답해야겠다고 마음먹었기 때문이었다.

"이 물건들은 도로 가져가시오. 나는 지금 세속의 일에는 아무런 뜻이 없소이다."

그가 거절하자 계포는 눈물까지 글썽이면서 간원했다.

"선생께서는 부디 재고해 주십시오. 도탄에 빠진 백성들이 불쌍하지도 않으십니까?"

"시황제에 못지않게 잔악무도한 2세 황제를 원망하는 소리가 높은 이 때, 그를 무찌르기 위해서 일어선 항량 장군이 그대를 보내 나를 부르시는 것은

참으로 고마운 뜻이라는 것을 잘 알고 있소. 하지
만 생각을 더 해 보고 내일 대답을 하리다. 그리 알
고 내일 다시 오시오."

　하지만 계포는 움직이지 않았다.

　"그렇다면 시생이 여기 앉아서 내일까지 기다리
겠습니다."

　범증은 땅바닥에 꿇어 엎드려 간청하는 계포의
정성에 감동하여,

　"흙을 털고 이리로 올라오시오."

라고 말하며 방 안으로 불러들였다.

　"감사합니다. 이제 승낙하셨으니 이 예물을 받아
주십시오."

　그렇게 되어 범증은 결국 항량이 보낸 예물을 받
고 말았다. 그리고 하인을 불러 음식을 내어다가
계포에게 대접하도록 했다.

　그 날 밤이 깊어져 계포가 잠들었을 때 범증은 홀
로 밖으로 나와 천문을 보았다. 성좌 한가운데에
있는 푸른색 초성(楚星)이 밝게 빛나고 있었는데 계
속해서 불규칙하게 명멸하고 있었다.

　'어이해서 저러는 걸까?'

　서둘러서 방으로 돌아온 범증은 산가지를 꺼내
들고 자기만의 독특한 운수 타산을 시작했다. 그는
한동안 산가지를 이리저리 움직이다가 말고,

　"아뿔싸!"

하고 중얼거리며 한 손으로 방바닥을 쳤다.

‘내가 큰 실수를 했구나. 다시 일어난 초나라는 오래 가지 못 하고, 항씨에게는 천운이 따르지 않는구나. 항씨가 진정한 천하의 주인이 되지 못 한다면 그가 아무리 나를 알아준다고 해도 무슨 소용이 있겠는가? 하지만 이미 승낙하고 예물도 받았으니 이 노릇을 어쩌지?’

한동안 답답해하던 그는 이윽고 작은 목소리로 중얼거렸다.

"하지만, 장부의 일언은 천금보다 중한 것이니 내 어찌 결정을 바꿀 수 있겠는가?"

제2장 대의명분

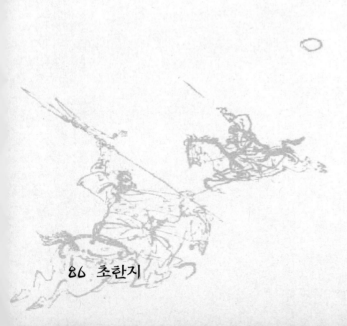

회왕(懷王)이 된 미심(米心)

다음 날 범증은, 기고산에 있는 초가삼간을 뒤로한 채 계포의 안내를 받으며 대초군(大楚軍)의 항량에게로 갔다. 항량은 영문 밖까지 나와서 기다리다가 범증을 맞아들여 중군장(中軍帳) 상좌에 앉게 한 뒤에 정중하게 인사를 드렸다.

"마땅히 제가 찾아뵈어야 하는 것을 알면서도 주야로 군무에 분망하여 진배(進拜)의 예를 결하고 말았습니다. 오늘 이처럼 친히 왕림해 주시니 이보다 더 기쁘고 다행한 일이 없습니다. 앞으로 이 사람이 어리석어 미처 깨닫지 못 하는 점을 많이 깨우쳐 주시기 바랍니다."

항량이 예를 다해서 말하자 범증도 허리를 깊이 숙이면서 말했다.

"이 사람은 초목과 함께 썩어가는 무재무덕한 늙은이에 불과한 몸입니다. 다행히 견마(犬馬)가 할 심부름이라도 시키신다면 왕업을 돕는 데 신명(身命)을 바치겠습니다."

항량은 무척이나 기뻤기에 즉시 크게 연회를 베풀고 뭇 장수들과 함께 이 날을 축하했다. 분위기가 한층 무르익었을 때 범증이 항량에게 건의했다.

"일찍이 진(陳) 땅에서 진나라에 반기를 든 진승은 장이(張耳)와 진여(陳餘) 두 사람의 말을 듣지 않고 스스로 왕이 되었기에 결국 2세 황제가 보낸 장한(張邯)의 군대에게 대패한 뒤 자기 부하에게 암살당했습니다. 생각해 보면 진승의 패전과 죽음은 매우 당연한 결과였습니다. 모처럼 반진(反秦) 대열의 선봉이 되었으면서도 초왕의 자손을 왕으로 세우지 않고 일개 하인이었던 자기가 스스로 왕이 되었기에 민심이 따르지 않았기 때문입니다."

"맞는 말씀이오."

항량이 머리를 끄덕였다. 범증은 계속해서 말했다.

"우리 대초국은 지금 장군과 함께 다시 일어서고 있습니다. 장군께서 일어나시자 초나라 각지에서 장수와 장정들이 몰려오고 있습니다. 그것은 장군이 초나라 대대의 장군 집안 출신인 데다 초나라의 왕통을 옛날처럼 재건시켜 줄 것이라고 기대하기 때문입니다. 장군께서 그 점을 깊이 명심하시어 초왕의 후손을 찾아 대초국의 왕으로 추대하신다면 대의가 바로 서고, 명분도 뚜렷하여 민심이 장군을 따를 것입니다."

범증의 진언이 끝나자 항량은,

"선생의 말씀을 들으니 어둠 속에서 해를 본 것 같습니다."

라고 말하고는 그 자리에서 범증을 군사(軍師)로 임명하고 초왕의 후손을 어떻게 찾아낼 것인가에 대해서 의논했다.

초나라의 마지막 왕 부추(負芻)의 자손이 아직까지 이 세상에 살아 있을까? 진시황 24년에 초나라가 망했으니 그 동안 어느덧 15년이라는 세월이 흐른 것이다. 하지만 설사 자손이 있다고 해도 그들이 진나라 천하에서 살면서 "나는 망국 초나라 왕의 자손이오." 하면서 드러내 놓고 살 리는 만무했다.

하지만 어딘가에 있기는 있을 것이었다. 비록 행적은 묘연하지만 열심히 찾으면 못 찾을 것도 없을 것 같았다. 의논을 계속한 끝에 항량은 종리매에게 초왕의 후손을 찾아오라는 명령을 내렸다.

명령을 받은 종리매는 간소한 평복으로 갈아입고는 부하를 두 사람만 데리고 영문을 나와 시골길로 들어섰다. 초왕의 후손이 살아 있다면 아무래도 성밖의 한적한 강촌이나 산간의 벽지에서 살고 있을 것이라고 생각되었기 때문이다.

종리매의 생각은 맞았고, 그는 결국 여러 날 만에 초왕의 후손을 찾아 내는 데 성공했다. 넓고 넓은 장강의 물결이 출렁이는 강가의 조그만 마을에서 양치기 노릇을 하는 소년이 있었는데 그가 바로 그 주인공이었다.

소년의 어머니가 보여 준 딱종이에는 큰 글씨 14자로 된 왕통 계보가 적혀 있고 어새(御璽)가 찍혀 있었다. 14자로 된 글씨는 다음과 같았다.

「초회왕적손미심(楚懷王嫡孫米心) 초태자부인위씨

(楚太子夫人衛氏)」

즉 그 아이는 초나라 회왕의 적손인 미심이고, 이 아이의 어머니는 초나라 태자인 부추의 부인 위씨라는것을 증명해 주는 회왕 때의 적손 책립 증표였다.

종리매는 그 자리에서 꿇어 엎드려 그들 모자에게 절을 올린 뒤에 여인에게 말했다.

"미심님께서는 이제 초나라의 왕이 되실 것입니다. 이 길로 회서(淮西)로 가셔서 항량 장군을 만나뵙고 즉위하실 준비를 하셔야겠습니다."

종리매는 말 세 마리를 더 구해 행장을 꾸린 뒤에 노부인과 미심을 태우고 항량 장군이 있는 곳을 향해 출발했다.

미심을 맞은 항량과 뭇 장수들은 모두 기뻐했다. 서둘러서 길일을 택해 즉위식을 거행하니, 며칠 전까지도 강촌의 농가에서 양치기 노릇을 하던 소년은 초나라의 회왕이 되었다.

그의 조부가 회왕이었는데도 불구하고 그를 다시 회왕이라고 한 것은 나라를 잃은 왕실의 후손을 세상 사람들에게 더욱 확실히 알리기 위해서였다.

미심의 모친은 왕태후라고 칭하고 항량은 무신군(武信君), 항우는 대사마 부장군, 영포는 편장군, 계포와 종리매는 도위, 환초와 우영은 각각 산기(散騎)로 임명되었다.

그 밖의 장수들에게도 그의 인물됨과 공로에 따라 직위가 내려졌고 왕이 8년 동안 일했던 강촌의 집 주인에게는 큰 상이 내려졌다.

두 영웅의 만남

대초군이 미심을 초왕으로 세움으로써 천하에 그 대의명분을 크게 세우게 되자, 사방의 영웅 호걸들이 구름처럼 모여들기 시작했다.

제일 먼저 초나라 강하(江下) 땅의 장수 송의(宋義)가 군사 3만 명을 이끌고 찾아왔다. 항량은 송의를 회왕에게 알현시킨 다음 그에게 경자관군(卿子冠軍)이라는 칭호를 내렸다.

그로부터 며칠 뒤 항량이 주재하는 군사회의 때 송의가 말했다.

"이 곳 화서는 워낙 좁아서 도읍으로 정할 만한 곳이 못됩니다. 초나라 장수 진영이 군사5천 명을 거느리고 있는 우이성(旰胎城)으로 도읍을 옮기는 것이 어떻겠는지요? 그 곳은 서진(西進)하여 진나라를 칠 때, 나아가서 공격하기 쉽고 물러서서 방어하기도 쉬운 요충입니다."

송의의 말에 군사 범증은 동감의 뜻을 표했다.

그리하여 항량은 도읍을 우이성으로 옮기기로 결정하고, 그 일을 희왕에게 주달하는 한편, 범증과

상의해서 진영을 재상으로 삼아 회왕을 보필하도록
했다.

　드디어 대초군은 회서를 떠나 회하의 하류 쪽에
자리잡고 있는 우이성을 향해 이동하기 시작했다.
수많은 기치 창검이 햇빛을 받아 빛나는 가운데 움
직이는 15만 대군의 긴 행렬은 10리 정도까지 이르
렀다.

　그로부터 이틀 후 행렬이 회하 가까이 이르렀을
때였다. 뽀얗게 홍진(紅塵)을 일으키며 저만치 서너
마장 앞에서 마주 다가오는 또 하나의 긴 군마의
행렬이 있었다.

　행군을 정지시킨 항량은 범증과 함께 그들을 유
심히 살펴 보았다. 붉은색 홍기가 펄럭이는 곳에서
는 홍광(紅光)이 빛나고, 창검이 번쩍이는 곳에서는
보랏빛 서기가 하늘을 찌르듯 가득했다.

　항량이 눈부신 듯 바라보고 있을 때, 범증이 움찔
하고 놀라며 속으로 가만히 중얼거렸다.

　"아아, 저 행렬에 왕기(王氣)가 서려 있다!"

　이윽고 마주 오던 군사가 대초군 앞에 이르면서
멎었다. 양군이 일으킨 흙먼지가 홍진이 서로 얽히
면서 글자 그대로 홍진만장한 가운데 한 장수가 말
을 몰고 나왔다. 그는 대초군이라고 쓰여진 중군기
앞에 서 있는 항량에게 가볍게 읍하고는 말했다.

　"패공 유방이라고 합니다. 군사 10만을 이끌고
귀공의 대초군에 합류하러 왔습니다."

"오, 잘 오셨소. 먼 길에 고생이 많으셨소."

항량은 크게 기뻐했다. 송의의 군사 3만을 얻은 데 이어 또다시 유방의 군사 10만을 얻음으로써 23만의 대군이 된 것이다. 그는 유방을 인도하여 회왕을 알현케 한 다음 다시 행군을 계속하게 했다.

이러는 동안 범증은 유방의 얼굴을 찬찬히 살펴보았다. 알맞게 솟고 알맞게 내려앉은 용안에 요임금의 눈썹과 순 임금의 눈, 그것은 바로 제왕의 상이었다.

'이 사람이 바로 장차 천자가 될 왕재로다!'

범증은 생각할수록 원통하고 후회스러웠다. 그러나 이미 항량과 항우를 주인으로 모시고 있는 이상 유방이 아무리 제왕의 왕기를 타고났다고 해도 뒤늦게 주인을 바꿀 수는 없었다.

이 때 유방의 나이는 40세로, 항우보다 연장이었다. 항우의 성격이 곧이곧대로 행하는 직정경행(直情徑行)인 데 비해 유방은 능소능대하는 만성우행(慢性迂行)의 사람이었다. 또한 항우가 초나라의 명문 출신임에 비해 유방은 비천한 평민 출신이다. 그러면서도 두 사람은 모두 초나라 사람이라는 공통점을 가지고 있었다.

한신(韓信)

대초군이 사수(泗水)의 강가에 영채를 세운 지 얼마 지나지 않아서였다. 한신이라는 자가 허리에 칼한 자루를 차고 항량을 찾아와서 자기를 써 달라고 청원했다.

항량은 바짝 마른 체구에다 다소 거만해 보이는 한신이라는 사나이가 마음에 들지 않았기에 쓰지 않으려고 했다. 그러자 그의 곁에 있던 군사 범증이,

"이 사람이 겉으로는 비록 궁색하고 초라해 보이지만, 가슴속에 깊은 지모를 간직하고 있는 듯하니 휘하에 막료로 두도록 하시지요."

하고 권고하였다.

항량은 마지못해 한신을 집극랑(執戟郎)으로 임명하였다. 겨우 졸개의 신분을 면한 위관(尉官) 벼슬이었다.

한신은 초나라의 회음(淮陰) 사람이다. 집안이 가난하고 남의 눈에 띌 만한 선행(善行)도 하지 않았기 때문에 추천을 받아 관리가 되지도 못했다. 또 장사를 하여 생계를 이을 재간도 없었으므로 늘 남에게 기식(寄食)하고 있었다. 때문에 한신을 싫어하는 사람들이 많았다.

어머니가 죽었을 때 한신은 장례식조차 치르지

못했다. 그래도 한신은 높고 공기가 건조한 땅에 어머니의 시신을 매장했다. 장차 무덤 옆에 만 호 (萬戸)의 묘지기를 둘 수 있도록 했던 것이다. 만 호 의 묘지기를 둘 수 있는 무덤은 왕후(王侯)의 신분 을 가진 사람의 무덤이다. 한신의 가슴 속에 품은 야망만은 홍곡(鴻鵠:큰 기러기와 고니)의 뜻만큼 컸 던 것이다.

한신이 하향현(下鄕縣) 남창(南昌)의 정장(亭長) 집 에서 식객 노릇을 하고 있었을 때의 일이다. 기식 한 지가 수 개월이나 계속되었기 때문에 정장의 아 내는 귀찮게 여겼다. 어느 날 아침, 부부는 침실에 서 아침식사를 끝내고 식사 때가 되어 한신이 나타 나도 모른 체했다. 한신은 그 저의를 알고 화를 낸 다음 마침내 절교하고 그 집을 떠났다.

한신이 할 수 있는 일은 아무것도 없었다. 매일같 이 회음성 밑의 강가에서 낚시질을 했다. 그 때 강 가에서는 수 명의 노파들이 솜을 바래고 있었는데, 그 중의 한 노파가 한신이 굶고 있는 모양을 보고 가엾게 여겨 밥을 주었다. 그 같은 일은 솜을 다 바 랠 때까지 수십 일 동안 계속되었다.

한신은 노파에게 감사하며 말했다.

"언젠가는 반드시 할머니께 후하게 보답할까 합 니다."

그러자 노파는 화를 내면서,

"명색이 사나이면서 끼니도 제대로 때우지 못하

는 주제에 큰소리를 치는 것이 아냐. 나는 불쌍히 여겨 당신에게 밥을 준 거야. 보답따윈 바라지도 않아."

하고 꾸짖었다.

한신은 큰 몸을 갈(褐:허술한 옷)로 싸고 있었지만 허리에는 늘 장검을 차고 다녔다. 검은 무인(武人)의 상징이다. 무인 중에서도, 범속한 자와는 다른 무사라는 것을 세상 사람들에게 과시하고 싶었던 것이리라.

회음의 도살업자들 중에 평소부터 한신을 깔보는 젊은이가 하나 있었다. 어느 날 성질 사나운 그 젊은이가 한신에게 시비를 걸어 왔다.

"이봐, 너는 몸집만 큰 데다가 장검을 즐겨 차고 다니지만 실상은 겁쟁이겠지?"

한신은 응답하지 않고 떠나려 했으나, 젊은이는 더욱 바짝 가까이 붙어서면서 떨어지지 않았다. 사람들이 모여들었기 때문에 젊은이는 더욱더 신이 나서 많은 사람들이 보는 앞에서 한신에게 창피를 주며 말했다.

"야, 목숨을 내던질 배짱이 있으면 그 칼로 나를 찔러 봐. 그게 무서우면 내 가랑이 밑을 빠져나가거라."

한신은 가만히 젊은이를 노려보다가 결국은 고개를 떨구고 싸움에 진 개처럼 땅바닥에 엎드려 그의 가랑이 밑으로 빠져나갔다. 온 시장거리의 사람들은 누구나 한신을 겁쟁이라고 말하며 비웃었다.

한신은 무위 도식하는 사람이었지만 게으름만 피우고 있었던 것은 아니었다. 회음의 거리나 가까운 마을의 옛집을 찾아다니며 병법서를 읽었다. 당시의 서적은 종이가 아니라 죽간(竹簡)이나 목간(木簡)에 쓴 것이었다. 운반하기가 대단히 어려웠기 때문에 장서가를 찾아가서 읽을 수밖에 없었다.

병법서로는 주로 ≪손자(孫子)≫였다. 손무(孫武)와 손빈이 지은 책이다. ≪오자(吳子)≫도 있었다. 병법에 정통하여 장군이 되는 것이 한신의 꿈이었다. 꿈이 이루어지느냐 않느냐를 따질 때가 아니었다. 진나라의 천하 통일이 이루어져 군현제(郡縣制)가 실시되었지만 진나라의 정치는 극도로 가혹했다. 원망하고 탄식하는 소리가 세상을 뒤덮었다. 언제 반란이 일어날지 모른다. 난세가 오기를 기대하고 있던 한신이었다. 평화가 계속되면 일개 서민이 장군 따위가 될 수 있을 리가 없다.

이러했던 한신이 대초군의 집극랑이 되었지만, 그는 이미 군사들 사이에서도 웃음거리가 되어 있었다. 다만 허부(許負)라는 한 사람만이 한신의 인물됨을 알아보고 그를 위로해 주었다. 그 때 젊은 패거리 속에 함께 있었던 사람이었다.

"당신은 왕후(王侯)의 상을 타고 났소. 뒷날 크게 귀하게 될 것이니 용기를 잃지 마시오."

최초의 격돌

초나라의 항량이 도읍을 우이성으로 옮긴 후 유방 진영과 합세하여 진나라를 칠 준비를 하고 있다는 보고가 함양성으로 들어왔다.

조고는 대경실색하여 대장군 장한(張邯)을 불러 말했다.

"항량이 20만이 넘는 대군을 이끌고 진나라로 쳐들어올 것이라 하니, 이대로 두었다가는 큰 화를 면치 못할 것이오. 장군은 즉시 출진하여 그들을 일당을 모두 소탕하도록 하오."

승상의 자리에 오른 조고의 명령은 왕명과 다름없었다. 장한은 머리를 조아려 읍한 뒤에,

"삼가 승상의 명을 받들어 역적들을 소탕하고 오겠나이다."

하고 물러나왔다.

장한은 사마흔·동예·이유 등 세 사람의 맹장과 함께 30만 대군을 거느리고 함곡관 밖으로 나갔다. 그런데 막상 출정하여 들으니 천하의 형세는 함양에서 듣던 것과는 전혀 딴판이었다. 6국의 자손들이 모두 다 제 고장에서 벌 떼처럼 일어나고 있음을 비로소 알게 되었다.

장한은 초나라를 치기 전에 먼저 가까운 곳에 있는 위(魏)나라를 치기로 했다. 위왕 조구(趙咎)는 초

와 제 두 나라에게 급히 구원군을 청하면서 한편으로 성문을 굳게 닫고 지켰다.

위왕의 구원 요청을 받은 제왕 전담은 곧 군대를 거느리고 위나라로 향했고, 초왕 미심도 항량과 상의하여 항씨 가문의 장수 항명(項明)으로 하여금 군사 3만을 거느리고 가서 그들을 구원케 했다.

그러나 제왕 전담은 매복계에 걸려 진나라 장수 사마흔에게 목이 달아났으며, 항명 또한 이유의 칼에 베어져 죽임을 당했을 뿐만 아니라 3만 군사까지 전멸을 당하고 말았다.

대승을 거둔 장한은 승세를 휘몰아 위나라로 들이닥쳤다. 구원병을 잃은 위군은 30만 진나라 대군을 당할 수가 없었다. 마침내 위나라 장수 위표(魏豹)는 위왕을 모시고 왕성에서 빠져나와 초나라로 도망치기에 이르렀다.

위나라를 평정한 장한은 이어서 초나라를 치기 위해 동아(東阿)를 향하여 대군을 이끌고 출발했다.

급보에 접한 회왕은 무신군 항량을 비롯한 장수들을 모아 어전회의를 열었다. 장수 항명과 함께 3만의 군사를 일시에 잃은 뒤라 회의 분위기는 어느 때보다 가라앉아 있었다.

"진나라 대장 장한의 대군이 동아로 몰려오고 있다는데, 무신군의 의향은 어떠하신지요?"

회왕이 항량에게 물었다. 나이는 어리지만 왕의 위의를 충분히 갖추고 있었다.

"신이 나가서 장한을 죽인 뒤에 진나라의 항복을 받겠습니다."

항량이 공손한 말투지만 자신이 넘치는 목소리로 대답했다.

어전에서 물러나온 항량은 항우·유방과 함께 20만 대군을 거느리고 동아를 향해 진군했다. 그리하여 하루가 지나기 전에 동아로부터 30리 떨어진 곳에 진영을 설치하였다. 항우가 먼저 전군(前軍)을 이끌고 적진 가까이 이르더니 말을 세우고 큰 소리로 외쳤다.

"진장(秦將) 장한에게 할 말이 있으니 썩 나오너라!"

그 소리를 들은 장한이 좌우에 제장들을 거느리고 마주 나와서 대꾸했다.

"천병(天兵)이 여기에 이르렀거늘 어서 말에서 내려 항복할 생각은 않고 무슨 할 말이 있다는 게냐?"

항우가 껄껄 웃고 나서 우레 같은 소리로 꾸짖었다.

"시황이 무도하더니 2세는 더욱 잔인 흉포하고 조고 따위가 전권을 농단하기에, 천하의 영웅들이 모두 이를 갈며 일어나고 있다. 너는 지금 솥 속에 든 물고기 신세인 줄을 모르느냐?"

말을 마친 항우는 초천검을 뽑아 들고 오추마를 급히 몰며 장한에게로 달려갔다. 장한도 또한 삼지

창을 휘두르며 달려 나왔다.

장검과 장창이 맞부딪칠 때마다 검광이 사방으로 흩어졌다. 젊은 항우와 역전의 명장 장한이 어우러져 싸우기 30여 합에 이르자, 장한의 창법이 서서히 어지러워지기 시작했다.

장한이 급히 말머리를 돌리자, 항우가 놓치지 않으려고 오추마를 재촉하며 몰았다. 그 때 이유가 그 재빨리 말을 몰고 나와 항우를 가로막았다.

"넌 또 웬 놈이냐?"

항우가 눈을 부릅뜨고 크게 호통을 치자 이유는 깜짝 놀라 주춤하며 뒤로 물러섰다. 그것을 본 사마흔과 동예 두 장수가 동시에 달려나와 이유를 구원하려고 했다.

그러나 항우는 조금도 힘들어하지 않으며 세 장수를 상대로 해서 싸웠다. 어우러져 싸우기 20여 합에 이르자 그들도 또한 항우를 당하지 못하고 말머리를 돌려 달아나기 시작했다.

그 때 항량은 영포·환초·우영 세 장수로 하여금 항우를 도우며 진군을 공격하라고 명령을 내렸다. 승세를 탄 초군이 풍우처럼 내달아 좌충우돌하기 시작하자, 진군으로서 죽는 자들은 이루 그 수효를 알 수 없을 정도로 많았다.

크게 패하여 50여 리나 쫓겨가서야 겨우 패군을 수습할 수 있었다. 그는 비오듯이 땀을 흘리며 부하 장수들에게 말했다.

"비록 적장이지만 항우는 참으로 대단한 장수로다. 내가 지금까지 수백 번을 싸웠지만 그런 장수는 처음으로 만났다. 아무래도 힘으로 이기기는 어렵겠다. 아무래도 완병(緩兵:군대를 느슨하게 만든다)의 계교를 써야겠다. 적의 장수들이 교만해지고 군사들이 해이해진 틈을 타서 적을 쳐부수는 것이다."

첫 싸움에서 크게 이기고 본진으로 돌아온 항우는 항량에게 말했다.

"장한은 그다지 두려워할 적이 아닌 것 같습니다. 군대를 나누어서 치면 이길 수 있을 것입니다."

"그래, 나도 그렇게 생각한다. 장한은 한낱 허명뿐인 장수에 불과하다. 내일 싸움에서 한 놈도 남기지 않고 다 잡아죽여야겠다."

항량도 호기롭게 말하고는 장수들에게 잔치를 베풀어 승전을 축하하면서 그들의 노고를 치하했다.

이튿날 항량은 항우를 중군, 영포를 우군, 유방을 좌군으로 하여 병사들로 하여금 북을 치고 피리를 불게 하면서 진나라 진영으로 세찬 물길처럼 쳐들어갔다.

장한은 진을 버리고 도주하기 시작했고, 초군은 틈을 주지 않고 그 뒤를 급히 쫓았다. 진군은 세 갈래로 나뉘어 장한은 정도(定陶)로, 사마흔과 동예는 복양으로, 이유는 옹구로 각각 후퇴했다.

그러자 초군도 군사를 세 길로 나누어 추격전을

전개했다. 항우는 이유를 추격했는데 마침내 따라 잡자 한 칼에 그의 몸을 베어 말 아래로 떨어뜨렸다.

패공 유방은 사마흔과 동예를 쫓아갔는데 하루낮 하룻밤 동안 3백 리나 추격하였다. 그 때 소하가 급히 유방에게 간했다.

"예로부터 병법에 궁구막추(窮寇莫追)라는 말이 있지 않습니까. 만일 적이 도망치면서 복병을 숨겨 두었다가 역습을 하면 승패를 알 수 없게 될 것입니다."

"공의 말이 지당하오."

소하의 말을 옳게 여긴 유방은 추격을 멈추고 복양 근처에 위치한 성양(城陽)이라는 곳에 진을 치고 주둔하였다.

한편 영포는 퇴각하는 장한을 추격하여 정도성 밖에까지 이르게 되었는데, 진군은 성문을 굳게 닫고 오로지 지키기만 할 뿐이었다. 영포가 백방으로 싸움을 걸어 보았으나, 진군은 꼼짝도 하지 않았다.

이 때 항량이 영솔하는 후진의 군대가 영포의 진에 도착했다. 영포가 항량에게 적의 상황을 보고하자 항량은,

"적의 구원병이 오기 전에 성을 함락시키지 않고 세월만 보내고 있단 말인가!"

하면서 화을 냈다.

"장한이 비록 한 번 싸움에 패했지만, 군세가 웅장하니 지나치게 서두르면 안 될 것 같습니다.

영포도 물러서지 않고 자기의 의견을 말했다.

"그대는 대장으로서 어찌 그처럼 심약한 말을 한단 말인가! 그런 소리는 두 번 다시 입 밖에 내지 말게!"

항량은 영포를 꾸짖고는, 사닥다리를 많이 만들어 성벽에 걸쳐 세우게 하고, 군사들로 하여금 그것을 타고 올라가 성 안으로 뛰어가라고 명령했다.

그러자 성벽 위에서 철포와 불화살들이 빗발처럼 쏟아지면서 사닥다리가 모조리 불에 타 버리고 말았다. 하지만 항량은 물러서지 않고 수백 개의 충차(衝車)를 만들어 사방의 성문을 향하여 돌진하게 하였다.

그러자 이번에는 성 위에서 쇠사슬에 거대한 쇠망치를 달아 가지고 내리던졌으며 그런 바람에 충차들이 모조리 파괴되었다. 그러는 사이에 초군의 희생자들만 계속해서 늘어났다.

그 때 집극랑 한신이 항량 앞으로 와서 말했다.

"적은 지금 우리 군의 장수가 교만해지고 사졸들이 해이해질 때를 노리고 있는 듯합니다. 그것은 이른바 완병지계(緩兵之計)이니, 지금 성을 공격하는 것보다는 적의 역습에 대비하는 것이 좋을 듯하옵니다."

"뭐가 어째? 너 따위가 무얼 안다고 감히 함부로

입을 놀려 군심을 현혹케 만드는 거냐!"

불같이 노한 항량은 금방이라도 칼을 뽑아 한신을 칠 듯이 노려보았다. 그 때 경자관군 송의가 옆에 있다가 말했다.

"부디 고정하십시오. 집극량의 말에도 일리가 있으니, 그의 간언을 버리지 마시옵소서."

항량은 입을 다물고 아무런 말도 하지 않았다. 너희들이 무얼 안다고 감히 나에게 그런 말을 하느냐는 기색이 얼굴에 역력히 자리 잡고 있었다.

"술을 가져오너라."

항량은 끝내 분을 삭이지 못했다. 부종하는 무리들이 서둘러 술과 안주를 대령하자, 혼자 말없이 술을 마시기 시작했다.

송의는 항량의 군막에서 물러나왔다. 한신도 따라 나왔는데 혼자 있게 되자 하늘을 우러러보며 탄식했다.

"초나라의 앞날이 어두워지겠구나."

그 날 밤 장졸들은 모두 맥이 풀려 있었다. 어떤 자는 지쳐서 잠이 들었고, 술을 퍼마시는 자들이 있는가 하면 노름을 하는 패거리들도 있었다.

그 때 성 안에 있던 장한은 정병들을 가려 뽑아 입에 헝겊 한 조각씩을 물게 하고서 한밤중에 조용히 성문을 열고 나왔다. 초군의 진영을 살펴 보니 모두 잠들은 듯 조용하기만 했다.

장한의 정예병들은 어둠 속에 몸을 숨기며 살금

살금 초나라 진영으로 접근해 갔다. 마침내 진영 가까이 이르자 "꽝!"하는 철포 소리와 함께 장한의 공격 명령이 내려졌다. 함성이 천지를 진동시키는 가운데 장한의 정예병들은 일제히 초나라 진영으로 쳐들어갔다.

뜻밖의 기습을 당한 초나라 진영은 삽시간에 혼란속으로 빠져들고 말았다. 눈을 비비면서 일어난 사졸들은 미처 병장기를 찾지 못했고 장수들은 갑옷조차 제대로 입을 겨를이 없었다.

술에 대취하여 깊이 잠들어 있는 항량을 좌우의 호위군들이 부축하여 원문까지 나와서 겨우 말에 태우려고 할 때였다.

"적장은 달아나지 말아라! 진나라 장수 손승(孫勝)이 여기 있다!"

우레 같은 호통 소리와 함께 나타난 적장이 휘두른 칼에 항량의 목이 베어지고 말았다. 대장을 잃은 초군은 걷잡을 수 없는 혼란에 빠져들었다.

"적은 많지 않다! 두려워하지 말라!"

송의와 영포가 칼을 높이 들고 이리 뛰고 저리 뛰면서 혼란을 수습하려고 했으나 소용이 없었다. 초군들끼리 서로 밟고 채이고 해서 죽는 군사들만도 너무나 많았다. 초군의 시체들을 덮으며 깔리고 피는 흘러 내를 이루었다.

패공 유방은 패전 소식을 듣고 군사를 휘몰아 정도성을 향하여 오다가 패잔병을 이끌고 도망해 오는 송의와 영포를 만났다. 세 장수들은 의논 끝에 옹구 땅에 주둔하고 있는 항우에게로 함께 갔다.

항우는 숙부 항량이 전사했다는 말을 듣자 대성통곡했다.

"내가 부모를 일찍 여의고 숙부님의 양육을 받아 오늘날 바야흐로 공을 세워 보답을 하려고 했는데, 이렇게 사별을 하게 되다니…."

항우가 몸부림치며 통곡을 그치지 않자, 범증이 그의 곁으로 가서 조용히 말했다.

"무신군께서는 나라를 위하여 신명을 버렸으니 신자(臣子)로서의 할 바를 다했다고 할 것입니다. 비록 비명에 가셨으나, 그분께서 이루어 놓으신 대초(大楚)의 기반은 청사에 기록되어 영원히 숭앙될 것입니다. 장군께서는 무신군의 유지를 받들어 하루 바삐 진나라를 멸하고 초나라를 부흥시키도록 하십시오. 지금은 맥을 풀고 넋을 놓아 통곡만 하고 계실 때가 아니옵니다."

항우는 그 말을 듣자 비로소 통곡을 멈추고, 범증이 권하는 대로 항량의 시신을 거두어 옹구 땅에 정중히 장례를 치렀다.

장례식을 마치자 항우는 군대를 이끌고 진류(陳留)로 가고, 유방은 탕군에 머물러 그 곳을 지키기로 했다.

연전연승

야습으로 대초군을 쳐서 커다란 타격을 준 장한은 그 승세를 몰아 황하를 건너기 조나라의 근거지인 거록성(鉅鹿城)을 포위 공격하기 시작했다. 다급해진 조왕 헐(歇)은 회왕에게 사신을 보내 구원을 청했다.

그 무렵 회왕은 정도에서 무신군 항량이 전사하고 대초군이 참패했다는 소식을 늦었기에 놀라움과 비탄 속에 빠져 있었다.

그는 주위 사람들의 권고에 따라 우이성을 떠나 팽성(彭城)으로 도읍을 옮겼으며 진류에 머물고 있는 항우의 군대를 불러들이고는 군사회의를 열었다.

회왕은 나이는 어리지만 생각이 깊었다. 그는 장수들을 둘러보면서 조용히 입을 열었다.

"모두들 잘 알고 있듯이 장한이 이끄는 진나라의 대군 2십만이 황하를 건너 거록 쪽으로 북상하는 바람에 우리는 일단 위기를 넘겼소. 하지만 이것으로 끝난 것이 아니오. 진나라의 군대는 거록성에 진을 친 조나라의 왕 헐(歇)과 장이(張耳) 등의 군대를 궤멸시킨 뒤에 다시 하남으로 돌아와 우리 초나라에 쳐들어올 것이 너무나 뻔하오. 그렇다면 앉아

서그들을 기다리는 것보다는 우리가 먼저 그들을 공격하여 기선을 제압하는 것이 좋겠다고 생각하는데, 경들의 생각은 어떻소?"

회왕의 말이 끝나자마자 항우가 아뢰었다.

"맞는 말씀이옵니다. 더욱이 놈들은 무신군을 전사케 하고 3만이나 되는 대초군을 몰살시킨 장한의 군대이옵니다."

"항 장군의 말씀이 지당하옵니다."

다른 장수들도 이구동성으로 동감의 뜻을 표했다. 그리하여 회왕은 대초군을 출병시키기로 결정하고 군대를 재편성했다. 송의(宋義)는 상장군, 항우는 노공으로 봉해 차장(次將), 범증은 말장으로 했으며 많은 장수들을 송의의 직속으로 배치했다. 그리고 유방은 탕군의 장으로 임명하고서 무안군(武安君)이라고 칭했다. 항량의 죽음을 계기로 해서 정치와 군사의 실권을 모두 쥐면서 송의를 주력군의 장수로, 유방은 별군의 장으로 삼은 것이다.

송의가 이끄는 조나라 구원군은 안양(安陽)에 입성했으나 그 곳에 주둔한 채 한 걸음도 앞으로 나아가려고 하지 않았다. 무신군 항량이 전사하던 때의 일을 생각하며 이번에는 자기가 완병지계를 써야겠다고 생각한 것이다. 그는 여러 장수들에게 이같이 명령을 내렸다.

"진군이 조나라를 포위한 지가 오래 되었는지라, 조만간 사기가 떨어지고 해이해지게 될 것이다. 그 때를 기다려 기습을 감행하면 전승을 거둘 수 있을 것이니, 제장들은 내 명령이 있을 때까지 군대를 움직이지 말고 대기토록 하라."

그로부터 10여 일이 지났으나 송의는 계속해서 꼼짝도 하지 않았다. 성미 급한 항우가 송의 앞에 나아가,

"우리들이 여기서 허송세월한 지 벌써 10여 일이 지났습니다. 그 동안 조나라의 군사와 백성들로서 굶어 죽은 자들이 얼마나 될지 모르겠는데, 언제까지 이렇게 기다리고만 있을 것입니까?"
하고 항의를 하였다. 그러자 송의는,

"허어, 그렇게 서두를 게 아니라니까! 대장군은 바로 나요. 부장군은 내 명령에 따르도록 하오!"
하고 항우의 말을 막아 버렸다.

항우는 하릴없이 송의 앞에서 물러나와 며칠을 더 기다렸다. 때는 동짓달 중순이라 날씨는 매섭게 찬 데 때 아닌 비까지 내려 군사들의 고생이 이만저만이 아니었다.

그런데 한 부하가 와서 보고하기를, "송의가 자기의 아들 송양(宋襄)을 비밀리에 제나라로 보내 그곳에서 높은 벼슬을 하게 한 뒤에 자기도 제나라에 가서 재상이 되려는 공작을 은밀히 진행 시키고 있다"고 했다.

항우는 마침내 분통이 터져서 대장군 송의의 처소로 갔다. 송의는 병서를 뒤적이고 있다가 항우가

얼굴에 살기를 띠고 들어오는 것을 보자,

"무슨 일로 오셨소?"

하고 물었다. 항우는 그 말에 대답하지 않고, 두어 발자국 더 가까이 송의 앞으로 다가서면서 큰 소리로 말했다.

"초나라 대장군 송의가 모반하려 하므로 회왕의 밀명을 받들어 내가 역적을 주살한다!"

말을 끝내자마자 항우는 칼을 뽑아 송의의 목을 잘랐다. 항우는 한 손으로 피가 뚝뚝 떨어지는 송의의 머리를 들고 나와서 다시 큰 소리로 외쳤다.

"왕명에 의해 역적 송의를 주살했다. 장졸들은 동요하지 말고 나의 명령을 따르라!"

그러자 종리매가 앞으로 나서며 말했다.

"애초에 초나라를 일으킨 사람은 장군의 숙부이신 무신군이었습니다. 저희들은 초지 일관해서 장군을 따르겠습니다."

그 말이 끝나자 모든 장졸들이 일제히 땅에 엎드리며,

"삼가 장군의 명을 받들겠습니다."

하고 동조했다. 군권(軍權)을 잡은 항우는 그 같은 사실을 즉시 회왕에게 전했다. 회왕은 하는 수 없이 항우를 상장군(연합군 총사령관)으로 임명하고 전권을 맡겼다.

대장군의 자리를 차지한 항우는 영포를 선봉대장으로 삼아 진군을 치게 하였다.

영포는 정병 2만여 기를 이끌고 황하를 건너 질풍처럼 쳐들어갔다. 장한은 사마흔과 동예에게 군사를 나누어 주면서, 강변 남쪽에 진을 치고 영포의 군대를 막게 했다.

그러나 영포의 군사가 너무나 빠르게 급히 진격해 왔기에 사마흔과 동예는 미처 진을 칠 여유도 없이 마주 나가 싸우게 되었다. 하지만 전열도 제대로 갖추지 못 했기에 영포의 군대를 당할 수가 없었다.

사마흔과 동예는 수많은 무기와 식량을 모두 버리고 그대로 달아나기 시작했다. 영포의 군사들은 도망하는 진군을 추격하여 사정없이 짓밟았다.

대장군이 된 후 제일전에서 대승을 거둔 항우는 크게 위엄을 떨치게 되었다. 그는 즉시 대군으로 하여금 강을 건너게 했다.

얼마 후 항우의 대초군이 성난 파도처럼 장한의 본진을 향해 밀려오기 시작했다. 장한은 사마흔·동예 등의 제1진을 거느리고 마주 나갔다.

"내 숙부를 죽인 불구 대천의 원수! 내 칼을 받아라!"

항우가 벽력같은 호통 소리와 함께 초천검을 번득이며 오추마를 몰면서 나아가자, 장한도 역시 삼지창을 휘두르며 달려나와서 맞섰다. 두 맹장은 칼과 창을 맞부딪치며 50여 합에 이르는 치열한 싸움을 했는데 장한의 창쓰는 법이 점점 어지러워졌다.

장한은 비로소 도저히 당해 낼 수 없음을 알고 말 머리를 돌려 달아나기 시작했고. 항우가 그 뒤를 급히 쫓았다. 달아나고 쫓기를 5리쯤 했을 때 불쑥 나타난 왕리(王離)가 장한을 대신해서 항우에게 달려들었다.

　항우가 왕리를 상대로 10여 합을 싸우다가 짐짓 지친 모습을 보이자 왕리가 기회를 놓치지 않겠다는 듯이 항우를 향해 힘껏 창을 내질렀다. 그러자 항우는 창끝을 빠르게 피하면서 왕리의 갑옷 허리띠를 거머쥐고는 번쩍 들어서 내팽개쳤다. 초나라 군사들이 바닥에 굴러 떨어진 왕리를 잡아 꽁꽁 묶어 버렸다.

　장한은 멀찍이서 그 광경을 보다가 다시 말을 몰아 달아나기 시작했다. 항우가 막 그 뒤를 쫓으려 할 때 이번에는 섭간(涉間)이 일군을 몰고 나왔으나 그도 역시 항우의 초천검에 맞이 어깨가 부서지며 말 위에서 굴러 떨어졌다. 초나라 군사들이 반죽음 상태가 된 섭간을 생포하려 하자, 그는 스스로 목을 칼로 찔러 자결해 버리고 말았다.

　항우는 추격을 계속했다. 그의 초천검은 지칠 줄 모르며 진군들을 이리 베고 저리 베면서 질풍처럼 앞으로 나아갔다. 그 때 뒤에서 급히 달려온 군사 범증이 겨우 항우 곁에 이르면서 가서 추격을 멈추게 했다.

　"장군께서는 적지에 너무 깊이 들어오셨습니다.

이미 날도 저물었고, 혹시 복병이 있을지도 모르니, 더 나아가지 마십시오."

항우는 범증의 말을 옳게 여겨 그 자리에 진영을 세우게 했다.

범증이 다시 말했다.

"아무래도 오늘 밤에 적의 야습이 있을 것 같습니다."

"군사의 생각이 내 생각과 같습니다. 그럼 어떻게 대비를 해야 좋겠습니까?"

"장군은 염려 마시지요. 미리 계책을 생각해 놓은 바 있습니다."

그런 줄도 모르고 장한은 항우의 진으로부터 30여 리 떨어진 곳에 영채를 세우고 부하 장수들과 군사 회의를 열었다.

소각(蘇角)이 먼저 말했다.

"초군은 하루 종일 싸웠기에 몹시 지쳐 있을 것이고, 또 싸움에 이겼기에 방심하고 있을 것입니다. 특히 오늘 밤은 마음 놓고 쉴 것이 분명합니다. 여기서 동쪽으로 가면 초나라 진영의 후방이 됩니다. 소장이 일군을 거느리고 가서 그 곳을 치고, 장군께서는 서쪽 길로 가서 적의 전면을 공격하신다면, 적은 동서 양면에서 협공당해 크게 무너질 것이 틀림없다고 생각됩니다."

"참으로 좋은 계책이다."

장한은 머리를 끄덕이며 소각의 계책대로 행하기

로 했다.

삼경이 가까워졌을 때, 소각이 먼저 1만 명의 기병을 거느리고 영채를 떠났다. 멀리 동쪽 길로 우회해서 소리를 죽여 가며 초군의 영채 앞에 이르러서 당도해 보니, 수많은 깃발들이 바람에 펄럭이고 있었으며 초나라 군사들은 모두 깊이 잠들어 있는 것 같았다.

소각은 크게 기뻐하며 군사를 휘몰아 영문에 불을 지르면서 초진 속으로 들이닥쳤다. 그런데 어이없게도 넓은 영내에는 사람의 그림자조차 보이지 않았다.

"아차!"

소각은 그제야 비로소 적의 계교에 빠진 것을 깨닫고 급히 말머리를 돌려 퇴각하려고 했다. 하지만 때는 이미 늦어져있었다. 사방에서 횃불과 함성이 일어나며 초군들이 벌떼 처럼 그들에게 덤벼들었다.

완전히 독 안에 든 쥐 꼴이 되고 만 진나라 기병들은 비명소리와 함께 말 위에서 떨어지며 죽어 갔다. 마음이 급해진 소각이 말이 닫는 대로 채찍질을 하면서 달아나는데, 문득 한 장수가 그의 앞을 가로막으며 호통을 쳤다.

"이놈 내가 누구인지 알아보겠느냐!"

항우의 초천검이 달빛을 가르면서 소각의 머리를 베어 땅바닥에 떨어뜨렸다.

그 무렵 장한은 초진의 서쪽으로 대군을 휘동해 접근해 오고있었다. 그런데 갑자기 요란한 철포 소리와 함께 나타난 초나라 군사들이 맹렬한 기세로 덤벼들었다. 생각지도 않았던 곳에서 기습을 당한 진군은 삽시간에 대오가 흐트러졌고 군사들은 도망치기에 바빴다.

장한이 전열을 수습하느라고 안간힘을 쓰고 있을 때 한 장수가 큰 도끼를 휘두르며 그의 앞을 가로막았다.

"이놈, 장한아! 영포가 너를 기다린 지 오래다!"

얼굴에 커다랗게 먹청 문신을 한 영포의 모습은 온몸이 오싹해질 정도로 흉물스러웠다.

두 장수가 한데 어우러져 40합이 넘도록 싸웠으나, 좀처럼 승부가 나지 않았다. 장한은 진나라에서 제일가는 장수이지만, 영포도 그에 못지않은 용맹과 무술 실력을 갖추고 있었다.

장한은 더 싸울 생각이 없어졌다. 진군의 대오가 허물어진 데다가 사방에서 초군이 밀물처럼 몰려오고 있었다. 그는 마침내 말머리를 돌려 달아나기에 이르렀다.

장한이 한참 정신없이 달리고 있을 때 마침 진장 맹방(孟防)이 일군을 거느리고 달려와 장한을 구하고 가까스로 군사들도 수습했다.

그러나 그것도 잠시뿐이었다. 계속해서 진군을 추격해 오던 초군 중의 한 장수가 맹방에게 달려들더니 단 1합에 그를 말 아래로 떨어뜨렸다.

맹방을 죽인 장수는 환초였다. 그는 여세를 몰아 이번에는 장한에게로 달려들었다. 장한은 그대로 말을 몰며 도망을 쳤고. 환초는 그 뒤를 급히 쫓았다.

장한이 말에 채찍질을 하며 죽기로 달리는데, 말이 갑자기 앞굽을 모으며 넘어지고 말았다. 사람과 말이 함께 뒹굴었다. 그것을 환초가 창을 들어 마악 찌르려고 할 때였다. 장한은 아직 죽을 때가 안 되었는지, 어디선가 갑자기 나타난 진장 한장(韓章)이 환초를 가로막으며 장한을 구했다.

환초가 한장을 맞아 치열하게 싸우고 있을 때 우영이 거느린 초군이 밀려왔다. 장한이 다시 위태롭게 되었을 때 이번에는 진장 이우(李遇)가 1만 대군을 거느리고 와서 장한을 도왔다.

해는 어느덧 서쪽 하늘에 기울어지고 찬바람이 불기 시작하고 있었다. 항우는 쇠북을 울리어 군사들을 거두었다.

그 날 저녁때 범증이 항우에게 말했다.

"적의 형세를 살펴 보았는데, 모두 언덕 위에 진을 치고 있는 것으로 보아, 아마도 오늘밤 우리의 야습이 있지 않을까 걱정하고 있는 것 같습니다. 우리가 장계취계(將計就計)하여 그것을 역이용하면, 장한을 사로잡을 수 있을 것입니다."

항우가 반색을 하면서 물었다.

"선생님의 계책을 말씀해 보십시오."

범증이 대답했다.

"적은 우리의 야습에 대비하여 본진을 비워 두고 남쪽과 북쪽 양쪽에서 우리를 포위 공격하고자 할 것입니다. 우리는 은밀하게 척후를 보내서 그들의 매복지를 미리 파악하여 복병이 공격해 올 중로에 우리 군을 매복시켜 두고 적의 복병이 가까이 오기를 기다리는 거지요. 장군이 인솔하는 부대와 우리의 복병이 일시에 적을 들이친다면 크게 승리할 수 있을 것입니다."

"흐음, 과연 묘계입니다."

항우는 즉시 영포를 불러 1만여 기를 주어서 남쪽 길로 가게 하고, 다른 1만여 기는 환초가 거느리고 북쪽 길로 가게 했다. 그리고 자기는 친히 3만여 기를 이끌고 가운뎃길로 적의 본진을 향해 나아갔다.

그 날 밤 장한은 범증이 예상했던 대로 이우·한장 두 장수를 불러 영을 내렸다.

"초군은 연전연승하여 승세를 탔기에 아무래도 오늘밤 야습을 해 올 것이다. 그러니 이우는 5천여 기를 거느리고 남쪽 언덕에 매복하고, 한장은 5천여 기를 북쪽 언덕에 매복시키고 있다가 초군이 오면 그 후방의 퇴로를 끊도록 하라. 나는 본진의 후방에 숨어 있다가 남쪽과 북쪽 그리고 정면, 삼방에서 공격을 가하면 오늘 밤에 항우를 사로잡을 수 있을 것이다."

이처럼 초군과 진군은 서로 있는 지혜를 다 짜내어 자기들 나름대로의 야습을 준비하고 있었다.

밤이 이슥해지자 항우는 진군의 정면을 향해 움직이며 북을 치고 징을 울려 본진을 공격하는 척했다.

"항우가 결국 죽으러 오는구나!"

장한은 자기의 예상이 들어맞자 크게 기뻐하며 초군을 향해 공격해 들어갔다. 그런데 양군이 맞붙어 한참 동안 싸웠는데도 남북 양쪽에 매복시킨 복병들이 나타나지 않았다.

"이건 뭔가 이상하다!"

장한이 당황하며 사방을 살피고 있을 때, 이우와 한장 두 장수가 헐레벌떡 달려와서 보고했다.

"남북의 우리 두 군대가 오히려 초나라의 복병들에게 기습을 당해 대패하고 말았습니다."

그 말을 들은 장한이 대경실색하며 어찌할 바를 모르는데, 바로 그 때 항우가 군대를 이끌고 바로 정면으로 쳐들어왔다.

장한은 더 이상 버티지 못하고 다시 말머리를 돌려야했다. 실로 참패의 연속이었다. 말에 채찍질을 하며 달아나는 장한의 심사는 괴롭기 짝이 없었다.

항우는 급히 그 뒤를 쫓았다. 한참을 추격한 끝에 항우는 마침내 조나라의 거록성 아래까지 당도했다. 그 때까지 성문을 굳게 닫고 지키기만 하던 조

군은 진군이 초군에게 대패하여 그 곳까지 쫓겨오
는 것을 보자 성문을 열고 달려나왔다.

앞뒤로 협공을 당한 진군의 시체들은 산처럼 쌓
이고 흐르는 피는 땅바닥을 붉게 물들였다. 장한은
좌우를 돌볼 겨를도 없이 5, 6기만 거느리고 필사적
으로 도망치기에 바쁜 초라한 패장의 신세가 되고
말았다.

진군을 대파한 항우는 조왕이 그를 성 안으로 맞
아들이려고 했으나 극구 사양했다. 그는 대군을 거
록성 밖에 주둔시킨 다음, 사로잡은 진군의 장수
왕리를 끌어내다가 모든 군사들이 보는 앞에서 목
을 베었다. 대초군의 위엄을 보이는 동시에 군신(軍
神)에게 제사를 올리기 위해서였다.

이어서 항우는 다시 30만 대군을 거느리고 장한
의 뒤를 계속해서 추격하기 시작했다. 그러나 지나
가는 마을마다 항우의 군대를 환영하기 위해 쏟아
져 나온 백성들이 길을 메우는 바람에 제대로 진군
을 할 수가 없었다.

대군이 장남 땅에 이르렀을 때 범증이 항우에게
말했다.

"이제 그만 추격을 멈추시지요."

"아니, 왜요?"

항우가 눈을 크게 뜨며 묻자 범증이 말했다.

"장군은 황하를 건넌 후 사흘 동안에 장한의 군대
와 아홉 번 싸워서 아홉 번을 모두 이기고, 30만

명에 가까운 진군을 죽였습니다. 자고로 이 같은 대승은 역사상 그 유례가 없을 것입니다. 진의 2세 황제는 어리석고, 간신 조고는 투기하는 소인이며, 장한은 패전한 장수이니, 이들이 서로 얽혀 갈등과 내분을 일으키게 될 것이 틀림없습니다. 그 때를 기다리고 있다가 적의 허한 곳을 친다면, 단숨에 진을 멸하고 천하를 제패할 수 있을 것입니다."

"선생님의 말씀이 참으로 옳습니다."

항우는 추격을 그만 두고 장남 땅에 군사를 주둔시켜 인마의 힘을 축적시키는 데만 정성을 다했다. 이 승리로 항우라는 이름은 제후들 사이에 널리 알려졌으며, 반진(反秦) 연합군의 제1인자로서의 지위를 굳히게 되었다.

지록위마(指鹿爲馬)

그 무렵 장한은 함곡관에 영채를 모으고 함양성으로 급히 원병을 청했다. 소식에 접한 진나라 조정은 놀라움과 두려움으로 인해 들끓었다.

"대장군이 항우에게 패햇다는군!"

"육국이 모두 다시 일어나 원수를 갚으려고 쳐들어온다는 거야."

그러나 모든 백관들은 은밀히 수군거리기만 할 뿐, 조고의 비위를 거슬리게 될 것이 두려워 황제에게 아뢰지 못하며 서로 눈치만 살피고 있었다.

조고는 물론 천하의 정세가 불과 1년여 동안에 어떻게 변했으며, 장한이 참패를 당하고 원병을 요청한 보고도 역시 직접 들었기에 잘 알고 있었다. 하지만 이러한 사실을 2세 황제에게 아뢸 수는 없었다. 그렇게 되면 자신의 위치가 흔들릴 수도 있기 때문이었다.

그즈음 2세 황제는 전권을 조고에게 일임하고, 함양궁과 아방궁을 왕래하면서 주색과 향락에 흠뻑 빠져 있었다. 공연히 그것을 건드려 심기 일전한 2세 황제가 친정(親政)을 하게 되기라도 하면, 그가 누리고 있는 권세를 언제 다른 사람에게 빼앗길지 모를 일이었다.

그러니 조고는 불한하지 않을 수 없었다. 세상이 시끄러워졌으니 신하들이 혹시나 딴 마음을 가지고 자기의 위세를 엿보지나 않을까, 자기에게 복종하는 마음이 흔들리지나 않을까, 하고 생각하게 되었다.

때문에. 조고는 어느 날, 신하들의 마음을 떠 보는 한편으로 자기의 위세가 어느 정도인지 알아 볼 생각으로 사슴 한 마리를 대궐 안으로 끌고 오게 했다.

그리고는 2세 황제에게 정전으로 나와서 신하들과 국사를 의논하시라고 아뢰었다. 2세가 정전으로 나와 좌정하자, 조고는 사슴을 끌어다가 2세 앞에 서게 하고는 말했다.

"좋은 말을 한 필을 구해 왔기에 폐하께 바치옵니다."

조고는 서슴지 않고 사슴을 말이라고 아뢰었다.

"허허허, 경이 재담을 하시려는 건가?"

2세 황제가 웃으면서 묻자 조고는 짐짓 정색하면서 말했다.

"신이 어찌 폐하께 감히 재담을 농하오리까. 이 말은 천하에 드문 명마이오니, 거두어 주시옵소서."

2세 황제는 좌우에 있는 신하들에게 물었다.

"경들은 이것이 말로 보이는가?"

그러나 신하들은 모두 벙어리가 된 것처럼 아무런 대답도 하지 않았다.

"어찌하여 아무런 대답도 하지 않는가? 그래, 경은 이 것이 말로 보인단 말인가?" 2세가 옆에 가까이 서 있는 신하에게 물었다.

"예, 말로 보이옵니다."

그 신하는 조고의 뜻에 맞추어서 사슴을 말이라고 아뢰었다.

"경의 눈에는?"

2세가 다른 신하에게 물었다.

"말이옵니다."

그 신하도 사슴을 말이라고 대답했다. 2세의 얼굴에서 웃음기가 사라졌다.

"경도 말로 보이는가?"

"예, 그러하옵니다."

2세가 한 사람씩 번갈아가며 물어 보았으나, 모든 신하들은 약속이라도 한 것처럼 말이라고 대답했다. 조고의 얼굴에 회심의 미소가 떠오르고 있었다.

바로 그 때 한 신하가 분연히 대답했다.

"폐하, 이것은 사슴이옵니다."

"예, 분명 사슴임이 틀림없습니다."

이어서 두 신하가 연달아 사슴이라고 아뢰었다.

그 이튿날부터 2세 황제에게 사슴을 사슴이라고 바른대로 대답한 세 사람은 그림자도 보이지 않았다. 조고가 심복 장수들로 하여금 그들이 대궐문 밖으로 나가면 모조리 죽이라고 명했기 때문이었다. 조정의 모든 신하들은 공포에 질려 숨도 크게 못 쉬었다.

이 날 이사는 입궐하지 않았기에 나중에 소문을 듣고 그런 일이 있었던 것을 알았다.

'괘씸한 놈! 일개 내시 놈이 하늘 무서운 줄 모르는구나.'

이사는 시황제가 사구(沙丘) 땅에서 붕어했을 때 조고의 말에 넘어가 조서를 위조하여 태자 부소를 죽이고 호해를 2세 황제로 모신 것을 뼈저리게 후회했다. 더구나 최근에 와서는 조고의 권세가 하늘을 찌르고 2세 황제는 주색에 빠져 도무지 정사를 보려고 하지 않았기에 크게 통탄하고 있었다.

간교한 조고가 그러한 이사의 속생각을 모를 리 없었다. 그는 다음 날에 다시 폐하의 부르심이라면서 백관들을 불렀다. 그랬더니 역시, 예상했던 대로 이사만 홀로 입궐하지 않았다.

'이 사람을 그냥 두어서는 안 되겠구나!'

조고는 마침내 이사를 죽여야겠다고 결심하고 수레를 몰아서 그의 집으로 갔다. 인사가 끝나고 서로 마주 앉자 조고는 걱정스러운 표정으로 말했다.

"관동 각지에서는 진나라를 배반한 무리들이 창궐하고, 대장군 장한은 항우에게 패해 30만 대군을 잃어버렸건만, 2세 황제 폐하께옵서는 주야로 유흥하시기에만 골몰하시니, 실로 걱정이외다. 내가 폐하께 간언을 올리고 싶지만, 나는 원래 일개 환관이었는지라 외람되게 그럴 수도 없으니, 공이 폐하께 간언을 올려주셨으면 하오"

이사는 조고로부터 뜻밖의 말을 듣자 깜짝 놀라지 않을 수 없었다. 그가 2세에게 충간하라고 자기한테 권고하리라고는 생각도 못했기 때문이다.

그는 감개가 어린 어조로 대꾸했다.

"내가 그럴 생각은 간절하나, 폐하께옵서는 심궁에 드셔서 조정에 나오시지 않고, 나는 심궁에 들어가지를 못 하니, 간언을 올릴 기회가 있어야지요."

이사의 말은 솔직한 고백이었다.

"그러면 내가 심궁에 있다가 틈을 보아 공에게 알려 드릴 테니, 그 때 폐하를 배알하고 간언을 드리도록 하시지요."

조고는 충심으로 나라의 앞날을 걱정하는 빛을 얼굴에 띠고 말했다. 그래서 이사는 그것이 자기를 사지(死地)에 몰아넣는 간교한 계책이라는 것을 짐작도 하지 못했다.

"그렇게 해 주시면 참으로 고맙겠소이다."

이사는 진심으로 감사하는 뜻을 표했다.

이사(李斯)의 말로

다음 날이었다. 신하들에게 망신을 당하고도 정신을 못 차린 2세 황제가 후궁에서 궁녀들과 더불어 흥겹게 노래 부르고 춤추며 즐기고 있을 때, 조고가 은밀히 이사에게 사람을 보냈다.

'지금 곧 후궁으로 들어와 폐하께 말씀을 아뢰시오.'

이사는 조고의 통지를 받자 서둘러 입궐했다. 후궁 문 앞에까지 간 이사는 폐하께 아뢸 말씀이 있어서 들어왔으니 고하라고 근시에게 말했다. 근시는 안으로 들어간 지 얼마 안 되어 나오더니 말했다.

"폐하께서 지금은 만날 수 없으니 다른 날 오시라

고 하십니다."

그러나 이사는 조고로부터 내통을 받고 왔기에 다시 2세 황제에게 주달하기를 청했다. 내시가 다시 들어갔다가 나오더니 같은 말을 했다. 이사는 조금 있다가 세 번째로 다시 내시에게 주달하기를 청했다.

2세 황제는 궁녀들과 한창 즐기고 있는데 세 번씩이나 거듭 알현을 청하는 이사가 매우 못마땅했다. 그래서 노기 띤 목소리로 근시에게 호통을 쳤다.

"짐이 즐거워하고 있는 이 때 어째서 세 번씩이나 흥을 깨뜨리는가! 이사가 감히 이럴 수 있는가!"

이 때 조고가 2세 앞으로 나아가 아뢰었다.

"이사로서는 능히 그럴 수 있다고 생각할 것입니다."

"그게 무슨 소리요?"

2세의 음성이 거칠어졌다.

"이사는 폐하께서 황제가 되신 것은 모두 자기 덕분이라고 생각하고 있사옵니다. 그래서 봉토(封土)를 나누어 주고 자기를 왕후(王侯)에 봉해 주실 것이라고 기대했는데 그것이 이루어지지 않았기에 폐하를 원망하고 있사옵니다."

"뭐라고? 이사가 그럴 수가…"

2세의 얼굴에 분노하는 빛이 떠올랐다.

"뿐만 아니라 이사는 자기의 아들 이유(李由)를 시

켜 초나라와 비밀스럽게 내통하고 있습니다. 그것
은 장차 나라의 큰 화근이 될 것입니다."

그 말을 들은 2세의 얼굴은 놀라움으로 인해 굳
어졌다.

이윽고 2세가 침묵을 깨뜨렸다.

"이사에게 썩 물러가라고 해라!"

그렇게 되어 이사는 궁중에서 쫓겨나오고 말았
다. 그런데 집으로 돌아와 가만히 생각해 보니, 아
무래도 자기가 조고에게 속은 것만 같았다.

'내가 간특한 늙은 여우의 농간에 넘어가고 말았
구나!'

그는 그렇게 깨달은 그는 즉시 2세 황제에게 올
리는 상소문을 썼다. 다음과 같은 내용이었다.

가혹한 세금과 함께 가중되는 군역과 노역으로
인해 백성들이 굶주림에 시달리고 있으며 관동에서
는 진나라를 쳐부수고 잃어버린 나라를 다시 세우
겠다며 봉기한 반군들이 나라의 반 이상을 점령해
들어오고 있습니다. 더욱이 그들을 진압하기 위해
출정한 대장군 장한은 지금 30만 대군을 모두 잃고
함곡관에서 원병을 청하고 있으니, 나라의 앞날이
매우 위태롭나이다. 이 모든 것은 일개 환관이었던
조고가 승상이 되어 국정을 전단하고 권세를 휘두
르기 때문에 벌어진 일이니, 폐하께서는 깊이 통찰
하시옵소서.

2세 황제는 상소문을 읽더니 안색이 변하며 즉시 이사를 입궐시키라고 분부를 내렸다. 이사가 급히 입궐하여 부복하자 2세는 노기를 띤 얼굴로 말했다.

"조고는 청렴하고 유능하며 또 짐의 뜻을 잘 받들기에 짐이 그를 믿고 국정을 맡긴 것인데, 경은 어찌하여 소인배처럼 조고를 헐뜯는가?"

"조고의 간교함과 탐욕스러움은 이미 천하 사람들이 다 알고 있는데, 어찌 폐하만 모르고 계시옵니까?"

이사도 지지 않고 단호한 어조로 말했다. 2세는 무언가 잠시 생각하더니 엉뚱한 트집을 잡으며 이사를 윽박질렀다.

"경은 평소에 아방궁의 나머지 공사를 중지하라고 내게 말했는데, 그것은 선제께서 하시던 공사를 완성하려는 것에 불과한 것이오. 그런데도 경은 굳이 공사의 완성을 보지 못하게 하여 짐으로 하여금 불효를 저지르게 하니, 그 의도가 무엇인지 매우 의심스럽소."

2세는 이사를 꾸짖다 말고 별안간 좌우를 시켜 정위(廷尉)를 부르라고 했다. 정위가 들어오자 2세는 빠르게 물었다.

"비밀스럽게 초나라와 내통하여 사직을 전복시키려고 한 죄는 오형(五刑)으로써 논하면 무엇이냐?"

정위는 영문도 모른 채 즉시 대답했다.

"요참(腰斬)이옵니다."

"그래?"

즉시 2세의 어명이 내려졌다.

"이사를 요참에 처하고, 그의 삼족을 멸하라!"

이사가 정위에게 끌려나가자 2세는 조고를 들어오게 했다. 조고는 2세의 기색이 심상치 않음을 보고 재빨리 그 앞에 엎드렸다.

"천하에 변란이 일어나 나라가 위태로워졌는데, 경은 어이하여 짐에게 알리지 않았는고?"

조고는 처음으로 황제에게 그런 질책을 받게 되자 사시나무처럼 온몸을 떨면서 입을 열었다.

"황공하옵게도 신이 승상이 된 후에 오직 바란 일은 폐하께옵서 태평 성세에 만수무강하시는 것뿐이었사옵니다. 그러므로 나라 안의 정사는 신이 불철주야로 감당해 왔사오나, 나라 밖의 도적을 막는 일은 대장군 장한과 사마흔·동예 등이 맡아서 해 왔사옵니다. 신이 혼자서 어찌 나라 안팎의 일을 모두 다 할 수 있겠사옵니까. 장한이 싸움에 패했다면 그의 죄를 묻고 대장을 새로 뽑아 보내시면 도적들을 진멸할 수 있을 것이옵니다."

실로 교묘하게 자신의 책임을 회피하며 2세의 마음을 안심시키는 말이었다. 그러나 어리석은 2세는 그것을 간파하지 못한 채 조고의 측은한 모습과 공손한 목소리에 마음이 흔들려 금세 노여움이 풀어졌다.

"듣고 보니 경의 말이 옳도다. 경은 과히 염려하시지 마오."

2세는 그렇게 말하고는 후궁으로 들어가 버렸다. 대궐에서 나온 조고는 곰곰이 생각했다.

'이번 일은 변변치 못한 장한이라는 놈이 싸움에 지고 원병을 청했기 때문에 일어난 거야. 우선 이 놈부터 잡아 없애야겠다!'

조고는 엉뚱하게도 장한을 원망하면서 그를 죽일 생각에만 골몰했기에 다른 것을 생각할 정신이 없었다.

바로 그 즈음에 장한의 부하 장수 사마흔이 함곡관으로부터 찾아와 승상을 뵈옵겠다고 청했다. 몇 번이나 원병을 청하는 장계를 올리고 사자를 보냈는데도 아무런 소식이 없었기에, 그가 직접 찾아온 것이었다.

조고는 "사마흔을 만날 겨를이 없으니 기다리게 하라"고 분부하고는 장산·사마흔·동예 세 장수들의 가족을 비밀리에 모두 잡아들이게 했다.

그런 줄도 모르고 사마흔은 조고의 집 문 밖에서 하루 종일 기다렸다. 하지만 이튿날 저녁때가 되어도 조고는 그를 만나 주지 않았다. 아무래도 뭔가 이상하다고 생각한 사마흔은 외양이 정직해 보이는 문객 한 사람이 옆문에서 나오는 것을 보고 그 사람 앞으로 다가갔다. 그리고 품 속에서 금덩어리를 하나 꺼내 그 사람에게 쥐어주고는 은근히 물어 보았다.

"승상께서 나를 만나 주시지 않는 까닭이 무엇인지 말씀을 좀 해 주십시오."

사마흔이 간곡한 어조로 말하자, 문객은 그의 귀에 입을 가까이 하면서 작은 소리로 말했다.

"장군께서는 지금 제 발로 죽으러 들어가려고 하시니, 참으로 보기가 딱하외다."

사마흔은 감짝 놀라지 않을 수 없었다. 그는 후다닥 말을 타고 달아났다.

'큰일났다! 이 사실을 빨리 대장군에게 알려야 한다.'

사마흔은 밤새도록 쉬지 않고 말을 달려서 함곡관으로 돌아가 전후의 사정을 보고했다. 듣고 난 장한은 크게 탄식하며 말했다.

"진퇴유곡이라더니, 내가 바로 그 꼴이 되었구나. 조고 이놈! 내가 죽기 전에 네놈의 고기를 씹고야 말 것이다!"

장한은 너무나 분하고 억울해서 어쩔 줄 몰라 했다.

그럴 때에 조고의 조카인 조상(趙常)이 2세 황제의 칙사로서 장한을 찾아왔다는 전갈이 왔다. 그 말을 듣고 장한은 긴장했다.

'무슨 일로 칙사가 온 것일까?'

그는 사마흔과 동예를 불러 상의했다.

"필시 폐하의 칙명으로 우리를 함양으로 불러올

려 죽일 작정으로 칙사를 보냈을 것입니다. 이사도 조고의 간계에 빠져 억울하게 죽지 않았습니까."

동예의 그 같은 말을 들은 장한은 고개를 끄덕였다.

"폐하께서 함양으로 오라고 명해도 가시지 말아야 합니다. 그래야만 우리가 살아날 길이 생기고, 또 가족들도 인질로 잡혀 있는 동안만이라도 목숨을 부지할 수 있을 것입니다. 만일 우리가 간다면 모두 죽임을 당하고 말 것입니다."

사마흔도 그렇게 말했다.

"그러면 우리 세 사람의 뜻이 모두 같으니 그렇게 하기로 하세."

의논을 끝낸 장한은 칙사와 만났는데, 조상이 전해 준 조서의 내용은 예상했던 대로였다.

도적을 토멸하라는 명을 받들고 관 밖에 나갔으니 마땅히 공훈을 세우고 위엄을 떨쳐야 하겠거늘, 그대는 도리어 군사들을 죽이고 군명(君命)을 욕되게 만들었다. 지금 조상을 칙사로 보내 그대를 부르는 터이니, 어김이 없으면 사정을 참작할 것으로 되, 만일 어기고 불복한다면 그 죄는 죽음을 면키 어려운 것이 될이다. 그대는 속히 짐의 명을 받들어 행하도록 하라.

조서를 읽고 난 장한은 크게 노해 조상에게 소리

쳤다.

"내가 싸움에 패하고 군량도 떨어져 군사들이 굶주리고 있어서 사자로 하여금 몇 번이나 황제 폐하께 아뢰게 하였다. 그런데 조고 놈이 그것을 막으며 아뢰지 않고 있다가 이제 와서 우리들에게 죄를 씌우려고 하다니 이럴 수가 있단 말인가. 이놈 괘씸한 놈! 너의 삼촌 대신 네놈이 내 칼에 죽어라!"

장한은 칼을 뽑아 그 자리에서 조상의 목을 베어버렸다. 그리고 나서 다시 막료들을 불러 대책을 상의했다.

모사 진희(陳稀)가 먼저 말했다.

"기왕에 이렇게 되었으니, 진나라를 버리고 안신할 길을 새로이 찾는 것이 좋을 듯 합니다."

"옳은 말씀입니다. 그렇게 하는 수 밖에 없습니다."

사마흔이 동감의 뜻을 표하자 동예도 찬성했다.

"이제는 선택의 여지가 없어졌다고 생각됩니다."

장한이 잠시 생각하다가 말했다.

"우리가 지금 진나라를 버린다면, 누구에게로 가는 것이 좋을 것 같은가?"

"지금 육국의 후손들이 제각기 일어섰습니다만 모두 보잘것없고 오직 초나라의 항우 하나만이 강성합니다. 앞으로 진나라를 멸망시킬 사람은 아마도 항우일 것입니다. 항우에게 가도록 하시지요."

진희가 조심스럽게 자기의 생각을 말했다.

"그건 안 될 말일세. 비록 내 손으로 직접 죽이지는 않았지만 지난 가을에 항우의 숙부 항량이 나와 싸우다가 전사했으니, 항우는 지금 나를 원수로 여기고 있을 게 아닌가?"

"그 점은 염려 마십시오. 저를 항우에게 사자로 보내 주신다면, 제가 책임지고 설득하겠습니다."

진희가 자신있게 말하자 장한이 머리를 저었다.

"목숨을 걸어야 하는 일인데 내가 어찌 그대를 사자로 보낼 수 있겠소?"

"아닙니다. 제가 가는 길이 바로 죽지 않고 살 수 있는 활로입니다. 그러니 저를 사자로 보내 주십시오."

진희가 간곡하게 청했기에, 장한은 결국 마침내 허락했다.

진희는 즉시 함곡관에서 나와 항우를 만나러 장남 땅으로 갔다. 항우는 진희를 만나자 냉기가 어린 목소리로 말했다.

"장한이 세궁 역진해지니 너를 세객으로 보냈구나. 그렇지 않아도 내가 지금 보검을 잘 갈아 놓고 시험을 해 보려던 참이다. 네 말이 과연 사리에 합당하면 모르겠거니와 조금이라도 사리에 어긋난다면 보검으로 베어 볼 것이다."

"저는 세객으로 온 것이 아닙니다. 다만 지금 진·초 양군이 서로 적대하는 것은 진군에게 이익이 안 되고 초군에도 도움이 안 된다는 것을 말씀드리러 온 것입니다. 대장군 장한은 나라에 세운 공이 많건만, 내시 조고의 모함에 걸려 진퇴 유곡의 궁지에 빠져 있습니다. 지금 칙사의 목을 가지고 장군께 항복하고자하니, 받아 주시기를 바랄 뿐입니다…."

항우는 진희의 말이 채 끝나기도 전에 탁자를 치면서 호통을 쳤다.

"장한은 나의 숙부를 죽인 불구 대천의 원수다! 내가 그놈을 죽여 고기를 씹어도 분이 풀리지 않을 텐데, 뭐 그놈의 항복을 받아 달라고?"

그러자 진희는 하늘을 우러러보며 크게 소리내어 웃었다. 그것을 본 항우는 더욱 불같이 노해 소리쳤다.

"네 이놈! 내 보검이 얼마나 잘 드는지 보고 싶다는 거냐? 어째서 감히 내 앞에서 웃는 거냐?"

진희가 정색을 하면서 대답했다.

"제가 웃은 까닭은 장군께서 저를 베시고 장한 장군의 항복을 받아들이지 않으신다면, 잃는 것이 너무나 크시기 때문입니다. 충신은 나라를 위하여 가정을 돌보지 않고 목숨까지도 바치지 않습니까. 장한이 장군의 숙부님을 전사케 한 것도 진나라에 대한 그의 충성심 때문에 일어난 일입니다. 큰 뜻을 이루려는 사람은 이 같은 충성된 마음을 취하지, 사사로운 가족의 원한을 취하지 않습니다."

그 때 범증이 항우의 곁으로 오더니 작은 소리로

말했다.

"진희를 잠시 물러가게 하시지요."

항우는 노기를 풀지 못한 채 범증이 권하는 대로 진희를 잠시 물러가 있게 했다. 진희가 물러가자 범증이 항우에게 말했다.

"지금 장군이 함곡관을 넘어가시지 못하는 이유는 장한이 진나라를 위해 굳게 지키고 있기 때문이지 않습니까? 장한의 항복을 받아들이고 그를 수하 대장으로 쓰신다며, 장한은 그 은혜를 생각해서라도 장군을 위해 목숨을 바칠 것이고, 진나라는 나라의 큰 기둥을 잃게 될 것입니다. 하지만 만일 장군이 장한을 버리신다면, 그는 어쩔 수 없이 다른 나라에 항복할 것이고, 그 나라를 위해 우리 초나라에 대적할 것입니다. 그렇게 되면 진나라를 멸하기 전에 또 하나의 진나라를 만들어 놓는 결과가 됩니다. 그러니 장군은 사사로운 원한을 버리시고 대의를 굳건히 하시기 바랍니다."

항우는 그 말을 듣자 뒤늦게 깊이 깨달은 듯 만면에 웃음을 띠며,

"선생님의 말씀이 참으로 옳습니다."

라고 대답하고는 다시 진희를 불러들여 말했다.

"아까는 내가 너무 흥분하여 예의를 지키지 못했도다. 내가 이제 사사로운 원한은 씻고 국가 대계를 위해 장한 장군의 항복을 받아들일 것이니 그대는 돌아가 그 같은 뜻을 잘 전하라."

"황송하옵니다. 제가 어찌 그 일을 소홀히 할 수 있겠나이까."

진희는 그 길로 서둘러 함곡관으로 향했다.

그로부터 얼마 후, 장한이 초나라에 항복했다는 소식이 진나라에 전해졌고, 조고는 그의 삼족을 함양 시정에 끌어내 참형에 처하게 했다. 그리고 장한은 항우에게 더욱 충성하겠다고 맹세했다.

제3장 공을 놓고 다투다

항우는 동로(東路), 유방은 서로(西路)

어느 날 항우가 부하 장수들을 둘러보면서 말했다.

"우리가 10만 명에 가까운 장한의 군대를 새로 얻어 천하에 위엄을 떨치게 되었으니 지금 즉시 장하를 건너가 신안(新案)을 거쳐 함양을 친다면 얼마 지나지 않아서 진나라를 멸할 수 있을 것이요."

그러자 범증이 나서서 반대했다.

"진나라는 아직도 강하고 군사들이 많으니 그 곳으로 쳐들어가는 것은 시기상조입니다. 일단 팽성으로 돌아가 인마들을 쉬게 하면서 군량을 모으고 전쟁을 치를 수 있는 자금을 조달한 뒤에 동서로 협공해야 한다고 생각합니다."

항우는 범증의 말이 옳다고 생각하고, 장남에 진을 치고 있던 군사들을 모두 거느리고 팽성으로 돌아가 예를 올렸다.

회왕은 옥좌에서 일어나,

"장군은 출사할 때마다 큰 공을 세우시니, 그 공로를 금석에 새기어 길이 전해야 할 것이오"

라고 말하면서 항우의 공로를 치하했다.

이어서 크게 잔치를 베풀고, 도읍을 옮긴 후 처음으로 장졸들에게 논공 행상을 했는데 항우에게는 노공(魯公), 유방에게는 패공(沛公)이라는 칭호를 내렸다. 유방은 패현에서 현령을 지낸 일이 있었기에 그 때부터 패공이라고 불러왔었는데 회왕으로 인해 정식으로 패공이 된 것이었다.

회왕은 항우보다 유방에 대해서 좀더 큰 호감을 가지고 있었다. 따지고 보면 남의 집에서 더부살이를 하던 그를 왕위에 오르게 한 사람들은 무신군 항량과 항우, 그리고 범증이었다.

그런데도 불구하고 회왕은 항우보다 유방을 더 좋아했다. 때문에 신하들이 듣는 데서는 이렇게 말하곤 했다.

"패공은 장자(長者)요. 그는 중후하고 인자해서 상대가 마음을 놓게 해 주지요. 그에게 군대를 맡긴다면 여러 고을을 정벌하면서도 관민을 덕화(德化)로 다스릴 것이오. 그에 비해 노공은 지나치게 강직하고 때로는 난폭하여 사람들이 심복하면서도 몹시 두려워하는 것 같소. 나도 역시 노공이 두렵기만 하오."

그 말을 전해들은 항우는 못마땅해하며,

"회왕이 공연히 쓸데없는 인물평을 하는군!"

하면서 매우 불쾌해 했다고 한다.

어쨌든, 항우와 유방의 군대가 팽성에 온 지 거의 한 달이 지났을 때였다.

항우가 회왕을 알현하고 아뢰었다.

"이제 드디어 진나라를 멸망시킬 때가 왔습니다.

신이 출정할 수 있도록 허락해 주십시오."

그 말을 들은 회왕은 무슨 생각을 했는지 갑자기 근신들에게 명해 유방을 부르도록 했다.

유방이 앞에 나타나자 회왕은

"포악무도한 진나라를 멸망시키고 백성들을 도탄에서 구할 때가 온 것 같으니 패공도 노공과 함께 군사들을 거느리고 출전할 준비를 하시오."

라고 말한 다음, 항우와 유방을 번갈아 보면서 말을 이었다.

"이 곳에서 진나라의 도읍지인 함양으로 가는 길은 동과 서에 한 갈래씩 두 개가 있다고 하니 경들이 각각 한 길씩 맡아서 진격하기 바라오."

그리고는 좌우를 돌아보면서 물었다.

"동서 두 길 중에 어느 쪽이 가까운가?"

"거의 같은 줄로 아뢰오."

근시들이 입을 모아 대답했다.

"그렇다면 제비를 뽑아서 한 길씩 택하도록 하오."

그리하여 항우와 유방은 근시들이 만들어 가지고 온 제비를 뽑았는데, 항우는 동쪽 길을, 유방은 서쪽 길을 뽑았다.

두 사람의 출정길이 정해지자 회왕은 다시 입을 열었다.

"경들이 천하의 인심을 얻기 위해 나를 초왕으로 세웠다는 것을 나는 잘 알고 있소. 하지만 나는 나이도 어리고 몸도 약하며 제왕으로서의 기질도 갖추지 못하고 있소."

회왕은 잠깐 동안 말을 멈추었다가 다시 말을 이었다.

"이제 경들이 진격해야 하는 길의 거리가 비슷하다고 하니 먼저 함양에 들어가는 사람이 왕이 되고, 나중에 들어가는 사람은 그의 신하가 되도록 하시오. 그런 후에 천하가 안정되면 내가 왕위를 버리고 한가한 땅에서 책이나 읽으면서 지낼 수 있도록 해 주시오."

그것은 실로 놀라운 말이 아닐 수 없었다. 항우와 유방은 황송해하며 땅바닥에 엎드렸다. 그리고 유방이 먼저 아뢰었다.

"신들은 갈충보국하여 제업을 이룩한 후에도 전하를 보좌에 모시겠나이다."

이어서 항우도 아뢰었다.

"패공의 말은 신의 뜻과 같사옵니다."

두 사람의 말을 들은 회왕은 부드럽게 미소를 지으며

"두 분은 속히 출정 준비를 하시오."

라고 말했다.

함양(咸陽)은 진나라의 수도인 관중을 가리키며, 옛날부터 요새와도 같은 땅이었다. 동쪽에는 「함곡관」, 서쪽에는 「신관」, 남쪽에는 「무관」, 북쪽에는 「숙관」이 있으며 이들 4관에 의해 나라가 지켜졌다. 따라서 이 곳을 함락시킨다면 진나라의 항복을 받은 것이나 다름없어지는 것이다.

항우와 유방은 각각 자기 부대로 돌아가서 부하들을 지휘하여 움직이며 출전 준비를 서둘렀다.

그리하여 40만 대군을 거느린 항우와 10만 대군을 거느린 유방은 팽성을 떠나 정도(定陶) 땅에 이르렀다. 이 곳에서 동서로 길이 갈라지게 되는 것이다. 두 사람은 무운을 비는 잔치를 크게 베풀고 나이가 16세나 아래인 항우가 형이 되고 유방은 그의 아우가 되었다.

이와 같이 결의형제가 된 후 항우는 동쪽 길로, 유방은 서쪽 길로 각기 군대를 거느리고 장도에 올랐다. 때는 2세 황제 3년 - 서력 기원전 207년 2월의 어느 날이었다.

바로 그 날 밤, 우희가 항우에게 말했다.

"당신에게 드릴 말씀이 있어요. 유방이라는 사람을 조심하세요. 언젠가 저의 아버지께서 말씀하신 적이 있어요. 유방은 목적을 위해서 수단과 방법을 가리지 않는 아주 교활한 사람이라고요. 부디 매사에 조심하세요."

항우의 괄괄한 성격이 근심이 되어 충고한 것이다. 하지만 항우는 웃으면서 말했다.

"당신은 별 걱정을 다 하는군 그래. 유방은 오십 줄에 들어선 늙은이, 나는 팔팔한 이십대의 사나이니 내가 먼저 관중에 들어가 그 곳의 왕이 될 것이 틀림없소. 더욱이 나에게는 뛰어난 지략을 가진 군사 범증(范增)이 있소. 힘으로나 꾀로나 유방 따위는 상대가 될 작자가 아니니 걱정하지 마시오."

항우는 자신감이 넘치는 말투로 유방을 깔보았다. 하지만 우희는 어쩐지 마음이 놓이지 않았다.

장량(張良)을 얻다

항우와 작별한 패공 유방은 며칠 후 창읍(昌邑)에 이르렀는데, 성문은 굳게 닫혀 있고, 군사들이 요소를 엄중히 지키고 있었다.

그것을 본 선봉 부대의 번쾌가 군사들에게 공격 준비를 하게 했다. 전열이 갖추어지고 번쾌가 성으로 쳐들어가려고 할 때 유방이 급히 말을 달려오며 말했다.

"지금 성을 공격하려는 것인가?"

"성문을 열어 주지 않고 항거하니, 쳐서 부숴야 되지 않습니까."

번쾌가 의아해하며 물었다.

"아니야. 그래서는 안 되네. 그렇게 되면 성 안의 백성들이 많이 희생되지 되지 않겠는가. 내가 군대를 이끌고 출전한 것은 백성들을 도탄에서 구하기 위해서지 그들의 피를 보기 위해서가 아닐세. 저 작은 성을 무력으로 빼앗는다면, 잔학 무도한 진나라 황제와 무엇이 다르겠는가.”

그 말을 들은 번쾌는 천천히 고개를 끄덕였다.

유방은 창읍성 밖에 군사들을 주둔시키고는 움직이지 않았다. 그것을 본 성 안 사람들은 매우 이상하다고 생각했다. 공격을 하려는 것 같던 유방의 대군이 그대로 진을 치고 움직이지 않는 이유를 알 수 없었기 때문이었다.

그러나 얼마 후 그것은 유방이 백성들에게 피해를 주지 않기 위해 내린 조처임을 알게 되었다.

“고금에 없었던 일이다. 패공 유방은 참으로 관인 후덕한 장군이다.”

마침내 성 안에서는 현령을 비롯한 유지들이 의논하여 성문을 열고 유방을 맞아들이기로 결정했다. 창읍을 지키던 3천 명의 군사들이 도열하고, 현령을 비롯한 관료와 백성들이 환영하는 가운데 유방은 성 안으로 들어가게 되었다.

“백성을 괴롭히는 자는 참형에 처하리라!”
라는 군령을 내린 유방은, 장수들로 하여금 군사들을 엄중 단속하도록 했다. 백성들의 환호성이 길거리에 넘쳤다.

그리하여 칼날에 피 한 방울 묻히지 않고 창읍을 점령한 유방은 그 다음 목적지인 고양(高陽)으로 향했다. 그 곳을 지키는 왕덕(王德)이라는 장수는 전부터 유방을 흠모해 오던 터였기에, 미리 성문을 크게 열고 기다리고 있었다.

성 안으로 들어가 왕덕의 인사를 받은 유방이 말했다.

"보아하니 그대는 지모와 용력이 출중한 것 같은데 나와 함께 진나라를 치는 일에 참가할 생각이 없는가?"

왕덕은 감격하여 땅바닥에 부복하고서 말했다.

"불감청이언정 고소원입니다만, 저 보다는 이 마을에 역이기라는 은자(隱者)가 있으니, 그 사람을 불러다 휘하에 두시는 것이 백 배 나을 것입니다.

"그래? 그는 어떤 사람인가?"

"역이기는 나이가 60여 세나 되는 노인이지만 기백과 기운이 젊은이를 압도하지요. 그 사람이 술을 좋아하기에 항상 취해서 노래를 부르며 거리를 활보하므로 사람들은 그를 미치광이로 알고 있습니다. 하지만 그의 가슴 속에는 만 권의 서책이 들어 있고 천하를 호령할 수 있는 경륜을 갖고 있습니다."

"오, 그런 인물이 숨어 있다니 참으로 놀랍구나. 수고스럽겠지만 그대가 가서 좀 모셔오게."

왕덕은 즉시 역이기 노인의 집으로 찾아갔다. 노인은 그 날도 술에 취해 있었다. 왕덕이 찾아온 경위를 설명하고 나서

"저와 함께 가서 패공을 보시지 않겠습니까?"

하고 묻자 역이기는 그제서야 게슴츠레한 눈을 크

게 뜨면서 말했다.

"내가 듣기에 그는 그릇은 크지만 교만하여 주위 사람들을 업신여기는 면이 있다더구만. 교만한 사람은 한때 득세할 수는 있지만, 결국 몸을 망치고 말지."

왕덕이 정색을 하면서 말했다.

"누구나 단점은 얼마든지 있는 것이지요. 그러니 선생님께서 패공으로 하여금 깨우치도록 도와 주셔야 하지 않겠습니까. 어쨌든 한 번 만나 보시지요?"

역이기는 한참 동안 생각에 잠기더니,

"공의 말에 일리가 있네. 세상에 완전무결한 영웅이 어디 있겠는가. 내가 한 번 만나 보겠네."

하고 승낙했다.

두 사람은 함께 유방의 진중으로 가서 그의 방문 앞에 이르렀다. 그 때 유방은 의자에 걸터앉아 있었고 두 여종이 그의 발을 씻겨 주고 있었다. 그런 모습으로 역이기 노인과 만날 생각인 모양이었다.

그것을 본 역이기가 노인 같지 않은 우렁찬 목소리로 말했다.

"그대는 진나라를 도와서 제후들을 치려는 거요, 아니면 제후들을 거느리고 진나라를 치려는 거요?"

듣고 난 유방이 마주 호통을 쳤다.

"늙은 주정뱅이가 실성을 했구나! 내가 회왕의 분부를 받들어 진나라를 쳐서 무도한 것을 없애고자 하는데, 진나라를 도와서 제후들을 치려고 한다니, 어째서 그따위로 말을 함부로 하는가!"

역이기는 지지 않고 더욱 큰 소리로 말했다.

"무도한 진나라를 없애려면 천하의 민심을 얻어 의병을 모아야 될 텐데 그대는 지금 무례하게도 여종들에게 발을 씻기게 하면서 나이 많은 선비를 만나고 있으니, 지모 있는 선비라면 누구나 그대를 찾지 않을 것이오. 선비들이 찾아오지 않고 인재가 모두 떠난다면, 그대는 장차 누구와 함께 천하를 도모하겠소?"

유방은 그제서야 당황하며 수건으로 발을 닦고 문 밖으로 나가는 역이기 노인을 맞아들여 상좌에 앉게 하고는,

"내가 일부러 선생님을 격동시켜 보려고 그처럼 무례를 범한 것이니, 너그럽게 용서해 주십시오." 하고 말하면서 진심으로 사죄를 했다.

"패공의 위덕에 대해서 들은 지 오래 되었는데도 늙은 것이 아둔하여 망발을 하였소이다그려."

역이기도 허리를 굽히면서 말했다.

유방은 즉시 좌우 사람들에게 술상을 차리게 하여 권하면서 역이기에게 물었다.

"시황제가 죽은 뒤에 육국의 군대들이 모두 일어나 천하가 바야흐로 끓는 가마솥 같이 되었습니다. 선생님의 고견 탁론(高見卓論)을 말씀해 주십시오."

역이기는 정색을 하고서 거침없이 천하 대세에 대하여 논한 다음에 물었다.

"진나라는 머지않아 반드시 멸망할 것이며, 천하를 통일하려면 백성들을 기쁜 마음으로 복종하게 만들어 민심을 얻어야 할 것입니다."

유방은 미소를 지으며 다시 물었다.

"제가 진나라의 수도 함양으로 돌입하려면 어떤 작전을 써야 하겠습니까?"

"글쎄요. 지금 패공이 거느리고 있는 10만의 군대는 냉정하게 말하면 제대로 훈련되지 않은 오합지졸들입니다. 진나라는 아직도 뿌리가 깊고 강한 나라입니다. 견고하기로 이름난 함양성을 오합지졸로써 공격한다는 것은 마치 양 떼를 몰아 범의 아가리로 들어가는 것과 다를 바가 없습니다."

"그러면 어찌해야 좋겠습니까?"

유방이 근심하는 빛을 띠우며 물었다.

"먼저 지리(地利)를 얻어야 하니, 군사를 이 곳에서 진류 땅으로 옮겨야 합니다. 진류 땅은 사통오달(四通五達)하는 교통의 요충지이며, 성중에 식량과 물자가 산더미처럼 쌓여 있습니다. 다행히 그 땅을 다스리고 있는 태수가 나의 친구이며, 내가 그 사람을 찾아가서 설득하면 패공에게로 귀순할 것이라고 생각됩니다."

유방이 크게 기뻐하며 청했다.

"선생님의 말씀을 들으니 목마른 이가 감로(甘露)를 찾은 것 같습니다. 내일이라도 당장 그 분을 찾아가 보시는 것이 어떻겠습니까?"

　이튿날 역이기는 진류성의 태수 진동(陳同)을 찾아갔다. 진동은 오랜만에 찾아온 친구 역이기를 후당으로 안내하여 술대접을 했다.

　"지금 진나라 황제가 무도하여 천하의 제후들이 모두 들고 일어났으니, 진나라는 머지않아 반드시 멸망할 것이오. 태수께서 무도한 진나라를 위해 성문을 닫고 항거한다고 해도 패공 유방의 10만 대군을 어찌 감당할 수 있겠소. 더욱이 패공은 관인후덕하여 백성들이 따르며 어진 이를 아끼고 선비를 예로 대하기에 늙은 나도 노구(老軀)를 이끌며 그를 섬기게 되었소. 태수께서도 어서 성문을 열어 패공을 맞아들이시고 의병의 대열에 동참하시는 것이 좋을까 하오."

　역이가 말하자 진동이 대답했다.

　"선생의 말씀에도 일리가 있기는 합니다만, 내가 오래도록 진나라의 녹을 먹어 왔는데 어찌 하루 아침에 배반할 수 있겠소?"

　"지금의 진나라 2세 황제는 그의 아비인 시황제보다 더 잔인 포악하여 온 백성들이 모두 이를 갈면서 원망하고 있소. 옛날에 성왕(成王)이 폭군 주(紂)를 치자 사해의 백성들은 모두 기꺼이 그에게 복종하였지, 단 한 사람도 신하가 임금을 죽였다면서 탓하지 않았소. 그러니 태수께서 진나라를 버리신다고 손가락질할 사람이 어디 있겠소. 때를 놓치면 후회 막급이니 어서 내 말대로 하시는 것이 좋을 거요."

진동은 눈을 감고 한동안 말이 없다가,

"선생의 말씀에 따르겠소이다."

라고 말하며 유방에게 항복할 뜻을 보였다.

그리하여 유방은 이번에도 피를 한 방울도 흘리지 않고 진류성에 입성하게 되었다. 진류성을 근거지로 삼아 사방에서 인마를 모으면서, 때를 보아 관중을 공격할 수 있는 전략적 요충지를 확보한 것이다.

이처럼 큰 공을 세웠기에 유방은 역이기에게 광야군(廣野君)이라는 칭호를 내렸으며 모든 일들을 모두 그와 상의해서 처결했다.

그로부터 한 달 정도 지나서였다. 유방이 역이기에게 말했다.

"그 동안 인마를 조련하고 군수물을 완비하였으니 이제, 함양성으로 진군해도 되겠지요?"

그러자 역이기는 반대했다.

"아직은 때가 아닙니다. 이 사람이 패공의 두터운 은혜를 입었으면서도 그 동안 세운 공이 없습니다. 나는 아무래도 큰 일을 도모하여 공을 세울 인물이

못됩니다. 탕(湯)의 이윤(伊尹)이나 주(周)의 여망(呂
望)과 같은 대인재를 얻어야 천하를 경영할 수 있습
니다. 다행히 한 인물이 있는데, 그 사람을 얻으신
다면 가히 진나라를 멸망시키고 천하를 경영할 수
있을 것입니다."

유방은 즉시 자리에서 일어나 예를 바로 하면서
물었다.

"그 인물이 누구입니까?"

역이기가 대답했다.

"그는 한(韓)나라 사람으로 성은 장(張)이고 이름
은 량(良), 자는 자방(子房)입니다."

"장량? 나도 언젠가 그 이름을 들은 것 같소."

유방이 그 이름에 대한 기억을 더듬는 동안 역이
기가 계속해서 말했다.

"장량은 한나라 5대 정승인 명문의 자손으로, 일
찍이 한 이인(異人)을 만나 그로부터 전수받은 천하
의 기서(奇書)로 공부하면서 항상 한나라를 멸망시
킨 진나라에 원수 갚기를 열망하고 있다고 들었습
니다."

"오, 이제야 생각이 나는군. 박랑사에서 창해 역
사로 하여금 시황제를 죽이려다 뜻을 이루지 못 하
고 몸을 숨긴 의사(義士) 그 사람이 바로 그 장량이
지요?"

유방이 그제야 생각이 났다는 듯이 물었다.

"예, 바로 그 사람입니다. 그는 한나라가 얼마 전

에 다시 일어나긴 했으나 아직까지는 모든 게 미비하여 때를 기다리고 있는 중입니다. 만일 그 사람을 패공의 휘하에 둘 수 있게만 된다면, 천하를 평정하는 일도 어렵지 않을 것입니다.”

역이기의 말이 끝나자 유방은 어두워진 얼굴로 말했다.

“하지만 그는 한나라의 신하이니, 내가 부른다고 해서 쉽게 올 수가 있겠소? 게다가 그는 한나라 대대(代代) 공신의 후예라니 그를 얻는 것이 더욱 어렵지 않겠소?”

역이기는 입을 다물고 한동한 생각하더니 말했다.

“내게 한 가지 계교가 떠올랐습니다. 그렇게 하면 그 사람을 데려다 쓸 수 있을 것입니다.”

“그 계교가 무엇인지 어서 말씀해 보오.”

유방이 다그치듯이 물었다.

“패공께서 한왕에게 편지를 보내십시오. ‘군대를 일으켜 진나라를 치는데 군중에 식량이 부족하여 속히 진격하지 못 하고 있으니, 군량미를 5만 석만 빌려 달라’고 청하십시오.”

“군량미를요?”

“한나라는 새로 일어난 지 얼마 되지 않으니 저장해 둔 식량이 있을 리가 없습니다. 동맹 국가로서의 의리는 지켜야겠는데 꾸어 줄 식량이 없으니 그 같은 사정에 대한 설명을 잘 하기 위해 한왕은 유능한 사람을 사신으로 보낼 것이고, 그 사신은 장량일 게 틀림없습니다. 그러면 일은 다 된 것이지요. 군량 대신 장량을 꾸어다 쓰기로 하는 것입니다."

"허어, 그 계교가 참으로 묘합니다."

유방은 즉시 한왕에게 보내는 글을 써서 역이기로 하여금 한나라로 가지고 가게 하였는데, 내용은 다음과 같은 것이었다.

「초나라 정서대장군 패공 유방이 삼가 한왕 전하께 글월을 올리나이다. 일찍이 진나라 시황이 무도하여 우리들 육국을 병탄했는데, 그 2세는 더욱 잔악하여 백성들의 원한이 골수에 사무쳐 있습니다. 이에 소장(小將)이 대군을 거느리고 그를 치고자 하는데 수천 리를 진군하는 동안 만만금(萬萬金)을 소모하여 앞으로 군량이 궁핍해지겠기에 부득이 전하께 군량미 5만 석을 차용코자 하오니, 천하의 대의를 위해 도와주시옵소서. 차용한 군량미는 진나라를 멸한 다음에 갑절로 갚아 드리겠다고 약속하겠나이다.」

패공 유방의 편지를 받아 본 한왕은 신하들을 모아 의논했다.

"우리 한나라는 지금 국용(國用)마저 부족한 터인데 군량미 5만 석을 꾸어 달라니 어찌하면 좋겠소?"

한왕이 근심하는 빛을 가득한 얼굴로 그렇게 말하자, 측근 신하 중의 한 사람이 말했다.

"대의명분으로 보아 군량미를 꾸어 주지 않을 수 없는데, 지금 우리의 형편으로는 그렇게 하기가 불가능합니다. 그러니 그것의 절반 정도만 속히 보내야 할 것 같습니다."

"그렇긴 하오마는, 그 절반도 마련하기가 쉽지 않으니 어떻게 해야 좋겠소?"

한왕이 그렇게 말하자 장량이 출반하여 아뢰었다.

"대왕께서는 너무 걱정하지 마시옵소서. 신이 곧 패공 유방에게 가서 우리나라가 군량미 5만 석을 꾸어 줄 수 없는 사정을 잘 설명하겠나이다. 그렇게 많은 군량미를 어떻게 갑자기 마련하겠사옵니까. 아마도 패공 유방이 딴 뜻이 있어서 그런 요청을 한 것 같다고 생각되옵니다."

한왕이 비로소 안심하며 말했다.

"그러면 경이 사자와 함께 가서 잘 설명해 주오."

이윽고 두 사람이 유방의 진영에 이르러 군영 안으로 들어서려고 하자, 번쾌가 나와서 정중히 맞았다.

번쾌의 안내를 받으며 장량이 대채(大寨)로 갔더니, 문 앞에서 패공 유방이 소하와 조참 등을 거느리고 그를 영접했다. 고개를 들어 처음으로 유방을

본 장량은,

"오, 이분이야말로 천하를 다스릴 제왕의 상을 가지고 있도다."

라고 자기도 모르게 속으로 중얼거렸다.

인자하고 후덕한 유방의 위엄 있는 용모와, 너그러우면서도 빈틈없는 소하의 모습과, 강직하면서도 단아한 조참의 모습이 한꺼번에 그의 눈에 들어왔다.

장량은 놀라지 않을 수 없었다. 그들 모두가 하나같이 천하에 보기 드문 비범한 인물들이었기 때문이다.

장량은 유방에게 두 번 절하고 말했다.

"패공께서 정의의 의군을 일으키셨기에 모든 지방의 백성들이 두 손을 들고 맞아들이는 상황이니 군량은 부족하지 않을 것이라고 생각합니다. 그런데도 군량을 핑계로 만들어 저로 하여금 공연한 걸음을 하게 하시니, 그 까닭을 알 수 없습니다."

실로 날카로운 지적이었다. 유방이 당황하며 뭐라고 대답하지 못 하고 있을 때, 곁에 있던 소하가 미소를 지으며 말했다.

"패공께서 군량을 차용하시겠다고 한 것은 실은 선생을 차용하시려고 한 것이고, 선생은 패공을 설복시키려고 여기까지 오셨을 것입니다. 선생이 지금 패공에게 설복하려는 말씀을 하시지 않는 것은 심중에 생각하는 바가 있어서일 것입니다. 어떻습니까? 선생이 패공을 모시고 진나라를 쳐서 무찌른다면, 한나라의 원수를 갚고 큰 공을 세우는 결과를 얻게 될 것입니다."

소하의 말이 끝나자, 장량은 유방 앞에 엎드려서 말했다.

"소하 선생의 말씀이 옳으니, 삼가 패공을 위해 신명을 바치겠습니다. 하오나 저는 신하된 몸이오라 한왕 전하께 먼저 고하여 허락을 얻어야 합니다."

"그렇게 하는 것이 신하된 자의 도리지요. 그럼 한왕 전하께 사유를 고하러 나와 함께 가십시다."

유방이 그렇게 말하자 장량은 크게 기뻐하며,

"황공하옵니다."

라고 말했다.

유방은 즉시 대군은 그대로 진류 땅에 머물러 있게 하고서, 장량과 함께 역이기·소하·번쾌 세 사람과 약간의 군사들만 거느리고 한나라로 떠났다.

한나라의 도성에 도착하자, 장량이 먼저 대궐로 들어가 유방과 함께 오게 된 사정을 한왕에게 고하였다. 한왕은 크게 연석을 마련하고 유방 일행을 맞아들였다.

한왕이 먼저 입을 열었다.

"패공께서 무도한 진나라를 정벌하는 데 소용되는 군량을 청하셨건만, 아시다시피 국용도 부족한 형편이라 장량을 대신 보내 사과했던 것이외다. 그러니 용서해 주시오.”

“건국하신 지 아직 얼마 되지 않아 식량이 부족하다는 것은 저도 짐작하고 있습니다. 그러니 대신 장량 선생을 빌려 주셨으면 합니다. 그와 함께 의논하여 진나라를 쳐부수고 육국의 원수를 갚은 뒤에 즉시 전하께 돌려보내겠습니다.”

유방은 한왕에게 단도직입적으로 장량을 빌려 달라고 말했다.

“그렇게 하십시오. 그러나 자방은 과인의 곁에 하루도 없어서는 안 될 사람이니 일을 다 이룬 후에는 지체 없이 돌려보내 주시기 바라오.”

“그렇게 하겠습니다.”

유방은 너무나 기뻤기에 나머지 한왕에게 다시 한 번 예를 드리고 사례했다. 이때의 상황을 그린 시 한 수를 적어 보면 다음과 같다.

「슬프다, 당대 제일의 영웅 항우여
이 날을 그대는 알지 못하리
장자방이 유방에게로 가고 말았으니
천하를 얻고서도 천하를 잃는
뒷날의 역사를 어찌할거나
슬프다 항우여, 그대가 서정(西征)하여
장자방을 얻었더라면
한(漢)나라의 4백 년 역사 대신에
초(楚)나라의 푸른 역사가

장강처럼 도도히 흘렀으리라」

다음 날 한왕과 작별한 유방은 장량과 함께 진류 땅으로 돌아왔다. 본영에 자리를 잡고 앉은 유방은 맨 먼저 역이기에게 물었다.

"이제는 함양성으로 진군해도 좋겠습니까?"

"예, 이제는 진군해도 됩니다."

역이기는 분명한 어조로 대답했다.

유방은 즉시 출전 명령을 내렸다 번쾌의 우렁찬 호령에 따라 그 동안에 15만으로 불어난 대군이 일제히 거대한 물결처럼 움직이기 시작했다. 장량·소하·조참·역이기 네 사람은 유방의 측근 막료로서 중군의 선두에서 말머리를 가지런히 하여 행군했다.

유방의 대군이 무관(武關) 땅에 가까이 갔을 때였다. 갑자기 산모퉁이에서 한 장수가 군대를 거느리고 달려와 앞길을 막았다.

부관(傅寬) 부필(傅弼) 두 장수가 선두에 있다가 호통을 쳤다.

"너는 누구기에 대군의 앞길을 막는 것인가?"

"패공을 만나기 위해서다."

"뭐라고? 무명 하졸이 어찌 감히 대장군을 만나려 하느냐!"

관과 부필이 대로하여 창을 휘두르며 장수에게로 덤벼들었다. 그러나 두 사람은 그 장수의 적수가 되지 못 했다. 두어 합 싸우는가 했을 때 부관은 그 장수에게 사로잡혀 버렸고, 부필 또한 패하여 급히 말머리를 돌렸다.

장량이 번쾌와 함께 그 모양을 보고 있다가 달려와,

"그대는 누구인가? 이름부터 대라."

하고 물었다.

"패공을 만나기 전에는 말할 수 없다."

"쓸 만한 장수이긴 하는데, 자존심이 무척 강한 자로군."

장량이 중얼거리자, 곁에 있던 번쾌가 쏜살같이 말을 달려 나가며 호통을 쳤다.

"무엄한 놈! 내 칼을 받아라!"

두 장수가 어우러져 싸우기 시작했는데, 20여 합이 되도록 좀처럼 승부가 나지 않자, 멀찍이서 그것을 보고 있던 유방은 크게 놀라지 않을 수 없었다.

'저 장수의 무예가 매우 고강하구나.'

유방은 말을 몰아 앞으로 가까이 나아가서 그 장수에게 물었다.

"내가 유방이다. 그대가 길을 막은 까닭이 무엇이냐?"

이 말을 듣자 그 장수는 황망히 말에서 뛰어내려 땅에 엎드렸다.

"존명을 들은 지 오래 되었지만 길이 없어 뵙지를

못했습니다. 삼가 견마지로(犬馬之勞)를 다하고자 하오니, 수하에 거두어 주시기 바라옵니다."

유방은 말에서 내려 그 장수를 일으켜 세우면서 물었다.

"그대의 이름은 무엇인가?"

"저는 낙천(洛川) 사람으로 성은 관, 이름은 영이라고 하옵니다."

유방은 그의 무예에 감탄하고 있었기에 크게 기뻐하며 말했다.

"그대를 장수로 삼을 것이니, 원하는 바가 있으면 말하라."

"황송하옵니다. 저의 수하에 군사들 3천이 있으니, 우리가 함양을 공격하는 선진(先進)이 되게 해 주시옵소서."

"장하다! 그렇게 하라."

유방은 즉시 허락했다.

그리하여 유방의 대군은 새로이 편입한 관영의 군대와 함께 행군을 재촉하여 드디어 무관의 성 밖에까지 이르게 되었다.

자중지란(自中之亂)

무관은 진나라의 서울 함양을 지키는 관중(關中) 제일의 요충지이다. 이 곳에서 하루를 둔영한 유방은, 다음 날 무관성을 공략하고자 했다.

그러자 장량이 처음으로 유방에게 진언했다.

"무관성을 공략하는 것은 아직 이릅니다. 우리 군사들이 많고 용맹스럽기는 하지만, 적의 요충지를 깨뜨리기까지 많은 희생이 따르게 될 것입니다. 뿐만 아니라, 진군은 배후가 막강 하지만 우리는 배후가 불안합니다. 배후부터 먼저 완전히 평정한 다음에 무관성을 쳐야 할 것입니다."

"옳은 말씀이오."

유방은 장량의 진언에 따라 백마(白馬) 땅을 지키고 있는 양웅부터 먼저 패퇴시키고, 곡우(曲遇)를 지난 뒤에 다시 남하하여 영양(穎陽) 땅을 점령했다.

이어서 한(漢)나라의 요충지인 환원을 점거하고 있는 진군을 패퇴시키고 남양성(南陽城))을 공격하였다. 그러나 이 곳의 진군은 만만치가 않았다. 5일 동안 계속해서 성을 공격했는데도 끄떡도 하지 않았다. 때문에 유방은 초조해졌다.

"이 곳은 놔 두고 곧장 무관성을 공격하는 것이 어떻겠소?"

장량은 유방의 말에 반대했다.

"안 됩니다. 비록 낙양 동쪽의 진군은 그대로 둘지라도 이 곳 남양성의 진군을 그대로 놔 두면 무관성을 함락시킨다 해도 함양성으로의 진출이 불가능해지게 됩니다. 자칫 잘못하면 앞뒤로 협공을 당할 우려가 있기 때문입니다."

"이렇게 계속 싸우기만 하면 언제 관중으로 나갈 수 있단 말씀이오?"

유방이 안절부절못하며 물었다.

"염려하지 마십시오. 오늘 밤 한 계교책을 쓰면 남양성은 틀림없이 패공의 손에 들어오게 될 것입니다."

"어떤 계교요?"

장량이 유방의 귀에 입을 가까이 대고 작은 목소리로 설명했다. 그의 말을 들은 유방은 만면에 희색을 띠면서 말했다.

"선생의 계책은 과연 참으로 묘하오."

밤이 이슥해지자 유방을 대신해서 장량이 전군을 지휘했다. 그는 약 3만 명의 군대를 다른 진로를 통해 은밀하게 빼돌렸다.

이 군사들이 20여 리쯤 갔을 때, 장량은 그들에게 밤새워 새로운 깃발들을 만들게 했다. 초나라 항우의 증원군 깃발이었다. 그리고는 새벽녘이 되면 그들이 남양성을 향해 진군해 오도록 명령을 내렸다.

이튿날 날이 밝았을 때 진군이 망루에서 보니, 몇만 명인지 알 수 없는 초나라의 증원 부대가 조수처럼 진군해 오고 있었다. 그들은 한바탕 대결전을 치를 모양인지 남양성을 겹겹이 포위하기 시작했다.

그것을 본 남양 태수 기는 이제는 도저히 초군을 더 이상 막아 내는 것이 불가능하다고 생각하며 절망했다.

　　'저것도 항우의 증원군이라면 며칠 안에 항우가 이끄는 본진이 당도할 것이고, 그 때는 우리가 전멸을 당하고 말 것이 아닌가.'
라고 생각한 태수는 허리에 차고 있던 칼을 뽑아 스스로 목을 찌르려고 했다. 바로 그 때 그의 식객으로 있던 진회(陳恢)라는 자가 그의 손을 잡으면서 말했다.

　　"태수님, 진나라가 멸망할 것은 불을 보듯 뻔한 일입니다. 태수님의 뜨거운 애국심은 누가나 알고 있습니다만, 그것이 반드시 백성을 위하는 길은 아니라고 생각합니다. 잠시 참으시고, 저를 유방에게 사자로 보내 주십시오. 태수님은 물론 백성들도 모두 기뻐할 일을 만들어 돌아오겠습니다."

　　태수는 진회의 인물됨을 믿었기에 그를 사자로 보냈다. 유방은 진회를 접견하고 물었다.

　　"그대는 무슨 일로 나를 찾아왔는가?"

　　진회는 유방 앞에 엎드린 뒤에 대답했다.

　　"초나라 회왕께서 진나라 서울 함양에 먼저 입성하는 대장을 관중의 왕으로 봉한다는 조칙을 내렸다고 들었습니다. 그래서 패공께서는 남양성을 급히 함락시키려고 하시지만, 남양 성중에는 아직도 수많은 군사가 있고 양식도 몇 년은 먹을 만큼 넉넉히 비축되어 있습니다. 따라서 싸움은 오랫동안 계속될 것이고, 그렇게 되면 양군의 희생만 커질 것입니다."

진회는 유방의 눈치를 한 번 살피고는 계속해서 말했다.

"그러니 이 곳의 태수 기가 투항한다는 조건으로 그를 후(侯)에 봉하신 뒤에, 남양성의 군대를 패공의 휘하에 편입시키십시오. 그러시면 주변의 다른 군현들도 모두 패공께 투항할 것이라고 생각합니다. 그렇게만 된다면, 패공께서는 병력의 소모나 날짜의 지연 없이 여유 있게 관중으로 진입하실 수 있을 것입니다."

진회의 말은 모두 옳았다. 듣고 난 유방은 한 마디로,

"좋소, 그렇게 합시다."

라고 말하며 진회의 요청을 받아들였다.

유방은 즉시 태수 기를 은후(殷侯)에 봉해 남양성을 지키게 하고, 아울러 진회는 천호장(千戶長)에 임명하여 그의 공을 치하했다.

동시에 유방은 남양성의 용맹한 병사들 군사 1만여 명을 모두 자기 휘하에 편입시켰다. 뿐만 아니라 진회가 말한 대로 남양성 인근의 수많은 군현들이 모두 그에게 투항해 왔기에 유방은 크게 불어난 병력을 이끌고 일로 무관을 향해 진발했다.

유방의 대군은 마침내 무관성 밖에 이르렀다. 무관성은 진나라의 서울 함양을 지키는 제일의 요충지로서 주괴라는 장수가 지키고 있었다. 주괴는 장한 다음 가는 진나라의 대장이었다.

유방이 군사들을 독려하여 싸움을 시작하고자 했다. 하지만 그러나 주괴는 성문을 굳게 닫고 지키기만 하면서 한편, 함양성으로 급히 장계를 보내 초나라의 대군이 동서 두 길로 나누어 공격해 오는데 그 형세를 당할 수가 없다고 고했다.

조고는 크게 놀랐다.

'장차 이 일을 어떻게 해야 좋단 말인가?'

아무리 생각을 해 보았으나 묘안이 떠오르지 않았다. 그는 마침내 그 같은 사실을 비밀에 붙인 채 몸이 불편하다는 핑계를 대고 집 안에 틀어박혀 버렸다.

'2세 황제가 이 사실을 알게 되면 나를 죽일지도 모를 일이다. 이 일을 어쩐다?'

조고에게 있어서는 나라의 운명보다 자기 한 몸의 안전이 더 급하고 중요한 문제였다.

하지만 그런 줄을 꿈에도 모르는 2세는 이 때에도 궁녀들과 함께 주야를 가리지 않고 어울리며 질탕하게 유흥에만 빠져 있었는데 즐기고 있는데, 어느 날 밤에 참으로 이상한 꿈을 꾸었다. 길가의 수풀 속에서 흰 빛깔의 큰 호랑이 한 마리가 뛰어나와 그의 수레를 끄는 있는 말을 물어 죽이는 것이었다.

꿈에서 깬 2세는 마음이 편치 않아 점쟁이를 불러 해몽을 하게 하였다. 점쟁이가 말했다.

"경수(涇水)의 귀신이 심술을 부린 탓에 그런 꿈을 꾸셨습니다. 그러니 경수에 가까운 이 곳 함양궁을 떠나 다른 궁으로 옮기심이 좋을 것이라고 생각하옵니다."

2세는 점쟁이의 말에 따라 멀리 성 밖에 있는 망이궁(望夷宮)로 거처를 옮긴 다음, 목욕재계하고 경수로 나가 백마 4필을 강물에 제사지냈다. 하지만 그렇게 했는데도 2세는 마음은 편안해지지 않았다. 계속해서 불안하고 답답하기만 했다. 그래서 실로 오랜만에 좌우의 신하들을 불러 물었다.

"근자에 와서는 각처의 도적들에 대한 이야기가 없으니 어찌 된 일인가?"

그러자 신하들의 표정이 하나같이 굳어졌고, 얼굴에는 두려워하는 빛이 가득했다. 이상하게 여긴 2세가 대답을 독촉했다.

"어째서 잠잠하기만 한가?"

그제서야 한 신하가 입을 열었다. 실로 목숨을 건 직언이었다.

"지금 각처에서 도적들이 일어나고 있는 가운데 초적(楚賊)들이 대군을 모아 동서 두 길로 우리 진나라를 향해 쳐들어오고 있사옵니다. 서쪽 길을 맡은 유방이라는 자는 이미 주괴 장군이 지키는 무관을 포위했기에, 이 곳 함양성마저도 위태롭기가 바람 앞의 등불처럼 되었사옵니다."

2세는 비로소 대경실색하지 않을 수 없었다. 승상 조고만 믿고 유락에 빠져 있던 자신의 행동이 뼈저리게 후회되었다. 그러나 사태는 이미 급박하게 되어 있었다. 한가하게 회오에 젖어 있을 때가 아니었다.

"급히 승상을 들게 하라!"

어명을 받들은 근시가 급히 조고의 집으로 달려갔다. 하지만 조고는 오지 않았다.

"병이 중하여 입궐하지 못 하신다고 하옵니다."

"뭣이라고?"

보고를 들은 2세는 더욱 노했다. 다시 다른 중신을 조고에게로 보내 어명을 전하게 했다.

중신이 조고에게 황제의 말씀을 전했다.

"너는 승상이면서 지금 함양성이 위태로운데도 신병을 핑계삼아 입궐조차 하지 않고 있다. 지난날에는 교묘한 언사로 승상 이사를 죽이게 하더니, 결국에는 나라마저 위태롭게 만들었도다. 너는 네 죄를 알고 급히 입대(入對)토록 하라!"

2세의 추상같은 문책을 듣자 조고는 마지못해 대답했다.

"폐하께 나아가 소신이 자세한 내용을 아뢰옵겠다고 상달하여 주시오."

조고는 일단 그렇게 말해서 중신을 보낸 다음, 급

히 함양령(咸陽令:함양의 시장)이며 사위인 염락(閻樂)과 자기의 동생 조성(趙成) 등 친족 십여 명을 불렀다.

"폐하가 열락에 빠져 내가 간하는 말을 듣지 않더니, 결국 나라가 위태롭게 되었다. 이미 무관성을 함락시킨 적군이, 머지않아 이 곳으로 쳐들어올 모양이다. 사태가 이렇게 되고 보니, 그 책임을 모두 내가 지게 되었다. 내가 벌을 받게 당하게 되면 그 죄가 구족(九族)에까지 미치게 됨을 너희들도 잘 알 것이다. 우리가 가만히 앉아서 죽을 수 없으니, 어떻게 해서든 살아날 계교를 써야 겠다."

조고의 말이 끝나자마자 염락이 말했다.

"어서 그 계교를 말씀해 주십시오."

조고는 염락과 조성을 번갈아 보며 자못 비장한 어조로 말했다.

"우리가 먼저 폐하를 죽이는 것이다."

"예?."

조성이 깜짝 놀라며 눈을 크게 떴다.

"그 길밖에는 살아날 방법이 없다. 적군이 이미 망이궁에 잠입했다고 헛소문을 퍼뜨린 뒤에 혼란스러워진 틈을 타서 군사를 이끌고 궁중 깊이 들어가 2세 황제를 죽여라. 그렇게 한 뒤에 부소의 아들인 공자 자영을 새 황제로 세우는 거다. 자영은 사람 됨이 어질고 덕이 두터우니, 백성들도 복종할 것이다. 자, 그럼 어서 서둘러라!"

염락과 조성은 즉시 수하 군사 1천여 명을 거느리고 망이궁으로 몰려갔다. 북 치고 징을 울리며 적군이 궁내에 잠입했다고 소리치면서 망이궁에 이른 염락은 먼저 궁을 지키는 위령(衛令:수문장)부터 결박지우고 호통을 쳤다.

"적군이 궁내에 들어왔는데, 왜 막지 않았느냐?"

위령이 펄쩍 뛰면서 반문했다.

"대체 무슨 말씀을 하시는 겁니까? 궁전 주변을 철통같이 지키고 있는데, 적군이 궁문 안으로 들었다니, 그럴 리가 없습니다."

"네 이놈! 감히 네 죄를 숨기려 하다니…여봐라, 당장 이놈의 목을 베어라!"

염락의 호령이 떨어지자마자 그의 목이 땅바닥에 뒹굴었다. 염락은 그 길로 군사들을 휘몰아 궁중 안으로 들어갔다. 어전을 지키는 근위병과 근시들은 거의 다 도망을 가 버렸기에 겨우 수십 명만 남아서 이들에게 대항하다가 모두들 무참히 죽임을 당하고 말았다.

염락과 조성 두 사람은 마침내 내궁으로 뛰어들었다. 내관 둘이 황제를 모시고 도망하려고 하자 두 사람은 칼을 빼어 든 채 그 앞을 가로막았다.

"폐하는 교만하고 난폭한 데다가 유흥하기를 즐겨하시오. 그래서 나라 이 꼴이 되었는데 어째서 모든 죄를 조 승상에게 뒤집어씌우려는 거요?"

염락이 눈을 부릅뜨고 큰 소리로 외치자 2세는 기어들어가는 목소리로,

"승상을 만나게 해 주시오."

하고 말했다. 자기가 황제라는 사실도 잊은 듯 신하에게 경어까지 썼다.

"그게 무슨 소리! 나는 승상의 명을 받들어 천하를 위해 당신의 목을 베려는 것이오."

그렇게 말한 염락이 부하 병사에게 눈짓을 했다. 병사의 손에 쥐어진 칼이 움직이는 것을 본 2세는 피할 수 없음을 깨닫고 허리에 차고 있던 칼로 자기의 목을 찔러 자결하고 말았다.

2세 황제의 죽음을 확인한 염락은 조고에게 돌아가서 경과 보고를 하였다. 조고는 늙은 얼굴에 웃음을 지으며 즉시 조정의 백관들을 소집했다.

"2세 황제가 황음무도하고 열락에 탐닉하여 내가 간하는 말을 듣지 않아 제후들이 모두 배반하고 백성들이 저마다 원망하므로, 내가 천하를 대신하여 황제를 자결케 하였소. 본래 진나라는 육국과 마찬가지로 왕의 나라였는데 시황제 때부터 제호(帝號)를 써 왔소. 지금 육국의 자손들이 모두 일어나 제각기 왕이 되었으니, 우리 진나라도 공연한 허명을 버리고 왕국이 된다면, 육국이 굳이 쳐들어오려고 하지 않을 것이오."

조고는 잠시 말을 멈추고 백관들을 둘러보았는데

누구 하나 기침소리조차 내지 않았다. 그는 이어서 말했다.

"그래서 나는 시황제의 태자였던 부소(扶蘇)의 아들 공자 자영을 세워 진왕으로 받들까 하는데, 대소 신료들의 생각은 어떠하오?"

조고의 말이 끝나자 백관들은 일제히 찬동하는 뜻을 표했다.

"승상의 말씀이 매우 합당하나이다."

조고는 득의의 미소를 지으며,

"2세 황제를 두남(杜南)의 의춘원(宜春苑)에 국장으로 모실 준비를 하라."

하고 명령을 내린 뒤 측근들을 거느리고 자영을 찾아갔다.

"2세 황제께서 승하하셨으니, 공자께서는 5일 동안 목욕 재계하시고 종묘에 나가 의식을 갖추신 후 왕위에 오르시옵소서."

조고가 말하자 자영은 망설이지 않고 대답했다.

"그리하오리다."

자영은 나이가 30세도 채 안 되었지만 침착하고 명철한 인물이었다. 그는 이미 조고의 간계로 태자였던 아버지 부소가 죽게 된 경위를 자세히 알고 있었다. 하지만, 갑자기 닥친 상황으로 보아 조고의 청을 거절하면 목숨이 위태로워질 것이기에 것이므로 짐짓 그의 뜻에 따르는 척했던 것이다.

모든 일이 자기 뜻대로 진행된다고 생각한 조고는 측근 한 사람을 은밀히 무관으로 보내 그 곳을 점령하고 있는 패공 유방을 만나게 하였다.

유방이 조고의 밀사가 올리는 밀서를 펴 보니, 관중(關中)을 둘로 쪼개어 각기 나누어 갖는 것이 어떻겠느냐는 내용이었다. 조고가 아니면 생각지도 못할 뜻밖의 제의였다.

때문에 유방이 쉽사리 결단을 내리지 못 하고 있을 때 장량이 나서서 간했다.

"안 됩니다. 간교한 조고의 제의에 어떤 흉계가 있을지 모르며, 더욱이 이런 제의를 받아들였다가는 천하 제후와 백성들의 실망을 사게 될 것입니다. 소탐 대실이란 바로 그런 것을 두고 하는 말입니다."

"옳은 말씀이오. 선생이 깨우쳐 주지 않았으면 내가 큰 실수를 범할 뻔했다."

유방은 즉시 밀사를 불러들여 조고의 제의를 일언지하에 거절했다.

밀사가 돌아가 전말을 보고했더니 조고는 크게 낙담했다. 아울러 이제 자기가 취할 수 있는 방법은 자영을 진왕으로 세운 뒤에 어떻게 해서든 진나라를 지키는 길뿐이라고 생각했다.

한편 자영은 조고가 시킨 대로 제궁으로 가서 목욕 재계를 하기 시작했다. 하지만 그가 목욕 재계하면서 생각하는 것은 '어떻게 하면 조고를 처치할 수 있을까' 하는 것 뿐이었다.

사흘째 되는 날, 그는 자기의 두 어린 아들을 재궁으로 불러들여

"너희들이 아직 어리지만 내가 하는 말을 똑똑히 듣고서 시키는 대로 어김없이 행해야 한다. 모레는 내가 왕위에 오르는 날인데, 내가 몸이 아파서 나가지 못 한다고 하면 틀림없이 조고가 나를 찾아올 것이다. 그 때를 이용해서 조고를 처치하려고 하니, 미리 한담(韓覃)과 이필(李畢) 두 장수에게 가서 내 말을 전하도록 해라."

라고 말하고는 두 장수에게 보내는 서찰을 주었다.

마침내 5일 간의 목욕 재계가 끝나는 날이 되자 자영은 조고에게 사람을 보내 '몸이 아파 나가지 못 하겠다'는 뜻을 알렸다. 치밀하게 일을 진행시키던 조고는 당황했다. 조고는 그 말이 사실인지 아닌지 확인하는 한편, 일을 서둘러 진행시키고자 재궁으로 자영을 찾아왔다.

그 기회를 놓치지 않고 재궁 바깥채에 숨어 있던 자영의 두 아들과 이필의 군사들이 조고를 에워쌌다. 조고는 불에 덴 것처럼 놀라며,

"이놈들! 너희들은 누구냐?"

하고 소리쳤다. 작은 눈을 찢어지도록 크게 뜬 채

어쩔 줄 몰라했다.

"염락은 어디 있느냐? 염락을 불러라!"

조고가 급히 사위를 찾았으나 염락은 이미 한담의 창에 찔려 죽었고, 그가 데리고 온 호위 군사들도 죽거나 도망치고 난 뒤였다.

"네 이놈! 시황제의 유조를 고쳐 쓰고, 거짓 조서로 부소 태자님을 죽게 했으며, 결국에는 2세 황제까지 시해했으니, 네 죄가 하늘에 닿게 될 것이로다."

호통을 치면서 이필이 창으로 조고의 가슴을 푹 찔러 고꾸라지게 했는데, 그 때 자영이 안에서 나오면서 명령했다.

"저놈의 목을 베어라!"

조고의 시체에 달려든 병사들은 먼저 목을 끊어서 자영의 발 아래에 바친 다음, 목 없는 시체는 동강동강 토막내어 어육을 만들었다.

한담과 이필은 그 길로 조고의 삼족을 모조리 잡아서 저잣거리로 끌고 가 허리를 잘라 죽였다. 많은 백성들이 모두 거리로 나와 환호성을 질렀다.

자영은 함양궁으로 가서 옥새를 받들고 조정의 백관들이 국궁 배례하는 가운데 황위에 올랐다. 백관들은 자영을 3세 황제로 존칭하였다.

대례(大禮)가 끝나자 3세 황제는 중신들을 모으고 물었다.

"지금 초나라 군대가 국경을 넘어 들어와 사태가 위급하니, 어찌해야 그들을 물리칠 수 있겠소?"

그러나 나서서 계책을 아뢰는 사람이 하나도 없었다. 그 동안 침묵을 강요당해 왔던 데다가 모두들 안일에 빠져 있었기 때문이다.

한참 동안 시간이 흐른 뒤에 3세 황제는 여러 사람의 의견을 모아 명령을 내렸다. 한영(韓榮)과 경패(耿沛) 두 장수에게 각각 5만 명씩의 군사를 주어 함양성으로 들어오는 길목인 요관(嶢關)으로 가서 그 곳을 지키고 있는 주괴의 좌우군이 되어 돕도록 했다. 그리고 이필은 대장으로 삼아 함양을 지키게 했다.

약법(約法) 3장(三章)

유방의 대군이 무관을 거쳐 요관에 이르렀을 때, 그 곳의 수비 상태는 철통처럼 강화되어 있었다. 대장 주괴를 중군으로 하여 한영과 경패의 증원군이 각기 좌우를 받치고 있었기에 쉽게 공략해 들어갈 틈을 찾을 수 없었다.

유방이 얼굴에 수심이 가득한 채 말했다.

"아무래도 쉽사리 함락시킬 수 없을 것 같으니 답답하구료."

장량이 유방을 위로했다.

"크게 염려하실 것 없습니다."

"선생에게 좋은 계책이 있으면 가르쳐 주시오."

유방이 계책을 물었더니 장량이 말했다.

"제가 보기에, 진나라의 병력은 아직까지 많고 강합니다. 하지만 진나라의 장수들은 거의가 장사치의 자손들이므로 이해 득실을 따지기를 잘 하고 겁이 많습니다.

따라서, 산골짜기와 봉우리에 기치를 많이 세우고 의병(擬兵)을 꾸며 크게 위세를 떨치는 모습을 보이면서, 말 잘 하는 사람을 적진에 보내 장수들을 매수하여 적이 방심한 뒤에 틈을 타서 들이친다면, 가히 대승을 거둘 수 있을 것이라고 생각합니다."

유방은 그의 말을 받아들여 즉시 의병을 꾸미게 한 뒤에 광야군 역이기를 적진으로 보냈다.

요관으로 간 역이기는 주괴와 한영을 만나서 말했다.

"지금 천하의 백성들이 일시에 일어나 무도한 진나라를 멸하려 하고 있으니, 진나라의 운명은 풍전등화와도 같이 되었습니다. 그러니 장군들께서는 사세를 밝게 살피시고 백성들을 불쌍히 여기시어, 속히 성문을 열고 패공에게 항복하십시오. 그러면 패공은 회왕께 아뢰어 장군들에게 천금의 상을 내리고 함께 만호후(萬戶侯)에 봉하시도록 할 것입니

다.”

역이기의 말을 듣고 한영이 대답했다.

“우리가 오랫동안 진나라의 녹을 먹어 왔는데, 어찌 하루 아침에 배반할 수 있겠소. 좀더 생각하고서 대답하겠으니, 선생은 물러가십시오.”

“그렇게 하리다.”

역이기는 더 이상 길게 말하지 않고 돌아오면서 속으로 회심의 미소를 지었다.

‘저들은 이미 흔들리고 있다.’

이튿날 역이기는 다시 주괴 등을 찾아가서 물었다.

“이제 마음을 정하셨습니까?”

“부하들이 항복하지 않겠다고들 해서 아직 결정을 못 하고 있소이다.”

역이기는 가지고 온 황금 보따리를 내밀면서 말했다.

“장군들께서 항복하지 않았어도 패공께서는 이미 속마음을 깊이 아시는고로 이것을 전해 드리라면서 높은 덕을 찬양하고 계십니다. 패공은 지금 제후들의 군대가 도착하기를 기다리는 한편, 장군들이 생각할 수 있는 시간을 갖도록 하기 위해 최대한 공격 개시 시간을 늦추고 있는 것입니다.”

“…….”

주괴와 한영의 얼굴에 동요하는 빛이 일었다. 역이기는 말을 이었다.

"장군들이 이 황금을 안 받으신다면 것은 앞으로 패공과의 관계를 끊겠다는 뜻이 됩니다. 요관성이 함락되는 날, 그 때, 무슨 면목으로 패공을 뵐 수 있겠습니까?"

역이기의 말을 듣고 보니, 과연 일리가 있는 말이었다. 때문에 한영이 먼저 황금을 받으면서 말했다.

"패공께 돌아가시거든 우리가 '서로 화목하게 지내기 위해 전쟁을 그만 두자'고 말했다고 전해 주십시오."

"그렇게 하오리다. 패공은 관후 인덕한 분이시니 가능한 한 전쟁을 피하려고 할 것입니다. 안심하십시오."

역이기는 그렇게 대답하고 패공에게로 돌아가 협상 결과를 보고했다. 장량이 패공 곁에서 역이기의 보고를 다 듣고 나서 말했다.

"요관을 공격할 때는 바로 지금입니다. 이 때를 놓치지 마소서."

한편 주괴와 한영 등은 유방이 보낸 황금을 받은 뒤부터 정신 상태가 해이해져서 적을 막을 준비는 하지 않고 날마다 술타령만 하면서 소일하고 있었다.

그런 상태로 사흘이 지났을 때였다. 성의 뒤쪽 산골짜기마다 갑자기 치솟은 화염이 하늘을 찌르는 것같더니, 천지가 진동하는 함성과 함께 번쾌가 대군을 지휘하며 성의 정면을 맹렬하게 공격하기 시작했다.

주괴 등이 대경실색하여 어찌할 바를 모르고 있을 때, 척후가 와서 급보를 올렸다.

"적의 대군은 벌써 관을 넘어와 우리의 후방에서 불을 지르고 있습니다."

"그렇다면 요관이 이미 적의 손에 넘어갔단 말인가!"

주괴의 입에서 비명과도 같은 탄식이 토해졌다.

"요관을 버리고 남전(藍田)으로 가서 급한 상황을 일단 피하는 수밖에 없겠습니다."

한영이 자기의 의견을 말하였다.

장수들이 혼란스러워하고 있는 사이에 진군은 구멍난 논둑처럼 걷잡을 수 없이 무너지기 시작했다. 군사들은 싸우기는커녕 허겁지겁 도망치기에 바빴다.

성난 번쾌의 칼이 무인지경을 가듯 좌충우돌했다. 용맹한 관영의 칼도 그것에 질세라 풀잎 베듯 수많은 진군들을 베어 넘기는 동안 요관은 어느 새 유방의 수중에 들어가고 말았다.

패군들을 수습한 주괴는 가까스로 남전까지 달아나 그 곳에 영채를 세우고 최후의 방어선을 치려고 했다. 그러나 유방은 그럴 틈을 주지 않았다. 하후영을 선봉으로 하여 대군을 이끌고 남전을 향해 돌진했다. 진군은 결국 하루도 채 견디지 못 하고 장

수며 군졸 할 것 없이 모두 뿔뿔이 흩어진 채 함양
성 안으로 도망쳐들어가기에 이르렀다.

　여기서 짚고 넘어갈 것이 있다.
　유방이 목적지인 진나라의 수도까지 진격해 가는
동안 그가 지나간 경로는 일직선이 아니었다. 그
경로는 얼핏 보면 군사적으로 잘못된 것 같다. 하
지만 그것은 손자병법의 「우직의 계」에 따른 경로
였으며, 그 같은 전략을 썼기 때문에 유방은 무수
하게 많은 적진을 돌파하고 무난히 목적지까지 성
공적으로 진격할 수 있었던 것이다.
　원정길에 오를 때부터 유방의 군대는 많은 모순
점을 가지고 있었다.
　첫째, 그의 군대는 제대로 훈련되지 않은 집단이
었다. 장비나 편성도 역시 보잘것없어 진나라의 정
규군과는 제대로 싸울 수 없는 군대였다. 때문에
유방은 정면으로 싸우는 것을 피하면서 적들이 포
진하고 있는 틈을 뚫고 나가 오른쪽으로 멀리 도는
가 하면 왼쪽으로 몸을 피하는 「물의 흐름」과도 같
은 전진을 시도했던 것이다.
　둘째, 유방의 군대에는 보급 기관이 없었다. 그리
고 군량도 충분하게 가지고 있지 못했다. 또한 그
의 작전 지역인 중원 지방은 풍요롭지 못한 지역이
었기에 식량 징발에 응할 수 있는 사람들이 없었
다. 때문에 유방은 군량 보급을 위해 진나라가 각

요지(要地)에 비축해 둔 식량이 있는 창고들을 찾아 다니면서 전진할 수밖에 없었다. 예를 들어서 말하 자면 "창읍에 진나라의 식량 창고가 있다."라는 말 을 듣게 되면 앞에 있던 적과 싸우는 것을 멈추고 창읍으로 달려가는 식이었다.

셋째, 그와 함께 진나라를 공격하고 있는 항우를 비롯한 여러 장수들의 군대는, 아군이면서 동시에 승리를 다투는 적이기도 했다. 따라서 서로 협력해 서 진나라를 공격하는 것이 본래의 임무이기는 했 지만 협력하는 것이 잘못되어 상대방을 강하게 만 들어 주어도 안 되는 형편이었다. 그리고 그들이 공을 세우게 할 수도 없었다. 더구나 자기보다 먼 저 진나라의 수도 함양에 들어갈 수 있게 하면 절 대로 안 된다는 문제가 있었다.

이 같은 조건들 속에서 진군하는 유방이었기에 신 중하고도 완전한 작전 계획이 필요했다. 따라서 병 법에 능한 장량의 기발한 작전 계획은 그에게 큰 도움이 되었다.

《손자병법》의 〈허실편〉에 이런 내용이 있다.

「무릇 군대의 형태는 물(水)의 형상과 같은 것이 어야 한다. 물의 형세는 높은 곳을 피하고 낮은 곳 으로 내려간다. 군대의 형태도 역시 실(實)을 피하 고 허(虛)를 공격해야 한다. 물은 땅의 형세에 따라 흐르는 형태를 정하고, 군대는 적의 형세를 이용하 여 승리하는 것이다. 따라서 군대의 행동에는 일정한 태세가 있을 수 없고, 물에도 일정한 형상이 있을 수 없다.」

그리고 〈군쟁편〉에 「우회는 곧 직진」이라는 계책이 있다.

「전쟁의 어려움은 우회함으로써 직행보다 유리하게 만들고, 해로운 것으로써 오히려 이로움을 만드는 것이다. 때문에 일부러 우회하며 적을 유혹하고, 늦게 출발했는데 먼저 도착한다면 그런 사람은 우직의 계책을 아는 사람이다.」

유방은 자기가 거느린 군대의 약점을 처음부터 알고 있었기에 이 「물의 전략」과 「우직의 계략」을 잘 이용하여 연전연승하며 진격해 갔던 것이다.

그 밖에도 그는 장량의 계책을 이용하여 전면에 있는 진나라의 장수를 설득하기도 하고, 이로움을 주어 전의(戰意)를 잃게 하거나 그의 약점을 이용해서 격파하는 등 수많은 정법(正法)과 기법(奇法)들을 구사하여 무관(無關)을 공략하고 서북진하여 함양에 육박했다.

유방은 저항하는 적군은 철저하게 추격했지만 일반 백성들에게는 해를 끼치지 않았다. 약탈하는 병사가 있으면 엄벌에 처하면서 백성들을 설득했기 때문에 "유방의 군대는 착한 군대"라는 평판을 얻었다.

진군을 계속한 유방의 대군은 진나라의 3세 황제

가 즉위한 해의 10월, 항우보다 먼저 함양 동남밤쪽에 위치하고 있는 패상까지 진출했다.

　유방이 패상을 점령하자 진나라의 사자가 찾아왔다. 9월에 간신 조고(趙高)를 죽인 진황 3세인 자영이 항복해 온 것이다. 흰 말이 끄는 흰 수레에서 내린 그는 걸어서 유방 앞으로 나아가 깍듯이 예를 올리고 난 후,

　"제가 황위에 있었으나 덕이 없어 치세 안민(治世安民)치 못 하였습니다. 그러던 차에 패공께서 서행(西行)하여 오심을 알고 기꺼이 항복함으로써 만민을 도탄에서 구하고자 합니다. 삼가 나라의 옥새를 바치오니, 원컨대 받아 주옵소서."
하면서 공손히 옥새를 바쳤다.

　유방은 만면에 웃음을 띄우고 옥새를 두 손으로 받으며 말했다.

　"그대가 이미 항복했으니 내 이를 회왕께 상주하여 그대의 일족을 구하고 토지를 내려 주어서 일생을 편안히 살도록 하겠소."

　"황감하옵나이다."

　3세는 두 번 절하여 은혜를 입은 것에 대해서 사례하였다.

　유방은 자영에게 함양성 안에 있는 말궁(末宮)에서 기거하라는 명령을 내렸다. 이로써 진나라는 멸망하고 말았다. 때는 을미년 10월─서력 기원전 207년, 진나라가 천하를 통일한 지 26년째 되는

해이고, 자영이 황위에 오른 지 불과 45일째 되는 날이었다.

그리하여 패공 유방은 노공 항우와 길을 나누어서 서정(西征)길에 오른 지 8개월 만에 항우보다 먼저 진나라 서울 함양에 입성하여 진나라 깃발 대신 초나라 깃발을 드높이 세우게 되었다.

이 때 부장들 중에 자영을 죽이자고 주장하는 사람도 있었지만 유방은,

"회왕이 나에게 서정(西征)을 명하신 이유는 내가 적을 관대하게 다룰 것이라고 판단하셨기 때문이다. 더구나 적은 이미 항복하지 않았는가. 그런데도 그를 죽인다면 좋지 않은 결과가 생길 것이다."

라면서 관리로 하여금 감시하게 한 다음 그대로 진군해서 함양에 입성했다.

유방이 진나라의 궁전에 들어가서 보니 과연 함양궁이었다. 궁궐이 36궁(宮)에 동원(東苑)이 24원(院)이나 되었다. 난실 초방을 갖춘 고루 거각들이 줄을 지어 늘어서 있었다.

"과연 대단한 곳이로고!"

유방은 거듭 감탄해 마지않았다.

궁성의 곳곳마다에 있는 창고에는 온갖 보물들이 산처럼 쌓여 있었다. 유방은 막료 장수들로 하여금 창고에서 보물을 꺼내 부하들에게 나누어 주도록 하였다. 그러나 그 중에서도 진귀한 보석은 손대지 못 하게 하고 봉인하게 하도록 조치했다.

유방 일행은 호화를 극한 궁성 안으로 계속 들어
갔다. 후궁에 이르자 수없이 많은 궁녀들이 한꺼번
에 몰려나왔다. 원래부터 주색을 좋아했던 유방이
었기에 그만 그 곳에 주저앉고 말았다.

　"술을 가져오너라."

　유방은 실로 오랜만에 미녀를 껴안고 술을 마시
면서 흐뭇해했다.

　그럴 즈음 소하는 혼자서 승상부에 들어가 있었
다. 그 곳에는 천하의 지적도(地籍圖)가 비치되어 있
었다. 각 지방의 지세와 인구, 요해지와 하천과 호
수의 위치와 중요한 산물들 이 모든 것들이 한눈에
볼 수 있도록 드러나 있었다.

　"바로 이것이 천하의 보물이다!"

　소하는 크게 기뻐하며 다른 것에는 손대지 않고
지적도만 챙겨 승상부에서 나왔다.

　한동안 시름을 잊고 술을 마시며 즐기던 유방은
해가 어스름해져서야 후궁으로부터 나왔다. 궁성의
뜰 한쪽 정자 주위에서 장량과 번쾌 등 몇 명의 막
료들이 서성이면서 유방이 나오기만을 기다리고 있
었다.

　"허어, 취하고 또 취할 만하구나! 내일도 이 곳에
와서 머물러 마음껏 즐겨 보리라!"

　유방이 그렇게 중얼거리는 소리를 들은 번쾌가
말했다.

　"공(公)은 진나라가 무도한 짓을 했기 때문에 여

기까지 오실 수 있었소. 천하를 위해 잔적(殘賊)을 없애고자 하신다면 조의 조식(粗衣粗食:잘 입지도 잘 먹지도 못함)으로 만족하셔야 합니다. 함양을 함락시켰다고 해서 함부로 호사를 누린다면 포악한 걸(傑) 보다도 한층 더한 행동을 했다는 비난을 면치 못 하게 될 것입니다."

"아니, 자네 무슨 말을 그렇게 험하게 하는가?"

유방이 노기 띤 얼굴로 번쾌를 노려보자 이를보고 있던 장량이 나서서 말했다.

"번 장군의 말이 옳습니다. 자고로 '달콤한 술과 고운 노래를 즐기며, 호화로운 집에 거처하는 자는 망하는 법'이라는 말이 있지 않습니까. 아직까지 천하가 안정되지 않았는데 이 궁궐 안에 머물러 계시는 것은 합당치 않은 일이오니, 속히 이 곳을 떠나 패상의 진으로 돌아가시지요."

유방은 그제서야 정신이 번쩍 든 것처럼 흔연히 대답했다.

"옳은 말이오."

유방은 즉시 모든 창고의 문을 봉하고 각 궁문을 닫게 한 뒤에, 전군에 영을 내려 패상으로 돌아가라고 명령했다. 그리고는 자기가 먼저 장량·소하·조참·역이기·번쾌 등을 데리고 서둘러 함양궁을 떠났다.

"함양에 먼저 들어가는 자가 왕이 되어라."

회왕은 진나라를 치기 위해 자기와 항우가 팽성을 떠날 때 그렇게 말했다. 따라서 함양에 먼저 들어가 3세 황제의 항복을 받은 자기가 왕이 되는 것은 매우 당연한 일이었다.

그런데도 자기는 함양궁의 문을 닫아 걸고 패상으로 돌아가 제후들이 모이기를 기다리고 있다. 그러니 이것은 얼마나 겸손하고 아름다운 처사인가, 유방은 장량의 권고를 받아들인 것을 매우 잘 한 일이라고 생각했다.

그 때 소하가 들어와서 말했다.

"천하의 백성들이 오랫동안 진나라의 모진 법에 시달려 왔습니다. 이것을 간단하게 고쳐서 너그럽게 만들어 주신다면, 백성들이 모두 기꺼이 패공께 심복할 것입니다."

"참으로 좋은 말을 해 주셨소. 함양성 인근의 부로(父老)들을 패상으로 모이게 하시오."

이튿날 사람들이 모이자 유방은 단 위에 올라가서 큰 소리로 말했다.

"여러분은 오랫동안 진나라의 가혹한 법 때문에 괴로움을 당해왔다. 국정을 비판하면 일족이 몰살당하고, 귓속말만 주고받아도 번화가에서 참수형을 당했을 정도였다. 그런데 내가 회왕의 명을 받들어 진나라를 칠 때 먼저 관중에 들어가는 사람을 왕으로 삼는다는 약속을 받았다. 때문에 나는 당연히 관중의 왕이 된 것이며 여러분에게 약속하겠다. 법은 3장만으로 한다. 즉, 사람을 죽인 자, 사람에게 상처를 입힌 자, 도둑질을 한 자는 처벌하지만 이 시간부터 진나라가 정한 여러 가지 법은 모두 폐지한다. 관민은 모두 안심하고 살도록 하라. 내가 관중에 들어온 목적은 처음부터 여러분을 위해 부당함을 제거하는 데에 있었다. 난폭한 짓을 할 의도는 조금도 없으니 안심하라."

이어서 각지로 사람들을 보내 이 같은 취지를 철저하게 주지시켰더니 진나라의 학정에 시달리고 있던 사람들은 모두 환호하며 유방을 받아들였다.

"참으로 오래간만에 하늘의 해를 보는 것 같구나!"

"패공이 하루 빨리 이 곳 관중의 왕이 되어야 해!"

이처럼 유방이 백성들이 인심을 크게 사면서 패상에 머물러 있을 때, 선비 차림의 한 사람이 유방을 찾아와 헌책했다.

"관중은 중원(中原)의 10배에 해당하는 부(富)를 지니고 있으며, 지형도 험준하여 다시 없는 요충지를 이루고 있습니다. 그런데 들리는 소문에 의하면, 진장 장한이 초나라에 투항했을 때 항우가 그를 옹왕(雍王)에 임명하여 관중의 왕으로 봉했다고 합니다. 만약 그렇게 된다면 패공께서 관중을 영유하시기에 어려움이 많을 것입니다. 그러니 차제에 패공께서는 즉시 함곡관으로 군사를 급파하여 그 곳을 엄중하게 수비하심으로써 노공 항우를 비롯한 제후들의 관중 입성을 막아야 할 줄 아옵니다."

"그대의 말이 옳다."

유방은 크게 기뻐하며 그에게 후한 상을 내리고, 그의 말대로 즉시 영을 내렸다.

항우의 위약(違約)

그즈음 노공 항우는 하북(河北) 지방을 평정한 후 각처에서 모여드는 제후의 군사들을 아우르며 함곡관을 향해 진군을 계속하고 있었다. 그런데 함양에 입성하기 위해서는 험준하기로 이름높은 함곡관을 반드시 통과해야 했다.

항우는 그 때까지 유방이 이미 함양을 점령했을 것이라고는 생각도 하지 않고 있었다. 그는 마침내 함곡관을 눈앞에 둔 신안(新安)에 이르러 영채를 세웠다.

새로 진격하여 주둔하는 땅이었기에 항우는 그 날 저녁밥을 먹고는 혼자서 어둠 속의 각 부대의 진을 순시했다. 계포·종리매의 부대를 차례로 지나서 장한·사마흔의 부대 앞에 이르렀을 때였다. 막사 안에서 병졸들이 지껄이는 소리가 크게 들려오기에 항우는 자기도 모르게 귀를 기울였다.

"에이, 진작 유방에게 항복하는 건데 잘못했어."

"항우는 기운은 세지만 너무 우악스럽고 사나워서 견딜 수가 없어."

"소문으로 듣자니 패공이 벌써 함양에 들어갔다더라."

"뭐? 그러면 패공이 왕이 되는 거잖아!"

항우는 더 이상 듣고만 있을 수가 없었다.

'이런 괘씸한 놈들!'

항우는 이를 부드득 갈면서 급히 본진으로 돌아와 영포를 찾았다. 영포가 헐레벌떡 달려 들어오자,

"장한과 함께 항복해 온 진의 항졸(降卒) 20만 명을 그냥 두면 안 되겠소. 배반할 징조가 보이오. 그 놈들이 불평하는 소리를 내 귀로 직접 들었소. 그러니 영 장군은 즉시 본부 군사들을 전부 동원하여 장한·사마흔·동예 세 사람만 남겨 두고 모조리 다 죽여 버리시오!"

하고 엄명을 내렸다.

그러자 곁에서 듣고 있던 범증이 소스라치게 놀라며 만류했다.

"고정하십시오. 그러시면 안 됩니다."

그러나 크게 노한 항우는 범증의 말은 들을 척도 하지 않았다.

"빨리! 어서 서두르시오!"

항우는 영포를 향해 소리를 질렀다.

"예."

대답하고 나온 영포는 즉시 본부 군사 30만 명을 소집시켜 땅을 파게 하는 한편으로 나머지 군사들을 이끌고 항복한 군사들 20만 명이 잠들어 있는 막사로 돌진해 들어갔다. 그리하여 맹수와 같은 영포의 병사들은 장한·사마흔·동예 세 사람만 남겨 두고 항졸 20만 명을 모두 깡그리 죽여 무더기로 땅에 묻었다.

장한 등 세 사람은 항우에게 가서 땅에 엎드려 간청했다.

"목숨만 살려 주십시오."

"그놈들이 나를 배반하려고 하기에 미리 죽여 후환이 없도록 한 것이니, 그대들은 안심하오."

항우는 짐짓 세 사람을 위로했다.

세 사람은 두 번 절하여 항우에게 감사의 뜻을 표했다. 항복할 때 데리고 온 부하들 20만 명이 도륙을 당했건만, 그들은 자기의 목숨이 붙어 있는 것만을 천만 다행으로 생각했다.

이튿날 항우는 함곡관을 향해 서둘러 진군하라고 명령했다. 아무래도 유방이 함양에 먼저 들어간 것이 사실인 것 같아 조급해지는 마음을 누를 길이 없었다.

'가는 곳마다 길을 막는 놈들 때문에 유방보다 늦어졌다!'

항우는 생각할수록 분통이 터졌다. 그는 여기까

지 오는 동안에 닥치는 대로 적군을 죽여야 했고, 성문을 닫아 걸고 항거한 마을은 불을 질러 폐허를 만들었으며, 끝내는 불평을 말하는 항졸 20만 명까지 도륙을 내느라고 시간이 지체된 것을 생각하면 치가 떨렸다.

유방이 진군(進軍)한 자취에 비한다면 항우의 궤적은 힘이 넘쳐흐르고 기세가 대단했으며 단순하고 통쾌했다. 전군을 장악한 항우는 즉시 황하를 건너서 거록을 향해 늑대들처럼 분전하여 장한의 대군을 격파하고 조나라의 위기를 구했다. 안양에서 장한과 함께 투항한 진나라 장종들 2만여 명은 모반이 두려워 모두 생매장시켰다.

그렇게 하면서 관중까지 최단거리가 되는 진로를 택해 최선을 다해 진격해 왔지만 항우는 유방을 앞서지는 못했다. 그렇게 된 원인은 유방과 항우의 성격이 다르고 전법도 역시 달랐기 때문이었다. 항우는 전술적인 면을 존중했으며 유방은 전략적인 면을 존중했는데, 말하자면 두 특성 중의 전략이 전술을 이긴 셈이었다. 유방은 장애물을 피하며 우회했지만, 항우는 그 장애물을 힘으로 제거하느라고 시간이 걸린 것이다.

마침내 항우의 50만 대군이 함곡관 앞에 이르렀다. 그러나 성문은 굳게 닫혀 있고, 성 위에는 진나

라 깃발이 아닌 유방의 붉은 기가 바람에 펄럭이고
있었다.

그것을 본 항우는 화가 나서 펄펄 뛰었다.

"유방이 성문을 닫고 나를 못 들어가게 하다니,
이럴 수 있단 말인가!"

이 때 범증이 크게 탄식하면서 항우에게 말했다.

"저것 좀 보십시오. 패공이 한 걸음 먼저 함양에
왔다고 해서 저처럼 함곡관을 막고 있습니다. 회왕
께서 말씀하신 대로 자기가 관중의 왕이 되려는 생
각을 가진 것이 분명합니다. 만일 그렇게 된다면
장군께서 3년 동안이나 고전 분투한 노력이 모두
허사가 되고 맙니다. 이보다 더 원통한 일이 어디
에 또 있겠습니까."

범증이 탄식하는 말을 듣고 격분할 줄 알았던 항
우는 뜻밖에도 너털웃음을 터뜨리면서 말했다.

"유방의 군대는 불과 10만! 그가 제아무리 먼저
함양에 들어갔다고 해도 어찌 나의 50만 대군을 막
을 수 있겠습니까. 단번에 쳐부수고 말겠소."

그의 말에는 자신이 만만했다.

"비록 그렇다고 해도 공격할 준비를 하면서 패공
에게 보내는 편지를 쓰십시오. 편지를 보고 패공이
스스로 성문을 열도록 하는 방법이 좋을 것입니
다."

범증의 권고에 따라 항우는 즉시 영포에게 10만
대군을 주어 함곡관을 칠 준비를 하게 하는 한편,

편지를 써서 화살에 끼워 쏘아 보냈다.

유방이 편지를 받아 보니 다음과 같은 내용이었
다.

「노공 항적(項籍)이 아우 유패공에게 글을 보내노
라. 공과 나는 일찍이 회왕에게서 언약을 받았으며
또한 형제의 의를 맺고 각각 동서의 길로 진군해
왔도다. 공이 먼저 함양에 들어갔으되, 내가 만약
회왕을 세우고 장한의 항복을 받지 않았더라면, 공
이 어찌 함양에 들어올 수 있었으리오. 이는 남의
공을 빼앗아 자기의 것으로 함이니, 대장부가 취할
일이 아니로다. 이제 함곡관을 막고 나로 하여금
들어가지 못 하게 하지만, 과연 지켜서 관이 깨어
지지 않게 할 자신이 있는가. 나의 용장과 50만 대
군이 관을 부수는 것은 썩은 나무를 치는 것과 다
름이 없으나, 관을 부순 뒤에 공이 무슨 면목으로
나를 보게 될 것인가. 속히 관문을 열어 대의를 지
키고 형제의 의를 잃지 말아야 할 것이다.」

편지를 다 읽고 난 유방은 근심하는 빛이 가득해
진 얼굴로 좌우 사람들에게 앞으로의 대책을 물
었다. 그러나 얼른 대답하는 사람이 없었다. 그들
은 아직 용맹하기 짝이 없는 항우의 50만 대군을
대적할 수 있는 힘을 가지고 있지 못 했기 때문이
었다.

'내가 잘못했구나! 함곡관으로 군대를 내보낼 때 그것을 막았어야 했는데….'

장량이 크게 후회를 하면서 무겁게 입을 열었다.

"항우의 군대가 원체 강대하기 때문에 함곡관을 끝까지 지키는 것은 거의 불가능합니다. 그런데도 그와 싸워 패하게 되면, 우리는 오갈 데 없는 군대가 되고 맙니다. 속히 관문을 열어 준 뒤, 차차 계교를 생각해 내도록 하시지요."

장량의 말에 따라 유방은 곧 관영을 보내 관문을 열고 항우의 군대를 맞이하게 했다.

항우는 대군을 거느리고 함곡관을 통과하여 함양으로 들어가다가 신풍(新豊) 땅 홍문(鴻門)에 진을 치고 그 곳에 주둔했다.

영채를 세우기가 바쁘게 항우는 수십 명의 첩자들을 함양 성중으로 들여보내 유방이 자기보다 먼저 성 안에 들어가서 무슨 일을 했는지 조사해 오라는 명령을 내렸다.

그 날 밤늦게 듣게 된 첩자들의 보고 내용은 거의 일치하였다.

"장군님, 그들은 벌써 함양에 들어가 황제 자영의 항복을 받고 그의 목숨을 살려 주었을 뿐만 아니라 제멋대로 백성들에게 법 삼장(法三章)까지 공포했다고 합니다."

"뭐가 어째?"

'내가 제일 먼저 관중에 들어가겠다.'

라고 단단히 벼르고 있었던 항우는 그 소식을 듣자 발을 동동 구르면서 분해했다.

'유방이 감히 왕위를 넘보다니, 관중의 왕은 내가 되어야 한다.

그 때 범증이 의견을 말했다.

"유방은 산동(山東)에 있을 때부터 욕심이 많았으며 여자라면 맥을 못추었습니다. 그랬던 그가 관중에 들어와서부터는 재화(財貨)는 고사하고 여자도 거들떠보지 않는다고 합니다. 이 사람이 간밤에 천문을 보니 제왕의 별이 패상 위에 빛나고 있었습니다. 이는 아마도 패공에 맞힌 것 같습니다. 또 그는 용호(龍虎)의 상이니 그것은 천자의 기(氣)이며, 그가 함양에 처음으로 입성했을 때는 오성(五星)이 동정(東井)에 보였다고 합니다. 그것도 역시 앞으로 천자가 될 사람이 나타났다는 뜻이 됩니다. 이제 그가 관중의 왕이 되려는 심산이 확실해진만큼 한시라도 빨리 그를 죽여 후환이 없도록 하셔야 할 것입니다."

범증의 말을 듣자 항우는 자리에서 벌떡 일어나며 말했다.

"내 지금 당장 유방을 쳐죽이겠소!"

"너무 조급하게 서두르지 마십시오. 패공의 군대가 비록 우리보다 적기는 하지만 그의 수하에는 장량을 비롯한 역이기·육가 등 뛰어난 모사들이 많이 있고, 번쾌·관영 등 용맹한 장수도 50여 명이나 됩니다. 자칫 일이 잘못되면 도리어 낭패를 당할 수도 있으니 진정하십시오."

급히 제지한 범증이 목소리를 낮추어 계책을 말했다.

"오늘 밤 삼경에 정병들로 하여금 두 길로 나누어 패상을 엄습하게 하면, 쉽사리 패공을 사로잡을 수 있을 것입니다."

항우는 범증의 진언에 따라 부하 장수들에게 패상을 야습할 준비를 하라고 명령을 했다. 영포를 비롯한 모든 장수들이 급히 움직이기 시작했다.

그러나 이 때 항우의 숙부뻘 되는 항백(項伯)만은 마음이 편하지 않았다. 그는 항우 밑에서 좌윤(左尹) 벼슬을 하고 있는 장수였다.

항백은 유방의 책사로 있는 장량과는 옛날부터 절친한 사이였다. 그래서 장량은 박랑사에서 창해역사로 하여금 시황제를 죽이려 하다가 실패했을 때 하비에 있던 그의 집에 가서 몸을 숨기기까지 했었다.

항백은 조용히 생각해 보았다.

'오늘 밤 야습이 감행된다면, 패공의 진중에 있는 장자방도 필시 죽임을 당하고 말 것이다. 내가 어찌 그것을 보고만 있을 수 있을 것인가. 내가 가서 알려 주어 그를 살려야 할 것이다.'

그렇게 작정한 항백은 즉시 말을 달려 패상의 진중으로 장량을 찾아갔다.

장량이 중군장에서 나와 자기의 장막으로 갔을 때. 원문을 지키던 군졸 하나가 와서 고했다.

"항백이라는 장수가 만나기를 청하고 있습니다."

장량은 즉시 군졸을 따라 원문으로 갔다.

"오, 이게 얼마 만이오?"

장량은 반갑게 맞으며 항백을 안으로 인도했다. 장량이 거처하는 방으로 들어가서 자리를 잡고 앉자 항백이 비로소 입을 열었다.

"정말 오랫동안 적조하였소이다. 그런데 오늘은 내가 긴히 할 말이 있어 찾아왔소이다."

그렇게 말하면서 항백은 방 안의 좌우를 살피었다. 장량이 그것을 보고 말했다.

"아무도 듣는 사람이 없으니 말씀하시오."

"다름이 아니라…."

항백은 장량의 귀에다 자기의 입을 가까이 대고는 오늘 밤 삼경에 항우가 야습을 감행할 것이니 자기와 함께 피신하자고 말했다.

그런데, 그의 말을 듣고 난 장량이,

"참으로 고맙소이다. 하지만 내가 패공에게 온 뒤로 후한 대우를 받았으니 의리상 한 마디 인사라도 하고 떠나야 도리일 것 같소. 잠깐만 여기서 기다려 주시오."

라고 말하고는 밖으로 나갔다.

'자방은 과연 성실한 선비로다.'

항백은 그러한 장량이 더욱 마음에 들었다.

장량은 유방의 방으로 들어가서 항백이 찾아와 해 준 말을 전해 주었다. 유방은 근심스러워하는 얼굴로 크게 걱정했다.

"그럼 이 일을 어떻게 처리해야 좋겠습니까?"

그러자 장량은 유방의 귀에다 대고 무슨 말인가 한참 동안 속삭였다. 다 듣고 나더니 유방은 고개를 크게 끄덕였다.

장량은 항백이 기다리고 있는 자기의 방으로 돌아가서 말했다.

"여기까지 오신 길에 패공을 잠시 만나 보고 가시오."

뜻밖의 말을 듣자 항백은 펄쩍 뛰었다.

"그게 도대체 무슨 소리요. 내가 여기 온 것은 장자방 때문이지 패공을 만나 보기 위해서가 아니오.

하지만 장량은 싫다는 항백의 손을 잡고 억지로 끌다시피 하면서 안으로 걸어갔다. 유방이 의관을 단정히 하고 문 밖에 나와 있다가 항백을 맞아들였다.

"정말 잘 오셨습니다. 그렇지 않아도 꼭 한 번 뵙고 싶었는데…. 자, 저리로 앉으십시오."

라고 말하면서 유방은 항백을 상좌로 모셨다. 때문에 항백은 사양하다가 마지못해 자리에 가 앉아서 그 날 밤에 벌어질 일에 대해서 대강 이야기한 뒤에,

"자방과 저는 절친한 사이인지라, 친구가 죽게 되

는 것을 그냥 보고만 있을 수 없어 이렇게 찾아오
게 되었습니다."
라고 말끝을 맺었다.

　술과 안주가 들어왔다. 유방은 항백에게 은근히
술을 권하면서 말했다.
　"한잔 드시면서 내 얘기를 들어 주십시오. 내가
먼저 함양에 들어왔는데도 진나라의 궁실과 보물
창고의 문을 봉인하고 건드리지 않은 것은 노공을
기다리기 위해서였고, 약법 삼장을 발표한　것도
혹독한 진나라의 법에 매여 있던 백성들로 하여금
노공의 후덕함을 알게 하기 위해서였습니다. 그리
고 내가 왕이 될 것이라고 말한 것은 당시의 흉흉
한 민심을 일시 진정시키기 위해서였습니다. 그런
데도 불구하고 노공께서 나를 의심하신다면 내가
너무 억울하지 않겠습니까. 장군께서 돌아가시거든
노공께 잘 말씀드려서 오해를 풀도록 해 주십시
오."
　항백이 대답했다.
　"듣고 보니 패공의 말씀이 옳습니다. 노공이 지금
오해를 하고 있는 것이지요."
　"그렇습니다. 솔직히 말하자면 저는 억울합니다.
그런데 듣자니 장군께 아들이 있는데 아직까지 혼
처를 정하지 못 하셨다고요. 내게는 마침 딸년이
하나 있는데 후에 아이들이 장성하면 혼인을 하겠
다고 약속하는 것으로써 오늘 장군에게서 입은 은

혜에 보답하고자 합니다."

그 말을 들은 항백이 당황하며,

"매우 감사한 말씀이오나, 지금은 패공과 노공이 서로 지혜와 용맹을 겨루고 있는 때인데 우리 양가가 혼사를 언약한다면 남들의 입에 오르내리게 될 것이니 아무래도 어렵겠습니다."

라면서 사양했다. 그러자 곁에 앉아 있던 장량이

"공연한 걱정! 노공과 패공은 이미 형제가 된 사이인데 누가 감히 의심한단 말이오."

라고 말하고는 두 사람의 옷깃을 잡아당겨 한데 묶은 뒤에 그것을 칼로 잘랐다.

"자아, 이것을 각각 한 조각씩 보관하십시오. 오늘 밤에 양가가 연분을 맺었다는 증표입니다."

장량은 두 개의 옷깃을 유방과 항백에게 한 개씩 나누어 주었다. 유방은 장량이 미리 귓속말을 일러주었기 때문에 알고 있었지만 항백은 너무나 뜻밖의 일이었기에 당황하다가

"기왕에 이렇게까지 되었으니 그렇게 알겠습니다."

라고 말하면서 옷깃을 여몄다.

"고맙소이다."

유방이 웃으면서 다시 항백에게 술을 권했다. 장량과 항백도 역시 유방에게 술을 권하면서 양가의 혼약이 이루어진 것을 자축했다.

이윽고 항백이 술자리에서 일어나면서 말했다.

"오늘 밤 제가 본진으로 돌아가 패공에겐 잘못이 없다고 말하면 무사하게 될 것입니다. 그러나 아무래도 내일은 패공께서 홍문에 오셔서 항우를 한 번 찾아보셔야 할 것 같습니다."

"알겠습니다. 그리하지요."

유방이 쾌히 응낙했다.

항백은 두 사람에게 작별 인사를 하고 방에서 나갔다. 장량은 원문까지 따라 나가서 항백과 작별하는 동시에 하후영으로 하여금 홍문의 진영 앞까지 항백을 호위하라고 부탁하였다.

한편 홍문의 진영에서는 이경(二更)이 되자 범증이 항우의 군막으로 가서 말했다.

"때가 거의 되어 갑니다. 준비하시지요."

항우는 자리에서 벌떡 일어나 모든 장수들을 집합시켰다. 그런데 장수들을 둘러보다 말고 고개를 갸우뚱했다.

"항백 장군은 왜 보이지 않는가?"

범증도 항백이 안 보이는 것을 이상하게 여기며 경비 책임을 맡은 정공(丁公)에게 물었다.

"항 장군이 어째서 보이지 않는가?"

"아까 저녁 때 항 장군이 혼자 말을 달려 나가시기에 어디에 가시냐고 물었더니 은밀히 알아 볼 일이 있다고 하셨습니다."

"그래? 어느 쪽으로 가셨는가?"

"패상 쪽을 향해 가셨습니다."

들고 난 범증은 심히 낙담하는 얼굴이 되면서 중얼거렸다.

"허어, 그러면 오늘 밤 야습은 그만 두어야겠구먼. 이쪽의 계획이 이미 누설되고 말았으니…."

그 말을 듣고 항우가 그의 곁으로 와서 말했다.

"선생님, 항 장군은 저의 숙부님입니다. 함부로 비밀을 누설하실 분이 아니십니다."

범증은 힘없이 웃으면서 대꾸했다.

"항 장군의 충심을 의심해서 하는 말이 아닙니다. 다만 군중(軍中)의 지모는 귀신도 모르게 해야 하는데 그것이 어긋났으니, 아무래도 오늘 밤 야습은 그만 두시는 게 좋겠습니다."

범증의 말이 채 끝나기도 전이었다. 군사가 와서 항우에게 보고했다.

"항 장군이 돌아오셨습니다."

"숙부님께서는 지금 어디에 가셨다가 오시는 길입니까?"

항우는 항백이 오자마자 날카롭게 물었다.

"지금 패공의 진중에 한(韓)나라의 장량이라는 절친한 친구가 있다네. 오늘 밤 죽게 될 것이 너무도 안타까워 몰래 피신시키려고 찾아갔다가 우연히 패공도 만나게 되어 그의 이야기를 듣게 되었다네."

항백이 천연덕스럽게 대답하자. 항우가 재차 물었다.

"그래, 패공이 뭐라고 합디까?"

"패공이 장수를 보내 함곡관을 지키게 한 것은 노공을 막기 위해서가 아니라 다른 도적이 들어올까 염려되어서였고, 궁중의 부고를 봉인하고 후궁의 궁녀들에게 손가락 하나 대지 않은 것은 모두 노공의 처분을 기다리기 위함이었다더군. 내가 생각하기에 패공은 우리를 위해 공을 세운 사람이니, 그에게 죄를 묻는다는 것은 잘못된 일일세."

"하긴 그렇게 말씀하시니 그렇기도 하구먼요."

항우가 얼굴에 웃음을 떠올리며 중얼거리자, 범증이 기가 막히다는 얼굴로 펄쩍 뛰었다.

"패공이 관중에 먼저 들어와 약법 삼장을 공표하여 백성들의 마음을 붙잡고 장차 천하를 빼앗으려는 뜻을 분명히 보였기에 지금 그를 쳐서 후환을 없애려는 것입니다. 항 장군이 지금 장량에게 속아 저런 말씀을 하는 것이니, 노공께서는 항 장군의 말씀을 듣지 마십시오."

범증의 말에 항백이 정색하며 반박했다.

"선생님! 당치 않으신 말씀입니다. 사리가 그러하고 사실이 분명한 터에 속고 말고가 어디 있습니까. 그리고 패공을 쳐서 후환을 없애려면 다른 방법도 얼마든지 있을 것인데, 하필이면 떳떳하지 못하게 밤중에 기습을 하려고 하십니까. 더구나 패공은 약하고 우리는 강합니다. 그런데도 굳이 이런 방법을 쓴다는 것은 대장부답지 못할 뿐만 아니라 백성들도 비난하며 따르지 않을 것입니다."

범증이 미처 뭐라고 입을 열기 전에 항우가 먼저,

"우리 숙부의 말씀이 옳소. 야반 삼경을 타서 패공을 엄습한다는 것은 대장부로서 하면 안 되는 비겁한 짓이오. 남들이 웃을 일이오. 오늘 밤의 기습은 그만 둡시다."

하고 말했다. 그리고는 모여 있는 여러 장수들에게 각기 막사로 돌아가라는 명령을 내리고 자기도 안으로 들어가 버렸다.

혼자 남은 범증은 잠시 생각에 잠겼다가 중군장 안으로 항우를 찾아가서 말했다.

"패공을 그대로 두면 후일에 크나큰 화근이 될 것입니다. 그러니까 지금 반드시 죽여 없애야만 합니다."

"하긴 나도 같은 생각입니다만, 우리 숙부의 말씀에도 일리가 있지 않습니까?"

항우가 어정쩡한 태도로 말했다.

"대사를 도모하는 것은 시기가 중요합니다. 패공을 죽여 없앨 때는 바로 지금입니다."

"그러면 어떻게 해야 좋겠습니까?"

항우가 진지해진 얼굴이 되면서 범증에게 계책을 물었다.

"패공을 처치하는 데는 세 가지 계책이 있습니다. 노공께서 내일 연회를 베풀고 패공을 홍문으로 초대하십시오. 그래서 패공이 도착하면 즉시 그의 죄를 물어 그 자리에서 목을 베십시오. 이것이 상책입니다."

"그러면 중책은?"

"연회석 뒤에 2백 명 가량의 도부수들을 매복시켜 두었다가, 내가 때를 보아서 가슴에 차고 있는 옥패를 쳐들면 그것을 신호로 알고 노공께서 도부수들로 하여금 죽이게 하는 것입니다."

"그럼 하책도 마저 들어 봅시다."

"패공은 술을 좋아하니 그를 대취하게 만들어 취중에 실례를 범하면 여러 가지 죄를 함께 물어 목을 베는 것입니다."

항우는 다 듣고 나자 고개를 끄덕이며 말했다.

"아부(亞父)의 세 가지 계책이 다 훌륭합니다. 다만 상책은 너무 급하고 하책은 너무 더디니, 중책을 쓰기로 하겠습니다."

항우는 범증의 헌책이 마음에 들 때는 그를 자기의 아버지에 버금간다는 뜻을 가진 아부라는 호칭으로 불렀다. 지금도 항우는 범증의 계책이 몹시 마음에 든 모양이었다.

범증은 항우와 상의하여 유방에게 보내는 글을 썼다.

「노공 항적이 패공 유방에게 글을 보내노니, 회왕을 모시고 공과 더불어 무도한 진나라를 무찌르기로 약속한 천병을 휘몰아 함양에 들어와서 진황 자영의 항복을 받고 천하를 편하게 했으니 이 같은 경사가 없도다. 이에 내가 연회를 베풀어 진나라를 멸망시킨 것을 경축하고 공의 노고를 치하코자 하니, 연석에 나와서 모든 사람으로 하여금 기쁨을 같이 하도록 하시라.」

범증이 쓰기를 마쳤을 때 어느덧 날이 밝아 오고 있었다. 항우는 곧 병사를 불러 패상에 있는 유방에게로 가서 편지를 전하게 하였다.

항우의 편지를 받은 유방은 즉시 수하 장수들을 소집했다.

"이 연회는 짐작컨대 범증이 꾀를 내어 나를 해치려는 함정일 것이 분명하니, 이를 어찌하면 좋겠소?"

유방이 얼굴에 근심하는 빛을 가득 띠고 말했다. 그러자 소하가 나서서 의견을 말했다.

"항우의 군대는 많고 강합니다. 싸워서 이기기 어려우니, 답장을 잘 쓰셔서 말 잘 하는 사람으로 하여금 갖다 주게 하되, 나에게는 야망이 없으니 조그만 지방을 하나 떼어 주면 여생이나 편히 보내겠다고 하십시오. 지방으로 내려가 몇 해 힘을 기르신 뒤에 때를 보아 계책을 세우시는 것이 좋을까 합니다."

"그 말이 옳습니다. 답장을 써 주시면 내가 가지

고 가서 항우를 설복해 보도록 하겠습니다."

역이기 노인이 소하의 말에 찬성하는 뜻을 표했다.

"옛적에 오자서(伍子胥)는 평왕을 모시고 임동의 회합에 가서도 18개국의 제후들로 하여금 꼼짝을 못하게 했고, 인상여(藺相如)는 진나라에 사신으로 가서 저 유명한 화씨(和氏)의 벽옥(璧玉)을 되돌려받고 무사히 조나라로 돌아왔기에 지금까지 천하 사람들이 모두 그들을 칭송하는 바입니다. 이제 만일 패공께서 연회에 가시지 않는다면, 성미 급한 항우가 대로하여 무슨 일을 저지를지 모릅니다. 제가 비록 재주는 없습니다만, 패공을 모시고 홍문연에 참석하여 범증으로 하여금 그 꾀를 부리지 못하게 하고, 항우로 하여금 그 용맹을 쓰지 못하게 하겠습니다."

소하와 역이기 노인의 의견에 반대하며 그처럼 말한 사람은 장량이었다. 유방은 그 말을 듣자 얼굴을 활짝 펴며 말했다.

"선생의 묘계만 믿겠습니다."

이어서 유방은 내일 있을 홍문의 연에 꼭 참석하겠다는 답장을 써서 항우에게 보내도록 했다.

홍문의 연(鴻門宴)

다음 날 아침 유방은 장량·번쾌·근흡·기신·등공 다섯 막료 장수와 함께 패상을 떠났다. 유방의 수레는 15만 대군을 거느린 대장군의 수레라고 하기에는 믿어지지 않을 정도로 단출한 것이었다. 그를 호위하는 군사들은 겨우 1백여 기에 불과했다.

이윽고 홍문의 진영이 보이기 시작했다. 무수한 깃발들이 하늘을 메운 가운데 한 장수가 유방의 일행을 향해서 말을 달려왔다. 유방 앞으로 다가온 그는 말에서 내리더니 예를 취하며 말했다.

"저는 육안(六安) 땅의 영포라고 합니다. 노공의 명을 받들어 맞으러 나왔습니다."

"고맙소."

유방이 사례하자 영포는 다시 말 위에 오르더니 유방 일행을 홍문의 진영으로 인도했다. 원문에 이르자 기다리고 있던 진평(陳平)이 그들을 맞아들였다.

유방은 안내를 받으며 원문 앞으로 걸어 들어갔다. 고개를 들어 좌우를 살펴 보니, 무수한 깃발과 창검들이 햇빛에 번쩍이고 있는 가운데 요란한 징 소리와 북 소리가 사뭇 귀를 찢는 것 같았다.

유방은 겁먹은 얼굴로 장량을 돌아보며 말했다.

"선생, 나는 들어가기 싫소이다. 이건 경축 연회가 아니라 마치 전쟁판이나 다름이 없지 않소?"

하면서 걸음을 멈추었다.

장량이 유방의 귀에다 입을 대고 작은 소리로 말했다.

"두려워하지 마십시오. 이미 여기까지 왔으니, 앞으로 나가면 이롭고 뒤로 물러나면 해롭게 됩니다. 여기서 뒤로 물러서신다면 저들의 계책에 말려들게 됩니다. 여기서 잠깐 기다리고 계십시오. 제가 먼저 노공을 만나 보고 오겠습니다."

"알겠소, 잘 부탁하오."

유방은 구원을 청하는 얼굴로 장량을 바라보았다. 장량은 중군장을 향해서 빠르게 걸어갔다.

"멈추시오! 누군데 감히 함부로 중군장에 들어가려는 거요?"

정공 · 옹치 두 장수가 문을 지키고 있다가 장량을 제지했다. 장량은 그들에게 예를 취하고는 말했다.

"나는 현재 패공에게 차용되어 있는 장량이라는 사람인데, 노공을 뵙고 드릴 말씀이 있어 왔으니 전해 주시오."

정공이 안으로 들어가 항우에게 장량이 한 말을 그대로 전했다.

'뭐, 차용되어 있는 사람? 그게 무슨 소리인가?"

항우가 알지 못하겠다는 듯이 중얼거리자 범증이

대답했다.

"장량은 한(韓)나라 5대 정승 집안의 아들로서, 패공이 팽성을 떠나 진나라로 쳐들어올 때 한왕에게 가서 빌려 온 자입니다. 그래서 차용된 사람이라고 말한 것 같습니다. 꾀가 많고 말을 잘 하는 그가 노공을 설복시키러 온 것이 분명하니, 그자부터 먼저 죽여 버리십시오!"

옆에 있던 항백이 범증의 말을 듣고 펄쩍 뛰면서 가로막았다.

"안 될 말입니다! 노공이 관중에 들어와서 해야 할 일 중에서 민심을 얻는 것이 가장 중요한 일인데, 무고한 선비를 죽이다니요! 더욱이 장자방은 나의 절친한 친구요. 만일에 그의 재주가 탐난다면 내가 권해서 그가 우리 쪽으로 오게 하겠소."

"숙부의 말씀이 맞습니다."

항우는 정공에게 장량을 들어오게 하라고 했다. 이윽고 항우 앞에 이른 장량은 예를 취하고 나서 말했다.

"지금 노공께서 홍문에서 경축 연회를 베푸시니 당연히 생황(笙簧:아악에 쓰이는 관악기의 하나)의 노랫소리가 들리는 가운데 주객이 함께 진나라를 멸망시킨 기쁨을 즐겨야 할 것입니다. 그런데 갑옷을 입고 무장한 군사들이 엄중히 늘어서 있고 북소리와 징 소리가 요란하여 홍문에 살기가 넘치고 있습니다. 노공께서 진장(秦將) 장한과의 싸움에 있어 사흘 동안에 아홉 번 싸워서 아홉 번을 이기신 이후부터 노공의 위명은 모르는 사람이 없습니다. 나타내지 않아도 노공의 힘은 강하고, 뽐내지 않아도 용맹은 절로 드러나는 것이니, 오늘 이 같은 형세를 보이시지 않아도 좋으실 것입니다. 지금 패공이 밖에까지 와서도 들어오지 못 하고 있으니, 원컨대 깊이 통찰해 주십시오."

청산유수 같은 장량의 말이 계속되는 동안 항우는 눈만 크게 뜬 채 묵묵히 듣고 있다가 그의 말이 끝나자 정공에게 명했다.

"나가서 패공을 안으로 들게 하라."

이윽고 정공의 안내를 받으며 유방이 왔다. 그런데 유방은 항우가 앉아 있는 방으로 들어오지 않고 뜰 아래에서 공손히 예를 취한 뒤에 조용히 항우의 분부를 기다리는 태도를 취했다.

항우가 그를 노려보면서 문죄하기 시작했다.

"그대는 나에게 세 가지 죄를 범했다. 그것이 무엇인지 알고 있겠지?"

유방은 이윽고 겁먹은 듯한 음성으로 대답했다.

"저는 전에 패현에서 정장 노릇을 하던 보잘것없는 건달에 불과했습니다. 그런데 우연히 여러 사람이 청하는 바람에 무리들을 이끌고 진나라를 치게 되었습니다. 하지만 언제나 노공의 부하로 예속되어 있었기에 나아가는 것이나 물러가는 것이나 모두 다 노공의 명령을 기다렸다가 시행해 왔습니다.

제가 마음대로 한 것은 아무것도 없으니, 저에게 무슨 죄가 있는지 알지 못하겠습니다."

"그렇다면 그대의 죄가 무엇인지 내가 말해 줄 테니 들어 보라. 그대가 관중에 들어와서 진왕 자영의 항복을 받고 그대 마음대로 사면했으니 그것이 첫 번째 죄요, 진나라 법을 고쳐서 제멋대로 약법 삼장을 공표하였으니 그것이 두 번째 죄이며, 함곡관을 막아 나를 들어오지 못 하게 했으니 그것이 세 번째 죄이다. 그런데도 죄가 없다고 할 것이냐?"

그러자 유방은 머리를 조아리면서 공손한 목소리로 대꾸했다.

"대답을 올리겠습니다. 황제 자영은 장군의 명령을 들은 뒤에 처분하려고 그대로 살려 두고 있을 뿐입니다. 또한 삼장법을 만든 것은 진나라의 가혹한 법을 하루라도 빨리 없애 버려 장군의 넓고 큰 덕을 나타내 보이기 위해서였습니다. 그리고 함곡관의 문을 닫은 이유는 아직까지도 남아 있는 진나라의 잔당들과 도적 떼들을 막기 위해서였지 장군의 뜻을 저버리기 위해서가 아니었습니다."

유방은 장량이 일러 준 대로 말하면서 오해를 풀어 달라고 빌었다.

"그래요?"

유방의 말을 다 듣고 난 항우는 자리에서 벌떡 일어나 뜰 아래로 내려가더니 유방의 손을 덥썩 잡으면서 말했다.

"내가 생각이 짧아 잠시 동안이나마 그대를 의심했던 것을 용서하시오. 지금 그대의 말을 들으니 막혔던 가슴 속이 확 뚫리는 것 같소."

그리고는 유방과 함께 방으로 올라갔다.

유방이 항우와 마주 앉자 다른 사람들도 모두 자리에 앉았다.

악사들이 풍악을 울리기 시작하자, 조금 전까지만 해도 살기가 등등하던 방 안은 순식간에 화기애애한 연회장으로 변했고, 여기저기서 웃음소리들이 터져 나오며 술잔들이 분주하게 오가기 시작했다.

이것이 바로 역사적으로 유명한 「홍문의 연」이었는데 범증은 연회석상에서 몇 번이나 눈짓을 하며 옥패를 세 번이나 들어 보이면서 항우의 결행을 촉구했다. 그것은 물론 유방을 죽이라는 것이었다.

'지금이 절호의 기회입니다. 해치워 버리십시오.'

하지만 항우는 못 본 척 하면서 상대하려고 하지 않았다.

물론 항우가 약속을 잊어버린 건 아니었다. 하지만 마주 앉아 있는 유방을 자세히 보니 도무지 죽이고 싶은 생각이 나지 않는 것이었다. 이렇게 온순하고 유약해 보이는 인물이 살아 있다고 해도 무슨 대단한 일을 할 수 있으랴 싶었다. 그래서 범증의 신호를 보고서도 짐짓 모른 척하고 있는 것이었다.

항우의 마음을 짐작한 범증은 세 번째 계책을 쓸 수밖에 없다고 생각하고 진평에게 눈짓을 했다. 연회를 시작하기 전에 미리 진평과 이야기하여 범증이 눈짓만 하면 그가 유방에게 계속 술을 권하여 실례를 하게 만들도록 약속이 되어 있었던 것이다.

진평은 범증의 눈짓을 보고 술병과 술잔을 들고 유방 앞으로 갔다. 가까이서 유방의 얼굴을 자세히 보니, 너그럽고 후하게 생긴 얼굴은 제왕의 상이 분명했다.

진평은 속으로 생각했다.

'범증 노인의 말만 믿고 이런 사람을 해친다는 것은 옳은 일이 아니다.'

때문에 진평은 유방의 잔에는 술을 가득히 따르는 체하며 조금씩만 붓고, 항우의 술잔에는 오히려 가득히 붓기 시작했다. 유방은 진평의 마음을 눈치채고 실수를 하지 않으려고 조심했다.

범증은 손을 비비며 이제나 저제나 하고 유방이 실수할 때를 기다렸지만 아무래도 일이 자기의 뜻대로 될 것 같지 않았다. 절호의 기회를 놓쳐서는 안 되는데 이미 세 가지 계책이 모두 실패로 돌아가고 만 것이다. 이에 범증은 항장(項莊:항우의 사촌동생)을 불러서 말했다.

"아무래도 그대가 나서야겠다. 검무(劍舞)를 추다가 기회를 보아 유방을 찔러 죽여라."

"예. 선생님의 말씀대로 하겠습니다."

항장은 방 안으로 성큼성큼 걸어 들어갔다.

"군중(軍中)에서 풍악은 무인들에게는 생소한 것입니다. 제가 여러 선배 어른들의 흥취를 돕기 위해 검무를 추어 올리겠사오니, 웃으며 보아 주시기 바라옵니다."

항장은 그렇게 말하고는 칼을 뽑아 들고 검무를 추기 시작했다. 칼의 번득임은 날카로우면서도 유연하고, 유연하면서도 태풍처럼 한 순간 휘몰아쳐 맺었다가는 화악 풀어졌고 풀어졌다가는 다시 맺어지고는 했다. 참으로 휘황 찬란한 검광의 예술이었다. 그런데 그 검광이 차츰차츰 유방을 향하여 다가가고 있었다.

'아차! 패공이 위험하다!'

장량이 깜짝 놀라며 마주 앉아 있는 항백에게 황급히 눈짓을 했다. 항백이 얼른 장량의 뜻을 알아채고 자리에서 벌떡 일어나더니,

"예로부터 검무는 상대하는 사람이 있어야 흥취를 더하는 법입니다. 지금부터 내가 그 사람이 되어 쌍무를 추겠으니, 흥겹게 보아 주십시오."

하고 말하며 칼을 뽑아 들고 검무를 추기 시작했다.

항우는 일가 동생 되는 장수와 자기의 숙부가 쌍무를 추는 것을 보고는 손뼉을 치며 매우 흥겨워했다.

"허어, 좋고 좋고…대단한 솜씨들이야."

항장은 칼춤을 계속해서 추면서 몇 번이나 유방을 노렸다. 하지만 그 때마다 항백이 유방의 앞을 가로막았기에 목적을 이루지 못 했다.

그러나 시간이 흐를수록 젊은 항장의 칼춤은 이미 초로(初老)에 접어든 항백의 칼쓰는 법을 서서히 어지럽게 만들었다.

'아… 이거 큰일났구나!'

급히 방에서 나간 장량은 문 밖에서 기다리고 있는 번쾌를 불러 유방의 위급함을 알리고는,

"내가 먼저 들어갈 테니 뒤따라 들어오시오."

하고 말했다. 방 안에서는 항장과 항백의 검무가 계속되고 있었다.

번쾌는 이윽고 허리에는 칼을 차고 한 손에는 방패를 든 채 문 앞으로 뚜벅뚜벅 걸어갔다. 정공이 지키고 있다가 제지하려고 했지만 번쾌는 이에 구애받지 않으며 그대로 문 안으로 들어섰다. 정공의 부하 두 사람이 가로막자 번쾌는 방패로 두 군졸을 떠다밀었다. 엄청난 번쾌의 힘에 밀린 그들은 뒤로 나자빠지고 말았다.

그 사이에 장막을 제치고 연회석 안으로 들어선 번쾌는 정면에 앉아 있는 항우를 노려보았다. 그의 머리칼은 있는 대로 모두 곤두서고 부릅뜬 눈은 금방이라도 찢어질 것같은 험상궂은 형상이었다.

놀란 항우는 자기도 모르게 한 손으로 칼집을 잡

으면서 물었다.

"웬 놈이냐?"

항우의 호통에 장량이 대신 대답했다.

"패공의 막료 장수 번쾌이옵니다."

그 같은 소동 때문에 항장과 항백의 검무는 멈춰지고 말았다.

"번쾌? 그런데 무슨 까닭으로 여기까지 함부로 들어왔느냐?"

항우가 노기를 띠고 물었다.

"말씀드리지요. 제가 듣기에 오늘은 노공께서 진나라를 멸하신 것을 축하하기 위해 연회를 베풀고 상하가 없이 모든 장졸들에게 술을 하사하셨다는데, 이 번쾌에게만은 이른 아침부터 지금까지 술한 방울 주는 사람이 없소이다. 목은 마르고 배는 고파서 견딜 수가 없기에 이렇게 노공을 뵈옵는 것입니다."

"허어, 그래?"

항우의 얼굴에 미소가 떠올랐다.

"잔칫자리에 왔는데 술이 없어서야 되겠는가. 여봐라, 저자에게 술 한 통을 갖다 주라."

항우의 말이 떨어지자마자 군졸이 번쾌에게 술통을 안겨 주었다. 번쾌는 선 자리에서 그대로 벌컥벌컥 들이켜 순식간에 술 한통을 비워 버렸다.

"대단한 장사로구나. 더 먹겠느냐?"

항우가 묻자 번쾌는 주먹으로 입 가장자리를 쓰

윽 한 번 씻으면서 대답했다.

"당연하지요. 이 자리에서 죽는 것도 사양하지 않을 텐데, 어찌 노공께서 주시는 술을 사양하겠습니까?"

"뭐? 죽는 것도 사양하지 않겠다니, 누구를 위해서 죽는단 말이냐"

"물론 저의 주인이신 패공을 위해서입니다."

무장(武將)끼리는 서로 통하는 것이 있어서였을까. 번쾌의 말을 들은 항우가 큰 소리로 웃으면서 말했다.

"부럽다! 패공은 참으로 훌륭한 장수를 두었도다."

항우는 번쾌를 칭찬하면서 큰 잔으로 연거푸 술을 마시면서 말했다.

"으음, 저자에게 안주를 내리고 술도 더 갖다 주도록 하라."

얼마 후에 항우는 술기운을 이기지 못 하며 탁자 위에 엎드려 잠이 들고 말았다. 좌우의 사람들이 그를 부축해 별실에 있는 침상으로 데려다가 눕혔다.

그 때 장량이 유방 곁으로 와서 속삭이는 것처럼 말했다.

"이 틈을 타서 얼른 돌아가십시오."

"선생은 어찌하시려오?"

유방이 근심스러워하는 얼굴로 물었다.

"저는 여기 남아서 뒤에 탈이 없도록 조치하겠습니다. 어서 서두르십시오."

유방은 좌우를 돌아볼 경황이 없었다. 함께 왔던 일행이 일시에 모두 움직이면 무슨 일이 일어날지 몰랐기에 변소에 가는 체하며 혼자서 본진에서 나왔다. 그런데 문 앞에 오자 정공과 옹치가 문을 막고 못 나가게 했다.

그것을 보고 장량이 쫓아와서 말했다.

"노공께서 대취하셨으니 모두들 돌아가라고 하셨소."

그 때 진평도 뒤이어서 달려와,

"속히 문을 열어 드리시오."

하고 재촉했다. 정공·옹치 두 사람은 그제서야 유방을 밖으로 나가게 했다.

유방은 번쾌와 함께 문 밖으로 나왔다. 장량의 지시를 받고 밖에서 기다리던 기신·근흡·하후영 세 사람이 유방을 호위하며 서둘러 패상을 향해 말을 몰았다.

이 일을 두고 후세 사람이 지은 시가 있으니, 내용을 소개하면 다음과 같다.

「패공아, 말 물어 보자
그대가 만일 자방을 얻지 못했다면
어찌 천하를 얻었을 것이냐
아아, 노공 항우여

오강(烏江) 가의 원통함이여
그대 곁에 항백만 없었더라도
패공과 장량이 어찌 크고 높아졌으랴
지나가는 바람까지도 무심하고나」

　항우는 한동안 잠을 자다가 깨어났다. 눈을 뜬 그는 좌우를 돌아보며 물었다.
　"패공은 어디 있느냐?"
　그 소리를 들은 장량이 얼른 항우 앞으로 가서 대답했다.
　"패공이 술에 취해 제대로 앉아 있을 수도 없기에 조금 전에 패상으로 돌아가시면서, 저에게 대신 '여기 있다가 노공께서 잠이 깨시면 오늘의 은혜에 대해 사례드리라'고 하셨습니다."
　"아니, 뭐라고? 내게 인사도 하지 않고 제 맘대로 돌아가다니!"
　그 때 항우의 노한 목소리를 들은 범증이 들어와서 말했다.
　"내가 뭐라고 말씀드렸습니까? 패공은 겉으로는 유약한 체하지만 음흉하기 짝이 없는 사람입니다. 노공의 허락도 없이 홍문 밖으로 나간 것은 노공을 우습게 보았기 때문입니다. 그 모든 일은 여기 있는 이 장량이 시킨 것이니 속지 마십시오."
　범증의 그 같은 말이 항우를 분노하게 만들었다.
　"에잇, 고약한 것들! 여봐라, 장량을 끌어내어 목

을 베어라!"

그러나 장량은 눈 하나 깜박이지 않으며 태연하게 말했다.

"잠깐 고정하시고 제 이야기를 들어 주십시오. 패공은 원래 저의 주인이 아닌데 제가 패공을 위하여 노공을 속일 이유가 없지 않습니까. 어쨌든, 노공께서 오늘 패공을 죽이지 않으신 것은 천만 번 잘하신 일입니다. 만일 패공을 죽였다면, 천하 사람들이 뭐라고 말하겠습니까. 노공이 패공을 이기지 못할 것 같으니까 홍문의 경축 연회에 청해 가지고 떳떳하지 못한 방법으로 죽였다고 비웃지 않겠습니까."

술이 덜 깬 얼굴의 항우는 묵묵히 장량의 말을 듣고만 있었다. 장량은 그런 항우를 힐끗 한 번 보고는 계속해서 말했다.

"노공께서는 즉시 저를 패상으로 돌려보내 주십시오. 그러면 패공이 항복한 진왕 자영에게서 받은 옥새를 노공께 바치도록 하겠습니다. 노공께서 그 옥새를 받아 대위(大位)에 오르신다면, 대의명분이 뚜렷하여 천하 사람들 모두가 복종할 것입니다. 그런데 만일 노공께서 이 자리에서 저를 죽이신다면, 패공이 옥새를 가지고 다른 나라로 도망가서 딴 사람에게 줄 지도 모르니, 그보다 더 애석한 일이 에디에 또 있겠습니까…."

거기까지 들은 항우가 반색을 하며 물었다.

"네가 정말로 옥새를 가져올 수 있느냐?"

"물론이옵니다."

장량이 서슴지 않고 대답했다.

"그럼 어서 가서 옥새를 가지고 와라. 만약 어기는 날에는 내가 백만대군을 이끌고 가서 패상의 진을 가루로 만들어 버릴 것이니 그렇게 알아라!"

"걱정하지 마십시오. 지금 곧 가서 가져오겠습니다."

장량이 홍문에서 나와 패상으로 갔더니, 유방이 기다리고 있다가 크게 반기며 말했다.

"오늘 선생의 계책과 주선이 없었다면 나는 살아서 돌아오지 못했을 것입니다."

장량은 항우와의 약속을 대강 이야기한 후에,

"옥새를 항우에게 갖다 주도록 하시지요."

하고 말했다. 유방은 몹시 내키지 않았는지,

"옥새는 나라의 보배인데 어찌 함부로 남에게 줄 수 있습니까."

하고 반대를 했다. 그러자 장량이 정색을 하면서 말했다.

"천하가 옥새를 따라다니는 것은 아닙니다. 천하를 얻는 길은 덕에 있지 옥새에 있지 않습니다. 만일 패공께서 지금 옥새를 아까워하며 항우에게 주시지 않는다면, 항우는 필경 군대를 몰고 올 것입니다. 그렇게 되면 항우에게 사로잡히게 될지도 모르니, 그 때에는 옥새가 무슨 소용이 있겠습니까.

그러니 항우가 달라고 청할 때 순순히 주어 버리고, 조용히 우리의 큰 계획을 세우는 것이 좋은 방법일 것이라고 생각합니다."

듣고 난 유방이 그제서야 고개를 끄덕이며,

"과연 선생님 말씀이 옳소."

하면서 쾌히 허락했다.

이튿날 장량은 옥새와 그 밖의 진기한 보물들을 가지고 다시 홍문으로 갔다.

"패공께서 지난밤에 과음한 탓으로 아직 자리에서 일어나지 못하시며 저더러 대신 가서 뵈옵고 사죄의 말씀을 올리라고 했습니다. 그리고 여기 옥새와 보물들을 가지고 왔습니다."

장량은 그렇게 말하고는 항우에게 옥새와 진보를 바쳤다. 그것을 탁자 위에 벌려 놓고 만족한 얼굴로 한참 동안 들여다보던 항우는 그 중에서 광채가 찬란한 구슬 한 개를 집어서 범증에게 주며,

"이건 선생이 가지십시오."

하고 말했다. 하지만 범증은 자기의 거처로 돌아오자 그것을 땅바닥에 던진 뒤에,

"아아, 수자(竪子)와는 함께 일을 꾀할 수가 없다."

라고 말하며 항우의 판단이 안이한 것을 한탄했다고 한다. 수자란 「풋나기」라는 뜻을 가진 말이다.

그런데 항백은 이 때 왜 조카인 항우를 배신하면

서까지 귀중한 정보를 적군의 참모인 장량에게 알려 주었을까? 전후 사정을 모르는 사람은 이해할 수 없는 일이라고 생각할 것이다. 그것은 그들이 옛날부터 「유협(遊俠)」의 세계에 몸을 담고 있던 사람들이기 때문이었다.

중국의 오랜 역사에서 사회의 저류(底流)를 형성하면서 지하수의 수맥처럼 흘러온 것이 「유협」들이었다. 이들은 「임협(任俠)」또는 「호협(豪俠)」이라고도 부른다.

「유협」이란 의리를 중하게 여기고 죽음을 가볍게 여기는 사람들을 말하며, 「임협」은 체면을 소중하게 여기면서 강자를 물리치고 약자를 돕는 사람을 말한다. 그리고 「호협」은 호걸스럽고 협기가 있는 사람을 말한다. 이들에게 있어서 공통되는 점은 「협(俠)」으로서, 의리와 체면과 호걸스러움을 갖춘 사나이들 중의 사나이라는 것이다. 이들은 모두 의기를 신봉하고 목숨을 걸고 그것을 실천하는 사나이들이다.

이와 같은 유협들은 야(野)에 있던 사람들이었다. 하지만 단순한 서민들과는 완전히 다른 사람들이었다. 서민들은 뿔뿔이 흩어진 상태, 즉 조직과 구심점이 없는 사람들이었지만 이들은 강한 동료의식과 연대의식으로 굳게 뭉쳐져 있었다. 유협들은 이와 같은 연대감을 발판으로 제도적인 규범과는 별개의 사회를 형성하고 있으면서 때로는 제도권, 즉 권력에 협조하는가 하면 권력과 대립하기도 하며 오랫동안 중국의 역사 속에서 꿈틀거리고 있었다.

이들이 비장하고 있는 에너지는 매우 강력한 것이었다. 그리고 이들의 행동 수칙과 의리는 조금도 강요된 것이 아니었다. 그들에게는 자신들을 강요할 어떤 힘과 제도도 존재하지 않았으며, 비록 강요받는 경우가 있다고 해도 강요에 의해서 행동하지는 않았다. 그들의 행동은 모두가 자발적인 것이었다. 그들의 존재와 행동 양식에 대해서 일반 서민들은 물론 권력자들까지도 때로는 존경했다.

그리고 그들은 역사의 표면에 적극적으로 나서기도 했고 역사의 그늘에서 역사의 흐름을 이끌어가기도 했다. 따라서 이들 「유협」들의 존재를 무시하고서는 중국의 역사를 말할 수 없다고 해도 과언이 아니다.

예를 들자면 「삼국지」의 유비와 그를 둘러싼 명장들도 역시 「유협」출신들이었던 것이다.

초패왕(楚覇王) 항우

항우는 책상 위에 팔을 얹은 채 생각에 잠겨 있었다. 회계 땅에서 숙부 항량과 함께 의병을 일으켜 회왕을 세우고 유방과 동서로 길을 나누어 진나라를 쳐서 함양에 입성하기까지 어언 3년이란 세월이 흐르고 있었다.

그 동안 그는 수백 번이나 적과 싸웠지만 한 번도 패한 적이 없었다. 진의 대장군 장한도 20만의 군대를 데리고 와서 그의 앞에 무릎을 꿇었다. 그보다 먼저 함양에 입성한 유방도 역시 홍문의 연회에서 실낱같은 목숨을 가까스로 부지해 패상으로 달아나 그의 처분만 기다리고 있다.

'나야말로 천하 제일이다. 어느 누가 감히 나에게 항거하겠는가! 이제 진 3세였던 자영을 죽이고 왕위에 오른다면, 천하는 내 손바닥 안에 들어오는 것이다!'

그렇게 생각한 항우는 즉시 유방에게 편지를 보냈다. "자영이 어찌해서 아직까지 자기에게 와서 항복하지 않느냐"고 묻는 내용이었다. 말하자면 그것은 자영을 자기에게 보내라는 엄포였다.

편지를 받아 본 유방은 자영을 불렀다. 자영은 유방이 보여 주는 편지를 읽고는 말했다.

"제가 이미 패공에게 항복했으니 노공에게 다시 항복해야 할 이유가 없지 않습니까."

백 번 옳은 말이었다. 그러나 "항우의 뜻을 거역하면 어떤 일이 일어날지 모르니 그의 뜻에 따르는 것이 좋겠다"는 유방의 간곡한 말을 듣자 자영은 다시 흰 옷을 입은 모습으로 흰 수레를 타고 항우의 진영으로 갔다.

홍문의 진영 앞에 나와서 기다리고 있던 항우는

눈을 크게 부릅뜨면서 자영에게 호통을 쳤다.

"네 할애비가 육국을 멸하고 천하의 백성들을 도탄에 빠뜨렸기에, 그 죄가 너한테까지 미치는 것이다. 알겠느냐?"

자영은 땅바닥에 꿇어앉아 애원했다.

"소신은 조고의 간계로 아비가 죽은 뒤로 밝은 햇빛을 못 보고 살아왔으니, 노공께서는 가엽게 여기시어 저의 이름만은 보존케 해 주소서."

항우는 자영의 말이 끝나자 영포에게 눈짓을 했다. 영포는 슬그머니 자영에게로 다가서더니 한칼에 그의 목을 베어 버렸다. 자영의 머리가 땅바닥에 굴렀다.

멀리서 그 같은 광경을 바라보던 함양 백성들이 일제히 통곡하기 시작했다. 청명하던 하늘이 갑자기 어두워지고 산천 초목도 슬픔에 잠기는 듯 했다.

"노공이 저처럼 잔인무도하니, 노공을 망하게 해 주소서."

함양 백성들의 통곡 속에 항우를 원망하는 소리가 섞이자, 항우는 불같이 노했다.

"저 연놈들을 모조리 죽여라!"

그 때 범증이 그 소리를 듣고 나와 만류했다.

"안 됩니다! 고정하십시오. 백성들을 죽이면 그들의 마음이 떠나게 됩니다."

"나를 원망하는 저것들을 그냥 내버려 두면, 장차

모반할지 모릅니다. 죽여 없애 버리지 않으면 반드시 후환이 될 것입니다."

"그렇지 않습니다. 옛날에 노군(魯君)이 죄 없는 궁녀 한 사람을 죽였더니 3년 동안 비가 오지 않았답니다. 그리고 죄는 시황제에게 있지, 자영에게 무슨 죄가 있단 말입니까…."

범증이 뭐라고 더 말하려고 했는데, 항우는 갑자기,

"비켜나십시오!"

하고 크게 소리 지르면서 말에 타더니 영포와 함께 통곡하는 백성들 속으로 뛰어 들어갔다.

홍문 근처의 높은 언덕과 큰길 옆에서 웅성대며 통곡하던 백성들은 갑자기 들이닥친 항우와 영포가 지휘하는 군사들에 의해 천여 명이 참살당하고 말았다. 큰길에는 삽시간에 시체들이 산처럼 쌓이고 좁은 골목에는 사람들이 흘린 피가 도랑물처럼 흘렀다.

그래도 항우는 분이 풀리지 않았는지 영포를 돌아보며

"내친 김에 함양 놈들을 모두 죽여 버리자!"

하고 소리쳤다. 그 말을 듣고 쫓아온 범증이 항우가 타고 있는 말머리에 자기의 이마를 비비면서,

"제발 고정하십시오. 백성들이 곧 천하입니다. 그들을 모두 죽인다면 천하도 함께 없어집니다."

라면서 소리 높여 울었다.

항우는 범증 노인이 그처럼 만류하자 그제야 분노가 좀 가라앉는 것 같았다.

"알았으니 선생님은 눈물을 거두십시오."

라고 말한 항우는, 영포에게 군사를 거두어 먼저 돌아가라고 했다. 그리고는 겨우 울음을 그친 범증에게,

"선생님은 나와 함께 들어가 봅시다."

하더니 먼저 앞장서서 갔다. 범증은 힘없이 그 뒤를 따랐다.

함양궁은 유방이 봉인한 채로 그대로 있었다. 항우가 궁 안의 광경을 본 것은 그 때가 처음이었다. 과연 소문으로 들었던 것처럼 36궁에 24원 – 고루층대는 옥빛으로 번득이고 있었다. 천문 만호(天門萬戸)들이 모두 황금빛이었다.

항우는 길게 한숨을 쉬면서 범증에게 말했다.

"진나라의 부귀함은 과연 놀랄 만합니다. 그런데도 그처럼 허무하게 멸망해 버리다니!"

범증이 조용히 대꾸했다.

"그것은 백성을 학대하고 충간하는 신하들의 말을 듣지 않았기 때문입니다."

항우는 더 말하지 않고 입을 꽉 다문 채 함양궁에서 나왔다. 범증도 항우를 따랐다.

홍문의 본진으로 돌아오니 날은 이미 저물어 있었다. 항우는 촛불을 밝게 켜도록 한 뒤에 정중한 어조로 범증에게 말했다.

"아부, 나는 이제 함양을 취하고 옥새도 받았으며 진왕 자영도 처치했으니, 나 스스로 관중의 왕이 되고자 합니다. 아부의 생각은 어떠하십니까?"

범증이 대답했다.

"모든 장수들이 목숨을 걸고 노공을 따르는 것은 봉후(封侯)의 은상을 입어 부귀를 누리면서 그것을 자손에게 전하기 위해서입니다. 지금 노공께서 하신 말씀은 그들의 뜻에 부합됩니다. 그러나 노공께서는 의병을 일으키실 때부터 회왕을 세우고 그의 명을 받들어 왔습니다. 그러니 먼저 팽성으로 사람을 보내 회왕의 조서를 받은 뒤에 왕위에 오르십시오. 그렇게 하면 대의명분도 서고 천하의 많은 사람들도 심복할 것입니다."

항우는 범증의 말에 따라 다음날로 항백을 사자로 팽성으로 보내 그 같은 뜻을 회왕에게 주달하도록 하였다.

'회왕으로부터 어떤 회답이 올까?'

항우와 모사(謀師) 범증의 관심은 오직 그 회답의 내용에 있었다고 해도 좋았다.

당시 사실상의 패자는 항우였다. 그는 자기의 실력으로 어떤 일도 마음대로 할 수 있는 입장에 있었다. 장군들의 논공 행상(論功行賞)도 뜻대로 할 수 있고, 팽성에 있는 회왕의 처분에 대한 권한까지도 그의 손아귀에 있다고 해도 좋았다.

"회왕의 회답은 아마도 둘 중의 하나일 것입니

다.”

라고 범증이 말했다.

  “진나라를 멸망시킨 것은 항 장군이니 전후(戰後)
의 처리에 대한 문제는 공에게 맡기리다, 이것이
그 중의 하나입니다. 또 하나는 '제장(諸將)들을 함
곡관을 목표로 진군시켰을 때 맨 먼저 관중에 들어
간 자를 그 땅의 왕으로 삼겠다'고 약속했으니 그
맹약대로 하시오, 라고 말해 올 것입니다.”

  “어느 쪽일까?”

  “후자 쪽이겠죠. 회왕은 무신군(武信君:항량)에 의
해 세워진 왕입니다만 처음부터 항씨 일족에게는
호의를 갖지 않았습니다. 그 증거로 무신군이 토멸
되어 죽자, 송의(宋義)를 상장군(上將軍)에 임명하여
초군을 장악케 했습니다. 송의를 항씨 위에 두어
항씨 일족의 세력을 누르려고 했던 것입니다. 초나
라 군대가 팽성에서 북상한 뒤, 패공(沛公) 등의 장
군을 별동군(別動軍)으로 하여 서진케 했는데, 그 때
맨먼저 관중에 들어간 자를 그 땅의 왕으로 삼겠다
고 약속한 것은 제장들을 경쟁(競爭)시키려는 목적
도 있었지만, 패공인 유방을 맨먼저 들어가게 하고
싶은 생각이 강했기 때문이라는 것은 부정할 수 없
습니다.”

항우도 물론 그 정도의 일은 알고 있었다.

  “패공을 서서히 지원함으로써 항씨 일족에게 대
항할 수 있는 세력을 만들겠다고 생각한 것입니

다. 항씨와 유씨의 세력이 균등해지면 회왕은 그 양 세력을 교묘하게 조종하면서 생명을 유지해 나 갈 수 있습니다. 이번에도 패공을 관중왕으로 삼는 다면 관중은 기름진 땅이고 또 사방이 천해의 요새 이므로 패공이 차차 힘을 길러 머지 않아 항씨 일 족에게 필적하는 세력이 될 것이다, 라고 생각하고 있을 것이 틀림없습니다."

'그렇겠지'

항우는 잠자코 고개를 끄덕였다.

범증의 예상은 정확하게 맞아 떨어졌다.

항백의 말을 다 듣고 난 회왕은 마땅치 않은 얼굴 로 반문했다.

"내 이미 언약하기를, 먼저 함양에 들어간 장수를 왕으로 삼겠다고 했거늘, 이제 와서 다시 묻다니 어인 일인고?"

항백은 어느 정도 예상했던 일이었기에 다시 절 하고 말했다.

"노공은 백만 대군을 거느리고 홍문에 웅거하여 그 위세가 관중을 덮고 있습니다. 그에 비해 패공 은 불과 10만의 군사와 함께 패상에 외따로 떨어졌 으니, 강성한 노공으로 하여금 관중의 왕이 되도록 조서를 내려 주소서."

그러나 회왕은 그 말에도 고개를 가로저었다.

"임금된 자로서 가장 귀히 여겨야 할 것은 군사가 아니고 덕이오, 그리고 내 이미 언약한 바가 있는

데, 이제 와서 그것을 고친다면 천하의 신의를 잃고 웃음거리가 될 것이오. 장군은 속히 돌아가 이미 정한 약속을 지키라고 전하시오.

팽성으로 보낸 사자가 돌아온 것은 정월이었다.

사자는 회왕의 말을 전했다.

"약속한 대로 하라."

약속이란, 회왕이 제장들과 주고받은 맹약을 뜻한다. 관중에 제일 먼저 입성한 유방을 관중왕으로 삼으라는 것이었다.

항우는 격노했다. 회왕이, 유방을 발탁함으로써 항우의 세력을 꺾으려고 계획하고 있다는 것은 더 이상 의심할 여지가 없었다.

"좋아, 그런 작정이라면 나에게도 생각이 있소 회왕이 누굽니까? 우리 항씨 집안에서 세워 준 왕이 아닙니까. 그런데 지금 와서 자신은 마디만한 공도 없으면서 언약이니 뭐니 하다니! 그까짓 것, 내가 지금 회왕 따위의 절제나 받게 생겼습니까. 천하가 내 손아귀에 있으니 내 마음대로 하면 되는 것이지!"

항우가 회왕을 없애 버리겠다고 결심한 것은 이때였다. 그러나 죽이려면 때가 오기를 기다려야만 했다.

항우는 제장들의 논공 행상에 착수했다. 공로의 다과에 따라서 그들에게 봉지(封地)를 주는 것인데, 아무래도 종군한 장수들의 수가 많았다. 한꺼번에 행상을 발표하는 것은 무리여서 차례차례로 공로가 많은 사람에서부터 할당해 나가지 않으면 안 되었다.

진나라를 토벌한 최대 공로자는 항우였다. 항우는 우선 자기가 대륙의 패왕이 되어야만 한다고 생각했다. 그런데 초나라에는 회왕이 있다. 격이 같은 왕으로 호칭하는 것은 적당치 못했다. 그래서 모사인 범증이 지혜를 짜냈다.

"회왕에게는 제(帝)라는 존호(尊號)를 헌상하는 것이 어떻겠습니까? 물론 이름뿐인 장식물에 불과합니다만."

항우는 범증의 의견에 따라 팽성의 회왕에게 제위(帝位)에 오르도록 요청했다. 제호(帝號)도 정했다. 의제(義帝)였다. 그리고 그 후에 제장들을 소집하여 말했다.

"천하에 처음으로 난이 일어났을 때, 임시로 제후(諸侯)의 자손을 내세워 진나라를 쳤소. 그러나 스스로 갑옷과 투구를 걸치고 무기를 들어 군무에 종사하고, 전장에 몸을 드러내 놓기 3년, 진을 멸하고 천하를 평정한 것은 모두 제공과 나의 힘이었소. 회왕은 전공은 없으시지만, 이는 본디 땅을 나누어 왕으로 세워야 할 분이므로 존경하여 제호를 바쳤소. 우리도 봉지를 얻어 왕호(王號)를 호칭해도 좋지 않겠소. 제공들의 의견이 듣고 싶소."

제장들도 모두 왕이 되고 싶은 기분이었기 때문

에 한결같이 소리를 맞추어,
　"옳은 말씀입니다."
라면서 찬성했다.

　며칠 후 항우는 길일을 택해 자기 스스로 초나라와 양(梁)나라에 걸친 9군(郡)을 영토로 삼아 서초(西楚)의 패왕(覇王)이라고 일컬었다. 그리고 이 같은 사실을 천하에 공포했다.

제4장 한중漢中으로 쫓겨난 유방

뜻밖의 논공 행상

항우가 범증을 불러 물었다.

"짐을 따르며 오랫동안 싸움터에서 고생해 온 장 졸들에게 은상을 내리고자 하는데, 군중에 재보(財寶)가 없으니 어찌하면 좋겠습니까?"

"그건 어려운 일이 아닙니다. 패공이 함양에 먼저 입성했으니 재보가 어디에 있는지 잘 알고 있을 것입니다. 그를 불러서 내놓으라고 하십시오. 보물 창고를 봉인해 두었다는 것도 거짓인 것이 드러나지 않았습니까. 아주 귀한 것만 몇 점 남겨 두고 웬만한 것은 미리 다 쓸어간 것이 분명하니, 이제라도 그것을 내놓지 않으면 그 죄를 물어 죽이십시오."

범증은 또 한 번의 기회를 이용하여 기어이 유방을 죽이고자 했다.

"그렇게 하겠습니다."

항우는 즉시 패상으로 사람을 보내 유방을 불러 오라고 명령했다. 그 일을 알게 된 장량이 한 발 먼저 심복인에게 편지를 주어 유방에게 전하게 했다. 항우가 재물이 있는 곳을 묻거든 자세한 것은 장량이 알고 있을 뿐, 다른 사람은 아무도 알지 못 한다고 대답하라는 내용의 글이 쓰여져 있었다.

유방은 장량의 편지를 받아 보고는 안심하고 홍

문으로 갔다.

"그대가 함양에 먼저 입성한고로 진나라의 재물이 어디 있는지 알 터이니 짐에게 말하라."

유방은 장량이 일러 준 대로 대답했다.

"신은 관중에 들어온 후로 군무에 얽매여 재물을 점검하지 못 했습니다. 오직 장량만이 그것을 잘 알고 있을 것이니, 그를 불러 물어 보소서."

항우는 즉시 장량을 불러 꾸짖듯이 물었다.

"네가 진나라의 재물이 어디 있는지 잘 알고 있다는데, 어째서 아직까지 짐에게 말하지 않았는가?"

"대왕께서 하문하시지 않았기에 미처 고할 겨를이 없었습니다. 진나라의 금은보배는 효왕(孝王) 때부터 축적되었으며 시황 때에 이르러서는 그 부(富)가 천하에서 제일이었습니다. 그러나 시황이 죽은 후 여산의 능묘를 축조하느라고, 현재까지 막대한 양의 금은을 썼습니다. 그리고 나머지 재보는 모두 무덤 속에 부장하였고, 또 2세 호해가 열락에 빠져 물쓰듯이 낭비한 까닭에 부고는 모두 텅 비어 있었습니다. 따라서 현재까지 남아 있는 진나라의 재보는 여산의 시황묘 안에 있는 것뿐입니다."

"그렇다면 시황묘를 파헤쳐서 재보를 꺼내 사졸들에게 나누어 주어야겠군."

항우가 말하자 범증이 말했다.

"시황묘에는 시황이 평소에 애호하던 것밖에 부장하지 않은 것으로 알고 있습니다. 그 곳에 무슨 재보가 있겠습니까?”

장량이 웃으면서 말했다.

“그것은 선생께서 모르고 하시는 말씀입니다. 시황묘는 주위가 80리에 높이가 50척, 주옥으로 일월 성신을 꾸미고 수은으로 관곽을 보호하도록 만들어져 있습니다. 그 안에 온갖 보물들을 수없이 늘어놓았기에 밤중에도 시황묘에서는 서광이 하늘에 뻗친다고 합니다.”

“그래, 시황묘를 파자!”

항우가 결심했다는 듯이 내뱉었다.

“안 됩니다. 고정하십시오. 시황이 아무리 무도했지만 제황의 묘소를 파헤치는 행위는 삼가해야 할 일입니다. 더욱이 대왕께서 즉위하신 지 며칠 안 되었는데, 사졸들에게 상을 주려고 그런 일을 저지른다면 후세에 이르도록 조소를 받기 쉬워지게 됩니다.”

범증이 말이 채 끝나기도 전에 항우가 높은 목소리로 말했다.

“시황이 무도하여 그 죄가 걸주(桀紂)에 못지않은데 그 무덤을 판다고 해서 나빠질 것이 뭐가 있겠소? 짐은 꼭 재물이 탐나서 그러려는 게 아니오.”

항우는 이어서 장량을 패상으로 돌아가게 한 뒤에, 영포를 불러 시황묘를 발굴할 준비를 서둘러서 하라고 명령했다.

이튿날 항우는 친히 군사 10만 명을 거느리고 시

황묘로 갔다. 울창한 수림은 맹수와 교룡을 감춘 듯하고, 웅장하게 조각한 돌사자와 쇠로 만들어진 철인(鐵人)들이 좌우로 수도 없이 늘어서 있었다.

영포는 군사들을 지휘하여 여산의 북쪽으로부터 남쪽으로 깊이 50척, 길이 백 척의 땅을 파헤치게 했다. 공사에 착수한 지 사흘 만에 땅 속에서 큰 돌문이 모습을 나타냈다.

돌문에는 빗장이 질러져 있었는데 쇠망치로 빗장을 때려부쉈더니, 중앙의 문이 열리면서 바닥이 돌로 깔려진 큰 통로가 모습을 드러냈다.

거기서 2마장쯤 걸어 들어가니 대전·침전 등 삼궁 육원(三宮六院)이 나타났다. 시황의 시체가 들어 있는 석관은 침전 중앙에 자리잡고 있었다.

사졸들이 침전 속에 들어가 시황의 석관을 쇠망치로 때려부수려고 했을 때 영포가 급히 제지했다.

"멈춰라! 건드리지 마라! 그 속에서 철포가 쏟아져 나와 여기 있는 사람이 모두 죽게 된다!"

항우는 시황의 시체를 안전하게 보호하기 위한 치밀한 설계와 정교한 기술에 탄복하면서 말했다.

"어서 보물들만 가지고 나가자!"

시황의 침전에서 금과 은을 합해서 60만 근, 석관 주위에 장식된 보옥 120여 종을 모두 꺼내 옮겼는데 수십 수레에 이르는 엄청난 양이었다.

금은 보물을 모두 옮겨 낸 뒤에 시황묘를 다시 묻어 버리게 한 후, 항우는 영포와 함께 아방궁으로 들어가 보았다.

여산에서부터 누각과 복도가 연속되어 만들어져 있었는데, 길이가 무려 3백여 리에 걸쳐 뻗쳐 있었다. 그 규모의 웅대함과 그것을 만든 백성들의 막대한 희생을 생각하니, 항우는 끓어오르는 분노를 억제할 수가 없었다.

항우는 영포를 돌아보며 명령했다.

"이것을 그냥 둘 수 없다! 모조리 태워 버려라!"

영포는 즉시 군사들을 불러 아방궁에 불을 질렀다. 화광이 하늘을 찌르기 시작하고 자욱한 연기가 산과 들을 덮었다. 이 날부터 타기 시작한 아방궁의 불은 석 달 동안이나 계속해서 불길에 휩싸였다.

항우는 홍문으로 돌아와 시황묘에서 꺼내 가지고 온 금은보물을 풀어 사졸들에게 상을 주는 한편, 모든 막료들에게 논공 행상을 했는데 제장들을 봉함에 있어서 가장 고심한 것은 패공에 대한 처우였다. 회왕의 명령대로 관중을 유방에게 준다면 장래가 안심되지 않았기에 항우는 범증과 상의했다.

"패공에게는 어디를 주어야 좋겠소?"

"패공을 어디에 봉하든 대왕의 뜻에 달렸습니다만, 그렇다고 해서 회왕과의 약속을 어기는 것도 좋지 않습니다. 제장들이 이반하지 않는다고도 장담할 수 없습니까요. 그에게는 형식상으로만 관중을 주기로 합시다."

"어떻게 하라는 말씀이시오?"

"관중은 한 마디로 말해서 넓습니다. 관중은 일반적으로 함곡관의 안쪽을 말하므로 함곡관의 서쪽도 모두 관중이라고 할 수 있습니다. 함양의 서남방에 있는 파(巴)·촉(蜀)·한중(漢中)도 관중이라고 말하지 않을 수 없습니다. 파와 촉은 진나라의 죄수들이 유형(流刑)을 가던 나라입니다. 언어도 풍습도 다릅니다. 거기로 가는 길은 촉의 잔도(棧道)라고 하여 통과하기가 하늘에 오르기보다도 어렵다고 말합니다. 패공을 파와 촉에 가두어 버리십시오. 그렇게 하시면 패공을 관중의 왕으로 봉하는 것과 모양도 비슷하고, 또 패공이 모반을 하고 싶어도 꼼짝도 못 하면서 촉 땅에서 늙어 죽을 것입니다."

항우는 범증의 말을 듣고 크게 기뻐하며,

"그것 참 묘책입니다.

하고 말하며 즉시 군정사를 불러 논공 행사상에 대해서 기록하게 하였다.

그 내용은 대략 다음과 같았다.

유방은 한왕이 되어 촉땅의 41현을 다스리고, 장한은 옹왕(雍王), 사마흔은 새왕(塞王), 동예는 곽왕(翟王), 그리고는 영포는 구강왕(九江王), 오예를 형산왕으로 봉했다.

한편으로 범증을 승상으로 하고, 항백을 상서령, 종리매를 우사마, 계포를 좌사마, 진평을 도위, 환초와 우자기를 각각 대장군, 한신을 집극랑으로 임명하였다.

　천하 제후로부터 미관 말직에 이르기까지 논공행상이 끝나자, 큰 잔치가 베풀어졌다. 항우는 시종 웃는 얼굴로 막료 제장들과 술잔을 기울이며 몹시 즐거워햇다.

장량이 권하다.

　유방은 은근히 자기가 관중왕에 봉해지리라고 생각하고 있었다. 맨 먼저 관중에 입성한 것은 자기이니까 그것은 당연한 생각이었다.

　그래도 불안감이 없었던 것은 아니었다. 유방은 홍문(鴻門)의 연회에서 겨우 목숨을 건진 사람이다. 생살 여탈의 권한은 항우의 손에 달려 있다. 항우의 명령에는 그저 순종하지 않으면 안 되었다.

　'관중을 몽땅 받지 못할지도 모르지. 그 대신 다른 나라를 줄지도 몰라.'

　그렇게 생각하고 있는 참에 항왕의 사자가 와서 생각지도 않았던 명을 전했다.

　"파와 촉 두 나라의 왕에 봉한다!"

　파와 촉도 함곡관의 안쪽이니 관중이라는 것이었다.

　유방은 노했다.

　"이놈, 애송이 녀석이 감히 나를 유형인 취급을

하는군!"

파와 촉은 관중의 분지로부터 서남쪽으로 진령(秦嶺) 산맥을 넘어서 가야만 한다. 산중에 길은 없고, 천 길이나 되는 깊은 계곡들을 가로지르는 잔교만 꾸불꾸불 이어져 있을 뿐이라고 했다. 그 곳으로 가면 다시 중원(中原)으로 되돌아오지 못할 것이다.

"이렇게 되면 이판사판이다. 나는 항우와 싸우겠다. 항우와 싸우다가 칼에 맞아 죽을 뿐이다. 불시에 덮치면 열에 한둘은 이길 수 있는 가능성이 있을 것이다. 항우의 목을 자르기만 하면 된다."

"싸웁시다. 우리도 참을 수가 없습니다. 파나 촉 같은 곳으로는 갈 수가 없습니다."

유방과 함께 격분한 것은 주발(周勃), 관영, 번쾌 등이었다. 그들은 항우와의 결전을 권했다. 그러자 평소에는 잘 나서지 않던 소하(蕭何)가 패공에게 말했다.

"그렇게 하면 안 됩니다."

"안 된다니… 왜?"

"파와 촉이라는 벽지의 왕이 되는 것은 매우 가슴 아픈 일이지만 그래도 죽는 것보다는 나을 것입니다."

"왜 죽게 된다는 거요?"

"지금은 만사가 모두 항우에게 미치지 못합니다. 백전하여 백패하면 어찌 죽지 않고 살아남을 수 있겠습니까? 주서(周書)에 '하늘이 주는 것을 받지 않으면 도리어 보물을 빼앗긴다'고 적혀 있습니다. 하늘이 내리는 것으로 생각하고 받으십시오."

소하는 계속해서 말했다.

"관중과 파·촉 사이에 한중이라는 나라가 있습니다. 한수(漢水)의 상류에 있기 때문에 한중이라고 합니다. 파·촉과 한중을 합쳐서 달라고 항왕에게 부탁하는 것입니다. 한중도 진령산맥 너머에 있는 나라이므로 항왕은 아마 승낙할 것입니다. 한중은 구름보다 높은 고지(高地)에 격리된 나라이지만 그래도 땅은 관중과 이어져 있습니다. 땅이 이어져 있는 한 관중으로 나오고자 하면 나오지 못할 것도 없습니다."

"한중을……"

유방은 격정을 가라앉히며 평소의 냉정한 기분을 되찾았다.

"속어에 「천한(天漢)」이라는 말이 있습니다. 천한은 하한(河漢:하늘의 강)이라고도 합니다. 천한은 항상 한(漢)으로써 하늘에 비기는 아름다운 명칭입니다. 대저, 한 사람 밑에는 굴복하면서 만인의 위에 뻗칠 수 있었던 사람, 그것은 은(殷)의 탕왕(湯王)이요, 주의 무왕(武王)입니다. 부디 대왕께서 한중의 왕이 되시어 그 백성을 기르고 현인(賢人)을 불러들이십시오. 파·촉의 땅을 합쳐 받아들이시고 그런 다음 되돌아와 관중 땅을 평정해야만 천하를 도모할 수 있다고 말할 수 있겠습니다."

소하의 진언에 찬성의 뜻을 나타낸 사람이 있었다. 바로 장량(張良) 이었다.

"한중을 받을 수 있도록 신이 항백(項伯)에게 부탁해 보겠습니다."

장량이 제의했다.

홍문의 모임에서 유방이 구사일생으로 살 수 있었던 것은 항백의 도움 덕분이었다. 유방은 장량의 공로를 기려 황금 백 일(白鎰)과 주옥(珠玉) 두 말을 주었으나 장량은 그것을 몽땅 항백에게 바쳤다. 항백이 베푼 은혜에 보답한 것이다.

유방은 다시 장량을 통해 항백에게 후한 선물을 했다. 한중의 땅을 주도록 항왕에게 말해 달라고 부탁한 것이다.

항왕은 한중을 패공에게 주었다. 그리고 관중은 초군에 항복한 장수 세 사람에게 나누어 주었다. 즉, 장한(章邯)을 세워 옹왕(雍王)으로 삼아 함양 이서를 영토로 하여 폐구(廢丘)에 서울을 두게 하고, 사마흔(司馬欣)을 세워 새왕(塞王)으로 삼고 함양 이동으로 황해에 이르는 땅을 영토로 하여 역양에 서울을 두게 하고, 동예를 세워 척왕으로 삼아 상군(上郡)을 영토로 하여 고노(高奴)에 수도를 두게 했다. 만일 유방이 그 봉지에서 치고 나오는 일이 있을 때는 그들 세 왕이 방어하도록 만들기 위해서였다. 그 뒤부터 이 곳 진나라의 옛땅은 삼진(三秦)이라고 일컬어지게 된다.

항우는 제장들을 차례로 왕후에 봉했다. 그것을 열거하면 다음과 같다.

위왕(魏王) 표(豹)를 세워 서위왕(西魏王)으로 삼아, 하동(河東)을 영토로 해 평양(平陽)에 수도를 두게 했다. 위의 동쪽 절반 양(梁)나라의 땅은 항우의 판도에 합쳐졌기 때문이다. 표는 항우를 따라 관중에 들어간 단 한 사람의 왕이었기 때문에 위왕이 되기를 바라고 있었으나, 그 같은 소원은 성취되지 않았다.

하구(瑕丘)의 신양(申陽)은 하남왕(河南王)으로 삼아, 하남을 영토로 하여 낙양에 수도를 두게 했다. 신양은 조왕(趙王)의 신하였으나 먼저 하남을 항복시켜 초군을 황하 근처에서 맞이한 일이 있었기 때문에 그 공로를 기린 것이다.

조의 장군 사마앙은 은왕으로 삼아 하내(河內)의 땅을 영토로 하여 조가(朝歌)에 수도를 두게 했다. 앙은 하내를 평정했으며 많은 공이 있었기 때문이다.

한왕(韓王) 성(成)은 본래대로 한왕으로 삼아 양척에 수도를 두게 했다. 성은 항우의 관중 입성에 따르지 않았기 때문에 공로를 기려서 한 것은 아니었다.

조왕(趙王) 헐(歇)을 옮겨 대왕(代王)으로 삼았다. 이것은 좌천이었다.

조의 재상 장이(張耳)를 상산왕(常山王)으로 삼아

조의 땅을 영토로 하여 양국(본래의 신도(信都))에 수도를 두게 했다. 장이는 원래 현인(賢人)으로서 이름이 있었고 또 항우를 따라서 관중 입성을 했다.

당양군(當陽君) 영포(英布)를 세워 구강왕(九江王)으로 삼고 육(六)에 수도를 두게 했다. 영포는 초나라의 장군으로 언제나 전군(全軍)에서 으뜸가는 공이 있었던 것이다.

파군 오예(吳芮)를 세워 형산왕(衡山王)으로 삼아 주에 수도를 두게 했다.

오예는 백월(百越: 남방 만이(蠻夷)의 땅)의 군사를 이끌고 제후(諸侯)를 도왔으며, 또 항우를 따라 관중에 입성했던 것이다.

회왕의 주국(柱國:대신)인 공오(共敖)를 세워 임강왕(臨江王)으로 삼아 강릉(江陵)에 수도를 두게 했다. 공오는 군사를 이끌고 남군(南郡)을 치는 등 공이 많았기 때문이다.

연왕(燕王) 한광(韓廣)을 옮겨 요동왕(遼東王)으로 삼았다. 이것은 좌천이었다.

연의 장군 장도를 세워 연왕으로 삼고 계에 수도를 두게 했다. 장도는 초나라 군대를 따라 조(趙)나라를 구한 뒤 그대로 항우를 따라 관중에 입성했기 때문이다.

제왕(齊王) 전시(田市)를 옮겨 교동왕(膠東王)으로 삼았다. 이것은 좌천이었다.

제의 장군 전도(田都)를 세워 제왕으로 삼고 임치(臨淄)에 수도를 두게 했다. 전도는 초나라 군대를 따라 조나라를 구한 뒤 그대로 종군하여 관중에 입성했던 것이다.

옛 제왕 건(建)의 손자인 전안(田安)을 세워 제북왕(濟北王)으로 삼고, 박양(博陽)에 수도를 두게 했다. 전안은 항우가 황하를 건너가 조나라를 구할 때 제수(濟水) 북쪽의 수 개 성시(城市)를 항복시켜 그 군사를 이끌고 항우에게 귀속했기 때문이다.

파군의 장수 매현은 1만 호(戶)의 후(侯)에 봉했다. 매현은 파군 오예의 부장(部將)으로서 공로가 많았기 때문이다.

조의 성안군(成安君) 진여(陳余)은 남피(南皮)를 포함한 세 현의 후에 봉했다. 진여는 장이와 동렬(同列)의 공로가 있었으나 장군의 인수(印綬)를 버리고 떠났기 때문에 항우를 따라 관중에 입성하지 못했던 것이다.

항우의 논공 행상에서 빠진 사람이 있었다. 제의 전영(田榮)과 창읍(昌邑)의 팽월(彭越)이었다.

전영은 일찍이 무신군(武信君:항량(項梁))의 요청에 불응하여 군사를 이끌고 가서 초나라 군대를 구원하지 않았다. 그 때문에 무신군은 공격을 받아 죽었다. 항우는 전영에게 감정을 품고 있었던 것이다.

창읍의 팽월은 군사를 이끌고 거야(鉅野)의 택중

(澤中)에 있을 때, 그 수가 1만 이상에 이르렀으나 항우에게도 패공에게도 귀속하지 않았었다. 따라서 항우는 팽월을 묵살했다.

한편 항우는 논공 행상이 끝난 지 이틀 뒤에 모든 신하와 장수들을 모으고 회의를 열었다. 천하의 제후를 봉하고 아직 그 경과를 의제 회왕에게 고하지 못한 일과, 의제로 하여금 도읍을 팽성으로부터 침주로 옮기도록 했는데도 실행이 안 되고 있는 점을 논의하기 위한 회의였다.

"의견이 있으면 말해 보라."

항우는 보좌에 드높이 앉아서 엄숙하게 말했다. 그러자 진평이 항우 앞에 나아가 아뢰었다.

"하늘에는 해가 둘이 있을 수 없고 백성에게는 왕이 둘이 있을 수 없는 법입니다. 대왕께서 지금 천하의 임금이 되셨는데도 일일이 회왕의 재가를 얻어 일을 처리하신다면, 이는 임금이 두 분 계시는 것이 됩니다. 하오니 범 아부로 하여금 팽성으로 가시게 하여 회왕을 궁벽한 곳으로 옮겨 놓게 하시고, 앞으로는 회왕의 명령을 듣지 마시고 대왕께서 대사를 친재토록 하소서."

항우로서는 듣던 중 가장 반가운 말이었다. 그는 만면에 웃음을 띠고서,

"그 말이 심히 옳도다."

하면서 범증에게 환초 · 우영 두 장수를 데리고 의제한테 가서 도읍을 침주로 옮기게 하고, 팽성에는

궁실을 조영해서 자기가 한 번 고향에 돌아가 볼 수 있도록 하라고 했다.

범증은 항우의 명령을 듣고 말했다.

"신이 대왕의 말씀대로 거행하겠사오나, 다만 신이 꼭 대왕께 간하고 싶은 말씀이 있습니다. 대왕께서는 신이 돌아올 때까지 이 곳 함양을 절대로 떠나서는 안 됩니다. 함양은 옛날부터 도읍지로 전해 내려오는 천부의 요해지이기 때문입니다. 그리고 집극랑 한신을 대장으로 중용하십시오. 만일 대왕께서 그를 중용하시지 않으시려면 그를 죽이십시오. 한신은 모든 것에 통하는 큰 재목이니 그래야 후환이 없을 것입니다."

항우가 웃으면서 대답했다.

"잘 알았으니 아부는 속히 떠나시오."

범증은 무언가 안심이 되지 않았지만, 항우의 재촉을 받으면서 환초·우영과 함께 팽성으로 떠났다.

잔도를 없애다.

유방이 파촉으로 떠난다는 소문이 알려지자, 수많은 함양의 백성들이 패상으로 찾아와서 눈물을 흘리며 말했다.

"언제나 다시 대왕의 인자하신 용안을 우러러뵐

수 있겠습니까!"

소하는 한편으로 마음이 흐뭇했으나, 그 일을 항우가 알면 어떤 일이 일어나지 않을까 두려워,

"초패왕의 법도가 무서우니 어서 돌아들 가십시오."

하며 백성들을 돌려보내느라고 진땀을 뺐다.

유방은 마침내 출발 명령을 내렸다. 군마들이 패상을 떠나 90리를 가니 안평현, 40리를 더 가니 부풍현, 150리를 더 가니 대산관(大散關), 120리를 더 가니 봉주(鳳州)였다. 여기서부터 길이 험해졌다. 기구 험난해서 깎아지른 듯한 낭떠러지에 나무다리를 한쪽 언덕에 붙여 가설했으니, 이것이 바로 너무나도 유명한 잔도(棧道)이다.

절벽 중턱에 선반을 걸친 것처럼 통나무를 늘어놓은 길이 있다. 바위벽을 도려내어 길을 낸 곳도 있다. 길의 폭은 사람 하나가 가까스로 지나갈 수 있을 넓이밖에 되지 않았다. 마차는 물론 지나갈 수 없기 때문에 병사가 말을 끌고, 수레는 해체하여 바퀴와 차체를 병졸과 인부가 따로따로 둘러메고 걸어야 했다. 발 아래는 바닥을 알 수 없는 천길이나 되는 골짜기이다. 병졸도 말도 발을 헛디디기라도 하면 그것으로 끝장이다. 뭐라고 말할 수 없는 어려운 행군이었다.

태산준령은 구름 위에 솟아 있고 잔도는 끝없이 뻗치어 있는데, 그 길이가 몇백 리나 되는지 알 수

가 없었다.

한쪽으로 천길절벽을 내려다보며 한쪽으로는 구름 밖에 솟은 층암괴석과 울창한 수림을 보면서 험산 궁곡을 지나는 장수들의 가슴에 너무나 분하고 원통하다는 생각이 북받쳤다.

"우리가 무슨 죄가 있기에 이렇게 험한 땅으로 간단 말인가!"

"살아서 고향에 못 갈 것이라면 차라리 여기서 죽자!"

여러 사람이 그렇게 떠드는 소리를 듣고 앞서 가던 번쾌가 말머리를 홱 돌리며,

"그렇다! 항우 놈과 사생을 결단하자!"

하고 큰 소리로 외쳤다. 그러자 유방도 다시 한 번 분통을 터뜨렸다.

"항우 이놈! 내 이놈을 사로잡아서 천참 만륙을 내고 말 것이다!"

그러자 장량·역이기·소하 세 사람이 일제히 말에서 내려 유방의 말을 붙잡고 간했다.

"대왕은 고정하십시오. 일을 그르치시면 후회막급입니다."

장량에 이어서 소하가,

"대왕께서 그처럼 흥분하시면 군사들이 흔들리게 됩니다. 부디 진정하십시오."

하고 만류하자 역이기도 차분한 어조로 말했다.

"지금 대왕께서 촉 땅으로 가시면 이로운 점이 세

가지가 있고, 함양에 계시면 해로운 점이 세 가지 있습니다. 파촉은 산세가 험준하여 교통이 어렵기에 남이 허실을 알 수 없으니 이로운 점이 첫 번째요. 군마를 모으고 조련하기 좋으니 이로운 점이 두 번째이며, 군사들을 이끌고 공격해 나올 때는 모두들 제 고향에 가고 싶은 생각에서 용기백배를 할 것이니 이로운 점이 세 번째입니다….”

“그렇다면 해로운 것 세 가지는 무엇입니까?”

유방이 다소 누그러지면서 물었다.

“대왕께서 만약 함양에 계시면 우리의 실정을 항우가 낱낱이 알게 될 것이니 해롭고, 항우를 공격하려고 해도 빈틈없는 범증이 우리의 허실을 잘 알고서 미리 방어할 것이니 해로우며, 항우의 형세가 더 커지면 우리의 군사들 중에 초나라로 달아나는 놈도 생길 것이니 해롭습니다. 그러니까 파촉으로 들어가셔서 절치부심 하며 힘을 기르시어 후일을 도모하십시오.”

세 사람이 이렇게 번갈아 가며 간하는 말을 듣고 서야 유방은 비로소 마음을 진정시키고 번쾌로 하여금 행군을 재촉하게 하였다.

잔도가 끝나자 길은 오르막 비탈길이 되었다. 가파른 비탈길이었다. 고개를 넘으니 그 저편에 더 높은 산이 우뚝 솟아 있었다. 산과 산 사이는 깊은 계곡이었다. 벼랑의 허리에 잔도가 이무기의 몸통처럼 뻗어 있었다. 잔도는 어디까지 이어져 있을까. 장병들은 모두 불안해졌다. 남정까지 무사히 당도할 수 있을까. 당도한다 하더라도 다시 중원으로 되돌아가지는 못할 것이다.

장래의 희망이 없어지자 발이 앞으로 나아가지 않았다. 때문에 날이 갈수록 도망치는 자들이 많아졌다. 떼를 지어 달아나는 부대도 있었다. 진제국의 죄인들이 유배되었던 파·촉·한중에 갇혀 생애를 끝내기보다 도망하는 편이 낫다고 생각한 것이다.

"병졸들이 달아난다, 장수가 달아난다. 나도 도망치고 싶을 정도다."

한왕까지 나약한 소리를 했다. 유민(遊民) 출신인 유방은 체력이 약하고 끈기가 없었다.

"대왕께서 그런 말씀을 하시면 어쩝니까. 전군에 대한 지시가 통하지 않습니다."

유방을 격려하며 질책한 것은 번쾌와 하후영이었다. 번쾌는 한왕으로부터 작위를 하사받아 임무후(臨武侯)라고 칭하고 있었다. 하후영은 소평후(昭平侯)이다.

"지금이 제일 괴로운 때입니다. 비탈을 다 올라가면 길은 평탄해집니다. 비탈길이 끝없이 이어질 리가 없습니다."

"이제는 포중까지 그다지 멀지 않을 것입니다."

번쾌도 하후영도 울고 싶은 심정이었지만 참고 있었던 것이다. 유방을 도와 백전의 고통을 참아

온 것은 금의환향하고 싶은 일념이 있었기 때문이
다. 그랬던 것이 뜻밖에 만이의 땅으로 가게 된 것
이다. 소하, 조참, 주발, 관영, 등도 똑같은 생각을
하고 있었음이 틀림없다.

마침내 길고 긴 잔도를 다 통과했는데 장량이 유
방에게 느닷없이,

"신은 여기서 이만 대왕과 하직하고 고국으로 돌
아갈까 합니다."
라고 뜻밖의 말을 했다.

유방은 갑자기 말문이 막힌 듯 잠시 어안이 벙벙
해지면서,

"아니, 그게 갑자기 무슨 말씀이시오? 선생이 여
기서 나를 버리고 가시겠다니, 나는 어찌하란 말씀
이시오?"
하고 거의 울먹이는 목소리로 말했다. 장량은 유방
을 위로하듯 담담한 목소리로 말했다.

"신이 비록 고국으로 가지만, 고국에 가서 잠시
고주(故主)께 인사만 올리고 바로 되돌아나와 대왕
을 위한 세 가지 중요한 일을 하고자 합니다."

그제야 유방은 고개를 들고 장량을 쳐다보며 다
음 말을 기다렸다.

"그 중의 하나는 항우로 하여금 도읍을 팽성으로
옮기게 하여 대왕을 위해 함양을 비워 두게 하는
일이요, 그 다음은 천하의 제후들을 설복시켜 항우
를 버리고 대왕을 돕게 하는 일이며, 나머지 하나

는 초나라를 쳐서 항우를 사로잡을 만한 대원수(大元帥) 감을 구해서 대왕께 보내 드리는 일입니다. 대왕께서 힘을 기르신 후 관중으로 나오시면, 그때 다시 만나 뵙겠습니다. 대왕께서는 앞으로 길어야 3년 이내에 촉 땅에서 나오시게 될 것입니다."

"선생의 말씀을 제 마음에 깊이 새기어 어떠한 어려움도 이겨 나가겠습니다. 그런데 선생이 천거하시는 인물을 제가 어떻게 알 수 있습니까?"

"그 문제는 이미 소하 선생과 얘기가 되어 있습니다. 신이 천거하는 인물이 엄표(割符)를 가지고 한중으로 찾아오면, 소하 선생이 가지고 있는 엄표와 맞추어 보는 겁니다. 그 엄표가 서로 맞으면 대왕께서 그를 대원수로 봉해 주십시오."

"잘 알겠습니다. 선생의 노고가 크시겠습니다."

그렇게 말하는 유방의 눈에서 눈물이 볼을 타고 흘러내렸다.

"그럼 부디 옥체 보중하소서."

장량도 눈물을 흘리면서 절을 하고 유방의 앞에서 물러났다. 그는 소하에게 다가가 무언가 귀엣말을 나눈 뒤에 역이기·조참·번쾌 등과 작별하고, 사졸 5,6명과 함께 각기 말을 타고 다시 잔도를 넘어 관중으로 돌아갔다.

장량이 돌아가자 유방은 허탈해진 얼굴로 수레에 앉아 온종일 행군을 계속했다.

이튿날 아침이었다. 갑자기 후진에서 요란한 고

함 소리가 들려 왔다. 유방이 수레를 멈추고 돌아
보니, 난데없는 화광이 치솟으면서 시커먼 연기가
산골짜기를 덮고 있었다.

"잔도가 타고 있다!"

"누군가 불을 지른 것이다!"

장졸을 가리지 않고 모두들 당황하며 어쩔 줄 몰
라 했다.

"못된 장량의 짓이로다! 아아, 이젠 돌아갈 길마
저 끊겨 버렸구나!"

유방은 탄식하며 그렇게 말했다. 장수들과 사졸
들은 그 말을 듣더니 모두들 통곡하며 장량을 원망
했다.

"어쩐지 그놈이 이상했어!"

"그놈을 잡아서 죽여야 했다!"

그러자 소하가 급히 유방 앞으로 가서 작은 소리
로 말했다.

"대왕께서는 장량을 원망하지 마십시오. 잔도를
태워 버리면 네 가지 이로움이 있다고 장량과 이미
이야기를 했었습니다. 하나는 항우가 잔도가 끊어
진 것을 알면 대왕께서 관중으로 돌아올 생각이 없
을 것이라고 지레짐작하고 우리를 경계하지 않을
것이요, 둘째는 삼진의 왕들도 당연히 게을러질 것
이며, 셋째로는 우리편의 사졸들도 도망갈 생각을
하지 않게 될 것이요, 넷째로는 천하의 제후들이
저희들끼리 서로 다투어도 우리에게는 영향이 없을

것이기에, 잔도를 태워 버리자고 상약했던 것입니다."

소하의 설명을 들은 유방은 비로소 크게 깨닫고,

"내가 잘못 알고 공연히 자방을 원망했소이다."

하면서 번쾌를 불렀다.

"장 선생을 원망하는 소리를 금지시키고 행군을 계속하라!"

이 같은 명령은 즉시 전후의 각 부대에 전달되었다. 떠들면서 우왕좌왕하던 대열이 다시 정비되고 분위기는 단번에 숙연해졌다.

며칠 후 유방의 군대는 무사히 한중으로 들어갔다. 유방은 여기서 정식으로 한왕에 등극하는 즉위식을 치르고는, 소하를 상국(相國)으로 삼고, 조참·번쾌·주발·관영 등 여러 장수와 신하들에게도 각각 응분의 관작과 상을 내렸다.

이어서 유방이 덕으로 백성들을 다스리는 한편으로, 널리 어진 사람을 구하고 군량을 비축해 나갔더니, 반 년이 지나지 않아 이 고장은 그야말로 낙토로 변하게 되었다.

동분 서주(東奔西走)

한왕 유방과 작별한 장량이 장장 3백여 리에 이르는 잔도를 모조리 태운 뒤에 봉주를 지나 보계산에 당도했을 때였다. 맞은편에서 오던 5,6명의 일행이 그의 앞에 이르더니 별안간 인사를 드렸다.

"웬 사람들이오?"

장량이 놀라며 물었더니, 그들 중의 한 사람이 대답했다.

"저희들은 상서령 항백 장군의 수하입니다. 장군께서 선생님이 이리로 오실 것을 아시고, 모시고 오라고 하셔서 마중오는 길입니다."

"오, 참으로 고마운 우정이오."

장량은 그들을 바라보며 혼잣말처럼 중얼거렸다.

며칠 후에 항백의 집에 도착한 장량은 오랜만에 항백과 뜨거운 우정을 나누었다.

이튿날, 항백이 조정에 나간 뒤에 장량은 그 집의 문객으로부터 참으로 청천벽력과도 같은 소식을 들었다.

"초패왕께서 선생이 한왕을 따라 촉 땅으로 가신 것을 뒤늦게 아시고 몹시 노한 나머지, 한(韓)나라의 왕 희성(姬成)이 다른 나라 제후들보다 늦게 찾아와 인사드린 것을 트집잡아 그를 죽였습니다. 어제 비로소 희성의 시체를 수렴해 본국으로 운구했습니다."

그 말을 듣자 장량은 땅바닥에 엎드려 큰 소리로 통곡했다.

"우리 집안이 여러 대를 걸쳐 한나라의 녹을 먹어왔는데, 나 때문에 고주가 항우에게 죽임을 당했으니, 그 죄는 백 번 죽어 마땅하도다. 이 원수를 갚지 않고는 죽어도 눈을 감지 않을 것이다!"

장량은 그 날 밤새도록 눈물로 베개를 적시고는 이튿날 아침 일찍 항백에게 작별 인사를 했다. 때문에 항백은 깜짝 놀라며,

"떠나시겠다니 그게 무슨 말씀이오? 내 집에 오신 지 며칠이나 되었다고! 내가 그 동안 국사에 다망해서 조용히 우정을 즐길 겨를이 없었던 것은 용서하오."

하면서 장량을 붙들었다.

"허어, 그런 것이 아니올시다. 이제 들으니 저의 고주가 패왕을 늦게 뵈었기에 죽임을 당하셨답니다. 그래서 제가 지금 고주를 따라 죽지 못 하는 것을 한할 뿐입니다. 이 길로 속히 본국으로 돌아가 고주를 안장한 다음 한 달 안에 다시 오겠습니다."

"오, 그런 일이 있었습니까. 그렇다면 붙잡지 못하겠습니다. 오실 때쯤 해서 사람을 마중보내겠습니다."

"그렇다면 마중은 보내시더라도 아무에게도 알리지는 마십시오."

"그렇게 하겠습니다."

장량은 하인 두 사람과 함께 고국으로 돌아가 고주의 영전에 통곡하고, 왕자들과 함께 장례를 지낸 뒤에 곧장 함양으로 되돌아왔다.

항백은 사람을 보내 장량을 맞게 하면서 크게 기

뻐했다.

"존형이 약속대로 이렇게 오셔서 매우 반갑습니다. 지금부터 뭔가 새로운 일을 하셔야 할 터인데, 어떤 생각을 갖고 계시는지?"

장량이 자리에 앉자 항백이 은근히 물었다.

"고주께서 이미 작고하셨고 저의 몸도 또한 잔약하니, 제가 할 일이 뭐가 있겠습니까. 그저 노자의 현묵과 장자의 천의무봉을 흉내나 내다가 선인을 만나면 묘론이나 들어 볼까 합니다."

장량의 대답은 세상 일에 아무런 뜻도 두지 않는 사람의 말 바로 그것이었다. 명예나 황금을 초개같이 여기고 뜬 구름처럼 유유자적하며 살아가는 인생, 항백의 눈에는 장량이 그런 사람으로 보였다.

'이미 벼슬을 하고 싶은 생각이 없어진 사람에게 공연한 말은 그만 하기로 하자.'

항백은 마침내 그렇게 생각하고, 지난 일들을 이야기하며 술잔을 나누었다.

장량이 항백의 집에 와서 묵은 지도 어언 5, 6일이 지났을 때였다. 하루는 항백이 조정에 나간 뒤 하릴없이 혼자서 후원으로 나갔다. 꽃들 중의 왕이라는 모란과 꽃들 중의 재상이라는 작약, 그리고 꽃들 중의 왕비라는 장미들을 감상하면서 한가하게 후원을 거닐다가, 문득 보니 높은 언덕 위에 누각이 한 채 서 있고 그 처마에 「만권서루(萬卷書樓)」라고 쓰여진 현판이 걸려 있었다.

장량이 꽃구경을 하다 말고 서루로 들어가 보니, 왼편에는 고서(古書)들이 잔뜩 쌓여 있고 바른편에는 여러 제후들과 왕래한 문서와 함께 신하들이 왕에게 올린 상소문 등이 놓여 있었다.

'항백이 상서령이니 먼저 항백이 받아 보고 나서 초패왕에게 모든 주장(奏章)이 상달되겠지.'

장량은 그렇게 생각하면서 그것들을 하나씩 펴 보았다. 몇 장을 훑어보았지만 신통한 것은 하나도 없었다. 장량이 입맛을 다시면서 보기를 그만 둘까 했는데 그 중에서 깜짝 놀랄 만큼 눈에 띄는 글을 한 장 발견했다. 그 글의 내용은 다음과 같았다.

「신이 듣자오니, "천하를 다스리는 도(道)는 천하의 형세를 살피는 것을 귀하다"고 했으며, "형세를 살핀다 함은 천하의 기틀을 아는 것으로 귀하다"라고 했습니다. 형세라 함은 허실을 알고 강약을 밝히며 이해(利害)를 알고 득실을 밝히는 것이니, 이같이 한 연후에라야 가히 천하를 얻을 수 있는 것이옵니다.(중략)

이제 폐하께서는 관중에서 으뜸 가시오나, 아직 인심이 복종하지 않고 근본이 세워지지 못했습니다. 백성들은 다만 그 강한 것을 무서워하고 그 위엄을 두려워하여 얼굴을 꾸밀 뿐인데, 폐하께서는 이를 잘못 알고 계시는 것이옵니다. 폐하께서는 홀로 강한 것만 믿고 이길 것만 아시지만, 패망하는 기틀이 불측한 가운데서 싹트고 있는 것을 깨닫지 못 하시니, 이것이 감히 폐하께 말씀드리고자 하는 바이옵니다.」

거기까지 읽은 장량이 입에서 절로 한숨이 나왔다.
'이처럼 뛰어난 지모지사가 초패왕의 수하에 있었다니….'
장량은 계속해서 읽어 나갔다.

「저에게 세 가지 계교가 있사오니, 첫째는 강한 군대로 하여금 변방을 엄중히 수비하는 동시에 장한 등 세 사람을 불러들이고 유능한 장수들을 삼진의 왕으로 삼으실 것이며, 둘째는 한왕 유방의 가족을 연곡 아래 두어 두시고 인의로써 시정하시되 군대의 훈련을 엄하게 하실 것이며, 셋째는 함양의 도읍터를 떠나시지 말고 어진 사람을 정승의 자리에 앉게 하시며 백성을 다스리게 하시옵소서. 이렇게 하셔야만 사직은 반석과 같이 견고해질 것이고 유방은 동쪽으로 나오지 못 하게 될 것입니다.」

보기를 다하고 난 장량은 탄복해 마지않았다. 만약 항우가 이 글을 받아 보고 그대로 한다면, 한왕은 파촉 땅에서 늙어 죽을 때까지 꼼짝도 못하게 될 것이고, 자기도 고주의 원수를 갚지 못하게 될

것이라고 생각했다. 장량은 그와 동시에,

"이 사람이야말로 대원수 감이다!"

라고 입 속으로 중얼거렸다.

장량은 그 상소문을 원래의 모습처럼 접어서 전처럼 놓아 둔 뒤에 누각에서 내려왔다.

점심때가 조금 지나자 항백이 퇴궐하여 돌아왔다.

"혼자 계시느라고 적적하셨지요?"

항백이 장량을 위로하며 술상을 들이게 했다.

장량은 술이 거나하게 되자 항백에게 후원으로 나가 바람을 쐬자고 했다. 이쪽 저쪽을 한참 거닐던 장량이 손으로 누각을 가리키면서 물었다,

"만권서루라…누각의 이름이 고고한 선비의 정신을 그대로 드러내고 있군요. 그런데 주로 어떤 서책을 애독하시나요?"

그러자 항백이 머쓱해하면서 대답했다.

"애독이라니요! 저는 천성이 게으른 데다가 겨를도 없고 해서 통 책을 읽지 못하고 있습니다. 구경이나 한 번 하시렵니까?"

"그거 좋지요."

장량은 마음 속으로 기다리고 있던 대답이었는지라, 그처럼 대답하고서 누각으로 올라갔다.

"이쪽은 책만 두고, 저쪽은 문서만 두는 곳인가 보지요?"

장량은 마치 처음 들어와 보는 것처럼 말했다.

"그렇습니다. 책도 별로 없는데 만권서수라는 이름을 붙여서 부끄럽습니다. 이쪽에 있는 문서들은 대부분 상소하는 글을 모아 둔 것입니다."

"어디 좀 구경해도 되겠습니까?"

장량은 그 중에서 하나를 뽑아 들고 보는 체하다가,

"이 글은 처음부터 자기 고집만 내세우고 있군요."

하며 놓여 있었던 자리에 다시 놓고, 이어서 또 하나를 들고 보다가는,

"이건 문장은 아름다운데 남을 중상하는 글입니다."

라면서 다시 놓고는 아까 혼자 들어와서 보았던 그글을 집어들고 읽는 체하다가 넌지시 물었다.

"이 글은 누가 쓴 것이지요? 지모 있는 사람의 글인 것 같습니다만…."

그랬더니 항백이 말했다.

"그 사람이야말로 때를 못 만난 사람이지요. 범증 선생이 몇 번이나 천거했는데도 패왕이 듣지 않아 아직까지 집극랑으로 있는 한신이라는 사람입니다."

"집극랑이라면 항상 궁중 안에서 일하는 직책입니까?"

"그렇습니다. 극(戟:창의 일종)을 잡고 왕궁을 지

키는 하급직이지요. 재주가 비상한 사람인데 정말
로 아깝습니다."

항백은 한신을 칭찬해 마지않았다.

"이 상소문을 패왕께서 보셨지요?"

"예, 보셨지요. 패왕이 보고는 크게 노해 상소문
을 찢으며 한신을 하옥시키라는 것을 내가 좋게 말
해서 간신히 죄를 면하게 되었답니다."

"그렇습니까? 하마터면 아까운 사람을 잃을 뻔했
습니다."

장량은 그렇게 말하고는 다른 문서와 책들도 잠
깐 뒤적이다가 밖으로 나왔다.

'한신, 한신이라…. 이제야 한왕께서 큰 인재를
얻으셨도다.'

장량은 항백의 처소로 돌아와서 몇 마디 한담을
나누다가 지극히 자연스러운 태도로,

"저는 내일 떠날까 합니다."

라고 말했다. 항백이 깜짝 놀라며 물었다.

"아니, 왜요? 갑자기 무슨일이라도 생긴 것입니
까?"

"아니, 그렇지 않습니다. 그저 좀더 한적한 곳을
찾아가 심신을 쉬고 싶을 뿐입니다.

"내가 집안을 단속하여 조용하도록 해 드릴 터이
니 좀더 여기에 유하시지요?"

"감사한 말씀이오나, 깊은 산속으로 들어가 이름

을 감추고 장생술(長生術)이나 배워 볼까 합니다.

끝내 장량의 마음을 바꿀 수 없음을 알게 된 항백은 더 이상 억지로 잡으려고 하지 않았다.

이튿날 장량은 항백의 집에서 나왔다. 함양성 밖에까지 따라나와서 전송하는 항백과 작별한 장량은 촌가(村家)에 들어가서 거처할 곳은 정한 뒤에 황색 도포에 황색 허리띠와 관을 만들어 도사의 복장을 하고서, 다시 함양 성 안으로 들어갔다.

허리에는 엽전 꾸러미를 꿰어 차고 소매 속에는 대추와 밤을 가득 넣고는 풍증에 걸린 사람처럼 입을 씰룩거리며 비틀비틀 걸어갔다. 신발마저 감발을 하고 도포에는 군데군데 술얼룩이 지게 만들었으며 어깨에는 어고(魚鼓:물고기 모양의 북)를 걸쳤다.

장량이 연신 어고를 치고 주문을 외면서 함양 거리를 걸어가자, 그가 원했던 것처럼 어른들은 멀리 피해 가고 아이들만 그의 뒤를 줄줄이 따라왔다. 장량은 어른들이 보지 않는 곳에 이르자 아이들의 환심을 사기 위해 밤과 대추를 나누어 주고 동전들도 나누어 주었다.

이렇게 인심을 쓰자, 아이들은 장량이 슬그머니 이끄는 대로 한적한 묘(廟)터까지 따라왔다.

여기서 장량은 노래를 부르기 시작했다. 아이들은 처음에는 시큰둥해했지만, 장량이 계속해서 우스꽝스런 몸짓을 하며 계속해서 노래를 부르자 재미있어하면서 노래를 따라 불렀다.

사람 사람 무슨 사람
담장 밖에 키 큰 사람
딸랑딸랑 방울 소리
그 사람은 안 보이네

부귀 부귀 높은 부귀
이뤘으면 고향 가지
고향에 아니 가면
비단옷 입고 밤길 가기

이 같은 동요를 아이들이 익히자 장량은 다시 아이들에게 먹을 것과 동전을 나누어 주면서,
"이 노래를 부르다가 어른들이 누가 가르쳐 주었냐고 물으면, '밤에 꿈 속에서 나타난 어떤 할아버지한테서 배웠다'고 대답해라, 그래야만 복을 많이 받게 된다. 알겠느냐? 꼭 그렇게 대답해야 한다."
하고 말했다. 아이들은 입을 모아,
"걱정하지 마세요, 아저씨. 그렇게 할게요."
하면서 환하게 웃었다.
장량은 아이들을 보내고는 성 밖의 자기 처소로 가서 사흘 동안 두문불출했다.

나흘째 되는 날, 장량은 장사꾼 모양으로 복옷을 차려입고 다시 성 안으로 들어가서 이 골목 저 거리로 돌아다니며 아이들이 놀고 있는 곳을 살펴 보았다. 그랬더니 아니나 다를까, 여기저기에 모여서 노는 아이들이 모여 놀면서 자기가 가르쳐 준 노래를 부르고 있었다.

"후후…, 항우가 저 노래를 들으면 팽성으로 도읍을 옮기고 말게 되지."

장량은 회심의 미소를 지으면서 혼잣말을 하는 것처럼 중얼거렸다.

그 무렵 항우는 좌천시킨 제후들과 죽인 사람들이 많았기에 백성들의 공론이 어떤지 은근히 궁금해했다. 그래서 그것을 염탐해 보기 위해 측근 신하 두 사람으로 하여금 미복으로 갈아입고 세상 소식을 알아 오게 하였다. 그랬더니 돌아와서 보고하기를, "항간에 이상한 노래가 어린아이들 사이에 유행하고 있다고"는 것이었다.

측근들이 적어 온 노래 내용을 본 항우가 머리를 갸우뚱했다.

'과연 심상치 않은 노래로구나.'

항우는 마침내 자기가 직접 한 번 알아 봐야겠다고 결심하고 평복으로 갈아입고는 남모르게 장터로 나갔다. 그랬더니 과연 아이들이 모여서 그 노래를 부르고 있었다.

항우는 그 중의 한 아이를 불러서 물어 보았다.

"너 그 노래를 누구에게서 배웠느냐? 말해 주면 돈을 많이 주마."

아이는 천진난만하게 웃으면서 대답했다.

"저어, 꿈에 하늘에서 한 노인이 내려와 가르쳐 주었어요."

"오, 그래?"

항우는 아이에게 돈을 주라고 근시에게 이르고는 서둘러 궁으로 돌아왔다. 그의 얼굴에는 희색이 가득했다.

'이것이야말로 하늘의 뜻이로다!'

그러고 보니, 의제를 침주로 옮기게 하고 팽성에 궁궐을 짓기 위해 범증을 보낸 것은 참으로 잘 한 일이라고 생각되었다.

이튿날 항우는 백관들을 모아 놓고 엄숙하게 말했다.

"요즈음 성 안의 아이들이 하늘이 내려보낸 노래를 부르고 있는데, 그것은 바로 짐에 대해서 말하는 것이라고 생각되오. 노래의 내용은 이렇소."

백관들은 모두 귀를 기를이며 듣고 있었다.

"사람 사람 무슨 사람/담장 밖에 키 큰 사람/딸랑 딸랑 무슨 소리/그 사람은 안 보이네—이것은 짐이 천하에 우뚝 솟아 이름을 떨치건만 고향 사람들이 못 보고 있다는 뜻이요, 부귀 부귀 높은 부귀/이뤘으며 고향 가지/고향에 아니 가면/비단옷 입고 밤길 가기-이것은 짐이 부귀를 이루었는데도 고향으로 돌아가지 않는 것은 비단옷을 입고 밤길을 가는 것처럼 어리석은 짓이란 뜻이오. 이 노래의 뜻이 바로 짐의 뜻과 부합하는 터이니, 경들은 팽성으로 천도할 준비를 서두르도록 하오."

팽성은 중국 대륙의 대평원 한가운데에 있어서 도로망이 사통 팔달로 나 있다. 수운(水運)도 아주 편리하여 고대부터 번영한 성시(城市)로서 농산물이나 기타 물자의 집산지로 알려진 그 당시에도 호수가 3만을 넘는 큰 도시였다.

팽성은 주위에 구릉이 많아 지키기는 쉽고 공략하기는 어려운 지형이었다. 다만, 대군이 회전(會戰)하기에는 편리한 만큼 적은 병력으로는 지키기 어렵다는 약점이 있었다. 하지만 항우는 자기가 수세로 몰린다는 일 따위는 생각할 수도 없는 자신에 넘친 사나이였기 때문에 성의 요해(要害) 같은 것은 아무래도 좋았던 것이다.

항우의 식객 중의 하나인 한생(韓生)이라는 사람이 헌책(獻策)했다.

"관중은 사방이 험난한 산하로 막힌 요해지입니다. 더구나 땅이 기름집니다. 여기에 수도를 정하시면 천하를 지배하실 수 있을 것입니다."

항우는 들으려고 하지 않았다. 함양의 거리도, 진나라의 궁전도 소실되어 황량한 폐허로 변해 버렸기 때문에, 새삼스럽게 여기에 수도를 둔다는 것은 생각할 수도 없는 일이었다. 항우는 고향인 초나라가 그리워졌던 것이다.

항우는 다시 말했다.

"고향으로 돌아가야 하오. 그렇게 하지 않으면 부귀한 신분이 된 나를 누가 알아 주겠소."

한생은 그 말을 듣고 놀랐다. 항우가 하는 말이 너무나 유치한 것이기 때문이었다. 마치 열 살이나 열두서너 살 정도인 어린아이의 허세와 다름없었다.

"하늘 아래가 모두 짐의 것이니, 짐이 어느 땅에 도읍하든 짐의 마음대로 할 수 있다."

"범 승상께서 팽성으로 떠나실 때 폐하께 사뢰기를, 함양에서 떠나시지 말라고 하시지 않았사옵니까."

그 말을 듣자 항우이 얼굴빛이 달라졌다.

"짐이 천하를 종횡하여 소향무적인데, 범아부가 어찌 짐의 흉중을 다 알 수 있겠는가. 경은 길게 말하지 말라!"

때문에 한생은 더 이상 말하지 못 하고 항우의 앞에서 물러나오면서,

"초인(楚人)은 목후이관이라더니 과연, 맞는 말이

로다."

하고 혼잣말로 중얼거렸다.

항우가 그 말이 무슨 뜻인지 몰랐기에 진평에게 물었다.

"지금 한생이 중얼거린 소리가 무슨 말이냐?"

진평이 감히 속이지 못 하고 바른대로 아뢰었다.

"황공하옵니다 '원숭이가 관을 썼으되 원숭이일 뿐 사람은 아니라는 뜻으로, 세상 사람들이 초나라 사람을 얕보며 비방하는 말이옵니다."

듣고 난 항우는 크게 노했다.

"저런 쥐새끼 같은 늙은이가 감히 짐을 모욕하다니! 여봐라, 저놈을 기름 가마솥에 넣어서 끓여 죽여라!"

한생이 끌려 나가면서 큰 소리로 외쳤다.

"두고 보아라. 앞으로 백 날 안에 한왕이 한중에서 나와 삼진을 공략할 것이다."

그리하여 백관들이 두려움에 떨며 입을 다물고 있는 중에 팽성 천도 준비는 일사천리로 진행되었다.

한편, 한신의 거처를 알아 낸 장량은 지난날 유방과 함께 함양궁에 들어갔을 때 얻어 숨겨 두었던 보검을 찾아 가지고 한신을 찾아갔다.

한신의 집에 이르자 늙고 초라한 문지기가 나와서 장량을 맞았다.

"나는 초나라의 회음 사람으로 한 장군과는 고향 친구요. 만나게 해 주십시오."

한신은 고향 친구가 왔다는 전갈에 고개를 갸우뚱했다.

'내가 회음에서 오래 살기는 했지만 하도 빈천해서 사귄 벗이라곤 없었는데, 고향 친구가 찾아왔다니 모를 일이로다.'

한신은 한동한 머뭇거리다가 좌우간 들어오게 하라고 문지기에게 말했다.

이윽고 장량이 뜰 안으로 들어섰는데, 미목이 청수하게 생긴 그의 모습은 도인과도 같은 인상을 주었다.

"선생은 누구신데 나를 찾아오셨습니까? 어쨌든 방으로 올라오십시오."

한신의 말을 듣자 장량은 주저하지 않고 방으로 들어가 권하는 자리에 앉은 다음 조용히 입을 열었다.

"이 사람은 장군과 동향 사람입니다만, 어렸을 때 회음 땅을 떠나 다른 나라로 돌아다녔기 때문에 고향에 친한 사람이 없습니다. 어쨌든 집안에 가보로 내려오는 보검 세 자루가 있기에 최근에 천하의 영웅들을 찾아가 칼을 팔았습니다, 그 동안 두 자루는 팔아 한 자루만 남아 있는데, 장군의 영웅됨을 알고 있기에 오늘 이렇게 장군께 검을 팔려고 찾아

왔습니다."

그 말을 들은 한신은 기뻐하며 말했다.

"내가 초나라에 있지만 나를 알아주는 사람이 없었는데, 선생께서 그렇게 말씀해 주시니 고맙습니다. 그럼 어디 구경이나 해 봅시다."

장량은 가지고 온 검을 두 손으로 들어 한신에게 주었다.

"자, 보십시오. 이것이올시다."

한신은 장량으로부터 받은 칼집에서 검을 뽑았다. 그 순간 검에서 풍기는 찬 기운 때문에 온 방 안이 서늘해지는 것 같았다. 한신은 칼날을 불빛에 비추어 보면서 정신이 황홀해지는 것을 느꼈다.

"참으로 천하의 보검입니다."

한신이 감탄하는 말을 토했다.

한신은 어려서부터 칼을 몹시 사랑했다. 때문에 그 같은 보검을 대하고 보니 갖고 싶은 마음이 간절해졌다. 하지만 주머니 사정을 생각하니 차마 값이 얼마냐고 물을 수가 없었기에,

"선생께서 말씀하시기를, 세 자루 중의 두 자루는 이미 파셨다고 했는데, 그것을 얼마씩 받고 파셨는지요?"

하고 넌지시 떠보았다.

그랬더니 장량이 대답했다.

"이 세상 물건들에는 각각 임자가 있는 것이어서

억지로 그 값을 받지 못 합니다. 진정으로 이 검의 주인될 사람이라면 값을 받지 않고 드릴 수도 있다는 이야기입니다. 장군이 바로 이 검의 주인이십니다."

한신이 웃으면서 말했다.

"말씀은 감사합니다만, 나는 이 검의 주인이 될 인물이 못됩니다."

"아니올시다. 이 검이 이제야 주인을 찾은 것입니다."

한신은 장량의 말을 듣고 몹시 마음이 흡족해졌다. 그는 술을 들여오라고 하여 장량에게 권하면서 물었다.

"이 검에 이름은 없습니까?"

"있습니다. 세 자루의 칼에는 각각 이름이 있으니, 하나는 천지검, 또 하나는 재상검, 다른 하나는 원융검으로서, 지금 장군께 드린 것이 바로 원융검입니다."

한신이 궁금해하며 물었다.

"그런데, 천자검과 재상검은 누구에게 파셨습니까?"

"천자검은 지금 한왕이 된 유패공에게 팔았습니다."

"그럼 재상검은 누구에게 파셨는지요?"

"패현 땅의 소하에게 팔았습니다."

한신은 술을 마시고 나서 나서 또 물었다.

"저의 무엇을 보시고 검을 주고자 하십니까?"

"장군은 지금 때를 만나지 못해 불우한 처지에 있으나, 때를 만나게 되면 가만히 앉아서 능히 천 리 밖의 성패를 결하고, 신산묘계(神算妙計)로 천하를 진정시키실 것입니다."

듣고 난 한신이 가만히 한숨을 쉬며 말했다.

"선생의 말씀은 과연 이 사람의 간담을 환하게 비추십니다. 강폭한 항왕 곁에 더 있지 않고 빨리 몸을 은신하는 것이 좋겠다고 생각되어 며칠 후 고향으로 돌아갈까 합니다."

"장군의 그 말씀은 진정이 아닐 것이라고 생각합니다. 새는 가지를 골라 깃들이고 선비는 좋은 주인을 가려 섬긴다고 했습니다. 장군이 천하를 진동시킬 대재를 가지고 있는데도 불구하고 회음 땅으로 돌아가서 낚시질이나 하며 일생을 보내시겠다니, 그것이 어디 될 법이나 한 말씀입니까."

"선생께서 오늘 밤 찾아와서 하시는 말씀이 나를 감동시키고, 또한 그 언설이 비범하신 것으로 보아 아무래도 한나라의 장자방 선생 같습니다. 그렇지 않습니까?"

장량은 그 말을 듣자 자리에서 일어나 옷깃을 여미고 대답했다.

"그렇습니다. 장군의 대명을 들은 지는 오래이나

뵈옵는 것은 이렇게 늦어졌습니다. 이미 알고 물으시니 어찌 숨기겠습니까. 말씀하신 것처럼 저는 한나라의 장량이올시다."

"선생은 과연 인중지용(人中之龍)입니다. 저는 여기서 떠나 한왕에게로 가겠습니다. 청하오니 방법을 가르쳐 주십시오."

"한왕은 하늘이 내리신 영웅입니다. 지금 포중(褒中)에서 몸을 굽히고 있지만 훗날에는 반드시 대업을 이룰 것입니다. 장군이 지금 한왕에게로 가시겠다면, 내가 장군에게 드릴 물건이 하나 있습니다."

장량은 품 속에서 소하와 함께 의논하여 만들고 가지고 온 엄표를 꺼내 한신 앞에 놓고는 계속해서 말했다.

"내가 지난날 한왕과 작별할 때 소하와 상약하기를, '내가 만약 대원수가 될 만한 인물을 구하면 이것을 증거물로 삼아서 천거하겠다'라고 했습니다. 이것을 가지고 포중으로 가시면, 한왕이 반드시 장군을 중용할 것입니다."

"그런데 선생께서 이미 촉땅으로 들어가는 잔도를 불태워 없애 버리셨으니, 무슨 수로 내가 포중으로 들어갈 수 있겠습니까?"

한신이 엄표를 받아 들고 묻자, 장량이 품 속에서 지도 한 장을 꺼내 탁자 위에 펴 놓고 말했다.

"이 지도는 여기서 포중으로 들어갈 수 있는 지도

입니다. 이쪽의 가늘게 그린 산길로 해서 사분을 지나 진창으로 들어가서 고운·양각산을 돌아서 계두산으로 나와 거기서 똑바로 가면 바로 포중입니다. 노정이 약 2백 리 정도 가까워지는 길입니다."

한신은 놀라움을 금치 못하며 지도를 들여다보고 있었다. 장량은 하던 말을 계속했다.

"장군이 이 다음 날 군사를 인솔해 가지고 초나라를 치러 나오실 때, 이 길로 나오셔서 먼저 삼진을 장중에 거두시면 앞날은 탄탄대로가 될 것입니다. 그리고 이 길은 세상 사람들은 모르는 길이니, 장군 혼자만 아시는 비밀로 해 주십시오."

한신은 지도를 접어서 품속에 감추면서 물었다.

"잘 알겠습니다. 그런데 선생께서는 어디로 가실 작정이십니까?"

"나는 우선 항왕이 도읍을 팽성으로 옮기는 것을 보고, 소진(蘇秦)의 옛일을 본받아 제후들을 만나고 다니면서 항왕을 배반하게 만들어 그가 서쪽에 힘을 기울이지 못 하도록 만들까 합니다."

한신은 자리에서 일어나 예를 취하면서 말했다.

"선생의 가르치심에 깊은 감사를 드리며, 가르치심대로 어김없이 행하겠습니다. 그리고 속히 한왕에게로 떠나겠습니다."

두 사람은 밤이 깊도록 천하의 일을 의논하다가 이튿날 아침이 되자 장량은 한신의 집을 떠났다.

한신은 그 날 저녁 때 진평의 집으로 찾아갔다. 진평이 평소에 항왕에게 불만을 품고 한왕에게 호감을 가지고 있는 것을 홍문의 연회 때부터 보아왔기 때문이었다. 한신이 관문을 무사히 통과하여 삼진을 벗어나려면 도위 직책에 있는 진평의 도움이 절대적으로 필요했다

의제(義帝)의 죽음

항우는 진나라의 궁전에서 몰수한 보물과 미녀들을 이끌고 천도하기를 서둘렀는데, 팽성에는 의제가 있었다. 따라서 항우가 팽성을 수도로 삼으려면 의제를 다른 곳으로 옮겨야만 했다. 그래서 항우는 팽성으로 사자를 보내 의제를 속히 침주로 옮기도록 재촉하였다. 이 일로 팽성에 가 있던 범증은 거듭되는 항우의 성화에 못 이겨 그 동안 미루어 오던 말을 의제에게 아뢰었다.

"폐하께옵서 침주로 옮겨 주십사 하는 초패왕의 간청이 있었나이다."

그 말을 들은 의제는 분개하면서 범증을 꾸짖었다.

"예로부터 임금은 명을 내리는 자요, 신하는 명을 받들어 시행하는 법이거늘, 초패왕이 어찌 나에게 이런 무례를 범한단 말인가. 또 경으로 말할 것 같

으면 초패왕의 아부(亞父)인즉, 힘써서 간하여 그 잘못을 바로잡아야 할 것인데도 감히 내 앞에 나와서 그런 말을 할 수 있는가. 이는 실로 걸주(桀紂)의 악함을 돕는 것이나 진배가 없도다."

범증은 얼굴을 들지 못 하고 다시 간청했다.

"아뢰옵기 송구하오나, 초패왕의 재촉이 너무나도 심해서… 신으로서는 폐하와 초패왕 두 임금님의 명령을 다 받들기 어려우니, 통촉하여 주시옵소서."

젊은 의제는 더욱 화를 내면서 소리쳤다.

"그대는 임금을 받드는 신하의 도리를 잊었구나! 보기 싫으니, 썩 물러가라!"

크게 무안을 당한 범증은 생각을 거듭한 끝에 함양으로 사람을 보내 의제의 이궁(移宮)이 어려움을 낱낱이 고하게 했다.

그 소식을 듣자 항우는 노발대발했다.

"의제는 원래 남의 집에서 밥을 빌어먹던 하인에 불과했는데 우리 항씨 집안에서 그를 임금으로 만들어 주지 않았는가. 그런데 지금에 와서 그 같은 은공을 잊고 짐의 뜻을 거스르며 범아부에게 욕지거리를 했다니, 그냥 둘 수 없다!"

항우는 즉시 구강왕 영포왕 형산왕 오예, 그리고 임강왕 공오 등을 불러 명령을 내렸다.

"그대들은 곧 군사를 이끌고 가서 대강(大江:침주

동쪽의 강) 가에 매복하고 있다가, 의제가 강을 건
너면 사정을 두지 말고 죽여라! 그리고 의제의 일
행을 한 놈도 남기지 말고 모조리 처치한 다음, 풍
랑으로 배가 뒤집혀 죽었다고 소문을 퍼뜨려 세상
사람들의 입을 막도록 하라."

이어서 항우는 다시 사람을 팽성으로 보내어 의
제가 침주로 떠날 것을 강권했다. 의제는 거듭되는
항우의 재촉을 견디다 못해 좌우의 신하들을 모이
게 하고 길이 탄식하며 말했다.

"초패왕이 사람을 보내어 침주로 떠날 것을 강권
하니, 더 이상 버티다가는 큰 변란을 당할 것 같구
려. 차라리 속히 떠나 여명이라도 보존하고자 하
니, 모두 이궁할 채비를 하도록 하오."

의제가 팽성을 떠나는 날, 팽성 거리에는 백성들
이 몰려나와 눈물을 뿌려가며 의제의 쓸쓸한 이궁
행렬을 전송하였다.

침주란 어떤 곳일까. 의제도 의제를 따르는 신하
들도 침 땅에 대해서 알지 못했다. 장사군은 운몽
호(雲夢湖)의 남쪽에 있다. 그 장사보다 훨씬 남쪽의
남월(南越)과의 국경에 가깝다고 하니, 양자강을 거
슬러 올라가서 다시 몇 개의 산하를 넘어야 할 것
이었다. 침은 주민과 인종이 다양했다. 요족(瑤
族)·묘족(苗族)·장족(壯族), 또는 통족이라고 하는
야만스럽고 영맹한 인종이 살고 있다는 말을 들은,

의제의 신하들은 무서움에 떨었다. 언어도 습속도 다른 오랑캐의 땅에는 수도를 둘 수가 없다.

수도를 둘 수 없는 땅으로 가라는 것은 무슨 뜻일까? 거기에 당도하기 전에 살해되는 것은 아닐까.

살해된다는 것을 알면서 따라갈 사람은 없다. 양자강을 건널 무렵부터 도망자가 늘어났다. 의제의 운명을 내다본 것이다.

의제의 주위에는 살이 빠진 빗처럼 셀 수 있을 정도의 신하들밖에 남지 않게 되었다. 의제가 할 수 있는 일이라면 은밀히 심복을 한중에 파견하여 한중왕이 된 유방으로 하여금 초를 치게 하는 것이었다.

양자강을 거슬러 올라가서 다시 지류인 한수를 거슬러 올라가면 한중의 수도인 남정(南鄭)에 도달할 수 있다. 유방에게 칙명(勅命)을 전해 항우를 치게 한다.

그것이 의제가 할 수 있는 유일한 보복 수단이었다.

항우의 논공 행상에 불만을 가진 제후들은 많았다. 특히 논공 행상에서 빠진 사람은 항우에 대한 원한이 깊을 것이다. 그들을 규합하면 넉넉히 항우군에 필적할 만한 세력이 될 것이다라고 생각했다.

어느덧 의제의 일행이 대강 강에 이르러 배를 탔다. 배가 강 한가운데쯤 이르렀을 때였다. 영포와 오예·공오 등이 큰 배를 여러 척 띄우고 기다리고 있다가 의제가 탄 배 가까이로 다가오면서 소리를 질렀다.

"우리들은 초패왕의 명을 받고 왔소이다. 폐하께선 옥부금책(玉符金册)을 이리 내놓으십시오."

의제의 성난 목소리가 강심을 울렸다.

"네 이놈들! 너희들이 나를 죽이려는구나!"

의제가 꾸짖는 사이에 영포의 무리들이 의제가 탄 배에 오르며 닥치는 대로 칼로 치고 창으로 찔렀다. 처절한 비명과 신음소리가 아비규환을 이루었다.

그것을 본 의제는 결국 서쪽을 향해서,

"이놈 항우야! 이런 짓을 저지르고도 어찌 천벌을 받지 않겠느냐!"

하고 소리치고는 스스로 강물에 몸을 던져 죽고 말았다.

대장부의 기개

한신은 항량이 장한과의 싸움에 져서 죽자 항우에게로 갔다. 항우는 한신을 집극랑 으로 임명했다. 낭중은 왕을 가까이서 모시는 관직이다.

한신은 가끔 항우에게 헌책(獻策)을 했으나 항우는 받아들이지 않았다. 항우는 자신의 무용을 굳게 믿는 대장이었다. 병법상의 기략(機略), 기책(奇策)

따위는 약자가 의지하는 것이라고 믿고 있었다. 따라서 신하의 헌책 따위에는 귀를 기울이려고 하지 않았다.

한신에게는 자기가 이상으로 삼는 장군이 있었다. 밥솥의 계략을 써서 위군(魏軍)을 궤멸시킨 손빈이었다.

손빈은 제나라 태생으로서 친구인 방연(龐涓)의 간계에 빠져 발을 잘리는 형을 당한 사람이다. 양 발을 잃은 손빈은 치차(輜車:포장수레)를 타고 제나라의 군대를 지휘했다. 계릉(桂陵)에서 방연이 이끄는 위군을 맞아 이를 대파했으며 13년 후에는 다시 위군과 마릉(馬陵)에서 싸웠다. 제군을 뒤쫓는 위군을 손빈은 부뚜막의 수로써 속였던 것이다. 부뚜막의 수를 10만 개, 5만 개, 3만 개로 줄여 나갔다. 도망병들이 잇달아 생기고 있다고 본 위군은 제군을 급히 뒤쫓았다. 손빈은 방연이 지휘하는 위군을 마릉의 협곡으로 유인하여 섬멸했다. 방연은 목이 잘렸다. 중국의 전사(戰史)에 남는 대승리였다.

손빈의 선조들 중에 손무라는 인물이 있다. 손무는 제나라 사람이지만, 오왕(吳王) 합려(闔廬)를 섬겼다. 오가 서쪽의 초를 무찌르고 영(초의 수도)으로 쳐들어가 북방의 진(晉), 제를 위협하여 제후들 사이에 용명을 떨친 것은 손무의 병법에 힘입은 바가 컸다.

손무도 손빈도 모두 글을 썼다. 손무의 글은 병법의 기본을 설명한 것이고, 손빈의 글은 손무의 병법에서 출발하여 그것을 실전용으로 응용한 독창성이 뛰어난 것이었다. 두 사람의 책을 합쳐서 〈손자〉라고 한다.

　손무보다 조금 뒤늦게 오기(吳起)가 세상에 나온다. 오기는 비운에 죽은 초나라의 장군이었지만 그도 역시 병법서를 남겼는데 〈오자(吳子)〉라고 한다. 한신은 손자·오자의 병법서를 욀 정도로 되풀이해서 읽었다.

　천하가 큰 난리에 빠졌으니 진승(陳勝)을 예로 들 것까지도 없이 운과 실력만 있으면 누구나가 왕후장상(王侯將相)이 될 수 있는 세상이었다. 한신은 장군이 되고 싶었다. 장군이 되어 군을 지휘해 보고 싶었다. 자기가 배운 병법을 실전에 옮겨 보고 싶었던 것이다. 그런데 항왕에게 헌책해도 도무지 채택해 주지 않으니, 항왕 곁을 떠날 수밖에 없었다.

　항우보다 먼저 관중에 입성한 유방은 항우와는 전혀 형이 다른 무장으로서 남의 말을 잘 듣고, 그 계책을 받아들인다고 했다. 유방 같으면 자기를 발탁해 줄지도 모르겠다고 생각한 한신은 항우로부터 유방에게로 몸을 옮기고 싶다고 생각했다.

　항우는 패왕이다. 한왕이 된 유방과는 비교도 안 될 만큼 그 존재가 크다. 하지만 한신으로서는 자기가 섬길 주군의 세력이 크고 작은 것은 아무래도 좋았다. 중요한 문제는 자기를 등용해 주느냐 않느냐 하는 것이었다. 등용해 주면 자기의 재능을 마음껏 발휘할 수 있게 되는 것이다.

한신은 대군을 지휘하고 있는 자신의 모습을 공상 속에서 그려 보는 것을 매우 좋아했다. 자기 같으면 이렇게 하리라, 저렇게 하리라 하고 상황을 설정하여 상황 여하에 따라 갖가지 전투도를 그려 보고는 했다. 거록(鉅鹿)의 싸움 때가 그러했다. 항우가 취한 과감한 행동이 한신이 그린 전투도 위에 겹쳐졌다. 조금도 틀림없이 딱 들어맞게 겹쳐졌던 것은 아니다. 빗나간 데도 다분히 있었다. 빗나갔다고 하는 것은 항우는 한신이 상상한 것보다 훨씬 용맹한 장수였다는 점이다. 그는 귀신의 환생이 아닐까 하는 생각이 들 정도로 무섭게 싸웠던 것이다. 휘하의 장졸들도 항우의 신기(神氣)가 옮은 것처럼 용감하게 싸웠다. 다만, 자신의 군대를 사지(死地)에 몰아넣어 싸우게 하는 전법은 《손자》에 있다. 어쩌면 군사(軍師)인 범증이 항우에게 권해서 취한 전법이었는지도 모른다. 훗날 한신은 그렇게 억측했던 것이다.

싸우는 일에 있어서 항우보다 나은 용장은 고금을 통해서 없을 것이었다. 그렇지만 그 밖의 일에 있어서의 항우는 마치 열두서너 살짜리 소년처럼 하는 짓들이 유치했다. 전략도 군략도 없었다. 감정대로 행동하는 것이다. 신안(新安)에서는 항복한 군사들 20만 명을 생매장시켰다. 「홍문의 연」에서는 유방이 항복하자 간단히 용서했다. 항우는 함양에 불을 지르고 마음대로 약탈했다. 항복한 진왕의 목을 치고, 진나라의 궁전을 불태우고, 시황제의 무덤을 파헤쳤다. 전쟁 후의 인심 수람(收攬) 따위는 추호도 염두에 없는 행위였다. 항우는 전투에는 무척 강했지만 패왕으로서 천하를 경륜하는 재능은 없다고 많은 사람들은 생각했다.

그러나 유방은 달랐다. 진왕의 항복을 용납하고, 궁전의 보고를 봉인하고, 병졸의 약탈을 금했다. 진의 가혹한 법을 철폐하여 법을 3장(章)으로 줄이고, 주민의 안무(按撫)에 힘썼다. 유방은 한중에 갇혔지만 정세 여하에 따라서는 한중에서 관중으로 치고 나올지도 모를 일이었다. 그렇게 되면 진나라 고지의 주민들은 크게 환영하며 유방을 맞이할 것이다.

한신은 항우 곁을 떠나, 한왕의 군대에 몸을 던지기로 했다. 유방의 장래에 자기의 미래를 걸기로 한 것이다.

진평에게서 통관표(通關表:관문을 드나들 수 있는 출입증)를 얻어 안평관을 무사히 통과한 한신은 온갖 위험과 간난을 겪으면서 여러 날 만에 남정(南鄭) 땅에 들어섰다. 한데, 그 곳에서부터 벌써 백성들의 옷입은 모양과 얼굴 표정이 밝고 부드러우며

질서가 잡히고 풍속이 아름답다고 느껴졌다. 젊은
사람은 부지런히 다니고, 나이 많은 노인은 한가하
게 앉아 있는 모습이 몹시 평화스럽고 여유 있어
보였다.

'태평성세란 바로 이런 것이 아닐까?'

한신은 자기도 모르게 가슴이 뭉클해짐을 느꼈다.

활짝 트인 2백 리 평야의 한가운데 펼쳐져 있는
육가 삼시(六街三市)의 규모는 한신이 짐작했던 것보
다 훨씬 크고 번화했다.

이윽고 하신은 아문 앞에 이르렀다. 「초현전(招賢
殿)」이라고 쓰여진 현판이 붙어 있고, 그것의 좌우
에 13개조의 인재 채용 조건이 적혀 있었다.

· 병법에 정통하고 도략이 뛰어난 자
· 용맹이 뛰어나 가히 선봉장이 될 수 있는 자
· 무예가 출중하여 가히 장군이 될 수 있는 자
· 천문에 밝고 기상을 잘 아는 자
· 지리에 밝아 가히 향도(嚮導)가 될 수 있는 자
· 마음이 공평하고 사람됨이 정직한 자
· 정탐을 잘 하여 가히 군정(軍情)이 될 수 있는 자
· 변설이 능달하여 남의 마음을 움직일 수 있는 자
· 산술에 능통하여 계산에 착오가 없는 자
· 시서(詩書)를 널리 읽어 가히 박사가 될 수 있는 자
· 의학에 밝고 의술이 뛰어난 자
· 동작이 빠르고 치밀하여 가히 세작이 될 수 있

는 자

　· 금전 출납과 군량을 잘 관리할 수 있는 자

　　이상 13개조 중에서 그 하나에 해당되는 사람은 출두하라.

　　　　　　　　　　　　－ 초현관 하우영

　방문(榜文)을 보고 난 한신이 지나가는 사람에게 물었다.

　"초현관의 댁이 어디쯤 되나요?"

　"등공(藤公) 하후영 댁 말입니까?"

　"예."

　"바로 저기 보이는 저 집입니다."

한신은 하후영의 집으로 가면서 생각했다.

　'장량이 준 엄표를 보이면 당장 중용할지 모르지만, 대장부가 남의 천거장으로 벼슬을 얻어 한다는 것은 떳떳하지 않다. 그러니 내 자신의 힘으로 뜻을 이루어 보자.'

　한왕의 군대는 한 마디로 말해서 잡동사니 군대였다. 초나라의 병사들이 있는가 하면 위나라나 한(韓)나라의 병사들도 있었다. 한나라 군대에 귀속하기는 쉬웠다. 그래도 처음부터 높은 자리에 앉히는 것은 아니었다. 한신에게 주어진 관직은 「연오(連敖)」라는 비천한 벼슬이었다. 연오는 왕의 진중에서 잡역을 담당하는 자를 말한다.

연오는 백 명 가까이 있었으며 15명이 1조로 되어 있었다. 14인조도 있는가 하면 13인조도 있었다. 한중으로 향한 한왕의 군대가 계곡의 벼랑에 걸쳐진 잔도를 건너가는 동안 도망자가 잇달았다는 것은 이미 언급했다. 어느 날 밤, 한신이 속한 조의 사람이 죄를 범했다. 왕의 고리짝에서 큰 돈을 훔쳤던 것이다. 도망하려면 돈이 필요하니까 여비로 쓸 생각이었을 것이다. 그것이 발각되었는데 죄는 전원에게 미친다. 14명이 연좌제에 의해 참형(斬刑)에 처해지게 되었다.

처형의 입회 검사역은 소평후(하후영)였다. 차례로 목이 잘리고 마지막으로 한신의 차례가 되었다. 한신이 고개를 들고 둘러보니 몇 걸음 떨어지지 않는 곳에 소평후의 얼굴이 보였다. 한신은 소평후를 노려보며 큰 소리로 외쳤다.

"한왕은 천하의 대업을 이루기를 바라시지 않았던가. 쓸모 있는 사내를 치다니, 이게 도대체 무슨 짓인가!"

대담한 말을 들은 하후영은 깜짝 놀라 한신의 얼굴을 물끄러미 보았다. 날카로운 눈빛과 훌륭하고 씩씩한 체격으로 보아 그는 보통 사나이가 아니라고 생각되었다.

'죽이기에는 아깝다.'

그래서 그의 죄를 용서하고 포승을 풀어 주었다.

한신과 이야기해 보니 그의 식견은 역시 탁월했

다. 소평후는 기뻐하며 한왕에게 추천했다. 유방은 처음에는 반대하다가 소하가 재삼 청하자, 한신의 벼슬을 한 등급 올리어 치속도위로 임명했다. 치속도위란 군량을 총괄하는 직책이었다.

치속도위가 된 한신은 각 지방의 창고 책임자들 가운데 그 동안 수량을 속인 자와 부정한 짓을 한 자들을 가려내어 모조리 내쫓아 버리는 한편으로, 백성들에게 도조를 받는 부과를 공정하게 개정하였다.

이 같이 직택을 수행한 지 보름이 채 안 되어 농민들 사이에 한신을 칭송하는 소리가 높았다.

치속도위는 곡(穀)·화(貨)를 담당하는 관리이기 때문에 전투에는 직접 참가하지 않는다. 장군이 되기를 원했던 한신이었기에 내키지는 않았지만 머지 않아 무관으로 전임할 기회도 있을 것이라고 생각하고 참았다. 식량과 말먹이의 운반, 군대의 소도 할당 등 병참 사무 일체를 관장하고 있는 책임자는 승상인 소하였다. 치속도위는 소하의 관할하에 있었기 때문에 한신은 소하와 접할 기회가 많아졌다.

명신(名臣) 소하(蕭何)

어느 날 소하가 한신에게 말을 걸었다.

"청하오니 천하의 치란 강약(治亂强弱)에 대해서 말씀해 주십시오."

"초패왕은 의제를 시해하고 도읍을 함양에서 팽성으로 옮겼습니다. 때문에 백성들은 원한을 품고 있으며 제후들은 기회를 보아 배반하려 하고 있건만, 초패왕은 그것을 모르고 있습니다. 그에 비해 한왕께서는 지금 비록 포중에서 몸을 굽히고 계시지만 약법삼장 이후 천하의 민심을 얻고 있으므로, 군사를 일으켜 동으로 향한다면 바야흐로 천하를 누릴 수 있을 것이온데, 새삼스럽게 치란 강약에 대해서 물으십니까?"

"그렇다면 지금이 바로 군사를 일으킬 때라는 말씀입니까?"

소하가 궁금하다는 듯이 물었다.

"그렇습니다. 한왕께서 초나라를 칠 때는 바로 지금입니다. 만일 때를 놓쳐 제·위·조·연 네 나라 중에서 지혜 있는 자가 먼저 함양을 빼앗고 삼진을 평정한 뒤에 요해지를 막아 버린다면, 한나라 군대는 늙어 죽을 때까지 포중을 벗어나지 못 하게 될 것입니다."

"잔도가 타 버렸으니 우리 군대는 나가고 싶어도 나갈 수가 없지 않습니까?"

그 말을 들은 한신이 껄껄 웃으며 말했다.

"승상께서 짐짓 저를 시험해 보고자 하십니다마는, 저는 이미 알고 있습니다. 군대가 나올 수 있는 다른 길이 있음을 미리 알았기에, 지혜 있는 사람이 승상과 더불어 비밀스럽게 의논하고서 불을 지른 것이 아닙니까."

소하는 깜짝 놀랐다. 자기와 장량 두 사람밖에 알지 못 하는 사실을 그처럼 꿰뚫어 알고 있으니 놀랄 수밖에 없었다. 감탄한 소하는 자리에서 일어나 한신에게 예를 취하고는 말했다.

"내가 포중에 들어온 뒤로 사방의 현사들을 많이 만나 보았지만, 그 같은 고견 탁설을 들은 것은 처음입니다. 나의 집으로 함께 가서 박주나마 나누도록 하시지요."

한신은 소하의 안내를 받으며 그의 집으로 갔다. 온화로운 기풍에 너그럽고 자상한 소하. 한(漢)나라의 상국으로서 한왕 유방의 결점과 부족을 남모르게 감싸며 보필하는 인물이었기에 그 같은 금도(襟度:남을 용납할 만한 도량)는 그의 집에서도 그대로 나타났다. 문지기도 공손했고, 대문이 열리고 닫히는 소리마저 조용하고 부드러웠다.

이윽고 따뜻한 주안상이 차려져 나오자. 소하가 술을 권하며 은근한 목소리로 물었다.

"장군께서 만약 대장이 되신다면 어떻게 하시렵니까?"

한신이 옷깃을 여미고 대답했다.

"군대를 쓰는데 있어서 문(文)으로서 무(武)를 다스려, 머물 때는 산악과 같고 움직일 때는 강하(江河)와 같이 할 것입니다. 변화를 부릴 때는 천지와 같고 호령을 내릴 때는 우레와 같이 할 것입니다.

그리하여 약하면서도 강하고 강한 가운데 부드러움을 지니게 하여, 인(仁)으로써 베풀고 예(禮)로써 세우며, 용(勇)으로써 자르고, 신(信)으로써 이룰 것입니다."

"장군의 고견을 들으니, 구름을 뚫고 해를 보는 것 같습니다."

한신의 대답을 들은 소하는 탄복해 마지않았다.

'과연 훌륭한 인물이다! 지난날 장량과 나누어 가진 엄표를 가지고 찾아올 사람만 없다면, 이 사람이야말로 파초대원수 감이다!'

소하가 그런 생각을 하고 있을 때, 한신은 속으로 다시 한 번 마음을 다지고 있었다.

'대장부가 엄표를 이용해 쉽사리 대장의 지위를 얻을 것인가!'

소하는 한신과 대화를 하는 동안 그의 재능과 기량이 비범함을 간파했다. 그는 전략, 전술에 탁월한 식견을 가지고 있었다. 서초의 패왕이라고 칭한 항우는 천하의 주인이 될 수 없다고 한신은 말했다. 그렇다면 항우를 대신하여 천하를 호령할 사람은 누구일까?

두 사람은 그 일을 가지고 계속해서 말했다.

소하가 한신에게 물었다.

"치속도위로는 불만인 모양인데, 귀공은 어떤 관직을 원하시오?"

"장군이 되어 군을 지휘하는 것입니다."

한신은 정직하게 자기의 희망을 밝혔다.

"한왕의 군대에는 실전에 뛰어난 지휘관이 없습니다. 그 때문에 이길 수 있는 싸움도 놓친 경우가 많았다고 생각합니다. 본영(本營)에 있으면서 계책을 짜내고, 승리를 천리 밖에서 결정하는 이로는 장량이 계십니다. 군대의 후방에서 병참·군정을 담당하여 전선의 장병들로 하여금 뒷일을 근심하지 않고 싸우도록 하는 이로 승상이 계십니다. 그러나 전장에서 대군을 지휘할 장군은 없습니다. 이것이 한왕군의 결함입니다. 저에게 대군을 지휘하게 해 주신다면 한왕께서 천하를 차지하게 만들어 보이겠습니다."

'터무니없는 허풍을 떤다.'

소하는 그렇게 생각했으나 그것과는 달리 자기가 지금까지 몽상조차 하지 못했던 새로운 세계가 펼쳐지는 것 같다는 생각도 들었다. 한신에게 지적당하고 보니 과연 그러했다. 한군은 무언가가 부족했다. 한왕이 한중에서 치고 나가 관중을 빼앗고, 중원의 사슴을 쫓기에는 뭔가 부족한 것이 있다고 생각하면서 소하는 자주 불안에 사로잡힌 때가 있었다. 그 부족한 부분을 한신이 채워 주겠다는 것이다.

'혹시 하늘이 한왕을 위해 이 사람을 보내 주신 것이 아닐까. 유방은 천운을 타고 난 사람이니까 하늘의 가호인지도 모르겠다.'

천하는 한 사람을 위한 것이 아니고 많은 백성들을 위한 것이다. 천하는 하늘로부터 내려지는 것이므로 하늘의 은총을 받은 자가 아니면 천하를 차지할 수 없다. 유방은 하늘의 은총을 받고 태어난 사람이다. 한신도 역시 유방이 천하를 장악하는 것을 돕도록 하늘로부터 파견된 것인지도 모른다. 연오들 14명이 모두 참수당하게 되었는데 단 한 사람 한신만 살아 남았다는 것도 기적이라고밖에는 말할 수 없지 않은가. 기적은 신의 뜻에 의해서만 일어나는 것이다.

'한신은 장군이 되도록 하늘이 내려 준 사람이다.'

'신의 뜻에 거역해서는 안 된다.'

소하는 한신을 장군으로 삼고 싶어했다. 그것도 대군을 지휘하는 대장군으로 삼고 싶었다. 그리하여 장량과 한신, 그리고 소하 세 사람이 한왕을 보필하여 천하를 차지하는 것이다. 그것은 불가능한 일이 아니었다. 항우의 논공 행상에 불만을 가진 제후들이 많기 때문에 천하가 다시 어지러워질 공산은 매우 컸다.

'해 보자!'

소하는 끓어오르는 열정을 억누를 수가 없었다. 가슴이 두근거렸다.

"귀공을 장군으로 임명하시도록 내가 한왕께 진언해 보겠소."

"잘 부탁드립니다."

한신은 머리가 땅에 닿도록 절을 하면서 감사의 뜻을 표했다.

다음 날 아침 유방이 조정에 나오자 소하가 엎드려 아뢰었다.

"대왕께서는 어찌하여 널리 현사를 구하지 않으시옵니까? 만일 지금이라도 초패왕이 대군을 거느리고 쳐들어온다면, 대왕께서는 누구를 내세우셔서 이적을 막으시겠습니까? 신이 밤낮으로 걱정하는 것은 바로 이것이옵니다."

"짐이 포중에 들어온 뒤로 현사를 널리 구하고 있는 것은 경도 잘 알고 있으면서, 그게 무슨 말이오?"

유방은 소하의 말뜻을 미처 깨닫지 못하고 의아해하며 물었다.

"대왕께서 목전에 큰 인물을 두시고서 굳이 먼 곳에서 현사를 구하려 하심은 무슨 연유이옵니까?"

"목전의 큰 인물이 누구란 말이오? 승상이 천거한다면 내 그를 반드시 등용하겠소."

소하는 은근한 태도로 머리를 수그리며 대합했다.

"신이 아뢰옵는 큰 인물은 바로 한신이옵니다."

"아니, 그 사람은 승상의 천거에 따라 짐이 치속도위로까지 등용했는데, 어찌 등용하지 않는다고 말하는 것이오?"

유방은 오히려 의아하다는 듯이 물었다.

"치속도위 같은 직책은 한신의 대기를 시험하는 벼슬이 못됩니다. 대원수의 직책을 맡기셔야 그 사람이 우리 나라에 오래 있을 것입니다. 그렇지 않으면 반드시 다른 나라로 가 버릴 것이니, 어찌 아깝지 않습니까?

"작(爵)은 함부로 더하지 않는 것이요, 녹(祿)은 가볍게 내리는 것이 아니거늘, 한신은 불과 한 달 동안에 두 차례나 승차하지 않았소? 아직 이렇다 할 공훈이 없는 사람에게 갑자기 원융의 대임을 맡긴다면, 오래 전부터 공로가 많은 대장들이 원망할 것 아니오?"

"하오나 예로부터 성제명왕(聖帝明王)들은 사람을 쓰되 그 재목에 따라서 쓰고 그 능력에 따라서 직책을 맡겼습니다. 한신으로 말씀하오면 대들보나 기둥감이지 서까래감이 아니옵니다. 패현에서부터 종사한 대장들은 공훈은 많사오나, 한신과 같은 재목에 비교할 수는 없는 줄로 아옵니다."

"승상은 조금만 기다려 주시오. 장자방이 짐과 작별할 때 천하에서 두루 찾아서 대원수 감을 구해서 보내겠다고 하였으니, 수 개월만 더 기다려서 그가 천거하는 인물이 오면 한신과 비교해 보아 대원수로 봉하는 것이 옳다고 생각되오."

왕이 그렇게까지 말했기에 소하는 굳이 자기 고집만 내세우기도 어려워,

"황공하옵니다."
하고 물러나오고 말았다.

소하는 그런 사정을 말해 줄 수도 없고 해서 한동안 한신을 만나 보지도 못 하고 속으로만 끙끙 앓고 있었다.

그래서 소하는 한 가지 계책을 사용하기로 했다. 한신이 출중한 재능의 소유자라는 것을 한왕에게 보여 주지 않으면 안 된다. 그렇게 하려면 더 이상 입으로 말해야 소용이 없다. 그러니 행동으로 보여 주어야만 한다고.

"한왕은 좀처럼 장군으로 발탁해 주시려고 하지 않소. 그래서 내가 생각해 냈는데, 연극을 해 봅시다. 한의 진영에서 도망쳐 보지 않겠소?"

"도망치다니요?"

한신은 반문했지만 놀란 기색은 아니었다. 사실인즉 당사자인 한신 자신도 도망치려고 생각하고 있었던 것이다. 소하와 하후영이 함께 한신을 추천했는데도 유방은 항왕과 마찬가지로 인물을 분별하는 눈이 없는 것이다. 그렇다면 한왕을 위해 충성한다는 것은 더없이 어리석은 일이다.

"귀공은 달아나는 거요. 그래서 내가 뒤쫓는다."

"승상께서 저를 뒤쫓아요? 무엇 때문입니까?"

"소하가 도망쳤다는 것을 알면 한왕은 놀랄 것이오. 당황하겠죠. 나는 전투에는 참가하지 않았지만 군의 후방에서 식량 보급을 맡고 있소. 말하자면

표면에 나서서 공을 세우지는 않지만 나를 대신해
서 병참·보급 업무를 맡아 할 수 있는 사람은 없
소. 한왕은 소하를 붙잡으려고 뒤쫓을 것이오. 그
리고 소하는 한신을 데리고 돌아오는 겁니다. 소하
는 정말 달아난 것이 아니라 한신을 데리고 돌아오
려고 뒤쫓은 것이지요. 그런 줄 알면 한왕은 놀라
한신이 그만큼 뛰어난 인물이었던가 하고 인식을
달리할 것임에 틀림없소. 아마 장군으로 발탁해 줄
것이오."

"고맙소, 그렇게 해 주시오."

한신은 소하의 손을 받들 듯이 잡으면서 감사의
뜻을 표했다.

"달아나겠습니다. 잘 부탁드립니다."

한신은 과연 그 날 밤 안에 도망했다.

그는 자기가 묵고 있는 객줏집 주인에게 말 한 필
을 준비시킨 다음, 날이 밝기 전에 먼 곳에 가야 할
일이 있다고 거짓말을 하고는 밤중에 말을 타고 동
쪽을 향해 달렸다.

아침 때가 지나도록 한신이 집으로 돌아오지 않
는 것을 이상하게 여긴 객줏집 주인이 승상부로 가
서 그 일을 고하였다. 그리고 조회에 다녀와서 승
상부에 있던 소하가 그 보고를 들었다.

'드디어 달아났구나!'

소하는 급히 수레를 타고 한신의 객줏집으로 가

서 그가 거처하는 방의 문을 열어 보았다. 방 안에는 세간이라곤 아무것도 없었다. 텅 빈 방 안에는 탁자와 의자만 있을 뿐 벽에 걸린 옷가지도 없는데, 다만 벽 위에 다음과 같은 시 한 수가 쓰여져 있었다.

날이 새지 않으니 별빛이 서로 다투는도다
운(運)이 아직 오지 않으니 재능도 쓸모없구나
어느 때나 미인을 만나 함께 놀아 보리요
나래쳐서 하늘에 오르니 새가 곧 봉(鳳)이더라

소하는 데리고 온 병졸을 불러 역마를 끌어오게 하였다. 조회 때 입었던 조복(朝服) 그대로 말 위에 올라 동문을 향해 달렸다. 연극을 완벽하게 성공시키기 위해서.

얼마 후 동문에 이른 소하는 파수 보는 병사에게 물었다.

"너희들, 칼을 차고 말을 탄 장수가 이 동문을 나가는 것을 보지 못했느냐?"

병사가 대답했다.

"예, 그런 사람이 오늘 새벽 오경 때쯤 이 문으로 나갔습니다. 아마 그 동안 50리는 갔을 것이옵니다.

소하는 더 묻지 않고 말을 달렸다. 그는 아침밥도 먹지 못한 상태였다. 일찍 조회에 나갔다던 뒤로 그 때까지 밥 먹을 겨를이 없었던 것이다. 점심때가 훨씬 지나도록 말을 달리노라니 배가 고파서 견딜 수가 없었다. 하는 수 없이 민가에 들어가 음식을 얻어먹고는 다시 계속해서 말을 달렸다.

유방은 다음 날 아침 하후영에게서 실로 놀라운 보고를 받았다.

"근자에 군사들 가운데 고향을 못잊어 달아나는 사람이 많사옵니다. 소 승상도 어제 아침에 혼자 동문으로 나간 뒤 지금까지 돌아오지 않고 있사옵니다."

듣고 난 유방은 깜짝 놀라면 말했다.

"아니, 뭣이라고? 소하가 달아났단 말이냐? 다른 사람은 혹 몰라도 소하는 패현에서 의병을 일으킨 뒤로 지금까지 짐과는 명색은 비록 군신지간이나 정은 부자형제나 마찬가진데, 이럴 수가 있단 말인가."

유방은 처음에는 노여움을 이기지 못하다가 나중에는 안절부절하면서 어찌할 바를 몰라 했다. 아침 수라도 거르고 점심마저 먹지 않았다.

"뒤쫓아라, 소하를 잡아라!"

소리치며 한왕이 일어났다. 그리고 뛰기 시작했다. 오른쪽으로 뛰고 왼쪽으로 뛰었다. 어디로 뛰어가려는 것인가.

"뒤쫓아라, 뒤쫓아가서 붙잡아라!"

한왕은 마구 손을 흔들며 소리쳤다. 놀라서 어쩔 줄을 몰라하고 있는 것 같았다.

소하가 없어지면 한왕의 군대는 붕괴되고 만다. 군량과 말먹이의 보급, 병원(兵員)의 징발·모집, 점령 지구의 군정과 치안, 그 밖에 군수 물자의 조달 등, 전투 이외의 모든 업무 일체를 혼자서 담당해 온 소하였다. 전투를 대신 할 장군을 찾을 수가 있어도 전투의 기본인 보급과 병참을 맡길 수 있는 인물은 소하를 빼고는 없었다.

한왕은 당황하고, 노했다. 그리고 슬퍼했다.

"나도 이제 이것으로 끝인가."

한왕은 마치 양 팔을 잘린 것만 같았다. 의기소침해졌다. 식사도 목구멍 속으로 넘어 가지 않았다.

한 이틀이 지나자 소하가 느닷없이 돌아왔다. 한왕은 화가 나기도 하고 기쁘기도 하여 소하를 나무라면서 말했다.

"왜 그대까지 달아났소?"

"달아난 것이 아닙니다. 도망친 자를 뒤쫓았던 것입니다."

"뒤쫓았어? 거짓말 마오."

"거짓말이 아닙니다."

"누구를 뒤쫓았다는 거요?"

"한신(韓信)입니다."

"한신?"

"거짓말이겠지. 도망친 장군이 십수 명이나 있었는데도 귀공은 누구 하나 뒤쫓지 않았소. 그런데 어이하여 고작 치속도위인 한신을 뒤쫓았단 말이오?"

"장군들이 도망쳐도 그들을 대신할 장군은 얼마든지 있습니다. 그러나 한신은 바로 국사 무쌍(國士無雙)입니다. 대왕이 오래도록 한중의 왕으로 만족하시겠다면 한신은 필요치 않습니다. 그러나, 천하를 놓고 겨루기를 바라신다면, 한신을 빼놓고는 큰일을 꾀할 만한 사람이 없습니다. 한왕으로서 만족하실 것이냐, 천하를 다투는 길을 택하실 것이냐에 따라서 결정하시지 않으면 안 됩니다."

"나도 동쪽으로 치고 나가서 천하를 겨루기를 바라고 있소. 언제까지나 답답하게 틀어박혀 있을 수 있겠소?"

"그러시다면 한신을 등용하셔야 합니다. 중용하신다면 한신은 이 곳에 머무를 것입니다. 그러시지 않으면 한신은 또 도망칠 것입니다. 또한, 신도 관을 버리고 고향으로 돌아가 뒷날 항우에게 사로잡히는 치욕을 면할까 합니다. 굽어 살피소서."

소하의 태도는 일월과 같이 의연해 보였다.

"승상이 아뢰는 말씀은 실로 국가를 위한 충정에서 아뢰는 것이옵니다. 대왕께서는 저 같은 충성된 말씀을 들으시고 한신을 중용하여 주시옵소서."

곁에있던 하후영도 소하의 말에 뒤이어 그렇게 아뢰었다.

"짐에게는 경들이 한신의 능란한 변설만 듣고 그같이 말하는 것으로 보이오. 일국의 대장군은 국가의 안위와 삼군의 존망이 그 한 사람에게 달려 있는 것이기에, 짐이 한신을 얼른 중용하지 못하고 있는 것이오."

유방은 소하와 등공을 번갈아 보면서 그 같은 왕으로서의 고충을 털어 놓았다. 소하와 하후영은 더 이상 말하기가 어려워 유방의 다음 말을 기다렸다. 유방이 말을 계속했다.

"짐이 한신을 보건대, 회음 땅에서 친상을 당했을 때 장례를 못 치렀다 하니 그것은 그 사람이 계교가 없는 것이요, 표모에게서 밥을 얻어먹었다 하니 그것은 무능함이며, 저잣거리에서 건달의 가랑이 밑을 기었다 하니 그것은 용맹이 없는 것이오. 더구나 초나라에서 벼슬하기를 3년이나 되었는데 겨우 집극랑에 그치었으니 그것은 재주가 없음이오. 승상은 국가를 위해 깊이 생각하기 바라오."

소하가 그 말을 듣고 다시 입을 열었다.

"대왕의 말씀이 틀리지 않사오나, 신의 소견과는 좀 다르옵니다. 공자께서 진채(陣蔡)에게 곤욕을 당하신 것은 결코 무능해서가 아니었고, 광인(匡人)들에게 포위당하신 것은 용맹이 없었던 것이 아니오며, 천하를 두루 다니시다가 마침내 늙어 돌아가시었으나 그것을 재주가 없어서가 아니었나이다. 한신이 표모에게서 밥을 얻어먹은 것이나 저잣거리에서 욕을 당한 것 등은 아직 그 주인을 만나지 못했기 때문이었사옵니다. 신이 한신의 말만 듣고 취하는 것이 아니오니, 대왕께서는 깊이 통촉하시옵소서."

　유방은 소하의 말을 듣고 한참 생각하더니 말했다.

　"오늘은 벌써 날도 저물었으니, 경들은 이만 물러가오. 내일 아침 일찍 조정에서 상의하기로 하겠소."

　소하는 하후영과 함께 대궐에서 나와 승상부로 돌아가서, 기다리고 있던 한신에게 그 일을 자세히 이야기해 주고 나서,

　"한왕이 끝내 장군을 중용하지 않는다며, 나도 관을 버리고 고향으로 돌아갈 생각이오."
하고 결심을 말했다.

　"승상께서 국가를 위해 이렇듯 노심초사하시니, 제가 더 이상 승상께 괴로움을 드릴 수가 없어 끝까지 감추려고 한 징표를 보여 드리겠습니다."

　한신은 그렇게 말하며 그제야 품 속에서 장량에게서 받은 엄표를 꺼내서 소하에게 주었다. 소하는 그것을 보고 깜짝 놀랐다. 그는 자리에서 일어나 한신에게 공손히 예를 하고 말했다.

　"장군이 여기 오신 지 수 개월이 지나도록 이렇듯 오랫동안 이것을 안 보이시다니! 실은 이것 때문에 나와 등공이 얼마나 고심했는지 모릅니다. 한왕이 이것만 보시면 활연하게 깨달으시고 장군을 중용하실 것입니다."

　"제가 본시 빈천한 사람인지라 한나라에 별안간

들어와서 촌공도 세운 것없이 대장이 된다면, 조소와 의심을 받게 되었을 것입니다. 그래서 저의 능력을 인정받을 때까지 장자방이 준 엄표를 감춰 두고 있었던 것입니다."

"장군이야말로 천하의 호걸이시오. 심상한 사람으로는 흉내조차 못 낼 일이올시다."

소하는 탄복했다.

이튿날 아침 소하는 입궐하여 유방에게 사실을 고하고 장량의 엄표를 바쳤다. 유방은 깜짝 놀라며,

"천하의 지혜 있는 자들은 보는 눈이 이처럼 같단 말인가!"

하고 경탄하기를 마지않으며 말했다.

"한신을 장군으로 삼겠소."

"장군 정도로는 머물지 않을 것입니다."

"그럼, 대장군으로 삼겠소."

"행심(幸甚)입니다."

라고 소하는 말했다. 행심이란 매우 고맙다고 하는 만족의 뜻을 나타내는 말로,《사기(史記)》의 작자 사마천(司馬遷)의 시대부터 사용되고 있었던 말이다.

유방은 그 즉시로 한신을 불러 대원수에 봉하려고 서둘렀다. 이를 보고 소하가 말했다.

"그렇게 하시면 안 됩니다. 왕께선 평소에 오만하며 예의가 부족합니다. 지금 대장군으로 임명하면

서도 어린애를 불러들이는 일 정도로밖에 생각하고
계시지 않습니다. 한신이 도망친 것은 그 때문입니
다. 왕께서 한신을 임명하고 싶으시면 길일을 택하
여 재계하고, 식단을 만든 다음 예를 갖추고 나서
거행하셔야 합니다.”
　“그래? 그렇게 하지.”
　한왕은 승낙했다. 가신의 충고가 옳다고 생각되
면 유방은 매우 간단히 받아들였다. 유방 밑에 사
람들이 모여드는 까닭은 이런 점에 있는지도 모른
다. 말하자면 유방은 찰흙을 이겨서 만든 항아리와
같은 사나이이다. 속이 비어 있기 때문에 누구나가
허물없이 들어갈 수 있었다.

대장단(大將壇)

　배사(拜謝)하고 어전에서 물러나온 소하는 그 같
은 사실을 한신에게 즉시 알려 주었다. 그리고는
이어서 곧 대장단의 도면을 만드는 일에 착수했다.
　도면은 엿새나 걸려서야 완성되었다. 그만큼 엄
청난 규모였다. 단의 높이는 3장(三丈)이었는데, 그
것은 3재(三才)를 형성함을 뜻하는 것이었고, 넓이
는 24장으로 그것은 24기(氣)를 나타내는 것이었
다.
　그리고 단은 3층으로 되어 있는데 각층마다 제기

(祭器)를 갖추어 놓고, 단의 주위에는 각색 기를 든 병사들 365명이 둘러서 있게 하였으니, 그것은 365도(度)를 형상함을 뜻하는 것이었다.

소하가 완성된 도면을 유방에게 바치자, 그것을 본 그는 크게 기뻐하며 즉시 관영을 불러 도면대로 단을 쌓게 하였다.

그 후 한 달이 채 지나지 않아 관영은 유방에게 대장단의 축조가 완성되었다고 보고하였다. 유방은 소하를 불러들여 분부하였다.

"단이 완성되었다니 길일을 택해서 집례토록 하오."

마침내 그 날이 되었다. 유방은 문무 백관을 거느리고 승상부로 나와서 한신을 영접하여 대장단으로 향했다. 문관은 관을 쓰고 무관은 전복(戰服)을 입고서 큰길 좌우에 도열해 있었다. 오색 깃발들이 펄럭이고 쇠북 소리는 천지를 진동시켰다. 그야말로 전에 없던 성대한 행사였다.

장군들이 단 앞에 늘어서고 그 뒤에는 수만 명이나 되는 사병들이 도열했다. 장군들은 각자 자기가 대장군에 임명될 것이라고 생각하며 기대감으로 인해 가슴이 부풀어 있어다. 하지만 식단에 올라온 사람은 이름도 없는 비관(卑官)인 한신이었다. 장군들도, 도열해 있는 병졸들도 크게 놀라지 않을 수 없었다.

"한신이 누구인가?"

"어디 출생인가?"

"대장군으로 발탁되었으니 보통 인물이 아니겠지. 어지간히 뛰어난 사람이겠지."

한신에 대해서 아는 사람은 승상인 소하를 제외하고는 손가락으로 꼽을 정도밖에 없었던 것이다.

유방과 한신이 대장단 앞에 서자 3발의 철포 소리가 울리는 가운데 인례관이 나와서 한신을 인도하여 대장단 제1층으로 올라갔다. 하후영이 서쪽을 향하고 한신이 북쪽을 향하여 엄숙한 모습으로 서자, 태사관이 큰 소리로 축문을 읽었다.

"대한 원년 중추 무인삭(武寅朔) 병자일, 포중 한왕이 등공 하후영을 보내어 오악 사독(五岳四瀆:중국의 5대 산과 4대 강) 명산 대천의 신께 감히 고하노니, 슬프다. 하늘이 중생을 내시고 기르는 자로 하여금 중생을 다스리게 하였거늘, 여정(呂政:시황제)이 포악한 뒤에 항적이 또한 그와 같아서 임금을 죽이고 항졸을 파묻어 하늘의 뜻에 크게 어긋나므로, 이제 신 유방은 의로운 깃발을 세우고 한신을 대원수로 봉하여 백성을 구하고 천하를 편안히 하고자 하오니, 바라옵건대 신명은 굽어 살피시와 도와 주소서."

축문의 낭독이 끝나자 하후영이 활과 화살을 높이 들고,

"한왕의 명으로 궁시(弓矢)를 하사하노니, 이것으로써 항적을 정벌할지어다!"
라고 말하고는 한신에게 주었다. 한신은 무릎을 꿇고 두 손으로 궁시를 받았다.

그러자 인례관이 다시 한신을 인도하여 단의 2층으로 올라갔다. 승상 소하는 서쪽을 향하고 한신이 북쪽을 향하고 서자, 태사관은 또 축문을 읽었다. 축문 낭독이 끝나자 소하는 도끼와 칼을 들고서,
"한왕의 명으로 부월(斧鉞)을 하사하나니, 이것으로 무도한 것을 제거하고 백성들을 편안하게 할지어다."
라고 말하고는 한신에게 주었다. 한신은 공손하게 그것을 받았다.

인례관은 다시 한신을 3층으로 인도했다. 유방이 북쪽을 향하여 용장봉전을 받들고 서 있는 가운데 중화곡(中和曲)의 음률이 그치자 태사관은 다시 축문을 읽었다. 그것이 끝나자 유방은 친히 호부옥절과 금인 보검을 들고,
"지금 한신 장군을 파초대원수로 봉하노라. 위로는 하늘, 아래로는 물 속에 이르기까지 모두 대원수에게 맡기노니, 허한 것을 보면 나아가고, 강한 것을 보면 그치고, 다수한 것을 보고 경거하지 말 것이며, 명령을 중히 알고, 죽음을 가볍게 여기지 말고, 스스로 높고 강한 체하지 말 것이며, 사졸들과 감고 한서(甘苦寒署)를 한 가지로 할 것이로다."

라고 말하고는 한신에게 호부와 보검을 주었다. 한신은 유방에게 두 번 절하고 그 앞에 꿇어앉아 호부와 보검을 받은 후,

"대왕께서 명하신 중책을 폐부에 새겨 충심 갈력하겠나이다."

라고 아뢰었다. 유방은 만족스러워하는 미소를 얼굴에 가득 머금은 채,

"모든 것을 대원수에게 의뢰하오."

라고 말하고는 자리에서 일어났다. 한신도 뒤이어서 일어섰다.

유방이 단 위에서 내려오자 식은 끝이 났다. 문무백관은 유방의 뒤를 따르며 대궐로 돌아갔다.

임명식이 끝난 뒤에 한왕은 한신을 불러 술자리를 베풀었다.

"승상이 자주 장군을 추천했지만 나는 장군에 대해서 잘 모르오. 장군은 어떤 계책을 나에게 가르쳐 주겠소?"

한신은 대장군에 발탁해 준 은명(恩命)에 감사하고 나서 천천히 왕에게 물었다.

"지금 대왕께선 동쪽을 향해 천하의 대권을 겨루십니다. 그 상대는 항왕이 아니겠습니까?"

"그렇소."

형식대로의 문답이었다. 자신의 의견이나 포부를 개진하는 데 있어서 문답체를 원용하는 것은 전국

시대의 종횡가(縱橫家) 소진(蘇秦)이 시작한 설득법이지만, 진의 시대를 거친 그 때도 그것을 그대로 답습하고 있기 때문에 실례가 되지는 않았다.

"대왕 자신의 생각으로는 용감하다는 점, 어질고 굳세다는 점에서 볼 때 항왕과 자신 중에서 어느 쪽이 낫다고 생각되십니까?"

"내가 미치지 못하지."

한신은 재배한 뒤에 정직하게 잘 대답하셨다고 축복하며 말했다.

"신도 대왕께서 그에게 미치지 못한다고 생각합니다. 그러나 신은 일찍이 항왕을 모신 적이 있기 때문에 그의 인품을 잘 알고 있습니다. 신의 눈으로 본 항왕의 인품을 말씀드리겠습니다. 항왕이 노하여 질타하면 수천 명이 무서워하여 너나 할 것 없이 부복합니다. 대단한 사람이지요. 하지만, 현명한 장수를 믿고 일을 맡기지 못하는 성품입니다. 그러므로 그 용(勇)은 필부의 용에 불과합니다."

"필부의 용이라?"

한왕은 '후유' 하고 한숨을 쉬고는 살았다는 듯한 표정이 되었다.

"항왕이 사람을 접하는 태도는 공손하고 자비스러우며 말씨도 부드럽습니다. 부하가 병이 들면 눈물을 흘리고 슬피 울며 자기의 음식을 나누어 줍니다. 그러나 사람을 쓴 뒤에 공로에 따라 봉작(封爵)을 내려야만 할 경우가 되면 인수를 건네 주기를 아까워하여 도장을 손으로 만지작거리며 닳을 때까지 주저합니다. 이것은 이른바 부인(婦人)의 인(仁)입니다."

"부인의 인이라?"

항왕의 인덕을 부인의 인이라고 하는지라 한왕의 기분은 나쁠 리가 없었다.

"항왕은 천하의 패자라고 자칭하며 제후들을 신하로 삼았습니다만, 요충지인 관중에 웅거하지 않고 팽성을 수도로 삼았습니다. 팽성도 주위에 구릉이 있기 때문에 공략하기 어려운 곳이기는 하지만 어쨌든 대평원의 한가운데에 있습니다. 관중이라는 요충지에 비하면 훨씬 못미칩니다. 또 항왕은 의제와의 맹약을 어겼고, 제후들을 봉할 때도 개인적인 정을 두었기에 공평치 않았습니다. 항왕이 팽성에 도읍하며 의제를 내쫓은 것처럼 제후들도 역시 항왕을 본받아 그들의 주군을 내쫓고 스스로 좋은 땅의 왕이 될 것입니다. 항왕의 군대가 통과한 곳으로서 피해를 입지 않은 곳이 없습니다. 그 때문에 천하의 백성은 항왕을 원망하며 심복할 마음은 조금도 없고, 단지 그 위세에 눌려 복종하고 있는 것에 지나지 않습니다. 패자의 이름은 있지만 실은 천하의 인심을 잃고 있는 것입니다. 그러므로 그 위세를 꺾기는 쉬운 일입니다.

이제 대왕께서 진정으로 이 항왕의 방식과는 반대로 천하의 용감한 무사들을 믿고 등용하시면 토벌할 수 없는 적이 어디에 있겠습니까. 천하의 성읍(城邑)을 공이 있는 신하들의 봉지(封地)로 내리시면 심복하지 않을 자가 어디 있겠습니까? 정의의 싸움을 표방하고, 동방으로 돌아가기를 바라는 장병을 거느리시면 어찌 패퇴시키지 못할 바가 있겠습니까?

　삼진(三秦)의 왕이 된 장한과 동예는 진나라의 장군으로서 진나라의 자제들을 지휘하기를 수 년, 그 동안 전사시키고 살육한 인명은 헤아릴 수가 없을 정도입니다. 부하 장병들을 속이고 항왕에게 항복했으며, 신안에서는 항왕에게 기만당해 진의 항병(降兵) 20만을 생매장당하게 하고, 단지 장한·사마흔·동예 세 사람만이 난을 면했습니다. 진나라의 부형(父兄)들은 이 세 사람을 증오하며 그 원한은 골수에 사무쳐 있습니다. 지금 초나라는 위력으로 이 세 사람을 왕으로 삼았습니다만 진나라의 백성으로서 이 세 사람을 따르고 있는 사람은 없습니다. 이에 반해 대왕께서는 무관에서 관중으로 입성하셨을 때 조금도 위해를 가하시지 않았고, 진나라의 가혹한 법을 없애면서 진의 백성과는 단지 3장의 법을 약속하셨습니다. 그러니 진나라의 백성으로서 대왕을 진나라의 왕으로 모시기를 바라지 않는 자는 없습니다. 제후와의 약속으로 보면 대왕께서 관중왕이 되시는 것은 당연하며, 관중의 백성은 모두 그렇게 알고 있습니다. 그런데도 대왕께서는

항왕 때문에 관중왕이 되시지 못하고 파·촉·한중
으로 가시는 것을 진나라의 백성은 모두 한스럽게
생각한 것입니다. 그러므로 대왕께서 크게 일어나
셔서 동정(東征)하시면 삼진의 땅은 격문(檄文)을 전
하는 것만으로도 평정할 수 있을 것입니다."

한왕은 매우 기뻐했다.

"내가 장군을 너무 늦게 알게 된 것 같소이다."

한왕은 그렇게 말했다. 그것은 한왕의 거짓 없는
심경이었을 것이다.

제5장 용쟁호투

파초대원수(破楚大元帥)
위장 공사
한왕의 친정
동정북진東征北進
함양성 수복(收復)
장량의 설득 공작
유인지계(誘引之計)
한왕의 동정(東征)
한신에게 패한 항우

파초대원수(破楚大元帥)

남정은 한수의 상류에 있다. 주위가 산에 둘러싸인 한중 분지는 땅이 기름져 오곡이 잘 자라고 있었다. 이 해에 관중에는 큰 기근이 덮쳐 쌀 한 섬의 값이 5천 전(錢)까지 폭등하고 사람이 사람을 잡아먹었으며, 죽은 자들이 인구의 반수를 넘었다고 《한서》〈식화지(食貨志)〉에 기재되어 있으니 한중 왕으로 봉해진 유방은 행복했다고 말할 수 있을 것이다.

대원수가 된 한신은 몹시 분망한 나날을 보내고 있었다.

하루는 한왕 유방이 대궐로 그를 불러서 물었다.

"경은 어느 날에나 출병하려 하오?"

한신이 대답했다.

"항우가 팽성으로 도읍을 옮긴 뒤 오랫동안 서쪽을 돌보지 않아 삼진은 물론 각 군현마다 방비 상태가 매우 허술하옵니다. 이 때를 타서 친히 어가를 옮겨 출사하시오면, 신이 인마를 정돈하여 진군하겠나이다."

유방은 크게 기뻐하며 조참을 군정사로, 은개를 감군으로, 번쾌를 선봉으로 삼은 후, 한신으로 하여금 삼군을 지휘하고 통솔하라고 분부하였다.

한신은 어명을 받들고 대궐에서 나와 교군장(敎軍場)으로 갔다. 그런데, 사졸들이 대오를 지어 행군하는 모습이나, 말을 타고서 나아가고 물러가는 모습, 칼을 들거나 창을 겨누면서 돌격하는 모습이 어느 한 가지도 한신의 마음에 들지 않았다.

한신은 교군장을 안내하는 여생(呂生)을 돌아보며 말했다.

"이거야 원 저런 군대를 어디에다 쓰겠소! 국가가 무사할 때 성이나 지키는 데 쓸 수 있을지는 몰라도, 적을 만나 생사를 다투는 전장에서는 아무런 소용도 없겠소이다. 내가 그 동안 「대오의 수(數)」·「조도(調度)의 법」·「군중(軍中)의 규율」에 대해서 적은 3권의 책이 있는데, 그것을 베껴서 삼군의 장수들에게 나누어 주고, 그대로 군사들을 교련시키게 하오."

여생을 이끌고 군막으로 돌아간 한신은 3권의 책을 내주었다.

이튿날부터 군사의 교련 방식이 새롭게 바뀌었다. 한신은 군사들을 다시 편성하여 법도 있게 훈련을 시켰다. 명령을 어기는 자는 가차 없이 목을 베어 버렸기에, 각 부대는 긴장하게 되었고 군기도 엄정해졌다.

이처럼 매일 훈련하기를 40여 일 정도 한 뒤에 유방에게 거둥(임금의 나들이)을 청하였다. 한왕 유방은 중신들과 함께 교군장으로 나갔다. 한신은 마중나가더니 절하지 않고 말했다.

"신이 갑옷을 입었기에 절하지 못 하옵니다."

이어서 수책(手冊)을 꺼내 유방에게 올리면서 아뢰었다.

"원컨대 성람하신 후 삼군에 반포하시옵소서."

유방은 한신으로부터 받은 수책을 한 번 보고는 근신으로 하여금 큰 소리로 읽게 했다.

"서초패왕 항우가 천명을 어기고 백성들을 포학하게 다스리고, 의제를 살해하여 그 죄악이 하늘에 닿았기에 짐이 그를 정벌하기 위해 한신을 파초대원수로 삼고 장수와 사졸들로 하여금 그의 지휘에 복종케 하고자 하니, 이를 알고서 짐의 뜻을 어기지 말지어다."

낭독이 끝나자 전 군대의 분위기가 단번에 엄숙해졌다.

유방이 사열을 끝내고 대궐로 돌아가자, 한신은 본영에 좌정하여 대장들을 모아 놓고 군령을 내렸다. 모두 17개 조로 만들어진 군령의 내용은 다음과 같았다.

· 북 소리를 듣고도 나아가지 않는 자는 패군(悖軍)
· 이름을 불러도 대답하지 않는 자는 만군(慢軍)
· 사고가 났는데도 보고하지 않는 자는 해군(懈軍)
· 원망하는 말을 늘어놓는 자는 횡군(橫軍)
· 웃음소리가 크고 군문 안에서 달음질 하는자는

경군(輕軍)

· 병기를 허술하게 취급하는 자는 기군(欺君)
· 유언비어를 퍼뜨리는 자는 요군(妖軍)
· 간사스런 말을 전하여 이간하는 자는 방군(訪軍)
· 백성을 괴롭히고 부녀자를 겁탈하는 자는 간군(奸軍)
· 남의 재물을 훔치는 자는 도군(盜軍)
· 계획을 누설하는 자는 배군(背軍)
· 명령을 짜증스럽게 듣는 자는 한군(恨軍)
· 행렬에서 벗어나 질서를 어지럽히는 자는 난군(亂軍)
· 꾀병을 부리는 자는 사군(詐君)
· 금전과 양곡을 사용(使用)에 쓰는 자는 폐군(弊軍)
· 적을 탐지하는 일을 그르치는 자는 오군

이상 17개 조에 해당하는 잘못을 저지른 자는 참형에 처한다.

한신은 17개조의 군령 내용을 여러 장 베끼게 하여 친히 대원수의 인장을 찍어 각 군문에 붙이도록 하고, 원본은 유방에게 바쳤다.

이튿날 한신은 오경에 교군장으로 나와 중군에 좌정한 후 모든 장수들을 집합시켰다. 한신은 자리에서 일어나 모여 있는 장수들을 한 사람씩 점검했다.

그런데 감군의 직책에 있는 은개의 모습이 보이지 않았다. 점검을 마친 후 한신은 조련을 시작하라고 명령했다.

점심때가 조금 지나서야 교군장 앞에 나타난 은개가 원문 안으로 들어서려고 하자, 수문장이 나서서 제지했다.

"조련 중에는 누구도 군문 안에 들이지 말라는 대원수의 분부가 있었습니다. 꼭 들어가시려면, 군정사에게 먼저 고하여 대원수의 허락을 받으셔야 합니다."

"뭣이라고? 네놈이 어찌 감군에게 감히 이러느냐? 잔말 말고 어서 문을 열어라!"

은개는 가소롭게 여기면서 호통을 쳤다.

수문장은 급히 사졸을 시켜 그 같은 일을 군정사에게 보고토록 하였다. 얼마 후 순초관이 와서「진(進)」이라 쓰여진 패목을 보였다. 문을 열어 주라는 허가 표시였다.

수문장이 그제야 문을 열어 주자 은개는 고개를 높이 쳐들고 뚜벅뚜벅 안으로 걸어 들어갔다. 그가 한신 앞으로 나아가 예를 취하면서 서자, 한신이 노기 띤 어조로 물었다.

"내가 이미 대왕의 조칙을 받들어 군령을 공표했거늘, 그대는 감군의 직책에 있으면서 어찌하여 이렇게 늦게 왔단 말인가?"

그리고는 군사에게 물었다.

"지금 몇 시냐?"

"미시(未時)올습니다."

군사가 대답하자 한신은 다시 은개에게로 고개를 돌려 꾸짖기를 계속했다.

"그대는 묘시에 집합하라는 명령을 어기고 미시가 되어서야 나왔다. 그것은 군령을 가볍게 생각하는 소행이 아닌가?"

"오래간만에 친척이 찾아왔기에 대접을 하느라고 늦었습니다. 감군으로서의 체면이 있으니 원수께서는 이쯤에서 그만 노여움을 거두어 주시기 바랍니다."

은개는 뻔뻔스럽게도 그렇게 청하였다. 때문에 한신은 크게 노했다. 그는 좌우에 호령하여 그 자리에서 은개를 결박지워 꿇어앉히고는,

"너는 듣거라! 대장된 자는 임명을 받은 날로부터 제 집을 잊어버려야 하는 것이고, 군중에 임하여 약속을 정하면 제 부모를 잊어버려야 하는 것이며, 북 소리가 급하게 울릴 때는 제 목숨을 잊어버려야 하는 것이다. 그런데 감군의 직책에 있는 자로서 친척을 대접하느라고 군법을 어겨?"

하고 꾸짖고 군정사조참을 돌아보며 물었다.

"은개의 죄는 무슨 죄에 해당되오?"

"만군(慢軍)의 죄로서 참형에 해당됩니다."

"그렇다면 은개를 원문으로 끌고가 목을 자르고 많은 사람들에게 그것을 보이도록 하라!"

한신은 즉시 명령을 내렸다.

그 때까지 '설마' 하면서 대수롭지 않게 생각하고 있던 은개는 얼굴이 새파랗게 질렸다. 그는 무사들에게 끌려 나가면서 번쾌에게 살려 달라는 눈짓을 보냈고, 번쾌는 급히 사람을 유방에게 보내 그러한 사실을 고하게 했다.

유방이 깜짝 놀라 즉시 소하를 불러 의논했으나, 소하는 한 마디로 반대했다.

"대원수가 군법을 세우기 위해 하는 일을 막아서는 아니 되옵니다."

유방은 시각을 다투는 일을 의논만 하고 있을 수 없어서 친필로써 「은개의 목숨을 살려 주라」고 적어 역이기에게 주면서 한신에게 갖다 보이라고 했다.

역이기가 말을 달려 교군장으로 왔을 때, 원문 밖에서는 마악 은개의 목을 베려 하고 있었다. 역이기는 손을 들어 제지하면서 외쳤다.

"대왕의 칙명이다! 잠시 형의 집행을 중지하라!"

그 소리를 들은 무사들은 집행을 멈추었다. 역이기는 그대로 말을 달려 본진의 한신에게로 갔다. 그랬더니 한신이 엄숙한 목소리로 물었다.

"군중에서 말을 달리면 안 되는 것쯤은 역대인께서도 익히 아실 텐데 어찌 해서 법을 어기십니까? 혹시 대왕의 칙명을 가지고 오신 것이 아닙니까?"

"예. 역대인께서 칙명을 가지고 오셨습니다."

역이기를 따라온 원문의 위관이 대신 대답했다. 그러자 한신은 군정사를 불러서 물었다.

"지금 역대인께서 법을 어기셨는데, 이것은 어디에 해당되는 죄입니까?"

"그것은 경군(輕軍)의 죄로, 참형에 해당됩니다." 라고 군정사 조참이 대답하자. 한신은 위관에게 추상 같은 명령을 내렸다.

"역대인의 죄는 참형에 해당되나 대왕의 칙서를 가지고 오신 몸이므로 그 죄를 용서한다. 그 대신 타고 오신 말의 마부 목을 베어 은개의 머리와 함께 원문 밖에 효수토록 하라."

한신이 이처럼 엄격하게 시행한 것은 다른 이유도 있어서였다. 자기의 대원수 임명을 둘러싸고 발생하게 된 번쾌를 비롯한 몇몇 장수들의 불평과 불만을 잠재우겠다는 의도도 있었던 것이다.

하마터면 죽을 뻔한 역이기는 급히 유방에게로 돌아가 경과를 보고했다. 유방은 대로하였다.

"한신이 짐에게 감히 이렇게 무례할 수 있는 것인가. 짐이 친서로 은개의 목숨을 살려 달라고 했거늘!"

그 때 소하가 나서서 간했다.

"고정하시옵소서, 일단 대장이 된 자는 군명(君命)이라도 상황에 따라 받지 않을 수 있는 것이옵니다. 한신의 처사를 과히 나무라지 마시옵소서."

"그렇다면 은개의 목을 벤 이유가 무엇이란 말이

오?"

"살권귀이 위중심(殺權貴而威衆心)이옵니다. 권세 있고 지체 높은 자를 법으로 처단함으로써 더욱 위엄이 떨쳐지게 되는 것이옵니다. 중임을 맡은 한신이 빠른 시간 안에 위엄을 세우려고 하는 것이오니, 폐하께서는 그 점을 통찰하시옵소서."

소하가 그렇게 아뢰자 역이기도 나서서 간했다.

"신이 비록 죽을 뻔하기는 했사오나 한신에게 경복하고 있습니다. 이럴 때 폐하께서는 오히려 칙서를 내려 한신을 칭찬하시오면, 모든 장졸들이 잘못된 일을 삼갈 것이며 군법은 더욱 엄정해질 것이옵니다."

"경들의 말이 옳소."

유방은 그제야 노여움을 풀고 즉시 한신을 칭찬하는 칙서를 내리면서 아울러 술과 고기도 보내게 했다. 한신은 장수들을 집합시킨 뒤에 향불을 피우고 칙서를 받았다.

위장 공사

이날 한신은 번쾌를 불러들여

"머지않아 조련이 끝나면 대군을 이끌고 동정(東征)하고자 하니, 그대는 1만 명의 군사를 거느리고 가서 불 타서 없어진 잔도를 수축하기 바라오."

하고 명령을 내렸다. 번쾌는 깜짝 놀라며 물었다.

"1만명의 군사로요? 언제까지 끝내야 되는 것입니까?"

"한 달 내에 끝내야 하오."

"그건 불가능한 일입니다. 그 곳은 천하 제일의 험지인데다 잔도는 길이만도 3백 리가 더 되니, 10만 명을 가지고서도 한 달 내에는 끝내지 못할 것입니다. 차라리 원수께서 저를 죽이십시오."

번쾌가 낭패한 얼굴이 되어 어쩔 줄을 몰라 하자 한신이 웃으면서 말했다.

"어려운 일을 당했다고 해서 그것을 피하려는 것은 불충이오, 그대의 충성된 마음은 세상이 다 아는 터이니, 충분히 이 일을 감당할 수 있을 것이오, 주발과 진무 두 사람을 함께 데리고 가도록 하시오."

번쾌는 계속해서 고집만 부릴 수가 없었다. 더 이상 못 하겠다고 하면 어떤 군법에 걸리게 될지 알 수 없었기에 하는 수 없이,

"명령대로 하겠습니다."

하고 대답하고는 한신의 앞에서 물러나왔다.

이틀 후 번쾌는 병사들 1만 명을 거느리고 고운산(孤雲山)을 향해 떠났다. 고운산에서 금우령(金牛嶺)까지에 이르는 3백 리의 잔도를 다시 수축하기 위해 번쾌는 장정 50명을 1대(隊)로 편성하여 본격적으로 공사에 착수했다.

나무를 베어 규격에 맞게 켜서 그것을 운반하여 잔도를 만드는 공사는 결코 쉬운 일이 아니다. 번쾌의 성화같은 독촉에도 불구하고 열흘이 지났으나 공사는 계획대로 이루어지지 않았다.

　산은 높고 골짜기는 깊었기에 10년 동안 해도 잔도는 복구될 것 같지가 않았다.

　'이 일은 어떻게 해야 좋을까? 군법은 추상같은데 일은 제대로 진척되지 않으니…'

　번쾌가 깊은 수심에 빠져 있을 때 포중으로부터 대중대부 육가(陸賈)가 찾아왔다. 번쾌는 몹시 반가워하면서 그를 맞았다.

　"대원수의 명을 받고 왔습니다. 어떻습니까? 기한 내에 복구 되겠습니까?"

　육가가 묻자 번쾌는 손을 저으면서 대답했다.

　"말씀하지도 마십시오. 나무를 베고 바위를 쪼개고 돌을 쌓아 다리를 놓는 일이 이렇게 힘들 줄 몰랐습니다. 대부께서 돌아가시거든 기한을 늘려 달라고 원수께 잘 좀 말씀드려 주시오."

　"안 됩니다. 군법이 지엄합니다. 기한 내에 꼭 복구시켜야 합니다."

　육가의 말을 들은 번쾌는 고개를 떨구었고, 가까이서 듣고 있던 사졸들도 크게들 낙심했다.

　"너희들은 저리로 물러가거라!"

　육가는 갑자기 좌우를 물리치고 번쾌에게 가까이 가더니 귀에다 대고 무어라고 소곤댔다.

그러자 한참 동안 듣고 있던 번쾌의 얼굴이 천천히 밝아졌다.

"자, 그럼 난 이만 돌아갑니다."

육가가 돌아가고 난 뒤에 번쾌는 유방에게 올리는 상소문을 썼다. 인부가 부족하니 더 보내 달라는 내용이었다.

상소문을 올린 지 열흘 쯤 되자 어사 주가(周苛)가 인부 1천 명을 인솔해 가지고 왔다. 번쾌는 기뻐하며 그를 맞았다.

그날 밤 번쾌는 주발·진무 두 장수를 불러 가지고 조용히 무슨 말인가 해 주었다. 번쾌의 말을 들은 두 사람은 밖으로 나왔다.

그날 밤이 깊었을 때 두 장수는 건장한 인부들 백여 명을 추려 자기고 소리 없이 어둠 속으로 사라졌다.

그 무렵 한나라와의 국경 대산관을 지키는 장수는 삼진의 옹왕 장한의 부하 장평(章平)이었다. 그는 한왕 유방이 한신을 대원수로 봉하고 번쾌를 시켜 잔도를 다시 수착하고 있다는 첩보를 장한에게 보고했다.

첩보를 보고 난 장한은 앙천대소하며 유방을 비웃었다.

"표모에게 밥을 빌어먹고 건달의 가랑이 밑을 긴 한신 따위를 대원수로 방하다니! 게다가 3백 리가 넘는 잔도를 고작 1만 명의 군사로 수축하려 하다니, 그래 가지고는 10년 도 더 걸리겠다!"

그리고는 장평의 사자에게,

　"너는 돌아가 장 장군에게 안심하라고 전하여라."

하고 태평스럽게 말했다. 그러자 장한의 부장 한 사람이 나서서 간했다.

　"앞서 승상 범증께서 격문을 보내 항시 방비를 소홀히 하지 말라고 하셨고, 또 한신이 대원수가 되어 우리 초나라를 노린다고 하니, 마땅히 대비하심이 있어야 할 것이옵니다."

　"거 무슨 소리! 한신과 유방이 함께 쳐들어온다고 해도 조금도 두려워할 내가 아니다. 초패왕을 젖혀 둔다면 천하에 나를 당할 자가 누가 있단 말인가."

　장평의 사자는 대산관으로 돌아가, 장한이 했던 말을 그대로 보고했다. 장평은 그 말이 맞다고 생각했기에 그도 또한 마음을 턱 놓고 조금도 대비함이 없었다.

　그러던 어느 날, 한 군사가 들어와 장평에게 보고했다.

　"지금 잔도를 보수하던 한병(漢兵)이 투항해 왔습니다."

　"그래? 내가 그들의 허실을 잘 모르던 터에 거참 잘 됐다. 그놈들을 이리 끌고 오너라."

　조금 후에 투항 한 한병들이 들어와 장평 앞에 줄 지어 섰다.

"너희들은 무슨 까닭으로 투항해 왔느냐? 조금이라도 거짓을 말했다가는 당장 목을 벨 것이니 바른대로 고하라."

장평이 호령하자, 투항한 병사들 가운데 한 사람이 나서서 공손하게 대답했다.

"저희들은 한중 땅 보안군(普安郡)에 사는 백성들인데, 한왕의 명으로 잔도를 수축하는 공사에 동원되었습니다. 그런데 밥도 조금씩밖에 안 주는데다가 번쾌라는 장수가 너무도 무지막지하게 일을 시켜 다치거나 죽는 사람들이 수없이 많습니다. 그래서 견디다 못해 이렇게 도망쳐 왔사오니, 장군께서 부디 저희들을 받아 주소서."

장평은 잠시 생각하다가 고개를 끄덕이며 말했다.

"너희들 중에 군관은 없느냐?"

그러자 인부들 가운데서 두 사람이 나와서 말했다.

"제 이름은 지철이고, 이 사람의 이름은 채무라고 합니다. 약간의 무예도 익혔고 잔도 수축 공사장에서 인부들 50명을 감독하고 있었습니다."

"그런데 잔도는 얼마나 복구되었느냐?"

"저희들이 도망해 올 때까지 수축된 잔도는 불과 4,50리밖에 안 됩니다. 그런데 인부와 병사들 중에 도망하는 자가 많기 때문에 일은 점점 더 늦어 질 것같습니다."

"음, 그래? 너희들은 여기서 나를 도우며 앞으로 큰 공을 세우도록 하라."

"고맙습니다."

장평은 지철과 채무 두 사람을 기패관(旗牌官)으로 임명하는 한편, 투항해 온 한병들은 수하에 있게 하였다.

한왕의 친정

옹왕 장한을 비롯하여 대산관을 지키는 장평 등이 모두 그처럼 방심하고 있었을 때 파초대원수 한신이 유방에게 상소문을 올렸다.

내일 대군을 거느리시고 출진하소서!

유방은 깜짝 놀라지 않을 수 없었다. 번쾌가 잔도를 수축하고 있는 중인데 다음날 출진을 하라니, 도무지 무슨 말인지 알 수가 없었던 것이다.

유방은 즉시 소하를 불러 말했다.

"이게 도대체 무슨 말이오? 경이 한신을 찾아가 대체 어느 길로 나아갈 것인지 알아 보시오."

소하는 서둘러 한신을 찾아갔다.

"대왕께서는 지금 원수가 어느 길로 나아갈 것인지 매우 궁금해하십니다."

소하가 말하자 한신이 도리어 반문했다.

"승상께서는 어째서 그런 말씀을 하십니까? 장자

방 선생과 의논하여 잔도를 태울 때 다른 길이 있다는 걸 이미 알고 계셨지 않습니까?"

"하지만 지적도 상으로만 보았지 자세한 것은 모르고 있는데다가, 원수가 번쾌에게 시켜 잔도를 수축하고 있는 중이기에, 더욱 의아해서 묻는 말이외다."

"그건 삼진의 왕으로 하여금 잔도를 수축하는 공사를 믿게 함으로써 그들의 방비를 소홀하게 하기 위함이지요 우리는 그들이 방심하고 있는 동안 진창(陳倉)으로 빠지는 소로로 해서 나아가면 4, 5일 후에 대산관에 도착하게 될 것입니다. 저들은 깜짝 놀라 허둥댈 것이니까 공략하기가 쉬울 것이니, 이 것이 바로 출기불의(出紀不意)라는 것이지요. 승상께서는 이 말을 대왕께 아뢰어 성려하심이 없도록 하십시오. 소로의 존재는 내가 이 곳으로 올 때 이용하며 확인했습니다."

"예?"

유방은 밤늦게까지 자지 않고 기다리고 있다가 소하가 돌아와서 전해 주는 말을 듣고는 몹시 기뻐하였다.

이튿날 드디어 전군에 출전 명령이 내려졌다. 그 동안 절치부심하며 얼마나 기다려 온 날이었던가. 유방을 비롯하여 장수들은 물론 군사들까지도 모두 고향으로 돌아간다는 생각에 사기는 높고 투지는 만만했다.

한신은 그 동안 맹훈련시킨 45만의 군사를 4대로 나누었다. 장수 손흥(孫興)을 잔도로 보내 번쾌를 대신하여 수축 공사를 계속하게 하는 동시에, 제1대의 선봉은 번쾌, 제2대는 하후영, 제3대는 대원수 한신, 그리고 제 4대는 유방이 친히 거느리게 하였다.

한신이 유방 앞으로 나아가 아뢰었다.

"대왕께 아뢰나이다. 신이 제1대로부터 제3대까지 이끌고 먼저 진발하겠사오니, 대왕께서는 제4대를 이끄시고 서서히 나와 주시옵소서. 신은 먼저 대산관을 쳐서 빼앗은 다음, 그 곳에서 대왕을 봉영하겠나이다."

"그렇게 하오."

유방은 만면에 웃음을 띠며 한신의 대군을 전송하였다. 승상 소하가 어가 앞으로 와서 작별 인사를 올렸다. 소하는 한중에 남아서 그 곳을 다스리며 후방에서 지원하는 임무를 맡기로 되어 있었다.

"대왕의 친정이 성공적으로 이루어지기를 천지신명께 빌겠나이다. 부디 초나라를 쳐부수시고 천하를 평정하시옵소서."

소하가 말을 마치고 엎드려 절을 올리자 유방은 부드러운 어조로 말했다.

"이 곳을 잘 다스려 주기 바라오. 우리가 다시 만날 날이 그리 멀지 않을 것이오.

배관이 뒤따르는 가운데 어가는 동쪽으로 향하여

천천히 움직이기 시작했다. 때는 대한(大漢) 원년
을미 8월 초하룻날로, 한더위가 기승을 부리는 성
하(盛夏)였다.

남정으로부터 태령산맥의 서쪽을 크게 우회하여
위수(渭水) 연안에 있는 진창으로 통하는 소로는 파
괴되어 인마가 지나가기 힘든 곳이 많았다. 벼랑이
무너져 내려 길이 흙에 파묻혀 있기도 했다.

하지만 그것은 커다란 장애가 되지 못했다. 파괴
된 길이 나타나면,

"동쪽으로 되돌아가는 거야. 이 길을 지나서 관중
으로 치고 나가는 거야."

"우리는 산동의 고향으로 돌아가는 거다."
라고 병사들은 똑같은 말들로 서로 격려하며 괭이
를 휘둘렀다. 고향으로 돌아가고 싶어하는 일념은
무서웠다.

진창은 옹왕 장한의 영토 안에 있는 지역이었다.
장한은 수많은 수비병을 여기에 파견하여 경계하고
있었다. 남방의 한중왕과 서방의 융적(戎狄)의 공격
에 대비한 것이었다.

장한은 한중·파·촉에 갇힌 한왕이 소로를 통해
관중으로 치고 나오리라고는 꿈에도 생각지 않고
있었다.

진나라의 장군으로서 야전부대를 지휘했던 장한
은 정보 수집이 장기였다. 적군의 동정을 재빨리
알아차리고는 이를 급습하여 섬멸하고는 했다. 명

장으로서의 이름을 널리 떨친 장한이었지만, 옹왕
에 봉해지고 나서는 사람이 아주 달라진 것처럼 거
칠어지고 얼굴 표정까지 험상궂어졌다. 동작에 안
정감이 없어지고 사소한 일을 가지고도 흥분했다.
아침부터 술에 취해 있었기에 취기가 지성을 잠재
웠기 때문일 것이다. 언젠가는 죄도 없는 시신(侍
臣) 하나를 칼로 치려다가 상처를 입힌 적도 있었
다.

"정말 변해 버렸어."

"신안에서 생매장당한 20만 명 부하들의 원혼이
씌워진 것이 아닐까."

"원혼에서 벗어나려고 술을 마시고 있는지도 몰
라."

시신들은 왕의 옆에 가까이 다가가기를 싫어했
다. 병을 이유로 퇴관(退官)하는 사람도 있었다. 시
신들의 이러한 기분이 장한에게 전해지지 않을 리
가 없었다. 술에 젖어 있어도 감성만은 남보다 배
이상 예민한 장한이었다. 술은 감정까지 젖게 해
주지 않는다. 술에 취해 감성만 날카로워지면 매우
곤란하다.

"떠나라, 나와 함께 있고 싶지 않은 자는 냉큼 떠
나는 게 좋아!"

장한은 취한 눈을 게슴츠레하게 뜨면서 소리치고
는 했다.

번쾌가 이끄는 제1대가 고운령에 이르렀을 때, 제

2대와 제3대도 뒤이어서 이르렀다. 한신이 제2대의 하우영에게 영을 내렸다.

"공은 제1대의 선봉을 따라 진군하되, 번 장군이 대산관을 칠 때 군사들을 편히 쉬도록 하십시오. 선봉이 위급해졌을 때만 지체없이 나가 구원토록 하십시오."

"명령대로 하오리다."

하후영이 청령하고 물러가자, 한신은 다시 제3대를 이끌고 천천히 나아가기 시작했다.

그 때 대산관을 지키는 장평은 한신이 대군을 거느리고 소로로 해서 진군해 오는 줄도 모르고 태평스런 나날을 보내고 있었다. 그런데 그 날도 여느 때처럼 술판을 벌이고 있는데, 척후병이 숨이 턱에 닿아서 달려와 급보를 올렸다.

"대장님, 큰일났습니다. 한나라 대군이 50리 밖까지 쳐들어오고 있습니다."

진평은 크게 놀라 자리를 차고 일어나며 되물었다.

"한나라 군대라니? 그놈들이 도대체 어디로 해서 왔단 말이냐?"

그 때 함께 술을 마시던 등평이 나서서 말했다.

"아마도 척후병이 뭔가 착각한 모양입니다. 잔도가 완성되려면 아직 멀었는데, 날개를 달지도 않은 그들이 어떻게 오겠습니?"

옆에 있던 사초가 이어서 말했다.

"혹시 번쾌라는 장수가 공사 진척이 제대로 안 되자, 죄를 면하려고 이리로 항복해 오는 것이 아닐까요?

"그렇다면 다행이지만….."

장평은 두 사람의 말을 그럴싸하게 여기면서 마시던 술잔을 다시 기울이기 시작햇다.

이튿날 아침이었다. 「번쾌」라고 쓰여진 큰 기를 바람에 나부끼면서 한군의 선봉 부대가 대산관의 관문 앞까지 진격해 왔다. 장평은 그제야 소스라치게 놀라며 더듬거렸다.

"아아니, 잔도 공사를 한다던 번쾌가 선봉장이 되어 쳐들어오다니! 이거 큰일났구나! 삼진왕에게 급보를 알려라."

장평은 급히 갑옷을 주워 입으며 두 부장을 불렀다.

"나는 먼저 군사들을 이끌고 나가 저놈들과 일전을 하고 올 테니, 너희들은 성문을 굳게 지키도록 하라!"

말을 마친 장평은 군사 3천 명을 거느리고 관문 밖으로 내달았다. 그가 나오는 것을 본 번쾌가 호통을 쳤다.

"천병(天兵)이 왔으니 썩 항복하지 못할까!"

장평이 지지 않고 마주 고함을 질렀다.

"포중으로 쫓겨간 놈들이 감히 관중으로 나오다니, 초패왕의 무서움을 잊었느냐?"

번쾌가 칼을 휘두르며 말을 몰고 나오자 장평도 창을 꼬나쥐고 마주 나가 싸웠다.

그러나 장평은 번쾌의 적수가 되지 못했다. 불과 10여 합을 넘기지 못하고 말머리를 돌려 달아나기 시작했다. 번쾌가 그 뒤를 쫓으며 좌충우돌하여 적병들을 시살했다. 군사의 태반을 잃고 겨우 관문 안으로 도망친 장평은 성문을 굳게 닫고 오로지 지키기만 했다.

그러자 번쾌는 군사들로 하여금 관문 안으로 철포와 불화살을 쏘게 했다. 한군과 초군의 공방전은 점심 때가 지날 때까지 계속되었다.

그럴 즈음에 후속 부대인 하후영의 제2대와 한신의 제3대도 대산관 앞에까지 이르렀다. 한신은 10여 개의 풍화포(風火砲)를 사방에 배치하여 일제히 쏘게 했다.

"쾅―"

"콰앙―"

포성은 천지를 진동시키고 불화살들은 하늘을 시뻘겋게 수놓았다. 마침내 성벽의 한 모퉁이가 무너져 내렸다. 성 안에 있는 초군들이 동요하기 시작했다.

그 때 한신이 관문 앞으로 와서 소리쳤다.

"대산관을 지키는 장수에게 할 말이 있다!"

그 소리를 들은 장평이 성루 위로 모습을 나타냈다. 그의 뒤에 등평과 사초가 두 사람이 장평을 호위하고 서 있었다.

"나에게 할 말이 무엇인가?"

장평이 한신을 내려다보며 물었다.

"항우가 무도하여 그를 치려고 한왕께서 군대를 보낸 것이니, 속히 관문을 열고 항복한다면 목숨만은 살려 주마."

한신이 타이르자 장평은 크게 소리쳤다.

"이놈아, 나는 옹왕의 일족이다. 너 같은 겁쟁이, 남의 가랑이 밑으로 기어다니는 놈과는 다른 줄 알아라."

한신은 입가에 쓴웃음을 지으며 말했다.

"네놈이 끝까지 항거하니 어쩔 수 없구나. 이놈아, 내 말을 잘 듣거라. 내가 말에 탄 채로 네놈의 목을 쳐 보이겠다."

"허허, 저놈이 실성을 했나? 뭐, 성 아래에서 내 목을 치겠다고?"

장평이 어이없다는 듯이 비웃었을 때 뒤에 서 있던 지철과 채무 두 사람이 동시에 좌우에서 장평의 목에 칼을 겨누며 호통을 쳤다.

"네 이놈! 우리는 한장(漢將)인 주발과 진무다. 앞서 우리가 군사들을 거느리고 네게 거짓 항복을 한 것은 바로 이 때가 오기를 기다리기 위해서였다.

장평이 대경실색하여 어쩔 줄 몰라 하고 있을 때 주발과 진무의 수하 군사들이 장평을 결박지워 무릎을 꿇게 했다. 거의 때를 같이하여 관문은 활짝 열어젖혀졌다.

주장이 묶이고 관문이 열리자 한병들이 밀물처럼 관문 안으로 쏟아져 들어갔다. 관문 안으로 들어간 한신은 갈팡질팡하는 초군들을 모두 한 자리에 모아 안심시키고는, 장평을 꾸짖었다.

"네가 장한의 일족으로 초나라를 섬겨 감히 우리 군대를 막으니, 마땅히 목을 베어야 할 것이로되 네 성명만은 보존케 해 주겠다. 그러나 나를 만난 인사로 네 놈의 귀는 여기 두고 가라."

한신은 도부수에게 명해 장평의 두 귀를 자르게 했다. 그것은 장한으로 하여금 격분케 만들려는 술책이었다.

얼마 지나지 않아 유방의 제4대도 당도했기에 대산관은 한군들로 넘칠듯하게 되었다. 한신은 급히 나가 유방을 영접했다. 유방은 한신 이하 여러 장수들의 배례를 받은 뒤에 한신을 치하했다.

"대산관은 삼진의 요해지인데 대원수가 이렇게 빼앗았으니, 삼진의 왕들이 이 소식을 들으면 간담이 서늘해질 것이오."

그러자 한신이 아뢰었다.

"삼진이 아직 방어 태세를 갖추지 못하고 있는 이 때에 신이 서둘러 폐구로 진격하여 장한을 사로잡은 후 불 일간에 삼진을 평정하겠사옵니다. 폐하께서는 그 동안 이 곳에 잠시 머물러 계시면서 편히 쉬시옵소서."

"대원수에게 일임하오."

한신은 배례하고 유방 앞에서 물러나왔다 그리고 제2진은 번쾌, 제3진은 신기, 제4진은 한신이 친히 거느리기로 했다.

새로이 부대를 편성한 한신의 대군은 일로 폐구를 향해 노도처럼 진격해갔다.

동정북진(東征北進)

한중왕의 군대가 북상하여 진창으로 육박해 오고 있다는 보고를 받았을 때, 장한은 사자에게 호통을 쳤다.

"그런 어이없는 일이 있을 리가 없다. 오보겠지."

한나라의 군대가 하늘에서 내려올 리가 없었다. 땅에서 솟아날 리도 없었다.

"오보일 거야."

그러나 한나라 군대가 내습했다는 보고는 오보가 아니었다.

장한은 황급하게 이 사실을 사마흔과 동예에게 알리도록 하고, 대비책을 강구하기 시작했다. 이럴 때 두 귀를 잘린 장평이 들어와 통곡을 하면서 그의 앞에 엎드렸다. 장한은 기가 막혔다.

"도대체 한나라 군사가 어디로 해서 왔단 말이냐? 그리고 넌 그 꼴이 뭐며, 너의 군사들은 다 어찌 되었느냐?"

장평이 울면서 고했다.

"한신이란 놈이 한군의 대원수가 되어 진창의 암도(暗道)로 해서 갑자기 쳐나왔습니다. 한신의 대군에게 기습을 당한 우리 군사 5천 명 중 절반은 꺾이고 나머지는 항복했으며, 소장도 이 꼴이 되었습니다."

장평의 말을 듣고 장한은 노기충천하여 발을 굴렀다.

"일찍이 승상 범증이 초패왕에게 한신이란 놈을 중용하든지 그렇잖으면 죽이라고 간했건만, 초패왕이 끝내 듣지 않았다가 이 꼴을 당하였구나. 내 맹세코 이 비렁뱅이 한신이란 놈을 죽여서 원수를 갚고야 말겠다."

장한은 말을 마치자 분주히 투구 쓰고 갑옷 입으며 삼지창을 꼬나잡고 나가려 했다. 이를 보고 막료 장수인 여마통(呂馬通)·손안(孫安) 두 사람이 급히 간했다.

"한신이란 놈은 휼계(남을 속이는 꾀)가 비상한 위인이옵니다. 가볍게 생각해서는 아니되옵니다."

"내가 전쟁터에서 용병하기를 30여 년인데, 남의 가랑이 밑을 기어다닌 한신 따위를 두려워하겠는가."

장한의 분노가 바야흐로 극에 달했을 때 전령이 급히 들어와서 아뢰었다.

"한나라 대군이 이 곳 20리 밖에까지 쳐들어오고 있습니다. 선봉은 하후영이라고 하옵니다."

"흥, 이놈들! 하룻강아지 범 무서운 줄 모르는구나!"

장한은 코웃음을 치고 나서 즉시 군사를 이끌고 내달았다. 이 때 한신은 하후영을 불러 가지고,

"장한은 일찍이 진나라의 대장군으로 용맹무쌍하여 힘으로 잡기 어려우니, 이러이러하게 하십시오."

하고 계책을 일러 주었다.

장한은 병사들을 배치한 뒤 위수를 건너 밀려오는 한나라 군대를 맞아서 쳤다.

한나라의 군사들은 고향으로 돌아가고 싶은 마음에 불타고 있었다. 싸움에 이기지 않으면 고향으로 돌아가지 못하는 것이다. 때문에 모든 병사들이 일체가 되어 불덩이처럼 돌격했다. 하지만 장한의 군대는 그가 옹왕이 되고 나서 불러들인 신병들이었다. 신규로 긁어모은 병사들에게 충성심이 있을 리 없다. 공격하는 쪽과 이를 맞아 치는 쪽은 사기 면에서도 현격한 차이가 있었다. 승패의 귀추는 이미 명백했다고 말할 수 있다.

한군의 선봉인 하후영은 옹왕군의 중앙을 공격했다. 중앙을 돌파하면 오합지졸과 같은 옹왕군은 일시에 패주하리라고 간파했던 것이다.

장한도 역시 휘하의 정예부대를 중군(中軍)에 배

치하고 자신이 직접 지휘했다. 격렬한 공방전이 전개되었는데 한신이 시도한 작전은 멋진 것이었다. 제1진이 지칠 무렵에는 제2진을 밀어넣고, 제2진이 약하다고 보이면 제3진으로 교체시켜, 마치 수레바퀴를 돌리는 것처럼 파상적인 공격을 가했다. 후세에서 말하는 순환공격 전법이었다. 이 작전에 의해 장한의 군대는 이윽고 중앙을 돌파당했다.

그런 와중에 하후영과 맞닥뜨린 장한이 삼지창을 휘두르며 호통을 쳤다.

"비렁뱅이 놈은 어디 가고 네 따위 무명 하졸이 감히 내 앞을 가로막느냐!"

하후영이 마주 호통을 쳤다.

"진나라를 위해서 죽지 못하고 이제는 무도한 항우의 졸개가 된 늙은 도적아, 내 칼맛을 보아라!"

이윽고 두 장수의 칼과 창이 불꽃을 일으켰다. 그리하여 있는 힘을 다해 싸우기 20여 합에 이르렀을 때, 하후영이 장한을 못 당하겠다는 듯이 말머리를 돌리며 달아나기 시작했다. 장한이 그 뒤를 급히 쫓았다.

하후영은 산모퉁이를 돌아서 언덕 위로 올라갔는데 그 곳에서 말을 멈추더니 아래를 내려다보면서 소리쳤다.

"장한아, 네가 감히 나와 승부를 결하고자 하느냐?"

장한은 언덕 위를 바라보더니,

"싸움에 지고 도망하는 놈이 입만 살았구나!"
하면서 껄껄 웃었다. 그러자 하후영이 또 한 번 장한의 부아를 돋우었다.

"늙어서 껍데기만 남은 귀신이 무슨 소리냐!"

"뭐가 어째?"

대로한 장한이 반백의 머리칼을 곤두세우며 언덕 위로 치달아 올라갔다.

두 사람이 다시 칼을 휘두르며 어우러져 10여 합 정도 싸웠을 때, 하후영이 또 말 머리를 돌려 달아났다.

장한이 한참 동안 그 뒤를 쫓아가고 있는데, 맞은 편에서 먼지가 뽀얗게 일어나면서 한신의 군대가 나타났다. 한신이 말을 멈추고는 큰 소리로 외쳤다.

"장한은 속히 말에서 내려 항복하라! 그러면 목숨만은 살려 주겠다."

"가랑이 밑을 기던 겁쟁이가 감히 누구더러 항복하라는 거냐?"

장한은 창을 꼬나잡고 한신에게 달려들었다. 이번에는 한신을 상대로 한 불꽃 튀기는 접전이 벌어졌다. 서로 어우러져 싸우기 10여 합이 되자, 한신이 달아나기 시작했다. 장한은 그를 놓치지 않으려고 정신없이 뒤를 쫓았다. 그 때 계량·계항 두 장수가 달려오더니 장한에게

"한신이 거짓 패한 척 하며 유적(誘敵)하는 것 같

으니, 대왕께서는 속지 마시옵소서."

하고 간했다. 그러나 장한은 듣지 않았다.

"그게 무슨 소리! 내 오늘 이놈들을 한 놈도 남기지 않고 모조리 죽이고야 말겠다!"

장한은 더욱 기세를 올리며 추격을 계속했다. 계량과 계항도 어쩔 수 없이 그의 뒤를 바짝 따랐다.

그런데 갈수록 길은 수목이 총잡하여 앞뒤를 분간할 수가 없었다. 어느 새 날도 저물어 사방이 어둠 속에 묻히기 시작했다. 게다가 한신의 군사들은 모두 어디로 사라졌는지 한 사람도 보이지 않았다.

"아무래도 너무 깊이 중지(重地)에 들어온 것 같사옵니다."

계량이 다시 한 번 장한에게 간했다.

장한은 그제야 위험해진 것을 깨닫고 군사를 돌리려고 했으나, 맹렬한 기세로 달리던 터였기에 쉽사리 멈추어지지가 않았다. 그럴 즈음에 저 너머 산꼭대기에서 "꽝!" 하고 철포 터지는 소리가 나더니 사방에서 불길이 화악 일어났다.

"아뿔싸! 내가 그만 적의 계책에 속았구나! 이 일을 어떻게 해야 좋을까?"

장한의 입에서 크게 한탄하는 소리가 절로 나왔다.

"이 산의 중턱에 작은 샛길이 있습니다. 그 샛길을 타고 봉령(鳳嶺)으로 나가셔야 할 것 같사옵니다."

계항이 장한을 호위하면서 다급하게 아뢰었다.

샛길은 도무지 말을 타고 갈 수 없는 낭떠러지 길이었다. 때문에 장한은 하는 수 없이 말을 버리고 샛길로 달아나기 시작했다. 그의 뒤를 따르는 군사는 기껏해야 백여 명 정도에 불과했다. 나머지 군사들은 불에 타죽거나 불화살에 맞아 죽어 거의 전멸에 가까웠다.

장한 일행이 겨우 봉령을 넘어 골짜기에서 쉬고 있을 때였다. 멀리서 인마들의 떠들썩한 소리가 들려 왔다. 장한 일행이 깜짝 놀라 숲속에 몸을 감추고 살펴 보았더니 그들은 여마통이 거느린 군사들이었다.

여마통이 장한 앞에 엎드려 울먹이는 소리로 말했다.

"대왕께서 무사하시오니 천만 다행이로소이다.

장한은 크게 기뻐하며 자기를 구원한 여마통의 공을 치하해 마지않았다. 그가 이끌고 온 군사들은 3천여 명에 가까웠다.

일단 안심을 한 장한은 전열을 정비한 다음 즉시 그 곳을 떠났다. 밤을 도와 이동하던 그들은 중도에서 손안이 거느린 군사들과도 만나게 되었다.

장한은 호치에서 멈추어서 버티며 패주병을 모아 방어했으나 여기서도 대패하여 거성(居城)인 폐구(廢丘)로 달아났다.

가까스로 폐구에 입성한 장한이 인마를 점검해

보니, 살아남은 군사는 모두 합쳐 1만 5천 명 정도 되었다. 하지만 절반 가까운 군사들은 한신의 화공 (火攻)으로 인해 심한 화상을 입고 있었다.

"내가 경솔했던 탓으로 이 지경이 되었구나."

장한은 자신의 잘못을 깊이 후회해 마지않으며 성문을 굳게 닫고, 오로지 사마흔과 동예의 구원병 이 오기만을 기다렸다.

철통처럼 폐구성을 에워싼 한군들은 연일연야 계속해서 성을 공격했다. 하지만 폐구성은 워낙 성 벽이 높고 견고하여 사다리를 타고 오를 수도 없고 불화살을 성 안으로 쏘아 넘길 수도 없었다.

때문에 보다 못한 숙손통이 한신 앞으로 나아가 말했다.

"성이 워낙 견고하여 좀처럼 함락시키기가 어려운데, 이러는 중에 사마흔과 동예의 구원병이 온다면 더욱 함락시키기 어려워지겠습니다. 달리 좋은 계책이 없겠습니까?"

한신이 웃으면서 말했다.

"잘 말씀해 주셨소. 내가 이러고 있는 것도 다 계책이오. 지금 적이 성 지키기에 정신이 없으니, 이제 때가 된 것 같소이다. 앞으로 한 달 안에 이 성을 반드시 뺏을 터이니, 두고 보시오."

숙손통은 더 할 말이 없어 물러가고 말았다.

그 날 밤 한신은 조용히 조참만 거느리고 근처에 있는 높은 산 위로 올라갔다. 그리고는 그 산봉우리에서 폐구성을 내려다보며 말했다.

"저기 폐구성을 에워싸고 백수(白水)가 흐르고 있지요? 장군은 오늘 밤에 군사 3천을 거느리고 강의 상류로 올라가, 저 물줄기를 막는 공사를 시작하십시오. 지금은 6월 중순이니 얼마 지나지 않아 장맛비가 쏟아지기 시작할 것입니다. 백수가 범람할 때 막았던 물를 일시에 터놓으면 강물이 곧장 성으로 흘러들어가 폐구성은 물바다로 변하고 말 것입니다."

들고 난 조참은 크게 감탄하였다.

"원수의 계책이 참으로 신묘합니다그려."

한신과 함께 산에서 내려온 조참은 그 날 밤에 군대를 이끌고 조용히 백수의 상류로 올라갔다. 그렇게 조참이 떠난 지 닷새쯤 지났을 때 한신은 성을 포위한 한군들을 모두 철수시켜 폐구성 건너편의 산중턱으로 옮겼다.

그것을 본 장한은 머리를 갸우뚱하며 속으로 중얼거렸다.

"한신이 놈이 왜 군대를 산중턱으로 옮겼을까?"

만 가지 생각이 그의 머리를 스쳤으나 얼른 뾰족한 답을 얻지 못한 가운데 어느덧 여름 장마가 시작되었다. 장대 같은 비가 계속해서 이틀 째 내리고 있을 때였다. 북문을 지키고 있던 군사가 황급히 들어와 아뢰었다.

"강물이 성 안으로 마구 쏟아져 들어오고 있습니

다!"

장한이 대경실색하여 여러 장수들과 함께 대책을 의논하는데, 그 동안 성 안은 온통 물바다로 변하고 말았다. 많은 군사들과 백성들이 한데 뒤엉켜 급류에 휩쓸려 떠내려가는가 하면 저희들끼리 밟혀 죽는 자들만도 부지기수였다.

장한은 싸움터에서는 천하의 맹장이었지만, 노도처럼 쏟아져 들어오는 격류 앞에서는 속수무책이었다. 마침내 그는 황급히 말을 몰아 그 때까지 물살에 휩쓸리지 않은 서문을 통해 멀리 도림(桃林)으로 도망치고 말았다.

산중턱에서 지켜보던 한신은 급히 군대를 조참에게 보내 물길을 원래의 위치로 되돌리게 하였다. 반나절이 지나지 않아 성 안의 물이 완전히 빠지자, 한신은 군대를 거느리고 폐구성에 입성했다.

이어서 그는 백성들을 안민하는 한편 대산관에 주둔하고 있는 유방에게 첩보를 올려 "폐구성으로 군사를 이동시키십시오"라고 아뢰었다. 그리고는 휴식할 겨를도 없이 역양을 향해 진군해 나갔다. 역양은 탁왕 동예의 도읍지였다.

한편 동예는 한군이 폐구성을 점령했으며 옹왕 장한은 도림으로 도망쳤다는 급보를 접하자 크게 놀라 수하 대장인 이지(李芝)를 불러 상의했다.

"한군의 형세가 막강하여 우리 군사로는 감당키

어려우니 장차 이 일을 어찌해야 좋겠는가?"

이지가 아뢰었다.

"먼저 이 사실을 새왕 사마흔에게 알려 구원을 청하는 한편으로, 팽성의 초패왕에게도 급사(急使)를 보내야 할 것이옵니다."

"그럴 수밖에 도리가 없겠군."

동예가 그렇게 대답하고 마악 사자를 두 길로 보내려는데, 척후병이 급히 들어와서 아뢰었다.

"한나라 대군이 성 밖 80리 지경인 유가진(劉家鎭)까지 진군해 오고 있습니다."

"아니, 뭣이라고? 놈들이 벌써 그 곳 까지 왔단 말이냐?"

크게 놀란 동예는 대장 경창과 부장 오륜 두 장수를 급히 불러들여 영을 내렸다.

"그대들은 군사 1만 명을 거느리고 먼저 가서 성 밖 50리 지경에 진을 쳐라. 나는 남은 군사를 거느리고 뒤에서 지키겠다."

경창과 오륜의 선진이 미처 목표 지점에 이르기도 전에 한군이 산을 흔들고 들을 덮으며 쳐들어왔다. 때문에 미처 진을 치고 군사들을 배치할 겨를도 없었다. 비호처럼 달려온 번쾌가 경창과 어울려 두 합 정도 겨루는가 싶었는데 번쾌의 칼이 햇빛을 받아 빛나면서 경창의 목이 땅에 뚝 떨어졌다. 그것을 본 오륜은 그대로 말머리를 돌려 달아나기 시작했다.

그 때를 놓치지 않고 한신은 대군을 휘동하여 급히 적을 몰아쳤다. 주장을 잃고 갈팡질팡하는 가운데 죽는 동예의 군사들이 부지기수였다. 한신은 달아나는 적들을 추격하였다. 쫓고 쫓기기를 한참 동안 하는 중에 동예가 거느린 1만 명의 군사가 와서 그들을 구원했다.

동예가 말을 세우고 호통을 쳤다.

"이놈, 한신은 듣거라! 내 오늘 네놈들을 모조리 죽여 옹왕이 당한 치욕을 씻어 줄 것이다!"

그 소리를 들은 한신이 껄껄 웃으며 마주 호통을 쳤다.

"진나라의 개가 초적(楚賊)의 종놈이 되더니 완전히 실성을 하고 말았구나!"

한신이 동예를 조롱하면서 채찍을 들어 보이자, 진무와 장창 두 장수가 함께 말을 달려나가 동예를 협공했다. 동예는 대적하기 힘든 것을 알고 말머리를 돌려 달아나기 시작했다.

동예의 군대가 얼마쯤 정신없이 달아나고 있을 때, 뜻밖에도 앞쪽에서 일대의 한군들이 들이닥쳤는데 앞선 대장은 용맹스럽기로 유명한 관영이었다. 관영은 한신의 계교에 따라 미리 퇴로를 지키고 있었던 것이다.

앞뒤가 막혀 버린 동예의 군사들은 한군의 맹렬한 협공 앞에서 칼과 창을 버리고 일제히 바닥에 엎드렸다.

그 때 한신의 우렁찬 목소리가 들판을 흔들었다.

"동예는 지금 항복하지 않고 어느 때를 기다리려고 하는가?"

동예는 온몸에 식은땀을 흘리면서 주위를 둘러보았다. 까맣게 들을 덮고 철통처럼 그를 에워싸고 있는 것은 군사들은 한군들 뿐이었다. 어차피 그 싸움은 처음부터 승산이 있었던 것이 아니었다.

마침내 동예는 말에서 내려 땅에 무릎을 꿇고 한신 앞에 넓죽 엎드렸다.

"내 세궁역진하여 항복하는 터이니, 원수께서는 이 사람을 거두어 주시오. '

일국의 왕으로서 너무도 처량한 모습이었다.

동예가 항복하자 군사들이 우르르 몰려가 그를 결박지으려고 했다. 그러자 한신은 소리쳐 그들을 제지한 다음, 동예를 이끌어 상좌에 앉게 한 후 은근한 목소리로 말했다.

"지금 새왕 사마흔이 고노성을 지키고 있는데, 우리의 대군이 이르게 되면 피아간에 많은 피를 흘리게 될 것이오. 그러니 사마흔에게 어차피 이기지 못할 싸움을 할 것 없이 항복하라고 권고해 주시오. 그러면 나중에 한왕이 중용할 것이외다."

"패군지장을 죽이지 않고 살려 주신 은혜에 보답하기 위해서라도 힘써 사마흔을 설득하도록 하겠습니다."

즉시 응낙한 동예는 수하 장수 이지에게 편지를

주어 사마흔에게 가도록 했다. 그 때 사마흔은 성 밖 30리쯤에 진을 치고 있다가 동예의 편지를 받아 보더니,

"일국의 왕이 한신 같은 비렁뱅이 놈에게 항복하여 나에게 이런 편지를 보내다니, 참으로 수치를 모르는 놈이구나!"

하면서 불같이 노해 이지를 옥에 가두게 하였다. 그리고는 유림·왕수도 두 장수에게 군사 1만 명을 주어 먼저 출동하게 하고, 자기는 스스로 4만 명을 거느리고 역양을 향해 쳐들어갔다.

이지의 부하가 돌아와 그 같은 사실을 한신에게 보고하자, 옆에서 듣고 있던 번쾌가 크게 노하며 말했다.

"제가 선봉으로 나가서 사마흔을 사로잡아오겠습니다."

"사마흔은 그리 호락호락한 인물이 아니니, 너무 얕보아서는 아니 되오. 내가 계책을 일러 주겠소."

한신은 그렇게 말하고는, 번쾌의 귀에다 입을 대고 무슨 말인가 해 주었다. 번쾌 고개를 끄덕이더니 급히 물러갔다.

그 날 밤 번쾌는 동예를 찾아가서 말했다.

"사마흔이 공의 권고를 거절하고 이지 장군까지 옥에 가두었다니, 그런 무례한 놈을 그냥 두어서야 되겠소이까?"

"나도 지금 부끄럽게 생각하며 분개하고 있습니

다. 어떻게 해야 사마흔을 사로잡을 수 있을까요?"

번쾌의 말을 듣고 동예가 반문했다.

"내 생각으로는 공의 근친이 진중에 있으면 그 사람을 결박하여 오늘 밤에 내가 부하 백여 명을 데리고 사마흔에게로 함께 가서 거짓으로 항복하면 어떨까 합니다. 그런 뒤에 공이 내일 사마흔과 일전을 벌이시면, 우리가 사마흔의 뒤에 있다가 틈을 보아 불시에 달려들어 그를 사로잡아 버릴 수 있을 것입니다."

"참으로 묘책입니다. 마침 진중에 나의 큰아들 동식(董式)이가 있으니, 그 아이를 묶어 가지고 가십시오. 다른 사람을 묶어 간다면 사마흔이 의심할지 몰라도, 내 큰아들을 붙잡아 간다면 틀림없이 믿을 것입니다."

번쾌는 그 말을 듣고 크게 기뻐했다.

그 날 밤 번쾌는 동예의 큰아들 동식을 묶어 가지고 시무(柴武)와 함께 정병 백여 명을 거느리고 사마흔의 진영으로 가서 투항하겠다고 말했다.

"저희들은 본시 초나라 군사인데 동예를 따라 마음에도 없는 항복을 했사옵니다. 하오나 초나라를 배반할 수 없어 동예의 아들놈을 잡아서 묶어 가지고 대왕을 찾아왔으니, 부디 수하에 거두어 주시옵소서."

사마흔은 번쾌의 말을 듣고 희색이 만면해졌다. 그는 고리눈을 가진 텁석부리가 번쾌인 줄을 꿈에도 모르고 그에게 상을 내린 다음, 동식을 꾸짖었다.

"네 아비가 어쩌면 이럴 수가 있단 말인가! 나와 더불어 초패왕을 섬겨 왕작까지 받은 터에, 남의 가랑이 밑을 기어다닌 한신 따위에게 항복을 하다니. 내가 너를 옥에 가두었다가 네 아비를 사로잡는 대로 함께 팽성으로 보낼 테니 그렇게 알고 있어라!"

동식은 고개를 숙인 채 아무런 말도 하지 않았다.

이튿날 날이 밝자 동예가 한왕의 깃발을 앞세우고서 군사를 이끌고 사마흔의 진을 공격해 왔다. 사마흔이 유림·왕수도 두 장수와 함께 진 앞으로 말을 몰고 나오자, 동예가 말을 멈추며 사마흔을 크게 꾸짖었다.

"네 이놈, 사마흔은 내 말을 듣거라. 너는 아직도 하늘의 뜻을 모르고 무도한 항우를 섬기고 있느냐? 너는 너의 몽매함을 일깨워 주려고 간 내 막장(幕將) 이지를 가두더니, 어젯밤에는 또 내 아들 동식이를 붙들어 가다니, 이럴 수가 있는가."

"나라를 배반한 역적놈이 무슨 면목으로 내 앞에 섰느냐? 내 칼맛이나 보고 더 지껄여라."

사마흔이 마주 꾸짖고 마악 칼을 휘두르며 말을 몰아 나가려고 했을 때였다.

"한장(漢將) 번쾌가 여기 있다!"

벽력과 같은 호통 소리와 함께 빠르게 다가선 번

쾌가 사마흔의 허리를 낚아채 말 아래로 동댕이를 쳐 버렸다. 그와 동시에 시무를 비롯한 백여 명의 한병들이 일제히 칼을 뽑아 들었다.

유림과 왕수도가 그 광경을 보고 사마흔을 구하려고 달려들었으나, 유림은 번쾌가 휘두른 한칼에 허리가 베어지고 왕수도는 시무에게 사로잡히고 말았다.

"이놈들! 항복하는 놈은 살려 주마!"

번쾌가 또 한 번 호통을 치자 초군들은 모두 무릎을 꿇고 땅에 엎드렸다. 너무도 순식간에 당한 일이라 그들은 반쯤은 넋이 나가 있었다.

동예와 번쾌가 사마흔을 결박지워 가지고 역양으로 돌아가 한신 앞에서 보고를 올렸다. 이윽고 사마흔이 끌려오자 한신이 조용한 목소리로 물었다.

"항우는 원래 진나라의 원수인데, 그대는 어찌하여 무도한 항우를 섬기며 천병에 항거한단 말이오?"

사마흔은 입을 다문 채 말이 없었다. 그 때 뜻밖에도 번쾌가 나서서 사마흔을 변호했다.

"사마공이 항우를 섬긴 것은 그의 상장이던 장한의 뜻을 따랐기 때문일 것입니다. 아랫장수로서 웃장수를 따르는 것은 무장으로서의 도리요 의리가 아니겠습니까. 부탁드리오니 원수께서는 사마공의 기개를 생각하시어 그를 용서해 주시기 바랍니다."

한신의 얼굴에 미소가 떠올랐다.

"번 장군의 말씀이 십분 옳소. 내 기꺼이 번 장군의 뜻에 따르겠소."

라고 말한 한신은 사마흔의 결박을 풀어 주었다. 사마흔은 한신에게 두 번 절하고는 은혜에 사례한다고 말했다.

한신은 이어서 노고성으로 들어가 백성들을 위로하고, 그 같은 일을 유방에게 보고하기 위해 사람을 역양으로 보냈다. 한신의 보고를 받은 유방이 이튿날 노고성으로 입성하자, 한신은 성 밖으로 나가 그를 맞아들였다.

유방은 너무나도 기뻤다.

"일찍이 장자방이 장군의 인물됨을 알아보았고 소상국이 또한 여러 번이나 장군을 대원수로 천거했는데, 과연 장군이 이처럼 삼진을 평정하는 대공을 세웠구료."

"황공하옵니다. 이 모든 것은 신이 능해서가 아니오라 대왕의 천위(天威)에 힘입은 것이옵나이다."

한신이 그렇게 아뢰자 유방이 물었다.

"이제 삼진을 평정하였으니 함양은 장중에 든 것이나 다름이 없는데, 어느 때쯤 우리가 꿈에도 그리던 함양에 입성할 수 있겠소?"

"지금 함양을 공략하기는 용이하지만, 장한이 도림에 들어가 진을 치고 있는 것이 심복우환입니다. 우리가 만약 함양으로 나간다면 장한은 틀림없이 먼저 폐구를 취한 뒤에 우리의 군량을 수송하지 못하게 양도(糧道)를 끊을 것이옵니다. 하오니 대왕께서 잠시 이 곳에 주둔하셔서 군현을 무마하시오면, 신이 먼저 일군을 거느리고 도림으로 가서 장한을 죽여 후환을 없애고 그 뒤에 함양성을 쳐서 빼앗고 어가를 봉영하겠나이다."

"원수의 심모 원려에 감탄을 금할 수 없소."

유방은 몹시 만족스러워하는 얼굴로 한신을 칭찬했다.

이튿날 한신은 조참·주발·시무·신기 네 사람을 대장으로 하여 군사 3만 명을 거느리고 도림으로 향했다.

그 때 장한은 도림에서 화살에 맞은 상처를 치료하며 잃어버린 폐구성을 탈환하기 위해 노심초사하고 있었다. 그런데 한신이 또 3만 군사를 거느리고 도림을 공격하러 진군해 오고 있다는 급보를 받자 크게 노했다.

"그놈이, 가랑이 밑을 기던 그놈이!…"

장한은 입 속으로 그처럼 부르짖으면서 즉시 부하들을 소집했다.

"한신 이놈이 또 쳐들어온다니, 이번에야말로 그놈을 사로잡아 설분하고야 말겠다!"

그 때 손안이 나서서 장한에게 간했다.

"제가 생각컨대, 성 안의 5천 군사로 한신의 3만 대군을 상대하려면 중과 부적이옵니다. 도림성을 굳게 지키면서 팽성에서 구원병이 오기를 기다리는 것이 좋을 듯하옵니다.”

그러나 장한은 그 말에 반대했다.

“아니다! 팽성까지는 길이 멀기 때문에 언제 구원병이 올지 알 수 없다. 만약 이대로 가만히 있다가 한신의 군사에게 포위를 당한다면, 사기는 떨어지고 군량은 바닥이 나서 모조리 사로잡히고 말 것이다. 우리에게는 속전속결이 이롭고 시일을 지체하는 것은 해로운 일이다.”

부하 장수들은 그 말을 듣고 아무 말이 없었다. 장한은 즉시 여마통·계량·계항·손안 네 장수들과 함께 그 동안 끌어모은 사졸 5천 명을 거느리고 성 밖으로 한신을 향해 진군했다.

이윽고 양군이 대진하게 되자 장한은 분노를 참지 못하고 한신에게 호통을 쳤다.

“이놈 비렁뱅이야! 이번에는 내 가랑이 밑을 기게 해 주겠다!”

한신은 장한의 말을 들은 척도 않으며 더욱 그의 부아를 돋구는 말을 했다.

“내 너의 노후를 걱정해서 왔으니 어서 항복하여 남아 있는 목숨이나 보존토록 하라.”

그 말이 채 끝나기도 전에 장한은 급히 말에 채찍질을 하며 한신에게 달려들었다. 노여움과 절망감으로 얼룩진 그의 얼굴은 비장하기까지 했다.

한신의 등 뒤에서 조참과 주발이 동시에 뛰어나와 장한을 에워싸고 어지럽게 공격했다. 한신은 전군에 총공격령을 내렸다. 5천 군사와 3만 대군의 처절한 대결, 북 소리와 꽹과리 소리가 천지를 진동시키는 가운데 장한의 군사들은 추풍낙엽처럼 쓰러져 갔다. 땅은 붉은 피로 물들고 들은 시체로 덮였다.

장한은 결국 당하기 어렵다는 것을 깨닫고 도림성 안으로 도망쳐 들어가려고 말머리를 돌렸다. 하지만 이미 신기·시무 두 장수가 그의 퇴로를 막으며 군사들을 몰아 공격해 왔다.

앞에서는 조참과 주발이 시살해 오고 뒤에서는 신기와 사무가 가로막으니, 사태는 이미 벗어날 길이 없게 되어 있었다.

'사로잡혀 치욕을 당하느니 차라리 깨끗이 죽자!'

장한은 마침내 허리에 찬 칼을 뽑아 스스로 자기의 목을 찔러 버렸다. 일찍이 진나라의 대장군으로서 천하에 그 용맹을 떨치던 장한은 여기서 이렇게 죽고 말았던 것이다.

장한이 죽자마자 계량·계항 두 장수도 한군들의 칼에 무수히 난자당한 채 처참한 죽음을 당했다. 그 광경을 본 여마통과 손안 두 장수는 황황히 말에서 뛰어내려 항복을 하였다.

한신은 징을 쳐서 군사를 거두게 한 뒤에, 항복한 여마통·손안을 앞으로 불러 물었다.

"너희들은 항복했으니 가히 천명을 아는 자라고

할 수 있도다. 그런데 지금 도림성을 지키는 군사
는 몇 명이나 되느냐?"

"성을 지키는 군사들은 5백 명에 불과하고 그 외
에는 모두 백성들뿐입니다."

여마통이 대답했다.

"그러면 너희 두 사람이 앞장서서 우리를 인도하
라."

한신이 여마통과 손안을 앞세우고 도림성으로 갔
더니, 성을 지키던 군사들이 성문을 열고 모두 항
복했다. 백성들을 위무한 한신은, 이튿날 항복한
장졸들을 이끌고 노고성으로 회군했다.

"원수의 귀신같은 용병에는 그저 탄복할 뿐이
오."

유방은 연신 한신의 공로를 치하하며 기뻐하기를
마지않았다.

"장한을 죽여 후환이 없게 되었으니, 이제는 속히
함양으로 진공해야 할 줄로 아옵니다."

한신이 아뢰자 유방은 만면에 웃음을 띠면서 말
했다.

"원수는 부디 짐을 하루 속히 함양성에 입궁하도
록 해 주오."

유방의 앞에서 물러나온 한신은 대군을 이끌고
함양으로 진발했다. 숙망의 함양성 공략인지라, 장
도를 격려하기 위해 유방은 멀리 성문 밖까지 나가
한신을 전송했다.

함양성 수복(收復)

한신이 대군을 이끌고 함양성으로 진격해 온다는 첩보에 접한 사마이(司馬移)와 여신(呂臣)의 의견이 서로 부딪쳤다.

"적은 군사로 대군을 막을 수 없으니, 일찌감치 항복하는 것이 좋을 듯하오이다."

라고 사마이가 먼저 의견을 말하자 여신이 반대했다.

"아니올시다. 적의 수가 많다고는 하나, 이 곳 함양성은 견고한데다 전량이 넉넉하니 가히 지킬 만하외다."

두 사람은 의논 끝에 결국 여신이 사마이의 주장을 꺾어, 팽성으로 급보를 띄워 구원을 청하는 한편, 성문을 굳게 닫고 지키기로 했다.

한신은 부풍을 지나 함양성을 10리쯤 앞둔 곳에서 군대를 멈추게 하고 진을 쳤다. 그리고는 세작을 보내 성중의 동향을 정탐한 뒤에, 장한의 부하 장수였던 여마통을 불러 말했다.

"그대가 한왕께 항복한 뒤로 아직까지 세운 공이 없으니, 이번에 공을 세우도록 하오."

"원컨대 하명해 주소서."

여마통이 대답했다.

"그대가 항복할 때 데리고 온 항졸들과 내가 주는

군사들에게 초나라 군복을 입혀 항왕의 구원병으로
가장하도록 하시오. 그대에게는 전에 항왕에게서
받은 병부(兵符)가 있을 것이오. 그 병부를 내보이
면 구원병으로 알고 성문을 열어 줄 것이니, 그 때
우리 군대가 일제히 돌진해 들어가면 쉽게 이길 수
있소. 그렇게 해서 함양성을 함락시킨다면, 그것은
그대의 대공이 될 것이오."

"대원수의 명령을 어찌 소홀히 생각하겠습니까마
는, 항왕에게서 받은 병부의 날짜가 틀리니 어찌하
면 좋겠사옵니까?"

여마통이 염려를 하자 한신이 웃으면서 말했다.

"그런 염려는 하지 않아도 되오. 역 대인의 진영
에 있는 이병(李丙)이라는 문사가 글씨를 위조해 내
는 명수요."

한신은 말을 마치자 곧 이병을 불러 여마통이 가
지고 있는 병부의 날짜를 고치게 했다. 잠깐 사이
에 병부의 날짜가 감쪽같이 고쳐졌다.

그 병부를 품 속에 간직한 여마통은 한신의 지시
에 따라 군사들 1천 명을 거느리고 패릉 길로 해서
함양성으로 나아갔다. 누가 보더라도 초나라의 구
원병임이 틀림없었다.

한신은 이어서 번쾌 · 주발 · 근흡 · 시무 등 네 장
수를 불러 명령을 내렸다.

"네 장수는 1만 명의 군사를 거느리고 여마통의
뒤를 따르다가 그가 성문을 열게 하면 지체없이 뒤

쫓아 들어가 성을 점령토록 하오."

네 장수는 한신의 명령을 받자 여마통처럼 함양성을 향해 진발했다.

앞서 간 여마통은 이미 경위수(涇渭水)의 사잇길로 해서 초나라의 깃발을 펄럭이며 패릉을 지나고 있었다. 함양성 성루에서 망을 보던 초군들은 구원병이 오는 줄 알고, 그 같은 사실을 급히 여신과 사마이에게 보고했다.

"생각보다 구원병이 빨리 오는군."

사마이는 고개를 갸우뚱하며 여신과 함께 성루로 올라갔다. 그랬더니 과연 초나라 깃발이 나부끼는 가운데 한 떼의 군사들이 성 아래로 다가오고 있었다. 사마이가 그들을 향해 큰 소리로 물었다.

"어디서 오는 군사들이오?"

이에 성 아래에서도 큰 소리로 대답했다.

"우리는 초패왕의 명령을 받들어 함양성을 구하러 온 제1진이오. 범 아부께서 주신 밀계도 가지고 있으니, 어서 성문을 열어 주시오."

이번에는 여신이 말했다.

"그렇다면 먼저 병부를 내보이시오."

여마통이 수문장을 통해 병부를 올려보냈다. 사마이와 여신이 그것을 보니, 초패왕의 인(印)이 틀림없고 날짜도 엊그저께로 되어 있었다. 때문에 두 사람은 성루에서 내려와 성문을 크게 열어 주었다.

그러나 여마통은 성 안으로 들지 않고 말했다.

"두 분 장군께서는 잠시만 기다려 주시오. 우리의 후진이 곧 당도할 것이니, 함께 입성하겠소이다."

사마이와 여신은 그런가 싶었기에 성문 앞에서 여마통과 함께 후진이 오기를 기다렸다. 이윽고 후진이 뽀얗게 먼지를 일으키며 나타났는데, 어마어마한 대군이었다.

사마이와 여신은 기뻐하며 마주 나가 영접하려고 했다. 그 때 맨 선두에서 말을 달려오던 장수가,

"한장 번쾌를 네가 아는가?"

하고 호통을 치며 한칼에 여신의 목을 베어 버렸다. 뒤이어 달려온 주발이 또한 눈 깜짝할 사이에 사마이의 가슴을 찔러 죽였다.

성문을 지키던 군사들이 혼비백산하여 모두 도망치는 가운데 한군은 물밀듯이 함양성 안으로 들어갔다.

번쾌는 신이 나서 맨 먼저 성루 위로 뛰어올라가 한왕의 대기(大旗)를 꽂고 내려와 성 안의 시가지로 들어갔다.

함양성이 수복되었다는 첩보를 받은 유방은 그 다음 날 함양성으로 들어갔다. 성중의 백성들은 늙은이나 젊은이나 모두 거리로 나와 향을 피우면서 어가를 환영했다.

유방은 그 전에 들어가 본 적이 있었던 함양궁 안으로 들어갔다. 파촉 땅 포중에 유폐되다시피 몸을 움츠리고 있으면서 죽어 귀신이 되어도 못 돌아올

것이라고 생각했던 함양궁에 다시 입궁하고 보니, 천하를 다 잡은 듯한 뿌듯함과 함께 만감이 교차했다.

유방은 정전(正殿)의 용상에 드높이 앉아 문무 제신들의 배례를 받고 그들의 노고를 치하했다. 이어서 궁성 안에서는 큰 축연이 베풀어지고 성내의 곳곳에서도 백성들이 축하 잔치를 벌였다.

이튿날 유방이 만족한 얼굴로 술잔을 기울이고 있을 때, 한신이 그 앞에 나아가 진언했다.

"우리가 비록 함양성을 다시 빼앗았지만, 평양(平陽)에는 위왕 위표가 있고 낙양(洛陽)에는 하남왕 신양이 있사옵니다. 신이 생각하기에, 항왕이 함양성이 함락된 것을 안다면 급히 우리를 공격해 올지도 모르는데, 그 때 만약 위표와 신양을 움직여 함께 온다면, 우리는 삼면으로 적을 맞게 될 것이옵니다…."

그러자 유방의 얼굴에서 단번에 웃음이 사라졌다.

"만일 그렇게 된다면 큰일이 아니오?"
하며 수심이 가득해졌다.

"하오니 속히 지모 있는 사람을 팽성으로 보내 항왕으로 하여금 제나라를 치게 만들어야 하옵니다. 그렇게만 된다면, 신은 그 동안에 평양과 낙양을 공격하여 위표와 신양의 항복을 받겠사옵니다. 그리하오면 관동(關東)이 모두 한나라의 판도 안에 들어오게 됨으로 항왕과 더불어 맞싸울 수 있게 될 것이옵니다."

유방이 비로소 얼굴을 펴면서 물었다.

"원수의 말이 옳소이다. 그런데 누구를 팽성으로 보내야 그 같은 계책을 성사시킬 수 있겠소?"

그 때 중대부로 있는 육가가 유방 앞으로 나와서 아뢰었다.

"신의 고향인 낙양이며 그 곳에 부모 처자가 모두 있사오니, 신이 고향에 가서 부모도 찾아 볼 겸 하남왕 신양을 설복시키고, 그 다음에 평양으로 가서 위표도 설복시켜 모두 대왕께 복종하도록 하겠사옵니다."

"그것도 좋은 계책이다."

유방은 그렇게 찬성하고는 육가에게 황금 10근을 노자로 쓰라고 주면서 신양과 위표를 설복하라고 간곡하게 당부하였다.

그러나 3년 만에 고향으로 돌아간 육가는 하남왕 신양이 그 동안 자기 집안 사람들을 극진히 보호하여 준 사실을 알고 크게 감복하였다. 게다가 왕을 찾아보고 사례하러 갔을 때 신양이 자기를 친절하게 대접했기에 그를 신양을 설득하여 유방에게 복종시키기로 했던 애초의 생각은 그만 희미해져 버렸다.

육가는 마침내 하루 이틀이 지나고 달이 바뀌는 동안 유방에게 돌아갈 생각마저 잊어버리게 되었다.

그런 줄도 모르고 함양에서는 유방을 비롯한 중
신들이 모두 궁금해하며 그가 돌아오기를 기다리고
있었다. 육가의 사명이 장차 본격적으로 벌어질 항
우와의 천하 쟁탈전에 있어서 중대한 변수로 작용
하게 되기 때문이었다.

유방이 마침내 불만을 터뜨렸다.

"육가에게선 어찌하여 이제까지 아무런 소식이
없단 말인고?"

중신들이 그 말을 듣고 모두 송구해 마지않을 때
근시가 들어와서 급히 아뢰었다.

"장량 선생이 남전에서 신풍을 거쳐 지금 함양성
으로 오시고 있답니다."

"뭐? 장자방이 돌아온다고? 그가 온다면 내가 더
무엇을 근심할 것인가."

유방은 펄쩍 뛸듯이 기뻐하며,

"속히 장자방을 맞아들이도록 하라."

하고 말하면서 조참·관영으로 하여금 성 밖에까지
나가 장량을 환영하게 하였다. 한신도 설구·진패
두 사람에게 술과 음식을 가지고 가서 장량을 대접
하게 했다.

한식경이 지나서 근시가 들어와 유방에게 아뢰었
다.

"장량 선생이 궁문에 당도하셨다고 하옵니다."

유방은 즉시 용상에서 일어나 정전으로 내려와

걸어서 숭덕문까지 나갔다. 이윽고 앞쪽에서 장량이 들어오고 있는 것이 보였다. 유방은 기쁨을 참지 못하고 장량의 손을 덥썩 잡았다.

"오, 장 선생! 이게 얼마 만이오."

유방은 눈물까지 글썽이고 있었다. 장량은 무릎을 꿇고 말했다.

"신이 대왕을 떠난 지도 어언 1년이 되었사옵니다만, 마음만은 한시도 대왕을 떠난 적이 없었사옵니다. 전날 포중 길에서 신이 하직을 고할 때 세 가지 일을 대왕께 약속드렸사옵니다. 항왕으로 하여금 팽성으로 도읍을 옮기게 하고, 육국을 설복시켜 항왕을 배반케 하며, 파초대원수 감을 찾아 대왕께 보내 드린 다음 함양에서 대왕을 모시어 뵈옵겠다고 하였는데, 오늘 과연 그 같이 되었기에 기쁘기 한량없사옵니다."

"어서 일어나시오. 오늘 이렇게 된 것은 모두 선생의 힘이외다. 선생의 공훈은 금석에 새겨져 천추만세에 전해질 것이오."

유방은 장량의 손을 잡아 일으켜 가지고 정전으로 들어갔다. 군신들이 함께 재회의 기쁨을 나눈 뒤에 재배하고 물러나온 장량이 이번에는 여러 장수들과도 반갑게 인사를 나누었다.

한신은 장량 앞으로 가서,

"선생이 나를 천거해 주신 덕분에 대왕께서 나를 중용해 주셨으니, 선생의 은혜는 평생을 두고 잊지 않겠습니다."

하고 감사하는 뜻을 표했다.

"은혜라니, 천만의 말씀이외다. 원수가 누차 큰 공을 세우고 위엄을 천하에 떨치게 되었으니, 이 사람이 천거해 올린 보람이 있을 뿐만 아니라 한왕의 홍복이십니다."

그렇게 말한 장량은, 모든 장수들과 일일이 인사를 나눈 뒤에 다시 유방 앞으로 나아갔다. 유방은 그 사이에 장량을 환영하는 잔치를 마련하도록 했기에 장량의 손을 이끌고 별실로 가서 중신들을 불러들였다.

이윽고 생황 소리가 흥겹게 울려퍼지는 가운데 임금과 신하들의 화기만만한 연회가 시작되었다. 유방은 친히 술잔을 장량에게 주면서 그 동안의 노고와 공로를 치하했다.

이튿날 유방은 군사회의를 소집했다. 모든 중신과 장수들이 참석한 가운데 그가 먼저 입을 열었다.

"하남왕 신양과 위왕 위표가 아직까지 복종하지 않고, 육가는 간 지가 오래건만 아직까지 돌아오지 않으니, 이를 어찌하면 좋겠소?"

유방의 말이 끝나자 장량이 나서서 아뢰었다.

"육가가 낙양으로 갔으나 부모를 만나 보고는 마음이 달라진 것 같사옵니다. 더욱이 위왕 위표는 사람됨이 거만하고 자존하는 위인인지라 육가로서는 설득하기 힘들 것이옵니다. 신이 가서 신양과 위표를 만나 보고 임기응변하여 그들로 하여금 대왕께 항복하도록 설득하겠으니, 신을 보내 주시옵소서.”

장량이 아뢰는 말을 듣고 한신이 또한 나서서 아뢰었다.

“장 선생의 묘계가 아니고서는 누구도 신양과 위표를 설득할 수 없을 것이옵니다. 육가는 핑계를 대고 고향으로 돌아간 것일 뿐이옵니다.”

유방은 장량과 한신의 말을 듣고,

“하지만 장 선생이 오랜만에 바로 어제 오셨는데 어찌 또 떠나 보낼 수 있단 말이오?”

하면서 고개를 저었다. 그러자 장량이 결연한 어조로 아뢰었다.

“천하가 아직 미정이라 좋은 결과를 거두지 못했는데, 신이 어찌 육신을 편안히 하여 앉아 있을 수 있사오리까! 신에게 두 가지 계책이 있사오니, 하나는 항왕에게 상소문을 올려 항왕으로 하여금 제나라를 치게 하는 것이옵고, 다른 하나는 신양과 위표로 하여금 대왕께 굴복토록 하는 것이옵니다. 이 두 가지 일을 신에게 일임해 주시옵소서.”

유방은 그래도 장량과의 작별이 못내 아쉬운 듯 잠시 망설이다가,

“나는 아직 선생이 계책에 의지할 뿐이오.”

하고 말했다.

유방의 앞에서 물러나온 장량은 붓을 들어 항우에게 올리는 상소문을 썼다. 그리고 제왕이 육국에 전달할 격문을 지어 상소문과 함께 동봉해 가지고 심복인에게 주면서 당부했다.

"이것을 팽성으로 가져가 항왕에게 올려라. 항왕이 이것을 보고 어떻게 하는가를 본 뒤에 이 곳으로 오지 말고 위나라 서울로 오너라. 네가 그 곳 평양으로 올 때쯤이면 나도 그 곳으로 가는 도중이니 너를 만날 수 있게 될 것이다."

장량은 그렇게 이른 뒤 다음 날 이른 아침에 함양을 향해 출발했다.

장량의 설득 공작

그 무렵 초패왕 항우는 근심이라고는 없는 사람처럼 하루하루를 즐겁게 보내고 있었다. 범증이 유방의 준동에 미리 대비해야 하다는 간언을 몇 차례나 했는데도, 껄껄 웃으며,

"잔도가 다 타 버렸는데 유방이 어떻게 나온단 말이오!"

하고 들은 척도 하지 않았다.

또한 한신이 한군의 대원수가 되어 삼진을 공략하고 있다는 첩보를 올려도 항우는 코웃음만 쳤다.

"뭐? 비렁뱅이 한신이 대원수가 되었다고? 거참

재미있구나. 그놈이 어떻게 포중 땅에서 나왔는지 모르겠지만, 우리 삼진의 왕들이 톡톡히 버릇을 고쳐 줄 테니 염려하지 말라."

항우가 그렇게 말하니, 좌우에서는 더 이상 말을 할 수 없었다.

그러던 어느 날, 한신이 삼진을 점령하고 함양성에 입성했다는 급보를 받고서야 항우는 크게 놀라며 자리에서 벌떡 일어났다.

"아아니, 뭣이라고? 내가 당장 달려가서 그 비렁뱅이 놈의 목을 자르고 말리라!"

범증이 옆에 있다가 말했다.

"신이 전부터 한신을 중용하시든가, 아니면 속히 죽여 후환을 없애야 한다고 아뢰지 않았습니까. 한군의 세력이 더 커지기 전에 뿌리까지 송두리째 제거하셔야 될 것입니다."

"아부께서는 조금도 염려하지 마십시오. 삼진을 빼앗긴 것은 삼진 왕이란 것들이 노쇠한 늙은이들이라서 그리 된 것이오. 내가 친히 나서서 한군들을 모조리 없애 버리겠소."

"지당하신 말씀입니다. 속히 출전하십시오."

범증은 기회를 놓칠세라 항우의 친정(親征)을 독촉했다.

그런데 하필이면 그럴 때 밖으로부터 전령사가 들어와 무릎을 꿇고 아뢰었다.

"지금 장량이 보낸 사자가 와서 상소문을 올리며,

제왕의 격문도 함께 가져왔다고 하옵니다."

"그래? 사자를 들어오게 하라."

항우는 장량의 상소문부터 먼저 펼쳐서 읽었다.

「한(漢)나라의 사도(使徒) 신 장량이 폐하께 국궁 재배하옵고 아뢰나이다. 신은 일찍이 폐하의 불살지은(不殺之恩)을 입사와 무사히 고향으로 돌아온 뒤로 지금까지 산수 간에 은거하여 살고 있으면서도 폐하의 높고 큰 성은을 잊지 못하고 있사옵니다. 하온데 뜻밖에도 제·양 두 나라에서 망녕되게 우리 한나라뿐만 아니라 각국에 격문을 보내 대초(大楚)를 무찔러 천하를 함께 도모하자는 뜻을 은밀히 전하고 있습니다. 이는 실로 폐하께 모반하는 위급한 대환이오니, 폐하께서 속히 군사를 진발하시어 제·양 두 나라부터 먼저 평정하신 연후에 군사를 돌려 이제 막 걸음마를 시작하는 유방을 치신다면, 가히 천하를 편안히 만들 수 있을 것이옵니다. 폐하께서는 신의 충정어린 진언을 깊이 통찰해 주시옵소서.」

"음, 장량의 말이 이치에 맞도다."

항우는 그렇게 중얼거린 다음, 이어서 제·양의 격문을 펼쳐 보았다.

「제왕 전영과 양왕 진승은 마침내 뜻을 함께 모으고 격문을 닦아, 이를 은밀히 한왕께 보냅니다. 항우가 포악무도하여 의제를 살해하고 천하를 독점하여 패왕으로 군림하고 있으니, 차제에 하늘의 뜻을 받들어 마땅히 그를 토멸해야 할 것입니다. 부디 이 격문을 보시는 대로 군사를 움직여 한 가지로 힘을 합쳐 항우를 벌함으로써 천하를 바로잡고 만민을 편안케 해야 할 것입니다. 이 격문은 존왕과 더불어 각국의 왕에게 함께 띄우는 바입니다.」

다 읽고 난 항우는 크게 노해 격문을 갈가리 찢으면서 소리쳤다.

"내 이 두 놈을 후대하여 왕으로 삼았거늘 은공도 모르고 나를 배반하다니! 당장에 이놈들부터 먼저 죽여 화풀이를 해야겠다."

그러자 범증이 나서서 간했다.

"그렇게 하시면 아니 되옵니다. 이것은 장량의 간특한 계책이니 속지 마십시오. 대왕의 함양 공격을 늦추고자 하려는 수작임에 틀림없습니다. 장량은 기묘한 언사로 대왕의 공격을 제·양 두 나라 쪽으로 먼저 돌림으로 해서 한왕이 군사를 정비할 시간을 만들어 주고자 하는 것입니다."

옳은 말이었다. 그러나 항우는 그 말을 들으려고 하지 않았다.

"아니오! 아부는 언제나 지나친 생각을 너무 많이 하시는 것 같소. 장량은 워낙 다병(多病)해서 세상의 영화마저 싫다면서 은거하여 사는 터인데 굳이

날 속이려고 할 까닭이 어디 있겠소? 그를 의심하
지 마시오. 내가 제·양 두 나라부터 먼저 친 다음
에 유방도 없애 버릴 것인즉, 아부는 더 이상 나를
말리지 마시오."

범증은 마침내 입을 다물고 가만히 한숨만 쉴 따
름이었다.

그 광경을 낱낱이 지켜본 장량의 사자는 항우의
앞에서 물러나와서 팽성을 떠나 평양으로 향하는
길을 급히 달렸다.

며칠 후에 사자는 평양성 못미처 노상에서 장량
을 만났다. 항우가 장량의 뜻대로 먼저 제나라를
정벌하기로 했다는 사자의 보고를 받자 장량은 크
게 기뻐했다.

항우가 이끄는 초나라 군대는 군장(軍裝)도 화려
하고 아름다웠으며 위풍당당하게 제나라를 향해 진
군했다. 때는 초겨울이었기에 북쪽으로 갈수록 한
기가 더했다.

항우가 진두에 서서 지휘하는 초나라 군대의 움
직임은 무시무시했다. 그것은 거록(鉅鹿)의 싸움에
서 진군을 대파한 자신감에서 우러나온 것이라고
말할 수 있다. 제나라의 왕인 전영은 성양(城陽)에
포진하여 초나라 군대를 맞아 쳤으나 초군의 일격
을 받고 어이없이 패했다. 전영은 패주하여 평원(平
原)에 이르렀으나 거기서 지방민의 습격을 받아 죽
었다.

항우는 다시 북상하여 제나라의 성곽과 가옥들을 불태운 다음, 항복한 전영의 병졸들을 모조리 생매장했으며 노약자와 부녀자는 포박하여 포로로 삼았다. 제나라의 땅을 공략, 평정하고 북해(北海)에 이르기까지 도처에서 파괴와 살육을 자행했다. 항우는 힘의 신봉자였다. 철저하게 쳐부수면 만인이 자기의 위력을 무서워하여 굴복할 것이라고 생각했던 것이다.

항우의 포학은 제나라 사람들의 반항심에 불을 붙인 결과가 되었다. 전영의 동생 전횡(田橫)이 영의 아들 광(廣)을 왕으로 세우고 모병을 하자 금세 수만 명이 달려왔다. 그들은 성양에서 농성하며 공공연히 반기를 들었다. 항우는 이를 쳤으나 성(城)의 군대가 완강하게 저항하여 항복시킬 수가 없었다.

제나라 사람들의 반항은 성양에서만 나타난 것이 아니었다. 도처에서 봉기하여 초군의 배후를 덮쳤다. 초군이 공격하면 도망쳐서 자취를 감추어 버렸다. 교란전법이었다. 항우는 이들을 토벌하느라고 군대를 분산시켜야 했으므로 제나라를 평정하는 일은 쉽지 않았다.

제나라는 양나라와 국경을 접하고 있다. 양나라는 항우의 판도이지만 이 곳에는 팽월이라고 하는 정체를 알 수 없는 군도(群盜)의 우두머리가 있었다. 팽월은 항우가 없는 틈을 타서 초령(楚領)을 침

범했다. 항우는 이 방면에도 군대를 보내기 위해 병력을 쪼개지 않으면 안 되었다.

항우에게도 우군은 있었다. 구강왕(九江王)인 영포(英布)와 형산왕인 오예(吳芮)와 임강왕인 공오(共敖)이다. 그 중에서도 항우가 가장 의지하고 있었던 것은 구강왕인 영포였다. 영포는 용맹하여 무신군(武信君：項梁)의 휘하에 있었을 때부터 언제나 초군의 선봉을 맡았었다. 항우는 제나라로 출병함에 즈음하여 구강왕에게 출진을 촉구했다.

하지만 영포는 아프다는 핑계로 자신이 가지 않고 부하 장군에게 4천 명의 병사를 주어 종군시켰다. 영포는 이미 중년의 중반을 지나고 있었다. 항우와는 나이 차가 있었다. 젊은 항우와 함께 뛰다가는 몸이 견디지 못한다. 일개 서민에서 왕이 된 영포는, 왕으로서의 호사스런 생활을 즐기고 싶었다. 싸우러 나가기가 싫었던 것이다.

영포가 꾀를 부린 것은 멀리 제나라에까지 가기가 귀찮았고 또 두고두고 항우의 명령을 받는 것이 싫었기 때문이었다.

그러나 같은 왕으로서는 동격이지만, 항우는 서초의 패왕이었다. 패왕과 왕과의 격차를 논하기는 어렵다. 춘추시대의 패자는 주(周) 왕실을 대신하여 천하의 제후를 회맹(會盟)시킬 만한 힘을 가지고 있었는데, 지금의 항우도 그것과 유사한 것이라고 말할 수 있다.

영포로서는 항우가 패왕의 자리를 유지할 수 없을 것이라는 불안이 있었다. 항우가 하는 일이 너무나도 무시무시했기 때문이다. 신안에서는 항병 20만을 생매장했다. 관중에 들어가서는 진왕의 아들 영을 죽이고, 진나라의 궁전을 불태우고, 함양의 거리를 재로 만들었다. 감정이 움직이는 대로 행동하는 것은 열 살 먹은 어린이와 다름없었다. 군략도 정략도 없는 것이다. 힘만이 항우의 신조인 것 같았다. 힘만으로 천하를 차지할 수 있을까? 항우는 자기를 따르는 자에게는 한없이 인자하고 배반하는 자는 용서하지 않았다. 항우에게는 적이냐, 우군이냐의 두 가지 색깔밖에 없는 것 같았다. 적도 아니고 우군도 아닌 자들이 천하에는 많은 법이다. 그때 그때의 정세에 따라서 우군이 되기도 하는가 하면 적이 되기도 한다. 따라서 항우와 같은 단순한 분류 방법으로써는 천하를 차지하지 못할 것이다.

그렇다 하더라도 항우는 싸움에서 너무나도 강했다. 귀신도 따르지 못할 정도로 활약했다. 그는 귀신의 환생인지도 모른다. 그러나 싸움에 강한 것만으로 천하를 차지할 수 있는 것은 아니다. 천하는 따르지 않을 것이다. 조만간 쓰러질 것은 틀림없으니 항우 대신 천하를 통치할 자는 누구일까? 유방일까? 유방은 싸움에 약하다. 그것도 매우 약하다. 패(沛)의 건달이었던 유방이 천하를 차지할 수 있다

면 자기도 천하를 차지하지 못할 리가 없다. 때와
운을 잘 만나기만 한다면 누가 천하의 주인이 되어
도 이상하지 않은 세상이다.

"얼마 동안 상황을 지켜보기로 하자."

영포는 그와 같은 속셈으로 왕으로서의 나날을
즐기고 있었던 것이다.

평양은 위나라의 서울로서, 산천이 수려하고 땅
이 비옥한 지방이어서 백성들은 풍족하게 살고 있
었다. 장량은 성 안으로 들어가 위왕의 대궐 문 밖
에서,

"한(韓)나라의 장량이 대왕을 알현코자 하오."
하고 수문장에게 말했다.

위왕 위표는 이 수문장의 전갈을 듣고 대부 주숙
(周叔)에게 물었다.

"장량이란 자가 무슨 일로 왔을까?"

"장량은 옛날의 소진·장의보다도 변설이 더욱
능하다는 당대의 세객입니다. 아마도 한왕 유방을
위해서 대왕을 설득코자 찾아왔을 것이옵니다."

"그렇다면 그자가 들어서자마자 한칼에 베어 버
리는 것이 어떻겠소?"

"아니올시다. 장량의 이름은 천하에 높습니다. 초
패왕도 죽이지 못했으니까, 대왕께서도 그 사람을
예로써 만나 보시되 그의 말만 곧이듣지 마소서."

위표는 고개를 끄덕이며 곧 장량을 불러들였다.

"그대는 한왕의 신하인데 이 곳에는 무슨 일로 오셨소?"

"저는 본시부터 한(韓)나라의 신하였지 한왕의 신하는 아니올시다. 최근에 한왕이 함양을 공략하고 난 뒤 사람을 보내어 저를 청하셨습니다. 하지만 저는 이미 이 세상에 대한 소망을 버린 지 오래인지라, 그가 주려는 벼슬을 받지 않고 인사만 드리고는 본국으로 돌아가는 길입니다. 귀국길에 마침 이 곳을 지나다가 대왕의 위명이 육국 가운데 가장 높으신데다 길가는 사람들까지 대왕의 성덕을 찬양하는 것을 보고, 꼭 한 번 뵈옵고 싶다는 생각이 들어 이렇게 무례를 무릅쓰고 찾아뵌 것입니다."

장량이 그렇게 추켜세우자, 위표는 장량과 같은 고명한 선비가 자기를 진심으로 존경하는 것으로 알고 기쁨을 감추지 못하며, 즉시 술을 내오게 하였다.

술이 들어오자 위표는 장량에게 술을 권하며 물었다.

"지금 육국이 종횡하며 한·초가 쟁패를 벌이고 있는데, 선생이 보시기에는 어느 쪽이 능히 이길 것 같습니까? 하오니 흥망 존폐에 대한 앞일을 말씀해 주십시오."

장량이 자리를 고쳐앉으며 정색을 하고서 대답했다.

"저의 안목으로 본다면, 한의 앞날은 갈수록 흥하

고 초는 갈수록 쇠할 것이 분명합니다. 한왕은 관인 대도하여 천우 신조하고 인망이 함께 모여 사방 팔방에서 인물들이 다투어 귀복해오고 있습니다. 하지만 항왕은 포악무도하여 의제를 죽이고 천하를 독점하니, 제후들은 불안에 떨고 백성들의 원성은 높아만 가고 있습니다. 지금은 비록 항왕의 세력이 강대하지만 패망할 날이 멀지 않았습니다. 제가 밤에 천문을 보니 천성(天星)이 함양 쪽 하늘에서 크게 빛나고 있었습니다. 제가 생각하기에 장차 천하를 얻을 사람은 한왕밖에 없습니다. 지금 한왕에게 복종하는 사람은 하늘의 이치를 아는 사람이요, 천하의 대세를 아는 사람이라고 할 수 있지요."

그 말에 마음이 크게 움직였는지 위표는 술잔에 술을 가득 부어 장량에게 권하며서 은근히 말했다.

"선생의 높은 말씀을 들으니 구름을 뚫고 밝은 해를 보는 것 같습니다. 내가 비록 초패왕에 의해 왕으로 봉해지긴 했으나, 한쪽에 고립돼 있어서 아무래도 이 자리가 오래 가지는 못할 것 같습니다. 선생이 만약 길을 열어 주신다면 한왕께 귀복할까 합니다."

조금 전까지 있었던 장량의 목을 베겠다던 위세가 눈녹듯 사라진, 위표는 장량에게 호소하듯이 말했다.

"대왕께서 만약 진심으로 한왕에게 귀복하신다

면, 한왕은 대왕과 더불어 환난상부(患難相扶)하고 부귀와 영화를 함께 할 것입니다. 주제넘은 일이지만 제가 적극적으로 천거해 올리겠습니다."

그 때 병풍 뒤에 몸을 감추고 있던 주숙이 뛰어나오면서 위표에게,

"대왕께서는 장량의 간언에 속지 마소서! 초패왕이 만약 이 일을 알고 쳐들어온다면, 그 때 무슨 수로 그를 막겠습니까! 그야말로 먼 데 것을 생각하고, 가까운 것은 생각하지 못하시는 것이 아니옵니까."

하고 외쳤다. 그러자 장량은 웃으면서 주숙을 돌아보며 말했다.

"주 대부께선 아직까지도 항왕의 움직임을 모르고 계시오이다. 항왕은 지금 멀리 제·양 두 나라로 군대를 지휘해 가는 중이오. 그가 이 곳에 오려면 최소한 석 달은 있어야 합니다. 그러나 한왕의 군사는 사흘이면 이 곳까지 오고도 남습니다."

"…"

주숙도 그 말에는 내심 놀랐는지 다음에 할 말을 찾지 못했다. 위표가 그 모양을 보고 주숙을 꾸짖었다.

"대부는 어찌해서 이렇게 무례하단 말이오. 장 선생이 나를 위해서 장구지계(長久之計)를 말씀하시는데, 대부가 무얼 안다고 함부로 나서서 이 야단이오. 썩 물러가오."

주숙이 나가자 장량은 다시 위표를 안심시켰다.

"만일 항왕이 이 곳으로 쳐들어온다면 한왕이 군대를 보내 방어할 것이니, 대왕께서는 조금도 염려하지 마십시오."

위표는 기뻐해 마지않으며 그 날 밤늦게까지 장량을 대접하느라고 여념이 없었다.

이튿날 위표는 항복한다는 표문을 지어 주숙으로 하여금 장량과 함께 함양으로 가서 유방에게 올리라고 분부했다.

유방은 장량으로부터 경과 보고를 듣자 크게 기뻐하며 주숙을 불러들여 위표가 올리는 표문과 예물을 받았다.

이어서 궁중에서 잔치를 베풀고 주숙의 노고를 치하하는데, 주숙 앞에 놓여진 술잔과 온갖 그릇들이 모두 유방의 것과 조금도 다르지 않을 뿐만 아니라, 자기를 대하는 품이 지극히 부드럽고 자연스러웠다.

'한왕이 관인 후덕하다더니, 과연 너그럽고 인자한 분이구나.'

주숙은 속으로 크게 감복하며 이튿날 위나라로 돌아갔다.

이처럼 위왕 위표가 항복하자, 장량은 또다시 하남왕 신양을 설득하기 위한 일에 착수했다. 그는 함양을 떠나기에 앞서 번쾌·관영 두 사람을 불러 3천 군사를 거느리고 먼저 낙양으로 가서 여차여차

하라고 일러 준 후에 자기는 혼자서 낙양으로 향했
다.

　그 무렵 하남왕 신양은 육가를 신임하여 그와 함
께 대소사를 의논하면서 국정을 펴 나가고 있었다.
그 날도 육가와 더불어 나라의 정사를 의논하고 있
는데, 한나라에서 장량이라는 사신이 와서 알현을
청한다는 보고가 들어왔다.
　신양이 자못 궁금해하는 얼굴로 육가에게 물었
다.
　"장량이 여긴 왜 찾아온 것일까요?"
　육가는 서슴지 않고 대답했다.
　"아마도 대왕을 설득하여 한왕에게 귀복시키려고
왔을 것입니다."
　"그렇다면 어떻게 해야 좋겠소?"
　"대왕께서 한왕에게 마음이 계시면 장량의 말에
따르실 것이고, 만약 초패왕께 향하는 마음에 변함
이 없으시다면 즉시 장량을 포박하여 팽성으로 보
내십시오."
　"나는 이미 초패왕을 섬기고 있는데 어찌 한왕에
게 항복할 수 있겠소."
　"대왕의 마음이 그러하시다면 신은 물러가 있을
테니, 장량이 들어오면 불문곡직하고 무사들로 하
여금 결박짓게 하여 즉시 팽성으로 보내셔야 합니
다. 장량은 소진·장의에 못지 않은 세객이라, 그

의 말을 들으면 대왕의 마음이 흔들리게 될 수도 있기 때문입니다."

"잘 알겠소."

신양은 육가와 의논을 끝낸 뒤에 장량을 불러들이라고 했다.

그 때 장량은 궁문 밖에서 신양이 오래도록 자기를 기다리게 하고 있음을 보고 속으로 혼자 중얼거렸다.

'이렇게 시간이 오래 걸리는 걸 보니, 육가가 신양과 의논하여 나를 해치려는 게 분명하구나. 하지만 그런 상황에 대한 대비도 없이 찾아올 내가 아니다.'

장량이 그렇게 생각하면서 조용히 미소를 짓고 있을 때, 입궁하라는 전갈이 왔다. 장량은 유유자적한 자세로 천천히 걸어 들어갔다. 아니나 다를까, 장량이 정전으로 들어서자마자 하남왕 신양은 대뜸 호통부터 쳤다.

"한왕의 세객이 죽으려고 제 발로 찾아왔구나! 여봐라, 저놈을 잡아내려라!"

호통소리와 함께 장막 뒤에 숨어 있던 무사들이 뛰어나와 삽시간에 장량을 결박해 버렸다. 장량은 순순히 결박을 당하면서 어이가 없다는 듯이 쓴웃음만 짓고 있었다.

신양은 이어서 대장 곽미를 불러 군졸 1백 명을 주면서, 장량을 호송하여 팽성으로 가서 초패왕에게 바치라고 명령했다. 그러자 장막 뒤에서 육가가 나오면서 말했다.

"이번 길에 신도 곽 장군과 함께 팽성으로 가서 대왕의 자세한 소식을 전하고, 아울러 범 승상에게 인사를 드리고 오는 것이 좋을 것 같습니다."

신양은 고개를 끄덕이며 대답했다.

"좋은 생각이오. 그럼 곽 장군과 함께 떠나도록 하오."

이윽고 곽미와 육가 두 사람은 장량을 함거에 실은 후, 1백 명의 군사를 거느리고 평양성에서 나와 팽성으로 향했다.

그런데, 그들이 평양성 밖 50리쯤 되는 곳에 이르렀을 때였다. 갑자기 징 소리가 크게 울리면서 한 떼의 군마가 산길로부터 쏟아져 내려오더니, 한 장수가 앞으로 나서며 소리를 질렀다.

"나는 한나라 장수 번쾌다. 장자방 선생의 밀계를 받고 여기서 너희들을 기다린 지 오래다. 지금 너희들이 압송해 가는 장자방 선생을 순순히 내 준다면 목숨만은 살려 주마."

"뭐라고? 나는 낙양의 대장 곽미다. 속히 비겨 서라."

곽미도 지지 않고 마주 호통을 쳤다.

"이놈이 기어이 내 칼맛을 보려고 하는구나!"

대로한 번쾌가 말을 몰며 나아가 한칼에 곽미의 목을 베어 발 아래로 떨어뜨렸다. 그것을 본 곽미의 군사들은 거미 새끼들처럼 사방으로 흩어지며 도망치기에 바빴다. 그 사이에 와들와들 몸만 떨고 있던 육가는 한군에게 사로잡히고 말았다.

이윽고 함거에서 풀려나온 장량이 육가를 꾸짖었다.

"그대는 한왕의 대은을 3년 동안이나 입었으면서도 배은망덕하고, 이번에는 나를 잡아서 항왕에게 보내게 했소. 사람의 가죽을 쓰고 이럴 수가 있단 말이오?"

육가는 이미 죽음을 각오한 듯 꼿꼿한 자세로 말했다.

"선생이 한왕을 섬기면서도 한(韓)나라를 못 잊은 것과 마찬가지로 저도 또한 위나라를 잊지 못하는 것입니다. 제가 하남왕을 도와서 은혜를 갚으려고 한 것도 그 때문입니다."

장량은 무언가 가슴에 와 닿는 것을 느끼며 말을 이었다.

"설사 그렇다 해도, 하남왕으로 하여금 한왕께 귀복토록 하는 것이 옳은 도리가 아니겠소이까?"

"…."

육가는 입을 다물고 말이 없었다.

그 때 곁에서 듣고 있던 번쾌가 육가를 노려보며,

"네 이놈! 네놈이 장 선생을 항우에게 보내 충성심을 나타내고자 했다면, 나는 네놈을 한왕께 바치고 내 공을 세우겠다."

라고 호통을 치고는 군사들로 하여금 육가를 잔뜩 결박지워 데리고 가게 하였다.

한편, 하남왕 신양은 곽미의 군사들이 도망쳐서 돌아와 올린 보고를 듣고 깜짝 놀랐다. 그는 육가를 구하고 장량을 다시 잡아오기 위해 군사들 1천 명을 거느리고 한나라 군사들이 나타났다는 산길 쪽으로 급히 달려갔다.

그러나 사람이라고는 그림자조차 볼 수가 없었는데, 어느덧 날이 저물었다. 때문에 어찌할까 하고 망설이고 있을 때, 어두컴컴한 수풀 속에서 난데없는 철포 소리가 "꽝!" 하고 울리더니 말에 탄 장수 하나가 앞으로 달려나오며 큰 소리로 외쳤다.

"나는 한나라 대장 번쾌다! 장자방 선생의 부탁이 있어 네 모가지는 자르지 않을 테니, 어서 말에서 내려 항복하라!"

신양은 그 소리에 간담이 서늘해져 급히 말머리를 돌려 달아나려 했다. 하지만 사방에서 복병이 일시에 일어났기에 모조리 사로잡혀 버리고 말았다.

번쾌는 신양을 자기의 옆말에 태우고는 군사들을 이끌고 낙양성으로 향했다. 신양이 성문 앞에 와 보니, 놀랍게도 성루에 한왕의 깃발이 펄럭이고 있었다.

'아니, 이게 어찌 된 일인가?'

신양이 어리둥절하고 있을 때 성루 위에서 큰 소리로 외치는 소리가 들렸다.

"나는 한왕의 대장 관영이다. 장자방 선생의 명령으로 이 성을 빼앗은 지 오랜데, 거기 오는 자는 누구냐?"

신양은 깜짝 놀랐다. 장량은 과연 귀신과도 같은 사람이라고 감탄하지 않을 수 없었다. 그 때 뒤따라온 장량이,

"자, 성 안으로 드시지요."

하고 신양을 안내했다. 불과 반나절 사이에 성의 주인이 바뀐 것이었다.

궁중으로 들어가 서로 자리를 잡고 앉게 되자 장량이 입을 열었다.

"한왕께서 대왕과 힘을 합쳐 무도한 초패왕을 격멸시키고 천하를 편안하게 만들고자 저를 보내 대왕을 설득하려고 했는데, 도리어 제가 붙들려 하마터면 팽성에서 죽임을 당할 뻔했습니다."

"내 이미 사로잡힌 몸이니 죽여 주십시오."

신양이 고개를 떨구면서 말했다.

"대왕은 무슨 말씀을 그렇게 하십니까? 제가 조금 전에 드린 말씀은 농으로 한 것이니 괘념치 마십시오. 대왕은 지금부터라도 생각을 바꾸시어 한왕께 복종하십시오. 그렇게만 하신다면 한왕은 관인 후덕하시니 대왕의 지위를 그대로 보전케 해 주실 것입니다."

"사로잡힌 몸이니 죽임을 당하지 않는 것만 해도 대은을 입는 것이니 무엇을 더 바라리까. 삼가 한왕께 항복하겠으니, 이 뜻을 한왕께 전해 주십시오."

그리하여 장량은 신양·육가와 함께 함양으로 돌아갔다. 유방은 장량으로부터 먼저 경과 보고를 들은 후에 두 사람을 불러들였다. 신양이 뜰 아래에서 유방에게 두 번 절했더니 유방이 말했다.

"현왕(賢王)이 곧은 인품으로 낙양성과 하남 20현을 잘 다스려 그 위명이 사방에 떨치고 있어서, 짐이 장량을 보내 길이 우호를 맺으려고 했는데, 다행이 이처럼 짐의 뜻을 저버리지 않아 짐의 마음이 기쁘오. 현왕은 낙양으로 돌아가 나라를 잘 다스려 주시기 바라오."

"성은이 지극하시니, 어찌 견마지로를 다하지 않겠나이까."

신양은 감격하여 다시 두 번 절했다. 그 때 곁에 국궁하고 서 있던 육가가 유방 앞에 엎드려 아뢰었다.

"신의 죄는 만 번 죽어 마땅하오니 처분을 내려 주소서."

"짐이 경의 마음을 아는 터이니 과히 부끄러워하지 말라."

유방은 꾸짖지 않고 도리어 그렇게 위로하는 말을 했다. 육가는 땅바닥에 이마를 부딪치면서 유방이 베풀어 준 은혜에 감사했다.

　이튿날 유방은 잔치를 베푼 뒤에 신양은 낙양으로 돌아가게 하고, 육가는 그 전대로 한신의 휘하에서 일하도록 했다.

유인지계(誘引之計)

　삼진을 점령하고 함양에 입성한 뒤 위왕 위표를 귀복시키고 하남왕 신양을 사로잡아 그의 항복을 받음으로써 유방의 세력은 매우 강대해졌다. 유방은 함양궁에서 군사회의를 열면서 엄숙하게 말했다.

　"짐이 관중에 들어온 뒤로 민심도 수습되고 인근의 제후들도 귀순해 와 나라의 체재가 ㅜ엔만큼 안정되었으니, 이러한 때를 놓치지 않고 초패왕을 정벌했으면 하는데, 경들의 생각은 어떤가?"

　한신이 즉시 아뢰었다.

　"신의 생각으로는, 지금 우리가 병력도 강대해지고 위엄이 크게 떨치기는 하옵니다마는, 동쪽에 은왕 사마앙이 버티고 있사옵니다. 그는 결코 쉽게 생각할 적이 아니옵니다. 먼저 은왕을 정벌한 후에 초패왕을 치도록 하소서."

　한신의 진언에 유방은 다소 맥풀린 목소리로로 말했다.

"그것도 일리가 있는 생각이긴 하오만…."

한신은 초패왕을 빨리 치고 싶어하는 유방의 생각을 알아차리고 다시 말을 이었다.

"신이 은왕을 먼저 정벌코자 하는 것은 초패왕의 우익을 완전히 제거하기 위해서이옵니다. 은왕 사마앙을 정벌하여 하내(河內) 지방을 평정해 버리면, 초패왕은 고립 무원하여 족히 한 번 싸워 이길 수 있을 것이옵니다."

"그거 좋은 생각이오. 어서 그리하오."

유방은 그제서야 비로소 얼굴이 밝아지며, 그 날 당장 한신에게 은왕을 정벌할 준비를 하라고 명령했다.

그리하여 한신이 군대를 이끌고 은왕 사마앙을 치기 위해 떠난 지 얼마 지나지 않아서였다. 초나라의 진평이 찾아와서 알현을 청한다는 보고가 들어왔다.

"음, 진평이 찾아왔다고? 어서 들여보내라."

유방은 잠시 회상에 잠기는 듯한 표정으로 진평을 기다렸다. 이윽고 진평이 들어와 절하자 유방은 환하게 웃으며,

"전일 짐이 홍문연에서 하마터면 항우에게 해를 당할 뻔했었는데, 다행히 그 때 경이 애써 준 덕분에 호구(虎口)를 면할 수 있었소. 항상 그 은혜를 잊지 않고 있었는데, 오늘 이 같이 만나니 참으로 반갑소."

라고 말하고는 진평을 호군중위로 임명했다.

"항왕이 무도하고 현우(賢愚)를 가리지 못해 뒤늦게 폐하를 찾아뵈었는데, 이렇게 후대해 주시오니 간뇌도지하더라도 제가 입은 은혜를 다 갚아 올리지 못하겠나이다."

진평이 감격하여 그렇게 아뢰자 유방은 유쾌하게 웃으며,

"경과 같은 현사가 짐을 찾아오는 걸 보니, 만사가 형통할 조짐이로다."

라고 말하면서 만족해하였다.

진평이 귀순해 온 지 며칠 후 과연 기쁜 소식이 계속해서 날아들었다. 은왕 사마앙을 치러 간 한신이 사자를 보내왔다.

"뭐? 한 원수가 무슨 일로 사자를 보냈을까?"

유방이 궁금해하며 즉시 사자를 불러들였더니 사자가 아뢰었다.

"하내 지방이 모두 평정되고 사마앙은 항복을 했사옵니다."

"한 원수의 용병술은 과연 귀신과도 같도다."

사자의 보고를 받고 유방이 기뻐하기를 마지않고 있을 때, 등공 하후영이 알현을 청한다고 근시가 아뢰었다.

"어서 들라고 하라."

이윽고 하후영이 들어와 아뢰었다.

"상산왕 장이(張耳)는 원래 함안군 진여(陳餘)와 문경지교를 맺고 있었사옵니다. 그런데 지난 날 항왕이 장이를 상산왕으로 봉하고 자기에게는 아무런 봉작도 내리지 않자, 진여는 불만을 품고 제왕 전영을 설복시켜 상산을 쳤습니다. 불의의 기습을 당한 장이는 싸움에 져서 겨우 몸을 피했으나, 그의 일족은 모두 죽임을 당하고 말았습니다. 그 장이가 지금 신을 찾아와 폐하를 뵈옵기를 청하오니, 한 번 불러 보시옵소서."

"불러들이시오."

이윽고 장이가 들어와 유방 앞에 엎드렸다.

"짐은 기꺼이 그대를 내 수하에 두겠으니, 부디 진충 보국해 주기 바라오."

"성은이 하해와 같사옵니다."

장이는 재배 사은(再拜謝恩)하고 물러갔다.

그렇게 해서 하내를 평정하고 사마앙의 항복을 받은 데 이어 진평과 장이의 귀순까지 받은 유방의 위엄이 날로 높아지기만 했다.

마침내 유방은 문무 백관을 모아 놓고 자기의 생각을 말했다.

"짐이 포중에서 함양으로 돌아온 뒤에 제후 장상이 다투면서 짐에게 귀순해 오고, 또한 군사들의 수도 크게 늘어나 지금은 50만 명에 이르고 있소. 이제 짐이 친히 대군을 통솔하며 항우를 칠까 하는

데, 경들의 생각은 어떠하오?"

그러자 주발이 아뢰었다.

"폐하의 신문 성무(神文聖武)는 천하에 대적할 자가 없사옵니다. 속히 길일을 택하여 출정토록 하소서."

주발의 말이 끝나자마자 이번에는 번쾌가 큰 소리로 아뢰었다.

"하루 속히 출정하시어 항우를 사로잡고 지난날의 수치를 분풀이하소서."

"오, 경들의 생각이 모두 옳소."

유방이 얼굴에 가득히 웃음을 띠면서 고개를 끄덕였다. 그 때 장량이 나서서 조용히 아뢰었다.

"우리의 군세가 크게 왕성해지고 폐하의 위명이 천하에 떨치고 있음을 신이 모르는 바 아니오나, 아직 때가 오지 않은 줄로 아뢰옵니다. 근자에 천문을 보아도 주성(土星)이 흐리려 빛을 잃고 있으니, 좀더 예기를 기르며 기다리시옵소서."

듣고 난 유방의 얼굴에서 웃음이 사라졌다.

"짐이 밤이나 낮이나 고향 생각을 잊지 못하고 있는 것을 경은 모를 것이오. 짐은 이제 이 곳에 더 머물러 있는 것이 매우 싫소."

한동안 침묵이 계속되었다. 장량은 엎드린 채 그대로 있었다. 이윽고 유방이 자리에서 일어나며 엄중한 목소리로 말했다.

"이제 짐의 뜻은 정해졌으니 경들은 더 이상 짐의 뜻을 거역하지 말고 동정(東征) 준비를 서두르도록 하오."

횡하니 내정으로 들어가고 말았다.

장량은 평소의 그답지 않게 몹시 실의에 젖은 얼굴이 되어 무거운 한숨을 쉬면서 자리에서 일어났다.

한왕의 동정(東征)

해가 바뀌었다.

진력은 10월이 세수(歲首)이다. 초나라도 한나라도 진력을 그대로 답습하고 있었다. 한나라는 유방이 관중에 입성한 10월을 기념하여 한의 원년으로 삼았다. 원호(元號)를 호칭한 것은 후년의 일이므로 이 때까지는 원호는 없고 단지 한 2년이고, 초도 역시 초 2년이었다.

새왕(塞王) 사마흔과 척왕 동예가 한나라의 군대에게 항복한 것은 해가 바뀐 직후였다.

한나라의 2년 11월, 즉 해가 바뀐 지 두 달째였다. 한왕은 함곡관에서 나와 동쪽으로 대군을 진격시켰다.

한왕(韓王) 정창은 항복하지 않았기 때문에 한신

에게 명하여 그를 치게 했다. 정창은 패하여 초로
달아났다.

　　한왕(漢王)이 섬(陝)에 체재했을 때, 관외의 부로
(父老)들을 불러들여 간담회를 가졌다. 왕이 백성의
소리를 들어 주는 것은 진나라의 땅에서는 일찍이
없었던 일이었다. 부로들은 한왕을 덕망 있는 사람
이라고 생각하고 받들었으며 관중의 왕이 되어 달
라고 간청했다.

　　한왕은 돌아가서 역양을 수도로 삼았다. 역양은
함양 동북방의 위수(渭水) 북쪽에 위치한 곳이다.
함양은 불에 타서 폐허가 되었으므로 여기에 임시
수도를 두었던 것이다.

　　한왕은 적의 제후들 중에서 1만 명을 이끌고 항복
하는 자, 또는 한 군(郡)을 이끌고 항복하는 자는 1
만 호(戶)의 읍(邑)에 봉한다고 포고했다. 이어서 그
는 하상(河上:하상군의 북쪽)의 요새를 수복했다.
하상은 흉노와 국경을 접하고 있었기 때문에, 진나
라는 그 곳에 요새를 구축하여 북방에 대비하고 있
었던 것이었다.

　　진제국의 직할령에는 서민의 출입을 금지하는 원
유(새나 짐승을 놓아 먹이는 곳)와 원지(園池)가 도
처에 있었다. 한왕은 그 땅들을 개방하여 백성들에
게 경작을 허용했다. 백성들이 기뻐한 것은 말할

나위도 없다. 이리하여 민심을 수람(收攬)하며 한의
세력 증대를 꾀했던 것이다.

한왕은 대사령(大赦令)을 내려 죄인들을 풀어 주었
다. 그리고 각지를 순력하며 각 지방의 부형들을
모아 그들을 위무하며 소원을 들어 주었다.

2월 계미(癸未), 백성에게 명하여 진나라의 사직
(社稷)을 제거하게 하고 새로 한의 사직을 세웠다.
사(社)는 흙으로 만든 단으로서 주위에 나무를 심고
거기에 토지의 신을 모시는 곳이다. 직(稷)은 곡물
의 신이다. 토지가 있고 거기에 오곡이 자라 나라
가 성립되는 것이므로 사직을 세운다는 것은 건국
을 의미한다. 한나라라는 국가가 성립되었다는 것
을 백성에게 널리 알린 것이다.

한왕이 역양에서 동진하여 황하의 서안 임진(臨
津)에서 강을 건널 때는 3월이었다. 위왕(魏王) 표
(豹)가 병사들을 이끌고 와서 한나라에 귀속했다.
그는 원래 위나라 전체를 지배하고 싶었다. 하지만
항우에게 받은 봉지는 위의 서쪽 절반이었기 때문
에 불만이 생겼고 그 불만이 커져서 초를 등진 것
이다.

장수가 2백여 명에 군사들을 45만 명, 실로 엄청
난 대군이 아닐 수 없었다. 유방은 그의 부친 태공
과 아내인 여후(呂后), 그리고 두 아들도 수레에 태
우고 전군을 이끌고 함양성에서 나왔다.

수많은 깃발들을 바람에 펄럭이고 날카로운 창검들은 햇빛을 받아 번쩍이는 가운데 항우를 치기 위한 유방의 대군은 낙양성을 향해 노도처럼 나아갔다. 한신이 거느린 군대와 그 곳에서 합류하기 위해서였다.

한신은 그 동안 하내의 조가성(朝歌城)에서 그 곳으로 옮겨 와 군사들을 다시 조련시키고 있었던 것이다.

유방의 대군이 낙양성 가까이에 이르렀을 때, 한신은 하남 왕 신양과 함께 군대를 이끌고 나와 영접했다.

그들이 낙양성 안으로 들어가자 수많은 백성들이 거리로 몰려나와 향을 사르면서 엎드려 환영했다. 유방이 한 손을 들어 그들에게 답하고 있을 때, 백발이 온 몸을 덮은 노인들 셋이 어가 앞으로 나와 엎드려 아뢰었다.

"우리는 신성(新城)의 삼로(三老)라고 불리나이다. 폐하께서 친히 군대를 이끌고 초나라를 치신다는 말을 듣고, 간곡히 한 말씀 아뢰려고 무례를 무릅쓰고 이렇게 뵈옵나이다."

유방이 온화한 미소를 지으면서 말했다.

"어서 말씀해 보시지요."

진나라에는 10리를 1정(亭), 10정을 1향(鄕)으로 하고, 향마다에 자제(子弟)의 교화를 담당하는 삼로를 두는 제도가 있었다.

한왕은 수레에서 내려 동공(董公)이라는 그 중의 한 노인이 말을 들을 자세를 취했다.

　"항왕이 그의 주군인 의제를 강남 땅에서 시해했습니다. 대왕께서는 알고 계십니까?"

　"모르오. 자세히 말해 보시오."

　한왕은 말했다.

　"의제가 장사군의 침현으로 가는 도중에 항왕이 그 뒤를 쫓게 하여 강남의 어딘가에서 살해한 듯합니다. 직접 손을 쓴 것은 형산왕과 임강왕이었던 모양입니다. 이와 같은 비도(非道)가 용서되어도 좋겠습니까?"

　"용서되어서는 안 될 일이오."

　"저는, '덕을 따르는 자는 흥하고, 덕을 거스르는 자는 망한다.', '출병하여 대의명분이 없을 때에는 반드시 일은 이루어지지 않는다'라고 알고 있습니다. 그러므로 '그 적(賊)이 분명해지면 적(敵)은 곧 정복해야 한다.'는 뜻이 됩니다. 항우는 무도(無道)한 짓을 저지르고 그 왕을 축출 살해한 천하의 적(賊)입니다. 대저, 이미 인(仁)이 있으면 용(勇)을 쓰기에 이르지 않고, 이미 의(義)가 있으면 힘을 쓰기에 이르지 않습니다. 전하의 모든 군사들이 이를 위해 상복을 입고 제후에게 알리고, 이를 이유로 삼아 동쪽의 항우를 친다면 사해(四海) 안에 그덕을 우러르지 않을 자는 없으리라고 생각됩니다. 이는 옛날의 삼왕(三王)에도 비길 만한 의거(義擧)입니

다.”

"잘 알려 주었소. 그대가 일러 주지 않았더라면 나는 그런 일을 알지 못했을 것이오.”

한왕 유방은 그렇게 말하며 동공의 노고를 위로했다.

그리하여 한왕은 예식대로 옷의 왼쪽 어깨를 벗고 크게 곡한 다음, 군신(群臣)들과 더불어 상복을 입고 사흘 동안 곡읍(哭泣)했다. 듣고 보니 참으로 옳은 말이었다.

한왕은 다시 의제의 상을 공표하고 제후들에게 격문(檄文)을 띄웠다.

천하는 모두 의제를 받들고 북면(北面)하여 섬겼다. 그럼에도 항우가 의제를 강남으로 추방하여 죽였다. 대역 무도이다. 과인은 친히 의제를 위해 상을 공표한다. 제후들은 모두 호소(縞素:흰 상복)로 갈아입도록 하라. 그리고 모두 관내(關內)의 병사를 이끌고 삼하(三河:河南·河東·河內)의 땅을 수습한 후, 남쪽 강한(江漢:揚子江·漢水)에 배를 띄우고 내려가, 과인을 따라 초의 의제를 죽인 자를 치기 바란다.

문장의 수사(修辭)는 명령투를 피한 겸허한 것이었으나 격문의 내용은 항우에 대한 선전포고였고, 제후들에 대해서는 출동을 촉구하는 동원명령 같은 것이었다.

유방과 그를 따르는 군대는 팽성을 향해 진군했다. 의제를 시해한 적(賊)을 치는 것이므로 천하의 의군(義軍)이었다. 때문에 제후들도 참여하지 않을 수 없었다. 초패왕에게 원한을 품고 있던 수많은 제후들이 앞을 다투어 군사들을 이끌고 귀복해 왔다. 불과 한 달 사이에 유방의 군대는 60만 명으로 늘어났다.

유방이 기뻐해 마지않으며 옆에 있는 장량에게 말했다.

"이제 우리의 군사가 60만에 이르렀소. 이만하면 가히 항우를 칠 만하지 않겠소?"

그러나 장량은 뜻밖의 대답을 했다.

"황송하오나 예로부터 군사는 흉기이옵고 전쟁은 위험한 일이라고 하였사옵니다. 삼군의 생사와 국가의 안위가 모두 이에 달렸으므로 훌륭한 장수는 먼저 천시를 살피고 지리를 밝혀 군대를 움직이는 것이옵니다. 그러니 어찌 군사의 수가 많음을 믿고 가볍게 움직일 수 있겠나이까. 신이 요사이 천문을 보니 대단히 불길하옵니다. 그러하오니 군량을 저장하고 군마를 조련하다가 때를 보아서 항왕을 정벌하옵소서."

한신의 의견도 장량의 말과 마찬가지로 똑같았다. 유방은 못마땅한 얼굴로,

"우리 군대가 한창 위세를 떨치는 이 때에 도리어

지체하고자 함은 무슨 연고인고?"
하고 책망하듯이 말했다.

"지금 항왕이 제·양을 치고 있으나 아직도 이기지 못 하고 있사온데, 연·조 두 나라가 또한 항왕을 배반했으며 그 형세가 만만치 않사옵니다. 항왕은 필시 군대를 나누어 연·조를 치게 될 것이오니, 폐하께서는 그 때에 초의 허한 곳을 치도록 하소서."

"언제 그 때까지 기다린단 말이오? 지금 항우가 제·양을 정벌 중이므로 이 때를 타서 대군이 진격하면 반드시 이길 것이라고 생각되오. 경은 본부병을 거느리고 관중을 지키고 있으시오. 이번에는 짐이 나가 이기고 오겠소."

유방의 말이 그 정도에까지 이르자, 한신은 더 이상 만류치 못 하며 입을 다물고 말았다. 장량이 곁에서 그것을 보고 있다가 간곡하게 아뢰었다.

"신도 한 원수의 말이 옳다고 생각하옵니다. 폐하께서는 과도히 조급하게 행동하시지 마옵소서."

"짐의 뜻은 이미 함양에서부터 결정되었으니, 경들은 이제 다시는 더 말하지 마오!"

유방의 결심은 단호했다. 그러자 한신이 다시 나서서,

"항왕의 무용은 천하 무적이옵니다. 황송하오나 우리 진중에 그를 당할 장수가 있을지 염려되옵니다."

라고 아뢰자 광야군 역이기가 안타까운 듯이 말했다.

"한 원수가 이미 그 같이 생각하고 있었다면, 폐하를 모시고 나아가서 싸워 공을 세울 일이지, 본부병을 거느리고 관중이나 지킬 일이 아니지요."

"아닙니다. 지금 관중은 우리에게 소속된 지 오래지 않아 민심이 아직도 완전히 복종하고 있지 않습니다. 폐하께서 만일 싸움에 패하신다면, 어떤 변괴가 발생할지 알 수 없습니다. 제가 본부병을 거느리고 삼진을 수비하며 관중을 안정되게 하는 것이 근본을 잃지 않는 만전지책이라고 생각합니다."

한신은 그렇게 대답하면서 허리에 차고 있던 대원수의 인장을 끌러 두 손으로 유방에게 바쳤다. 유방은 말없이 그것을 받아 들고 한신에게 말했다.

"한 장군이 대원수인데도 초나라를 치기를 두려워하는 까닭을 짐은 아무래도 모르겠소."

어떻게 들으면 빈정거리는 말인 것이 틀림없었다. 그러나 한신은 조용히 대답했다.

"신은 기회를 보아 나아갈 것입니다. 신은 아무리 대원수의 인장을 차고 있더라도, 천시와 지리가 맞지 않으면 결코 군대를 움직이지 않사옵니다. 나아갈 때와 물러갈 때가 따로 있기에 신이 대원수의 인장을 바치는 것이옵니다."

"알았소. 경은 관중을 지키시오. 짐이 승전하고 돌아온 뒤에 다시 봅시다."

유방의 태도는 냉랭하기까지 했다.

한신은 유방에게 재배하고 물러나와 그 길로 총총히 함양으로 향하고, 유방은 대군을 이끌고 낙양성을 떠났다.

유방의 대군이 진류 가까이 이르렀을 때, 시종 말없이 유방의 뒤를 따르기만 하던 장량이 말했다.

"신의 고주 한왕(韓王)이 항우에게 멸망당한 후, 그의 손자 희신이 이 곳에서 잔명을 보존하고 있사옵니다. 바라옵건대 희신을 가엾게 여기시어 이 곳의 왕으로 봉하여 진류를 지키게 하신다면, 희신은 기꺼이 폐하의 신하가 될 것이옵고, 신 또한 고주의 은혜를 갚는 길이 될 것이옵니다."

그 말에 유방은 쾌히 승낙했다.

"선생의 말대로 하겠소이다."

"폐하의 성은을 폐부에 새겨 두겠사옵니다. 그럼 신은 여기서 진류로 갈까 하옵나이다."

유방은 즉시 부절(符節)을 만들어 장량에게 주고, 희신을 왕으로 봉하는 절차를 밟도록 했다.

장량이 작별을 고하려 하자 유방이 아쉬워하면서 말했다.

"희신을 한왕으로 봉하는 일을 마치면 속히 짐에게로 돌아오시오. 짐은 일시라도 선생이 없어서는 안 되오.

"그렇게하겠나이다. 그리고 폐하께서는 만사를

신중하게 처리하시옵소서. 먼저 군대를 지휘할 총대장을 임명하시어 삼군의 규율을 바로잡게 하심이 좋을 듯하옵니다. 신은 속히 일을 마치고 한 달 안에 팽성으로 가서 그 곳에서 폐하를 뵙겠나이다.”

마침내 한신에 이어 장량이 또한 유방에게 작별을 고하고 총총히 잔류를 향해 떠났다. 비록 일시적인 일이기는 하지만 지모와 용병의 두 기재가 모두 곁을 떠나자 유방은 앞날이 결코 순탄치만은 않을 것 같다는 예감이 들었다.

이튿날 유방의 군대는 변하를 건너게 되었다. 수백 척의 배들이 몇 번이나 왕복하면서 군사들을 실어 나르는 동안에 사졸 한 명이 강물에 떨어져 죽는 사고가 일어났다. 군사들이 아우성을 치며 우왕좌왕하는 동안에 대오는 여지없이 흐트러지고 말았다.

그것을 본 유방은 장량이 했던 말이 거듭 생각나 역이기와 육가를 불러서 말했다.

“군중의 규율이 저러고서야 어찌 군대라고 할 수 있겠소. 병졸 한 사람이 물에 빠졌다고 저런 소동이 일어나다니! 짐은 이제 여러 대장들 가운데 한 사람을 골라 삼군의 총대장으로 삼을까 하오.”

“지당하신 말씀이옵니다.”

역이기와 육가가 입을 모아 찬성했다.

“그러면 누가 적임자일 것 같소? 짐의 생각으로는 위표가 어떨까 하오. 위표는 본시 위왕의 후손으로 모든 사람들이 그의 위의(威儀)를 두려워하고 있으니, 짐은 그를 원수로 임명할까 하오."

"불가하옵니다. 그는 원래 말은 많으나 실행이 미치지 못 하는 언과 기실(言過其實)의 장수입니다. 그에게 중임을 맡기지 마옵소서."

육가가 반대하고 나선 데 이어 역이기도 또한 반대했다.

"위표는 사람됨이 오만하여 장수들이 복종하지 않을까 두렵습니다. 그를 원수로 임명하시어 대사를 그르치게 되지 않을까 염려되옵니다."

유방은 또 한 번 고집을 부렸다.

"경들의 생각이 잘못됐소. 출신으로 따진다면 한신이 반딧불과 같다면 위표는 둥근 달과 같소. 더욱이 짐이 그를 원수로 임명하면 누가 감히 그에게 복종하지 않겠소? 경들은 더 이상 반대하지 마시오."

유방은 그렇게 잘라서 말하고는 기어이 위표를 불러 그에게 원수의 인장을 내려주면서 팽성을 향해 즉시 진군하라고 명령했다.

진군 도중에 유방이 육가를 불러 물었다.

"지금 팽성을 지키고 있는 장수는 누구인가?"

"팽월(彭越)인 줄로 아옵니다."

"그자는 어떤 인물인가?"

"용맹은 있으나 지략이 없는 장수이옵니다. 항왕도 그를 대수롭게 여기지 않아 지난번의 논공 행상

때도 한 몫 끼지를 못 했으니 속으로 불만을 품고 있을 것이옵니다."

"거 마침 잘 됐군. 경은 곧 짐의 서찰을 가지고 팽성으로 가서 그를 설득시켜 보도록 하오."

"예, 분부대로 거행하겠나이다."

팽월은 육가를 보자 뜻밖에도 몹시 반가워했다. 수인사가 끝나자 팽월은 육가가 전하는 유방의 서찰을 펴 보았다.

항우가 무도하여 의제를 모살하고 천하에 죄를 지었는지라, 내 이제 그를 치려고 일어났도다. 장군은 본시 뜻있는 사람으로 용맹이 출중하거늘, 어찌하여 항우 같은 역적을 섬기리요. 장군이 대의를 위해 나와 힘을 합쳐 역적을 토멸하고 공을 이룰진대 이름을 청사에 남기고 자손 만대에 왕작의 복록이 연면하게 할지니, 이야말로 대장부가 할 일이로다. 장군이 깊이 생각하기를 바라노라.

팽월은 읽기를 마치자 육가의 손을 덥썩 잡으며 말했다.

"그 동안 내 비록 초패왕의 그늘에 있었으나 한왕의 덕을 사모한 지 오래 되었소. 더욱이 이제 한왕의 간곡한 친필마저 받았으니, 내 어찌 성문을 열고 영접치 않을 수 있겠소. 대부는 속히 가서 이 뜻을 전해 주시오."

육가가 인사를 하고 성문을 나가자, 팽월은 성문 밖으로 나가 유방이 도착하기를 기다렸다.

외황과 팽성 사이에는 평원 가운데로 길이 뻗어 있다. 팽성에 가까워지면서 한왕의 군사는 56만이라는 대군으로 팽창했다. 제후들의 군을 합친 혼성군이지만, 그래도 예상을 훨씬 초월한 대군이었다.

유방의 직속군은 10여만 명이었다. 패공인 유방이 일찍이 패상에 진을 구축했을 때의 병수를 약간 웃도는 정도이다. 이 10여만이 핵심이 되어 56만의 대군을 통솔하는 것은 용이한 일이 아니었다. 제후들은 한군의 수가 적음을 알고 걸핏하면 깔보았다. 한왕의 명령을 들으려고 하지 않았다. "한왕 따위는 패의 건달이 아닌가"라고 내뱉는 자까지 있었다. 가문의 격이 행세를 하는 시대였으니까 무리도 아니다.

이들 장군의 집합체인 56만의 병력이 질서도 통제도 잡히지 않은 채로 진군했지만 그래도 팽성 공략은 성공했다. 항우가 초군을 모조리 이끌고 제와 싸우고 있었기 때문이다. 팽성은 빈 집이나 마찬가지였다. 유방과 제후들의 군대는 사방에서 성문으로 들이닥쳐 쉽게 팽성에 입성했던 것이다.

그리하여 피 한 방울 흘리지 않고 팽성에 입성한 유방은 팽월의 안내를 받으며 초나라의 궁성을 둘러보았다.

팽성은 화북(華北) 평원의 요충지로서 춘추시대부

터 번영한 성시이기 때문에 인구도 많고 거리는 번화했다. 부상(富商), 부자(富者)들의 집이 처마를 잇대고 있었다. 병사들은 그러한 집으로 밀고 들어가 금품을 빼앗고 여자들을 범했다.

또, 초왕의 궁전에는 항우가 함양에서 가지고 돌아온 재화들이 창고 속에 가득차 있었다. 후궁에는 역시 진의 후궁에서 데려온 미녀들이 이루 셀 수 없을 만큼 많았다. 통제가 없는 제후들의 군대는 장군, 병사를 가리지 않고 앞다투어 재화·물품을 빼앗고 미녀를 범하면서 전승의 기쁨에 잠겼다. 한왕은 그것을 제어할 수 없었다. 제어는커녕 한왕까지도 전승을 축하하는 주연에 끌려나가 술에 취했다.

그 때 위관이 들어와 아뢰었다.

"우자기가 항우의 아내 우희를 데리고 도망쳤다고 하옵니다."

"알겠다. 싸움터에서 적의 가족을 잡아 인질로 삼는 것은 떳떳한 일이 아니다. 도망가게 내버려 두라."

유방은 그렇게 말하면서 계속해서 술을 마셨다.

"뭐라고? 유방 그놈이 감히 짐의 궁실을 더럽히다니! 내가 당장 그를 토멸하여 치욕을 씻을 것이다."

항우는 곧 용저와 종리매를 불러 그 곳에 남아 제나라를 치게 하고는 스스로 3만 5천 명의 군사들을 거느리고 팽성을 향해 급행군했다.

이틀 후 팽성 30리 밖 수수 강가에 진을 친 항우는 사자를 시켜 유방에게 전서(戰書)를 보냈다. 내일 결전을 하자는 내용이었다.

유방은 즉시 대원수 위표를 불러 출전 준비를 하도록 했다. 위표는 군대를 5대로 나누었다. 제1대는 은왕 사마앙, 제2대는 하남왕 신양, 제3대는 상산왕 장이, 제4대는 유방이 친히 여러 장수들과 함께 출전토록 했으며, 위표 본인은 제5대가 되었다.

그리고 하후영·사마흔·동예·유택 등 네 장수로 하여금 태공과 여후 그리고 두 왕자들을 보호하며 팽성을 지키도록 했다.

이튿날 새벽 날이 밝기가 무섭게 팽성을 나선 유방의 대군은 성 밖 10리 지점에 진을 친 다음, 징과 북 소리를 요란하게 내면서 함성을 질러 싸움을 돋구었다.

그에 질세라, 초나라 진영에서도 전고(戰鼓) 소리가 드높은 가운데 진문이 활짝 열리면서 용봉일월의 깃발들을 좌우에 늘어세운 항우가 말을 몰고 나오면서 크게 외쳤다.

"필부 유방아! 내 네놈을 사로잡아 여러 동강을 내어서 죽이고 말리라!"

말등 위의 항우는 눈꼬리가 찢어질 듯이 치켜올려져 있었다. 두 눈에서 새빨간 피가 뿜어 나오지 않을까 하고 생각될 만큼 무서운 형상이었다. 그 노기가 초나라 군대의 전장병에게 전파되었다. 팽성에는 그들의 가족이 있다. 아내가 있고 자식이 있다. 그러니 팽성을 침범한 자는 비록 병사 하나라도 살려 둘 수가 없는 것이다.

범증 노인은 말을 탈 수 없었다. 부대의 최후미에서 치차(輜車)를 타고 달려갔다. 치차는 포장을 치고 앉을 수 있게 만든 수레이다. 노인은 항우에게 사자를 보내 진언했다.

"동맹군은 동쪽 방면의 공격에 대비하고 있을 것입니다. 서쪽의 방비는 허술할 것입니다. 진군하는 방향을 서쪽으로 돌려 주십시오."

항우는 수긍했다.

초나라 군대는 노(魯)에서 호릉(胡陵)으로 진군했다. 거기서 팽성으로 직행하지 않고 서쪽으로 군을 크게 우회시켜 팽성 서쪽 소(蕭)에 이르렀다. 소에도 한나라의 동맹군이 주둔하고 있었다. 장졸들의 수는 5만 명 가량이었다. 초나라 군대는 소를 거점으로 삼아 이른 새벽부터 동맹군의 진영을 향해 대공세를 가했다.

동맹군의 최후미에 자리잡은 군대였다. 따라서 초나라 군대가 서쪽에서 덮치리라고는 꿈에도 생각지 않고 있었다.

항우는 그대로 적진 가운데로 뛰어들었다. 그것은 마치 양 떼 속에 뛰어든 호랑이와도 같았다. 그의 초천검이 빛나는 곳에 추풍낙엽처럼 한군들이 베어져 쓰러졌다.

항우는 어느 새 제2진의 하남왕 신양과 맞닥뜨리고 있었다.

"네 이놈! 배반자의 말로가 어떤 것인지 짐이 보여주리라!"

항우의 초천검이 또 한 번 햇빛에 빛나자 신양의 목이 땅에 굴렀다. 그 때

무수한 깃발들이 바람에 나부끼는 가운데 여러 장수들의 호위를 받으며 유방이 모습을 나타냈다. 항우는 유방을 보자 고리눈을 부릅뜨고 대갈일성했다.

"짐이 오늘 네놈의 머리를 잘라 설분하고 말리라!"

항우의 기세는 땅을 덮고 그가 탄 오추마는 비호 같았다. 눈 깜짝할 사이에 유방에게로 다가간 항우의 초천검이 허공을 가르면서 유방의 머리가 땅에 떨어졌나 싶었을 때, 번쾌·시무·근흡·주발·주란 등 다섯 장수가 일제히 달려들어 항우의 공격을 막았다.

항우는 조금도 어려워하지 않고 이들 다섯 장수를 맞아 싸웠다. 그것을 본 초군 진영의 환초·계포·항장·우자기 등 네 장수가 또한 동시에 달려 나왔다.

유방과 한군 장수들은 그 형세를 당하지 못하고 말머리를 돌려 달아나기 시작했다. 초군은 그 뒤를

급히 들이쳤다.

그 때 제5대의 위표가 유방을 구하기 위해 항우의 앞을 가로막았다. 위표를 본 항우는 이를 갈면서,

"은혜를 배반한 역적 놈이 감히 짐의 앞을 가로막다니!"

하고 호통을 치며 그에게 달려들었다. 위표가 대부(大斧)를 휘두르며 항우를 맞아 싸웠다. 칼과 도끼가 어우러져 싸우기 10여 합에 이르렀을 때, 항우가 철편을 꺼내 위표의 투구를 힘껏 내리쳤다. 위표가 깜짝 놀라 머리를 돌려 피했으나 등어리를 얻어맞고 말등에 엎드린 채 그대로 도망을 쳤다.

주장을 잃은 한군들은 거미새끼들처럼 사방으로 흩어져 도망치다가 저희들끼리 밟혀 죽는기도 했다. 한군들의 시체는 들을 덮고 피는 흘러 곳곳에 작은 내를 만들었다.

삽시간에 격파당한 그들은 서쪽 퇴로가 끊어졌기 때문에 달아나려면 팽성으로 갈 수밖에 없었다. 초나라 군대는 도망치는 병사들을 쫓아가 마구 죽이며 팽성으로 밀어붙였다. 성 안으로 달아나는 병사들과 함께 성 안으로 돌입한 것이다.

하늘에서 내려왔는지 땅에서 솟았는지 알 수 없는 초나라 군대의 갑작스러운 출현에 성내는 대혼란에 빠졌다. 동맹군은 혼성군이었기에 총지휘관이 없었다. 아무도 자진해서 초나라 병사들과 맞서려

고 하지 않았다. 달아나기부터 했다. 그처럼 혼란스러운 군대 앞에 귀신보다 무서운 항우가 나타난 것이다. 싸울 때가 아니었다. 남보다 한 걸음이라도 먼저 달아나려고 너 나 할 것 없이 열심히 뛰었다.

한나라 군대와 그 동맹군은 사분오열되어 흩어져 달아났다. 초나라 병사들에게 쫓기어 달아날 곳을 잃고 성 밑으로 흐르는 곡수(穀水)·사수(泗水)에 떨어져 익사한 자들이 10만 명을 넘었다. 남은 장병들은 남쪽의 산지로 달아났으나 초나라 군대는 그들을 추격하여 영벽(靈壁)의 동쪽 수수(睢水) 부근으로 몰아붙였다. 한나라 군대는 강기슭까지 물러가서 방어했으나 초나라 군대의 추격에 밀려 10여만 명이 물에 빠져 죽었다. 「수수는 그 때문에 흐름이 멈추었다」고 《사기》에 기록되어 있다.

위표가 항우와 싸우는 동안 유방은 가까스로 도망해서 초군들이 보이지 않는 곳으로 피신할 수 있었다.

그는 숲속에 숨어서 사방을 둘러보았다. 아마도 자기의 군대는 절반도 더 죽은 것 같았다. 넓은 들판에 허옇게 깔려 있는 시체들은 거의가 한군들뿐이었다. 그리고 자기를 호위하고 있는 군사는 백여 명에 불과했고, 번쾌 이하 여러 장수들도 어떻게 되었는지 모두 행방이 묘연했다.

유방은 자리에 털썩 주저앉으면서 탄식했다.

"아아… 내가 장량과 한신의 간언을 듣지 않았기에 오늘 이 지경이 되었구나!"

유방의 절망적인 탄식 소리에 군사들마저 한숨을 쉬었다.

그 때였다. 별안간 전방에서 함성이 크게 일어나며 한 떼의 군사가 그쪽으로 몰려오는 것이 보였다. 유방과 함께 한군들의 얼굴이 창백하게 질렸다.

"아아! 내 천명이 여기서 다하는구나!"

드디어 유방의 목숨마저 위태롭게 되었다. 그런데 바로 그 순간, 동남방으로부터 난데없는 일진강풍이 불어닥치면서 안개가 두껍게 깔렸다. 동시에 지척을 분간할 수 없을 정도로 모래와 흙먼지를 일으켰다.

이 계절이 되면 대륙에 돌풍이 드물지 않게 불고는 했다. 세찬 바람이 나뭇가지를 꺾고 가옥을 파괴하고 모래를 날려 한낮인데도 천지가 암흑처럼 어두워졌다. 동남쪽으로 한나라 군대를 공격하던 초나라의 병사들은 바람을 정면으로 받아 전진할 수가 없었으므로 대오가 흐트러졌다. 그 틈에 한왕은 몇 명의 말탄 부하들과 함께 포위망을 뚫고 탈출해 달렸다. 유방은 구사일생으로 살아날 수 있었다.

허탕을 친 초군들이 본진으로 돌아가 그 같은 일이 있었다고 아뢰자, 범증이 나서서 말했다.

"유방이 달아나긴 했으나 밤도 깊어서 멀리 가진 못했을 것입니다. 폐하께선 속히 군사를 두 갈래로 나누어 그를 찾도록 하소서."

항우는 그 말을 옳게 여겨, 정공과 옹치 두 장수에게 군사 3천을 주면서,

"나는 이쪽 길로 갈 터이니 그대들은 왼편 길로 가라. 오늘밤을 넘기지 말고 유방을 잡아야 한다!"

하고 명령했다.

한편, 위기를 모면한 유방은 단기로 말을 달리면서 마음 속으로 매우 기이한 일이라고 생각하였다. 조금 전에 갑자기 불어닥친 일진강풍이 아니었더라면 초군의 포위망에서 벗어날 수 없었을 것이다.

그런 생각을 하고 있을 때 다시 또 그의 뒤쪽에서 군사들의 말발굽 소리가 요란하게 들려왔다. 유방은 그것이 초나라의 추격병임을 직감적으로 알 수 있었다.

'이제는 정말로 죽게 되었구나!'

간담이 서늘해진 닫는 말에 채찍질만 계속했다. 그러나 말도 너무나 지쳤는지 빨리 달리지를 못했다. 그러는 중에 유방의 등뒤에 따라붙은,

"한왕은 멈추시오!"

하고 소리를 질렀다. 유방은 말을 멈추고 정공에게 말했다.

"내가 듣건대, 어진 사람은 강한 것을 꺼리고 약한 것을 돕는다고 하니, 그대가 만일 나를 불쌍히

여긴다면 나를 놓아 보내 주시오. 훗날에 반드시 은혜를 갚으리라. 그러나 만일 나를 동정하는 마음이 없고, 무도한 항왕에게 나를 잡아다가 바치고 싶다면, 나 또한 사양하지 않고 결박을 당할 테니 묶어 가시오."

정공은 잠시 생각하더니 말했다.

"소장이 평소에 대왕을 사모해 왔었는데 어찌 대왕을 생포하겠습니까. 다만 오늘 일은 대왕과 소장만이 아는 사실로 하여 두시고, 속히 피신하십시오."

"고맙소이다."

유방은 정공에게 진정으로 고마워하는 뜻을 표시한 후 다시 동남쪽을 향해 말을 달리기 시작했다. 온몸이 솜처럼 풀린 듯 피로와 기갈이 엄습해와 왔으나, 그래도 쉬지 않고 계속해서 달렸다.

그렇게 30리 가량 달렸더니 이제는 더 이상 몸을 움직일 힘조차 없었다. 그 때 멀리서 희미하게 불빛이 비치는 것이 보였다.

'오, 저 근처에 인가가 있나 보다.'

유방은 그쪽으로 말을 몰아 마을 어귀에 있는 한 집의 대문을 두드렸다. 잠시 후에 신발 끄는 소리가 들리더니, 백발 노인이 등불을 들고 문을 열어 주었다.

"뉘시온데 이 밤중에 찾아오셨소?"

"나는 한왕 유방인데 하룻밤 쉬어 가게 해 주시면

고맙겠소이다.”

노인은 금포 위에 금갑을 걸친 유방을 보자, 그 자리에 그대로 꿇어 엎드리면서 절을 드렸다.

“폐하를 사모한 지 오래되옵니다. 누추한 집이오나 안으로 드시옵소서.”

노인은 극진한 예를 다하여 유방을 큰방으로 모신 다음, 식구들을 깨워 서둘러 술과 음식을 내오게 하였다. 유방은 사양하지 않고 술과 음식을 먹으면서 물었다.

“노인의 고명(高名)을 듣고 싶소이다.”

“소인의 성이 척가(戚哥)라서 척공이라고 불리고, 이 마을은 5,60호의 척가들만 살고 있어서 척가장이라고 불리웁니다.”

“그럼 척공께서는 자제분을 몇이나 두시었소?”

“자식이라고는 딸이 하나 있을 뿐이옵니다. 올해 나이 18세 이옵니다.”

“허어, 방년 18세로군.”

유방의 얼굴에 은근한 미소가 떠올랐다.

“예, 그러하옵니다. 일찍이 관상 잘 보기로 소문난 허부(許負)라는 이가 저희 집에 들른 적이 있는데, 이 여식을 보고는 훗날 대귀할 몸이라고 말했사옵니다. 하온데 놀랍게도 이렇게 폐하께서 저희 집에 왕림하셨으니, 바로 하늘의 뜻이라고 생각되옵니다. 오늘은 이 여식으로 폐하를 시봉케 하여 폐하의 피곤하심을 풀어 드리도록 이르겠사오니,

부디 물리치지 마시옵소서."

"당치 않은 말씀이오. 척공의 대접이 너무 과하오이다."

유방은 내심으로 은근히 바라면서도 짐짓 사양하는 척했다.

"아니옵니다. 이 천한 백성의 평생 소원이오니, 제발 거두어 주시옵소서."

말을 마친 척공은 즉시 자기의 딸을 불러들였다. 유방이 눈을 들어 보니, 이런 시골에 어쩌면 저렇게 뛰어난 미인이 숨겨져 있었을까 하고 생각될 정도로 미목이 수려하고 몸매도 또한 빼어난 처녀였다.

유방은 잠시 동안 넋을 잃고 처녀를 바라보다가 옥대(玉帶)를 풀어 척공에게 주면서 말했다.

"짐이 이것을 마음의 증표로 주는 것이니 받아 두시오."

척공은 두 손으로 공손히 옥대를 받더니 자기의 딸 척희로 하여금 유방을 모셔 가도록 했다. 유방은 그날 밤 척희의 규중에서 오랜 만에 객고를 한껏 풀었다.

이튿날 아침 유방은 세수하고 조반을 먹은 뒤에 척공에게 작별 인사를 하였다. 척공은 척희를 옆에 데리고 서서,

"폐하께서 이제 떠나시면 어느 날 다시 뵈옵게 될지…."

하고 눈물을 글썽이며 말을 맺지 못했다.

"짐이 하루 속히 패군을 수습한 뒤에 불원간 사람을 보내 척희를 데려가리다."

유방은 척씨와 작별하고 남쪽을 향해 말을 달렸다. 그가 10리쯤 갔을 때, 맞은 편에서 한떼의 인마가 먼지를 일으키면서 이쪽으로 달려오는 것을 보고 깜짝 놀랐다.

'저게 초나라 군사들이 아닐까?'

유방은 말을 몰아 숲속으로 들어가서 몸을 감추고 유심히 살펴보았다. 점점 가까이 오는 것을 보니, 앞선 대장은 등공 하후영이었다. 그는 기쁨을 감추지 못하고 숲속에서 뛰어나와 큰 소리로 물었다.

"거기 오는 장수는 동공이 아닌고?"

하후영이 유방을 보고 깜짝 놀라며 말에서 뛰어내려 유방 앞에 부복하였다.

"무사하시오니 천만 다행이옵니다."

"대체 어떻게 된 것인가?

유방이 궁금해하며 물었다.

"사마흔과 동계가 변심하여 태공을 비롯한 존속들을 인질로 삼아 가지고 초군들을 끌어들였기에 제대로 싸울 수가 없어 간신히 왕자님과 공주님만 구출해 가지고 왔사옵니다."

듣고 난 유방은 하후영을 부여잡고 목메어 하면서 탄식했다.

하후영이 끌고 온 마차에는 유방의 아들 영(盈)과 딸 노원(魯元)이 타고 있었다.

유방은 패를 향해 말을 몰았다. 말의 고삐를 잡은 사람은 하후영이었다. 하후영은 등공(藤公)이라고 하는 열후(列侯)의 신분이었으나 스스로 마부역을 자청하고 나섰던 것이다. 위기에 처한 유방을 구하지 않으면 안 되었다.

한왕이 북쪽으로 도망친 사실을 알자 항우는 때를 놓치지 않고 기병대로 하여금 추격케 했다. 패로 가는 길에는 한나라 군대의 패잔병들이 한왕의 뒤를 잇고 있었다. 이들을 쫓아 버리면서 전진해야만 했다. 그래서 기병대의 일부는 큰길에서 벗어나서 샛길을 달렸다.

패의 서남쪽 2백 50리(약 100km) 지점에 있는 하읍(下邑)에 유방의 아내인 여씨의 오빠 여택(呂澤)이 병사들을 거느리고 주둔해 있었으므로 그 곳으로 가 의지하려고 했던 것이다.

패에서 하읍으로 가는 길에는 늪이 많다. 소택 지대를 빠져나가면 일망무제한 들이 펼쳐져 있고, 들 가운데로 한 가닥의 길이 서남을 향해 뻗어 있다.

말은 쉴새없이 달려왔기 때문에 좀처럼 속력을 내지 못했다. 초나라의 기병대가 당장이라도 뒤따라와 그를 잡을 것 같았다. 유방은 마차 위에서 뒤만 돌아보고 있었다. 뒤쪽 지평선 아득히 먼 지점에 기병대로 보이는 검은 덩어리가 나타났을 때,

유방은 무서워서 부들부들 떨었다. 그는,

"등공!"

하고 하후영을 불렀다. 왜 불렀는지 모른다. 하후영은 뒤돌아보았다.

"저건?"

"초병일까요?"

영은 오른손에 쥐고 있던 채찍으로 말의 엉덩이를 갈겼다. 채찍 끝에는 쇠침이 달려 있다. 두 마리의 말은 고통스러워하며 날뛰었다.

유방이 타고 있는 수레는 전장용 전차이다. 병거(兵車)라고도 한다. 좌우 바퀴 위에 나무로 만든 상자를 얹기만 한 것으로서 안차(安車)나 치차(輜車)처럼 앉는 자리가 없다. 상자라고 해도 덮개는 없고 네 군데에 막대를 가로질러 놓아, 탄 사람이 선 채로 가로대를 붙잡아야만 했다.

상자 앞의 가로대를 식(軾)이라고 하고 상자 좌우의 가로대를 교(較)라고 한다. 영(盈)은 바닥에 앉고, 노원은 교를 붙잡고 서 있었다.

말은 날뛰는 것처럼 달리기 시작했으나 그것도 잠깐에 불과했다. 말이 지친 것이다. 달리는 속도가 느려졌다. 후방의 기병대와의 거리가 점점 좁혀지는 것 같아 견딜 수가 없었다.

'달아날 곳이 없는가?'

나무들이 있는 숲은 있지만, 수레를 숨길 만한 무성한 숲은 눈에 띄지 않았다. 말은 숨을 가쁘게 쉬고 있었다. 거리가 좁혀지면 결국 붙잡히겠지. 유방은 절망했다.

"이젠 틀렸어."

그렇게 중얼거렸을 때 새까만 까마귀 떼 같은 것이 시야에 가득히 퍼졌다. 유방은 교를 붙잡고 서 있는 노원을 느닷없이 수레에서 밀어서 떨어뜨렸다. 그 다음에 앉아 있는 영의 목덜미를 잡아 수레 밖으로 내던졌다. 순간적으로 벌어진 일이었다. 왜 그렇게 했는지 스스로도 몰랐다. 수레를 가볍게 하려고 그랬던 것일까? 영은 6세, 노원은 12세였다. 두 아이의 체중을 합하면 어른 하나의 무게 정도나 될까.

놀란 것은 하후영이었다. 그는 당황하여 뛰어내리자마자 두 아이를 안아올려 수레에 태웠다.

"너무 심하십니다. 아무리 위급한 경우라도 제 자식을 버려서야 되겠습니까?"

영은 눈을 부라리고 덤벼들 듯이 말했다. 하지만 유방은 얼굴을 연방 돌려 뒤를 돌아볼 뿐이었다.

'꽤나 무서운가 보군'

하후영은 채찍을 휘둘렀다. 말은 다시 달리기 시작했으나 그것도 1리 정도에 불과했다. 속도가 떨어졌다. 얼마 정도 가다가 유방은 또다시 아이를 밀어 떨어뜨렸다. 그러자 하후영이 또다시 안아서 수레에 태웠다. 그러기를 세 차례나 했다.

"정신이 나가셨사옵니까?"

세 번째가 되자 하후영은 참다 못해 화를 내면서 소리를 질렀다. 그의 목소리는 컸다. 유방은 입을 다물었다. 자식이 귀엽지 않은 부모가 어디에 있을 것인가. 그러나 유방은 달아나지 않으면 안 되었다. 초나라 병사들에게 잡혀서는 안 되는 것이다. 유방이 체포되면 한나라는 망하고 말지만 그의 자식이 체포된다고 해서 한나라가 망하지는 않는다. 부모는 나무줄기요, 자식은 가지와 잎이라는 것이 중국인들의 효도에 대한 생각인데, 유방은 이 때 거기까지 생각했을까.

　하후영도 초나라 병사들에게 붙잡히고 싶지 않았다. 초나라 병사들을 두려워하는 유방에 뒤지지 않았다. 말이 지쳐서 마침내 달리지 못하게 되자 그는 옆길로 수레를 몰고 들어갔다. 거기는 무성한 숲속이었다. 마차를 숨길 수 있었던 것은 커다란 행운이었다고 말해도 좋을 것이다.

　해가 지고, 삼경이 지난 뒤에 하후영은 달빛에 의지하여 마차를 출발시켰다. 낮에는 숲속에 숨고 달이 뜨면 마차를 몰았다.

　그리하여 유방은 초나라 수색대의 추적에서 가까스로 벗어나 하읍에 당도했다.

　여씨의 큰오빠 여택은 유방과 함께 낙양을 떠났으나 도중에서 따로 행동을 취해 병사를 모으면서 하읍까지 진출해 있었다. 팽성의 싸움에는 늦어서 참가하지 못했던 것이 도리어 다행이었다. 유방에게는 그것도 행운이었다.

팽성에서 초군에게 포위되어 궁지에 빠졌을 때, 때마침 큰 바람이 일어 구사일생으로 살았던 것하며, 행운이 두 번, 세 번씩이나 이어졌던 것이다.

"나는 운이 좋다. 하늘은 나를 버리지 않을 것이다."

유방은 마음을 단단히 먹기로 했다.

유방은 몰래 여택의 군중에 들어가 그의 군대를 장악하고, 그것을 바탕으로 하여 패잔병들을 받아들였다. 사방에 흩어져 있던 병사들이 그 곳으로 모여들었다.

유방은 하읍에서 서쪽으로 나가 탕에 포진했다.

탕은 일찍이 패공인 유방이 초의 회왕(懷王)으로부터 탕군의 장으로 무안후(武安侯)에 봉해진 곳이다. 군사가 늘어나면서 군용(軍容)이 갖추어졌다.

유방은 다시 서쪽으로 향했다. 그 곳은 양(梁)나라의 땅이었다. 양나라는 초나라의 영토이지만 거기에는 팽월이 있었다.

이 점도 유방에게는 행운이었다고 말할 수 있을 것이다.

유방 일행은 멀리 변하의 동쪽까지 가서야 비로소 진영을 세우고 휴식을 취했다.

그 때 척후병이 뛰어와 급히 아뢰었다.

"저 위쪽 강변을 따라 수많은 군사들이 이리로 오고 있나이다."

유방이 놀라워하기를 마지않을 때, 하후영이 일군을 거느리고 진영 밖으로 나간 지 얼마 안 되어 다시 되돌아와 유방에게 아뢰었다.

"폐하, 염려치 마시옵소서. 장자방과 진평이 거느린 구원병들이옵니다."

"오, 장자방이 온다고?"

유방은 희색이 만면하여 장막 밖으로 나왔다. 얼마 안 있어 장량과 진평이 유방 앞에 부복했다.

"폐하께서 위급하시다는 소식을 듣고 급히 군사를 모아 가지고 오다가 진장군이 또한 구원병을 데리고 오는 것과 만나 길을 재촉하여 여기까지 왔사옵니다. 폐하의 용안을 뵈오니 천행인가 하옵니다."

장량이 이같이 아뢰자, 유방이 길게 한숨을 쉬며 말했다.

"선생이 여러 차례나 짐에게 간하였건만, 짐이 우둔하여 그것을 깨닫지 못하고 끝내 듣지 않았다가 수많은 장수와 군사를 잃은 외에 가족이 적에게 생포되었으니, 진실로 후회막급일 따름이오. 또한 무지한 위표를 중용한 짐의 불찰을 통탄하지 않을 수 없소이다."

장량은 한왕에게 진언했다.

"항왕은 제나라에 있는 군대를 모두 팽성으로 회군시킨 것 같습니다. 아마도 대공세를 가해 올 것

입니다. 우리는 좀 더 서쪽으로 가서 수비 태세를
굳혀야 합니다."

"좋소. 후퇴합시다. 그런데 어디가 좋을까?"

"영양성(榮陽城)으로 들어갑시다."

영양은 개봉(開封:본래의 大梁)보다 서쪽이며, 황
하와 가까운 곳에 있는 땅이었다. 영양 서북쪽의
황하 남쪽 기슭에는 성고성(成皋城)이 있는데, 이
두 성은 쌍둥이처럼 서로 이어져 있었다. 성고성과
영양성의 중간쯤, 성고성에 더 가까운 북쪽의, 황
하 남쪽 기슭 근처에 오산(敖山)이 있다. 오산은 오
창(敖倉)이라고도 한다. 오창은 진제국의 곡식창고
가 있었기 때문에 창이라고 불리워졌는데, 그 곳의
산허리에 파놓은 굴 속에 무진장한 곡식이 저장되
어 있다고 했다.

"영양성과 성고성을 굳게 지켜 초나라 군대의 서
진을 막기로 합시다. 가까이에 오창이 있는 것이
무엇보다 강점입니다. 오창만 확보해 두면 식량 문
제의 어려움은 없습니다."

"그렇게 합시다."

유방은 장량의 권고를 받아들여 서쪽으로 향했다.

하루 이틀 지나는 사이에 그 동안 종적이 묘연했
던 번쾌·주발·왕릉·위표 등이 각기 패잔병들을
이끌고 모여들었다. 유방은 위표를 불러 크게 꾸짖
었다.

"네가 무지무략하여 허다한 군사가 죽고 다쳤으

니, 마땅히 네 목을 베고 일족을 벌할 것이로되, 자방 선생과 여러 장수들의 만류로 목숨은 살려 주는 터이다. 그런즉 너는 속히 위나라로 돌아가 근신토록 하라."

위표는 온몸을 부들부들 떨면서 무릎걸음으로 다가가 유방에게 대원수의 인장을 바친 다음 재배하고 물러나, 그 길로 위나라의 평양을 향해 떠났다.

한신에게 패한 항우

초패왕 항우는 다시 찾은 팽성 궁궐에서 여러 장수들의 보고를 받았다. 이윽고 유방을 추격했던 정공과 옹치의 차례가 되자, 정공은 거짓보고를 했다.

"소장 등이 유방을 추격했으나 행방이 묘연하여 끝내 잡지 못하였사옵니다."

"아니 독 안에 든 쥐를 잡지 못 하다니!"

항우가 노기를 띠고 말했다. 금방이라도 불호령이 떨어질까봐 모두들 숨을 죽이고 있을 때 범증이 나서서 아뢰었다.

"한왕의 명이 아직 다하지 않았기 때문이니 폐하께서는 노여움을 거두어 주시옵소서."

항우는 그 말을 듣자 할 수 없다는 듯이 고개를 끄덕였다. 정공과 옹치가 재배하고 물러나자 범증이 다시 말했다.

"이번 싸움에서 우리가 대승을 거두긴 하였사오나, 한신이 아직까지 함양에 건재하며 병정양족(兵精糧足)하므로, 한왕이 한신으로 하여금 팽성 패전을 설욕하도록 할 것입니다. 한신은 위표 따위와는 다른 장수이오니, 결코 그를 얕보아서는 안 될 것입니다."

범증의 말에 항우는 껄껄 웃으며,

"아부는 어찌하여 한신을 그처럼 대단하게 생각하시는 거요? 짐이 한신을 휘하에 데리고 있어 보았기에 그자의 재주와 인물됨을 잘 알고 있는데, 역시 남의 가랑이 밑으로나 기어다닐 겁쟁이에 불과한 사람이오. 그러니 아부께선 제발 다른 일에나 신경을 써 주시오."

하며 일소에 붙여 버리고 말았다. 이어서 항우는 다시 자기에게 항복하여 팽성의 성문을 열고 초군들을 맞이해 들여준 사마흔과 동계를 불러들였다.

두 사람이 들어와 꿇어엎드리자, 항우는 자리에서 벌떡 일어나 크게 꾸짖었다.

"원래 진나라 장수였던 너희들 두 사람을 짐이 삼진의 왕으로 봉해 주었건만, 한군에게 항복하여 삼진을 잃게 만들더니 지금 와서 한왕이 패하게 되니까 다시 짐에게 항복해 왔단 말이냐. 너희들 같은 반복소인들을 살려 두어 무엇에 쓰겠는가!"

항우는 뜻밖에도 그렇게 말하고는,

"여봐라, 이 두 놈을 속히 끌어내어 목을 베어

라!"

하고 추장같이 호령했다.

무사들이 달려들어 두 사람을 끌고 나간 지 얼마 지나지 않아 다시 들어오더니 피가 뚝뚝 떨어지는 사마흔과 동예의 목을 계하에 바쳤다. 이어서 유방의 부친을 비롯 전 가족이 항우의 앞으로 끌려 나왔다. 항우는 그들을 한동안 내려다보다가 유방의 부친을 손가락으로 가리키며 큰 소리로 말했다.

"네 아들 유방은 본시 미천한 정장이던 것을 짐이 한왕으로 봉했으니, 마땅히 직분을 다하여 짐의 은혜에 보답해야 할 것이거늘, 감히 군대를 일으켜 관중을 빼앗고 짐을 치려고 했다. 자고로 모반하는 신하는 그의 구족을 멸하는 법이니, 지금 죽더라도 나를 원망하지 말라!"

항우는 그렇게 말한 다음 무사들에게 끌고 가라고 눈짓을 했다. 그러자 범증이 급히 나서서 간했다.

"저들을 죽이신다면 천하의 인심이 폐하를 거역하게 될 것입니다. 굳이 죽이실게 아니라, 살려 두어 인질로 삼는 것이 좋을 듯합니다."

항우는 범증의 말을 그럴싸하게 생각했는지,

"아부의 말이 옳소, 짐이 저 늙은 태공과 아녀자를 죽인들, 무슨 큰 이로움이 있겠소이까."

하고 말하더니 우자기를 불러 유방의 일가족을 거두어 잘 감시하라고 명령했다.

항우는 이처럼 팽성 대전의 뒷일을 수습한 후 제

나라를 정벌 중인 종리매·용저 두 장수가 있는 진지로 떠났다.

제왕 전광은 항우가 다시 대군을 이끌고 돌아온다는 소식을 듣자 전의를 상실하고 말았다. 종리매·용저와의 싸움만으로도 힘에 겨운데, 항우마저 다시 온다면 성을 지키는 것은 거의 불가능한 일이었다. 그 동안 하늘처럼 믿었던 유방도 팽성 대전에서 참패한 상황이니 더 이상 기대어 볼 곳도 없었다.

전광은 마침내 항우가 도착하기 전에 성문을 활짝 열고 종리매와 용저에게 항복하고 말았다.

그리하여 항우는 제나라 정벌을 끝내고 팽성으로 개선했다.

한편 유방은 영양성에 주둔하고 있으면서 계속하여 군사를 모으기에 힘썼다. 항우에게 참패당한 분함도 있으려니와 가족들이 항우에게 붙잡혀 있는 것이 괴로웠다.

유방이 영양성에 들어간 때는 팽성 싸움에서 패하고서 한 달 뒤, 즉 한 2년 5월이었다. 영양은 거대한 성이며 하남의 요충지라는 것은 이미 언급했다. 유방은 성의 방비를 굳히는 동시에 영양의 서북쪽에 있는 성고성에도 병력을 배치했다.

관중을 지키고 있었던 소하는 한나라 군대가 팽성에서 패퇴한 것을 알자 그 때까지 병적(兵籍)에 들어 있지 않았던 노약자(老弱者)들을 징발하여 모두 영양성으로 보냈다. 그것으로 한왕은 진용을 재건할 수 있었다.

한왕은 영양성에서 황하 기슭까지 용도(用道)를 만들기 시작했다. 성고성 동북쪽의 황하 기슭에 있는 오창의 양곡을 황하를 따라 내려보내고 황하의 기슭에서는 용도를 이용하여 영양성으로 운반하기 위한 것이었다. 또 오창의 곡식이 떨어지는 날에는 관중의 곡물을 외수·황하의 물길에 띄워서 운반할 수 있는 것이다.

항우가 팽성에서 대승을 거둔 반면 유방은 참패하여 서쪽으로 달아나자 제후들은 한나라를 떠나 초나라에 붙었다. 초나라에 종속하지 않는 자들도 유방에게 방관하는 태도를 취했다. 제나라의 전광·전횡 등은 제나라에서 철수하는 초나라의 군대를 추격하지 않았다. 항우를 상대로 싸움을 계속하기가 두려웠던 것이다.

조나라의 진여도 유방에게 등을 돌렸다. 진여는 한나라에 귀속하고 있었으나 그의 경우는 다른 제후들과 사정이 달랐다. 한왕이 초나라를 치려고 했을 때, 조나라의 진여에게 사자를 보내 참가하기를 요청했다. 그러자 진여는,

"한왕이 장이를 죽이면 따르겠습니다."

하고 말했기 때문에 한왕은 장이와 아주 닮은 자를 찾아내어 참수하고, 그 머리를 조나라에 보냈다. 그래서 진여는 병사들을 파견하여 한왕을 도왔다.

그러는 사이에 그것이 가짜 목이었다는 사실을 알게 되었고, 진여는 한왕의 배신에 분노했다.

"한왕이 나를 속였다. 사람을 놀리는 것도 분수가 있지 않는가? 그런 인간과는 도저히 행동을 같이 할 수 없다."

한왕이 팽성에서 패한 것을 좋은 기회라고 여긴 진여가 관계를 끊겠다는 편지를 들이댄 것이었다.

한왕은 영양·성고의 방비를 강화하는 동시에 후배지(後背地)인 관중의 치정(治政)에도 신경을 썼다. 패에서 구출한 아들 영을 태자로 세워 관중으로 돌려보내고, 죄인들에게 대사령을 내렸으며 태자에게 명하여 역양을 지키게 했다. 그리고 제후의 아들로서 관중에 사는 자들을 모두 역양에 모아 태자의 호위병으로 삼았다.

한나라 군대에게 포위되어 있었던 폐구가 수공(水攻)을 만나 성이 함락되고, 장한이 자살한 것은 이 무렵의 일이었다. 진나라 군대의 총수요, 명장으로 이름 높았던 장한의 최후로서는 비참한 것이었다. 폐구는 괴리(槐里)로 개명했다.

한왕은 사관(祠官:제사를 담당하는 벼슬)에게 명령하여 천지·사방·상제(上帝) 산천에 제사를 지내게 했다. 또 관중의 병졸들을 동원하여 각처의 요새를 지키게 했다.

관중에는 전년에 이어서 또 흉년이 들었다. 소하는 한중·파·촉의 곡식을 운반하여 굶는 백성들에게 나누어 주었다.

유방은 하루라도 빨리 형세를 만회하여 팽성으로 쳐들어가 참패를 설욕하고 가족들을 구해 와야겠다고 초조하게 생각하고 있었다.

그러던 어느 날 제·양 두 나라가 항우에게 항복했다는 소식을 듣자, 장량과 상의하여 팽월을 양왕으로 봉하면서 잃어버린 양나라의 실지(失地)를 회복하라는 급보를 띄웠다.

이어서 유방은 장량에게 물었다.

"그 동안 흩어졌던 군사들도 많이 모이고 새로 들어온 사졸들도 적지 않아 바야흐로 형세가 강대해졌으나, 그들을 지휘한 대장이 없으니 그것이 걱정이외다. 짐이 한신을 다시 대원수로 임명하여 삼군을 통솔하도록 하고 싶으나, 전일에 짐이 좀 야박하게 대해서 그런지 대원수의 인수를 짐에게 바친 뒤로 오늘날까지 짐이 패전을 했는데도 구원하러 오지도 않고 있소이다. 그러니 설사 짐이 그를 부른다 해도 쉽게 오지 않을 모양 같으니, 무슨 묘책이 없겠소이까?"

그렇게 말하는 유방의 표정은 몹시 착잡해 보였다. 그러자 장량이 조용히 대답했다.

"한신을 불러오는 것은 어려운 일이 아닙니다. 하오나 지금은 한신을 불러올 때가 아니옵니다."

"그건 왜 그렇소이까?"

유방이 의외라는 듯이 물었다.

"지금은 우리의 힘이 초나라보다 약하기 때문에 초의 힘을 빼앗아 우리의 힘으로 만든 후에 초를 치는, 이른바 역강 자구책(力强自求策)을 써야 할 때이옵니다. 그런 연후에라야 한신을 내세워 크게 쓸수가 있을 것이옵니다."

"그 역강 자구책이란 어떤 것이오?"

"두 사람의 초나라 용장을 우리편으로 만드는 일이옵니다."

"그들이 대체 누구요?"

"영포와 팽월이옵니다. 다행히 팽월은 이미 우리에게 항복했으니 이제 부르기만 하면 되오나, 영포를 얻지 못 한다면 우리의 앞길은 결코 순탄치 않을 것이옵니다."

"하지만 영포는 말하면 오랫동안 초를 섬겼기에 항우와는 일심동체나 마찬가지일 테니, 그 일이 쉽지 않겠구려."

"반드시 그렇지는 않사옵니다."

장량의 말에 귀가 번쩍 뜨인 유방이 다시 물었다.

"좋은 방법이 있소?"

"구강왕 영포는 초나라의 용맹한 장군으로서 항왕이 가장 의지하고 있는 인물입니다. 그러나 항왕과 영포 사이가 최근에 거북해졌습니다. 왜냐 하면 항왕이 제나라로 출진할 때 구강의 군사를 징집하여 종군하도록 요청했으나 영포는 병을 핑계로 출진하지 않고 부하 장군에게 수천 명을 주어 따르게

했을 뿐입니다. 팽성이 한나라 군대에게 포위당했
을 때도 영포는 방관만 하며 구원하지 않았습니다.
이런 일들 때문에 항왕은 영포에게 원한을 품고 있
으며, 영포 쪽에서는 항왕을 두려워하고 있을 것입
니다. 때문에 그를 이용할 수 있는 가능성이 있습
니다. 말 잘 하는 사람을 보내 그를 설득시키면 좋
은 결과를 얻을 수 있을 것이옵니다."

"그렇다면 누구를 세객으로 보내는 것이 좋겠
소?"

"변설에 능하면서 영포와 연관이 있는 사람이면
좋겠지요."

"수하(隨河)가 어떻겠소? 그는 회남 출신이니까."

"그렇다면 잘 되었습니다. 수하는 재주가 많고 임
기응변에 능하니, 이 일에는 적임인 듯하옵니다."

유방은 즉시 수하를 불러들여 영포에게로 가게
했다. 장량은 수하가 떠나기에 앞서 그에게 계책을
일러 주었다.

수하는 20명의 수행원을 데리고 회남으로 출발했
다. 구강왕이 도읍으로 정한 육(六)은 회남의 남쪽
에 있다. 수하는 회남 태생이기 때문에 육에 옛 친
구가 있었다. 구강왕의 태재(太宰)로 있는 채(蔡)이
다. 태재는 왕의 식사를 담당하는 벼슬이므로 왕과
말할 기회가 많았다. 수하는 채에게 선물을 주며
왕과의 알현을 부탁했다.

하지만 사흘이 지나도 구강왕은 한왕의 사자를 만

나려고 하지 않았다. 수하는 태재인 채를 설득했다.

"대왕께서 나를 접견하시지 않는 것은 틀림없이 초나라가 강하고 한나라는 약하다는 생각 때문이겠지. 그렇기 때문에 내가 사자로 온 것이네. 제발 알현할 수 있도록 주선해 주게. 내가 하는 말이 옳다고 생각되시면 대왕께선 들으시게 될 거야. 만약 틀렸다고 생각되시면 우리 스무 명을 회남의 저잣거리에서 형살(刑殺)하시어 한나라를 등지고 초나라 편에 섰다는 대왕의 태도를 밝히시면 되는 거네."

한의 사자인 옛친구로부터 선물까지 받은 채는 주선하지 않을 수가 없었다. 수하가 말한 대로 왕에게 전했다.

구강왕 영포에게는 그즈음에도 초나라의 사자가 계속해서 오고 있었다. 그것은 출병 요청이었으며 소환 명령이기도 했다. 영포는 팽성으로 가는 것이 두려웠다. 가면 죽음을 당할지도 모른다. 항우는 영포의 병력이 필요하니까 죽이지는 않을 것이라고 생각되지만, 그렇다고 해서 그의 생명을 보장해 주는 것은 아무것도 없었다. 영포를 죽여도, 항우가 회남의 병력을 장악하고 싶으면 못할 것은 없는 일이다. 살해당할 바에는 차라리 초나라를 배반하고 한나라 편에 서는 것이 낫다고 생각하면서도 결단을 내리지 못 하고 있었다. 초나라의 힘은 한나라에 비해 너무나 강대했다. 팽성의 싸움에서 대승하고 난 항우의 존재는 하늘을 덮고 있는 정도라고 해도 과언이 아니었다. 제후들은 풀이 바람에 휘어지듯이 초왕에게로 쏠리고 있었다.

한왕은 초나라 군대에게 쫓겨 영양성으로 달아났다고 했다. 영양과 팽성의 중간에 양의 땅이 있다. 양에 있는 팽월은 한나라 편을 들고 있었지만, 그 팽월의 군대도 항우의 공격 앞에서 어이없이 무너졌다고 했다. 군대는 산산이 흩어져 달아났고 팽월은 북쪽으로 달아나 황하 근처에 몸을 숨겼다는 정보가 수 일 전에 들어온 터였다.

그런 참에 한왕의 사자가 온 것이다. 사자는 한나라의 편을 들지 않고 초나라에 붙는 편이 득이라고 생각되면, 우리 스무 명을 형살하여 항왕에게 증거로 보이라고 했다. 목숨을 건 자의 기백일까. 영포는 압도당하는 기분이 들었다. 재미있다. 영포는 그자를 만나 보기로 했다. 결정은 그 뒤에 해도 늦지 않으니까.

영포는 한나라의 사자를 왕궁으로 불러들여 접견했다. 하지만, 공공연한 자리는 아니었다. 초나라에 알려지면 거북하기 때문이었다.

수하는 유자이며 한왕의 알자이다. 알자는 다른 나라로 심부름을 하는 경우도 많기 때문에 유세에 필요한 논리나 수사도 대충은 배운 사람들이다. 수하는 배례하고 나서 먼저 왕에게 물었다.

"한왕의 명을 받들어 한왕의 글을 삼가 대왕께 올립니다. 하온데 대왕께서는 초나라와 어떤 친분 관계가 있으십니까?"

"나는 북면(北面)하여 초나라를 섬기고 있소이다."

영포가 대답하자 수하가 다시 말했다.

"대왕이 항왕과 대등한 제후이신데도 불구하고 북면하여 항왕을 섬기시는 것은 틀림없이 초나라가 강하여 나라의 장래를 의지할 수 있다고 생각하고 계시기 때문이겠지요. 항왕이 제나라를 토벌할 때, 항왕은 몸소 판축(板築 :축성용 널빤지와 절굿공이)을 지고 병졸들의 선두에 섰으므로, 대왕께서도 회남의 군사들을 모두 동원하여, 몸소 출전하여 초나라 군대의 선봉이 되셨어야 했습니다. 그러나 대왕께선 불과 4천 명을 보내 초나라를 도왔을 뿐입니다. 북면하여 남을 섬기는 분이 그래도 되는 것입니까? 한왕이 팽성을 공격했을 때, 항왕이 제나라에서 달려오기 전에 대왕께선 회남의 군사를 남김없이 투입하여 회수를 건너 밤낮을 가리지 않고 팽성 아래에서 한군과 싸우셨어야 하지 않았습니까. 그럼에도 대왕께선 수만의 군사를 거느리고 계시면서 단 한 명의 군사도 회수를 건너게 하지 않으시고, 의복을 늘어뜨리고 팔짱을 낀 채 한나라와 초나라 중 어느 쪽이 이기는가를 지켜보고만 계셨습니다. 국가의 안위를 남에게 위탁하는 분으로서 정말 그러셔도 되는 일일까요. 대왕께선 신으로서 섬긴다는 헛이름만으로 초나라를 대하시면서 초나라에 의지하려 하고 계십니다. 이것은 제가 진실로 대왕을 걱정하는 바입니다."

왕은 반론할 말을 찾지 못했다. 잠자코 듣고 있을 뿐이었다.

"대왕께서 초나라에 반항하지 못 하시는 것은 힘이 약해서라고 생각하고 계시기 때문입니다. 그러나 초나라가 비록 강하다고 하더라도 천하 사람들은 그들이 의롭지 못하다는 오명을 주었습니다. 맹약을 어기고 의제를 죽였기 때문입니다. 그러나 초왕은 싸움에서 이긴 것만 믿고 자신이 강하다고 우쭐대고 있습니다. 그 대신 한왕에게는 제후들의 지지가 있습니다. 한나라 군대는 지금 영양·성고를 지키고, 파·촉·한중의 곡식을 운반하며, 도랑을 깊이 파고 누(壘)를 높이고, 군사를 나누어 변경을 수비하며 요새를 굳히고 있습니다.

초나라 군대 쪽은 팽성과 영양의 중간에 양의 땅이 가로놓여 있기 때문에 영양까지는 적 내부 깊숙이 8,9백 리나 들어가지 않으면 안 됩니다. 설령 초나라 군대가 영양·성고까지 이르렀다 해도 한나라가 굳게 지켜 움직이지 않으면 초나라 군대는 진공할 수도 없고 물러서 포위를 풀 수도 없습니다. 장기간 대치하게 되면 초나라 군대는 군량이 떨어져 천리 길이나 되는 먼 곳에서 식량을 운반해 와야 합니다. 따라서 초나라의 군대를 지치게 하는 것은 용이한 일입니다.

제후들은 초나라의 포학을 증오하고 있습니다. 만약 초나라가 한나라를 이길 듯하면 제후들은 자신의 안전에 위협을 느껴 서로 한나라를 도우려고 할 것입니다. 초나라가 강하다는 것은, 바꾸어 말하면 천하의 군대를 모두 적으로 만들어 자신에게 불러들이는 결과가 되는 것입니다. 그러므로 초나라가 한나라에 미치지 못한다는 것은 명약 관화한 사실입니다. 지금 대왕께서 튼튼한 한나라 편을 들지 않으시고 위태로운 초나라에 스스로를 의탁하고 계신 것은 대왕을 위해 제가 은근히 걱정하는 바입니다.

저는, 회남의 병력으로 초나라를 멸망시킬 수 있다고 말씀드리는 것은 아닙니다. 대왕께서 군사를 움직여 초나라에 반항하시면 항왕은 현재의 땅에 머물러 군대를 전진시킬 수가 없을 것입니다. 수 개월 동안 머문다면 한왕이 틀림없이 천하를 차지할 것입니다. 저를 대왕께서 검을 들고 한나라로 귀순하시는 길에 모시고 따라가게 해 주십시오. 한왕은 반드시 새로 땅을 할애하여 대왕께 나누어 주실 것입니다. 더구나 회남의 땅은 문제 없이 대왕의 소유가 됩니다. 그렇기 때문에 한왕은 삼가 저를 대왕께 파견하여 우계(愚計)를 추진케 하신 것입니다. 부디 대왕께서는 이 점에 유의해 주시기 바랍니다."

수하의 입에서 거침없이 나오는 말은 이론이 정연했다. 더구나 옥이 구르는 소리처럼 상쾌했다. 말의 마술이라는 것일까. 듣고 있는 동안에 영포는 술에 취한 것처럼 거나한 기분이 되었다. 그는,

"말씀에 따르겠소."

하고 말했다. 본래 같으면 즉답을 피해야 했지만 초나라를 배반하고 한나라에 가담하겠다고 승낙한 것이다.

그러나 하룻밤이 지나자 영포의 생각은 달라졌다.

그런데 일이 공교롭게 되느라고 바로 그 때 항우로부터 사신이 왔다고 근시가 아뢰었다. 영포는 사신을 불러들여 조서를 받아 읽어 보았다.

임금이 군사를 일으키면 신하가 이를 돕는 것이 합당한 일이건만, 그대는 어찌하여 구강 땅을 지키면서 홀로편안하게만 있느뇨. 일찍이 짐이 제나라를 칠 때도 모른 척하고 있었으며, 이번 팽성 대전 때에도 앉아서 구경만 하고 있었으니, 이 어찌 군신간의 도리일 것이며, 우정으로도 이럴 수는 없을 것이로다. 그대는 다만 그대의 무용만 믿고서 이렇듯 교만하니, 짐은 그대에게 죄를 묻기 전에 또 한 번 속죄할 기회를 주겠노라. 지금 군사를 모아 한왕을 징벌코자 하는 터이니, 밤을 도와 속히 짐에게로 오라.

항우의 준엄한 조서를 읽고 난 영포는 몹시 당황했다. 수하의 말이 신분 옳긴 하지만 천하의 항우 또한 두렵지 않을 수 없었다. 더구나 위협과 함께 포상을 약속했기에 영포의 마음은 초나라 쪽으로 크게 기울었다. 저울 추는 무게가 가벼운 쪽이 당겨져 올라갔다. 항우는 천하 그 자체였다. 묵직했다. 그것에 비

하면 유방은 가벼웠다. 유방이 항우와 싸워서 이길
수 있을 것 같지 않았다. 지는 쪽에 가담하면 영포는
몸을 망치지 않으면 안 되는 것이다.

초나라의 사자는 대우가 달랐다. 왕과 초의 사자가
대면한 것은 궁전의 큰 방이었다. 숙사도 영빈관이
다. 초나라의 사자는 항우의 신하이지만 구강왕의
입장에서는 귀빈이다. 귀중한 손님으로 대우하지 않
으면 안 되었던 것이다.

수하는 당황했다. 나쁜 녀석이 나쁜 때에 찾아왔던
것이다. 구강왕의 기분이 초나라로 기울어지리라는
것을 수하는 손바닥 들여다보듯이 알 수 있었다. 초
나라의 사자가 며칠 동안 묵으면서 재촉하면 구강왕
은 결국 초나라에 붙을 것이다. 그렇게 되면 수하는
자기가 제의한 대로 저잣거리에서 형살되어 그 목은
초나라로 보내어질 것이었다. 수하는 무서워서 부들
부들 떨었다.

헛되게 죽어서는 안 된다. 생사는 목전에 있다. 죽
음 속에서 삶을 찾을 수 있는 방법은 없을까. 수하
는 숨쉬는 것도 잊은 채 지혜를 짜냈다. 초나라 사자
와의 지혜 겨루기였다. 아니, 구강왕과의 지혜 겨루
기였다. 지혜라고 하는 눈에 보이지 않는 날카로운
칼로 초나라의 사자를, 구강왕을 양단해 버리지 않
으면 안 되었다.

태재인 채의 집에도 사인(舍人)이 있었다. 수하는
그 사인을 황금을 주고 포섭하여 왕궁 내의 상황을

탐색시켰다. 구강왕이 초나라의 사자와 회견하는 장
소와 일시를 알고 싶었다. 그것을 알면 수하에게는
손을 쓸 방법이 있었다.

그 날도 궁전의 한 방에서 구강왕과 초나라의 사자
가 회견을 하고 있었다. 이미 여러 차례에 걸친 회견
이었는지라 초나라의 사자는,

"오늘은 아무래도 대왕의 회답을 받아야만 하겠습
니다."

라면서 끈질기게 강요했다. 왕은 마침내 승낙하는
뜻을 나타냈다. 그래서 초나라의 사자가, 그렇다면
출병 기일과 그 병력의 수는 어느 정도인가 하고 물
으면서 구체적인 회담으로 들어가려고 할 때였다.

성큼성큼 걸어서 회견석에 들어오는 자가 있었다.
한나라의 사자 수하였다. 예의 바르게 유복(儒服)을
걸치고 머리에는 관을 쓰고 손에는 홀(忽)을 들고 있
었다. 엄숙한 태도로 왕에게 인사를 하고 나서 초나
라의 사자보다 상좌에 앉았다.

놀란 것은 초나라의 사자가 아니라 구강왕 쪽이었
다. 입을 쩌억 벌린 왕은 너무나 놀란 나머지 한나라
사자의 무례를 나무라지도 못 했다. 수하는 가슴을
펴고 초나라의 사자를 향해 말했다.

"나는 한왕의 사자요. 구강왕은 이미 한나라에 귀
속하셨소. 그러니 초나라가 어찌 출병시킬 수가 있
겠소."

초나라의 사자에게는 긍지가 있었다. '우리는 천

제5장 용쟁호투 457

하를 호령하는 패자의 사자이다. 구강왕이나 한왕
따위는 기껏해야 변토(邊土)의 왕에 불과하다.' 저만
큼 내려다보이는 한왕의 사자가 무례한 말을 퍼붓자
초나라의 사자는 화가 났다. 구강왕이 아무런 해명
도 하지 않았기 때문에 틀림없이 그렇다고 생각하며
자리를 걷어차듯이 분연히 일어섰다.

초나라의 사자가 떠나자 수하는 왕에게 말했다.

"일은 결정되었습니다. 초나라의 사자가 귀국하지
못하도록 잡아서 참수한 다음 빨리 한나라로 가서
협력하셔야 합니다."

왕은 사태가 그렇게 된 이상 수하의 권고에 따를
수밖에 없었다.

"경의 의견대로 하겠소."

영포는 한 장수로 하여금 초나라의 사자를 뒤쫓게
하여 일행을 남김없이 참살했다.

그리고는 군대를 출동시켜 초나라를 공격했다.

그 무렵 항우는 하읍을 비롯한 양의 땅에 있는 잔
당을 소탕하느라고 바빴다. 자신은 회남으로 갈 수
가 없었다. 항우는 일족인 항성(項聲)과 장군 용차(龍
且)에게 대군을 주어 회남을 치게 했다.

영포는 초나라 군대의 내습에 대비하여 방비를 굳
게 하고 있었으나 초나라 군대는 영포가 예상했던
것 이상으로 강한 대군이었다. 군대의 숫자로 보아
항우의 분노가 어느 정도인가를 알 수 있었다.

영포도 맹장이었다. 용차도 초군 안에서는 이름이

알려진 용장이었다. 영포는 수 개월간 토벌군의 공격을 막으며 버티어 냈으나, 병력의 차이 때문에 어쩔 도리가 없어 끝내 패하여 후퇴했다.

영포는 군사를 합쳐 한나라로 달려가려고 했으나 항왕의 추격을 받아 전멸하지 않을까 걱정이 되었다. 그래서 군대는 그대로 두고 수하와 약간의 근위병만을 데리고 샛길로 한왕이 있는 영양으로 피해 갔다.

영포가 영양으로 들어가서 한왕을 배알할 때, 유방은 마침 외출했다가 돌아온 참이었다. 유방은 상궤(床机)에 앉아 시녀에게 발을 씻기게 하고 있었는데 그 자세로 구강왕을 접견했다. 한왕도 구강왕도 왕으로서는 동격이었다. 적어도 왕의 자리에 있는 자가 취할 수 있는 태도가 아니었다. 한왕은 의복을 갈아입고 자리를 마련하여 위의를 갖추고 정중하게 영포를 만나야 했을 것이었다.

영포는 한나라에 귀속한 것을 후회했다. 너무나 큰 굴욕적인 일이었다. 영포는 한나라를 위해 병사들을 버리고 제 몸 하나만 그 곳에 온 것이었다. 영포는 죽어야겠다고 생각했다. 죽는 길 외에 자기의 비참함을 구할 방법이 없었던 것이다.

그런데 영포가 물러나와 자기에게 주어진 숙사에 들어가 보니, 옥내의 세간·휘장·의복·음식물, 그 밖에 종관(從官)에 이르기까지 모든 것이 한왕의 그것과 조금도 다름이 없었다. 그는 기대 이상의 대우에 뒤늦게 기뻐했다.

영포는 구강에 남겨 두고 온 가족을 구출하지 않으면 안 되었다. 즉시 사자를 보내 구강에 잠입시켰으나, 이 때 초나라는 이미 항백(項伯)에게 명령하여 구강의 병력을 수중에 넣고 영포의 처자들을 모조리 죽인 다음이었다. 영포의 사자는 왕의 옛친구와 총신(寵臣)들을 많이 찾아내어 장병들 수천 명과 함께 한나라로 돌아왔다.

영포가 한으로 귀복(歸服)한 값은 매우 비싸게 치러진 것이다.

"이제는 경의 생각대로 영포도 우리 편이 되었소이다. 이제 한신을 이 곳으로 불러오지 않으시려오?"

장량이 미소를 지으며 대답했다.

"마침 승상 소하가 한중에서 군량을 운반해 함양에 와 있사옵니다. 신이 내일 함양으로 가 소하와 의논해서 한신을 동반하여 폐하께로 돌아오겠나이다."

"짐은 경만 믿소."

유방의 입이 크게 벌어졌다.

이튿날 장량은 영양성에서 나와 함양으로 향했다. 며칠 뒤 그는 함양에 드는 길로 승상부로 가서 소하를 만났다. 두 사람은 1년 동안 서로 만나지 못했는데도 10년 만에 만난 지기처럼 서로 반가워했다.

피차간에 인사의 말을 끝내고 술잔을 나누다가 장량이 물었다.

"한신 장군은 요사이 잘 있습니까?"

"한 장군이 지난번 낙양에서 돌아온 후로 몹시 우울하게 지내는 모양입니다. 팽성의 진군을 반대했기에 폐하에게 인수를 빼앗긴 것이 못내 서운했던가 봅니다. 더욱이 폐하께서 팽성 싸움에 진 뒤로는 외부와의 소식도 일체 끊고 두문불출하고 있다고 합니다. 그래서 이 사람도 한 번 만나려 했으나, 그는 만나 주지 않고 있습니다. 뭔가 좋은 계책이 없다면 선생도 만나시기 어려울 것입니다."

장량이 잠시 생각에 잠기더니 소하의 귀에 입을 가까이 해서 한참 동안 뭐라고 수군수군 말했다. 소하가 듣고 나서 크게 고개를 끄덕였다.

그 날 밤 함양성 4대문에서는 다음과 같은 방이 나붙었다.

한왕께서 이번에 팽성 대전에서 크게 패하혔으며, 태공 이하 일가족이 항왕에게 인질로 붙잡혀 있으므로, 이제 관중의 전 지방을 다시 항왕에게 바치고 항복하기로 하였으니, 군민은 이를 알지어다. - 승상부

때문에 함양성 안은 온통 들끓기 시작했다. 백성들은 믿지 못 하겠다는 듯이 우왕좌왕하며 걷잡을 수 없이 술렁댔다. 그 소식은 한신에게도 곧장 전해졌다.

'이는 혹시 장자방이 나를 불러내려는 술책이 아닐까?'

한신이 의아해하고 있을 때 문지기가 와서 알렸다.

"승상부에서 사람이 왔습니다."

한신은 잠시 망설이다가 그를 안으로 들게 했다. 승상부의 사자가 한신에게 공손히 절을 하고 나서 용건을 말했다.

"지금 장자방 선생께서 폐하의 명을 받들고 초나라 사자와 함께 승상부로 와서 항왕에게 항복하는 절차를 논의하는 중입니다. 승상께서는 몹시 울적해 하시며 이 같은 이 사실을 한 원수님께 아뢰게 해서 한 번 만나 의논이라도 하고 싶다는 뜻을 전하라고 하셨습니다."

"그래? 알았으니 그대는 물러가도록 하라."

사자를 보내고 난 한신의 입에서 한숨이 절로 새어 나왔다.

'싸움에 지고 가족이 사로잡혔다고 해서 일시에 나라를 들어 초나라에 항복을 한다니, 일국의 왕으로서 어찌 그다지도 도량이 좁단 말인가, 지금껏 내가 이루어 놓은 일은 모두 만사휴의(萬事休矣)가 되고 마는구나. 그 동안 내가 두문불출한 것은 대왕을 친히 내게로 오게 해서 나의 권위를 모든 군사들에게 보인 뒤 위엄으로 다시 초나라를 치고자 했던 것인데, 이 꼴이 뭐란 말인가. 급히 승상부로 가서 소하와 장자방 선생부터 만나 봐야겠다.'

한신은 그렇게 작정하고 급히 행차를 서둘러 승상부로 갔다. 한신이 찾아왔다는 전갈을 들은 소하는 기뻐하기를 마지않으며 장량에게 말했다.

"선생이 말씀하신 것처럼 한신이 찾아왔소이다."

"다행입니다. 그럼 승상께서 먼저 한 원수를 만나보십시오."

장량은 말을 마치고 병풍 뒤로 숨었다. 이윽고 한신이 들어오자, 소하는 자리에서 일어나 그를 맞아들여 예를 말문을 열었다.

"원수를 뵈오니 답답하던 가슴이 풀리는 것 같소이다."

한신이 굳어진 얼굴로 물었다.

"폐하께서 초나라에 항복하신다는 것이 사실입니까? 승상께서는 이럴 수도 있는 일이라고 생각하십니까?"

소하가 짐짓 침통해하는 표정을 지으며 힘없이 대답했다.

"참으로 땅을 치면서 통곡이라도 하고 싶은 심정입니다. 장자방 선생마저 폐하와 한마음이 되어 그렇게 하기로 결정해 버렸으니, 앞으로 하늘 아래에서 고개를 들고 살 수가 없게 되었소이다."

듣고 난 한신은 자리를 차고 일어나며 결연한 어조로 말했다.

"장자방 선생이 그렇게 안일한 생각을 하실 줄은 몰랐습니다. 항왕이 비록 우직하고 강폭하기는 하나, 그의 곁에 범증이 있는 한 폐하의 존속을 살해하지는 않을 것임을 그놈이 왜 모르시는지요. 원컨대 승상께서는 관중을 지켜 주십시오. 인마를 거느리고 달려가 초나라를 멸하고 폐하의 존속을 모셔오도록 하겠습니다."

바로 그 때 병풍 뒤에 숨었던 장량이 천천히 걸어 나와서 말했다.

"소 승상께서는 속히 4대문에 내건 방을 거두도록 하시지요. 오늘의 난국을 타개할 사람은 바로 이 한 원수뿐인데, 한 원수의 결심이 이처럼 굳으시니 무엇을 더 근심하겠습니까."

소하가 난처해하는 표정이 되면서 말했다.

"하지만 폐하께서 한 원수의 말씀을 믿으실까요?"

그 말을 들은 한신이 더욱 결연한 어조로 말했다.

"그 일에 대해서는 조금도 염려치 마십시오. 제가 직접 영양으로 가서 폐하를 뵈옵고 생각을 바꾸시도록 하겠습니다."

그리고는 승상부에서 나갔다.

장량은 그 길로 영양성으로 가서 유방에게 그 같은 사실을 알리면서 그에 대한 대비책을 자세히 진언했다.

한신은 다음 날 그가 약속한 대로 군마를 정비하여 소하와 함께 영양성으로 향했다. 한신이 당도하자 유방은 먼저 소하의 손을 잡으며 말했다.

"짐이 승상과 작별한 뒤로 포중이 잘 다스려져 그 곳 백성들이 태평성대를 구가할 뿐 아니라, 군량 보급을 잘 해 주어서 군사들이 굶주리지 않았소. 그것은 모두 승상의 공이오."

유방은 이어서 한신에게 말했다.

"짐이 우매하여 한 원수의 충간을 듣지 않았기에 오늘 이 꼴이 되고 말았소. 원수를 대하기가 심히 민망하오이다."

한신이 배복하고 대답했다.

"한 번 실수는 병가상사(兵家常事)이오니 폐하께서는 지나치게 심려치 마옵소서. 신은 그간 병을 얻어 조신하느라고 일찍이 진배치 못 하고 있었사옵니다. 이제 신은 폐하의 관용으로 용서함을 받아 초를 쳐서 멸하고자 하나이다."

유방은 속으로 기뻐하면서도 일부러 처량한 목소리로 말했다.

"짐은 팽성 싸움에서 크게 패해 져서 가족들은 모두 적에게 사로잡혔소. 그래서 생각하다 못해 초에 항서(降書)를 내고 있는 중이오. 지금 초의 기세가 욱일승천인 데다가 항왕은 혼자서 우리의 장수 60여 명과 싸워 이긴 천하 무적의 용장이니, 한 원수인들 어찌 능히 그를 이길 수 있겠소?"

유방의 말이 끝나자 꿇어앉아 있던 한신은 벌떡 일어섰다. 그의 얼굴은 벌겋게 상기되고 이마에는 굵은 땀방울이 맺혔다.

"폐하께서는 어찌하여 적의 위세만 높이시고 신의 예기는 꺾으시나이까. 신이 이제 본부군을 이끌고 항우와 더불어 자웅을 결하고 그를 산 채로 잡아서 계하에 바치겠나이다. 만일 신이 뱉은 말에 어김이 있을 때에는 군법으로 신의 죄를 다스려 주시옵소서!"

한신의 목소리는 크고 떨렸다. 유방은 자리에서 일어나 한신의 손을 잡으면서 말했다.

"짐인들 어찌 항우에게 항복을 하고 싶겠소. 사세가 하도 급해져서 부득이 그렇게 해서 백성들의 희생이라도 줄여 보려고 했던 것인데, 원수의 결심이 그토록 굳은 것을 보니, 짐의 마음이 심히 기쁘고 든든하오. 그러니 원수는 이제 무슨 묘책이 있는지 한번 들려 주기 바라오."

"신이 그 동안 함양에 있으면서 초를 치기 위하여 은밀히 군영 안에서 수백 량의 전거(戰車)를 만들어 놓았습니다. 병서에서도 이르기를, '평지에서는 거전(車戰)을 하고, 산악에서는 보전(步戰)을 하며, 물에서는 전선(戰船)을 만들어 수전(水戰)에 대비하라'고 했습니다. 신이 이 근처의 지세를 살펴 보았는데, 영양성 밖 30리쯤에 광활한 평야가 있으므로 그 곳에서 전거를 이용하여 적을 무찌른다면, 한 놈도 남기지 않고 사로잡을 수 있사옵니다."

유방이 기쁨을 감추지 못하면서 말했다.

"원수가 미리 그러한 비밀 병기를 준비해 두었다니, 짐이 무엇을 더 걱정하겠소."

한신이 함양으로부터 매일같이 전거들을 옮겨 오자, 처음으로 전거를 보는 영양성 안의 군사들과 백성들은 모두들 놀라움과 감탄을 금치 못했다.

한신은 영양성 밖 30리쯤 되는 곳에 있는 대평원으로 나가 대채를 세우고, 매일같이 여러 장수들과 군사들에게 전거전에 대한 조련을 행했다. 그렇게 하기를 2달이 지나자 군사들은 모두 전거전에 익숙해지고, 또 그 동안 새로이 전거를 만들었기에 그 수효가 무려 3천 량에 이르렀다.

마침내 한신이 유방에게 아뢰었다.

"이제 싸울 때가 되었사옵니다. 먼저 항우에게 전서를 보내서 그의 노여움을 촉발시켜 스스로 이 곳까지 오도록 만들어야 하옵니다."

유방은 대원수의 인장을 한신에게 다시 내려 주며 부드러운 목소리로 말했다.

"만사를 원수가 알아서 처결하오."

유방에게 두 번 절하고 그의 앞에서 물러나온 한신은 항우에게 보낼 사자를 불러 봉서 한 통을 내어주면서 말했다.

"항왕에게로 가서 한나라 대원수 한신의 항서를 가지고 왔다고 말하면서 이 봉서를 전하도록 해라."

팽성으로 가서 항왕을 알현한 사자는 한신이 시킨 대로 했다.

"뭐, 한나라 대원수의 항서를 가져왔다고?"

항우가 고개를 갸우뚱하며 봉서를 뜯었는데 다음과 같은 내용이었다.

대한(大漢)의 파초대원수 한신이 서초패왕 항적에게 이 글을 띄우노라. 그대는 의제를 시역한 천하의 역적이기에 내가 그대의 목을 베기 위해 천병을 거느리고 영양성 밖에 와서 진을 치고 기다리고 있노라. 그대는 마땅히 속히 와서 목을 바치도록 하라!

그것은 기대했던 항복하겠다는 글이 아니라 싸움을 거는 전서엿다. 항우는 대로하여 용상에서 벌떡 일어섰다. 두 눈썹은 단번에 찢어질 것처럼 치켜올려지고 머리칼은 온통 곤두섰다.

"한신 이놈! 이 비렁뱅이 놈이 감히 짐을 놀리다니! 내 이놈을 죽여서 화를 풀고야 말리라!"

항우는 즉시 영을 내려 출전 준비를 다그쳤다. 그것을 본 범증이 급히 나서서 간했다.

"폐하, 이것은 한신이 폐하의 노여움을 유발시켜쳐 나오시도록 하려는 유인계입니다. 듣자 하니 한신은 전거라는 새 병기를 수천 량 만들어 평지전을 준비하고 있니, 폐하는 고정하시고 그것에 대한 대비책을 세우신 후에 군대를 움직이십시오."

항우는 펄쩍 뛰었다.

"아니오, 아부! 한신이 놈이 전서를 항서라고 속여 보내왔으니, 이런 모욕은 처음으로 당하오. 아부께서는 더 이상 짐을 말리지 마오!"

항우는 끝내 범증의 만류를 뿌리치고 군대를 출발시켰다. 범증으로 하여금 팽성을 지키도록 하고, 친히 30만 대군을 이끌고 영양성 50리 밖이 되는 곳에 진을 쳤다. 그리고는 계포와 종리매를 불러 한군의 허실을 탐지해 오라고 명령했다.

한신의 첩자가 그 같은 사실을 보고하자, 한신은 부하 장수들을 불러 영을 내렸다.

"초군이 우리의 허실을 탐지하고 있으니, 제장들은 전날 내가 당부한 대로 함부로 병력을 움직이지 마오. 항우는 반드시 이 곳까지 제 발로 올 것이니, 그 때를 기다렸다가 일시에 공격하면 대승을 거둘 수 있을 것이오."

장수들이 주의 깊게 명령을 듣고 물러가자, 한신은 홀로 파병지계(破兵之計)를 짜기에 골몰했다.

그럴 때 계포와 종리매가 한신의 진영 가까이 접근해 보았는데, 그저 조용하기만 할 뿐 별다른 동정을 발견할 수가 없었다. 두 장수가 돌아가 항우에게 그대로 보고했더니,

"그러면 그렇지! 비렁뱅이 놈에게 무슨 뾰족한 수가 있겠느냐! 짐이 먼저 기선을 제압하여 놈들의 간담을 서늘하게 만들어 놓을 테니 너희 둘은 뒤에 있다가 만일의 경우에 나를 구원토록 하라."

하고 말한 다음 환초·우영·항장·우자기 등 네 장수와 함께 대군을 거느리고 출동했다.

그들이 한군의 진영 가까이 이르자, 한신이 말을 타고 나서며 큰 소리로 말했다.

"함양에서 작별한 뒤로 대왕을 오랫동안 뵙지 못

했습니다. 그 동안 평안하셨는지요? 내가 지금 갑옷을 입고 있어서 예를 드리지 못함을 용서하시오."

말은 정중했으나 그것은 노골적인 조롱임에 틀림없었다. 항우는 끓어오르는 분노를 참지 못 하고,

"네 이놈! 내 오늘 너를 죽이고 말리라!"

하고 소리치며 말을 박차 한신에게 달려들었다. 때문에 하마터면 항우가 휘두르는 칼에 맞아 목이 달아날 뻔했으나, 한신은 번개처럼 몸을 틀어 피하면서 달아나기 시작했다. 항우가 그 뒤를 급히 쫓았다. 그것을 보고 계포와 종리매가 간했다.

"한신이 싸우려고 하지 않고 도망치는 것이 아무래도 수상하옵니다. 폐하께서는 적의 허실을 아시고 난 뒤에 추격하소서."

"쓸데없는 소리! 한신이 겁을 내고 달아나는데, 어찌 구경만 하라는 말인가!"

항우는 두 장수의 말을 듣지 않고 더욱 급히 오추마를 몰아 한신을 추격했다. 한신은 항우가 급히 추격하면 급히 도망하고, 조금 천천히 추격하면 천천히 달아났다.

"저놈이 나를 희롱하는구나!"

항우는 더욱 분통이 터졌다.

어느덧 경색하(京索河)까지 이르게 되자. 한신은 강 위에 걸쳐져 있는 다리를 천천히 건넜다. 다리가 좁았기 때문에 항우도 조심조심하면서 건너갔다. 뒤이어 항우의 부하 장수들과 군사들도 뒤따라 다리를

건너 10리쯤 갔을 때였다. 별안간 후진에서 급한 보고가 올라왔다.

"경색하의 다리가 끊어져 후속 부대가 강을 건너오지 못 하고 있사옵니다."

보고를 들은 항우는 대경실색했다.

"아뿔싸! 놈의 계책에 속았구나!"

그 때 한신의 모습은 이미 그림자도 찾아볼 수 없었다. 항우가 잠시 어찌할 바를 모르고 있는데, 사방에서 갑자기 천지를 뒤흔드는 함성이 일어나면서 무수한 전거들이 철포와 궁노를 쏘면서 돌진해 왔다. 항우는 다급하게 소리쳤다.

"속히 돌파하라! 포위되기 전에 목숨을 걸고 돌파하라!"

항우는 군사를 나누어 정면을 돌파하고자 했다, 하지만 빗발같이 쏟아지는 철포와 궁노들로 인해 군사들의 시체만 쌓여 갔다. 그러는 동안에 전거들은 점점 철통같이 사방을 에워싸고, 뒤이어 한군의 기병들이 들이닥치면서 사정없이 초군들을 죽었다.

"오오, 짐의 천명이 여기서 다한단 말인가!"

항우의 입에서 무거운 탄식소리가 흘러나왔다.

그 때 계포와 종리매가 항우를 구하러 급히 달려왔다. 한신의 부하 장수 조덕이 그들 앞을 가로막았으나, 계포가 한 창을 찔러 죽이고는 항우 곁으로 다가왔다.

"폐하, 사방이 모두 적들이오니 어서 몸을 피하소

서."

계포와 종리매가 앞장서서 성난 호랑이처럼 좌충
우돌하며 혈로를 뚫었다. 그리하여 그들이 조금 전
에 항우를 구하려고 달려왔던 남계(南溪) 소로로 빠
져 나갔다. 거기서 잠시 멈추고 군대를 점검해 보니,
우영은 전투 중에 죽었고 환초는 등에 쇠화살을 맞
아 운신하기조차 어려웠다. 장수들이 그러니 사졸들
의 희생은 이루 말할 수 없을 정도였다.

항우는 크게 낙심해서 말했다.

"짐이 그대들의 말을 듣지 않았다가 이런 낭패를
보는구나!"

초군은 가까스로 포위망을 벗어나 계구(溪口)에 당
도했다. 그 때 날은 이미 저물었는데 한군의 함성소
리는 사방에서 들려 오고 있었다. 때문에 초군은 잠
깐 동안 휴식을 취할 수도 없었다. 그래서 계속해서
본진을 향해 퇴각을 강행하고 있을 때 맞은편에서
초군 하나가 달려오더니 뜻밖의 소식을 전했다.

"본진은 이미 한군에게 빼앗기고 말았나이다."

항우는 그만 어깨가 축 늘어졌다.

"한신이란 놈이 이럴 수가 있단 말인가! 그렇다면
곧장 팽성으로 돌아가 이 원한을 풀어야겠다."

항우의 말이 채 끝날까말까 했을 때 어둠 속에서
일시에 횃불이 일어나며 함성이 천지를 진동시켰다.
뒤이어 쇠화살들이 어둠을 뚫고 빗발처럼 쏟아지는
가 했더니, 그 중 하나가 항우의 가슴에 "퍽!"하고

소리를 내면서 꽂혔다.

"우욱! 이놈들이…."

항우는 이를 악물며 한 손으로 화살을 뽑아 내던졌다. 과연 그는 천하 제일인 항우였다.

"폐하! 폐하께서는 여기서 이대로 계시면서 옥체를 보중하소서. 소장이 죽기로써 폐하를 지키겠나이다!"

종리매가 비장한 목소리로 말하고, 남은 군사 2백여 명과 함께 맞아 싸울 태세를 취하자 항우가

"그래라! 나도 싸우겠다."

하고 대답하며, 이번에는 초천검 대신 창을 꼬나쥐었다. 가슴에 입은 부상 때문에 칼을 휘두르기가 힘든 모양이었다.

마침내 어둠 속에서 처절한 백병전이 벌어졌다. 서로 찌르고 베고 하는 동안 초군은 하나 둘씩 쓰러져 갔다. 원체 중과부적이었다. 바야흐로 항우가 매우 위태롭게 되었을 때, 오른편 언덕 위에서 일군이 뛰어내려오면서 앞선 대장이 큰 소리로 외쳤다.

"초나라 대장 포(蒲) 장군이 여기 왔다!"

그의 무용은 참으로 눈부신 바가 있었다. 그가 휘두르는 칼에 베어진 한군들이 뒤를 이으면서 쓰러졌다.

한군을 물리친 포 장군이 피투성이가 된 몸으로 항우 앞에 엎드려 아뢰었다.

"폐하! 소장이 좀더 일찍 와서 구해 드리지 못한 죄는 만 번 죽어도 씻지 못할 것이옵니다."

항우가 비로소 자세를 고치면서 물었다.

"짐은 괜찮도다. 그런데 그대는 어떻게 이처럼 올 수가 있었는가?"

"범 승상의 명에 따라 3만 기를 거느리고 이틀 밤낮을 쉬지 않고 달려왔사옵니다."

"짐이 회계 땅에서 몸을 일으킨 후로 싸우면 반드시 이기고 공격하면 어김없이 성을 빼앗았는데, 이번 싸움에서는 참으로 형언할 수 없는 참패를 맛보았도다. 만일 범 아부가 그대를 보내 주지 않았더라면, 짐이 한신에게 욕을 당할 뻔했구나."

항우는 그렇게 탄식하고 팽성으로 회군하라고 명령했다.

출전할 때의 군사들은 30만 명이 넘었건만, 살아서 돌아가는 군사들은 10만 명도 채 되지 않았다. 그러니 항우가 말한 것처럼 실로 처참한 참패였다.

제6장 마지막 승부를 겨루다

배수(背水)의 진(陣)

영양 싸움에서 항우를 크게 이겨 팽성 대전에서의 치욕을 씻은 유방이 여세를 몰아 초를 치려고 서두르자, 한신이 앞에 나와서 아뢰었다.

"지금 초나라를 쳐서는 아니 되옵니다. 항우가 이번에 비록 참패하고 돌아갔으나 아직도 팽성에는 남은 군사들이 많이 있고, 범증이 항우를 적극 보좌하고 있사옵니다. 하오니 이번 기회에 목의 가시 같은 대(代)와 조(趙)·연(燕)을 먼저 쳐서 초의 우익을 꺾고, 그 다음에 제나라마저도 무찔러 초를 완전히 고립시킨 연후에 초를 치는 것이 천하를 경영하는 대계일 것이옵니다."

유방은 한편으로 고개를 끄덕이면서도 걱정스러운 듯이 물었다.

"원수가 이 곳을 떠나면, 이 영양성이 위태로워지지 않겠소?"

"지용을 겸비한 왕릉을 총대장으로 삼으시고, 진평을 군사, 그리고 자방 선생을 폐하의 곁에 두신다면, 아무런 걱정도 없을 것이옵니다. 설사 팽성에서 항우가 다시 온다고 해도, 능히 그들을 막을 수 있을 것입니다."

유방의 얼굴에 희색이 감돌았다. 이번에 한신의

장정(長征)이 성공을 거둔다면, 광대한 동북방의 여러 나라들을 손 안에 쥘 수가 있는 것이다.

"짐은 원수만 믿겠소. 어서 출전하여 대승을 거두고 돌아오실 날만 기다리겠소."

유방 앞에서 물러나온 한신은 장이 등 여러 장수들과 함께 대군을 거느리고 대주(代州)를 향해 진발하게 되었는데 그 전에 위표와의 싸움이 있었다.

6월에, 서위 왕 위표가 배반한 것이다.

한왕이 초나라 군대와의 싸움에서 대패하고 귀환했을 때, 위표는 귀국하자마자 황하의 진(津:나루터)을 폐쇄하고 초나라에 붙었다. 한왕은 위표의 배반에 화가 났으나 공벌(攻伐)할 만한 여력이 없었다. 그래서 한왕은 세객인 역이기에게 말했다.

"가서 위표를 설득해 주시오. 한나라에 귀순시키면 경을 1만 호의 읍에 봉하리라."

역이기는 노인이었지만 신체가 크고 다리와 허리가 튼튼했다. 즉시 영양을 떠나 서위로 향했다. 서위는 수도를 평양(平陽)으로 정하고 있었으나, 표는 평양에 살지 않고 구수도인 안읍(安邑)에 살고 있었다. 안읍은 위나라가 동쪽의 대량(大梁)으로 수도를 옮길 때까지 서울로 삼고 있었던 곳이다.

역이기가 표를 설득했으나 그는 고개를 끄덕이지 않았다.

"인간의 일생은 백마가 문틈을 달려 빠져나가는

것처럼 지극히 짧소. 자기 소신대로 보내야 할 것이오. 한왕은 오만하여 사람을 깔보고, 제후에 대해서도 마치 노예에게 하듯이 천하게 욕을 하오. 조금도 상하의 예절이 없어, 나는 두 번 다시 만날 생각이 없소."

위표는 당당한 위왕의 자손이었다. 농민 출신인 한왕에게 욕을 당한 것을 참을 수가 없었던 것이다. 귀족에게는 서민이 이해하기 어려운 긍지가 있다. 그 긍지가 한나라에 등을 돌리게 했지만 그것뿐만은 아니었다. 위표는 천하를 바라고 있었던 것이다.

날품팔이 농부인 진승(陳勝)이 왕이 되어 천하를 원했다. 패의 건달인 유방도 한왕이 되어 천자가 되려하고 있다. 그러니 위의 왕손인 내가 천자가 되지 못할 리가 없지 않은가, 위표는 그렇게 생각했다.

그는 박희(薄姬)라고 하는 여자를 총애하고 있었다.

박희의 아버지는 오나라 사람이었다. 그의 아내는 위왕의 종가와 연고가 있는 여자였다. 아버지가 죽은 후 박희의 모친은 위표가 위왕이 되자, 자기 딸을 왕의 후궁에 넣었다. 그리고 박희는 임신했다. 그 무렵, 안읍의 거리에 허부(許負)라고 하는 용한 관상가가 있었다. 박희의 모친은 허부한테 딸을 데려가서 상을 보였다. 허부는 박희를 보더니 놀라며 말했다.

"이분에게는 천만 명 중에서 하나 나기가 어려운 귀한 상이 있어요. 틀림없이 천자를 낳으실 겁니다."

위왕은 그 말을 듣고 마음 속으로 매우 기뻐했다. 태어날 아이가 천자라면 그 아비가 천자이거나 패왕이어야 한다. 그리고 초나라와 한나라가 싸우고 있다. 한왕이 쓰러지면 초왕도 쓰러질 것이다. 천하는 위왕에게 굴러들어올 것임에 틀림없다. 한왕과 교류를 끊은 위표는 초왕에게 사자를 보내 함께 한나라를 치자고 제의했다. 초왕도 우군이 필요했기 때문에 승낙했다.

위왕 표를 설득하는 데 실패한 한왕은 무력을 쓸 수밖에 없었다. 서위의 나라는 영양·성고의 서북방에 있다. 영양과 관중을 잇는 지역은 측면으로부터 위협당할 우려가 있었다. 병력의 부족 따위를 논하고 있을 수는 없었다.

한왕은 한신을 좌승상으로 하고 조참과 관영을 그에게 딸려 서위를 토벌하라고 명령했다.

한신은 위나라에서 돌아온 역이기에게 물었다.

"위는 주숙(周叔)을 대장으로 등용하지 않을까요?"

"박직(拍直)일 것입니다."

역이기는 대답했다.

"박직이라면 다루기 쉬운 상대다."

한신은 말했다. 사실 한신은 주숙을 경계하고 있었던 것이다.

위표는 포반진(蒲反津)에 대군을 투입하여 크게 진용을 펴고, 대안(對岸)의 임진 방면에서 쳐들어올 한나라의 군대에 대비하고 있었다. 황하는 동관(潼關) 근처까지 남류하고 거기서부터 거의 직각으로 꼬부라져 동류하고 있는데, 임진은 그 굴곡점보다 약간 북쪽에 위치하고 있다. 위나라를 향해 군대를 진군시킨 한신은 황하 서쪽을 우회하여 임진으로 북상했다. 행군은 서두르지 않았다. 한나라 군대의 행군 상황을 일부러 위나라의 첩자들이 보도록 드러내 보인 것이다.

임진에 도착한 한신은 엄청난 수의 기를 세우고, 많은 배를 기슭에 준비하여 당장에라도 대군이 강을 건너 밀고 들어가려는 것처럼 보이게 했다. 그 다음에 은밀히 군사를 북상시켜 하양(夏陽)에 이르러 강을 건너갔다. 배는 사용하지 않았다. 목앵부(나무항아리를 배열하여 묶은 뗏목)를 이용하여 군사들을 건너게 했다.

배만을 경계하고 있던 위나라의 병사들은 그것을 알아채지 못했고, 그렇게 되어 한나라의 군대는 간단히 강을 건널 수 있었다.

한신의 군대는 포반진을 무시하고, 위표가 도읍하고 있는 안읍을 덮쳤다. 위표는 수도를 빼앗기자 놀라서 되돌아와 싸웠으나 맥없이 패했다. 위표는 포로가 되었다. 한나라는 서위의 땅을 하동군(河東郡)으로 바꾸었다.

위표(魏豹)를 포로로 잡고 서위의 땅을 평정한 한신은 산자를 영양(滎陽)으로 보내어 한왕에게 요청했다.

"병사들을 3만 명 정도 늘려 주시기 바랍니다. 신은 북으로 조·연을 공략하고 동으로는 제(齊)를 치며, 남으로는 초의 양도(糧道)를 끊은 다음에 대왕과는 서쪽 땅 영양에서 만나뵙도록 하겠습니다."

싸움에 이긴 대장군의 면목이 그대로 드러나보였다. 유방으로서는 한신의 비범한 재능이 믿음직스러웠지만 한편으로는 두렵기도 했다. 요구하는 대로 병력을 증원해 준다면 결과는 그의 독립을 도와주는 결과가 되지 않을까? 그래서 유방은 모신인 장량(張良)과 의논을 했다.

"한신에게 병력을 지원해 줘도 괜찮을까?"

"한신에게 병력을 주어 하북(河北)을 공략해야 할 것으로 생각합니다. 조(趙)는 진여(陳余)가 조왕 알(謁)을 보좌하고 있습니다. 그러나 실권은 진여에게 있습니다. 대(代)에는 하열(夏說)이 재상이 되어 진여를 대신하여 지키고 있습니다. 이것을 방치해 두어서는 안 됩니다. 세력이 커지기 전에 무찔러 한(漢)나라의 판도로 만들지 않으면 안 됩니다."

장량은 계속해서 말했다.

"한신에 대해 마음이 놓이지 않으신다면 장이(張耳)를 감시역으로 삼아서 보내는 것이 어떻겠습니까. 장이와 한신은 아버지와 아들 만큼이나 나이 차이가 있으니 서로 공을 다투는 일도 없을 것입니다. 거기다가 장이는 전에 상산왕(常山王)이었으며, 조나라에서는 어질다고 널리 알려져 있기 때문에 조나라를 공략함에 있어서나 또 주민들을 선무하는데 있어서나 매우 적격인 사람입니다. 원수인 진여를 치는 일인 만큼 아마 장이는 온갖 힘을 다 기울일 것입니다."

"좋소, 그렇게 하도록 합시다."

유방은 장량의 권유를 한 번도 물리친 적이 없었다. 병력 3만 명을 장이에게 주어 하북으로 보냈다.

장이는 한신의 감시역으로 파견된 만큼 한신에게서 미움을 사지나 않을까 하고 내심으로 걱정이 되었다. 그러나 한신을 만나 보니 그런 걱정은 할 필요가 없음을 알게 되었다. 한신은 쾌히 장이를 맞이하여 작은 연회까지 베풀어 주었다.

"현인으로 이름이 높으신 왕께서 친히 와 주시니 신(信)은 기쁘기 한이 없소이다."

한신은 장이를 왕이라고 불렀다. 장이는 진여에 의해 조나라에서 쫓겨날 때까지 상산왕이었기 때문이다.

"조나라에는 왕의 옛친구들이 많으실 것입니다. 그 사람들을 포섭한다면 정보 수집에 크나큰 도움이 되지 않겠습니까?"

한신은 그렇게까지도 생각했다. 싸우기 전부터 정보 수집을 중요시하는 한신은 범상한 장군이 아니다. 장이는 한신의 얼굴을 바라보면서 그렇게 생각했다.

한신과 장이는 조나라를 치기 전에 먼저 대(代)나

라를 공격하기로 했다. 대는 조의 북쪽에 있으며 호지(胡地)에 가깝다. 장이는 군대를 지휘해서 싸움을 하는 것을 좋아하지 않았다. 전투보다는 변설 쪽에 오히려 자신이 있었다. 싸우면 반드시 이긴다는 한신과는 성격이 전혀 달랐다. 성격이 닮지 않은 사람들끼리는 닮은 사람들끼리보다 인간 관계가 오히려 원활해질 수 있지 않을까 하고 장이는 생각했다. 비슷한 사람들끼리는 한 가지 일에 대해서 지나치게 고집을 앞세우는 나머지 갈등을 일으키기 쉽게 된다. 장이와 진여의 경우가 바로 그랬었다.

대국으로 침공한 것은 윤(閏)9월이었다. 북국인 대는 이미 차가운 겨울 날씨가 시작되고 있었다. 한나라 군대는 전투보다 추위에 대비하느라고 더 바빴다. 동상(凍傷)이 가장 두려웠다. 군량과 말먹이의 보급을 위해 만반의 준비를 갖추었다. 장이는 거록(鉅鹿)에서 농성할 때 군량(軍糧) 보급을 차단하려는 적의 공격을 받아 고생한 적이 있었기에. 병참선을 유지하기 위해 피눈물나는 노력을 기울였던 것이다.

장량이 유방에게 말했던 것처럼 대왕 진여는 조왕 알을 돕기 위해 조나라에 머물고 있으면서, 그의 수하 하열을 대나라의 재상으로, 그리고 자동을 대장으로 해서 대나라를 지키게 하고 있었다.

한신이 대군을 이끌고 대주성 밖 30여리에 진을 치고 있다는 첩보에 접한 하열은 조금도 놀라지 않고 장동에게 말했다.

"한신이 항왕을 크게 이기고 여기까지 왔구나. 그동안 한신은 싸우면 반드시 이겨, 군사들의 기강은 해이해졌을 것이고 마음은 교만해졌을 것이오. 내가 오랫동안 군사를 모으고 예기를 길러 왔으니, 원로에 행군해 온 적이 피로하여 방비가 소홀한 이때를 타서 급히 친다면, 가히 대승을 거둘 수 있을 것이오. 이것이 바로 병법에서 이일대로(以逸待勞)라고 말하는 것이지."

"재상의 말씀이 십분 옳습니다."

별다른 계책이 없는 장동이 맞장구를 치자, 하열은 장동과 함께 한군을 기습할 준비를 서두르게 했다.

그즈음에 진지를 세우고 난 한신은 장수들을 불러,

"하열은 병법에 숙달한 사람이라 원로에 피로한 틈을 노려 우리를 기습해 올지 모르니, 제장들은 그것에 대한 대비가 있어야 할 것이오."

라고 말하고는 영을 내렸다.

"조참은 먼저 군사들을 거느리고 가서 적을 유인하고, 관영·노관 두 사람은 좌우에 매복해 있다가 적이 통과한 뒤에 퇴로를 차단하고, 번쾌는 일군을 거느리고 적이 패주하거든 들이치도록 하오."

장수들이 물러가자, 한신은 정병 1천여 명을 거느리고 산골자기로 가서 깊숙이 숨었다.

한편 대주성의 하열은 드디어 기습하기 위해 군대를 거느리고 풍우같이 한신의 본영으로 돌진해오면서,

"한신은 나와서 내 칼맛을 보라!"

하고 호통을 쳤다. 그러자 한 장수가 「'한국 대장 조참'」이라는 글자가 쓰여진 기를 휘날리며 말을 달려나왔다. 하열은 어처구니가 없다는 듯이 껄껄 웃었다.

"한신이 용병을 귀신같이 잘 한다더니, 이건 오합 지졸에 불과하구나!"

조참이 대로하여 창을 휘두르며 하열과 싸우기 시작했다. 그런데, 창과 칼을 부딪치며 10여 합정 도 싸웠을 때 조참이 당할 수 없다는 듯이 말머리 를 돌려 달아나기 시작했다. 그리고 하열이 그 뒤 를 바짝 ◎았다.

그렇게 쫓고 쫓기기를 20여리쯤 하였을 때였다. 별안간 징 소리가 요란하게 울리면서 좌편에서 관 영, 우편에서는 노관이 각각 2천 명의 군사들을 거 느리고 나타났다.

동시에 도망가던 조참도 다시 돌아와서 하열을 에워쌌다.

'아뿔싸! 놈들에게 미리 준비가 있었구나!'

하열은 좌충우돌했으나 중과 부적이었다. 하열의 군대는 삽시간에 풍비박산이 되었기에, 하열은 겨 우 백여 명의 군사와 함께 산등성이의 좁은 길로 달아나는데, 갑자기 꽹가리 소리가 고막을 찢을 것 처럼 들리는 가운데 험상궂게 생긴 한 장수가 불쑥 나타나,

"네 이놈! 내가 누구인지 아는가? 한국 대장 번쾌다."

하고 앞길을 막았다.

하열은 싸울 엄두를 내지 못 하고 그대로 말을 놓아 달아나기에만 정신이 없었다. 한데, 그가 겨우 산 아래로 내려가 마악 군대를 수습하려고 하는데, 한신이 거느린 1천 명의 복병이 일시에 쏟아져 나오며 눈 깜짝할 사이에 하열과 그의 군사들을 모조리 결박지워 버렸다.　한신이 좋은 말로 하열을 설득했다.

"장군의 의기는 천하가 다 알고 있으니 나와 함께 한왕을 위해 힘을 모으도록 합니다."

하지만 하열은 응하지 않고 외치듯이 말했다.

"패장에게는 오로지 죽음이 있을 뿐이오."

한신은 할 수 없이 하열을 함거에 실어 대주성으로 갔다. 대주성의 성문은 굳게 닫혀 있고 성루에서 장동이 군사들을 지휘하고 있었다. 한신은 하열을 함거에서 끌어내어 땅바닥에 꿇어앉힌 뒤에, 성루를 향하여 큰 소리로 말했다.

"여기 너희들의 재상 하열이 묶여 있다. 어서 성문을 열고 항복하라!"

성루에서 이를 내려다본 장동의 놀라움은 너무도 컸다. 철석같이 믿었던 하열이 묶여 있는 모습을 보자 그만 하늘이 무너진 것 같았다.

"아아, 이 일을 어찌해야 좋단 말인가.

낙심천만하여 망연히 서 있는 장동에게 하열이 큰 소리로 외쳤다.

"여보게, 그대는 사력을 다해서 성을 지키게! 나 때문에 한신 따위에게 항복하지 말게!"

때문에 한신은 대로하여 군사들로 하여금 즉시 하열의 목을 베어 그 머리를 창끝에 꽂아서 높이 쳐들게 하였다. 장동은 그 광경을 보다가 흐느끼어 울었다.

'형님처럼 모셔 온 하열 장군이 죽었으니, 내가 이제 누구를 위해서 이 성을 지키겠느냐. 적에게 잡혀서 욕을 당하느니보다 차라리 하열 장군과 함께 저승으로 가겠다.

라고 생각한 장동은 칼을 입에 물고 성루에서 몸을 던졌다. 땅바닥에 떨어진 그는 머리는 깨어지고 칼은 목구멍을 뚫고 목덜미로 빠져나온 처참한 형상이 되었다.

그것을 본 성 안의 부장 왕존이 단충에게 말했다.

"두 대장을 일시에 잃었으니 우리가 어떻게 더 버틸 수 있겠소?"

단충이 대답했다.

"이제 더 이상 구원병을 기다릴 수도 없고 하니, 항복하는 것이 좋을듯 합니다.

이렇게 의논이 정해지자 대주성의 성문은 크게 열렸다.

한신은 유유히 입성하여 백성들을 위문한 뒤, 대

주는 왕존을 다스리라 하였다.

한신의 군대는 대나라 군대를 편입시켰기에 크게 불어났다.

한신이 대나라를 항복시켜 군세가 더욱 커지자 한왕이 사자를 보내 군대를 영양으로 보내라고 요청했다. 영양과 성고에서 초나라 군대와 대치하고 있던 한왕은 병력이 부족하여 곤경을 겪고 있었던 것이다.

영양에 있는 한나라 군대가 패하면 하북에서 싸우고 있는 한신 등이 승리를 거둔다 해도 아무런 의미가 없었다. 한신은 한왕의 명령을 공손히 받들어 군사를 보내기로 했다. 다만, 지금부터 조나라를 치지 않으면 안 되었다. 병력의 전부를 보낼 수는 없었다. 그래서 한신은 장이와 의논했다.

"3만 명쯤 보내면 어떻소?"

장이가 대답했다. 3만 명은 처음에 한왕으로부터 받아 온 병력의 숫자이다. 빌려 온 군사의 숫자만큼 돌려 주어 버리면 이제 한왕에 대한 빚은 없다.

"같은 숫자라면 좀 부족하겠군. 1만 명쯤 더 보태서 보내도록 합시다."

노인인 장이는 세상 물정에 밝았다. 한왕이 의심할지도 모른다는 생각에서 3만보다 조금 더 많이 주자고 말한 것이었다.

한신은 약 4만 명의 군대를 한왕에게 보내 주었다.

한신은 대나라에서 새로 병력을 모집했다. 조나라를 공격하는 것은 대나라를 공격한 것처럼 쉬운 일이 아니었다. 병력도 많을 뿐만 아니라 진여가 수비를 굳게 하고 있기 때문이었다. 대는 지난날 장이의 아들인 오(敖)가 주둔하고 있던 곳이었다. 군사들을 모집하기는 쉬웠다.

상산왕으로서 양국(襄國)에 도읍을 하고 있었던 장이에게는 조나라 땅에 친척들과 지기들이 많았다. 그런 사람들에게 금품을 주어 한편으로 돌아서게 하지 않으면 안 되었다. 장이는 심복 부하에게 황금을 주어 양국으로 보냈다. 병법의 기본인 '적을 알려면' 비용을 아껴서는 안 된다. 첩보 활동에서 가장 효과가 있는 것은 내간(內間)이다. 내간이란, 적의 대장을 모시고 있는 자들을 이편으로 끌어들여 정보를 얻어내는 것을 말한다.

대주성을 함락시킨 뒤에 태원(太原) 지방을 평정한 한신은 군사들을 점검하고 조나라를 공격하러 나섰다.

태원에서 조로 공격해 들어가려면 태행산맥을 가로질러 험준한 정형구로 내려가지 않으면 안 된다. 정형구는 태행팔형의 제5형에 해당되는 곳으로서 정형의 북쪽이며, 사면이 높고 중앙은 낮아 마치 우물의 바닥 같은 형태로 되어 있어서 정형구라는 이름이 붙게 된 것이다. 토문구(土門口)라고도 부른다.

태행산의 산협을 누비듯이 이어진 길이 정형구에서 하북 벌판으로 뻗어 있는데, 거기까지 가는 길은 좁다. 겨우 마차 한 대가 지날 수 있을 뿐 기마도 나란히 지나갈 수 없다. 그 곳을 통과하지 않으면 안 되는 것이 한신으로서는 고민거리였다.

　대나라를 공략한 한신의 군대가 조나라를 공략할 것이라는 소문은 진여의 진영에서도 알고 있었다. 대에서 조로 들어오려면 정형구를 지나올 수밖에 없다. 정형구만 막아 둔다면 한나라의 군대는 들어올 수가 없다. 그들이 정형구의 험로를 지나 평원으로 진출하는 순간 덮치자는 것이 진여의 작전이었다.

　정형구에서 내리막길을 다 내려온 곳에 저수가 흐른다. 저수를 건너서 평원으로 나아가면 정형이라는 조그만 마을이 있다. 그 곳은 지난날 조나라와 진나라가 서로 쟁탈전을 되풀이한 곳이었다. 진여는 정형성을 수복하고 부근에는 보루를 쌓아 대군을 집결시켰다.

　성안군(成安君) 진여는 유자(儒者)이다. 자기의 군대를 항상 의군(義軍)이라고 내세웠다. 한나라 군대는 침략자이며, 장이는 우의(友誼)를 짓밟은 배신자였다. 침략자인 한신과 배신자인 장이의 목을 베어 천하에 제시하지 않으면 안 된다고 믿었다.

　진여는 싸움을 눈앞에 두고 신중하게 행동했다. 승산이 없는 싸움은 걸지 않는다. 거록에서 싸울

때도 성 안에 틀어박힌 채 치고 나가지 않았던 진
여였다. 진여는 한나라 군대의 동정을 살피기 위해
서 수많은 첩자들을 내보냈다.

"적의 군세는 10만일 것이다."

라는 것이 최초의 보고였다. 그러는 동안에,

"적은 5만일 것이다."

"실제의 수는 3만이 될락말락하다."

라는 식으로 군사의 수가 점차 줄어들었다. 진여는
대를 공략한 한신이 그 군대의 태반을 한왕에게
빼앗겼다는 정보를 첩자로부터 보고받아 알고 있었
다. 따라서 그들이 대군일 수는 없을 것이라고 생
각했다. 3만이라는 것이 정확한 숫자일 것이다.

조나라 군대는 10여 만명 이었다. 하지만 그래도
한신의 군대에 비해 3,4배가 된다.

'이 정도면 이길 수 있다.'

진여는 자신만만했다. 적은 천 리나 떨어진 먼 곳
에서 오고 있다. 아군에게는 지리(地利)도 있다. 군
량도 모자라지 않는다. 이기지 못할 까닭이 없다고
진여는 자신감에 넘쳐 있었다. 한신의 군대를 우물
의 바닥과 같은 정형구의 분지로 유인하여 섬멸하
면 되는 것이다.

조나라의 서울 정경(井經)으로부터 30리 떨어진
곳에 진을 친 한신이 장이를 불러 상의했다.

"조나라의 이좌거(李左車)는 뛰어난 책사로서 모계
에 능하다고 들었는데, 과연 그러하오?"

조나라의 사정에 밝은 장이가 대답했다.

"이좌거는 빼어난 군사임에 틀림없습니다. 하지만 그를 시샘하는 진여가 조왕의 신임을 더 받고 있기 때문에, 이좌거의 좋은 계략도 아무런 쓸모가 없게 될 것입니다. 원수께서는 크게 염려하지 마십시오."

"그렇다면 천만 다행이오만, 만일의 경우에 대비하지 않을 수 없소이다. 먼저 첩자를 보내 저들의 허실을 탐지한 다음에 군대를 움직일까 하오. 저들이 만약 우리의 양도를 끊는 날에는 이 험지에서 자멸하고 말 것이 아니겠소?"

"원수의 용의주도하신 용병은 천하에 따를 자가 없을 것입니다."

장이는 진심으로 감탄하여 마지 않았다.

그 때 조왕 알은 한신의 대군이 쳐들어왔다는 보고를 받고 진여와 이좌거를 불러 상의했다. 이좌거가 먼저 의견을 말했다.

"한나라 장군 한신은 서하(西河)를 건너서 위왕(魏王)을 포로로 잡고 하열을 죽게했으며, 알여에서는 유혈(流血)을 보고 왔다고 합니다. 그리고 지금 장이를 보좌역으로 삼아 모의를 거듭하며 조나라를 치려고 하는 것은 그야말로 승전을 앞세운 군사 행동이라고 말할 수 있을 것입니다. 그 예봉을 정면으로 꺾기는 어려운 점이 있습니다만 적군에게도 허점이 있습니다.

「'천 리 먼 길에서 군량을 운반해 와야 한다는 수송의 어려움으로 말미암아 병사들을 굶기게 된다. 장작을 패고 풀을 베어서 밥을 지어야 한다면 군사들은 배불리 먹을 수가 없다'」고 병법서에 쓰여져 있습니다. 지금 정형의 길은 좁아 마차 두 대가 나란히 빠져나올 수 없습니다. 기마도 열을 지어서는 통과하지 못합니다. 그런 한나라 군대의 행렬이 수백 리나 이어질 것이므로 정예군은 반드시 뒤에서 따르게 될 것입니다. 저에게 3만 명의 기습부대를 빌려 주시지요. 저는 사잇길로 나가 그 정예부대를 중간에서 차단하겠습니다. 군(君)께서는 도랑을 깊이 파고 성루를 높이어 굳게 지킬 뿐 적군과는 싸우지 마시기 바랍니다. 그러면 적군은 싸우려 해도 싸우지 못하고 물러가려고 해도 물러가지 못하게 될 것입니다. 우리 기습부대가 그 배후를 끊어 적군에게 약탈할 곳을 주지 않으면 열흘 안에 한신과 장이의 목 둘을 베어 주군께 보내 드리겠습니다. 부탁컨대 저의 계략을 채택해 주십시오. 그렇지 않으면 주군께서는 틀림없이 두 사람에게 사로잡히는 몸이 되고 말 것입니다."

이좌거의 말이 채 끝나기도 전에 진여가 얼굴을 붉히며,

"우리가 정정당당하게 싸워서 이겨야지, 어찌해서 그 따위 사술(詐術)을 쓴단 말이오?"

하고 꾸짖고는 조왕에게 말했다.

"병법에 '병력이 열 배이면 적을 포위하고 두 배이면 나아가 싸운다'고 되어 있소. 지금 한신의 군사가 10만이라고 하지만 사실은 3만 정도밖에 되지를 않소. 그것도 천 리 먼 길을 와서 우리나라를 공격하는 만큼 지칠 대로 지쳐 있을 것이오. 지금 이런 적군을 맞아 싸우지 않는다면 앞으로 큰 적을 만났을 경우 어떻게 대처할 작정이오. 제후들은 나를 비겁하다고 깔보며 함부로 쳐들어올 것이오."

　"그 말이 옳도다."

　장이가 예상했던 대로 조왕은 이좌거의 의견을 물리치고 진여의 말에 따라 군사의 진발을 준비하도록 명령하였다.

　진여군의 진영에는 그 전부터 장이와 내통하는 자가 있었다. 병법에서 일컫는 내간(內間)이다. 내간에 의해 조군의 정보가 새어나오는 것이다. 이좌거의 헌책이 받아들여지지 않았다는 정보도 장이의 귀에 들어왔다.

　"그렇다면 험한 정형도 지날 수 있다. 싸움의 반은 이긴 것이나 다름없소."

　한신이 장이를 보고 말했다.

　그가 걱정하던 문제가 해결된 것이다. 남은 일은 조나라 군대와 싸워 격파하는 일뿐이었다. 한신은 감연히 군사를 이끌고 정형의 협도(陝道)를 내려가기 시작했다. 그리하여 정형구를 30리 눈 앞에 둔 지점에서 숙영했다.

그 날 밤 갑자기 출동 명령을 내렸다. 한신은 우선 경기병(輕騎兵) 2천 명을 선발하여 붉은 깃발을 하나씩 주며 말했다.

"너희들은 사잇길을 따라 적진으로 다가가 산 뒤에 숨어 조나라 군대의 동정을 살필 수 있는 곳에 매복해 있도록 하라."

그리고는 출발 직전에 다시 주의를 주었다.

"조나라 군대는 우리 본대가 패주하는 것을 보면 반드시 성을 비워 둔 채 추격해 올 것이다. 그 때 너희들은 신속히 조나라의 성으로 들어가서 조나라의 기치를 뽑아내고 우리 한나라의 붉은 기를 꽂도록 하라."

또 부장(副將)에게 명하여 전군이 가벼운 식사를 하게 한 다음,

"오늘 조나라를 깨뜨린 다음 잔치를 열어 모두 함께 맛있는 음식을 잔뜩 먹도록 하자."

라고 말했다. 여러 장수들은 그 말을 듣고 놀랐다. 아침 밥을 먹기 전에 싸움을 끝낸다는 뜻이기 때문이었다. 그렇게 될 것이라고 아무도 믿지 않았으나 겉으로는,

"알겠습니다."

하고 대답했다.

한신은 선발대 1만 명을 진군시켰다. 출발에 앞서 여러 장수들을 모아 놓고,

"정형구에서 벌판으로 나가는 곳에 저수가 흐르

고 있다. 저수를 등에 지고 진을 쳐라."
하고 명령했다. 장군들은 놀랐다.

"그렇게 하면 배수의 진이 되지 않습니까?"

물을 등에 지고 진을 펴는 것을 병가에서는 엄격하게 피하고 있기 때문이었다. 대개 진지를 구축하려면 산릉(山陵)을 우측으로 하고, 수택(水澤)을 전면 혹은 좌측으로 하는 것이 병법의 상식이다. 한신의 명령은 그와는 반대였던 것이다.

'적이 공격해 온다면 어떻게 한단 말인가?'

적의 공격을 막지 못한다면 전원이 강물 속에 빠져 죽지 않으면 안 된다. 장군들의 얼굴에서 불안과 공포의 빛이 보이자 한신은 말했다.

"적은 싸움을 걸어오지 않는다. 조나라 군대는 이미 지리(地利)를 취하여 성벽을 쌓고 있다. 급하게 싸우려고 하지는 않을 것이다. 그들은 우리 대장의 기치와 북을 보지 않는 이상 우리 선진(先陣)을 치려고 하지 않을 것이다. 우리 주력군이 험난한 지점까지 왔다가 중도에서 되돌아가지나 않을까 걱정하고 있기 때문이다."

장군들은 알 듯 모를 듯한 표정을 지었다. 그래도 군령에는 순종하지 않으면 안 된다.

그리하여 1만 명의 선발대가 출발했다. 야간행군인 만큼 횃불도 들었다. 수많은 횃불들의 행렬은 저수의 기슭에, 조군측에 볼 때는 저수의 안쪽에 나란히 섰다.

멀리 성루에서 한군의 움직임을 세세히 지켜보고 있던 진여가 조왕에게 말했다.

"한신은 병법을 모르는군요. 저놈이 오늘까지 이겨 온 것은 요행에 지나지 않았던 것이다."

라면서 크게 웃었다.

한신이 이끄는 주력군은 선발대보다 약 십 각(十刻:1각은 15분)이나 늦게 출발했다. 정형구에서 평원으로 나오자 날이 새기 시작했다. 저수의 강변 안쪽에 한나라 군대가 진을 쳤는데 우물바닥 같은 분지 저쪽에는 조나라 군대가 쌓은 성벽이 있었다.

한신의 군대는 대장군의 깃발을 높이 세우고 전고를 울리며 기세 좋게 조나라 군대를 향해 진격했다. 한신의 군대 뒤에는 장이의 군대가 따르고 있었다. 진여는 장이 군대의 깃발에만 눈독을 들이고 있었던 것이다.

"드디어 왔구나!"

쌓이고 쌓인 원한을 풀 때가 온 것이다. 지금 이 기회를 놓쳐서는 안 된다. 한신의 군대를 무찌르고 들어가 장이의 백발이 성성한 목을 뽑아 놓지 않으면 뱃속의 담석(膽石)처럼 굳어진 진여의 원한은 풀릴 까닭이 없었다.

진여는 한신의 군대를 완전히 유인한 다음 성문을 열고 일제히 짓쳐 나갔다. 적보다 몇 배나 많은 병력인 만큼 병법 따위는 필요없었다. 정정당당하게 밀고 나가기만 하면 되는 것이다. 그렇게 하면 한나라의 군대는 견디지 못하고 무너질 것이다.

한신의 군대는 함정이었다. 함정을 함정으로 보이지 않게 하기 위해서는 대장이 스스로 진두에 서서 싸우지 않으면 안 된다. 한신은 고함을 지르면서 이리 뛰고 저리 치달았다. 병사들을 질타하고 격려하면서 뛰어다녔다. 적을 속이려면 먼저 아군부터 속이지 않으면 안 되었다.

얼마 정도 지나자 한신의 군대는 패색을 드러냈다.

"이쯤 하고 물러가자."

한신은 전령을 내보내 퇴각을 명령했다. 조나라 군대가 그 틈을 타서 몰려왔다. 대장인 한신이 앞장서서 도망치기 시작했다.

한신을 호위하던 휘하의 장병들도 대장군의 깃발을 팽개치고, 징과 북도 집어던지며 퇴각하기 시작했다. 한신의 뒤를 따라 장이도 도망쳤다. 조나라 군대는 성루를 비워 둔 채 총출동하여 한나라 군대의 진영으로 물밀듯이 쳐들어왔다. 그리고는 한신과 장이가 버리고 달아난 북과 깃발을 주워 들고 한신과 장이의 뒤를 쫓았다. 패주하던 한나라 군대는 저수 가의 한나라 군대 진지 속으로 들어가 버리고 말았다.

거기까지는 예정된 행동이었다. 거짓으로 패주한 것이었기에 병사들은 피로하지 않았다. 한신은 말머리를 둘려 전군에게 반격 명령을 내렸다.

"죽여라, 죽여!"

한신은 소리를 질렀다.

"죽기 싫으면 싸워라!"

배후는 강물이다. 도망치면 물에 빠져 죽을 수밖에 없었다. 물에 빠져 죽느니보다는 싸우는 편이 그래도 살아남을 수 있는 희망이 있었다. 살 생각이라면 싸워서 적을 깨치는 수밖에 없는 것이다.

"죽기 싫으면 싸워라!"

"조나라 놈들을 죽여라!"

장수들도 고함은 지르면서 병사들을 질타했다. 생사를 초월해서 싸우는 군대는 강하다. 숫자적으로 우세한 조나라 군대였지만 한신군의 세찬 반격 때문에 진격을 할 수가 없었다. 밀고 밀리는 격전이 벌어졌다. 쉽사리 결판이 나지 않았다.

그 때 전장의 한쪽에서 이변이 일어났다. 한신이 산 뒤에 매복시켜 두었던 2천 명의 기병이 매복 장소에서 나와 곧장 조나라 군대의 성 안으로 치달아 들어가 그들의 깃발을 뽑아 버리고 한나라의 붉은 깃발들을 세운 것이다. 성머리에, 보루 위에 세워진 2천 개의 깃발들은 때마침 솟아오른 태양 빛을 받으며 마치 불꽃이 피어오르듯이 흔들리고 있었다.

조나라 군대는 한나라 군대를 깨칠 수가 없었다. 한신을 사로잡을 수 없어 성루로 돌아가려고 말머리를 돌려 보니 성머리에 한나라의 깃발이 나부끼고 있었다. 그것을 본 진여는 기절초풍했다.

"한나라 군대는 이미 조왕과 장군들을 사로잡고 성채를 빼앗은 것이다."

이런 생각을 한 군사들은 흐트러져 도망치기 시작했다. 조나라 장수들이,

"도망치지 말라! 도망하는 자는 베겠다."

라고 외치면서 패주하는 아군의 목을 베었지만 이미 형클어진 형세를 어떻게 할 수가 없었다. 그때 조나라 성을 점령하고 있던 2천의 기병대가 뛰쳐나와 흩어져 달아나는 조나라의 군사들을 앞뒤에서 협격하기 시작했다. 달아날 곳을 잃은 조나라의 군사들은 무기를 버리고 무릎을 꿇으며 항복했다.

조왕 알은 사로잡힌 몸이 되었다. 성안군 진여는 붙들려 저수 가에서 참살되었다. 장이는 진여의 시체를 칼로 난도질했다. 머리와 손발을 잘라서 발로 짓밟았다. 쌓이고 쌓인 한을 푼 것이었다.

한신은 군중에 명을 내렸다.

"광무군을 죽여서는 안 된다. 생포해 오는 자에게는 천금을 내리리라."

얼마 후에 광무군 이좌거를 밧줄로 묶어서 데리고 오는 자가 있었다. 한신은 그 밧줄을 풀어 준 뒤 동향(東向)으로 앉게 한 다음 자신은 서쪽을 향해 앉아 스승의 예로 대우했다.

모든 장수들은 적의 수급과 포로를 이끌고 왔다.

그것이 끝나자 승전의 축하 공연을 베풀었다. 병사들에게 술과 밥을 나누어 주었다. 그것이 바로 한신이 '오늘은 조군을 무찌르고 잔치를 하자'고 약속한 아침식사였던 것이다.

번쾌 등 여러 장수들이 그제야 한신에게 궁금했던 바를 물었다.

"병법에 '산릉을 오른쪽으로 하거나 뒤로 하고, 수택을 앞으로 하거나 왼쪽으로 한다'고 되어 있습니다. 그런데 오늘 원수께서는 그것과는 반대로 강물을 등지고 진을 치게 한 데다가, '조나라 군대를 무찌르고 잔치를 하자'고 말씀하셨습니다. 우리는 납득할 수가 없었습니다만, 어쨌든 이겼습니다. 이것은 어떤 전술인지요?"

한신이 웃으면서 대답했다.

"제장들은 병법에 이런 말이 있음을 기억 못하오? '죽을 땅에 든 뒤에라야 살게 되고 망하게 된 처지에 놓여야 일어난다'고 하였소이다. 지금 우리 군대는 각처에서 항복해 왔기 때문에 통일이 되지 못하고 조련도 또한 받지 못한 군사들이니, 적군과 싸우다가 도망하기 십상일 것이오. 그런 까닭에 내가 일부러 배수진을 쳐서 도망갈 길을 끊음으로써 그들로 하여금 분발하게 만들었던거요. 그래서 과연 기대했던 대로 승리를 얻은 것이오."

그 같은 한신의 설명을 듣자 모든 장수들은,

"과연 귀신 불측의 묘책이십니다."
하고 탄복했다.

그 다음에 한신은 광무문 이좌거에게 물었다.

"나는 북으로는 연(燕)을 공략하고, 동쪽으로는 제(齊)를 치고자 하오. 어떻게 해야 성공을 거둘 수가 있겠소?"

광무군은 머리를 조아리면서 말했다.

"예로부터 '패군지장은 용맹을 말할 수 없고, 망국(亡國)의 대부(大夫)는 살아남기를 도모할 수 없다'고 들었습니다. 그러니 어찌 대군(大軍)의 진퇴에 대해서 말할 자격이 있겠습니까?"

한신이 다시 말했다.

"아니올시다. 백리해(百里奚)가 우국(虞國)에 있었는데도 우국은 망했으나 진(秦)나라에 있었을 때는 진나라가 패자가 되었소. 백리해가 우에 있었을 때는 우자(愚者)였으나 진에 있었을 때는 현자가 된 것이 아니오. 그를 임용한 것과 하지 않았던 것, 그의 말을 들었던 것과 듣지 않았던 것과의 차이일 뿐이오. 만약 성안군이 공의 말을 들었더라면 나는 사로잡힌 몸이 되었을 것이오. 나는 공에게 마음을 맡기고 계책을 따를 생각이오니 부디 사양하지 마시오."

이좌거는 한참 만에 입을 열어 말했다.

"나는 '지자(知者)도 반드시 천려(千慮)의 일실(一

失)이 있고, 우자도 천려에 반드시 일득(一得)이 있다'는 말을 들었소이다. 그러므로 '광인(狂人)의 말일지라도 성인은 이를 선택한다'라고 하는 것입니다. 생각건대 나의 계책은 쓸모가 없을 것이라고 생각되지만, 원하신다면 이 어리석은 생각을 거두어 주시기 바랍니다.

지금 장군께서는 위왕을 포로로 했으며, 열흘도 안 되는 사이에 조나라의 20만 대군을 격파하고 성안군을 주살했습니다. 명성은 해내에 뻗치고, 위광(威光)은 천하를 떨게 하고 있습니다. 백성들은 밭갈기를 멈추고 게으름을 피우며, 호의호식(好衣好食)하기를 원하며 순간적인 안일을 탐하면서 장군의 명령에 귀를 기울이며 기다리지 않는 자가 없습니다.

그러나 장군의 병사들은 피로에 지쳐 사실상 쓰기 어려운 형편에 놓여 있습니다. 지금 장군께서는 이런 병사들을 이끌고 연나라의 튼튼한 성을 쳐서 더욱 피로하게 만들고자 하고 있습니다. 싸움을 걸고 시일을 오래 끈다 해도 적의 성을 함락시킬 수 없을 것이며, 군대 내부의 사정이 드러나서 세력은 약해질 것이고 지구전을 하느라고 나날을 보내고 있는 동안에 병량(兵糧)이 다할 것입니다. 약한 연나라마저 굴복하지 않는 형편이 되면 제나라는 반시 국경의 방비를 튼튼히 하여 강해질 방도를 강구할 것입니다. 제나라가 연나라와 함께 버티면서 항복하지 않으면 한(漢)나라와 초(楚)나라의 싸움은 어느 쪽이 이긴다고 단정하지 못할 것입니다. 그러므로 저는 지금 장군께서 연나라와 제나라를 공략하시겠다는 것을 옳지 않다고 생각합니다."

"그렇다면 어떻게 해야 좋겠소이까?"

"마땅한 계략으로는 우선 병사들을 쉬게 하고 조나라를 진무하여 그 땅의 전사자들의 식구들을 위로하는 것입니다. 백 리(白里) 이내에서는 매일같이 쇠고기와 술을 먹을 수 있게 하여 사대부들을 향응하고, 병사들에게는 술을 마시게 한 후에 북쪽에 있는 연나라로 향하는 것보다 더 나은 방법은 없습니다. 이렇게 한 후에 수레 한 대에 사자를 태워 간단한 편지를 써서 연나라로 보낸다면 연나라가 복종하지 않을 수가 없을 것입니다. 연나라를 굴복시킨 다음 동쪽의 제나라로 향한다면 그 곳에 지략이 풍부한 사람이 있다고 하더라도 제나라도 역시 대세를 거스르지 못 하고 항복할 것입니다. 그렇게 하면 천하의 대사는 모두 계획대로 될 수 있습니다. '군사(軍事)란 허세를 앞세우고 공벌(攻伐)을 뒤로 한다'고 하는 것은 이를 두고 하는 말입니다."

"고맙습니다. 명심하고 공의 가르침을 받들겠소이다."

하고 말한 한신은 그의 방책을 따라 연나라에 사자를 보냈다.

그 무렵 연왕 장도는 한신이 대와 조를 잇달아 격파해서 그 위세가 자못 하늘을 찌르고 있다는 소식을 듣고 마음에 걱정이 컸다.

'다음 차례는 우리 연나라일 게 틀림없을 테지?'

연왕은 한신의 대군이 침공해 올 것에 대비하여 부지런히 군사를 모으고 군량을 준비하고 있었다. 그런데 뜻밖에도 수하라는 자가 한신의 사자로 왔다고 한다. 연왕은 수하를 맞기에 앞서 먼저 대부 괴철을 불렀다. 괴철은 자가 문통(文通)이어서 괴통이라고 부르기도 했는데, 연왕이 가장 신임하는 자로서, 지모가 뛰어나고 깊이 도략을 감춘 책사였다.

"한신이 사자를 보냈는데, 이건 대체 무슨 뜻이오?"

괴철이 서슴지 않고 대답했다.

"이는 대왕을 한왕에게 귀순시키기 위함입니다. 지금 비록 한신이 싸움에 거듭 이겨 위세를 떨치고 있으나, 군사들이 많이 지쳐 있을 것입니다. 그래서 싸우지 않고 이기기 위해 사자를 보낸 것입니다. 대왕께서는 아무 말씀도 마시옵고, 신으로서 하여금 그 사신을 따라가 한신에게 나아가 보게 하여 임기응변하도록 해 주소서."

"대부의 생각대로 주선하겠소."

연왕은 힘없이 말했다.

그리하여 괴철은 한왕에게 항복하는 것이 옳겠는

가, 항복하지 않고 그대로 버티는 것이 좋겠는가를 판단해야 하는 사명을 띠고 한신의 사자와 함께 조나라의 서울 정경으로 한신을 만나러 갔다.

수 일 후에 괴철은 수하의 안내를 받으며 한신의 군문 안으로 들어갔다. 정기는 해를 가리는 듯하고 창검은 햇빛을 받아 눈이 부시도록 번쩍이는 가운데 용맹을 자랑하는 군사들이 질서정연하게 좌우로 도열해 있었다.

'한신은 참으로 용의주도한 사람이구나.'

괴철이 감탄하며 몇 걸음 더 옮기니, 여러 장수들을 거느리고 한신이 괴철을 맞으러 나왔다. 그런데 한신은 괴철이 수인사를 마치기도 전에,

"선생이 여기 오신 것은 이 사람을 설득하여 연나라를 침공치 못하게 하시려는 심산이아니오? 하지만 연왕이 스스로 항복해 오지 않는 한 내 칼이 가만있지 않을 것이오."

라고 말하고는 괴철이 뭐라고 입을 열 기회도 주지 않고 급히 좌우에게 명령했다.

"너희들은 괴대부를 객사로 인도하여 정중히 모시되, 객사를 벗어나지 못 하도록 엄중히 지켜라. 내가 연을 치고 제를 평정한 후에 돌아와서 괴 대부를 만날 것이니라."

말을 마친 한신은 즉시 몸을 돌려 안으로 들어가고, 좌우에 있던 사람들은 괴철을 안내하여 객사로

들게 하였다. 사태가 그렇게 되고 보니, 괴철은 그저 한숨만 나올 따름이었다.

'내가 원래 한신을 이해로써 달래 보고자 왔던 것인데 이 꼴이 뭐란 말인가?'

괴철이 사실상 연금 상태로 객사에 묵고 있은 지도 사흘이 지났지만, 한신은 그 날 이후로 그를 부르지 않았다.

괴철은 차츰 초조해졌다. 그렇게 초조해하며 하는 일 없이 홀로 앉아 있을 때, 광무군 이좌거가 찾아 왔다고 하인이 알려왔다. 이좌거는 이웃나라의 같은 신하로서 서로가 잘 아는 사이였다.

"어서 들어오시라고 하여라."

괴철은 반가움을 이기지 못하며 자리에서 일어나 마중을 나갔다. 이좌거가 방에 들어와 인사를 나누고 마주 앉았더니 괴철이 탄식을 섞어 가며 호소했다.

"이거 보십시오, 광무군. 이건 마치 감옥에 있는 거나 다름이 없소이다그려.

제가 앞으로 어찌하면 좋겠소이까?"

이좌거가 조용한 어조로 대답했다.

"자고로 순천자(順天者)는 흥하고 역천자(逆天者)는 망한다고 했습니다. 대부는 연나라의 명사로서 마땅히 천하 대세를 살피고 흥망성쇠를 꿰뚫어보시겠거늘, 이 사람에게 물으실 게 뭐가 있다는 말씀이오?"

"원컨대 좀더 자세히 말씀해 주오."

"초나라 한왕이 무도하여 백성의 원성이 높으니, 이는 그가 천하의 주인이 될 수 없음을 말함이요, 머지않아 반드시 망할 것임을 나타내는 것이오. 이에 비해 하노앙은 관인 대도하여 백성이 따르니, 장차 사해를 소청하고 천하를 편히 할 사람이오. 이제 한신 대원수가 40만 대군을 거느리고 연나라를 쳐서, 성이 깨어지는 날에는 옥석이 구분할 것이니, 그 때에 이르러서 후회한들 무슨 소용이 있겠소이까?"

이좌거의 말이 끝나자 괴철은 고개를 숙이고 한참 생각하다가,

"사실대로 말씀드리자면, 저는 한 원수를 설득하여 싸움을 그만 두게 하려고 여기 온 것인데, 지금 선생의 말씀을 듣고 생각을 바꾸었습니다. 제가 연왕께 권하여 한나라에 항복을 하라고 간하고, 저 역시 원수 휘하에서 우도를 도웁고자 하오니, 이 뜻을 원수에게 전해 주십시오."

하고 말했다.

지자(知者)와 책사(策士) 사이의 문답은 이처럼 몇마디 말로써 끝이 났기에, 이좌거는 그 길로 괴철을 동반하여 한신에게로 갔다. 한신은 전날의 무례를 사과하고 괴철을 상빈의 예로써 대했다.

"대부께서 도와주시겠다니, 백반의 원군을 얻은 것과 같습니다."

"삼가 견마지로를 다하겠습니다."

괴철도 또한 진심으로 배복하였다.

이튿날 한신은 조참·번쾌 두 장수를 불러들였다.

"그대 두 사람은 괴철 대부와 함께 군사 1만 명만 거느리고 연나라로 가서 연왕으로부터 항복을 받아 오도록 하오."

연왕 장도는 괴철이 혼자 오지 않고 한군들과 함께 온다는 소식을 듣자 이미 사태를 짐작할 수 있었다. 괴철이 먼저 연왕에게 두 번 절하고 세세한 경과보고를 하자 연왕은,

"대부의 판단은 실로 만전지책이오. 내 무엇을 더 주저하겠소!"

라고 말하고, 성문을 열게 하여 한군을 맞아들인 후 이어서 한 장을 비롯한 한군 병사들에게 크게 베풀어 그들의 노독(路毒)을 씻게 해 주었다.

다음 날 연왕은 괴철과 함께 정경성으로 가서 한신에게 항복했다.

"일찍부터 원수의 위덕을 사모해 왔습니다. 오늘 이렇게 항복을 받아 주시니, 이렇게 다행스러운 일이 없습니다. 바라건대 한왕께 주달하시어, 우리 연나라를 길이 휘하에 두도록 해 주십시오."

한신이 크게 기뻐하며 대답했다.

"현왕(賢王)의 뜻을 길이 금석에 새겨 공생공영토록 하겠다고 약속하겠습니다.

이리하여 마침내 연나라마저 유방의 장중에 들어가게 되었다.

한은 연왕으로부터 항서를 받아 이를 영양으로 보내는 한편, 크게 잔치를 베풀어 연왕을 환대하였다.

그즈음 한신은 연장자인 장이에게 말했다.

"왕이 없으면 나라는 잘 다스려지지 않습니다. 공(公)께서 조왕(趙王)이 되셔야겠습니다. 원래 공께서는 상산왕이엇으니 조왕이 되는 것은 당연한 일입니다."

장이는 실로 조왕이 되고 싶었다. 원수인 진여를 멸망시키고 조나라의 왕이 되고 싶은 생각도 있었기 때문에 늙은 몸으로 채찍을 들고 야전에 몸을 던졌던 것이다. 그러나 장이는 그것을 차마 자기입으로는 말할 수 없었다. 그래서,

"대(代)를 치고 조나라를 토멸한 것은 장군의 힘이오. 전공은 나보다도 장군께 있소. 포상은 먼저 장군부터 정해야 할 것이오."

라고 말했다. 그랬더니 한신은,

"나는 아무래도 좋습니다. 장군으로 그냥 있는 것이 좋겠소. 그러는 동안 나 또한 어느 나라의 왕이 될 수도 있겠지요."

라고 웃으면서 말했다.

한신은 사자를 시켜 한왕에게 승전보를 보내어 장이를 조왕으로 세워 조나라를 진무하고자 한다고 청했다. 한왕은 그 같은 청원을 허락했다.

장이는 조나라의 왕이 되었다.

한신이 위나라를 치고 대국을 항복시켰으며 조나라를 평정한 것은 한왕과 초왕의 세력을 견주어 볼 때 상당히 큰 영향을 준 사건이었다. 초왕은 초나라의 속국이라고 할 수 있는 하북(河北)의 땅을 잃은 것이다.

초나라는 별동대를 내보내 황하(黃河)를 건너 조나라를 쳤다. 조왕과 한신은 초나라의 군대와 싸웠으나 서로 결정적인 승패는 없었다.

초왕은 한신을 토벌하고 싶었지만 영양에서 한나라의 군대를 포위하고 있었으므로 대군을 파견할 수가 없었다. 한신도 역시 초나라의 군대를 쳐부수기에는 병력이 부족했다. 한왕의 요청으로 영양에 군대를 보내 주었기 때문이었다. 싸움에 이기고 병력이 커질 때마다 한왕에게 그 병력을 빼앗기는 실정이었다.

"우린 마치 한왕에게 병력을 보내 주기 위해 싸우고 있는 것 같소이다."

한신이 웃으면서 말했다.

"병력이 늘어나서 이제 좀 편하게 싸울 수 있겠구나 하고 생각하면 금세 또 병력을 보내 달라고 하니 이러다가는 언제 편하게 싸움을 해 볼 수 있을는지……."

"옳소이다. 우리는 열심히 꿀을 따 오고 있는 꿀벌과 같은 신세군요."

장이도 웃으면서 말했다. 두 사람은 그 일로 인해서 기분이 상한 것 같지는 않았다. 영양에서 한나라 군대가 패전이라도 하는 날이면 조나라도 역시 망할 수밖에 없기 때문이었다.

"한왕은 병력을 아무리 보내 주어도 모자라는 것 같소이다. 항왕(項王)도 역시 병력이 모자라는 것 같소. 대군을 움직이지 않는 걸 보니."

장이가 말했다.

"한왕은 성에 틀어박혀 싸움을 하지 않는 편이 좋지요. 야전에서는 도저히 항왕의 상대가 되지 못 하니까요."

한신이 말했다.

"한왕은 장기전으로 끌고 가는 것 같소. 영양성을 끝가지 지킬 수만 있다면 정세는 한나라쪽에 유리해질 것입니다."

"초나라의 군대는 단기결전으로 나올 것입니다. 항왕의 성격으로 보아 장기전은 맞지 않아요. 한왕이 도전에 응하지 않으면 힘으로 밀어붙일 수밖에 없겠지요. 초나라 군대에는 범증(范增) 노인이 있습니다. 그 노인만큼은 경계하지 않으면 안 됩니다."

"앞으로 몇 달 안에 승패가 판가름날 것 같군요."

"항왕의 공격을 피할 수만 있으면 정세는 한쪽으로 호전됩니다. 한왕은 도망쳐도 좋습니다. 여기저기서 항왕을 충동질해서 정신없이 돌아다니게 하여 지치도록 해야 합니다."

한신은 그렇게 말했다.

일진일퇴(一進一退)

팽월(彭越)을 몰아내 양나라 땅을 공략 평정하고, 남쪽에서는 영포를 패주(敗走)시키고 구강군(九江郡)을 영토로 만든 항우는 뒷근심을 없앴다고 해도 좋았다.

그러던 중에 이어 연(燕)마저 유방의 손에 떨어졌다는 보고를 받은 항우는 크게 노하여 유방을 치기로 하고 급히 군사를 모았다.

항우가 유방과 다시 결전하기 위해 몸소 군대를 이끌고 영양으로 향한 것은 1월이었다. 여기서 설명을 덧붙이면, 세초(歲初)는 10월이기 때문에 실제로는 새해가 된 지 4개월째 되는 때였다. 겨울인 10월이라고 하는 것은 신년인 정월을 말하는 것이다.

한(漢)나라 3년 1월, 초(楚)나라도 말하면 초나라 3년 1월이었다.

한나라의 군대는 초나라 군대의 공격에 대비해서 영양성과 성고성(成皐城)을 잇는 일대를 요새화하고 있었다. 영양성으로부터 황하 강안(江岸)까지 양쪽에 장벽(障壁)을 가지고 있는 용도(甬道)를 만들고, 오창(敖倉)에 저장해 둔 군량과 말먹이를 황하를 타고 내려오는 배로 운반해서 강 둔덕으로 올려, 용도를 경유하여 영양성으로 보내고 있었던 것이다.

초나라의 군대는 드디어 영양성을 포위했다. 그 수는 30만 명을 넘었다. 병력에 있어서도 초나라 쪽이 훨씬 우세했다. 그것도 항우 자신이 지휘하는 군대였다. 팽성에서는 3만의 병력으로 동맹군인 50만을 궤멸시킨 항우였다. 항우는 귀신이 들린 인간이라고밖에 생각할 수 없었다. 한나라 병사들은 항우라는 소리만 들어도 부들부들 떨었다.

한나라 군대는 성문을 굳게 잠그고 싸움에 응하지 않았다. 소라가 껍질을 굳게 닫은 것이나 마찬가지여서 싸움이 되지 않았다. 항우는 방침을 바꾸었다. 멀리서 영양성을 포위한 뒤 항우 자신은 주력 부대를 이끌고 용도를 공격하기 시작했다.

용도가 파괴당하면 군량 보급이 끊어지고 만다. 한나라 군대는 필사적으로 그들을 막았다. 격렬한 공방전이 밤낮없이 되풀이되었는데 초나라 군대의 공격은 천지가 캄캄해질 정도로 무서웠다.

그러부터 1개월 후, 용도는 뱀이 토막토막 끊긴 것

처럼 파괴되었다. 이렇게 해서 용도의 쟁탈전은 마침내 초나라 군대의 승리로 돌아갔다.

용도를 적군에게 뺏긴 한나라의 군대는 영양성에 저장되어 있는 군량에 의지할 수밖에 없었다.

초나라의 군대는 영양성을 몇 겹으로 둘러쌌다. 용도를 파괴했으므로 이제는 포위를 풀지 않고 그냥 두기만 하면 되었다. 한나라 군대는 이제 굶어죽든가 치고 나올 수 밖에 없었던 것이다. 농성 병력은 10만 명이 넘었다. 성벽 내의 주민들을 합치면 20만 명은 있을 것이다. 몇 개월이고 먹을 식량이 있을 리가 없었다.

유방은 항우와 싸워서 이길 수 있으리라고는 조금도 생각하지 않았다. 성을 지키는 것이 고작이었다. 더구나 수비만 철저히 하고 있으면 사기가 저하된다. 사기의 저하는 멀지 않아 패멸(敗滅)로 이어질 것이다.

싸워서 이길 가망성이 없는 유방은 전투 이외의 면에서 항우를 이기는 방법을 생각해 내지 않으면 안 되었다. 그래서 유방은 장량(張良)과 상의했다.

"용도가 파괴당했소. 군량이 떨어지면 성이 함락되지 않을까?"

"한나라와 초나라의 싸움은 단기전이라면 초나라가 승리할 것이고, 장기전이면 한나라가 승리할 것이라고 전에도 말씀드린 바 있습니다. 우리는 장기전으로 끌고 가지 않으면 안 됩니다."

장량이 말했다.

"여기서 피아(彼我)의 상황을 살펴 봅시다. 한나라
는 배후에 관중(關中)이라는 비옥한 요충지를 가지고
있습니다. 이것은 한나라의 강점이라고 해도 좋습니
다. 영양성의 서쪽은 모두 한나라의 세력권에 들어
있습니다. 위수(渭水)의 물길을 따라 물자를 운반하
는 것은 쉽습니다. 그것에 비해서 초나라는 본국과
영양 사이에 양나라 땅이 끼어 있습니다. 초나라 서
울인 팽성에서 영양까지는 천 리나 됩니다. 군량과
병력을 수송하는 일이 쉽지는 않습니다.

병법에서는 적국 깊숙이 쳐들어가 싸우는 것은 불
리하다고 엄중히 경고하고 있습니다. 싸움에 이기기
위해서는 단기간에 승패를 결판내지 않으면 안 됩니
다. 항왕(項王)에게는 범증(范增) 노인이 붙어 있기 때
문에 물론 그 전법을 쓸 것입니다. 용도를 파괴한 것
은 단기전을 위한 포석입니다. 성을 포위당하고 양
식이 떨어지면 치고 나가서 싸우지 않을 수 없습니
다. 초나라 군대는 강하게 공격하다가 어떤 때는 느
근하게 공격해 올 것입니다."

"치고 나가서 항우와 싸우지 않으면 안 된단 말이
오?"

유방은 겁먹은 아이 같은 얼굴이 되었다.

"군량이 떨어지기 전에 방법을 찾지 않으면 안 됩

니다. 우리에게 약점이 있듯이 초나라 군대에도 약점이 있습니다. 그 점을 찔러서 책략을 짜내면 활로가 열립니다."

"그들의 약점은 어디에 있소?"

"적을 알고 자기 자신을 알면 백 번 싸워도 위태롭지 않다고 합니다. 이것은 병법을 배운 사람이라면 누구든지 알고 있는 일이지만 상황 판단을 정확히 내리기란 쉽지가 않습니다. 적의 대장과 부하 장군들의 성격을 잘 알아서 그들 사이를 이간시키는 것이 가장 효과적인 책략인데 다행하게도 한나라에는 초나라 군대에서 귀속(歸屬)한 진평(陳平)이 있습니다. 진평은 항왕의 성격과 부하 장군들의 성격도 잘 알고 있을 것입니다. 그를 쓰시게 되면 반드시 좋은 계책을 짜내 줄 것입니다."

"나도 진평의 힘을 빌리려고 하는 중이오."

"지금은 성을 굳게 지켜야 합니다. 성을 포위하고 공격하기 위해서는 10배의 병력이 필요합니다. 초나라 병사가 강하고 사납더라도 힘으로 공격해서는 함락시킬 수 없습니다. 한나라 군대는 뚜껑을 굳게 닫은 조개껍질처럼 하고 있으면 됩니다. 상대방이 도전해 오더라도 도발에 응해서는 안 됩니다."

"철두철미하게 수비만 하다가 보면 우리 군의 사기가 저하되지 않겠소?"

"때로는 치고 나가서 위세를 보이는 것도 좋습니

다. 하지만 작전의 기본은 어디까지나 수비에 두어
야 합니다. 수비는 뒷날 공격하기 위한 준비 단계에
불과합니다만, 영양성의 경우는 구원군이 올 가망성
이 없기 때문에 쉽사리 반격으로 바꿀 수가 없을 것
입니다. 그렇다고 하더라도 살아날 방법이 없는 것
도 아닙니다. 초나라 군대의 후방을 교란해서 그들
의 포위력을 약화시키는 것입니다. 교란하는 전법으
로는 양나라 땅에 있는 팽월을 움직입니다."

"팽월로는 무리일 것이오. 항우에게 쫓겨서 어디
에 몸을 숨기고 있는 지도 알 수 없지 않소."

"팽월은 거야(鉅野)에서 산적 노릇을하던 사나이입
니다. 달아나서 몸을 감추는 것이 그의 장기입니다.
초나라가 조금이라도 틈을 보인다면 팽월은 또다시
나올 것입니다. 팽월이 숨어 있는 집으로 사람을 보
내어 연락을 끊지 않도록 해 두지 않으면 안 됩니
다."

"알았소. 그렇게 합시다."

한왕은 말했다.

"한신(韓信)이 조(趙)나라를 항복시켰으므로 계속해
서 동쪽의 제(齊)나라를 쳐 한나라의 판도로 만들어
초나라를 포위하는 고리를 만들고 싶습니다만, 이쪽
도 서둘러서는 안 됩니다. 서두르면 실패합니다. 조
왕은 조나라의 백성들을 위무(慰撫)하여 수람하지 않
으면 안 됩니다. 한신이 조나라에서 물러가면 초나

라는 별동군을 증강해서 조나라 땅을 석권해 버릴
것입니다. 한신이 조나라에 있는 것만으로도 초군을
견제하는 역할을 하고 있습니다."

"한신이 그토록 싸움을 잘 하는 사람이라고는 생
각하지 않았소. 나는 사람을 보는 눈이 없소. 한신의
재능을 간파한 소하(蕭何)에게 나는 도저히 미치지
못하는 것 같소."

"소하가 관중을 잘 다스리고 있습니다. 이것이 대
왕에게는 무엇보다도 강점입니다. 싸움에 이기기 위
해서는, 특히 장기전을 이겨내기 위해서는 영국(領
國)의 치정(治政)과 병참(兵站)의 확보가 무엇보다도
중요합니다. 보급을 소홀히 하는 군대는 설사 싸움
에 승리를 거두더라도 언젠가는 패배하게 됩니다.
지금 점령지의 군정과 병참을 맡기기에 소하를 필적
할 인물이 이 세상에는 없습니다. 관중도 겨우 기근
에서 벗어났습니다. 곧 군량이 모일 것입니다. 병사
들 징모(徵募)도 순조롭게 되어 나갈 것이 틀림없습
니다."

"소하에게는 감사하고 있소. 그 사나이가 없었더
라면 우리 군은 벌써 궤멸하고 말았을 것이오."

"현재로서는 참을 인(忍) 자입니다. 참을성 있게
수비를 견고히 하고 있으면 멀지 않아 정세가 호전
될 것입니다."

장량은 그렇게 말하며 한왕을 격려했다.

영양은 큰 성(城)이기 때문에 10만 명이 넘는 한나라의 군대를 수용해도 비좁지 않았다.

영양성의 성벽은 높고 벽은 두꺼웠다. 벽은 돌로 쌓은 것도 아니고 벽돌로 쌓은 것도 아니다. 강토(羌土)라고 하는 판자를 양쪽에 세우고 황토를 그 속에 채워서 막대로 찔러 굳힌 것이기 때문에 토공부대가 괭이를 휘두른다고 해도 쉽사리 무너뜨릴 수가 없었다.

성벽의 아랫부분은 넓고 정상부는 좁지만 그래도 벽 위를 5명의 병사가 나란히 걸을 수 있을 정도의 넓이가 있었다. 그 벽 위에서 한나라 병사가 쇠뇌를 들고 경비하고 있었다.

성벽을 지키기 위해서는 1장(丈:1장은 10자)을 병사 10명이 맡으면 된다. 10여 명의 병사가 100명의 병사에게 대항할 수 있었던 것이다. 한나라의 군대는 성을 지키는데 필요한 병원(兵員)이 부족하지는 않았다. 때문에 그 유명한 항우도 공격을 계속하다가 지쳤다. 힘으로 공격해서 함락시킬 수 없는 성은 성내의 군량이 떨어지는 것을 기다리는 수밖에 방법이 없는 것이다.

작은 전투는 있었지만 대규모의 전투는 없었다. 한나라 군대도 가끔은 치고 나와서 초나라 군대의 허(虛)를 찔렀다. 초나라 군대에게 타격을 주었다 싶으면 재빨리 철수해 버렸다. 초나라 군대가 성벽 가까이 접근하여 겁이 많다고 욕해도 한나라 군대는 응하지 않았다.

매일매일 같은 일이 되풀이되었다. 성문을 지키는 병사는 아침부터 저녁까지 성문에 대기했다. 성루(城樓)에 올라가서 감시하는 병사는 하루 중에서 정해진 시간만을 누상(樓上)에서 지내는 것이다. 그 외에는 자는 것과 먹는 것만이 하는 일이었다.

총수인 유방의 일과는 마차를 타고 성벽 내를 순시하는 일이었다. 순시라기보다도 성벽 내의 병사와 주민에게 얼굴을 보이고 다닌다고 하는 것이다. 얼굴의 하반부를 새까맣게 덮은 아름다운 수염을 보면, 그가 한왕이라는 것을 누구나 잘 알았다.

유방이 타는 수레는 천개(天蓋)를 노란 비단으로 치고 있었으며, 수레 왼쪽에는 이우(검은 소) 깃발을 세우고 있었다. 중국에서는 노란색이 존귀(尊貴)함을 나타내는 빛깔이고, 이우의 꼬리로 깃발처럼 만든 것은 천자의 표시였다.

유방은 한왕이라고 하지만 이미 천하를 양분해서 싸고 있는 우두머리들 중의 하나였다. 그러니 천자라고 못할 것도 없었다. 유방의 부하들 중에는 한왕을 폐하라고 부르는 사람도 있었다. 폐하는 천자를 부를 때의 존칭이었다.

농성전에서 가장 경계하지 않으면 안 되는 것은 사기가 위축되는 것이며 성벽 내 주민의 이반(離反)이었다. 주민들이 등을 돌리게 되면 싸움은 이기기 어렵다. 한왕은 자기가 건재하고 있다는 것을 주민이나 병사들에게 보이면서 돌아다니지 않으면 안 되었던 것이다.

성벽 안의 주민들이야말로 귀찮기 짝이 없었을 것이다. 인연도 연고도 없는 유방이 이 성으로 들어왔기 때문에 자기들까지도 농성전을 벌이지 않으면 안 되게 되었으니 말이다. 농민 출신인 유방은 주민들의 마음 속을 잘 알고 있었다. 한왕은 주민들을 위무(慰撫)하는 데 힘을 기울였다. 부로(父老)들을 모아서 그들에게 유고(諭告)했다.

"한나라의 군대는 천하의 의군(義軍)이다. 초나라의 군대는 적군이다."

"항우는 자기가 주인으로 섬기던 의제(義帝)를 강남에서 죽였다. 항우는 포악한 왕이다."

"양성(襄城)에서는 성(城) 안의 병사와 무고한 백성들을 몰살시켰다."

"항우는 사람 죽이는 것을 벌레를 밟아 죽이는 것만큼도 생각하지 않고 있다."

"신안(信安)에서는 진(陳)나라에서 항복해 온 병사 20만 명을 구덩이에 처넣어 묻었다."

"함양(咸陽)을 내 주고 항복한 진왕을 참수했다. 함양의 거리를 잿더미로 만들었다."

"항우가 영양성으로 들어오면 주민들은 몰살당할

것이다."

이렇게 하여 주민들에게 공포심을 일으키게 함으로써 그들에게 협력을 요청했다. 주민들이 그 말을 어디까지 곧이 듣느냐 하는것은 아무래도 좋았다. 문제는 그들이 한나라로부터 이반만 하지 않으면 되었던 것이다.

한나라 군대가 의군이며 천하에 평화를 가져오는 정의의 군대라고 일컬어 봤자 싸움에 이기지 못하면 아무런 소용도 없다. 천하를 어지럽힌 적도(賊徒)로서 살해당할 뿐이었다.

"농성하기가 괴롭다. 숨이 막힐 것만 같다."

한왕이 장량에게 말했다.

"대장이 나약한 말을 하시면 곤란합니다. 병사들에게 좋은 본보기가 되지 못합니다."

장량이 말했다.

"아군은 성을 포위당하고 있습니다. 군량이 떨어지지나 않을까 걱정됩니다. 지금이 가장 괴로울 때입니다. 그것에 비하면 초나라의 군대는 지금이 최고의 상태에 있습니다. 그렇지만 최고 꼭대기까지 올라갔을 때야말로 내리막길의 시작인 것입니다. 아군의 어려움이 극도에 달했을 때야말로 적에게 불리하고 아군에게는 유리한 정세가 시작되는 때입니다. 그러니 더욱 어려움을 견디어 정세를 유리한 방향으로 끌고 가지 않으면 안 됩니다."

장량은 계속해서 설득했다.

"아군이 괴롭듯이 초나라 군대도 역시 괴로울 것입니다. 그들은 제(齊)나라 토벌과 팽성의 싸움에 이어, 팽월과 영포를 치지 않으면 안 되었습니다. 벌써 2년에 걸쳐서 싸우고 있습니다. 병사들은 고향 생각에 사로잡혀 있을 것입니다. 게다가 항왕은 성미가 급한 사람입니다. 성을 공격하는 것은 잘하지 못합니다. 야전(野戰)에서는 귀신도 따르지 못할 정도로 용맹스럽지만 성을 공격할 때는 같은 용맹을 발휘할 상대가 없어서 허전할 것입니다."

장량은 잠시 쉬었다가 말을 이었다.

"항왕은 영양성 공격에 전군을 투입하고 있습니다. 초한의 싸움을 이 한판 싸움에서 결판을 내려고 생각하고 있기 때문입니다. 그러나 성은 쉽사리 함락될 것 같지가 않습니다. 성을 포위하는 데는 10배의 병력이 필요하다고 병법에 말하고 있는데 초나라의 병력은 10배는 커녕 3배도 되지 않습니다. 2배 반 정도일까요. 공격하는 쪽에도 문제가 있습니다."

"그렇지만 우리 쪽에는 군량 보급이 끊기지 않았소. 머지않아 성이 함락되지 않겠소?"

"구원군이 오지 않는 성은 군량이 떨어져 언젠가는 함락될 운명에 처해 있다고 말하고 있지만, 반드시 그렇다고만 할 수는 없습니다. 아군에 구원군이 없는 것처럼 초나라 군대에는예비군이 없습니다. 예비군이 없는 군대는 위험합니다. 주력군이 붕괴되면 그것으로 끝장입니다. 한나라 군대에 구원군이 없다라고 해도 관중에는 소하가 있고, 황하 북쪽에는 한신(韓信)이 있습니다. 한신은 대군을 거느리고 있지는 않지만 측면에서 초나라 군대를 견제하는 역할을 하고 있습니다. 소하는 한나라 군대가 영양, 성고에서 패퇴하는 사태가 일어나면 우리를 관중으로 맞아들을 준비를 하고 있을 것입니다. 아군은 설사 패하더라도 물러갈 곳이 있습니다. 그것에 비하면 초나라 군대는 여기서 패하면 도망갈 곳이 없습니다. 팽성도 요충지이기는 하지만 관중과 달라서 대평원의 한복판에 있으므로 적은 병력으로는 지키기 어려운 곳입니다."

"도망갈 곳이 있다고 해도 항우가 뒤쫓아오겠지. 관중은 험난한 지형으로 둘러싸여 있기 때문에 적을 저지할 수 있을 것이다. 그렇지만 영양, 성고를 돌파당하면 한나라 군대의 사기는 떨어져 버릴 것이오. 제후(諸侯)들은 더욱더 초나라에 복종할 것이고 한나라는 고립되고 말 것이오."

"바로 그 점입니다. 싸움에는 기세라는 것이 있습니다. 제가 우려하고 있는 것도 영양, 성고가 함락되면 초나라 군대의 기세가 올라가게 된다는 것입니다. 그렇기 때문에 영양성을 지킬 수 있을 때까지 지켜 내지 않으면 안 됩니다."
"알았소. 버팁시다."
라고 한왕은 말했다.

8가지 불가 이유(不可理由)

영양성의 공방전은 교착 상태에 빠졌다.

방위하는 한나라 군대 쪽에서 보면 전세는 호전되지 않았다. 성내에 저장되어 있는 군량은 점점 줄어가 낙성의 길을 걷고 있는 실정이다. 여하튼 10만을 넘는 병사였다. 하루에 병마에게 주는 식량의 양도 막대했다. 성내에서도 식량이 없는 사람에게는 급식해 주지 않으면 안 되었다. 이 상태로 간다면 식량이 앞으로 몇 개월을 지탱할 수 있을지 알 수 없었다. 유방은 불안해졌다.

'항우를 이길 수 있을까?'

'이길 수 없을 것 같다.'

유방은 머리를 감싸쥐면서 고민했다.

하북의 조나라 땅에는 한신이 있었지만. 한왕이 한신이 싸워서 승리를 얻을 때마다 병사를 빼앗아 왔기 때문에 한신은 대군을 거느리고 있지 않았다. 때문에 포위군의 바깥쪽에서 초나라 군대를 찌르게 할 수가 없었던 것이다. 또 초나라 군대의 후방을 교란하기 위해 여러 나라의 왕후에게 공작 요청을 해도 응해서 궐기해 주는 사람이 없었다.

'한나라의 궁상(窮狀)을 타개하는 방법은 없을까?'

'초나라의 기세를 약화시킬 수밖에 없다.'

'초나라를 약화시키기 위해서는 5제후가 한나라 편을 들어 주지 않으면 안 된다.'

한왕은 지푸라기에도 매달리고 싶은 심정이었다. 한왕이 우울해 있는 것을 보고 헌책(獻策)한 사람이 있었다. 광야군(廣野君)이라는 존칭으로 불리고 있는 역이기였다.

"폐하께서는 제후들이 한나라 편을 들어 주었으면 하고 생각하고 계시지 않사옵니까?"

"그렇소, 잘 알고 있구려."

한왕은 말했다.

"옛날 탕왕(湯王)은 걸왕(桀王)을 치고 그 자손을 기(杞)에 봉했습니다. 무왕(武王)은 주왕(紂王)을 치고 그 자손을 송(宋)에 봉했습니다. 지금 진나라는 무도해서 6국의 자손들을 멸망시켜 송곳을 세울 땅조차 주지 않았습니다. 6국의 백성들은 그것을 원망하고 있습니다. 폐하가 정말로 6국의 자손들을 다시 세우신다면, 모두들 앞을 다투어 폐하의 덕의(德義)를 받들어 신하가 되기를 바랄 것입니다. 덕의가 이미 천하에 행해진 다음에 남면(南面:군주의 자리에 오름)해서 패권을 장악하신다면 초나라는 반드시 옷깃을 바로 하고 내조(來朝)할 것입니다."

"옳소."

한왕의 표정이 밝아졌다.

"그렇지만 구체적으로는 어떻게 해야 되오?"

"제가 대왕의 사자가 되어서 여러 나라로 가겠습니다. 대왕은 왕이라는 점에서는 여러 나라의 왕과 동격이시지만, 대왕은 이미 왕위를 남에게 주는 천자와 다름없는 권리를 가지고 계십니다. 동쪽의 천자는 초왕이고 서쪽의 천자는 한왕입니다. 6국의 옥새를 새기게 하시면 됩니다. 제가 그 옥새를 가지고 가서 6국의 왕손들에게 주는 것입니다."

한왕은 즉시 6국의 옥쇄를 새기려고 공인(工人)을 불렀다.

역이기가 출발하기 전에 장량이 한왕의 막영(幕營)으로 찾아왔다. 장량은 가벼운 병으로 앓아 누워 있었던 것이다.

때마침 한왕은 식사를 하던 중이었다.

"마침 잘 왔소. 함께 먹읍시다."

하면서 요리를 접시에 나누어 장량에게 주었다. 한왕이 기분이 좋을 때 하는 버릇이었다.

"사실은 말이오, 어떤 빈객(賓客)이 나에게 좋은 것을 가르쳐 주었소. 그대는 어떻게 생각하오?"

한왕은 역이기의 이름을 숨기고 그가 헌책한 안

을 자세히 이야기해 주었다. 그러자 장량은 안색을 바꾸면서,

"누가 대왕을 위해 이 계획을 세웠습니까. 그렇게 하면 대사는 실패로 끝납니다."

"어째서?"

"잠깐, 대왕의 젓가락을 빌려서 보여 드리기로 하겠습니다."

장량은 젓가락을 손에 들고 짚으면서 말했다.

"옛날 탕왕이 걸왕을 치고 그 자손을 기(杞)에 봉한 것은 아마 걸왕의 생사를 좌우하는 급소를 자기 손에 쥘 수 있다고 생각했기 때문이었을 것입니다. 지금 폐하는 항우의 생사를 좌우하는 급소를 손에 쥘 수 있으십니까?"

"불가능하겠지."

"이것이 그렇게 하는 것이 불가(不可)한 첫째 이유입니다. 무왕이 주왕을 친 뒤 그 자손을 송(宋)에 봉한 것은 주왕의 목을 손에 넣을 수 있다고 생각했기 때문입니다. 지금 폐하는 항왕의 목을 손에 넣으실 수가 있으십니까?"

"불가능하겠지."

"이것이 그렇게 하는 것이 불가한 둘째 이유입니다. 무왕은 은(殷)으로 들어가자 현인(賢人)의 상용(商容)을 표창하고 옥에 갇혀 있는 기자를 석방하고, 비간(比干)의 무덤에 흙을 쌓아올리어 경계를 만들었습니다. 지금 폐하는 성인의 무덤에 흙을 쌓

아뢰리고, 현자를 표창하고 수레를 타고 가다가 지자(知者)의 가문 앞에서 경례를 할 수가 있으십니까?"

"아니야, 불가능할 것이오."

"이것이 그렇게 하는 것이 불가한 셋째 이유입니다. 무왕은 거교(鉅橋)에 있는 창고의 쌀과 서속을 풀고 녹대(鹿臺)의 돈을 뿌려서 가난한 사람들에게 주셨습니다. 지금 폐하는 부고(府庫)를 열어서 재물을 뿌려 가난한 사람들에게 나누어 주실 수가 있으십니까?"

"아니야, 불가능할 것이오."

"이것이 그렇게 하는 것이 불가한 넷째 이유입니다. 무왕은 은나라를 토벌한 뒤 병차(兵車)를 폐하여 주홍색으로 칠한 차를 만들었으며, 방패와 창을 거꾸로 두고 호피(虎皮)를 덮어 다시는 무기를 사용하지 않겠다는 것을 천하 사람에게 보여 주었습니다. 지금 폐하는 무사(武事)를 폐하고 문사(文事)를 행하여 다시 무기를 사용하지 않겠다는 것을 보여 주실 수 있으십니까?"

"그것도 불가능할 것이오."

"이것이 그렇게 하는 것이 불가한 다섯째 이유입니다. 무왕은 말을 화산(華山) 남쪽에서 쉬게 하여 다시는 싸움에 쓰지 않겠다는 것을 보여 주었습니다. 지금 폐하는 말을 쉬게 하고 사용하지 않을 수 있으십니까?"

"불가능할 것이오."

"이것이 그렇게 하는 것이 불가한 여섯째 이유입니다. 무왕은 소를 도림(桃林) 북쪽에 놓아 주어 다시는 병참물자의 수송에 쓰지 않겠다는 것을 천하에 보여 주었습니다. 지금 폐하는 소를 놓아 주고, 다시는 군량 등을 수송하지 않을 수가 있으십니까?"

"아니야, 불가능할 것이오."

"이것이 그렇게 하는 것이 불가한 일곱째 이유입니다. 여하튼 천하의 나그네가 가족들과 떨어지고, 조상의 묘지가 있는 고향을 버리고, 옛 친구와 헤어져서 폐하를 따르고 있는 것은 오로지 지척(咫尺)의 땅이라도 얻으려는 욕망 때문입니다. 그런데 지금 다시 6국의 자손들을 세우게 되면 남는 땅이 없어지게 되니 나그네들은 각자 귀국하여 그들의 군주를 섬기고 가족들을 만나며 옛 친구들에게로 돌아가 버릴 것입니다. 그렇게 되면 폐하는 누구의 힘을 빌려 천하의 정권을 잡으시렵니까. 이것이 그렇게 하는 것이 불가한 여덟째 이유입니다. 그리고 또 지금 천하에 초나라보다 강한 나라는 없습니다. 6국의 후예들이 서더라도 다시 초나라에 굴복하여 복종한다면 폐하는 어떻게 그들을 신하로 삼을 수 있겠습니까. 만약 그 빈객의 계책을 쓰신다면 폐하의 대사는 끝장입니다."

한왕은 식사를 멈추고 입 안의 음식물을 토한 뒤

욕설을 퍼부었다.

"빌어먹을 유자(儒者)놈 같으니, 하마터면 나의 대사를 잡쳐 버릴 뻔했다."

그리고 즉시 새겨 두었던 도장을 깎아서 버리게 했다.

초조한 한왕

초한의 공방전은 영양에서만 벌어진 것이 아니었다. 초왕은 용장인 종리매에게 정예부대를 주어서 오창(敖倉)을 공격하게 했다.

오창에 저장되어 있는 군량은 100만 대군을 몇 개월 동안 부양할 수 있을 양이라고들 했다. 이것을 초나라 군대에 빼앗기면 큰일이었기에 한나라 군대는 필사적으로 막았다. 격렬한 공방전이 계속되었는데 마침내 초나라의 군대가 이를 탈취했다.

'아아, 이제는 끝장인가.'

유방은 전신의 피가 얼어붙는 듯한 공포감에 사로잡혔다. 오창이 초나라 군대의 소유가 되었기 때문에 초나라는 멀리 팽성으로부터 식량을 운반하지 않아도 되었다. 이와 반대로 성고성(成皐城)은 오창으로부터의 보급이 끊어지고 만 것이다. 성고성의 식량은 위수(渭水)의 물길을 따라 내려오는 관중의 곡식에 의지할 수밖에 없었다.

'나는 독 안에 든 쥐가 되고 말았다.'

'차라리 치고 나가서 싸울까?'

유방은 장량에게 물었다.

"나는 더 이상 참을 수가 없소. 치고 나가서 싸울까 생각하오. 항우의 허를 찌르면 10중 2나 3 정도는 이길 수 있지 않을까?"

"이길 수 없습니다. 항왕과 정면으로 싸워서는 이길 수 없습니다."

장량은 평소와 다름없는 온화한 목소리로 대답했다.

"초나라의 군대는 강성합니다. 전에도 말씀드린 대로 그들은 지금 최고 상태에 있습니다. 최고 꼭대기까지 올라갔을 때 내리막길이 시작됩니다. 내리막길이 시작될 때까지 참을성 있게 기다려 봅시다."

"하지만 언제까지 기다릴 수는 없지 않은가. 영양성의 식량에는 한도가 있어. 내리막길이 시작되기 전에 군량이 떨어져 버리면 어떻게 하겠소?"

"내리막길을 이쪽에서 만들어 주기로 하지요. 정세가 바뀌면 내리막길이 일찍 시작되는 법입니다. 피아(彼我)의 정세를 우리 손으로 전환시켜 주지 않으면 안 됩니다."

"정세를 전환시킨다고? 그런 것을 할 수 있겠소?"

"아군과 적의 전력을 정확하게 분석합니다. 그것

을 할 수 있으면 열세를 우세로, 궁지에서 벗어나 우세한 위치로 돌아갈 수 있다고 병법에서 설명하고 있습니다. 피아의 전력을 여기서 분석해 봅시다. 초나라의 군대는 50만이라고 큰소리치고 있습니다만 실제로는 그렇게 많지 않습니다. 30만 정도일까요. 포위해서 성을 함락시키기에는 병력이 부족합니다. 전에도 말씀드렸습니다만 포위 그 자체에 무리가 있습니다.

초나라 군대나 한나라 군대나 모두 이렇다 할 구원군이 올 전망은 없습니다. 다만, 지리상으로 보아서 한나라 군대는 후방에 관중이라는 요해(要害)와 비옥한 땅을 가지고 있습니다. 그것이 우리의 강점입니다. 초나라의 군대는 서울인 팽성에서 멀리 떨어져 싸우고 있습니다. 그들은 불리한 조건에 놓여 있습니다. 이런 것들을 비교 검토해 보면 열세를 우세로 전환시킬 방법이 나올 것입니다."

한왕은 고개를 끄덕이면서 듣고 있었다.

"한나라 군대와 초나라 군대는 영양성에서 싸우고 있습니다. 이 밖에 한 군데 더 전장을 만듭니다. 전장이 많아지면 공격하는 쪽에서는 병력을 분산시키지 않으면 안 됩니다. 분산되면 공격력이 약해집니다. 병력을 분산시켜서 싸우라는 것은 병법의 철칙입니다. 영양성이 함락되면 초한의 싸움은 결말이 난다는 식으로 생각해서는 안 됩니다.

싸움은 무력만으로 결정되는 것이 아닙니다. 무

력에 의하지 않고 적을 정복하는 방법을 병법에서는 설명하고 있습니다. 군신(君臣)을 이간시키는 것이 가장 효과적인 책략이라는 것을 전에도 말씀드렸습니다만, 그 일례를 다시 말씀드리겠습니다. '적의 충신을 군주로부터 떼어 놓을 것, 그렇게 하기 위해서는 우선 신하와 군주 쌍방에게 선물을 한다. 이 경우 신하 쪽에 비싼 물건을 선물하며, 만약 이 신하가 사자로 왔을 때는 일부러 교섭을 오래 끌어 교체(交替) 사자를 파견하도록 만든다. 교체 사자가 오면 우호적인 태도를 보여 교섭을 성립시킨다. 적의 군주는 그 전의 사자보다 이 사자를 더 신뢰하게 된다. 그렇게 되면 그 전의 사자는 적의 군주로부터 멀어지게 된다. 이렇게 해서 적국을 모략에 끌어들일 수가 있다.' 이 방책을 초나라 군대에게 응용할 수 있다고 생각합니다.

항왕의 신하들 중에서 가장 경계해야 할 상대는 되풀이해서 말쓰드립니다만 범증 노인입니다. 항왕과 범증을 이간시킬 수 있다면 초나라 군대는 싸우기 쉬운 상대가 됩니다. 초나라의 장군에는 종리매, 용차(龍車), 주은(周殷), 계보 등이 있습니다. 모두 항왕이 좋아하는 맹장입니다. 항왕은 직선적인 인간입니다. 감정대로 행동합니다. 성격은 단순한 것 같습니다. 모략을 쓰기에는 어렵지 않을 것 같습니다. 유언비어를 퍼뜨리면 신하를 의심하게 될 것입니다. 항왕과 그 신하의 보조(步調)를 흐트릴 수가 있다고 생각합니다."

"항왕이 어떤 인간인가를 진평(陳平)이 자세하게 이야기해 준 적이 있소. 모략에 속을지도 모르겠 군."

"진평은 머리가 좋은 사람입니다. 초나라 군대의 내부 사정에 정통합니다. 그 사람이라면 초나라에 대해 모략을 쓸 수가 있을 것입니다."

"진평에게 좋은 책략이 없느냐고 물어 보겠소. 나는 다 죽어가는 환자요. 기사회생(起死回生)의 묘약을 얻고 싶어 견딜 수가 없단 말이오."
라고 말하는 유방의 표정은 약간 밝아지고 있었다.

반간지계(反間之計)

진평(陳平)은 하남의 양무현(陽武縣) 호유향 사람이다. 집은 가난했지만 젊은 시절의 그는 독서를 좋아했다. 부모는 일찍 돌아가시고 집에는 30묘(1묘는약 30평)의 논이 있었으며 형인 성(成)과 둘이서 살고 있었다. 성은 논을 갈며 동생인 평(平)에게 항상학문을 하라고 타일렀다.

"평아, 너는 머리가 좋다. 공부해서 훌륭한 사람이되어야 한다."

형은 동생에게 기대를 걸고 있었다.

평은 몸집이 크고 살갗이 흰 미남자였다. 마을의

어떤 사람이 그의 몸을 눈여겨보며 말했다.

"당신은 살이 알맞게 쪘어. 무엇을 먹고 있기에 그렇지?"

평의 집이 가난하다는 것을 알고 있기 때문에 조롱 삼아 물어 보았던 것이다. 평이 대답하지 않자, 옆에 있던 형수가 대신 말참견을 했다.

"쌀겨의 지스러기를 먹고 있을 뿐이에요. 이런 시동생은 없는 편이 낫습니다."

형수는 농사일을 하지 않고 놀고 지내는 시동생을 싫어했다.

평은 형수가 싫어했지만 학문의 길을 걷는 것을 그만 둘 생각은 없었다. 논밭을 가지고 있지 않은 농가의 차남으로서는 일을 해 봤자 머슴이 되는 수밖에 없었기 때문이다. 학문을 닦아 입신 출세하고 싶었다. 학문을 하기 위해서는 형 부부의 신세를 질 수밖에 없었던 것이다.

'난처하게 됐다. 뭔가 좋은 방법이 없을까?'

평은 궁리했다. 형수가 싫어하지 않도록 하기 위해서 어떻게 해야 좋을까. 궁리한 끝에 생각해 낸 것이 형수와 정을 통하는 일이었다. 한 번 정을 통해 버리면 남자와 여자 사이인지라, 여자는 남자를 매정하고 무자비하게 다루지는 않을 것이다.

'형님에게 미안하지만 이 길밖에 없다.'

평의 형인 성(成)은 키가 작고 볼품없게 생긴 사나

이였다. 형수는 겉으로는 욕을 했지만 몸집이 크고 미남인 시동생에게 마음이 끌리고 있었다. 마음에 있어 하는 여자를 낚아채는 일은 누워서 떡 먹기였다.

평은 형수와 단둘이 있을 때 아슬아슬한 말을 입 밖에 꺼냈다. 여자의 색정을 도발시켰던 것이다. 시동생을 보는 형수의 눈이 갑자기 요염해졌다. 여자가 남자를 유혹할 때 보이는 빛나는 눈이었다.

이쯤 되면 남은 것은 두 사람을 가로막고 있는 울타리를 넘기만 하면 되는 일이었다. 형이 소를 끌고 양무(陽武)로 가고 없는 사이에 평은 형수와 정을 통하고 말았다.

형수는 평의 남성다움에 완전히 매혹되고 말았다. 먹을 것을 줄 때도 싫어하는 얼굴을 보이지 않았다. 맛있는 것을 아끼지 않고 주었다.

'먹는 문제는 해결되었다. 이제는 느긋하게 공부할 수가 있다.'

형수가 시동생을 유혹하는 일이 자주 있게 되었다. 평은 형수와의 밀통이 남에게 알려지게 되는 것을 두려워했다. 사람 좋은 형을 속일 수는 있어도 세상 사람들의 눈까지 속일 수는 없는 법이었다.

"형수님, 우리들 사이의 일이 다른 사람에게 알려지면 큰일입니다. 알려지지 않도록 하기 위해 저를 욕해 주십시오. 욕을 많이 하면 알려지지 않고 넘길 수 있을 겁니다."

시동생은 그렇게 말했다. 형수는 시동생이 시키는 대로 했다.

"우리 시동생은 게으름뱅이입니다. 일도 하지 않고 놀고만 있습니다. 저런 것을 밥벌레라고 하지요."

"학문을 해 봤자 무슨 소용이 있습니까. 쌀겨 한 홉도 나오지 않는단 말이에요. 일하기가 싫으니까 학문을 한다고 할 뿐이랍니다."

형수가 지껄이는 욕설이 어쩌다가 형인 성의 귀에 들어가 버렸다. 성은 동생을 끔찍하게 생각하는 사람이었다. 성은 화를 내며 아내를 쫓아냈다. 그 당시의 부모 자식, 형제간의 애정은 때와 경우에 따라서는 부부의 정리(情理)마저 끊어지게 만들었던 것이다. 후세 사람들로서는 이해하기 어려운 이야기일 것이다.

심모원려(深謀遠慮)가 지나쳐서 큰일이 벌어지고 만 것이다. 후회했지만 이미 때는 늦었다.

얼마 후에 형은 새 아내를 맞았다. 그 때 동생이 형에게 말했다.

"형님, 나도 아내를 맞겠어요."

"그거 좋다."

형은 찬성했다.

"나는 부잣집 딸을 아내로 맞고 싶어요. 인물은 못

생겨도 좋아요.”

“점을 찍어 놓은 데라도 있느냐?”

“없지도 않아요.”

라고 동생은 대답했다.

그 무렵, 호유에 장부(張負)라는 큰 부자가 있었다. 장부의 손녀는 세 번이나 시집을 갔지만 그 때마다 남편이 죽어서, 이제는 감히 아내로 맞으려고 하는 사람이 없었다. 평은 그 여자를 아내로 맞고 싶어했다.

‘그 여자는 다음(多淫)이다. 그 때문에 남자들이 정기를 다 빨리고 죽었다고 한다. 칠칠치 못한 남자들이다. 나 같으면 그런 짓은 시키지 않겠다.’

‘여자는 말과 같은 것이다. 다루는 자가 잘만 다루면 사나운 말도 온순해진다. 내가 그 여자를 아내로 맞이한다면 잘 길들여 보이겠는데……’

대단한 자신감이었다. 평은 장부의 가족에게 접촉할 수 있는 기회를 엿보았다.

진평은 마을에 장례식이 있으면 항상 거들어 주러 갔다. 장례식장에는 많은 사람들이 모인다. 자기의 존재를 알리기에 더없이 알맞은 장소였다. 진평은 총각이기 때문에 남의 눈을 끌었다. 진평이 미남자라는 것을 알고 주목한 사람은 다름아닌 부자인 장부였다.

“저 젊은이는 어느 집 사람인가?”

"저 사람은 진평이라고 합니다. 형인 성과 둘이서 살고 있습니다. 총각입니다."

장부와 다른 한 노인이 말하는 소리가 진평의 귀에 들렸다. 진평은 됐다 싶었다. 노인의 눈에 띄었으니 이제 조금만 더 밀면 되는 것이었다.

그 날은 장례식의 뒤처리만 하고 돌아와 다음 기회를 기다리기로 했다. 서둘러서는 안 된다. 느긋하게 기다리고 있으면 기회는 반드시 찾아오기 마련이다.

기다릴 것까지도 없이 얼마 후에 마을에 또 초상이 났다. 그 집은 장부의 친척집이었다. 장례식에 장부가 분명히 올 것이라고 믿었다. 진평에게는 장례식장의 일을 도와 주러 가기 전에 해 둘 일이 있었다.

장부는 두 번째로 진평을 보고 마음을 정할 것이다. 손녀사윗감으로 진평을 고른다면 당연히 사위가 될 남자의 집을 보고 싶어할 것이다. 진평의 집은 오두막집이었다. 너무나도 초라하여 매우 놀랄 것이다. 오두막집이라면 오두막집 나름대로 뭔가 한 가지쯤은 자랑할 만한 것을 보이고 싶다고 진평은 생각했다. 진평이 남에게 자랑할 수 있는 것이란 양무에 가서 학문을 닦고 있는 것이었다.

진평은 아는 사람에게 안거(安車)를 빌렸다. 안거는 앉아서 탈 수 있는 소형 마차이다. 그 집의 아들이 진평의 학우(學友)였기 때문에 간청해서 잠시 빌렸던 것이다.

진평은 그 안거를 타고 자기 집 앞을 왔다갔다 했다. 비가 갠 뒤의 길바닥은 부드러웠기에 수레바퀴 자국이 새겨졌다.

안거는 귀인이나 부유한 사람이 탄다. 안거의 바퀴 자국이 집 앞에 새겨져 있다는 것은 진평을 찾아오는 귀인이나 지식인이 있다는 증거가 된다. 장부의 눈에 그것이 비치면 장부는 진평을 장래성이 있는 유망한 청년이라고 볼 것이다.

진평은 안거를 돌려준 다음 몸단장을 하고 장례식장의 일을 거들어 주러 갔다. 시각이 되자 장부가 왔다. 진평은 평소와 다름없이 극히 자연스럽게 행동했다.

장부가 젊은이의 행동거지를 눈여겨보니, 보면 볼수록 진평은 몸집이 크고 이목구비가 반듯했다. 노인은 자기의 손녀를 꼭 이 젊은이에게 시집보내야겠다고 생각했다.

장례식이 끝나고 나자 진평은 남보다 늦게 그 집에서 나왔다. 진평의 뒤를 따라 장부가 나왔다. 장부가 진평의 뒤를 밟았던 것이다. 손녀사위가 될 사나이의 집을 보고 싶어서였다. 가난하다는 말은 들었지만 가난하면 가난한 대로 보아 두고 싶었던 것이다. 손녀에 대한 사랑 때문에.

진평의 집은 마을에서 많이 떨어진 곳에 있었다. 찢어진 거적이 문 대신 늘어뜨려져 있었다. 상상했던 것보다 더 빈곤한 것 같았다. 그러나 문 밖의 도로에는 귀인이 타는 안거의 바퀴자국이 몇 줄기나 새겨져 있었다.

'진평은 학문을 닦고 있기 때문에 훌륭한 사람과 교제하는 모양이다. 지금은 가난하지만 불원간 저 젊은이는 두각을 나타낼 것이 틀림없다.'
라고 장부는 생각했다.

장부는 집으로 돌아가자 아들 중(仲)에게 말했다.

"나는 손녀를 진평에게 주었으면 좋겠다고 생각한다."

"진평은 가난한 주제에 일도 하지 않는다고 들었습니다. 놀고만 있기 때문에 현(縣) 안의 모든 사람들이 그를 비웃고 있습니다. 어째서 딸을 그런 녀석에게 주시려고 하십니까?"

"그 젊은이의 풍채를 한 번 보는 게 좋겠다."
늙은 아버지는 말했다.

"진평은 참으로 당당한 미남자다. 예로부터 풍채가 그토록 훌륭한 사나이가 오랫동안 빈천(貧賤)했던 예가 있느냐. 출세할 것이 틀림없다."

그렇게 되어 장부는 마침내 손녀를 진평에게 주었다. 진평에게 돈을 빌려 주어 납채(納采)를 하게 하고 잔칫날 장만할 술과 고기를 살 돈도 주었다. 손녀가 집을 나갈 때는,

"남편의 집이 가난하다고 해서 남편을 섬기는 데

조심성이 없고 게을러서는 안 된다. 형인 성은 아버지를 섬기듯이 섬기고, 형수는 어머니를 섬기듯이 섬겨라."

하고 훈계했다.

진평이 장씨의 딸을 아내로 맞은 후부터 집안 살림이 풍요해져 교유(交遊)하는 범위도 나날이 넓어졌다. 진평은 마을의 사(社:마을에 신을 모시는 사를 세우고 봄과 가을에 제사지냄)의 재(宰)가 되었는데 제사 고기를 분배하는 데 매우 공평하게 했다. 마을의 부로(父老)들이 말했다.

"진가(陳家)의 젊은이는 재(宰) 노릇을 매우 잘 한다."

그 말을 듣자 진평은,

"아아, 나에게 천하의 재상을 맡긴다면 이 고기를 분배하는 것처럼 멋지게 하겠는데."

라고 말하며 한탄했다.

진승(陳勝)은 왕이 된 뒤 부하인 주시(周市)로 하여금 위나라 땅을 공략, 평정시키게 하고, 위구(魏咎)를 세워서 위왕으로 삼았다.

진평은 형인 성에게 이별을 고하고 젊은이들 10여 명을 거느리고 암제로 가서 위왕 구를 섬겼다. 위왕은 진평을 미남자라면서 그를 태복(太僕)으로 삼았다. 태복은 왕의 여마(輿馬)를 관리하는 벼슬이었다. 진평은 위왕에게 군사 전략에 대해 건의했으나 듣지

않았다. 게다가 진평을 왕에게 중상 모략하는 자가
있었다. 진평은 신변의 위협을 느끼고 위왕의 진영
에서 도망쳐 나왔다.

그 후 항우가 주위의 땅을 공략하며 황하 부근에
이르렀다. 진평은 그 곳으로 가서 항우를 섬겼다. 그
리고 항우를 따라 관중으로 들어갔다. 항우는 진평
에게 경(卿)의 작위(爵位)를 주었다. 파격적인 대우였
다.

항우는 팽성에 도읍한 뒤 서초(西楚)의 패왕이 되었
으나 얼마 지나지 않아 천하는 다시 어지러워졌다.
제(齊)나라 땅에서 전영(田榮)이 배반했다. 서쪽에서
는 촉(蜀), 한(漢) 땅에 봉해진 유방이 한중(漢中)에서
치고 나와 삼진 지방(三秦地方)을 공략했다.

은왕(殷王)인 사마앙이 한(漢)나라에 항복했다. 항
우는 진평에게 신무군(信武君)의 호(號)를 주고, 위왕
을 섬길 때의 동료이며 지금은 초나라의 신하가 된
자들을 거느리고 은왕을 치게 했다. 진평은 은왕을
설득하여 항복시켰다. 항우는 항한(項悍)을 파견하여
진평을 도위(都尉)에 임명하고 황금 20일(鎰)을 주었
다.

그로부터 한 달도 채 지나지 않아 은왕이 다시 초
나라를 배반했다. 배반이라기보다는 한나라 군대의
공격을 받아 포로가 되어 버린 것이다. 항왕은 화를
내며 은나라를 평정할 때 참가한 장졸들을 주살하려

고 했다.

그 무렵, 항우는 제나라를 토벌하고 있었다. 진평은 주살당하는 것이 두려워, 항왕으로부터 받은 금과 인수(印綬)를 상자에 봉한 뒤 사자를 보내 반납한 다음 자신은 남의 눈을 피해 칼을 지팡이 삼아 도망쳤다. 목적지는 한왕이 있는 곳밖에 없었다.

황하를 건널 때 배를 세냈다. 뱃사공은 진평이 옷차림은 훌륭하면서도 종자(從者)들을 거느리고 있지 않은 것으로 보아 도망치는 장군임에 틀림없다고 판단했던 모양이다. 배가 강복판으로 나왔을 때 뱃사람들에게 눈짓을 해서 진평을 죽이려고 했다.

진평은 남보다 눈치가 매우 빨랐다. 그 낌새를 알아차리고 눈깜짝할 사이에 옷을 벗어 던지고 알몸이 되더니,

"나도 거들어 주지."

하고 외치면서 노를 잡고 젓기 시작했다. 나는 아무것도 가지고 있지 않기 때문에 죽여 봤자 소용 없다는 것을 동작으로 보여 주었던 것이다. 때문에 뱃사공들은 나쁜 마음을 버렸다.

진평은 수무(修武)에 와서 한나라에 투항(投降)했다.

하여 유방을 다시 만날 수 있었다. 유방은 「홍문의 연」때 그에게 졌던 신세를 잊지 않고 있었다. 그 날로 당장 진평을 도위로 임명하고 이튿날부터 자기의 수레에 배승(陪乘)시켜 여러 군(軍)을 감찰하고 다녔

다. 진평의 얼굴과 이름은 순식간에 전국에 널리 알려지게 되었다.

고참인 장령(將領)들은 불만이었다. 비난의 소리가 높아졌다.

"진평은 초나라의 도망병이 아니냐. 대왕은 진평이 어느 정도의 인물인지 알지도 못하고 수레에 동승시켰을 뿐만 아니라 우리들 한나라 군대의 선배들을 감찰시키고 있다. 납득이 가지 않는다."

한왕은 그런 말을 듣게 되자,

"그 사나이의 미남자다운 풍채를 보라. 그 좋은 풍채만으로도 수레에 동승시킬 값어치가 있다. 하물며 초나라로부터의 투항자이니, 아군의 위세가 좋다는 것을 선전하는 것도 되지 않느냐."

라고 말하며 진평을 더욱 특별히 대우했다. 뿐만 아니라 그가 지혜로운 인물이었기에 얼마 후에는 호군중위(護軍中尉)로 임명했다. 신하들의 입을 통해 그가 형수와 간통한 적이 있다는 사실을 알게 되었지만 문제로 삼지 않았다. 지금 같은 난세에서는 그 인물이 품고 있는 계모(計謀:계략)가 얼마나 국가를 이롭게 하는 것인가 아닌가를 생각할 뿐이지, 형수와 간통한 것을 문제로 삼을 필요가 없다고 생각했기 때문이었다.

호군중위는 군의 중추에 있으면서 전군의 장령들을 감찰하는 벼슬이었다. 고참 신하들도 더 이상 아

무런 말도 하지 않았다

항우가 이끄는 초나라의 대군이 용도(甬道)를 공격하여 탈취한 후 계속해서 영양성을

포위된 지 한 달이 경과할 무렵이 되자 성내 식량 창고의 군량이 눈에 띄게 줄어들었다. 10만여 병마(兵馬)들이 먹어치우고 있기 때문이었다. 수량을 계산해 보니 앞으로 몇 개월이나 더 지탱할지 알 수 없었다. 한왕은 걱정이 되어 장량(張良)에게 물었다.

"나는 항왕에게 강화(講和)를 제의할까 생각하는데 어떻소? 영양 이서(以西)를 한나라의 영토로 하고, 영양에서 동쪽을 초나라가 영유하는 조건이면 항왕이 응하지 않을까요?"

"어쩌면 응할지도 모릅니다. 그렇지만 항왕의 배후에는 범증이 버티고 있습니다. 범증이 딱 잘라서 거절할 것입니다."

"범증이 말이지……"

"범증은 영양성에서 한나라 군대를 없애지 않으면 한나라를 멸망시킬 수 없다고 생각하고 있을 것입니다. 한왕을 관중으로 돌려보내면 기세를 회복해서 또다시 치고 나올 테니까요."

장량은 계속해서 말했다.

"하긴, 강화 제의에 응할지 어떨지 상대의 마음을 떠보는 것도 재미있는 일입니다. 성을 포위하고 있는 항왕도 괴로울 것이라고 생각됩니다. 항왕과 범

중 사이의 의견이 엇갈릴지도 모릅니다. 의견 차이가 있으면 그 약점을 이용할 수 있겠지요."

한왕은 항왕의 진영으로 사자를 보내 강화를 청했다. 항우는 화목에 응하려고 했다. 그러자 역양후(歷陽侯) 범증이 반대했다.

"현재의 한나라는 상대하기 쉬운 존재입니다. 지금 강화를 허락하여 한나라를 멸망시키지 않았다가는 반드시 후회할 때가 올 것입니다."

항우는 범증의 강경책을 들어 주었다. 범증과 함께 군대를 투입해서 성을 공격했다.

한왕이나 장량은 강화가 이루어지리라고는 생각하지 않고 있었다. 항왕과 범증의 의견이 꼭 같지 않다는 것을 안 것만으로도 수확이라면 수확이었다.

어느 날 한왕이 진평을 불러서 말했다.

"천하가 너무나도 어지럽다. 그 형세를 알 수 없는 상태인데, 언제쯤 진정되겠는가?"

진평은 그 질문의 의미를 잘 알 수 없었다. 천하 형세의 결과라는 것은 한나라가 이기느냐 초나라가 이기느냐를 말하는 것일 것이다.

'한왕은 한나라가 초나라를 이길 수 있느냐고 묻고 있는 것이다. 초나라에 이길 수 있을 것 같지 않다. 초나라에 이길 수 있는 방법이 없을까 하고 초나라의 군대의 내부 사정에 정통한 나에게 물어 보고 싶은 것이겠지'

한왕의 심중을 헤아린 진평은 이윽고 말했다.

"초나라 군대의 내부 사정을 말씀드리겠습니다. 항왕을 보좌하며 초나라 군대를 떠받치고 있는 것은 아부(亞父) 범증입니다. 강직한 신하로는 종리매, 용차(龍車), 주은(周殷), 계보 등이 있습니다. 이 패거리들과 항왕의 사이가 친밀한 한 초나라는 안전합니다. 군신 일체가 되고 있는 나라는 강하며 찌를 만한 틈이 없다고 합니다. 그러나 초나라의 장군들은 의외로 작읍(爵邑)을 제대로 받지 못 하고 있습니다. 항왕이 인색하기 때문입니다. 봉지(封地)도 조금밖에 받지 못하고 있기 때문에 불만이 없다고 말할 수는 없습니다. 여기에 이용할 수 있는 허점이 있습니다."

진평은 한왕의 얼굴을 바라보면서 잠시 숨을 돌렸다.

"군신간의 유대를 끊을 수 있으면 적의 전력은 급속히 떨어집니다. 구체적인 방안은 거금을 적의 진영에 뿌려서 반간(反間)을 하는 겁니다. 군신을 이간시켜 서로 의심하게 만들면 항왕은 시의심(猜疑心)이 강해 중상 모략을 믿기 때문에 반드시 내부에서 서로 죽이는 일이 벌어질 것입니다. 대왕이 만약 수만 금을 저에게 맡기신다면 그들의 결속을 깨뜨려 서로 간에 시의하도록 해 보이겠습니다."

한왕은 고개를 끄덕였다.

"좋다. 경이 하라는 대로 하겠다. 성내에 있는 금을 다 주겠다. 어차피 싸움에 지면 아무것도 남지 않을 테니까 말이야."

한왕은 성내에 보관된 금의 재고를 조사하게 하여 그 중에서 4만 금을 진평에게 주었다. 그리고 진평이 원하는 대로 쓰되 그것의 출납에 대해서는 불문에 붙이기로 했다.

한나라 군대에는 초나라 태생인 사졸(士卒)들도 많았다. 진평은 그들을 상인이나 농부로 변장시켜 성 밖으로 내보내 초나라 군대의 진영에 금을 뿌리게 했다. 또 많은 첩자들을 내보내 유언비어를 퍼뜨리게 했다.

유언비어의 내용은,

"종리매 등 여러 장군은 항왕의 장군이 되고 나서 많을 공을 세웠다. 그러나 땅을 쪼개어 왕으로 봉해 주지 않기 때문에 한나라와 함께 항씨를 멸망시키고 땅을 갈라서 왕이 되려고 벼르고 있다."

라는 것이었다.

4만 금이라는 막대한 금을 뿌렸지만 그 금이 살아서 싹이 틀지 어떨지 알 수 없었다. 100개 중에서 몇 개만 싹이 터도 좋을 것이다. 하나라도 싹이 트면 전장인 만큼 풍운이 퍼지는 속도는 빠르다.

초나라의 군대에서 가장 경계해야 할 인물은 범증이었다. 그는 항왕으로부터 아부(亞父:아버지 다음

가는 사람)라고 불리며 존경과 신뢰를 받고 있었다. 그런 범증을 항왕으로부터 이간시킬 수만 있다면 항왕의 한 팔을 잡아 뗀 것이나 마찬가지가 된다. 진평은 한왕에게 헌언(獻言)했다.

"한나라와 초나라의 강화를 청하는 사자를 한 번 더 보내 주십시오."

"항왕은 응하지 않겠지. 지난번과 같은 대답을 할 것이다."

"강화는 이루어지지 않아도 좋습니다. 이쪽에서 사자를 보내 답으로 저쪽에서 사자가 오기만 하면 됩니다. 사자의 왕래를 이용해서 책략을 쓰는 것입니다. 항왕과 범증의 사이를 갈라 놓고 싶습니다. 범증은 나이를 먹어서 지혜가 많습니다만 그것에 못지 않은 노망기가 있습니다. 노인은 성미가 급하고 참을성이 없습니다. 그 점을 이용할 수 있는 틈이 있을 것 같습니다."

"좋아, 알았다. 사자를 보내겠다."

한왕은 강화(講和)를 청하는 사자를 다시 초나라 진영으로 보냈다. 사자는 정중한 말로 강화를 청했으나 초왕은 들어 두지 않았다. 다만 회답의 사자를 영양성으로 보내겠다는 약속은 했다.

사자들의 임무는 각자 자기 주군의 말을 전하는 것만이 목적이 아니었다. 성내의 동정을 정찰하는 임무도 겸하고 있었다.

진평이 4만 금을 뿌린 지 20일쯤 지나서 듣게 된 첩자의 보고에 의하면 항왕이 부하인 장군들에게 의혹의 눈길을 던지기 시작했다는 것이었다. 항왕이 진심으로 신뢰하고 있는 것은 항씨 일족이었다. 그 일족들을 장군들의 보좌관으로 배치시켰던 것이다. 보좌관은 바로 감찰관, 즉 감시하는 역을 맡고 있었다. 따라서 유언비어가 항왕의 귀에 들어갔다고 생각해도 좋을 것이었다.

'잘 되어 갈 것 같다. 남은 일은 범증을 항왕으로부터 떼어 놓는 일이다.'

항왕의 사자가 올 것이기에 진평은 한왕에게 사자를 접대하는 방법을 가르쳐 주었다.

예견한 대로 항왕의 사자인 우자기 일행이 성문 안으로 들어왔다. 한왕은 임시 궁전으로 쓰는 전사(殿舍) 밖까지 나가서 그를 맞이하여 친히 안내해서 연회실로 들어갔다.

얼마 후에 요리가 운반되어 왔다. 그것은 진중의 요리라고는 생각할 수 없는 대뢰(大牢)였다. 대뢰는 소, 양, 돼지 등의 고기로 갖추어진 성찬(盛饌)을 말한다. 요리사가 도마 위에 고기를 썰어서 세발솥 속에 넣고 삶는 것이었다. 연회의 주재자는 진평이었다.

진평은 항왕의 신하들의 얼굴을 알고 있었다. 사자들 중의 한 사람이 진평의 얼굴을 보고 이야기를 걸

려고 하자, 진평은 그 사람을 되돌아보며,

"아아, 범증 노인의 사자인 줄 알았는데 항왕의 사자로군."

하고 말하면서 한왕에게 눈짓을 했다. 한왕은 느닷없이 자리에서 벌떡 일어나더니,

"나는 아부께서 보낸 사자인 줄 알았다. 그렇군, 항왕의 사자였구나."

라고 내뱉고는 불쾌하다는 듯이 진평에게 요리를 치우라고 명령했다.

잠시 후 사자 앞에 다른 요리가 운반되어 왔다. 대뢰와는 비교가 되지 않는 허술한 요리였다. 때문에 사자 일행의 얼굴이 굳어졌다. 굴욕도 이만저만한 굴욕적인 일이 아니었다.

'어찌해서 진평이 내가 범증의 부탁으로 온 사람이 아니라는 것을 알고서는 이렇게 대접을 허술하게 한단 말인가? 혹시 시중에 떠도는 소문이 사실이 아닐까?'

우자기는 그렇게 의심하기 시작했다. 불쾌한 마음으로 한식경 때까지 앉아 있었는데 그제야 한왕의 근신이 찾아와서,

"들어오시라는 분부이십니다. 폐하께서는 지금 일어나 계십니다."

하고 통고했다.

우자기는 얼른 일어나서 근신을 따라 밖으로 나왔

다. 객실의 마당을 지나서 조금 가려니까 맞은편에서 수하가 마중을 나왔다.

"어서 오십시오. 자, 이리로 가시지요."

수하는 우자기를 정전의 한 구석에 있는 병실로 안내하더니,

"여기서 잠깐만 기다려 주십시오. 이 사람이 들어가서 먼저 폐하를 뵙고 나오겠습니다."

하고 말하더니 우자기를 그 방에 홀로 남겨 두고 나가 버렸다.

우자기가 방 안을 둘러보더니 사방에 책장이 있고 수천 권이나 되어 보이는 책이 쌓여 있었다. 책장 밑에는 문갑이 놓여 있는데, 문갑 위에는 여러 가지 문서와 서류들이 정돈되어 있었다.

'음, 이 방이 한왕이 쓰고 있는 밀실이구나.'

우자기는 그렇게 생각했는데, 본능적으로 한나라의 기밀을 탐지해 보겠다는 마음이 발동했다. 그는 급히 서류를 뒤지다가 그 중에서 눈에 띄는 편지 한 통을 발견하고 얼른 집어들었다.

초패왕이 군사를 이끌고 멀리 왔기에 사기는 떨어지고 군량 또한 넉넉지 않으며, 병력은 20만에 불과하옵니다. 대왕께서는 속히 한신으로 하여금 팽성을 치도록 하소서. 노신(老臣)은 종리매 등과 내응할 것인데, 초나라를 격멸하신 후에 토지를 떼어 주시와

후작에 봉해 주신다면, 그보다 더 큰 은혜는 없을 것이옵니다. 폐하의 용안을 하루 속히 우러러 뵙기를 고대하고 있겠나이다.

편지를 읽어 깜짝 놀랐다. 그것은 범증의 편지임에 틀림없었다. 범증과 종리매가 한나라와 내통하여 초나라를 뒤엎으려 한다는 소문이 사실로 드러난 이상, 이 일을 한시라도 빨리 초패왕에게 알려야만 했다.

'올지, 이 편지를 훔쳐 가지고 가서 물증으로 삼아야겠다.'

우자기는 혹시나 보는 사람이 없나 하고 사방을 둘러보았으나, 다행이 보는 사람이 없음을 확인하고 그 편지를 얼른 품 속에 감추었다.

하지만 그 때, 옆방에 숨어서 숨소리도 내지 않고 우자기를 지켜보고 있던 장량과 진평은 서로 가만히 회심의 미소를 나누고 있었다.

그럴 때에 수하가 들어왔다.

"대왕께서 기다리고 계십니다."

우자기는 얼른 일어나서 수하를 따라 유방 앞으로 나아갔다. 유방은 우자기가 예를 취하고 나자 말했다.

"내가 오랫동안 병화(兵禍)에 시달린 백성들을 생각하여 초패왕께 화친하기를 청하였더니, 초패왕께서 이를 허락하시니 이만큼 다행한 일이 없소이다. 지금부터 관서를 한나라의 땅으로 하고 관동을 초나라의 땅으로 정한 후 각각 군사를 거두고 강토를 지키고자 하는 터이니, 그대는 나를 위해서 초패왕께 이 뜻을 잘 전해 주기 바라오."

우자기는 유방의 말을 듣고 즉시 아뢰었다.

"초패왕 폐하께서 이미 그 같이 마음을 정하시고 이 사람으로 하여금 대왕을 뵈옵게 하신 것이옵니다. 대왕께서는 3일 이내에 성 밖으로 나오시어 초패왕 폐하께 이 맹약을 다시 한 번 확인해 주시옵소서."

"그리하리다."

유방은 한 마디로 승낙하였다.

우자기는 공손히 인사를 마치고 유방 앞을 물러나와 초나라 진영으로 돌아갔다. 그는 항우에게 영양성에서 있었던 일을 세세히 고한 후 훔쳐 가지고 온 편지를 항우에게 올렸다.

항우는 편지를 읽고 나자 자리를 차고 일어나며 소리쳤다.

"늙은 여우가 감히 이럴 수 있단 말인가! 시정에 떠도는 소문을 듣고도 설마 했는데, 이제 보니 그게 아니었구나."

항왕은 화를 냈다. 종리매, 용차 등을 의심하고 있었을 때였으므로 냉정하게 생각할 만한 여유가 없었던 것이다.

　범증을 불러내 규명하고 싶었으나, 아부라고 부르며 공경하고 있는 사람인 만큼 그렇게 할 수도 없었다. 부글부글 속이 끓어올랐다.

　범증은 그 같은 사실을 전혀 알지 못했기에 많은 희생을 지불하더라도 영양성을 맹렬히 공격해서 함락시켜야 한다고 헌언했다.

　"적은 완전히 지쳐 있습니다. 지금이야말로 쳐야 합니다. 지금 숨통을 끊어 놓지 않으면 적은 불원간에 세력을 회복하게 됩니다."

　항우는 그를 상대하지 않았다. 뿐만 아니라, 범증을 군사회의에 부르지도 않았다. 그리고는,

　"아부는 노령이다."

라고 하면서 최전선의 중요한 위치에서 후방의 예비부대로 옮겨 버렸다.

　범증은 노인이기는 하지만 육감은 대단했다. 뭔가가 있었구나 라고 생각하고 항왕의 측근에게 은근히 알아 보았더니 영양 성내에서 있었던 일이 드러났다.

　"유자(孺子:어린) 놈이!"

　범증은 무의식중에 외쳤다.

　'적의 속임수라는 것을 간파하지 못 하고 그것을 그대로 믿다니 정말 바보구나. 이것으로 천하의 승부는 결판났다. 더 이상 있어서는 안 된다.'

범증은 떠나기로 결심했다. 그는 항왕 앞으로 나가서 말했다.

"천하의 일은 대충 정해졌습니다. 앞으로는 군왕께서 친히 다스려 주십시오. 저는 나이를 먹어서 몸이 좋지 못합니다. 향리로 돌아가야 되겠습니다."

노인은 외고집이었다. 한 번 꺼낸 말을 변경하려고 하지 않았다. 항왕도 굳이 붙잡으려고 하지 않았다.

"여봐라, 저 노인을 고향으로 모셔다 드리도록 하라!"

항우의 목소리가 떨려 나왔다. 그도 또한 이루 말할 수 없이 마음이 괴로웠다. 자신의 수족을 잘라내는 듯한 비통함이 그의 온몸을 떨게 했던 것이다.

그리하여 범증은 마침내 한 사람의 평범한 늙은이가 되어, 오랫동안 떠나 있던 고향길을 더듬게 되었다. 두 사람의 종자가 그를 따르고 있을 뿐이었다.

3년 전 기고산으로 계포가 폐백을 가지고 찾아왔을 때부터 그 후로 항우를 도와서 진나라를 멸하고 천하 제후를 진압하여 오늘에 이르기까지의 가지가지 일들이 주마등처럼 눈앞을 스쳤다.

그 동안 한 치의 사심도 없이 오직 초나라를 위하여 애써 왔건만, 오늘날 이 같이 목숨을 구걸하여 쫓겨나다시피 돌아가는 자기의 신세를 생각하니 한숨이 절로 나왔다.

'아! 이는 나의 불행이고 또한 초나라의 불행이로

다!'

그 소식을 들은 우희는 크게 놀라며 항우에게 달려
가서 말했다.

"폐하, 아직도 저를 옛날처럼 사랑하신다면 저의
청을 꼭 들어 주십시오."

"청이라니?"

"군사 범증을 의심해서는 안 된다고 생각합니다.
그분을 다시 부르셔야 합니다."

항우는 우희의 말에 대답하지 않았으나 마음 속으
로는 벌써 자신의 처사를 후회하고 있었다.

그는 당장 한 사람에게 시켜 범증을 부르러 보냈
다. 하지만 돌아온 것은 범증이 아니라 범증이 죽었
다는 소식이었다.

범증은 팽성에 있는 자기 처소에 들었는데, 그날
밤으로 울화가 홧병이 되어 등골에 깊이 사무친 듯
등어리에 주먹만한 종기가 불거지더니 운신을 못할
만큼 쑤시고 아팠다. 그는 눕지도 앉지도, 그렇다고
일어서지도 못하는 엉거주춤한 상태로 고통에 시달
렸다.

그는 마침내 종자를 불러 당부했다.

"여기서 동쪽으로 백여 리쯤 가면 와우산이라는
산이 있다. 그 산속에 양진인(楊眞人)이라는 백발선
인이 계시는데, 이분이 그 옛날 나에게 도를 가르쳐
주신 스승이다. 너희 두 사람이 찾아가 뵙고 내 말

을 여쭈면 종기를 치료할 영약을 주실 것이다."

두 종자는 범증의 부탁을 받고 즉시 와우산을 찾아갔다. 이튿날 그들은 가지고 간 황금과 비단을 양진인 노인에게 예물로 드리고 범증의 말을 전했다. 그러나 뜻밖에도 양진인의 대답은 냉랭했다.

"범증이 40년 전에 내게로 와서 도를 배우고 떠날 적에 내가 그에게 이르기를, '너는 밀모와 기계(奇計)를 좋아하니 극히 조심해라. 반드시 덕있는 명주(明主)를 찾아서 섬기도록 하라.'고 경계하였다. 그랬건만 무도한 항우를 섬겨지은 죄가 적지 않으니 하늘이 천벌을 내리신 것이라. 어찌 천벌을 면할 수 있으랴. 예물은 도로 가지고 가거라."

양진인은 말을 마치자 그만 돌아앉아 버렸다.

"황송하오나 범 승상의 용태가 위중하오니 부디 살려 주소서."

두 종자가 번갈아 가며 손이 발이 되도록 빌었으나, 양진인은 요지부동이었다. 하는 수 없이 와우산을 내려와 팽성으로 가서 범증으로 전후 경과를 그대로 고하였다.

'무도한 항우를 섬겨 지은 죄가 적지 않으니, 하늘이 천벌을 내리신 것이라….'

범증은 양진인의 그 말이 가슴 속에 불덩이가 되어 치밀어 오르는 것 같더니, 별안간 눈앞이 캄캄해지며 숨이 꽉 막혀 버렸다.

"으윽!"

외마디 비명과 함께 범증이 숨을 거두고 마니, 때는 대한 4년 무술 4월의 일로서 범증 향년 71세였다.

중국에는 옛날부터 분격하면 악성종기가 생긴다는 말이 전해지고 있다.

항우는 범증이 운명했다는 소식을 듣고 몹시 애통해했다. 잠시 비몽사몽 중에 무엇엔가 홀린 듯 범증을 내쫓아 버리긴 했지만, 막상 그가 죽고 나니 모든 것이 허무하고 허탈하게 느껴졌다.

돌이켜보면 산속에 은거하고 있던 그를 모셔온 뒤로 3년여 동안 초나라의 패업을 이룩함에 있어 그의 공로는 적지 않았다. 만일 그가 없었더라면 과연 누구와 군국 대사를 의논하였을까. 이 같은 생각과 함께 항우의 가슴은 찢어지는 듯하였다.

"짐의 불찰로 범아부를 죽게 하였구나!"

노인의 몸으로서 전심갈력하는 범증을 의심하여 죽음으로 몰아넣은 것이 항우는 생각할수록 후회막급이었다.

항우는 즉시 근신을 불러 팽성으로 가서 범증의 장례를 성대하게 치르도록 명하고, 이어서 종리매를 들게 하고는 말했다.

"짐의 불찰로 적의 간계에 속은 것이 참으로 분하도다. 짐이 잠시나마 그대를 의심한 것을 미안하게 생각한다. 그대는 앞으로 마음을 편안히 하고 더욱 충성하기 바라노라."

그랬더니 종리매가 감격하여 머리를 땅에 조아리면서 말했다.

"신이 간뇌도지(肝腦塗地:참혹한 죽음을 당해 간과 뇌가 땅바닥에 으깨어졌다는 뜻) 하게 되어도 폐하의 은혜를 다 갚지 못할 것이옵니다."

사항계(詐降計)

달이 바뀌어서 5월이 되었다. 한여름이 가까워진 것이다.

한나라가 범증을 초나라 군대의 진영에서 떠나게 하는 데는 성공했지만, 그것 때문에 초 군의 공격이 느슨해진 것은 아니었다.

범증의 장례가 끝나자 항우는 군사 개편에 착수했다. 그의 숙항이 되는 항백을 군사(軍師)로 임명하여 모든 군무를 관리하게 하고, 곧 군사회의를 소집했다.

"짐이 진작 범아부의 말을 들었다면 지금쯤 유방을 사로잡고도 남았을 터인데, 간교한 사자의 말에 현혹되어 호올 좋은 화친을 맺고 급기야는 장량·진평의 반간계에 속아 범아부만 죽게 만들었도다.

짐이 이제 영양성을 깨뜨리고 유방을 사로잡아 이 철천 지한을 풀려고 하니, 제장들은 혼신을 다해서 싸움에 임하도록 하라."

항우는 그렇게 말하고는, 팽성에 남아 있는 몇 개의 부대도 영양성 공격에 참가하도록 명령을 내렸다. 대군을 휘몰아 조그만 영양성을 깨강정 부수듯이 박살을 내겠다는 결심이었다.

마침내 초군은 영양성을 완전히 포위하고 맹렬한 공격을 시작하였다. 철포와 화전이 빗발치듯 날아오는 가운데 사다리를 높이 걸고 개미새끼처럼 초군이 기어올라왔다. 한군은 뇌목과 포석을 굴려 이에 대항했으나, 형세는 점점 위태로워져 갔다.

그 동안 영양성에서는 범증이 죽었다는 소식을 듣고 그들의 반간계가 성공했음을 크게 기뻐하고 있었으나, 사태가 그처럼 급박해지자 유방은 수심이 가득한 얼굴로 막료들을 소집했다.

"우리 군대는 지금 매우 괴롭다. 현재의 상황(窮狀)을 타개할 방책이 없을까. 있으면 말해 주기 바란다."

유방이 말하자 장량이 대답했다.

"아군이 괴로운 것처럼 초나라 군대도 역시 괴로울 것입니다. 영양은 함락되지 않습니다. 공방전은 교착 상태에 있습니다. 항왕도 역시 현재의 교착 상태를 타개할 방책은 없을까 하고 초조해하고 있을 것입니다. 괴로운 것은 쌍방이 모두 다르지 않을 것입니다."

"현재의 상태가 계속되면 식량이 떨어지는 날이
오게 되오. 그 일이 두통거리란 거요."

"식량을 늘려서 먹을 수 있는 방법이 있습니다."

"늘려서 먹는다고? 그런 것이 가능한가?"

"아군의 주력 부대는 영양성을 탈출하여, 경우에
따라서는 관중(關中)까지 후퇴한 뒤, 거기서 진용을
다시 갖추어 반격을 꾀하는 방법입니다."

"도망치라는 건가? 도망친다면 초나라만 더욱 강
성(强盛)해지겠지?"

"좀더 들어 주십시오. 구체적으로 말씀드리자면,
영양성의 수비는 소수의 군대에게 맡긴 뒤 모든 병
사들이 성에서 나가는 것입니다. 그렇게 하면 병사
들의 수가 줄어들기 때문에 영양성은 적은 식량으
로도 오래 지탱할 수 있게 됩니다. 초나라 군대는
대왕이 없어진 성을 우격다짐으로 공격하지는 않을
것입니다. 또 대왕의 뒤를 쫓자면 지세가 험하여
수비하기에 좋은 공(鞏)과 험준한 함곡관이 가로놓
여 있습니다. 항왕의 군대도 쉽게 들어설 수는 없
습니다. 항왕이 너무 깊이 쫓아 들어오면 배후의
땅이 위태로워지기 때문입니다. 항왕은 아마도 갑
자기 작전을 세우기가 매우 어렵게 될 것입니다."

"성을 빠져나가는 것이 쉽지는 않겠지?"

한왕은 겁먹은 듯한 얼굴이 되었다. 초나라 군대
의 병사들이 자기의 목을 베려고 추격할 것이 틀림

없었다.

"탈출하는 방법은 있습니다."

진평이 말했다.

"대왕의 대역을 할 사람이 있으면 탈출은 가능합니다."

"나의 대역을 할 사람이라?"

"식량이 떨어졌으므로 항복한다. 그렇게 말하며 성 밖으로 나갑니다. 항복해서 초왕의 진영으로 끌려가는 동안에 진짜 한왕은 다른 문으로 탈출하는 것입니다."

'과연 묘계(妙計)다'

모두 그렇게 생각했지만 왕의 대역을 맡은 사람은 분명히 살해당할 것이었다. 살해당할 것을 알면서도 대역을 맡으려는 사람이 있을까.

"제가 대역을 맡겠습니다."

하고 자청하는 사람이 있었다. 장군 기신(紀信)이었다.

"사태가 급박합니다. 더 이상 유예할 때가 아닙니다. 제가 초나라 놈들을 속이겠습니다."

기신은 유방이 패(沛)에서 빈둥거리고 있을 때부터 따라다니던 부하였다. 언제나 유방 곁에 붙어다녔기 때문에 유방의 남색(男色) 상대일 것이라는 소문까지 만들었던 사람이다.

"저는 이렇다 할 공로도 세우지 못했으면서도 대왕의 큰 은혜를 입고 있습니다. 언젠가는 목숨을 던져야 할 때가 올 것이라고 생각하고 있었는데, 이제 그 때가 온 것 같습니다. 선비는 자기를 알아주는 사람을 위해 죽는다느니 하는 그런 엉뚱한 말을 하는 것이 아닙니다. 전공이 없기 때문에 기신은 무능한 장군이라고 비난을 받은 적이 있습니다. 대왕을 위해 목숨을 내던지면 저를 비난하던 사람들도 생각을 고쳐 먹을 것입니다."

중국인은 왕에 대한 충절을 위해서만 죽지는 않는다. 의(義)를 위해, 신(信)을 위해, 혹은 자기의 체면을 지키기 위해 바위에 달걀을 집어 던지듯이 간단히 죽은 사람들이 적지 않았다. 선비는 자기를 알아주는 사람을 위해 죽는다는 말은, 뒤집어서 말하면 선비는 자기를 알리기 위해 죽는다는 말이 된다. 기신의 행동이 그런 경우일 것이다.

한왕은 결국 기신의 요청을 받아들였다. 그렇게 하는 것 외에는 영양성을 탈출할 수 있는 방법이 없었기 때문이다.

한왕의 탈출을 위해 진평이 기발한 기책(奇策)을 짜냈다. 희생을 가능한 한 줄이면서 확실히 탈출하지 않으면 안 된다. 그러기 위해서는 굳이 비정(非情)한 수단을 피해서는 안 된다고 진평은 자신에게 타일렀다.

탈출하는 때는 달밤을 택했다. 어두운 곳에서는 사람들의 행동이 눈에 잘 띄지 않는다. 한나라 군대의 움직임이 그림자처럼 희미하게 초나라 군사들의 눈에 비칠 때가 가장 바람직스러운 때이다.

밤낮을 가리지 않고 연일 계속되는 초군의 공격은 그날 밤 따라 더욱 맹렬했다. 유방 앞을 물러나온 두 사람은 즉시 항복하는 글을 만들어서 사자로 하여금 항우의 진영으로 가지고 가게 하였다.

항우는 유방의 사자가 가져온 항서를 받아 보았다.

한왕 유방은 초패왕 황제 폐하께 삼가 머리를 조아려 항서를 바치나이다. 신은 일찍이 폐하의 은혜를 입어 한왕으로 봉해져서 포중에 가 있었으나, 수토 불복에다 고향 생각이 간절하와 잠시 동진(東進)해 나왔나이다. 마침 팽성 대전에서 폐하의 응징을 받아 참패를 당한 후 영야성에 겨우 몸을 붙이고 구차한 잔명을 보존하고 있사옵니다. 다만 한신이 천운을 모르고 지금도 동정(東征)해 나갔사온데, 이는 한신 스스로 원정하는 것으로서 신이 그를 불러도 돌아오지 않고 있사오니, 이는 신의 죄가 아니옵니다. 이제 문무제신의 중론에 좇아서 두 손을 모으고 폐하께 나아가 항복을 드림으로써 목숨을 건지려 하옵는 바이오니, 폐하께서는 옛날의 정을 생각하시와 신을 불쌍히 여기시고 살 길을 열어 주시옵기 바라나이다.

항우는 항서를 다 읽고 나자 사자에게 물었다.

"대관절 너의 한왕은 언제 짐에게 와서 항복을 하겠다는 것이냐?"

사자가 머리를 조아리며 아뢰었다.

"오늘밤을 넘기지 않고 나오시겠다 하였사옵니다."

항우는 즉시 항백에게 회서를 써서 사자에게 주어 돌려보내게 했다. 사자가 물러가자 항우는 여러 장수들을 모아놓고 영을 내렸다.

"유방 필부놈이 마침내 오늘밤 안으로 짐에게 와서 항복을 하겠다고 한다. 그대들은 미리 정병들을 장막 뒤에 숨겨 두었다가 그놈이 짐에게 예를 베풀 때 뛰어나와 발기발기 난도질해 죽이도록 하라, 그래야만 비로소 범아부의 원수도 갚고 짐의 평생 한도 풀리겠다."

항우의 명령에 따라 계포와 종리매는 군사들을 거느리고 장막 안에 몸을 숨긴 채 유방이 오기만을 기다리고 있었다.

이윽고 저녁 어스름이 짙어져 사람의 얼굴을 알아보기 어려울 때쯤 되어서

하늘에는 상현달이 걸려 있었다. 한나라 군대는 궁녀들을 포함한 2천 명 정도의 병사들을 성의 동문으로 내보냈다. 그들을 향해 초나라 군대가 사방에서 몰려왔다. 한나라 군대의 중앙에는 황옥차(黃屋車)가 있고, 차의 왼쪽에 있는 이우 꼬리로 만든 깃발은 천자의 표시였다. 항옥차의 앞뒤에는 여자

들이 따르고 있었다. 여자들은 차 안에 있는 천자가 가짜라는 것을 모르고 있었다.

그 황옥차를 호위하던 사람이 큰 소리로 외쳤다.

"성중에 식량이 떨어져 한왕이 항복한다!"

초나라 군대의 병사들이 '와'하고 환호성을 질렀다. '만세, 만세'하고 외치면서 서로 얼싸안고 춤을 추는 자도 있었다. 그들이 미칠 듯이 기뻐한 이유는 공격하는 쪽에서도 그만큼 괴로웠기 때문일 것이다. 초나라 병사들에게는 논공 행상과 개선(凱旋)이 기다리고 있었다.

한왕이 항복했다는 소식은 포위군의 구석구석까지 전해졌다. 한왕이 항복하는 장면을 보려고 사방에서 장졸들이 달려왔다. 때문에 여러 곳의 포위망이 비어지게 되었다. 그 틈을 노려 유방은 부하들 수십 기와 함께 서문을 열고 나가 성고성을 향해 달렸다.

항우는 중군장 안에 드높이 앉아 있다가 유방이 온다는 전언을 듣고 껄껄 웃으며 말했다.

"유방이란 놈이 원래 여색을 탐한다더니 이런 전란 중에도 여색을 즐기고 있었구나. 이 따위 색한(色漢)이 무슨 큰 일을 도모하겠다는 거냐. 이놈! 오늘이 바로 네 제삿날이렸다!"

항왕은 항복한 한왕의 차를 본진으로 끌고 오게 했다. 찬위대의 병사들이 차의 발을 올리고 한왕의 머리채를 잡아 끌어냈다. 그런데 앞으로 고꾸라지

듯이 나온 것은 턱이 검은 수염으로 덮힌 유방이
아니었다. 유방보다 훨씬 젊은 이목구비가 반듯한
예쁘장한 남자였다.

"누구냐, 너는?"

항우는 엉겁결에 소리쳤다. 남자는 아무런 대꾸
도 하지 않고 얼굴을 들어 항왕을 정면으로 바라다
보았다.

"한왕은 어디에 있느냐?"

기신은 천천히 대답했다.

"한왕은 벌써 다른 문으로 탈출했습니다. 이젠 뒤
쫓아가 보았자 붙잡지 못할 것입니다."

"아뿔사! 짐이 또 속았구나!"

그러자 기신이 소리를 높여 말했다.

"한왕 폐하께서는 한신과 영포·팽월 등으로 하여
금 텅 빈 팽성을 함락시키려 하고 있소이다. 그러
니 여기서 이렇고 있을 때가 아니지요. 하하하…."

"이, 이놈이 짐을 희롱하려 드는구나! 여봐라, 이
놈을 불에 태워 죽여라!"

잠시 후 활활 타오르는 불더미 속에서 기신은 한
줌의 재로 변하고 말았다. 그러나 그는 숨이 끊어
질 때까지도 웃음을 잃지 않았다.

'참으로 충신이로고. 저의 주군을 위해 저렇게 목
숨을 초개같이 버리다니! 짐의 주위에도 수많은 문
무 제신들이 있건만, 기신과 같은 충신은 한 사람
도 없구나!'

항우는 입 속으로 그렇게 탄식해 마지 않았다.

이런 틈을 타서 유바은 진평의 인도를 받으며 여러 신하들과 함께 군사들을 이끌고 포위가 느슨해진 영양성을 탈출하여 성고(成皐)를 향해 말을 달렸다.

원생(轅生)의 헌책

유방은 영양성에서 탈출할 때 어사대부(御史大夫) 주가(周苛)와 종공·위표(魏豹)·한왕신(韓王信) 등 4명에게 성을 지키라고 명령했다. 위표는 한나라 군대의 포로가 되어 한왕 앞에 끌려왔으나, 유방은 그를 죽이지 않고 장군으로 등용했던 것이다.

성고성으로 들어간 유방은 군대를 정비한 다음 관중으로 향했다. 초나라 군대의 추격에 대비하여 부대를 요소요소에 배치했다는 것은 두말 할 것도 없다.

성고 서쪽에는 요해(要害)인 공(鞏)이 있으며, 함곡관에 이르기까지에는 견고한 많은 성들이 있었다. 영양성과 성고성은 아직 함락되지 않았기 때문에 초나라 군대가 한왕의 뒤를 쫓는다면, 배후를 끊길 우려가 있었기에 초나라 군대는 서쪽으로 더 이상 진격할 수가 없었다.

유방은 양(梁)나라 땅에 있는 팽월에게 사자를 보

내 초나라 군대의 후방을 교란해 달라고 부탁했다. 황하 강가에 몸을 숨기고 있던 팽월이 사방으로 흩어진 부하 병사들을 모아 남으로 내려와 있었던 것이다.

관중을 지키던 소하(蕭何)는 유방의 뜻을 충실히 지켜 선정을 베풀어 민심 수람(收攬:사람의 마음 등을 거두어 잡는 것)에 힘쓰고 있었다. 옛 진(秦)나라 땅은 유방이 한중(漢中)에서 군사를 거느리고 나올 때는 심한 흉년이었으나, 그 해에는 흉작에서 벗어나서 오곡이 잘 여물었다.

유방을 관중으로 맞아들인 소하는 현읍(縣邑)의 부로들을 설득하여 병사들을 징모했다. 병사들은 순조롭게 모였다. 유방은 군을 재편성하고 병참 물자를 갖추어 동쪽으로 진격하겠다고 말했다.

"영양성을 구한다!"

영양성은 그 때까지 함락되지 않고 있었지만 주가 등이 초나라 군대를 상대로 악전고투하고 있을 것이 뻔했다. 그들을 그대로 죽게 내버려 두면 유방은 신의(信義)를 잃는다. 믿음만이 장병과 유방을 잇는 끈이라고 해도 좋았다. 신의를 잃으면 유방의 군대는 와해되고 말 것이었다.

유방은 항우와 싸워서 이길 수 있다는 자신이 없었다. 항우는 너무나도 강한 장수이다. 그렇지만 싸우지 않으면 안 되었다. 싸우지 않고 관중에 죽치고 있으면, 초나라 군대는 영양성을 함락시킨 뒤

노도처럼 진격해 올 것이다.

　한왕은 자기 밑에 많은 식객들을 데리고 있었다. 식객은 자기를 돌봐 주는 사람에게 정보, 정략, 군략, 정세 분석, 작전 등을 제공하는 것이다 식객들 중의 한 사람인 원생(轅生)이 한왕에게 헌책했다.

　"한나라와 초나라는 영양에서 서로 싸웠는데, 한나라는 항상 곤경에 처하지 않으면 안 되었습니다. 바라옵건대 대왕께서는 무관(武關)으로 나가 주십시오. 그렇게 하면 항왕은 반드시 군대를 이끌고 남쪽으로 내려와 대왕을 쫓을 것입니다. 대왕께서는 누벽(壘壁)을 두껍게 세워서 그들을 막고, 영양과 성고 부근에 있는 아군을 잠시 휴식시키는 한편, 한신 등에게 명하시어 하북과 조나라 땅을 진압한 후 연(燕)나라, 제(齊)나라와 연합하게 하십시오. 그렇게 한 다음 대왕께서 다시 영양으로 가시더라도 늦지 않습니다. 그렇게 하면 초나라는 방비해야 할 곳이 많아져 힘이 분산됩니다. 한나라는 휴식할 수가 있으며, 그런 다음에 싸우는 것이기 때문에 초나라를 반드시 무찌를 수가 있습니다."

　한왕은 과연 그렇구나, 하고 생각하며 고개를 끄덕였다.

　"병력을 분산시킨 뒤에 싸워야 한다."
라고 말한 장량의 말을 생각해 냈던 것이다. 장량은 이 곳에 동행하지 않았다. 장량에게는 성고성을 지키게 하고 있었다.

장량은 병법에 「우직지계(迂直之計)」라는 것이 있다고도 말했다. 항우를 바쁘게 돌아다니게 하여 피로하도록 만들기 위해 전장을 여러 곳에 벌여 놓을 수만 있다면, 그것은 간접적으로 영양성을 구하는 방법이 된다. 영양성을 구할 수만 있다면 유방은 장병들에게 신의를 잃지 않아도 되는 것이다.

유방은 원생의 계책에 따라 무관에서 나와 동남쪽인 완(宛), 섭(葉)으로 향했다. 구강왕(九江王) 영포(英布)와 함께 진군하면서 군대를 수습하여 항우의 내공(來攻)에 대비했다.

유방이 남쪽인 완성(宛城)으로 들어가 그 지방을 공략 평정하고 있다는 통보에 접하자, 항우는 영양성의 포위를 풀고 공격의 화살을 남쪽으로 돌렸다.

"쥐새끼 같은 놈!"

항우는 유방을 욕했다. 도망만 치고 있는 주제에 어느 틈엔가 초나라 군대의 눈이 미치지 않는 곳에서 흘린 쌀을 찾아다니고 있기 때문이었다.

"쥐새끼 따위는 내버려 둡시다. 그것보다도 영양과 성고를 공격해서 함락시키는 것이 득이 됩니다."

라고 권하는 사람이 있었지만 항우는 듣지 않았다.

영양과 성고를 공격해서 함락시킨다 해도 유방이 살아 있는 한 그를 치지 않으면 안 된다. 먼저 유방을 공격해 죽여서 없애야 결판이 빨리 나는 것이다. 항우는 성미가 급했다. 유방의 목을 베고 싶어서 견딜 수 없었던 것이다.

항우의 군대는 완성을 포위했다. 그러나 유방은 누벽을 굳게 지키며 싸우려고 하지 않았다. 싸움을 걸어도 응하지 않는 상대는 어떻게 할 도리가 없는 것이다. 항우는 안달이 나서 견딜 수가 없었다.

그 때 양나라 땅에 있던 팽월이 수수를 건너 초나라로 침입했다. 초나라의 항성(項聲), 설공(薛公) 등과 하비(下邳)에서 싸워 그들을 크게 무찔렀다. 설공은 이 때 살해당했다.

하비는 팽성 동쪽에 있었다. 서울에서 가까운 곳을 침범당한 것은 체면에 관계되는 일이었다. 항우는 격노했다.

"거야(鉅野)의 어부 녀석! 이번에야말로 숨통을 끊어 주겠다."

항우는 완성의 포위를 풀고 팽월 토벌에 나섰다.

그 틈에 유방은 군대를 이끌고 북상하여 성고성으로 들어갔다. 영양성은 주가와 종공이 잘 지켜 초나라 군대의 공격을 막고 있었다.

그보다 조금 전에 주가와 종공은 동료인 위표를,

"반복(反覆)이 무쌍한 장군과는 함께 성을 지키기 어렵다."

라고 하면서 죽이고 말았다.

위표가 초나라 군대에 붙을 우려가 있기 때문이었다.

항우는 한 차례의 전투에서 팽월의 군대를 무찔

렀다. 그러나 팽월은 이번에도 역시 행방을 감추었다. 그는 싸워서 당할 수 없다고 생각하면 달아났다가 상대가 조금이라도 틈을 보이면 족제비처럼 재빠르게 덤벼들었다. 거야의 어부이며 밤도둑질을 하던 팽월은 유격전에 능했다.

도주하는 것은 다음 전투에 대비한, 다시 말해서 공격에 착수할 때까지의 준비 기간이라고 보고 있기 때문에 그는 달아나는 것을 조금도 수치스러운 일이라고 생각하지 않았다. 공격하는 쪽에서 보면 그만큼 성가신 존재는 없다.

유방이 성고성으로 들어갔다는 말을 듣자, 항우는 어쩔 수 없이 즉각 군대를 되돌렸다. 그리고 서쪽의 영양성을 향해 나아갔다.

"이번에야말로 유방의 목을 베고 말겠다."

항우는 전군을 투입해서 영양성을 맹공했다. 성은 열세였다. 초나라의 병사들은 운제(雲梯:공성용의 긴 사닥다리)를 써서 성벽 위로 기어올라갔다. 성벽의 한 모퉁이가 돌파당하자 열세인 영양성은 더 이상 지탱할 수 없게 되었다. 영양성은 마침내 함락되었다.

주가와 종공은 최후까지 싸우다가 생포되었고, 한왕 신은 도망쳤다. 주가의 항전은 매우 훌륭했다. 초나라 군대의 맹공에 버티며 여러 번 그들을 격퇴했다.

"무(武)의 최고는 용(勇)이다. 용 이외의 아무것도

아니다."

라고 자기 자신을 타이르는 항우는, 용장을 매우 좋아했다. 주가가 눈 앞에 잡혀 오자,

"어떠냐, 나를 섬기지 않겠느냐? 나는 귀공을 상장군으로 하고 3만 호에 봉해 주겠다."

하고 말했다.

주가는 강직했다. 생포된 것을 부끄럽게 생각하는 판에 적의 대장이 은혜를 베풀겠다는 듯이 말했으니 더 이상 참을 수 없었다. 주가는 항왕에게 대들었다.

"너야말로 빨리 한나라에 항복해라! 그렇지 않으면 머지않아 포로가 되고 말 것이다. 너 따위는 한나라의 적수가 되지 못해!"

항우가 예의를 갖추어 귀순(歸順)하기를 권했더라면 주가의 입에서 다른 말이 나왔을지도 모른다. 주가는 늘 한나라와 한나라 군대는 자기들이 만들었다는 자부심을 가지고 있었다. 유방은 대표로 뽑힌 사람에 지나지 않는다고 생각했다. 따라서 한나라를 위해 목숨을 버리는 것은, 자기 자신의 충절을 다하는 길이기도 했다.

주가에게 매도당한 항우는 화를 냈다. 주가를 큰 가마솥에 넣고 삶아 죽였다. 아울러 종공도 죽였다.

초나라 군대는 영양성을 함락시킨 여세를 몰아 성고성으로 밀어닥쳤다. 성고성은 영양성 정도의

큰 성이 아니었다. 초나라 군대의 공격 앞에서 지
탱하기는 어려웠다.

성미 급한 항우가 혀를 차면서 제장들에게 공성
(攻城)할 방법을 ㄱ속히 강구해 보라고 재촉했다.

그 때 성고성 안의 유방은 근심이 가득한 얼굴로
장량과 진평을 불러 탄식조로 말했다.   "한신과
장이가 오랫동안 조나라에 머물면서, 짐이 여러 차
례 위급을 알렸는데도 꿈쩍도 않고 있구려. 더욱이
영포와 팽월마저도 구원하러 올 기미를 보이지 않
으니, 짐은 이번에야말로 이 성고에서 사로잡히는
게 아니겠소?"

그러자 장량이 나서서 계책을 말했다.

"미구에 그들이 구원을 올 것이옵니다만, 그 때까
지 이곳에 머물러 있으려면 저쪽을 쳐서 이쪽을 구
하는 이른바 격피구차지계(擊彼救此之計)를 쓸 수밖
에 없사옵니다."

"좀더 자세히 말해 보오."

"우리 군사 중에 일군을 내어 급히 팽성을 치게
하면, 항왕이 놀라서 서둘러 군사를 거두어 팽성을
구하러 갈 것이옵니다."

유방은 그제야 얼굴을 펴며 장량을 치하했다.

"과연 장자방 선생이로소이다."

그날 밤 유방은 왕릉에게 5천 기를 내주며,

"몰래 팽성으로 가서 그곳을 치다가 항왕이 그리
로 군사를 이끌고 오면, 장군은 즉시 군사를 거두

어 회군토록 하오."

하고 명령했다. 왕릉은 그 길로 야음을 이용해 5천 정병을 이끌고 소롯길로 해서 팽성으로 달려갔다.

항우가 성고성을 칠 방책을 찾느라고 고심하고 있을 때, 급히 팽성으로부터 사자가 달려와 급보를 올렸다.

"한나라 대장 왕릉이 대군을 거느리고 와서 팽성을 치고 있나이다."

급보에 접한 항우가 놀라고 있는데, 이번에는 또 다른 급보가 왔다.

"팽월이 외항(外黃)의 열일곱 고을을 빼앗아 우리의 양도를 끊었사옵고, 또 영포는 대군을 거느리고 이 곳 성고를 구하려 남계구까지 와 있사옵니다."

항우는 거듭되는 급보에 갈피를 잡지 못하고 급히 항백과 종리매를 불러 상의하였다. 먼저 항백이 입을 열었다.

"신의 생각으로는 무엇보다 팽성부터 구해야 할 것으로 압니다. 오늘밤 가만히 퇴군하여 군사를 나누되, 외항의 위급을 구하고 또 남계구의 영포도 응징해야 할 것입니다."

항백의 말대로라면 결국 군사를 세 곳으로 나누어야 한다는 얘기다. 군사(軍師)의 대답치고는 계책이라고 할 수 없는 너무도 평범한 말이었다.

항우는 답답하여 이번에는 종리매를 바라보았다.

"…"

종리매는 그나마 입을 다물고 아무 말이 없었다. 그에게도 별다른 묘책이 없는 것 같았다. 항우는 혀를 차면서 조구를 불러 영을 내렸다.

"그대는 1만 기를 거느리고 정기를 많이 세우고 서 허장성세하고 있으라. 짐의 생각으로는 유방은 또 틀림없이 성고성을 버리고 도망을 할 것이다. 그러면 성고성을 점거하여 짐이 돌아올 때까지 굳 게 지키고 있도록 하라."

"예, 분부대로 거행하겠나이다."

조구는 명령을 받고 물러갔다. 항우는 즉시 퇴각 준비를 시키고 날이 어둡기를 기다려 그날 밤중으 로 팽성을 향해 떠났다.

한군의 탐색병은 그 같은 사실을 보고했다. 유방 은 곧 장량과 진평을 불렀다.

"항왕이 팽성을 구하러 급히 퇴각하는 이 때를 타 서 그 후미를 들이치는 것이 어떻겠소?"

장량이 손을 저으며 반대했다.

"불가하옵니다. 항왕은 틀림없이 대군을 매복시 켰을 것이옵니다. 그는 팽성의 우기를 구하면 다시 이 곳으로 나올 것이옵니다. 그러나 우리가 성고를 떠나 한신의 군사와 합류했다는 소식을 들으면, 그 는 대량(大樑)의 팽월을 응징하려고 군대를 돌릴 것 이옵니다. 그 때에 다시 성고를 되찾기는 손을 뒤 집는 것처럼 쉬운 일입니다. 그러니 일단 수무(修 武)로 가서 진용을 재건합시다. 이것은 전선을 넓히는 것이 되기도 합니다. 폐하께서는 먼저 성고성에서 나가 주십시오. 나머지 사람들은 순서에 따라 성에서 나가 각 방면으로 흩어집니다. 그렇게 하면 초나라 군대는 대왕이 어느 방향으로 달아났는지 추적의 갈피를 잡지 못할 것입니다. 그리고 각 방면으로 흩어진 한군은 며칠 후에 수무로 모여들 것입니다."

"좋겠지. 경이 하라는 대로 하겠소."

장량의 권고대로 해서 실패한 적은 한 번도 없었다. 한왕은 하후영과 둘이서 마차를 타고 성의 북문 밖으로 나갔다. 마차는 황하 강안을 향해 계속해서 달렸다.

이튿날 조구는 성중에 있던 한군이 없어진 것을 알고 성 안으로 들어갔다. 항우의 예상이 그대로 적중한 셈이었다.

유방이 하후형의 마차를 타고 도망치는 것은 두 번째였다. 한 번은 팽성의 대궤란(大潰亂) 때였다. 그 때는 두려워한 나머지 자기 자식인 영과 노원을 마차에서 밀어뜨렸다. 그 때에 비하면 지금의 유방에게는 여유가 있었다. 도주임에는 틀림없지만 이번의 도주는 전선을 넓히기 위해서이기도 했다.

"수무에 도착하면 한신과 장이의 군대를 빼앗아 버립시다."

말고삐를 다루면서 하후영이 말했다.

"초나라 군대에 대항하기에는 아군의 병력이 부

족합니다. 한신과 장이로부터 인수(印綬)를 빼앗고 그들의 병력을 합치셔야 합니다."

조왕(趙王) 장이의 옥새와 한신의 대장군 도장은 한왕 유방이 준 것이었다. 그 도장을 뺏으면 장이는 왕이 아니고, 한신도 대장군이 아니다. 따라서 그들에게 속하는 군병은 한왕의 수중으로 들어오는 것이다.

"인수를 주려고 하지 않겠지?"

"허를 찔러서 뺏으면 됩니다. 조왕은 폐하로부터 두터운 은혜를 입고 있습니다. 폐하께서는 한신이 항왕을 섬길 때 역경에서 헤어나지 못하는 것을 발탁해 주셨습니다. 내가 생명을 구해 주기도 했습니다. 새삼스럽게 한신에게 공치사를 하려는 생각은 없습니다만, 위급한 경우에 처했을 때는 조그만 희생을 치러야 합니다. 인수를 빼앗아 그들의 군대를 폐하의 지휘하에 넣고, 두 사람에게는 다음 기회에 다시 인수를 주시면 됩니다."

"좋겠지. 그렇게 하지."

황하를 건너 수무에 도착한 그 날 밤, 두 사람은 이름을 숨기고 시내에 있는 여관에 묵었다.

수무는 고대부터 번성했던 도시였다.

은나라 시대에는 영읍(寧邑)이라고 불리워졌다. 주나라의 무왕이 악역무도한 은왕 주(紂)를 칠 때, 무왕은 북벌을 위한 군대를 이 곳에 주둔시켜 군사 훈련을 했다고 해서 영읍을 수무라고 고쳤다는 이

야기가 전해지고 있다. 더구나 ≪한비자(韓非子)≫
에

「진나라의 소왕(昭王)이 조나라의 장평(長平)을 넘
어 서쪽의 수무를 쳤다.」

라는 대목이 있는 것으로 보아 전국시대에도 요충
지였음을 알 수 있다.

유방과 하후영은 날이 다 새기도 전인 이른 아침
에 일어나 마차를 타고 한신의 군영 앞에 도착했
다.

"한왕의 사자이시다! 급한 볼일이다!"

하후영이 큰 소리로 외쳐 문지기를 속이고 문을
통과했다.

한신과 장이는 사이가 좋았기에 본영 내의 한 건
물에 기거하고 있었다. 인수는 군진에 있을 때는
허리에 차지만, 평소에는 함 속에 보관하여 신변에
두고 있었다. 유방이 노린 것은 인수를 넣어 둔 함
이었다.

침실 앞 복도에는 경비병이 서 있었다. 하후영이
다가가 경비병의 정수리를 느닷없이 걷어차 기절시
켰다. 유방은 한신의 침실로 들어갔다.

한신은 여자를 품은 채 정신없이 자고 있었다. 여
자도 자고 있었다. 유방은 눈치채기 전에 인수의
함을 손에 쥐었다.

장이의 침실에는 하후영을 보냈다. 노인인 장이
도 색욕만은 쇠약해지지 않은 것 같았다. 이 사나

이도 손녀만큼이나 젊은 여자를 품고 자고 있었다. 인수의 함을 빼앗기는 데도 눈치를 채지 못했다.

유방은 하후영에게 명하여 한신과 장이의 부하인 여러 장군들을 소집시켰다.

그 때서야 한신이 번쩍 눈을 뜨고 자리에서 일어났다. 그는 자기 눈 앞에 뜻밖에도 유방이 서 있는 것을 보고 황급히 뛰어내려 마루위에 꿇어 엎드렸다.

"폐하께서 이처럼 돌연히 거동하실 줄을 신이 알지 못하옵고 멀리 나가서 영접치 못한 죄는 만사무석이옵나이다.

한왕은 두 사람 앞에 인수의 함을 보여 주며 말했다.

"짐이 수십 명의 군사를 데리고 진중에 들어와서 사방을 둘러보고 난 뒤에 이 방에 들어도록 그대는 이것을 알지 못하고 코만 골고 있었소. 게다가 원수의 인수를 가지고 가도 모를 지경이니, 이러고서야 적군이 잠입해서 그대의 목을 베어 간다 해도 누가 알 것이오. 그대는 이 나라를 평정하여 진수하고 있는 터인데, 새로 항복받은 땅에 와서 이렇게 소루하고서야 어떻게 장수라고 할 수 있겠소?"

한신이 유방의 추상같은 꾸짖음을 듣고 몸둘바를 몰라 쩔쩔 매고 있을 때, 그제서야 옆방에서 자고 있다가 깬 장이가 크게 놀란 얼굴로 방으로 들어와 유방 앞에 무릎을 꿇고 엎드렸다.

"폐하, 신을 죽여 주시옵소서."

유방은 이번에는 장이를 보고 꾸짖었다.

"그대는 한 원수의 부장으로서 마땅히 군무에 최선을 다해야 함에도 불구하고 어찌 이처럼 태만하단 말인가! 짐이 군법대로 다스린다면, 한 원수는 폐척을 당해야 하고 그대는 목을 베어 여러 사람들의 경계를 삼아야 할 것이다. 그러나 내 특히 그대들의 전공을 참작하여 용서하는 터이니, 차후로는 이런 일이 없도록 하렸다!"

유방은 꾸짖기를 다하자 분연히 그 방에서 나왔다. 한신과 장이는 허리를 있는 대로 굽히고 그의 뒤를 본진까지 따르면서 거듭 용서를 빌었다. 유방은 본진으로 돌아오자 여러 신하들을 모아 놓고 말했다.

"짐이 한신의 진영에 가서 중군에 이르도록 그것을 아는 사람이 없고, 원수의 방에 들어가서 원수의 인수를 가지고 나와도 원수라는 사람이 그것을 모르니, 군에 규율이 이렇게 없고 사졸들에게 이처럼 절제가 없고서야 어찌 적을 막으며 더불어 싸울 수가 있겠소. 그래서 짐은 재주있고 능한 사람을 택하여 그를 원수로 새로 임명하고자 하는데, 경들의 의향은 어떠하오?"

장량이 놀란 얼굴로 아뢰었다.

"폐하, 그것은 지극히 부당하신 말씀이옵니다. 지금과 같이 어렵고 중요한 때에 어찌 한 원수와 같

은 기재를 배척하고자 하십니까. 그에게 비록 옥에
티 같은 과오는 있사오나, 그 옛날 자사(子思)가 위
후(衛候)에게 간한 것처럼 좋은 점은 크게 취하시고
나쁜 점은 버리도록 하소서. 더욱이 한 원수로 말
씀드리오면 전공이 혁혁한 터에 그만한 일로 지금
일벌백계로 삼으시면 오히려 군사들의 사기를 죽이
게 될 것이옵니다.

장량의 말에 진평도 나서서 거들었다.

"장자방 선생의 말씀이 옳사옵니다. 부디 폐하께
서는 진노하심을 거두시옵소서."

유방은 잠시 생각하다가 당황하는 두 사람에게,

"오늘부터 내가 상장군을 겸한다. 따라서 귀공들
의 장병은 내가 지휘한다." "조왕은 조나라 땅에서
병사를 모으시오. 한신은 동쪽으로 가서, 오랜 숙
제로 되어 있는 제(齊)나라를 치도록 하라!"
하고 명령했다.

인수를 빼앗긴 두 사람은 왕도 아니고 장군도 아
니었다. 강탈당한 인수를 도로 빼앗을 수는 없었
다. 그렇게 하자면 상대를 죽여야 했다.

허를 찔린 탓에 놀라 어찌할 바를 모르는 두 사람
에게서 한왕을 시해(弑害)할 만한 용기가 순간적으
로 솟아날 턱이 없었던 것이다.

나이를 먹은 장이가 먼저 말했다.

"삼가 명령에 복종하겠사옵니다."

한신도 장이를 본받아 명령에 복종하겠다고 말했

다. 한왕 뒤에는 하후영이 서 있었다. 하후영은 한신에게 있어서 생명의 은인이었다. 한신은 한왕의 기습에 압도당했을 뿐만 아니라, 은의(恩義)가 있는 두 사람에게 반항할 수가 없었던 것이다.

얼마 후, 여러 장군들이 모여들자 한왕은 일동에게 분부했다.

"지금부터 내가 한신을 대신하여 귀공들을 지휘한다."

그리고 즉각 여러 장군들을 이동 배치했다. 인사 이동은 군의 편제를 새롭게 일변시킬 뿐만 아니라, 장군들의 기분을 일신시키는 데 효과가 있다. 그때까지 군사(軍事)·군정(軍政) 모두를 부하들에게 맡긴 채 자신은 일체 관여하지 않았던 한왕이지만, 이 때만은 딴 사람처럼 기민하게 행동하여 하신과 장이의 군대를 장악해 버렸던 것이다.

그런데 제나라를 공략하라는 명령을 받은 한신에게는 군대가 없었다. 때문에 유방은 군대를 일부 쪼개어 한신에게 준 다음, 조나라, 대(代)나라, 연(燕)나라 땅에서 병사를 징모해서 동정(東征)하라고 명했다. 그리고 유방이 거병(擧兵)한 이후 줄곧 따라다니던 구신(舊臣)인 조참(曹參)과 관영을 그에게 배속시켰다.

그리고 출발에 즈음하여 유방은 한신을 한나라의 상국(相國)으로 임명했다. 상국은 승상(丞相)의 윗자리이며, 백관의 우두머리이다. 유방은 한신의 군대를 빼앗으면서도 한신의 운신의 폭을 넓혀 주기 위해 높은 벼슬을 주어 위무(慰撫)했던 것이다.

한신과 장이의 군대를 합친 한왕은, 새로 군대를 편성하여 수무 동쪽에 있는 소수무(小修武)로 옮겼다. 본영은 소수무보다 남쪽인 황하 연안 가까이에 두었다.

이 때 성고성은 이미 초나라 군대의 소유가 되어 있었다. 성고성에서 빠져나와 사방으로 흩어진 한나라 병사들은 황하를 건너 유방 휘하로 모여들었다. 때문에 한나라 군대의 사기는 또다시 올랐다.

한나라 군대는 며칠 안으로 강을 건너 성고성과 영양성을 탈환하기 위해 초나라 군대와 결전할 기세를 보였다. 성을 빼앗기고도 반격하지 못한다면 초나라 군대가 깔보기 때문이었다.

그보다 앞서 항우의 별동대는 관중을 향해 서진(西進)하려고 했으나, 공(鞏)에서 한나라 군대에게 저지당한 채 진격하지 못하고 있었다. 유방의 별동부대가 분전하고 있으므로 총수인 유방도 분발하지 않을 수 없었다.

"황하를 건너자!"

작전회의 석상에서 유방은 힘차게 말했다. 그러나 낭중(郎中:시종의 작은 벼슬)인 정충(鄭忠)이라는 자가 나서서 간했다.

"항왕의 무용과 초나라 군대의 힘에, 정면으로 맞서는 것은 아직은 이르다고 생각합니다. 당분간은 하북에 있으면서 성채를 높게 쌓고 해자(垓子)를 깊이 파야 하며, 초나라 군대와 싸우지 말아야 합니다. 대왕께서는 초나라 군대가 기세를 회복해 관중을 찌르지나 않을까 걱정하고 계실지 모릅니다만, 그럴 우려는 없습니다. 초군은 이미 공(鞏)에서 한군에게 저지당해 패퇴했습니다. 멀리 관중까지 발길을 뻗칠 여유가 없습니다. 배후의 양나라 땅을 두려워하고 있습니다. 지금은 수비를 견고히 하여 시기가 오기를 기다려야 합니다."

'과연, 듣고 보니 그렇기도 하군.'

유방은 자기 주장에 구애되지 않았다. 장군들의 의견을 물어 보기로 했다.

"다른 사람들은 어떻게 생각하는가? "정충의 말이 지당합니다."

라고 대답하는 사람들이 많았기 때문에 한왕은 그 의견에 따랐다. 다만, 수비만 철저히 하면 사기가 위축되고, 초나라 군대는 더욱더 한나라 군대를 깔보게 될 것이었다. 정면으로 싸우는 것이 불리하면 그것을 이를 대신할 수 있는 전법을 택해야 했다.

한왕은 초나라의 후방을 교란하기로 했다. 항우는 대부분의 주력 부대를 황하 남안에 집결시키고 있었기 때문에 배후의 초나라 땅은 틀림없이 무방비 상태일 것이라고 생각했다. 「방비가 허술한 곳을 찌르라.」 그것은 병법의 철칙이었다. 항우는 그 방면으로도 병력을 쪼개지 않으면 안 된다. 병력을 분산시키는 것은 적의 공격력을 그만큼 약하게 만드는 것이 된다.

유방은 그 후방을 교란시키는 임무를 유가(劉賈)과 노관에게 주었다.

"알겠느냐? 그대들은 동쪽으로 우회하여 백마진(白馬津)에서 황하를 건너 초나라 땅으로 들어가 적의 양식을 태워 버려라. 항우가 화를 내고 달려올지라도 상대하지 말아라. 성을 굳게 지켜 적으로 하여금 공격하다가 지치게 하라. 그 사이에 나는 성고와 영양을 되찾겠다."

유방은 다시 말했다.

"양나라 땅에 있는 팽월에게는 내가 사자를 보내두겠다. 팽월과 힘을 합쳐서 초나라 땅을 불태워 경작(耕作)할 수 없도록 하라."

유가와 노관은 병졸 2만 명과 기병 수백 명을 이끌고 수무를 떠났다.

유가는 유방의 종형이다. 노관은 유방의 소꿉친구였다. 노관과 유방의 출생에 관한 재미있는 이야기가 「사기열전」에 기록되어 있다.

노관의 아버지와 유방의 아버지는 사이가 매우 좋았다. 그리고 신기하게도 유방이 태어난 날, 노씨 집에서도 남자아이가 태어났다. 그 아이가 바로 노관이었다.

"친한 친구들에게서, 같은 날에 남자아이가 태어

났다."

라는 이야기가 중양리(中陽里)에서는 큰 화제가 되었다. 마을 사람들은 기뻐하며 양고기와 술을 가지고 잔칫날처럼 모여들어 먹고 마시면서 축하했다.

유방과 노관이 성인이 되자 두 사람은 함께 글을 배웠는데 그들의 사이도 또한 좋았다. 마을 사람들은 사이가 좋은 양가의 아버지들이 같은 날에 아들을 낳고, 더구나 성인이 된 그 아이들도 역시 사이가 좋은 것은 대단히 경사스러운 일이라고 말하며, 양가에 고기와 술을 보내어 축복했다.

유방이 사상(泗上)의 정장(亭長)이 되기 전의 일이었다. 건달인 유방이 죄를 짓고, 그것이 발각되어 몸을 숨기지 않으면 안 되었다. 그 때 친구인 노관은 자기에게는 아무런 죄가 없으면서 유방을 따라가 주었다. 유방 혼자서는 부자유스럽고 외로울 것이라는 걱정 때문이었다.

노관은 유방이 숨어서 사는 집으로 음식을 갖다주기도 했다.

그 후 유방이 패공(沛公)으로 추천되어 거병(擧兵)하자, 노관은 빈객(賓客)의 자격으로 종군했다. 또 패공이 한왕이 되자, 노관은 장군이 되어 항상 한왕을 곁에서 모시면서 섬겼다.

그리고 한왕을 따라 동쪽의 팽성을 공격할 때는 태위(太尉)가 되어 측근에서 모셨으며, 그의 침실에도 드나들었다. 의복, 음식 등 기타 상으로 받은 물건이 많았으나 군사들은 아무도 노관과 동등한 상을 받으려고 하지 않았다. 소하(蕭何), 조참(曹參) 등은 특히 직무상에서 예우(禮遇)를 받았지만, 그런 그들도 친하게 지내고 총애받는 점에 있어서만은 노관에게 미치지 못했다.

반전의 반전

한왕으로부터 초나라 군대의 후방을 교란하라는 명령을 받은 유가(劉賈)와 노관은 북쪽으로 멀리 우회하여 백마진에서 황하를 건넜다.

백마진은 개봉(開封) 북쪽, 황하가 북동쪽으로 향해 흐르는 나루터였다. 초나라 땅으로 들어간 한나라 군대는 초나라가 축적한 곡식을 태워 버리고, 또 초나라의 민가에서 저장한 곡식과 논밭의 경작물들도 모조리 재로 만들었다.

팽월과도 연락을 취할 수 있었다. 팽월은 싸움을 잘 하는 사람이었다. 팽월은 한나라 군대와 함께 초나라 군대와 맞서서 싸웠으며 연곽(燕郭:하남성) 서쪽에서 그들을 격파했다. 그리고 눈깜짝할 사이에 수양과 외황 등 17개 성읍을 공략해 버렸다.

그 때 항우는 성고성에 있었다. 황하를 사이에 두고 유방과 대치(對峙) 하고 있었던 것이다. 유방이 남하해 오면 일격에 쓰러뜨릴 작정이었는데 그 유방이 황하를 건너오지 않고 있었다.

그 때 팽월이 발호(跋扈)한다는 보고가 들어온 것이다. 더구나 이번에는 한나라 정규군이 참가하고 있다고 했다. 양나라 땅이 한나라의 소유가 되면 성고와 영양에 있는 초나라 군대는 고립되고 만다. 군량 보급이 끊어질 우려가 있었다. 성고성 가까이에 오창(敖倉)이 있다. 오창의 창고에는 곡식이 얼마 남아 있지 않았다. 팽월이 도량발호(跳梁跋扈)하는 것을 내버려 둘 수는 없었다.

"이번에야 말로 팽월을 갈갈이 찢어서 죽이겠다."

항우는 눈썹을 치켜올리면서 말했다.

그러자 용차가 항우 앞에 나아가 아뢰었다.

"폐하께서는 잠시 성체를 쉬가 하소서. 신이 외항으로 가서 일개 용부(庸夫)에 지나지 않는 팽월을 사로잡아 오겠나이다."

"아니다. 팽월은 심복지환이야. 그러니 그대는 주란과 함께 3만 군을 거느리고 제나라로 가서 제왕 전광을 도와라. 그러면 한신이 놈도 감히 어쩌지 못할 것이다. 짐은 이 길로 팽월을 먼저 친 다음, 장경성으로 가서 유방마저 베겠다."

그런데 항우가 토벌하러 가면, 유방이 성고성을 탈환하려고 덤빌 것이다. 한나라 군대의 내공에 대비해 둘 필요가 있었다.

출발에 즈음해서 항우는 대사마(大司馬)인 조구(曹

씀) 등에게 명령했다.

"조심해서 성고를 지켜라. 만약 한나라 군대가 싸움을 걸어오더라도 자중하고 나가서 싸우지 말라. 오직 그들이 동진(東進)하지 못하도록 하기만 하면 된다. 나는 15일 안에 반드시 팽월을 죽이고 양나라 땅을 평정한 다음, 다시 장군들과 합류할 것이다."

양나라 땅까지 5백 리(약 2백Km)는 될 것이다. 그것을 공략하여 왕복 15일 만에 돌아온다고 했으니 항우의 기세가 얼마나 무서웠는가를 엿볼 수 있다.

항우는 그렇게 분발하고 나서, 대량으로 팽월을 치러 떠났다.

척후병을 띄어 항우의 움직임을 예의 주시하고 있던 팽월은 항우가 마침내 대군을 이끌고 진군해 온다는 소식을 듣자 장수들을 모아 대적할 방안에 대해서 의논했다. 그 때 지모가 뛰어난 난포가 의견을 말했다,

"항왕이 직접 대군을 거느리고 쳐들어온다면, 우리의 군세로는 막아 내기가 어렵습니다. 소장에게 3가지 계책이 있사오니, 대왕께서 그 중 한 가지를 선택하소서, 첫째는, 북으로 곡성을 치고 창읍을 취하며 항왕이 물러갈 때를 기다리는 것으로써 상계(上計)입니다. 둘째는, 우리가 이 곳을 버리고 한왕 유방에게로 돌아가 그와 함께 항왕을 막는 것으

로써 중계(中計)입니다. 마지막으로 셋째는, 이곳을 사수하는 것으로써 이는 하계(下計)입니다."

"나는 상계를 취하겠다! 그러니 이 길로 곧장 곡성으로 쳐나가도록 하자!"

팽월은 말을 마치기가 바쁘게 출동 준비를 서둘렀다.

항우의 진격로에서 외황이 가장 가까웠다. 초나라 군대는 외황성을 둘러쌌으나 성에는 수비병만 있고 팽월은 없었다. 항우가 친히 지휘하는 초나라 군대와 싸우는 것을 피해 달아났기 때문이었다. 당할 수 없다고 생각하면 달아나 자취를 감추는 것이 팽월의 상투적인 수단이었다.

항우는 노도같이 밀려가 외황성을 맹렬히 공격했다. 성을 지키는 병사들은 저항하며 쉽사리 항복하지 않았다. 초나라 군대는 높은 망루(望樓)를 세워 그 위에서 화살을 쏘아 넣어 성벽을 무너뜨리고 성내로 돌입했다.

성을 함락시키기까지 많은 날짜가 소비되었다. 왕복 15일이라고 작정한 일정이 틀어지고 말았던 것이다. 항우는 화를 냈다. 항우는 격노했을 때 감정을 억제하지 못 하는 경우가 많았다.

성내에 있던 15세 이상의 남자들을 모조리 성벽 동쪽으로 끌어내 구덩이를 파게 했다. 그리고 이 구덩이 속에 그 사람들을 전부를 묻으려고 했다. 항우가 일찍이 양성(襄城)을 포위해서 함락시켰을 때와 같은 방법이었다.

그런데 외황령의 부하의 아들인 13세 된 소년이 항우 앞으로 나와 무릎을 꿇고 절을 한 다음 말했다.

"팽월은 강제로 외황을 위협했습니다. 그래서 외황의 백성들은 겁을 먹고 얼마 동안 팽월에게 항복하여 대왕께서 오시기를 기다리고 있었던 것입니다. 그런데도 불구하고 대왕께서 백성들을 모두 구덩이에 묻으신다면 천하의 사람들이 어떻게 대왕에게 귀복할 기분이 들겠습니까. 여기서 동쪽인 양나라 땅에는 10여 개의 성시(城市)가 있습니다만, 모두 대왕을 무서워해서 항복하려는 사람이 없어질 것입니다."

항우는 '정말 그렇구나' 하고 생각하며 소년의 얼굴을 뚫어지게 보았다. 어른도 아이도 아닌, 어른 지혜의 절반쯤은 가지고 있을 듯한 13세 소년이었다.

항우는 마음이 흔들렸다. 항우의 기분이 미묘하게 흔들리는 것을 곁의 사람들은 상상하기 어려웠다. 그가 소년이 아니고 어른이었다면 항우는 귀를 기울이지 않았을 것이다.

항우는 구덩이에 묻으려고 했던 모든 사람들을 용서했다. 그리고 그들을 길 안내역으로 삼아 동진했다. 수양에 이르기까지에 있는 성시의 사람들은 모조리 항우에게 항복했다.

항우가 그 주력부대를 이끌고 동진해 가리라는 것을 유방은 예측하고 있었다. 한나라 군대는 황하를 건너 성고성을 공격했다. 당할 수 없다고 보면 도망치고, 상대가 틈을 보이면 그 허를 찔러 싸웠다.

유방의 전법도 팽월의 전법과 비슷한데, 유방의 경우는 상대가 항우이기 때문이었다. 유방이 항우와 정면으로 싸워 봤자 도저히 이길 수가 없다는 고정 관념을 갖게 된 것은, 항우가 지휘하는 초나라 군대가 유례없이 강력했기 때문일 것이다. 항우가 장수들을 모아 놓고 영을 내렸다.

"팽월이 짐과 싸우려고는 않고 곡성으로 해서 창읍으로 갈 모양이다. 짐이 기여이 그놈을 잡아 목을 베어야 분이 풀릴 것이니, 제장들은 즉시 군사를 진발토록 하라!"

그 때 종리매가 급보를 아뢰었다.

"지금 들어온 척후병의 보고에 따르면, 유방이 한신에게서 대군을 넘겨 받아 성고와 영양을 향해 진발했다고 하옵니다. 팽월은 옴딱지에 불과하오나 유방은 심복지환이오니, 먼저 유방을 무찔러 관동 지방을 차지하신 연후에 팽월을 치시는 것이 좋을까 하옵니다."

"그 말이 옳다. 그대는 즉시 일군을 거느리고 영양을 지키고 있는 오단을 돕도록 하라. 짐은 이 길로 성고로 가겠다."

항우는 종리매에게 군사 1만을 주어 먼저 떠나게 하고 자기는 대군을 이끌고 성고로 향했다.

그때 유방은 조나라를 떠나 성고에 도착해 있었으며 왕릉으로 하여금 성을 치게 했다. 그러나 항우에게서 자기가 돌아올 때까지는 출전하지 말라는 명령을 받은 조구는 굳게 지키기만 할 뿐 밖으로 나와서 싸우려고 하지 않았다.

그것을 본 유방이 왕릉을 불러 말했다.

"조구는 초의 대사마에까지 오른 자이나, 성미가 급하고 자존심이 강하기로 유명한 장수라고 들었소. 사졸들로 하여금 심한 모욕을 주게 되면, 참지 못하고 뛰어나올 것이니, 그 때를 타서 치도록 하오."

해춘후(海春侯) 조구는 과거에 진나라의 관리였다. 기현의 옥연(감옥의 아전)을 맡고 있었을 때, 항우의 숙부인 항량(項梁)이 어떤 사건에 연좌되어 투옥당했다. 항량은 조구와 아는 사이였기 때문에 석방해 주도록 그에게 부탁했다.

조구가 역양의 옥연인 사마흔(司馬欣)에게 편지를 보내 석방을 부탁한 결과 무사할 수가 있었다. 그 후 관중으로 들어간 항우는 조구를 불러 장군으로 삼았다.

한나라 군대의 장병들은 그것을 알고 있었기 때문에 그것을 도전의 도구로 썼다.

"감옥의 죄수는 적당히 보아 줄 줄 알고 있겠지만

싸움하는 방법은 모르겠지."
하고 욕을 퍼부었다.

사마흔에 대해서는,

"그는 진나라를 배반하고 초나라에 붙었다가 한
나라의 공격을 받자 항복했다. 항우의 형세가 좋아
지자 한나라를 배반하고 초나라에 붙었다, 간에 붙
었다, 쓸개에 붙었다 하느라고 참으로 바쁘겠군."
하고 매도했다.

그리하여 왕릉의 공성 작전은 기묘한 욕설 작전
으로 변하고 말았다. 한군은 성 밑에 드러눕기도
하고 벌거벗고 돌아다니며 입에 담지 못할 욕을 퍼
붓기도 했다.

"조구야, 이 비겁한 겁쟁이 자식아!"

"똥물에 튀겨 죽일 조구놈아, 썩 나오너라!"

어떤 놈들은 커다란 헝겊에 조구를 조롱하는 그
림을 그려서 그것을 장대 끝에 매달아 높이 흔들어
대기도 했다.

이 같은 일이 며칠째 계속되자 성 안에서 꼼짝도
하지 않던 조구가 마침내 분통을 터뜨리고 말았다.
그는 1만 군을 거느리고 질풍처럼 달려나왔다.

5개월 전에 초나라 군대가 영양성을 공격했을
때, 조구는 선두에 서서 성벽으로 돌격하여 한나라
의 장군 주가(周苛)를 생포한 적이 있었다. 잇달아
한나라 군대를 추격하여 성고성으로 육박하여 함락
시켰다.

"한왕의 군대 따위가 강해 봤자 얼마나 강하겠느냐?"

라는 교만이 조구에게 있었던 것이다.

"네 이놈들! 모조리 죽여 주겠다.!"

조구의 호통소리에 한군들은 크게 놀라며 도망치기 시작했다. 병기와 기고(旗鼓)까지도 팽개치고 사수를 건너 달아나느라고 정신이 없었다. 기고만장해진 조구는 자기도 사수를 건너서 추격을 계속하였다.

조구의 군사들이 절반쯤 사수를 건넜을 때였다. 별안간 강 건너 언덕 좌우에서 요란한 철포 소리와 함께 한군의 복병들이 일제히 고함을 지르면서 벌떼처럼 일어났다.

주발·관영·주창·여마통 네 사람의 장수들이 이끄는 한군이 사방에서 초군을 에워싸고 공격하자 초군의 형세는 삽시간에 풍비박산이 되고 말았다. 초군으로서 죽거나 사로잡히는 자들이 그 수효를 헤아릴 수 없을 정도로 많았다.

조구는 고군분투했으나 이미 사지에서 빠져나갈 수 없는 상황이 되어 있었다.

"아아, 내가 너무 성급했구나!"

조구는 탄식하며 칼로 목을 찔러 자결했다. 그의 몸에서 흘러나온 피가 사수를 붉게 물들였다.

조구가 이처럼 비장한 최후를 맞고 있을 때 유방은 이미 성고성에 입성하여 백성들을 위무하고 있었다. 그 때 파발마가 달려와 기쁜 소식을 알렸다.

"지금 구강왕 영포 장군과 진류 태수 진동이 함께 3만 명의 군사를 거느리고 구원하고 오고 있나이다."

이윽고 두 사람이 유방 앞에 나와서 예를 올렸다. 유방은 만면에 미소를 띠우고는 먼저 진동에게 말했다.

"짐이 지난 날 진류를 지날 때 경이 많은 군량을 보내 주어서 큰 도움이 되었소. 그런데 지금 또 영포 장군과 함께 짐을 도우니, 그 공이 충분히 금석에 남을 만하오."

그처럼 사례하고는 이어서 영포에게,

"짐은 이제 영양을 공략하려는 참인데 때마침 잘 오셨소. 장군은 진동 장군과 함께 이 성을 지켜 주기 바라오."

하고 말하였다.

"그렇게 하겠나이다."

영포가 쾌히 응낙하였다. 유방은 크게 만족스러워 했다. 그는 즉시 크게 연회를 베풀어 두 사람을 위로해 주었다.

이튿날 날이 밝자 유방은 군대를 인솔하고 출동하였다. 며칠 후 영양성 밖에 도착한 그는 즉시 왕릉에서 성 안의 형세를 탐지하라는 명을 내렸다.

그 때 성 안에서는 항우의 명령을 받고 성을 지키던 오단이 유방의 군대가 성중의 백성들 가운데 덕망있는 노인들을 청해 가지고 회의를 열고 있었다.

"이 사람은 초나라의 장수이지만, 일찍부터 한왕을 사모해 오던 터입니다. 그래서 그와 싸워 피를 흘리게 할 것이 아니라 일찌감치 항복을 하고자 하는데, 여러분들의 의향은 어떠하신지 궁금하오이다."

오단이 그처럼 자기의 심중을 솔직하게 털어놓자 노인들은 모두 입을 모아 찬성하였다.

"한왕은 장자이시니, 장군의 말씀이 십분 옳소이다."

그리하여 이번에는 유방이 피 한 방울 흘리지 않고 영양성에 다시 입성할 수 있었다. 유방은 오단을 극구 치하하고, 이어서 성 안의 백성들을 위무한 뒤에 군사들을 오창의 곡창으로 보내어 군량을 공급하도록 했다.

이처럼 모든 일이 순풍에 돛을 단 듯이 순조롭게 잘 이루어져 가고 있을 때, 초나라 장수 종리매가 1만의 군사를 거느리고 성밖 30리 되는 곳에 진을 치고 있다는 보고가 들려왔다.

유방은 즉시 왕릉을 불러 명령을 내렸다.

"종리매가 1만의 군사를 이끌고 원로에 여기까지 행군해 왔으니, 장졸들이 모두 매우 지쳐 있을 것이오. 아직 방비할 준비도 채 갖추지 못했을 테니, 이 때를 놓치지 말고 급히 치도록 하오."

왕릉은 유방의 명령에 따라 주발·관영·주창과

함께 각각 3천 명씩의 군사들을 인솔하고 성 밖으로 출동했다.

과연 유방이 예상했던 대로였다. 종리매의 군대도 먼길을 급히 오느라고 몹시 지쳐 있었으며 영채도 미처 세우기도 전에 정면의 관영과 동쪽의 왕릉, 서쪽의 주발, 그리고 배후의 주창, 이렇게 네 군데서의 들이닥친 한 군의 기습을 받고 크게 패했다.

군사의 반 이상을 잃고 항우 앞에 나아간 종리매는 엎드려 죄를 청했다.

"폐하, 뵈올 면목이 없사옵니다. 소장을 죽여 주옵소서."

항우는 잠시 묵묵히 그를 내려보다가 탄식하듯이 중얼거렸다.

"성고성을 지키던 조구는 자결해 버렸고, 영양성의 오단은 항복을 했으며, 영포와 진동은 유방과 합세하여 바야흐로 짐을 노리고 있는데 그대도 또한 패했으니, 이 일을 어찌해야 좋단 말인가? 아, 이 모든 것이 범아부가 없기 때문에 생긴 일이야. 그가 있다면 형세가 이토록 피곤하게 되지는 않았을 텐데…."

"폐하, 신 등이 불민하여 폐하께 심려를 끼친 죄, 너무나 크옵니다."

종래매의 목소리는 울분으로 인해 떨리고 있었다.

"아니다, 그대는 어서 일어나라. 우선 광무산(廣武山)으로 가자. 저 광무산으로 가서 군사를 새롭게 가다듬어 이 원한을 씻도록 하자."

항우는 평소의 그답지 않게 차분히 가라앉은 목
소리로 말했다. 뒤늦게나마 항우도 사태의 심각성
을 깨달았는지, 그로서는 전에 없었던 결심을 한
것이었다.

물실호기(勿失好機)

한신은 조, 대(代), 서위(西魏)에서 병사들을 징모
했다. 그러나 아직은 대군이라고 말할 정도가 아니
었다. 한신은 그들을 이끌고 진군하는 한편, 병사
들의 수를 계속해서 늘려 가면서 동쪽의 제나라를
향해 진격해 나갔다. 제나라에는 70여 개의 성이
있었다. 한신이 그들을 공격하며 제나라의 서울로
육박하려면 그의 비범한 재능으로도 많은 시일이
걸릴 것이었다. 그 사이에 초나라와 한나라의 싸움
이 결판난다면 제나라를 토벌하는 의미가 없어지게
된다. 유방은 그것을 걱정했다.

"한신으로서도 그 때까지는 해낼 수 없을 것입니
다."

한왕의 마음속을 읽기라도 한 것처럼 역이기가
말했다.

광야군(廣野君)이라는 존칭을 받은 역이기는 자주
한왕에게 헌책(獻策)하고, 한왕의 사자가 되어 여러

나라에 심부름을 가곤 했었다. 이번에도 역이기가
한왕을 설득했다.

"바야흐로 조와 대는 이미 평정되었고, 연은 한
에 귀속되었으나 오직 제나라만은 항복하지 않고
있었습니다. 대왕께서는 제나라를 정벌하라고 한
신을 보내셨습니다. 제왕 전광(田廣)은 사방이 천
리인 제나라에 웅거하고 있으며, 전간(田間)은 20
만 대군을 이끌고 역성(歷城)에서 진을 치고 있다고
합니다. 전씨 일족은 강성하고, 뒤에는 바다와 태
산(太山)을 끼고 있으며, 앞으로는 황하와 제수(齊
水)를 경계로 삼고, 남쪽은 초나라에 가까우며 주
민들은 임기응변과 속임수에 뛰어납니다. 대왕이
수십만의 대군을 파견하시더라도 짧은 시일 내에
는 무찌를 수가 없을 것입니다. 아무쪼록 저에게
조서(詔書)를 받들고 가게 하시어 제왕을 설득시켜
제나라로 하여금 한의 동쪽 울타리라고 자칭하도
록 해 주십시오."

유방이 기뻐하며 말했다.

"과연 제왕을 설유하여 우리에게 귀순시킨다면,
그보다 좋은 일이 또 어디있겠소. 어서 그렇게 하
시오."

유방의 허락을 받은 역이기 노인은 한신이 무력
으로 제나라를 치기 전에 먼저 공을 세우려고 제나
라로 떠났다.

한왕은 역이기가 실패하더라도 손해 볼 것은 없

다고 생각했다. 이미 한신이 제나라 토벌에 나서고 있었다. 역이기가 제왕을 설득하면 제나라는 한나라에 귀향하지 않는다고 하더라도 경계를 늦출 것이다. 그 때 한신이 쳐들어가면 손쉽게 공략할 수 있을지도 모른다.

역이기가 제왕을 설득하는 데 성공하든 실패하든 한왕으로서는 잃을 것이 아무것도 없었던 것이다. 경우에 따라 역이기는 살해당할지도 모른다. 그것은 부득이한 일이라고 한왕을 생각했다. 역이기도 사자가 되어 가는 이상 그 정도 각오는 했을 것이다.

구변으로 세상을 살아가는 사람은 혀가 검(劍)보다 날카로운 대신, 전사(戰士) 이상으로 위험한 처세술이라는 것은 본인이 더 잘 알고 있을 것이었다.

역이기는 유생(儒生)이었다. 예(禮)와 악(樂)(車駕)을 정치의 기본에 두는 유가(儒家)의 무리는 외관을 중시했다. 역이기는 한왕에게 거가와 호위병을 마련해 달라고 특별히 정해 부사(副使) 이하 30여 명의 수행원을 거느리고 수무를 떠났다.

역이기가 자청해서 제나라로 가는 사자가 되고자 한 이유는 한왕에 대한 충성심 때문만은 아니었다. 나이를 먹은 역이기는 자기 자신의 영달을 바라고 있지는 않았다. 한왕을 도와 천하의 정권을 잡게 한 뒤 천하에 유교를 널리 보급시키겠다는 염원이 있었던 것이다.

유방은 유교를 싫어하는 사람으로 알려져 있지만 천하의 정권을 잡는 날에는 그렇게 되지 않는다. 세상을 다스리기 위해서는 유교에서 설명하는 인(仁), 의(義), 예(禮), 신(信)을 받아 들이지 않으면 안 되는 것이다. 적어도 예(禮), 악(樂)을 존중하지 않으면 군신(君臣)의 구별이 없어지게 된다.

역이기는 나이가 이미 70세에 가까웠으나 다리와 허리는 튼튼했다. 기분은 조금도 늙지 않았다. 오히려 젊은이를 능가할 정도였다.

"희망이 있으면 인간은 언제까지나 나이를 먹지 않은 법이다. 나는 20세였던 옛날로 다시 되돌아간 것 같은 기분이 든다. 오늘처럼 사는 보람을 느낀 적은 나의 오랜 생애에 있어서 일찍이 없었던 일이다."

라고 역이기는 말했다.

역이기 일행은 평원진(平原津)에서 황하를 건넜다. 대안에서는 제나라의 성이 있었다. 제나라의 군대는 황하를 방어의 제1선으로 삼아 엄중한 경비를 펴고 있었다. 역이기 일행은 검문을 받았으나 한왕이 이미 사자를 제왕에게 파견하여 알려 두었기 때문에 방위하는 장군은 그들을 통과시켰다.

제나라 서울 임치(臨淄)까지 가는 길에는 제수(濟水)가 가로 놓여져 있었다. 제수를 건너면 곧 역성(歷城)이다. 화모상(華母像)과 전해(田解) 등은 역성의 방비를 단단히 하고 있었다. 제나라는 용장을 파견하여 한신의 공격에 대비하고 있었던 것이다.

'한신의 오합지졸(烏合之卒)을 가지고는 도저히 역성을 함락시킬 수 없다.'

역이기는 그렇게 생각했다.

역성을 함락시킬 수 있는 것은 혓바닥뿐이다. 세 치의 혀로 사방 천 리인 제나라를 한나라에 귀복시키는 것이다. 역이기는 자기의 책임이 너무나 중대하다는 것을 알고 있었다.

역성 남쪽에 태산이 우뚝 솟아 있었다. 태산에서부터 동남쪽의 낭야산(狼耶山)까지 제나라에서 쌓은 장성(長成)의 흔적이 있었다. 제나라는 그 곳을 수복(修復)해서 남쪽으로부터의 침공에 대비하고 있었던 것이다. 남쪽의 적은 오히려 초나라였다. 제나라 백성들은 2년 전에 겪은 항우군의 포악을 잊지 않고 있었다. 초나라 군대에 대한 제나라 백성들의 증오는 역이기가 상상했던 것 이상이었다.

'제왕이나 제나라 장병과 주민들 모두가 항우의 포악을 무서워하고 있다. 제를 설득하여 한에 귀속시키는 것은 어려운 일이 아니다.'

역이기의 가슴은 기대감으로 부풀었다.

역이기 일행은 한왕의 친서를 보이고 무난히 통과했다. 태산의 위용(偉容)은 남쪽으로 바라보면서 임치로 가는 길을 서둘렀다.

태산은 천자가 봉선(封禪) 의식을 거행하는 성스

러운 산이다. 한왕도 제위(帝位)에 오르면 봉선 의
식을 거행할 것이다. 그 의식의 진행을 담당하는
사람은 식전(式典)에 밝은 역이기 자신이 아니면 안
된다.

진(秦)나라의 시황제는 태산에 올라가면서 유생
의 진언을 물리치고 젬서대로 봉선을 했기 때문에
산에서 내려오는 도중에 비에 갇혀 나무 밑에서 비
를 피하지 않으면 안 되었던 것이다.

심한 비는 하늘의 노여움이며, 곧 멸망할 진제국
의 운명을 예고하는 것이었을까.

역이기는 그 이야기를 한왕에게 들려 주어야겠다
고 생각했다. 한왕은 역이기의 권유를 받아들여 법
도에 맞게 엄숙히 하늘에 제사지내고 땅에도 제사
를 지낼 것이다. 역이기는 하노앙의 뒤를 따라 태
산으로 올라가는 자기의 모습을 눈 앞에 그려 보았
던 것이다.

역이기 일행은 드디어 임치에 도착했다.

임치는 제의 서울로서 옛날부터 번성한 성시(成
市)인지라 성곽의 규모도 컸다. 주위가 50리(약
20Km) 이상이나 되는 높은 성벽으로 둘러쳐져
있었다. 역이기보다 100여 년 전에 소진(蘇秦)이라
는 종횡가(縱橫家:중국 전국시대의제자백가의 하
나)가 있었다.

소진은 6국을 유세하고 다녔으며 31편의 글을

썼는데, 제나라 임치를 방문했을 때 서울의 번화함을 이렇게 표현했다.

「임치는 호수 7만 호. 거리는 매우 번창하다. 시민들은 피리를 불고 거문고를 타며 축(築)을 치고 노래를 즐긴다. 또 투계(鬪鷄), 경견(競犬), 쌍륙(雙六), 축국(蹴鞠)에 흥겨워하지 않는 자가 없다. 임치의 거리는 오가는 수레와 수레의 바퀴가 서로 부딪치고 사람의 어깨와 어깨가 서로 닿아 옷섶을 연결하면 장막처럼되고, 소맷자락을 들면 막처럼 되며 서로 붐비는 군중의 땅은 마치 비를 만난 것 같다.」

지금 역이기의 눈에 비치는 임치의 거리는 제나라가 쇠퇴한 탓도 있어서 당시 정도는 아니었지만 그래도 오가는 사람들이 많고 건물도 훌륭하여 중원의 동쪽에서는 최대의 성곽고시라는 위용을 잃지 않고 있었다.

제왕은 역이기 일행을 정중하게 맞았다. 사절의 응대를 맡은 것은 재상인 전횡(田橫)이었다. 궁전 내의 영빈관(迎賓館)이 숙소로 정해졌다.

제나라의 실권은 전횡이 쥐고 있었다. 역이기는 전횡의 안내를 받아 제왕을 배알했다.

제왕도, 전횡도 한나라 사절에 호의를 갖고 있다는 것을, 그처럼 융숭한 영접 태도에서 엿볼 수 있었다. 초나라와 한나라를 저울에 올려 놓고, 저울추가 조금이라도 한나라로 기울어지게 하면 설득하기가 쉬울 것이다.

역이기는 한왕의 친서를 봉정한 다음, 제왕을 설득하기 시작했다.

"대왕께서는 천하가 어디로 돌아가는지 알고 계십니까?"

"모르오."

"대왕께서 천하가 돌아가는 바를 알고 계시다면 제나라를 보전할 수 있으실 것입니다. 만약 천하가 돌아가는 바를 모르시고 계신다면 제나라를 보전할 수 없게 되실 것입니다."

"천하는 어디로 돌아간다는 거요?"

"한나라로 돌아갈 것입니다."

"한왕과 항왕이 힘을 합해 서쪽의 진(秦)나라를 칠 때, 먼저 함양(咸陽)에 입성한 사람에게 그 땅을 주어 왕으로 삼기로 약속했습니다. 그 뒤 한왕이 먼저 함양에 입성했으나 항왕은 약속을 어기고 그 땅을 주지 않았고, 한왕을 한중(漢中) 땅의 왕으로 삼았습니다. 또 항왕은 의제(義帝)를 추방한 뒤 시해(弑害)했습니다. 그 소식을 들은 한왕은 촉과 한의 병사를 일으켜서 삼진(三秦)을 치고, 함곡관에서 나와 의제를 죽인 항왕의 죄를 비난했습니다. 그리고 천하의 군대들을 한데 모아 제후들의 후예를 왕으로 세우고, 성읍을 항복시킨 군공 있는 장군들을 후(侯)로 등용하고, 재화를 얻으면 사졸들에게 나누어 주어 천하의 사람들과 이(利)를 같이 하기 때문에 어질고 재주 있는 선비들이나 호걸, 영웅들은 모두 한왕의 사역(使役)에 만족하고 있습니다. 그런 까닭에 제후의 병사들은 사방에서 모여들고 촉과 한의 곡식은 배로 안전하게 운반되고 있습니다.

그런데 항왕에게는 약속을 여겼다고 하는 악명, 즉 의제를 죽였다는 패덕(悖德)의 부채가 있습니다. 게다가 남의 공로를 인정하지 않고 남의 죄과를 잊지 않기 때문에 그의 장병(將兵)들은 싸움에 이겨도 포상을 받지 못하고, 성읍을 함락시켜도 영주로 봉해지지 않으며, 항씨 일족이 아니면 요직에 앉을 수가 없습니다.

또 항왕은 인색하여 사람을 후(侯)로 봉해야 할 경우에 후인(侯印)을 새겨 놓고도 그것을 손으로 가지고 놀 뿐이지 주기를 아까워하며, 성읍을 공격하여 재산을 얻어도 자기의 창고에 저축할 분이지 상으로 내려 주지를 않습니다. 따라서 천하는 모두 항왕의 명을 거역하며, 어질고 재주 있는 선비는 항왕을 원망하고 그의 사역에 만족하려고 하지 않습니다. 그렇게 때문에 한왕은 앉아서 천하의 인재들은 자신에게로 귀복시킬 수 있을 것입니다."

역이기는 계속해서 설득했다.

"한왕은 촉과 한의 병을 일으켜 삼진을 평정하고 서하(西河:서쪽의 황하)를 건너 상당(上堂)의 병력을 수중에 넣었으며, 정형관에서 내려와 성안군(成案君) 진여(陳余)를 주살하고 조나라를 공략 평정했습니다. 이것은 치우(蚩尤:황제 시대의 명장)의 병법이라고 할 수 있는 활약이지 사람의 힘으로는 할 수 있는 일이 아니며, 하늘의 가호라고도 말할 수 있을 것입니다. 지금 한나라는 이미 오창(敖倉)의 곡식을 확보하고 성고(成皐)의 요충지를 막았으며, 백마(白馬) 나루터를 지키고 태행산(太行山)의 언덕길로 봉쇄하고 비고령(飛狐嶺)의 입구를 막고 있습니다."

역이기는 여기서 거짓말을 했다. 영양성과 성고성은 초나라군대에게 빼앗겼지만 제왕이 자세한 내용을 모를 것 같아 한 말이었다.

"항왕은 싸움에는 강하지만 치중(輜重:보급)에는 어둡다는 말이 있습니다. 장기전에서 승리하기 위해서는 군량을 확보하지 않으면 안 됩니다. 한나라는 위수(渭水)의 물길을 따라 촉, 한, 관중의 곡식을 운반할 수가 있습니다. 그에 비하면 초나라는 본국인 팽성에서 영양까지의 900리 길을 수레에 싣고 운반하지 않으면 안 됩니다. 영양과 팽성의 중간인 양에는 팽월이 있습니다. 팽월은 초나라 군대의 빈틈을 보아서 군량을 뺏습니다. 조만간 초나라 군대는 식량이 궁해지고 병사들을 굶주리게 될 것ㅇ비니다. 초나라가 한나라에게 패배할 것은 뻔합니다. 이런 사정이기 때문에 천하의 제후들 중에서 늦게 한나라에 귀복하는 사람은 먼저 망할 것입니다. 왕이 빨리 한나라에 귀복하신다면 제나라의 사직(社稷)은 안전하게 보전도리 것입니다. 귀복하는 시기가 늦어지면 제나라는 당장이라도 멸망할 것입니다."

제왕은 과연 그렇구나, 하고 생각했지만 혼자서 결정할 수 있는 일이 아니었다. 그래서 역이기가 물러가자 숙부인 전횡과 의논하여 가신들을 소집했다. 그리고 한나라에 붙어야 하느냐, 초나라 편을 들어야 하느냐 하는 문제에 대해서 논의했다.

제나라는 초나라의 몹시 미워했다. 제왕의 아버지는 항왕에게 살해당했다. 장군이든, 경대부(卿大夫)든 그의 가족 중에 초나라 군대의 약탈로 인해 흐새된 사람들이 많았다.

초나라와 한나라의 싸움에서 어느 쪽이 이기고 질지 알 수 없지만, 형세가 엇비슷하다면 한나라 편을 들고 싶다는 것이 한결같은 생각이었다. 그래서 대부분 한나라에 귀복해 사직의 안전을 도모해야 한다고 했다.

한나라 편을 들기로 결정되자, 제왕이 역이기를 불러서 말했다.

"그런데, 한왕이 과연 맹약을 지켜줄지 의문이오."

"한왕은 관인 대도하여 일찍이 한 번 맹약한 바를 어긴 일이 없습니다. 대왕께서는 한시 바삐 항서를 사자에게 주어 한왕에게 갖다 바치도록 하십시오. 이 사람은 그간 여기 남아서 한왕께서 오시기를 기다렸다가 대왕과 함께 맞아들이고자 합니다."

"그렇다면 항서를 쓰기에 앞서 한신이 군대를 거느리고 우리 나라에 오지 못 하도록 해 주셔야 하지 않겠소?"

"이 사람이 곧바로 한신에게 서한을 보내오리다. 저는 사사로이 대왕을 뵈러 온 것이 아니고, 한왕의 조칙을 받들고 온 몸이외다. 한신이 이 사람의 서한을 보면 곧 진군을 멈출 것입니다."

"어서 그렇게 해 주오."

역이기는 즉시 한 통의 서한을 쓴 뒤, 그것을 종자에게 주어서 한신에게로 보냈다. 한신이 서한을 받아 펴 보니 내용은 다음과 같았다.

한나라 대부 역이기가 한신 대원수 휘하에 머리를 숙이고 글월을 올리나이다. 이 사람이 조칙을 받들고 제나라에 이르러 제왕에게서 귀순되겠다는 약속을 받아 싸움을 그치게 한 것은 다름 아니라 한왕의 성명(聖明)과 원수의 위덕에 의지된 바이옵니다. 싸우지 아니하고 70여 성을 평정함은 삼군으로 하여금 수고를 업게 함이요. 일국의 백성을 도탄에서 구하고자 함이므로, 이제 원수께 이 뜻을 고하는 바이옵니다.

한신은 그 서한을 보고는 맥이 빠졌다. 하지만 자기에겐 알리지도 않고 강화의 사자를 파견해 두었던 것이라고 생각하니 한신은 기분이 좋을 리가 없었다. 한왕을 무책임한 사람이라고 생각했다.

　　그는 역이기의 종자에게 답서를 써 주며 말했다.

　　"역대부가 나를 대신해서 이미 제나라의 항복을 받았으니, 그 수고가 참으로 크셨다. 나는 이제 군대를 거두어 영양으로 돌아가 폐하와 군사를 합쳐서 초를 멸하겠다 하더라고 전해라."

　　역이기의 종자는 한신에게 배사한 다음, 답서를 가지고 제나라로 돌아갔다. 한신의 답서를 본 전광은 항서를 써서 유방에게로 사신을 보내고 역이기를 후대하였다.

　　제나라와 한나라는 우호국이요 동맹국이 되었다. 두 나라의 친목을 두텁게 하는 주연이 벌어졌다.

　　주빈은 역이기였다. 수행한 사람들도 초대되었다. 제왕인 전광도 재상인 전횡도 연회석에 나왔다. 역이기는 왕으로부터 술잔을 받아 몹시 취했다.

　　"이처럼 경사스러운 일은 이제까지 없었습니다."

　　역이기가 전횡에게 말했다.

　　"멀리 제나라까지 찾아온 보람이 있습니다. 한나라와 제나라가 손을 잡았으니 초나라가 패망할 것은 확실합니다. 한왕의 천하가 되면 나는 한제국에 유교를 널리 보급시킬 생각입니다."

역이기는 기쁨에 젖고 취한 나머지 자기의 포부까지도 말했다.

연일 주연이 벌어졌다.

제왕은 역성에서 수비하는 군대를 철수시켰다. 화모상과 전해 등 장군들도 서울로 돌아왔다. 병졸들은 각자 고향으로 돌아가게 했다.

이 시대는 모든 나라가 국민 개병제를 채택했기 때문에 싸움이 끝나면 동원령은 해제되었다.

그러나 뜻밖에도 사태는 급전직하로 역전되고 있었으니, 한신에게는 연나라에서 온 책사 괴철이 있었기 때문이다.

괴철이 한신에게 건의했다.

"이제 원수께서 만일 군사를 거두어 영양으로 가셨다가는 일생의 대사를 그르치게 되실까 두렵습니다."

"아니, 문통(文通:괴철의 자)께서 그게 무슨 말이오?"

"장군이 조칙(詔勅)에 따라 제나라를 칠 준비를 하고 있는데도 한나라는 독단적으로 밀사를 보내 제나라를 귀속시켜 버렸습니다. 한나라가 한 짓은 이치에 맞지 않습니다. 한왕은 일단 장군에게 명령했으니 다시 조칙(詔勅)을 내려 장군에게 제나라를 치지 말라고 할 수 없었을 것입니다. 또 장군으로서는 한왕의 명령이 없는 한, 제나라 토벌을 그만 두실 수도 없을 것입니다."

들고 보니 그렇기도 했다. 제나라로 가지 않는다면 모처럼 징모한 병사들을 어디로 보내야 한단 말인다.

"역이기는 일개 유생(儒生)의 퇴물이 아닙니까. 수레의 식(軾:앞턱의 가로나무)에 기댄 채 세 치의 혀를 휘둘러 제나라의 70여 성을 항복시켰습니다. 장군은 수만 명이라는 많은 병사들을 이끌고 겨우 조나라의 50여 성을 항복시킨 데 지나지 않습니다. 장군이 된 지 몇 년이 지났으면서도 시시한 유자 한 사람의 공에 미치지 못한단 말입니까?"

"제나라를 치라는 것인가?"

"그렇습니다. 제나라는 화의가 성립되었기 때문에 경계를 늦추고 있을 것입니다. 국경의 성을 함락시키고 단숨에 서울로 육박해야 합니다."

한신의 눈앞에 닥친 과제는 팽창한 자기 부대의 병사들을 부양하는 것이었다. 양식을 얻기 위해서는 적지를 공략하지 않으면 안 되었다. 제나라로 가는 것을 포기하면 식량을 얻기 어려운 상태에 놓이게 된다. 그뿐만 아니라 목표를 잃은 군대만큼 다루기 어려운 것은 없다. 제나라를 토벌한다는 명목을 내걸고 병사를 징모한 한신이었다. 병사들은 누구나 제나라로 간다고 생각하고 있었다. 공을 세워 상(賞)을 받고 싶어했다. 제나라로 가지 않으면 군대는 붕괴되지 않을까 하는 생각도 들었다.

그 때 곁에서 듣고 있던 장이가 비로소 입을 열었다.

"문통의 말씀이 옳습니다. 원수께서는 이미 곤외지권을 갖고 계십니다. 대궐 밖을 나와 군사를 부림에 있어서는 군명(君命)도 따르지 않을 수 있는 권한이 있사온데, 항차 지금과 같이 왕명이 둘로 나뉘어서 나온 이상 그것을 묵살해도 무방할 것입니다."

한신이 한참 동안 생각을 하다가 마침내 결심한 듯 말했다.

"두 분의 의사에 좇기로 하겠소. 나는 분명히 역이기 노인에 앞서 제를 치라는 왕명을 받았고 아직도 그 왕명이 취소된 바 없으니, 나는 마땅히 나의 위세를 보여주어야 하겠소."

한신이 그날로 영양으로 향하려던 군사의 진로를 제나라로 바꾸었다. 황하를 건너 제나라로 진군하는 한신의 30만 대군이 이르는 곳마다 백성들은 모두 혼비백산하여 도망질을 쳤다.

한신의군대는 평원진(平原津)에서 황하를 건넜다. 대안의 성을 함락시킨 뒤 진격하며 제수(齊水)를 건너 역성으로 쇄도했다. 역성에는 상비 수비병만 있었으므로 함락시키는 데는 반나절밖에 걸리지 않았다.

서울인 임치까지에는 몇 개의 성루(城壘)들이 있었지만, 한신의 군대를 가로막고 싸울만한 병력이 없었다. 한신의 군대는 무인지경을 가는 것과 다름 없었다. 어느 새 서울인 임치에 육박했던 것이다.

그 무렵 제왕 전광은 역이기와 함께 매일 술마시며 노래를 즐기고 있었는데, 근신이 들어와서 급한 보고를 드렸다.

"한신이 30만 대군을 이끌고 국경을 침범해 들어오고 있나이다."

제왕이 대경실색하지 않을 수 없었다.

한나라와 제나라의 강화가 성립되었기 때문에 전시 체제를 풀고 병사들을 귀향시킨 뒤였다. 그 허(虛)를 한신에게 찔린 것이었다. 따라서 역이기에게 감쪽같이 속았다고 생각할 수밖에 없었다.

급히 중신들을 모으고 대책을 물었더니, 전횡이 먼저 의견을 말했다.

"한신이 오랫동안 군사들의 예기를 길러 사기가 자못 왕성할 것이니, 우리가 섣불리 나가서 싸우면 패하기가 십상일 것입니다. 그러니 성 바깥으로 해자를 깊이 파고 굳게 지키며 초패왕에게 급히 구원을 청하는 것이 좋을듯합니다. 그래서 구원병이 오면 그 때에 성문을 열고 나가 앞뒤로 협공한다면, 한신은 패주하고 말 것입니다.

"숙부님의 말씀이 옳습니다. 그런데 사신으로 와 있는 저 역대부는 어떻게 하는 것이 좋겠습니까?"

"역대부는 아직 그대로 두어 두시지요. 만일 한군이 성밑에까지 가까이 오거든, 또 한 번 역대부로 하여금 한신에게 서한을 보내게 하시되, 한신이 군사를 거두어 물러가면 처음과 약속대로 한왕에게 복종하시고, 만일 한신이 물러가지 않는다면 그때는 역대부를 죽여 버리시오."

"그게 좋겠습니다. 역대부가 나를 속여 가지고 우리들로 하여금 방비함이 없도록 만든 후 한신이 기습하기로 한 계략임에 틀림없는 것 같습니다."

이튿날 한신의 대군은 임치성 밖 30리 지점에 영채를 세우고 나서 선봉 부대를 보내어 싸움을 걸어왔다.

제왕은 급히 역이기를 불러 힐책했다.

"대부가 전일에 서한을 보내어 한신을 물러나게 하겠다고 장담하더니, 오늘이 일은 어인 연고요? 대부가 한신과 짜고서 우리의 방비를 해이케 하려는 술책이 아니라면, 어서 저 한신의 군사를 물러가게 해 보시오."

역이기가 자못 민망해하며 대답했다.

"속인 것이 아니오. 나는 내 소신을 관철했을 뿐이오."

"거짓말이 아니라면 한신의 내습(來襲)을 저지해 보아라. 저지할 수 있다면 용서해 주겠소. 그러지 못하면 삶아서 죽이겠소!"

"삶기 전에 기회를 주시오."

하고 역이기는 대뜸 말했다.

"나는 분명히 왕명을 받들고 왔는데, 한신이 공

을 세우려고 약속을 어기고 왕명을 거역하고 있습니다. 대왕께서 잠시만 기다려 주신다면, 내 이제 곧 나가서 한신에게 알아듣도록 말해서 군사를 물리도록 하겠습니다."

"흥! 누굴 놀리는 건가? 네가 이제 곧 나가서 돌아오지 않는다면 우리는 그대로 속고 말것이 아닌가? 그러니 너는 여기에 있고 종자에게 다시 서한을 써서 한신에게 보내도록 하라."

역이기의 입에서 한숨이 절로 나왔다.

'내가 나가서 직접 말해도 들을지 모르는데, 서한을 보낸다면 한신이 과연 내 말을 들어줄까?'

역이기는 탄식하면서 급히 서한을 써서 종자를 보냈다. 그러나 한신이 역이기의 서한을 보고 군사를 물릴 리가 없었다. 한신은 역이기의 종자에게 말했다.

"너는 돌아가서 역 대부에게 내 말을 전하거라. 역 대부가 예의와 절차를 아는 노인이라면, 제나라로 가기에 앞서 먼저 나에게로 와서 조칙을 알렸어야만 했다. 그래야만 나도 왕명이 바뀌었음을 알고 진작 군사를 돌렸을 것이다. 그럼에도 역 대부는 자기 공만 앞세워 제나라로 와서는 이제 나더러 돌아가라고 하니, 이래서야 되겠는가. 그리고 제왕 전광이나 그를 돕고 있는 전횡은 장자풍의 대인이라 쉽사리 항복할 사람들이 아니다. 잠시 역부족해서 항복을 가장하는 것에 불과하기에 내가 그들을

완파하고자 하는 것이다. 역대부가 남의 공을 가로
채려다 죽는 것은 어쩔 수 없는 자업자득이다. 나를
원망치 마시라고 하여라."

종자로부터 한신의 말을 전해 들은 역이기는 고
개를 푹 떨어뜨리며 탄식을 했다.

"허어, 내가 늙어서 과욕을 부린 것도 잘못이지
만, 그놈 곁에 괴철이 있었음을 내 미처 몰랐구
나!"

역이기의 장탄식에 이어 제왕의 호통이 떨어졌
다.

"저 늙은이를 어서 기름솥에 삶아 죽여라!"

당대의 모사 역이기는 그렇게 해서 기름솥에서
삶아져 죽고 말았다. 공을 다투다 어처구니없게 죽
임을 당한 노인의 비참한 종말이 아닐 수 없었다.

이 소문은 그 이튿날 성밖에 있는 한신의 진영에
도 알려졌다. 한신은 짐짓 크게 노하여 제장들을
불러 명령을 내렸다.

"지체하지 말고 즉시 성을 치도록 하라!"

한신은 자신이 직접 진두 지휘하며 맹렬하게 성
을 공략하기 시작했다. 그는 군사를 3개조로 나누
어 임치성을 철통같이 에워싸고 새벽에서 한낮, 한
낮에서 저녁, 저녁에서 다시 새벽까지 교대해 가며
쉬지 않고 성을 공격하게 했다.

이러한 한군의 교대 작전은 군사들을 쉬게 함으
로써 피로를 모으고 싸울 수 있게 만들었다. 반면

에, 임치성의 제나라 군사들은 계속되는 싸움으로 인해 지치게 되었다. 적은 병력으로 군사를 나누어 싸울 수가 없기 때문이었다.

이러한 공방전이 6일 째에 접어들자, 전횡은 마침내 도저히 더 이상 지킬 수 없다는 것을 깨닫고 최후의 결전을 감행하기로 했다.

"성 안에 가만히 앉아서 성이 함락될 때를 기다리느니보다 차라리 성 밖으로 나가서 승부를 결판짓는 게 나을 것 같습니다. 구원병이 쉽게 오지도 않을 것 같은데 계속해서 이대로 싸우다가는 내일을 넘기기가 어려울 것입니다."

"내 생각도 그렇습니다."

언제나 숙부 전횡의 말을 잘 듣는 제왕 전광이 대답했다.

그리하여 날이 어두워지기를 기다린 제왕 전광과 전횡은 군사들을 이끌고 성의 동문으로 나와 한군 진영으로 기습해 들어갔다. 그러자 조참이 칼을 뽑아 들고 마주 나오며,

"너희 놈들이 이제야 죽으러 나오는구나!"

하고 소리쳤다. 전황이 대로하여 창을 휘두르며 조참에게 달려들었다. 두 장수가 어우러져 20여 합을 싸웠지만 좀처럼 승부가 나뉘지 않았다. 그때 한신이 대군을 움직여 제나라 군대를 포위하기 시작했다.

양군의 사움은 그날 밤이 새기도 전에 제나라 군

의 참패로 끝나고 말았다. 원체가 중과부적이어서 한군을 당할 수가 없었던 것이다. 제나라군은 풍비박산이 되어 제왕 전광은 도망치기에 이르렀다.

한신은 그들이 패주하자 밤도 깊은데다가 복병이 있을까 두려워 일단 추격을 멈추게 하고 임치성으로 입성하였다. 여기서 그는 군사들을 쉬게 하는 한편으로 백성들을 위무하였다.

서울을 뒤로 하고 동쪽의 산동 반도 고밀(高密)로 도망친 제왕 전광은 거기서 초나라로 급사(急使)를 보내 구원해 달라고 청했다.

재상인 전횡은 박(博)으로 달아났으며, 수상(守相)인 전광(田光)은 성양(城陽)으로 달아났다. 장군 전기(田旣)는 교동(膠東)으로 달아나서 항전할 태세를 갖추었다.

한신은 임치에 본영을 두고 국도(國都) 주변에 있는 잔적들 소탕에 나섰으며, 관영은 전횡(田橫)의 뒤를 쫓고, 조참(曹參)은 제나라의 장군 전기를 추격하여 교동(膠東)에 이르렀다.

제왕의 일족이 사방으로 흩어져 도망친 것은 장기적인 저항을 꾀했기 때문이다. 한 군데로 도망쳐 집결했을 때 한신의 공격을 받아 패한다면 그것으로 끝장이 난다. 하지만 사방으로 흩어지면 한나라 군대도 병력을 분산시켜서 공격하지 않으면 안 된다. 2년 전에 항우가 쳐들어왔을 때도 병력을 사방으로 분산시켜 초군(楚軍)의 맹공을 견디어 냈던 제(齊)나라 군대였다.

한나라 군대도 또한 제나라를 공략하려면 애를 먹을 것이라고 생각했다.

그들도 제나라 군대의 속셈을 훤히 알고 있었다. 고밀성의 제왕을 쫓으면 제왕은 다시 도망칠 것이다. 추격한다고 해서 제나라 군대 토벌이 끝나는 것이 아니기 때문에 우선은 국도 주변의 잔적들을 소탕하여 자기 군대의 세력 범위를 넓히기로 방침을 정했다.

괴통이 한신에게 말했다.

"제왕은 초왕에게 구원을 청할 것입니다."

"제나라와 초나라는 앙숙이 아닌가. 항왕에게 죽음을 당한 사람들이 많아. 그런데도 서로 손을 잡을 수 있을까?"

"한나라는 제나라의 적이 되었습니다. 한나라와 초나라가 싸우고 있으니 한나라는 이제 제나라와 초나라의 공동의 적이 된 셈입니다. 게다가 제나라는 멸망의 위기에 처했기에 지나간 원한을 탓할 처지가 못 됩니다. 구원을 청하는 사자가 벌써 초나라에 가 있을 것입니다."

한신도 그것을 상상하지 못한 것은 아니었다. 초나라가 제나라를 돕는다면 군대를 이끌고 올 장군은 누구일까.

"항왕이 스스로 올 것인가, 아니면 다른 장군을 파견할 것인가?"

"항왕은 자기가 직접 오고 싶어할 것입니다. 그러나 그렇게 되지는 않겠죠. 항왕은 대치하고 있습니다. 그래서 그 자리를 비울 수 없는 것입니다. 아마 초나라의 유력한 장군을 파견하겠지요."

"유력한 장군이라면 누가 있겠나?"

"항우가 믿고 있는 종리매(鍾離昧), 용차(龍且), 주은(周殷) 등입니다. 종리매가 아니면 용차가 오지 않을까 생각합니다."

한신은 말했다.

"누가 오거나 상관은 없어. 제나라를 도우러 오는 것은 나도 바라는 바야. 이기든 지든 결판이 빨리 나니까."

고밀성으로 도망친 제왕이 보낸 사자가 초왕에게 닿은 것은 9월, 항우가 팽월(彭越)을 토벌하러 나서기 직전이었다.

"한신이 임치를 함락시켰다고?"

항우는 놀라지 않을 수 없었다. 한나라의 사자에게 속아 수비군을 철수시킨 제왕을 상대로 한신이 쉽게 임치에 입성한 것은 조금도 신기할 것이 없었다. 그보다는 한신의 싸움 솜씨가 놀라웠다. 정형구에서는 자기 군대의 몇 배나 되는 조군(趙軍)을 쳐부수고 서위(西魏)의 토벌에서는 목앵부를 뗏목 대신 사용하여 황하를 건너 적의 허를 찔러 위왕을 사로잡았다. 그 어느 쪽이나 기모(奇謀) · 기계(奇計)에 의한 승리였다.

그러나 항우에게는 한신의 병법따위는 초나라 군대에게 통하지 않는다는 자부심이 있었다. 제로 달려나가 일격에 한신을 때려부수고 싶었다.

성고에서 제나라까지는 2천 리나 된다. 왕복해서 행군하는 시간만도 한 달은 걸릴 것이다. 황하 연안을 끼고 유방과 대치하고 있는 항우로서는 정면의 적을 내버려 두고 제나라 토벌을 위해 떠날 수가 없었다. 휘하의 장군을 파견할 수 밖에 없었다.

한신과 대등하게 싸울 수 있는 장군은 종리매거나 용차일 것이다. 종리매는 영양성을 지키고 있었다. 그래서 항우는 용차를 보내기로 했다.

항우는 용차에게 대군을 내주어 파견군의 총수로 삼으면서 출발에 앞서 다음과 같이 훈시했다.

"명심하라. 한신은 기책을 능란하게 부린다. 기책을 쓸 틈을 주지 말라. 당당히 정면으로 밀고 나가면 된다. 기책을 부리기에 안성맞춤인 산간이나 벽지에서는 싸우지 말라."

용차가 이끄는 초나라 군대는 20만이라고 했다.

그는 초나라에서 종리매와 함께 용과 범으로 알려진 맹장이었다. 수많은 전장에서 싸웠던 경험이 있었기에 전투에는 절대적인 자신감을 갖고 있었다. 싸우는 상대는 한신이다. 용차는 항왕을 섬길 당시의 한신을 알고 있었다. 한신은 낭중(郎中)이었다. 낭중은 왕을 측근에서 모시는 관직이기 때문에 용차는 자주 그의 얼굴을 볼 수 있었다. 한신은 훤칠한 키에 눈꼬리가 찢어져 억세게 생겼지만 겉보기와는 달리 겁쟁이라고 생각하고 있었다. 한신이 고향인 회음(淮陰)에 있을 때, 백정과 시비가 붙자 그 백정의 가랑이 밑을 기어나와 봉변을 면했다는 이야기를 잘 알고 있었기 때문이다.

그런 한신이 어떤 연줄을 탔는지 한왕의 눈에 들어 장군이 되어 전공을 세웠다는 것이다.

"그자가 진여(陳余)와 싸워 이겼다지만 운수가 좋아서 그렇게 됐을 것이다. 아니면 조나라 군대가 너무 약했든가."

용차는 그 정도로밖에 한신을 평가하지 않았다.

'초나라 군대는 조나라 군대와는 다르다. 초군이 얼마나 강한지, 본때를 한 번 보여 줘야지'

용차는 애초부터 한신을 넘보고 덤볐다.

고밀성이 있는 산동(山東) 반도는 자라목처럼 바다로 튀어나와 있었다. 북쪽은 발해(渤海), 남쪽은 황해이다. 반도의 목 부분에 해당되는 곳에 유수가 남북으로 흐르고 있다. 고밀은 그 유수의 동쪽(반도의 안쪽)에 있다. 고밀의 남쪽에는 성양(城陽)이 있기 때문에 고밀(高密)은 고립된 성이 아니었다.

초나라의 장군 용차가 20만 대군을 이끌고 제나라를 구원하러 떠났다는 보고는 이미 임치에 들어와 있었다. 한신은 놀라지 않았다. 초나라의 원군이 반드시 올 것으로 예측하고 있었기 때문이다.

한신의 관심은 용차의 군대가 임치를 향해 올 것이냐, 아니면 고밀성으로 입성하여 제왕과 힘을 합쳐 한나라 군대와 대적할 것인가에 쏠려 있었다. 한나라 군대가 제나라의 국도를 점령하고 있으니 임치를 공격하는 것이 정공법일 것이다. 그러나 그것이 반드시 최상의 작전이라고 말할 수는 없었다. 피차간의 전력에 현격한 차가 있으면 모르되 그렇지 않는 한 공격해서 섬멸시키는 것은 여간 어려운 일이 아니기 때문이다. 그에 비하면 산동 반도의 고밀성은 지키기도 쉽고, 공격으로 전환하기도 수월하게 되어 있었다. 고밀성에서 군대를 재정비한 다음, 제나라 각지에 산재하고 있는 제나라 군대와 호응하여 임치를 포위할 수도 있다.

　'용차는 임치로 바로 오지는 않을 것이다. 아마 고밀성으로 들어갈 것이다.'
라고 한신은 생각했다.

　한신의 추측은 적중했다. 용차가 이끄는 대군은 임치로 향하지 않고 동진하여 유수를 건너 전광의 마중을 받으며 고밀성으로 들어갔다.

　초나라 군대가 고밀성으로 들어간 이상 한신 쪽에서 먼저 공격해야 했다. 적국 안에 있으면서 수세를 취한다는 것은 절대로 있을 수 없는 일이기 때문이다. 그것은 병법의 철칙이기도 했다. 한신은 조참·관영의 군대와 더불어 고밀을 향해 진격했다.

한신이 염려한 것은 적이 지구전으로 들어가 한나라 군대의 후방을 교란하는 것이었다. 후방과의 연락이 끊어지면 한나라 군대는 고립되고 만다. 협공을 당할지도 모를 일이다. 싸움에 응해 준다면 이기든 지든 결판이 난다.

"이제까지 싸워 본 경험으로 보아 초나라 군대는 지구전으로 들어간 예가 없습니다. 어느 싸움에서나 단숨에 승패를 가리려고 공세를 취했습니다. 이번에도 그들을 반드시 싸움에 응할 것입니다."

한신의 휘하에 있으면서, 지금은 작전에 관여하고 있는 괴통이 그렇게 말했다.

"제발 그래 줬으면 얼마나 좋겠나."

"항왕은 성질이 급합니다. 그의 전법은 철저하게 공세 일변도입니다. 수세로 나가는 일이 없습니다. 그 같은 성격의 일단이 용차에게도 영향을 미칠 것입니다. 용차가 성 안에 틀어박혀 나와 싸우지 않는 일은 아마 없을 것이라고 생각됩니다."

"나도 그렇게 생각하고 있다네. 그런 가정 아래 진군하고 있는데 만약 적이 싸움에 응하지 않는다면 아군만 고달프게 돼."

한신의 군대는 유수가 보이는 곳까지 진격했다.

용차의 진영에도 식객이 있었다.

식객이란 엄밀하게 따지면 가신(家臣)은 아니지만 생활을 의지하고 있는 대신, 지식·학문·정보, 그에 따른 정략·군략·계략 등을 주인에게 제공하지 않으면 안 된다. 식객인 양경(楊敬)이란 자가 용차에게 헌책했다.

"한나라 군대는 먼 데서 쳐들어와 싸우기 때문에 힘껏 싸웁니다. 그 기세는 당하기 어려울 것입니다. 제나라와 초나라의 군대는 자기 나라 영내에서 싸우기 때문에 병사들이 흩어지기 쉽습니다. 제왕에게 말하여 왕의 심복을 파견, 한나라 군대의 수중에 떨어진 성읍의 장병들을 부르도록 하는 것이 최상의 방책입니다. 그들 성읍에서는 왕이 건재하고, 초나라의 원군도 와 있다는 사실을 들으면 반드시 한나라를 배반할 것입니다. 한나라의 군대는 고국에서 2천 리나 떨어진 이국 땅에 와 있으므로 제나라의 성읍이 모두 배반하면 자연히 식량도 얻을 수 없게 되어 싸우지 않고 그들을 항복시킬 수 있을 겁니다."

'원, 별 시덥잖은 소리를 다 하고 있네. 내가 그 정도도 모르고 있는 줄 아는가.'

용차는 내색은 하지 않았지만 귀담아 들으려고도 하지 않았다. 병법에도 산지(散地:자국 내의 땅)에서의 결전을 피하라고 했으니 별다른 탁견이라고 말할 수도 없었다.

"나도 평소부터 한신의 인품을 잘 알고 있소. 매우 다루기 쉬운 사나이요."

용차는 말했다.

"그 사나이는 말이요, 자활할 능력이 없어 빨래

하는 노파에게 기식한 적도 있고, 남의 바짓가랑이 사이를 기어가는 모욕을 당하고도 분연히 일어나 싸우지도 못할 만큼 용기도 없던 사나이요. 두려워 할 것은 조금도 없소. 그리고 또 일껏 제나라를 도 우려고 왔는데 싸우지도 않고 항복을 받는다면 나 에게 무슨 공적이 남겠소. 지금 싸워서 이기면 제 나라의 절반을 차지할 수 있지만 제나라 성읍의 힘 을 빌어서 이기면 제나라의 발언권만 강해질 뿐이 오. 항왕은 나에게 20만이라는 대군을 맡겼소. 이 군사들을 언제까지나 제나라 땅에서 놀려 둘 수는 없는 일 아니오?"

라고 말한 용차는 급기야 싸우기로 작정했다.

　용차는 전군에게 명령하여 유수 동방에 진을 치 고 한나라 군대를 요격할 태세를 갖추게 했다.

　한신의 군대는 유수를 목표로 진격했다.

　유수를 건너면 바로 고밀성이다. 시오 리 길이나 될까. 한신은 유수 기슭에 말을 세우고 강 건너 형 세를 살펴 보았다. 고밀성과 이어진 누벽(壘壁)에는 초나라와 제나라 군대의 깃발들이 펄럭이고 있었 다. 초나라의 깃발이 훨씬 더 많았으며, 그것을 전 면에 앞세운 것으로 보아 초군의 사기가 왕성하며 한판 붙어 보자는 뜻이 충분한 것 같았다.

　한신은 유수의 강물에 시선을 던졌다. 11월, 겨 울이었기에 물은 많지 않았다. 그러나 인마는 건너 지 못할 정도의 깊이였다.

'이 강을 인마가 건널 수는 없을까?'

인마가 건너려면 수심이 허리 아래여야만 한다. 물의 깊이가 무릎 정도라면 쉽게 건널 수 있다.

한신은 황하 도하작전 때 목제 옹기들을 무수히 모아 뗏목 대신 사용하여 성공했다. 정형구의 싸움에서는 강물을 등에 둔, 이른바 배수의 진을 쳐서 적을 이겼다. 이번에도 또 유수의 강물을 이용하여 이길 수는 없을까. 강의 흐름을 전술에 이용할 수 없을까.

"적이 강을 건너오면 수중에서 공격하지 말고 반쯤 건넌 다음에 치는 것이 이롭다."

고 손자의 병법은 말하고 있다.

인마가 강으로는 건널 수 없다. 건널 수 있는 방법이 없을까. 강물이 절반으로 줄면 건널 수 있을 것이다. 강물을 절반으로 줄일 수 없을까. 강물을 막으면 수량이 준다.

"그렇다! 강물을 막으면 된다."

한신은 채찍을 휘둘러 말을 상류 쪽으로 몰았다. 상류로 올라갈수록 강물은 조금씩 고이면서 못을 이루고 있는 데도 있고, 점점 얕아지면서 물살이 센 곳도 있다. 한신은 얕은 곳으로 말을 몰았다. 말의 다리가 물에 잠길 정도의 깊이밖에 되지 않았다.

"여기다! 여기라면 강물을 막을 수 있다."

한신의 커다란 눈이 빛을 발했다.

진영으로 돌아온 한신은 병사들로 하여금 포대 2만여 개를 급히 만들게 했다. 이윽고 밤이 되자 보름이 지난 달이 떴다.

　달빛 속에서 병사들이 움직였다. 병사들은 유수 상류로 포대를 날라 모래를 가득 채운 다음 그것을 강바닥에 던졌다. 모래 주머니들을 차츰 위로 쌓아 나간 것이다. 동이 트기 전에 모래 주머니로 쌓은 제방이 완성되었다.

　한신은 날이 새자 병력의 절반을 이끌고 물이 줄어든 강을 건넜다. 북을 치면서 초나라 군대를 향해 진격했다. 한신 자신이 선두에 섰다.

　"한신이 쳐들어왔다!"

라고 보고를 받자 용차는 주먹으로 무릎을 탁 치며,

　"왔어, 왔구나."

하면서 씨익 웃었다.

　용차는 한신의 작전을 읽었다. 일부러 패주하여 제2선에서 버티다가 반격으로 나올 작전이겠지. 한신은 정형구의 싸움에서 이 수를 써서 조나라 군대를 무찌르지 않았던가.

　'한신아, 내가 그 수에 넘어갈 것 같으냐.'

　용차는 말에 올라 휘하의 군사를 거느리고 성루를 나섰다.

　"조나라 군대와 초나라 군대가 얼마나 다른지 보여 주마."

용차가 지휘봉을 한 번 휘두르자 그의 장졸들은
일제히 함성을 지르면서 내달았다.
　초나라 군대는 보무(步武)도 당당하게 정공법으
로 밀고 나갔다. 중군(中軍)과 중군이 맞부닥치자
초나라 군대는 돌격을 감행했다. 송곳을 비벼 넣
는 것 같은, 맹수가 곧바로 돌진하는 것과 같은 대
적할 수 없는 기세였다. 이제 병법 따위는 아무런
쓸모도 없었다. 옛날에 초나라 군대는 이 전법으
로 진(秦)나라의 대군을 쳐부쉈고, 팽성(彭城)에서
는 한(漢)나라의 56만 군사를 궤멸시킨 적이 있다.
　초나라의 병사들은 수많은 싸움을 견디어 낸 거
친 강병들이었다. 그들에 비하면 한신의 군사는
사방에서 긁어모은 오합지졸들이었다. 맞부딪쳐
싸워서는 상대도 되지 않는다. 한신의 군대는 무
너지며 달아나기 시작했다. 대장인 한신이 앞장서
서,
　"안 되겠다, 후퇴하라!"
라고 소리지르며 도망을 치니 어찌할 것인가.
　용차는 선두에 서서 한신의 군대를 추격했다.
　"보았느냐, 저 겁쟁이 한신의 꼴을!"
　용차는 좌우를 돌아보며 껄껄 웃었다. 한신이 속
임수로 도망치는 것이라고 해도 상관없는 일이다.
잡아죽이면 되는 것이었다. 반격할 틈을 주지 않고
밀어붙이면 된다. 초나라 군대에게는 그만한 힘이
있었다.

"한신을 쳐라! 한신의 목을 베라!"

원래 말타기에 능하며 재빠르고 날렸던 한신은 도망치기도 잘했다. 요리조리 용차의 추격을 따돌리던 그는 어느덧 유수 가에 이르렀다. 이 강은 한겨울에도 수심이 깊고 강폭이 넓기로 유명한 대강(大江)이다. 그런데 웬일인지 수심은 말굽에 겨우 찰 정도였다.

이 얕아진 강을 한신과 그의 군사들은 어렵지 않게 건너서 강기슭 정도로 달아나고 있었다. 용차도 그들을 뒤따라 마악 강을 건너려는데, 주란이 급히 앞을 막으며 말했다.

"장군께선 강을 건너지 마십시오. 이 강은 원래 수심이 깊기로 유명한 강인데 이처럼 수심이 얕은 걸 보면 강 상류를 막아 둔 것이 분명합니다. 한신이 우리 군사가 강을 건널 때 강물을 터놓으려는 흉계입니다.

"음, 그럴지도 모르겠군."

용차는 의외로 순순히 주란의 말을 받아들여 그 자리에서 군사를 멈추고 쉬게 하는 한편, 점심을 겸한 저녁 식사를 준비하도록 했다. 하루 종일 싸우느라 그 때까지 점심도 먹지 못했던 것이다.

식사를 마치고 나니 어느덧 짧은 겨울해가 지면서 사방이 어둑어둑해지고 있었다. 그때 한참 동안 강물만 지켜보고 있던 용차가 주란을 불러서 말했다.

"그대가 아까 한 말은 지나친 기우였다. 이걸 한 번 보라구. 지금까지 강물이 그대로잖아? 아무리 강 상류를 막았다 해도 지금까지 이 모양일 수가 있나. 더욱이 지금은 수량(水量)이 많지 않은 겨울철이지 않은가."

"…"

용차의 말에도 일리가 있다고 생각한 주란이 더 이상 할 말을 찾지 못하고 있을 때, 척후병이 나는 듯이 달려와 보고했다.

"A강 건너 20리 지점에서 한군이 저녁 취사 준비를 하고 있습니다."

"뭐, 한군이 취사준비를?"

용차는 자리에서 벌떡 일어나면서 소리쳤다.

"전군은 즉시 출동하라!"

용차는 주란이 뭐라고 말하기도 전에 성큼 말 위에 올라타고는 앞장서서 강으을 건너기 시작했다. 이어서 초의 대군이 가득히 깔린 것같은 모습으로 강을 건너가기 시작했다.

용차가 강을 다 건너 언덕에 닿아서 보니 그 곳에 말뚝이 박혀 있고 그 말뚝에 커다란 등롱이 불을 밝힌 채 걸려 있었다. 용차가 이상하게 생각하며 가까이 가서 보았더니 등롱에 글이 쓰여져 있었다.

'이게 뭘까?'

용차는 외줄로 커다랗게 쓰여진 글을 읽어 보았

다.

조등구참용저(弔燈毬斬龍沮)
-용저의 머리를 베어 등불로 조상하노라.

읽기를 다한 용차는 화가 머리끝까지 치솟았다.
"이 무슨 어린애 장난같은 짓이란 말인가!"
그는 칼을 뽑아 등롱을 후려쳤다. 그러자 등불은
꺼지고 사방이 컴컴해졌다. 그와 동시에 갑자기 요
란한 고함소리와 함께 한군들이 좌우에서 벌 떼처
럼 나타나고, 또 강 위쪽에서 집채만한 물결이 높
은 파도를 일으키면서 쏟아져 내려왔다.
초군들은 혼비백산하여 자기가 먼저 강에서 벗어
나려고 서로 떠밀고 넘어지고는 했고 그 동안에 물
에 빠져 죽거나 밟혀 죽은 자들이 엄청나게 많았
다. 용차는 기가 막혔다. 선두로 강을 건넌 겨우
2,3천 명밖에 안 되는 군사들로 한의 대군과 맞붙
어 싸울 수밖에 없었다.
캄캄한 밤인데다가 뒤는 도도한 유수요, 앞에서
는 한신이 대군을 몰고 공격해오며, 강 위쪽에서는
조참이 거느린 3만 군이 풍우처럼 내달려오고 있었
다. 용차는 싸울 용기가 없어 이러저리 포위망을
뚫고 달아나려 하고 있을 때, 초참이 탄 성난 말이
바람처럼 용차 앞에 나타났다.

"용차는 내 칼을 받으라!"

대갈일성에 함께 조참의 검은 희미한 달빛을 가르며 용차의 목을 베어 땅에 떨어뜨렸다.

강 건너편에 초나라와 제나라의 군대가 있었지만 격류에 막혀 속수무책이었다. 자기 편 군사들이 학살당하는 것을 그저 구경만 하고 있을 따름이었다. 마침내 대장인 용차가 전사한 사실이 알려지자 전군은 사방으로 흩어져 도망쳤다. 제왕 전광도 줄행랑을 놓았다.

한신의 군대는 그들을 추격하며 성양(城陽)에서 제왕 전광과 수상(守相) 전광(田光)을 사로잡았다. 미처 도망치지 못한 군사들은 모두 항복했다.

박(博)에 있던 전횡(田橫)은 관영에게 쫓겨 양(梁)으로 달아나 팽월에게 몸을 의탁했다. 팽월은 초나라의 적이었으나 팽월과 제왕 전광(田廣)은 과거부터 맹약으로 맺어진 사이였다. 그 친목 관계는 제왕이 죽은 후에도 계속 유지되었던 것이다.

조참은 교동으로 진군하여 장군 전기를 생포했다. 제왕을 사로잡은 장수는 하후영이었다.

하후영이 제왕을 한신에게로 끌고가자 한신은 웃으며,

"반복무상한 자를 살려두어 무엇에 쓰겠는가."
하고 끌어내어 목을 베라고 명령하였다.

이어서 한신은 하후영과 함께 고밀성으로 들어가서 백성들을 위무하였다. 며칠 사이에 이 소식을

들은 각처의 태수와 현령들이 모두 한신을 찾아와
서 항복했다. 제나라의 전 국토가 완전히 평정된
것이었다.

한신은 진영을 옮겨 대군을 임치성에 주둔시킨
다음, 비로소 제왕의 궁정으로 들어갔다. 진시황의
아방궁 다음간다는 유병한 왕궁이다. 높은 누각과
화려한 궁실은 금은주옥으로 화려하게 수놓여 있
고, 비단 방석과 화류 탁자와 안석은 아름다운 조
각으로 장식되어 있었다. 한신의 얼굴에 만족한 미
소가 떠오르고 있었다.

제왕(齊王)이 된 한신

유수의 싸움에서 대승한 상승장군 한신은 그 이
름을 더욱 떨치게 되었다.

그는 이제 항우나 유방과도 맞설 만한 힘을 갖게
되었다. 그의 세력권도 제나라에 연(燕) · 대(代) ·
조(趙)를 합치면 매우 넓었다.

한신이 이 수 개국의 왕이 된다면, 항우 · 유방과
천하를 놓고 싸워도 지지는 않을 것이다. 그렇게
생각한 것은 한신의 진영에 있는 괴통이었다.

괴통은 소진(蘇秦) · 장의(張儀)의 계통에 속하는
종횡가(縱橫家)였다. 범양(范陽) 태생으로 진(秦)나라
의 2세 황제 원년, 진왕으로부터 조(趙)나라를 공략

하라는 명령을 받은 무신군(武信君:武臣)이 범양을 공격했을 때 그는 범양 현령(縣令)을 설득하여 무신군에게 귀복시킨 인연으로 무신군의 식객이 되었다. 무신군이 반란을 일으킨 장수에게 살해당하자 괴통은 진여(陳余)에게 가서 사인(舍人)이 되었다. 그 진여도 정형구의 싸움에서 패배했다.

정형구의 싸움에서 쾌승한 한신의 전법을 보고 가장 놀란 것은 괴통이었다.

"한신은 불세출의 천재다. 백 년에 한 사람, 5백 년에 한 사람 나올까 말까 하는 인물이다. 한신의 재능이라면 천하를 평정할 수 있을 것이다."

괴통은 한신의 식객이 되어 헌책하면서, 그에게 천하를 잡게 했으면 좋겠다고 생각했다.

종횡가는 자기의 변설에 생명을 걸고 있다. 성공하면 천하를 잡는 재상이 될 수 있지만 실패하면 스스로 목숨을 끊어야 하는 경우가 많다. 혀는 칼보다 날카롭기 때문에 변사는 전사보다 위험한 처세술을 하는 자라고 일컬어지는 것도 그런 이유에서이다. 그 좋은 예가 종횡가의 시조라고 불리워지는 소진이다. 괴통은 젊었을 때 소진과 장의의 화술을 배웠다.

소진의 종횡책이란 어떤 것인지, 여기서 간추려 소개하고자 한다.

종횡가는 춘추·전국시대의 행인(行人:외교 사절의 관직)에서 비롯된 것이라고 한다. 소진은 괴통보다 백여 년 전 사람이다. 태생은 낙양이며, 동방으로 유학하여 제나라에 있는 귀곡(鬼谷) 선생 밑에서 공부했다. 고향을 떠나 유학한 지 수 년, 초라하기 짝이 없는 모습으로 향리로 돌아왔다. 형제와 형수·누이동생이나 처첩까지 비웃으며 말했다.

"세상 사람들은 농부는 논밭에 나가 일을 하고 공인과 상인들은 각자 그 일을 열심히 하여 2할의 이익을 얻으려고 애쓰는데, 당신은 본업을 버리고 입을 놀리는 변설을 업으로 삼았으니 궁색한 생활을 면치 못하는 것은 너무나 당연한 일이 아닌가."

그 말을 들은 소진은 창피한 생각을 억누를 수가 없어 두문불출하며 독서에만 힘썼다. 읽은 책을 모두 다시 되풀이해서 읽은 다음 자신을 향해 말했다.

"학문에 뜻을 품은 자가 스승 밑에서 고개를 갸우뚱거리며 책을 읽고 공부를 했는데도 이 세상의 높은 자리와 영예를 거머쥘 수 없다면 아무리 많은 책을 읽은들 무슨 소용이 있단말인가."

그렇게 독서로 나날을 보내는 사이에 〈주서(周書)〉의 음부(陰符)를 찾아내어 그것을 골똘히 읽었다. 음부는 태공망(太公望) 여상(呂尙)의 말을 모은 병법서라고 전해지고 있다. 그러면서 1년이 지나자 상대의 마음속을 읽을 수 있는 화술을 안출해 낼 수 있게 되었다.

"상대의 마음속을 알 수 있으면, 상대를 설복(說

服)하기란 쉬운 일이다. 이것이야말로 당대의 군주를 설득할 수 있는 화술이다."

소진은 주(周)나라의 현왕(顯王)을 알현하고 싶었다. 그러나 소진을 알고 있던 현왕의 측근들은 소진을 우습게 보고 상대도 하지 않았다.

소진은 서쪽의 진(秦)나라로 갔다. 당시 진의 효공(孝公)은 죽고 없었기 때문에 그의 아들 혜왕(惠王)을 설득했다.

"진은 사방이 험한 요해(要害)에 둘러싸인 나라이고, 많은 산이 있으며 위수(渭水)가 띠처럼 흐르고 있습니다. 동으로는 함곡관과 황하, 남으로는 한중(漢中)·파(巴)·촉(蜀), 북으로는 대(代)·마읍(馬邑)이 있어 그야말로 천연의 요충입니다. 이 같은 지리적인 이점이 있으며 거기에 사민(士民)의 수도 또한 많고 모두 병법으로 훈련을 받았기 때문에 천하를 병탄하여 칭제(稱帝)하면서 통치할 수 있을 것입니다."

진왕은 말했다.

"새도 깃과 털이 다 자라기 전에는 높이 날 수가 없소. 우리 진나라도 정교(政敎)가 국내에 잘 펼쳐지기 전에는 도저히 타국을 겸병(兼倂)할 수 없는 것이오."

진나라에서는 상앙을 주살할 직후였기 때문에 종횡가를 밉게 보고 있었던 것이다. 그래서 소진은 동쪽의 조(趙)나라로 갔다.

조나라의 숙후(肅侯)는 그의 아우 성(成)을 재상으로 임명하여 봉양군(奉陽君)이라 부르고 있었는데, 이 봉양군이 소진의 언설을 달갑게 생각하지 않았기 때문에 소진은 조나라를 떠나 연(燕)나라로 갔다.

　　그리고 1년 정도가 지난 다음, 그는 연나라의 문후(文侯)를 알현할 수 있게 되었다. 소진은 우선 7국(진·한·위·조·제·연·초) 중에서 연나라의 위치, 지형, 지세, 보유하고 있는 군사력, 그 밖의 농작물·해산물의 다과 등에 대해 설명했다.

　　"연나라가 다른 여섯 나라처럼 외부 세력의 침공을 받지 않았던 이유를 알고 계십니까? 그것은 조(趙)나라가 연의 남쪽을 지켜 주고 있기 때문입니다. 진과 조는 다섯 번 싸웠는데 진이 두 번 이기고 조가 세 번을 이겼습니다. 이제 진과 조는 양쪽 모두 피폐해졌기 때문에 왕께서는 흠 하나 없는 연나라를 유지하시면서 그 배후를 찌를 수 있는 형세에 있습니다. 이것이 이제까지 연나라가 외적의 침범을 받지 않은 이유입니다. 그리고 또 진이 연을 치자면 운중(運中)·구원(九原)을 넘어 대(代)·상곡(上谷) 등 수천 리 길을 와야 합니다. 때문에 설사 진이 연나라의 성시(城市)를 점령했다 해도 도저히 끝까지 지킬 수 없습니다. 진이 연나라를 침략할 수 없는 것은 이로써 명백합니다.

　　그것에 비해 조가 연나라를 치는 경우라면 명령

을 내린 지 열흘도 채 못 되어 수십만의 군사가 동원(東垣)에 진을 칩니다. 그리고 역수(易水)를 건너 4, 5일이 채 지나지 않아 연나라의 국도에 닿을 것입니다. 그러므로 진이 연나라를 치는 경우에는 멀리 천 리 밖에서 싸우게 되며, 조가 연나라를 칠 때에는 불과 백 리 안에서 싸우게 됩니다. 백 리 밖에 있는 우환거리인 조에 대해서는 배려하지 않으면서 천 리 밖에 있는 진을 중시한다는 것은 매우 잘못된 계책입니다. 그런 까닭에 대왕께서는 아무쪼록 조와 합종(合從)하여 친교를 맺도록 하십시오. 천하가 종으로 하나가 되면, 연나라로 인한 우환은 반드시 사라질 것입니다."

문후는 말했다.

"그대의 말은 맞소. 그러나 우리나라는 소국인 데다 서쪽으로는 강대한 조와 가까이 있으며 남으로는 제와 가까이 있소. 제와 조는 강국이니까 우리나라를 상대할지 모르지만, 그대가 굳이 합종을 성립시켜 주겠다면 과인은 그대의 말에 따를 것이오."

그리하여 소진에게 거마와 황금·비단 등을 주어 조나라로 가도록 했다.

소진이 조나라에 와 보니 봉양군은 이미 죽고 없었기 때문에 숙후를 알현하고 설득했다.

"천하의 대신·관료에서부터 벼슬 없는 선비에 이르기까지 모두 대왕의 고결하고도 현명하신 행적을 높이 칭송하며, 그 가르침을 받들어 작은 정성을 어전에서 피력하고자 오래 전부터 바라고 있습니다. 그러나 봉양군이 대왕을 시기하여 대왕께서는 정사를 보실 수 없었기 때문에 빈객이나 세객(說客)으로서 자기의 생각을 어전에서 피력하는 자가 없었던 것입니다. 그런데 이제 봉양군이 죽은 뒤 대왕께서는 사민(士民)들과도 익숙해지셨기에 저의 어리석은 생각을 말씀드릴까 합니다.

대왕을 위해 곰곰이 생각해 보았는데 백성을 안정시키고 태평을 누리게 하는 것이 가장 좋은 상태이며, 일을 일으켜 백성을 고생시켜서는 안 되리라고 생각됩니다. 백성을 안정시키는 근본은 여러 나라와 잘 사귀는 데 있습니다. 여러 나라와의 사귐이 도리에 맞으면 백성은 안정될 것입니다. 외환에 대해 말씀드리자면, 제와 진이 모두 조나라의 적이 된다면 백성은 안정을 잃게 됩니다. 그렇다고 진의 편을 들어 제를 쳐도, 제의 편을 들어 진을 쳐도 백성은 안정을 누릴 수 없습니다. 따라서 타국의 군주를 모략하는 방법이나 타국을 정벌하는 정책은 세객으로서는 입 밖에 내기 어려운 일입니다. 왜냐하면 그것은 국교를 단절시키는 일이 되기 때문입니다. 그러나 저는 감히 말씀드리고자 하오니 지금부터 제가 말씀드리는 것은 혼자서만 알아 두시기 바랍니다. 그러면 조나라의 이해가 갈라지는 까닭을 분명하게 말씀드리겠습니다."

소진의 말은 결국 합종하여 진을 적으로 삼을 것이냐, 아니면 연횡하여 진에 무릎을 꿇을 것이냐라는 것이었다.

조나라가 5국(한·위·연·제·초)과 합종하면, 진은 함곡관에서 나와 산동을 침략할 수 없게 된다. 그리고 초를 침공할 것이다. 그렇게 되면 한과 위는 영토를 쪼개어 진에 헌상하고 강화를 청해야 한다. 초가 약해지면 조나라는 고립 무원의 상태에 빠질 것이다. 이러한 일들을 다방면에 걸쳐 온갖 경우를 상정하여 상세하게 설명했다. 그리고 끝으로,

"그렇게 해서 6국이 합종하여 서로 친교를 맺으면 진을 배척하는 것은 쉬운 일입니다."
라고 말했다.

조왕은 말했다.

"과인은 아직 나이가 어린 데다 왕위에 오른 지도 얼마 안 되어 이제까지 국가를 보위하는 장구지계(長久之計)를 들을 수가 없었소. 그런데 지금 선생은 천하를 유지하고 제후를 안정시키는 의향을 갖고 여러 가지로 좋은 이야기를 들려 주었소. 과인은 삼가 그대의 말에 따르겠소."

조왕은 제후에게 주는 선물로 거마 1백 대, 황금 1천 일(鎰:1일은 24량), 백벽(白璧) 1백 쌍, 금수(錦繡) 1천 속(束)을 갖추어 소진에게 주면서 합종을 맹약토록 했다.

한과 위는 진과 국경을 접하고 있다. 그런만큼 진으로부터 받는 피해도 컸다. 이대로 가다간 진에게 영토를 모두 빼앗기게 될 것이다. 소진은 6국이 합종하여 진에 대항하도록 한왕을 설득했다. 이어 위왕을 설득했다. 한왕과 위왕은 기꺼이 합종책에 따랐다.

소진은 대국인 초도 설득했다. 초왕도 합종에 가맹했다. 끝으로 동방의 강국인 제를 설득해서 승낙을 받았다.

이렇게 해서 6국은 합종을 맹약하고 힘을 합치기로 했다. 소진은 합종 맹약의 장(長)으로서 6국의 재상을 겸임하게 되었다. 그리고 북방으로 가 조왕에서 보고하게 되었는데, 도중에 낙양을 지나가게 되었다. 소진을 따르는 거마나 짐에는 제후들이 사자를 파견하여 보내 준 선물들이 많아 왕자의 행열 못지않게 성대했다.

이야기를 들은 주의 현왕은 소진이 지나갈 길을 청소하고 사자를 교외까지 보내 위로했다. 소진의 형제나 형수, 처첩 등은 소진을 쳐다보지도 못하고 고개를 숙인 채 음식 시중을 들었다. 소진은 웃으며 형수에게 말했다.

"전에는 상당히 도도하셨는데, 이번에는 어째서 이렇게 공대를 하십니까?"

형수는 설설 기면서 말했다.

"서방님의 지위가 높으시고 재산가이신 것을 알

았기 때문입니다."

소진은 크게 탄식하면서 말했다.

"같은 사람인데도 부귀해지면 친척들도 어렵게 생각하고, 비천해지면 넘보는구나. 그러니 세상 사람들은 더하면 더했지 덜하지는 않을 것이다. 내가 만일 낙양의 성곽 부근에 비옥한 땅을 2백 무(畝) 정도라도 갖고 있었더라면 6국 재상의 인수(印綬)는 차지 못했을 것이다."

그는 일족과 친지에게 천금을 나누어 주었다.

종횡가 자신은 천자나 왕후의 자리에 앉기를 원하지 않는다. 소진의 경우처럼 왕후를 설득하여 재상이 되든지 아니면 그릇이 큰 인물을 찾아 그로 하여금 천하를 잡도록 하는 것이다.

하지만 지금은 소진이 살아 있던 시대와 다르다. 항우와 유방이 천하를 다투고 있다. 거기에 한신이 한 다리 끼는 것이다. 소진이 6국을 합종시켜 천하를 뜻대로 굴렸듯이, 괴통은 한신이라는 군사의 천재를 키워 그들과 천하를 다투게 만드는 것도 재미있는 일이라고 생각했다.

세객으로서의 괴통의 이름은 한나라 군대에도 알려져 있었다. 괴통은 한신의 초빙을 받고 식객이 되었다. 한신의 진영에는 그 밖에 다른 식객도 있었다. 병법가인 이좌거(李左車)였다. 한신은 군사적인 면에서는 이좌거를, 외교적인 면에서는 괴통을 등용하기로 마음먹고 자기의 군대를 충실히 키워 나갔다.

초나라의 파견군 용차를 패배시켜 죽게 하고, 제왕과 그 일족을 몰아낸 한신은 사실상 제나라의 주인이었다. 그 한신은 잔적을 소탕하느라고 영일이 없었다. 때문에 괴통은,

'한신은 왕이 되고 싶은 것이다. 저렇게 열심히 제나라를 진무하는 것은 제나라의 왕이 되고 싶기 때문이다.'

라고 괴통은 생각했다.

'그렇다. 우선 한신이 제왕이 되도록 해야 한다. 제왕이 되면 자기가 얼마나 큰 인물인가를 비로소 깨닫고 천하를 바라볼 생각을 하겠지.'

인간은 계단을 한 층계 오르고 나면, 다음 한 층계를 또 올라가야 한다. 도중에 계단 아래로 내려올 수는 없다. 대국의 왕쯤 되면 주위의 인간들이 내려오지 못 하게 만드는 것이다.

어느 날 괴통이 한신에게 진언했다.

"제나라를 다스리려면 장군께서 왕이 되시는 편이 만사에 좋을 듯합니다. 왕이 되지 않으면 백성이 외복(畏服:두려워서 복종함)하지 않습니다. 제나라의 백성들이 한나라 장군의 통치를 받고 있다고 생각하며 언제까지나 반항심을 버리지 않습니다. 장군이 제왕이 되시면 제나라 백성에게는 국왕에게 충성을 바쳐야 한다는 의무가 생깁니다. 지난번에 있었던 정형구의 싸움이 끝난 다음에는 장이(張耳)

께서 조왕이 되셨습니다. 이번에는 장군께서 왕이 되실 차례입니다."

'그건 그렇지만…….'

한신은 생각했다. 한신도 장군으로 있기보다는 왕이 되고 싶었다. 그러나 지금 당장 왕이 되어도 괜찮을까.

"나는 한왕으로부터 파견된 장군이라네. 장이 그분의 경우와는 다르지. 그분은 원래 상산왕(常山王)이었으니까."

"그렇다면 임시 왕은 어떻습니까? 임시 왕이라면 한왕도 쉽게 인정할 것입니다."

"임시 왕이라…….."

한신은 그 말이 듣기에 싫지는 않았지만 유예하여 얼른 결단을 내리지 못하고,

"대부의 말이 사리에 합당하나, 남의 신하된 도리에 내가 어찌 그것을 먼저 청할 수 있겠소?"

하고 난색을 표했다.

"아닙니다! 이 때를 놓쳐서는 뒤에 반드시 후회하게 될 것입니다. 깊이 생각하시고 결단을 내리십시오."

한신이 괴통의 말이 무엇을 뜻하는 것인지 모를 리가 없었다. 그러나 너무도 엄청난 일이라 함부로 대답할 수가 없었다.

바로 그럴 때 유방이 보낸 사자가 칙서를 가지고 왔다. 한신은 사자를 맞아 칙서를 두 손으로 받아

읽었다.

　짐이 원수의 계책으로 초의 여러 지방을 얻었으나, 초패왕은 아직도 태공을 억류하고 있으므로 짐의 흉중이 억색하고 간장이 끊어지는 듯하도다. 더욱이 초패왕은 광무산에 들어 짐과 더불어 자웅을 결하려 하는데, 짐이 거느린 사졸과 군마가 모두 피곤한지라, 접전해서 이기기 어려우니 어찌하면 좋으리요. 생각건대 원수는 제나라를 공략하여 이긴 늠름한 사기로써 초패왕을 무찌르기에 넉넉할 것이니, 속히 짐에게로 와서 짐으로 하여금 안타까운 마음을 덜게 할지어다.

　칙서를 읽고 난 한신은 유방의 사자를 융숭하게 대접하도록 이르고는 따로이 괴철을 불러 이 일을 숙의했다.
　괴철이 말했다.
　"원수께선 제왕으로 봉해 달라는 표문을 써서 주숙에게 주어. 한왕의 사자와 함께 영양으로 가게 하십시오. 주숙이 제왕의 인수를 받아 오면, 왕위에 오르신 다음에 군사를 내어 한왕을 도우십시오. 짐작컨대 한왕은 이번에 원수를 제왕에 봉하지 않을 수 없을 것입니다."
　"대부의 말씀이 옳소이다."
　한신은 괴통의 권유에 따랐다.

한신은 제나라의 임시 왕이 되어 국내를 진무하고 싶다는 뜻을 서면으로 적어서 주숙에게 주어서 한왕에게 보냈다.

한왕은 광무산(廣武山)에서 초왕과 대치중이었다. 한나라 군대와 초나라 군대는 양쪽 모두 우열을 가리기 어려웠다. 한군도 초군도 모두 지친 상태였다.

한왕은 한신의 사자를 인견했다. 사자가 한신의 편지를 올렸다. 한왕이 펴 보니 다음과 같이 적혀 있었다.

제나라 백성은 속임수를 잘 쓰고 변심을 잘 하는 반복무쌍(反覆無雙)한 나라입니다. 게다가 남으로 초나라와 국경을 접하고 있습니다. 임시라도 왕을 세워 진무하지 않으면 변이 일어나지 않는다는 보장이 없습니다. 임시로 저를 왕으로 세워 주신다면 만사가 막힘없이 잘 되리라 생각합니다.

한왕은 노발대발했다.

"나는 초나라 군대를 상대로 악전고투하고 있다! 그가 와서 나를 도와 주지 않을까 하고 조석으로 바라고 있는데, 그는 자립하여 왕이 되고 싶다는 것인가?"

그 때 곁에서 대령하고 있던 장량(張良)이 넌지시 한왕의 발을 밟으며 귀엣말로 속삭였다.

"한나라는 지금 어려운 상황에 있습니다. 한신이 왕이 되려는 것을 어떻게 막을 수 있겠습니까. 원하는 대로 왕으로 앉혀서 후대하고 스스로 제나라를 지키도록 하는 것이 상책입니다. 그렇게 하지 않으면 변이 일어날 것입니다."

한왕도 눈치 하나는 빨랐다. 단번에 크게 깨닫고 주숙에게 말했다.

"대장부라는 자가 제후를 평정했으면 그대로 진짜 왕이 되는 것은 당연한 일이 아닌가! 그런데 뭐 임시로 왕이 되고 싶다고? 임시가 뭔가. 즉시 명구한 왕이 되라고 하라!"

그것은 그야말로 일품에 속하는 임기응변이었다.

여하튼 유방은 즉시 크게 연석을 베풀고 주숙을 융숭히 대접하였다. 이 자리에서 유방은 이런저런 이야기 끝에 제왕에게 죽임을 당한 역이기의 일을 떠올리며 몹시 비감 섞인 어조로 말했다.

"역대부가 그 옛날 고양(高揚)에서 짐에게 종군하여 지금까지 세운 공로가 무척 많았는데, 어리석은 제왕의 오해로 죽임을 당한 것은 참으로 애석한 일이로다. 내 어찌 그의 자손에게 후한 작록을 내리지 않을 수 있으리오."

여기서 유방이 또 한 번 한신의 심기를 건드리는 말을 슬쩍 피한 것은 그의 능란한 말솜씨가 아니라 할 수 없다. 역이기가 한신 때문에 죽은 것을 유방은 꿰뚫어 알고 있었던 것이다.

유방은 이어서 기록관을 들게 하여 역이기의 이름을 명부에 적도록 하면서, 그 붓을 손수 받아 주숙이 보는 앞에서 한신을 제왕에 봉하는 칙서를 썼다.

다음 날 유방은 장량에게 제왕의 인수와 칙서를 주면서 주숙과 함께 임치성으로 가게 하였다.

한신은 1년여 만에 장량을 만나는 데다가 그가 갖고 온 인수와 칙서를 받고는 크게 감격하여 유방이 있는 영양 쪽을 향해 거듭 절하여 사례하였다.

그리고는 문무 제신들을 모은 가운데 마침내 왕위에 오르고, 백관들의 배하(拜賀)를 받았다. 이로써 한신은 이 날부터 제나라의 왕이 된 것이다.

배하의 예가 끝나자 한신은 크게 연회를 베풀고 연하여 수 일 동안 잔치를 즐겼다. 장량은 제나라를 떠나는 날 한신과 작별하면서 간곡히 당부했다.

"폐하가 영양에 계시면서 조석으로 침식이 불안하시니, 제왕께서는 속히 군마를 거느리고 나와 주십시오."

한신이 머리를 숙이며 대답했다.

"선생님께서는 조금도 염려 마십시오. 곧 격문을 군현에 보내 군사를 더 모아 가지고 앞으로 열흘 이내에 반드시 이 곳을 출발하겠습니다. 이 말씀을 폐하께도 아뢰어 주십시오."

"잘 부탁하오이다."

장량이 떠나자 한신은 제왕의 왕명으로 각 군현

에 군사를 모으기 위한 격문을 띄우는 한편으로 출전 준비를 서둘렀다.

모사 쟁공(謀士爭功)

용차(龍且)가 패배했다는 소식 만큼 항우를 당황케 만든 것은 그 때까지 없었다.
"한신이 초나라 군대를 무찔렀다고?"
정말로 믿을 수 없는 일이었다. 항우는 오보가 아닌가 하며 자신의 귀를 의심했다.
한신은 항우를 호위하는 무사들 중의 한 사람에 지나지 않았었다. 키가 훤칠하게 크다는 것밖에는 별다른 기억이 없었다. 목앵부를 배 대신 사용하여 황하를 건넌 한(漢)나라의 장군이 한신이라는 말을 들었을 때 항우는 놀랐다. 다음에는 정형구의 싸움에서였다. 저수의 흐름을 등에 지고 진을 쳐 병사를 사지에 뛰어들게 하여 대승한 한신의 전법을 보고 항우는 더욱 놀랐다. 그렇다고 해서 항우가 한신을 두려워한 것은 아니었다. 한신이 싸운 상대가 위(魏)나라와 조(趙)나라 군대였기 때문이다. 그들은 모두 약소국의 허약한 군대들이었다. 무적을 자랑하는 초나라 군대에게는 한신의 병법이 통할 리가 없었다. 그런데 항우는 이번에 초군 중에서 용맹을 떨치던 용차를 토벌군으로 파견했던 것이며, 그 용차가 한신과 싸워 완패하고 전사했다는 것이다.

고밀성(高密城)에서의 패배는 한신의 이름을 더욱 떨치게 만든 반면, 초나라 군대로서는 크나큰 손실이 되었다. 20만 대군의 태반을 잃은 것이다. 이제까지 초군은 항상 한군보다 우위에 있었지만 그로써 형세는 역전되었다고 보지 않으면 안 되었다. 이제 제나라의 전 영토가 한나라의 것이 되었으니, 동쪽으로부터의 위협은 더한층 가중된 셈이다.

초나라 군대가 패배했다는 소식을 들었는지 북방의 곡성(穀城)으로 도망쳤던 팽월(彭越)이 또다시 남하하여 초나라의 영토에서 약탈행위를 감행하기 시작했다. 장기인 유격전을 전개하여 팽성(彭城)으로 이어지는 보급선을 끊은 것이다.

'팽월을 쳐야 한다.'
라고 생각하면서도 유방과 대치하고 있는 항우로서는 움직일 수가 없었다.

항우는 어찌할 바를 몰랐다.

"한신을 독립시켜 초나라 편을 들도록 하면 어떻습니까?"
라고 헌책한 자가 있었다. 초나라 진영에서 기식하는 무섭(武涉)이라는 세객이었다.

"한신 따위와 동맹을 맺으란 말인가?"
어제까지의 항우 같았으면 그렇게 꾸짖었을 것

이다. 그러나 오늘의 항우는 그런 소리가 나오지
않았다.

"그가 회음(淮陰)에서 방랑하고 있을 때 약간 안
면이 있습니다. 제가 제(齊)나라로 가서 초나라 편
을 들도록 설득했으면 합니다."

항우는 무섭의 헌책에 따를 수밖에 없었다. 그렇
게 하지 않으면 지금의 궁지에서 벗어날 길이 없
는 것이다. 그래서

"그렇다면 부탁하겠소. 그러나 초나라의 위신을
손상시켜서는 안 되오."
라고 말했다.

무섭은 패왕 항우의 사자가 되었다. 수많은 거마
를 거느리고 부사(副使) 이하 수행원들과 함께 제
나라를 향해 출발했다.

사절 일행은 제나라의 도읍 임치에 도착했다.

무섭은 제왕이 된 한신을 알현했다. 한신은 왕위
에 오른 지 얼마 되지 않았다.

"저는 우이 태생입니다. 대왕의 고향인 회남과는
가깝습니다."
하고 인사를 했다. 그러나 회음 시대의 한신과 안
면이 있다는 것은 거짓말이었다.

"우이라……"

한신은 기색이 별로 좋지 않았다. 한신에게 있어
서 회음이란 곳은 그리운 추억만 남아 있는 곳이
아니었다. 빨래하는 노파에게 밥을 얻어먹던 일,

젊은 백정 놈의 가랑이 사이를 기어나온 일 따위
가 모두 잊어버리고 싶은 기억이었을 것이다.

'한신은 겉치레를 좋아하는 사람 같군.'

무섭은 그렇게 생각했다.

겉치레를 좋아하는 사람이라면, 그것에 알맞게
설득하는 방법으로 바꾸지 않으면 안 된다. 초왕
은 위신에 금이 가도록 하지 말라고 말했다. 패왕
의 사자로서 약간 고압적으로 나가는 것이 효과적
일는지 모른다.

"왕께서는 초왕과 오래 사귄 사이가 아닙니까?
어째서 한나라를 버리고 초나라 편을 들지 않는
것입니까?"

무섭은 계속해서 말했다.

"한왕은 믿을 수 없는 인물입니다. 그를 죽이고
살리는 것이 항왕의 손에 달려 있던 때가 자주 있
었습니다만, 항왕이 불쌍하게 여겨 봐 주었던 것
입니다. 그런데 한왕은 위기에서 벗어나자 약속을
어기고 초왕이 부재중인 것을 기화로 초나라를 덮
쳤습니다. 한왕이 믿을 수 없는 인물이라는 것을
왕도 아실 겁니다."

한신은 코 밑의 수염을 만지작거리고 있었다. 콧
수염을 기른 지 얼마 되지 않는 모양이었다.

"무릇 천하는 오랫동안 많은 쓰라림을 함께 맛보
았습니다. 그래서 서로 힘을 합쳐 진나라를 쳤던
것입니다. 그리고 진나라가 패하자 제후들은 각자

의 공로에 따라 땅을 쪼개어 영토를 나누어 왕이 된 뒤에 군사들을 쉬게 했습니다. 그런데 한왕은 다시 군사를 일으켜 삼진(三秦)을 쳐서 자기 땅으로 만들었으며, 병력을 이끌고 함곡관에서 나와 제후들의 병력을 산하에 모아 동쪽의 초나라를 친 것입니다. 천하를 어지럽게 만든 것은 한왕입니다. 한왕은 천하를 병탄할 때까지 전쟁을 그만 두지 않을 것입니다."

무섭은 계속해서 설복하려고 했다.

"왕께서는 스스로 한왕과 철석 같은 교분이 있다고 믿고 한왕을 위해 힘쓰며 오늘날까지 유유히 생존할 수 있는 것은 항왕이 있었기 때문입니다. 지금 한나라와 초나라 두 왕의 승패는 왕의 동향 여하에 따라 달라질 수 있습니다. 왕께서 오른쪽에 가세하면 한왕이 이기고 왼쪽에 가세하면 초왕이 이길 것입니다. 오늘 항왕이 망하면, 내일은 한왕이 왕을 멸망시킬 것입니다. 왕은 항왕과 연고가 있습니다. 어째서 한나라를 버리고 초나라와 손을 잡아 천하를 셋으로 나누어 왕이 되려고 하지 않습니까. 그처럼 좋은 기회를 버리고 한왕과 함께 초나라를 치려 하고 있습니다. 참으로 지혜로운 사람이라면 어찌 그런 일을 하겠습니까?"

한신은 말했다.

"내가 항왕을 섬기고 있을 때의 관직은 낭중(郎中)에 지나지 않았고, 지위는 집극(執戟:창을 들고 지키는 무사)에 지나지 않았소. 진언은 무시당하고 계책도 채택되는 일이 없었지. 그래서 초나라를 버리고 한나라로 귀속했던 것이오. 한왕은 나에게 상장군의 인수(印綬)를 내리고 수만 명이나되는 군사를 맡겼으며, 자기의 옷을 나에게 입히고 자기의 식사를 나에게 베풀었소. 또 나의 진언을 받아들이고 계책도 채택했다. 그래서 내가 오늘날 이렇게 되었소."

한신은 계속해서 말했다.

"그대는 항왕의 사자로서 천리 길을 멀다 하지 않고 찾아왔소. 그러나 그것은 옛날의 한신을 만나기 위해서가 아니라 제왕인 한신을 만나기 위해서요. 한신이 제왕이 될 수 있었던 것이 항왕의 덕택이오? 그대는 이 물음에 답할 수 없을 것이오. 사람이 나를 매우 총애하며 믿고 있는데, 그것을 배반할 수 있겠소?"

그래도 무섭은 단념하지 않았다. 한신의 운명이 위태롭다는 것을 말하면서 설득하려고 했다. 하지만 한신은 손을 내저으며 들으려고 하지 않았다.

"나는 한왕을 배신할 수 없소. 이제 더 이상 말을 하지 마시오. 나는 죽어도 절조를 굽히지 않을 것이오. 나를 대신하여 항왕에게 잘 말해 주시오."

한신은 그렇게 말하고 자리에서 일어났다. 무섭은 한신의 뜻을 꺾을 수가 없었다.

무섭은 천리 길을 보람도 없이 되돌아갔다.

무섭이 한신을 설득하는 데 실패하고 돌아간 다음 괴통은 혼자서 생각했다. 무섭이 성공하지 못한 것은 설득하는 방법이 서툴러서가 아니었다. 한신에게 그런 뜻이 없기 때문이었다. 웬만한 수단으로는 한신의 마음을 바꾸기 어렵다. 우선 한신이 야망을 갖도록 해야 한다. 제왕으로 만족하지 않고 천하에 대한 야망을 품도록 부채질하지 않으면 안 된다.

　한신이 제왕의 지위에 만족하고 있다가는 머지않아 파멸하고 말 것이다. 그렇게 되면 괴통도 오갈 데 없는 신세가 되고 만다. 한신의 비범한 재능을 보고 천하를 잡게 하겠다고 생각한 괴통이었다. 한신의 장래에 건 커다란 꿈은 바로 괴통 자신의 꿈이기도 했다. 꿈인 동시에 사는 보람이기도 했다.

　어느 날 괴통은 한신에게 말했다.

　"저는 옛날에 관상술을 배운 적이 있습니다."

　"사람의 얼굴을 보고 그 사람의 장래를 알 수가 있는가?"

　"귀천은 골상에 있으며, 희우(喜憂)는 그 얼굴빛에 나타납니다. 성공과 실패는 결단 여하에 달려 있습니다. 그것을 종합해서 판단하면 만에 하나도 틀림이 없습니다."

　"거, 재미있군. 그렇다면 선생은 과인의 상을 어떻게 보는가?"

"잠깐 좌우를 물리치시기 바랍니다."

한신은 측근에서 대령하고 있던 자들을 물러나게 한 다음,

"자, 이젠 아무도 없소이다."

라고 말했다. 한신은 자기의 앞날을 알고 싶었던 것이다.

"대왕의 용안을 우러러보건대 기껏해야 봉후(封侯) 정도이고, 그것도 위태위태하여 안정되어 있지를 않습니다. 그런데 등을 돌리실 때 보면 매우 존귀하여 도저히 이루 다 말할 수가 없습니다."

"그게 무슨 말인가?"

"천하에 병란이 일어난 시초에는 영웅호걸들이 스스로 왕이라고 칭했으며 한 번 부르면 천하의 선비와 무사들이 구름처럼 모여들어 물고기 비늘처럼 서로 밀고당기면서 요원의 불처럼 타올랐습니다. 당시에는 진나라를 격멸하는 것이 최대의 관심사였습니다. 지금은 초나라와 한나라가 갈라져서 싸워 사람들을 간뇌도지(肝腦塗地:참살을 당하여 간과 뇌과 땅바닥에 으깨어졌다는 뜻. 즉, 국사에 목숨을 돌보지 않고 힘을 다하는 것을 말함)케 하고 있습니다. 한왕은 수십만의 군사를 이끌고 공(鞏)과 낙양을 막고 지세를 믿어 하루에 몇 번을 싸워도 조금도 얻은 것이 없으며, 패배하고 좌절해도 원군이 없고, 영양(滎陽)에서 패하고 성고에서 손실을 입어 되돌아서서 완(宛)·섭(葉)으로 도

망쳤습니다. 초왕은 팽성에서 일어나 이곳저곳 다니며 도망치는 적을 쫓아 영양에 이르러 승리의 기세를 타고 각지를 석권하여 그 위세는 천하를 떨게 했습니다. 그의 군대는 경(京)과 색(索)의 사이에서 궁지에 빠져 서산(西山)에 육박하면서도 앞으로 나갈 수 없는 상황이 3년씩이나 계속되고 있습니다. 그것은 말하자면 지자(智者)도 용자(勇者)도 함께 간난신고를 겪고 있는 것이라고 할 수 있습니다.

이렇게 해서 군대는 험한 성채에 꺾이고 있으며, 양식은 바닥이 나고 백성은 피폐하여 생명을 부지할 데가 없습니다. 제가 생각하기에 이러한 정세 아래에서는 천하의 성현(聖賢)이 아니고서는 도저히 천하의 환난을 그치게 할 수가 없습니다. 이제 한나라와 초나라 두 왕의 운명은 왕에게 걸려 있습니다. 왕께서 한나라를 위해 힘쓰시면 한나라가 이기고, 초나라 편을 들면 초나라가 이깁니다. 저는 흉금을 털어놓고 마음을 죄며 어리석은 계책을 말씀드리려 합니다만, 아마도 왕께서는 그것을 채택하시지 않으실 것입니다.

저의 계책을 들어 주신다면 두 왕 중의 어느 쪽에도 가세하지 마시고, 그대로 양립시킨 채 천하를 셋으로 나누어 왕과 함께 솥발처럼 세 방면에서 할거하는 것이 최상의 방책일 것이라고 말하겠습니다. 그렇게 되면 자연히 먼저 움직이려고 하는 자가 나타나지 않을 것입니다.

　왕은 천하의 성현이며 실력자이십니다. 완전 무장한 대군을 거느리고 강대국 제나라를 지배하고 계십니다. 이제 연나라와 조나라를 굴복시키고 한나라와 초나라의 힘이 미치지 않는 지역으로 진출하여 양군의 후방을 제압한 뒤에 백성들의 희망에 따라 서쪽으로 나가서 천하를 위해 만민의 생명을 구하기로 했다고 선언하신다면, 천하는 금세 호응할 것이 틀림없습니다. 왕의 명령을 듣지 않는 자가 한 사람이라도 있겠습니까. 그렇게 되면 대국을 쪼개고 강한 나라의 힘을 빼 각지에 제후들을 세우도록 하십시오. 제후가 세워지면 제나라는 맹주로서 경모의 표적이 될 것이며, 천하는 그 뜻을 따르게 될 것입니다.

　제나라가 옛날대로 교(膠:산동성)와 사수(泗水:유역의 일대)의 땅을 보유하여 제후들에게 호령하며 궁중 깊이 앉아서 겸손하게 행동하신다면 천하의 제후들은 모두 제나라로 입조(入朝)할 것입니다. 생각건대 '하늘이 주는 것을 받지 않으면 오히려 꾸지람을 들으며, 기회가 왔는데도 단행하지 않으면 오히려 화를 입는다'는 말이 있습니다. 아무쪼록 깊이 생각해 주십시오."

　한신은 말했다.

　"나에 대한 한왕의 대우는 지극히 융숭하오. 나를 자신의 수레에 타도록 하시고, 자신의 옷을 내게 입도록 하셨을 뿐만 아니라 자신의 식사도 내게 먹도록 하시었소. 속언에도 있지 않소. '남의 수레를 타는 자는 그 사람의 환(患)을 대신 맡고, 남의 옷을 입는 자는 그 사람의 우(憂)를 대신 품어라, 남의 식사를 먹은 사람은 그 사람을 위해 죽으라'라고. 내 이익을 위해 어찌 의(義)를 배반할 수 있겠소."

괴통은 말했다.

"왕께서는 스스로 한왕과 친숙하다고 생각하시며 만세의 업을 세우려고 하시지만 저는 그것이 잘못이라고 생각합니다. 벼슬하지 않았을 당시 상산왕(常山王:張耳)과 성안군(成安君:陳余)은 문경지교(刎頸之交)를 맺었습니다만 장염과 진택(陳澤)의 일로 다툰 이래 원수지간이 되었습니다. 상산왕은 성안군에게 쫓겨 한왕에 귀속했습니다. 성안군과 상산왕이 정형구에게 싸운 것을 왕께서도 잘 아십니다. 성안군은 저수 남쪽에서 살해되어 머리와 다리가 토막나 결국 천하의 웃음거리가 되고 말았습니다.

상산왕과 성안군의 사이는 세상에서 보기 드물게 친밀했으나 끝내는 서로 상대방을 망하게 한 것은 어째서일까요. 우환은 과도한 욕심에서 생기며, 사람의 마음이란 예측할 수 없는 것이기 때문입니다. 지금 왕께서 충성과 신의를 다하여 한왕과 사귀려고 하셔도 상산왕과 성안군만큼 깊은 사이는 되지 못합니다. 게다가 왕과 한왕과의 불화의 씨는 장염의 일보다 훨씬 큰 것입니다. 그렇기 때문에 저는 왕께서 한왕이 결코 왕을 위태롭게 하지 않는다고 생각하시는 것은 잘못이라고 생각하고 있습니다."

'하긴 그럴지도 모르지.'

하고 한신은 생각했다.

"역사에서 실례를 찾아 보겠습니다. 월왕(越王) 구천(句踐)은 범여와 문종(文種)의 보좌로 오(吳)나라를 멸망시켰습니다. 범여와 문종은 멸망의 위기에 처한 월나라를 부흥시켜 구천을 패자로 만들었으니, 그 공은 지극히 큽니다만, 범여는 제나라로 도망가지 않으면 안 되었으며, 문종은 구천에게 살해당했습니다. '날쌘 토끼가 잡히면 뛰던 개는 삶아 죽이고, 적국이 망하면 모신(謀臣)은 파멸된다'라는 말이 있습니다. 왕과 한왕과의 관계는 교우라는 점에서 보아도 상산군과 성안군의 친밀함에 미치지 못하며, 충신이라는 점에서 보아도 범여와 문종에 미치지 못합니다. 이 두 가지의 예만으로도 참고로 하시기에 충분할 것입니다. 아무쪼록 깊이 생각해 주시기 바랍니다."

'월왕 구천은 목이 길고 까마귀처럼 입이 검었다고 하지 않는가. 의심이 많은 성격이었던 것이다. 그에 비하면 한왕은 포용력이 있어서 쉽게 사람을 죽일 것 같은 인물로는 생각되지 않는데……'

한신은 구천과 유방의 인품을 비교해 보았다.

"그리고 또 저는 '주인을 떨게 하는 용략(勇略)은 그 일신이 위태롭고, 공이 천하에 널리 알려진 자는 칭찬을 받지 못한다'고 들었습니다. 여기서 왕의 공과 용무재략을 한 번 돌이켜보기로 하겠습니다. 왕께서는 강을 건너가 위왕(魏王)을 사로잡으셨으며, 군대를 이끌고 정형으로 내려가 성안군을 주살하시고, 조나라를 굴복시키시고 연나라를 겁주시고, 제나라를 평정하시고 남쪽의 초나라 군대 20만을 무찌르시고, 용차를 베시고 서쪽으로 향하여 한왕에게 복명하셨습니다. 이는 '공은 천하에 다시 없고, 용무재략은 불세출'이라고 할 만합니다. 이제 왕께서는 칭찬을 받지 못하는 공적과, 주인을 떨게 하는 위명을 가지셨으니 초나라에 귀속하셔도 초나라 사람들은 믿지 않을 것이며, 한나라에 귀속하셔도 한나라 사람들도 그저 두려워하기만 할 것입니다. 왕은 어디에 귀속하시려 합니까. 세력이 인신(人臣)의 자리에 있으면서 주인을 능가하고, 이름은 천하에 높다고 하면 저는 왕을 위해 근심하지 않을 수가 없습니다."

'말은 옳은 말이야. 하지만 내가 정말로 천하를 잡을 수 있을까?'

한신은 불안했다. 불안은 겁에서 나오는 것인데, 한신은 그것을 깨닫지 못하고 있었다. 정형구에서의 배수의 진이나 고밀성에서의 낭사(囊砂)의 계

(計)나 모두 보통의 전법으로 싸워서는 이길 수 없
다고 생각했기에 세운 계책이었다. 지면 죽는다,
죽고 싶지 않으면 이겨야 한다.

"죽고 싶지 않거든 싸워라."

하고 한신은 군졸들을 질타 격려했지만 사실은 한
신 자신도 죽음에서 벗어나려고 싸웠던 것이다.

"절대절명의 궁지에 몰리면 병사들은 생사를 잊
고 용감하게 싸우는 법이다."

라고 손자는 가르치고 있다. 한신은 손자의 병법
을 활용했던 것이다. 회음 거리의 백정이 시비를
걸어왔을 때에도 한신은 가랑이를 기어나가지 않
으면 죽게 된다고 생각했기에 창피를 무릅쓰고 그
백정이 시키는 대로 했었던 것이다.

"선생!"

하고 한신이 말했다.

"나도 잘 생각해 보겠소."

괴통은 한신이 동요하고 있는 것을 꿰뚫어보았
다. 설득은 성공했다고 할 수 있었다. 이제 좀 있
다가 다시 한 번 밀어붙이면 되는 것이다. 서둘 것
은 없겠지. 한신으로 하여금 심사숙고케 한 다음
촉구하면 되는 것이다 라고 생각하면서 괴통은 한
신 앞에서 물러나왔다.

한신은 제왕 전영의 왕궁을 그대로 쓰고 있었다.
바깥이 행정부이며 안이 후궁이다.

왕의 주거지는 후궁에 있었다. 후궁은 어느 왕궁

이나 그렇듯이 금남 구역이며, 여성만이 살고 있다. 제왕 한신의 왕궁도 예외는 아니었다.

한신은 청년시절에 직업도 없이 방랑하고 있었기 때문에 아내를 얻지 못했다. 여자와 잠자리에 들게 된 것은 대장군이 되고 나서부터였다. 정형구에서의 싸움이 끝난 후 패배한 조왕 혈(歇)은 전승장군인 한신에게 여자를 바쳤다. 조왕 일족의 여자였다. 이름은 옥영이었다. 옥영은 미모에다 기품이 있고 행동도 우아하여 빈민 출신인 한신의 마음을 사로잡았다. 한신은 옥영과 사랑에 빠지게 되었다. 전쟁터에도 데리고 갔고, 제왕이 되고 나서는 정실의 지위를 주었다.

옥영은 잉태했다. 이미 산월이 가까워지고 있었다. 중국에서는 흔치 않는 일이다. 옥영을 안고 자는 것만으로도 만족했다.

"애기가 움직이고 있어요."

금침 속에서 옥영이 말했다.

"움직이고 있나?"

한신은 여자의 배에 손을 뻗치려고 했다. 여자는 수줍어하며 그 손을 뿌리치려 했지만 이윽고 그냥 내버려 뒀다.

"사내아이면 좋을 텐데…."

한신이 말했다.

"틀림없이 사내아이일 거예요. 아주 기운이 좋게 뱃속에서 뛰고 있어요."

한신에게는 부모 형제가 없다. 육친의 애정에 메마른 한신은 자기 자식이 태어난다고 생각하니 기쁘기 한량없었다. 태어나는 아이가 사내아이라면 태자이다. 아버지로서의 책임이 무겁다.

"한나라에도 초나라에도 가세하시면 안 됩니다. 천하를 셋으로 나누어 천하를 바라보셔야 합니다."

괴통이 했던 말이 귓가에 맴돌았다. 한신은 몸을 떨었다. 힘이 솟구치는 용솟음이 아니었다. 그것은 공포였다. 자립해서 천하를 바라보려면 초왕을 상대로 싸우지 않으면 안 된다. 싸워서 반드시 이길 수 있다는 자신이 없었다. 싸움은 그 때의 운수에 크게 좌우된다. 이길 때도 있지만 질 때도 있는 것이다. 한신이 그 때까지 주로 쓴 전법은 기계(奇計), 기책이었다. 말하자면 적을 속여서 승리를 얻은 것이었다. 배수의 진을 치고 조나라 군대를 무찔러 버렸듯이 또 낭사의 계로 초나라 군대를 궤멸시켰듯이 앞으로도 그것에 못지않은 전법을 짜낼 수 있을까? 한신은 생각했다. 될 것 같기도 하고, 다시는 그렇게 못할 것 같기도 했다. 아니, 이젠 못할 것이라는 불안감이 더 무겁게 한신의 마음을 내리눌렀다.

'천하를 바라보다가 일패도지(一敗塗地)하면 죽어야 한다. 옥영도, 이 뱃속의 아이도 죽어야 한다'

'제왕의 자리에 그대로 있으면 위험하기는 덜하다. 한왕은 사람을 죽이는 것을 싫어하는 성미이다.

위왕처럼 반복무쌍한 사람까지 용서했으니 설마 나를 제거하려고 하지는 않겠지.'

'한신이 한나라를 위해 움직이면 한나라가 이기고, 초나라 편을 들면 초나라가 이긴다고 괴통이 말했겠다. 어느 쪽에도 가세하지 않고 형세를 광망하는 수도 있지 않은가. 한왕의 요청을 받고 초나라를 치면 나의 공적은 이루 말할 수 없이 크다. 영토도 넓어질 것이고, 한왕도 나를 푸대접할 수는 없을 것이다.'

"뭘 생각하고 계셔요?"

옥영이 물었다.

"아냐, 아무것도 아니니, 어서 잠이나 자시게."

한신은 여자를 안은 채 잠들었다.

그로부터 사흘이 지났다.

괴통이 왕의 어전으로 왔다.

괴통은 다시 한 번 한신을 설득하기 시작했다.

"각오는 서셨는지요?"

한신은 코 밑에 손을 갖다 대고 콧수염을 매만졌다.

"청(聽)은 일의 조짐, 모(謀)는 일의 시초라고 합니다. 이제까지 좋은 말을 듣지 않고 일을 잘못 꾸며 안전하게 되었던 예는 없습니다. 일의 경중을 가리고 일의 본말을 바로 아는 자만이 어떠한 말에도 현혹되지 않는 법입니다. 작은 일에 구애받게 되면 만승의 권세를 잃게 됩니다. 얼마 되지도 않는 봉록에 매달리는 자는 경상(卿相)의 자리에 앉을 자격이 없습니다. 일을 잘 꾀하고, 잘 분별하면서도 결연하게 행동할 수 없는 것은 모든 화의 근원이 됩니다."

'구변 하나는 참 좋단 말야.'
하고 한신은 생각했다.

"맹호도 망설이고 있으면 벌이나 전갈이 쏘는 것만도 못하고, 기린(麒麟)도 제자리 걸음을 하고 있으면 노둔한 말만도 못하며, 용맹한 맹분(孟賁)도 의심을 품고 주저하면 행동하는 어린이만도 못하고, 순(舜)과 우(禹)의 예지가 있어도 입을 다물고 있으면 벙어리나 귀머거리가 손짓으로 얘기하는 것만도 못하다는 말이 있습니다. 이것은 결행이 얼마나 중요한가를 뜻하는 말입니다."

'결단력이 없다는 말이군.'

'나의 공로는 크다. 내가 초나라 군대를 무찌르지 않았다면 한왕은 고전했을 것이다. 한왕은 그 일을 너무나 잘 알고 있을 것이다.'

"무릇 공로는 이루기는 어려우나 깨지기 쉽고, 때를 얻기는 어려우나 잃기는 쉬운 법입니다. 아시겠습니까?"

'알아, 안다니까!'

"아아, 지금, 지금이 바로 기회입니다. 한 번 간 때는 다시 돌아오지 않습니다. 제발 제 말을 들어 주십시오."

괴통은 끝내 영탄조로 시를 읊는 것처럼 말했다.

한신은 한참 동안 잠자코 있다가 이윽고,

"선생이시여."

라고 불렀다.

"선생의 말은 잘 알겠소. 그러나 나는 한왕을 배반할 수가 없소. 이 얘기는 없었던 것으로 합시다."

괴통은 숨을 삼켰다. 일순간 숨이 콱 말혔다. 이럴 수가 있는가. 분통이 터져 창자가 뒤틀리는 것 같았으나 분노와는 다른 전율이 그의 온몸을 엄습했다. 괴통은 온몸의 피가 아래로아래로 가라앉는 것만 같았다.

한신에게 모반을 권하는 말을 한 이상 언젠가는 세상에 새어나갈 것이다. 위난이 닥칠 것을 각오하지 않으면 안 된다.

괴통은 아무런 내색도 하지 않고 어전에서 물러났다.

"저토록이나 우유부단할 줄이야. 내 불찰이로다. 내 불찰이로다."

괴통은 혀를 찼다. 한신에게 배반을 당했다는 생각이 들었다.

'결국, 싸움에만 능한 사나이였구나.'

'싸움에만 능해 가지고는 일신을 보전할 수가 없지. 한신은 파멸할 것이다. 1년 후가 될지 3년 후가

될지 몰라도 틀림없이 파멸이 찾아올 것이다.'

'한신은 욕심이 생긴 거야. 왕위를 잃고 싶지 않다는 욕심이 생긴 거야.'

'왕의 생활은 쾌적하다. 언제까지나 왕으로 있고 싶을 것이다. 왕으로 있고 싶다면 지금 그대로가 좋지. 천하를 걸고 싸우는 큰 도박은 하고 싶지 않을 것이다. 지면 어떻게 하나, 겁이 앞서는 것이다.'

'한신은 정말로 겁쟁이인지도 모른다. 백정의 가랑이 사이로 기어나왔다는 것도 많은 사람을 상대로 싸우는 것이 무서워 그랬는지 모른다.'

'한신은 이젠 끝장이구나. 인간은 욕심이 많으면 눈이 어두워진다. 보이던 것도 보이지 않게 된다. 천하의 이목을 놀라게 할 싸움을 하는 일도 이젠 없을 것이다.'

괴통은 종적을 감추었다. 닥쳐올 재난을 피하기 위해서였다.

한신은 괴통을 쫓지 않았다. 사실 괴통은 그가 자기를 쫓지 않을 것이라고 예상했던 것이다. 괴통이 두려워한 것은 한신이 아니라 한신이 죽은 다음에 닥쳐올 일이었다.

괴통은 점쟁이가 되어 이 나라 저 나라를 돌아다녔다. 입에 풀칠을 하기 위해서였다.

점은 쑥과 말똥을 섞어 돼지의 어깨뼈 위에 얹어 불에 태워서 봤다. 고대부터 전해 내려온 점술이지

만 괴통은 갓 배설한 김이 나는 말똥을 어깨뼈 위에
얹어 그 냄새를 맡고 자신이 먹어 보인 다음,

"이것은 영약이오, 이것을 먹으면 당장 귀신이 나
타나 미래의 어떠한 일도 거울에 비치듯이 뚜렷하게
보인단 말이오."

하고 사람들에게 권했다.

누가 봐도 미친 점쟁이임에 틀림없었으나 그의 점
괘가 잘 맞는다고 소문이 났다.

괴통은 일부러 미친 척한 것이다. 훗날에 죽지 않
기 위해서.

그 무렵 항우는 한신을 설득시키려 갔던 무섭이
허탕을 치고 돌아옴을 보자, 결국 이들과 맞붙어 승
부를 결하기로 마음을 굳히고, 10만 대군으로 영양
성부터 먼저 치기로 하였다.

그 같은 소식은 곧 영양성의 유방에게로 전달되었
다. 유방은 곧 사자를 한신에게 보내어 속히 와서
도울 것을 재촉하는 한편으로, 제장들을 모아놓고
방비책을 숙의했다. 이 때 마침 함양에 있던 승상
소하가 한 장수를 데리고 와서 유방에게 아뢰었다.

"폐하, 이 장수의 이름은 누번으로 멀리 북연(北
燕) 땅에서 폐하의 성덕을 사모하와 찾아온 번장(番
將)이옵니다. 실로 만부부당의 용맹이 있사오니, 수
하에 거두어 주시옵소서."

유방이 눈을 들어 누번을 보니 신재(身材)는 우람

하여 9척을 넘고 기골은 강건하여 바윗돌과도 같았
다. 유방은 크게 기뻐하며 그에게 특별히 갑옷 한
벌을 지어서 입히게 하고는 황금 백 냥을 내린 다
음, 장하(帳下)의 대장으로 임명했다. 이어서 그 자
리에서 누번을 선봉으로 삼고, 왕릉과 주발에게 그
를 도와라고 명했다.

이튿날 항우는 환초·정공·옹치·우자기 등 네
장수를 선봉으로 해서 싸움을 걸어왔다. 초군의 선
봉장들이 보니, 처음 보는 거한(巨漢)이 말 한 마디
없이 군사를 휘몰아 오며 네 장수들에게 달려들었
다.

누번이 혼자서 초장 네 사람을 상대로 싸우는데도
그의 무예는 참으로 절륜하여 조금도 흐트러짐이 없
었다. 이들과 어우러져 싸우기를 50합이 넘었건만,
정신은 더욱 맑아지고 검풍(劍風)은 갈수록 날카로워
졌다.

네 장수는 약속이나 한 듯이 일제히 말머리를 돌
려 도망을 치기 시작했다. 이를 본 초진에서는 이번
에는 계포·이번·장월·항앙 등 네 장수가 다시 교
대로 한꺼번에 누번에게로 달려들었다. 누번은 조
금도 어려워하지 않고 다시 이들과 20여 합을 싸웠
다.

이 때 왕릉과 주발이 군사를 휘몰아 짓쳐들어 가
자 계포 등 네 장수는 또 아까처럼 일제히 도망을

쳤다. 누번은 칼을 거두고 마상에서 연달아 활을 쏘아 이번과 장월의 두 상수를 말 아래 떨어뜨렸다. 이를 본 항앙이 두 동료 장수를 구하려고 달려오다가 왕릉의 칼날이 한 번 번뜻, 항앙의 머리를 베어 땅에 굴렀다.

그 때까지 그 모양을 지켜보고 있던 항우가 크게 노하여 초천검을 높이 들고 오추마 급히 몰아 나오며 벽력같은 호통을 쳤다.

"네 이놈!"

싸움은 기세가 좌우한다고 했던가, 천하의 누번도 항우의 호통 소리를 듣자 온몸이 굳어진 듯 잠시 어쩔 줄을 모르다가 마침내 말머리를 돌려 달아나기 시작했다. 누번이 그 모양이 되자 왕릉과 주발도 말머리를 돌렸다.

그러자 그 때까지 기세 등등하던 한군은 삽시간에 대오가 흐트러지고 각자 목숨을 건지려고 도망하기에 바빴다. 그 뒤를 초군이 급히 들이쳤다. 전세는 역전되어 한군으로서 죽거나 다치는 자들이 부지기수였다.

멀리 후진에서 전세를 관망하던 유방이 놀라서 물었다.

"누번을 쫓는 장수가 누군고?"

"항우이옵니다."

"뭐? 항우라고?"

유방은 적지 아니 당황하여 얼굴빛이 달라졌다. 그는 아무래도 항우를 당해낼 수 없음을 알고 먼저 말머리를 돌려 영양성으로 향했다. 여러 장수들이 유방을 보호하면서 함께 도망을 쳤다.

그런데 언제 매복하고 기다렸는지 종리매가 일군을 거느리고 앞길을 막으면서 무수히 활을 쏘아댔다. 유방은 간담이 서늘해졌다. 그를 옹위하여 달리는 여러 장수와 군사들이 방패막이로 겨우 몸을 피하며 정신없이 달리는데, 화살 한 대가 가슴에 와서 퍽!하고 꽂히었다.

"으음!"

유방은 달리는 말 위에서 한 손으로 가슴을 더듬어 화살을 뽑아 던졌다. 다행이 그것은 유시(流矢)여서 깊이 꽂히지는 않았다. 그는 이를 악물고 아픔을 참으면서 계속해서 말을 달렸다.

그렇게 유방이 참패당하고 겨우 영양성에 입성하자, 뜻밖에도 초군이 서둘러 퇴각을 하는 것이었다. 모두들 의아해 하고 있을 때 척후병이 나는 듯 달려와 보고를 올렸다.

"한신 원수가 10만 대군을 거느리고 성고성에 도착했으며, 팽월 장군이 적의 양도를 끊었사옵니다."

유방은 비로소 한숨 돌리며 침상에 드러누웠다. 화살에 다친 가슴의 상처가 몹시 쓰리고 저렸다. 그가 고통을 참으며 신음하고 있을 때, 장량과 진평이 방안으로 찾아 들어왔다.

"그렇소 견딜 수가 없구려."

"비록 그러하오나 항왕이 기세가 꺾여 본진으로 후퇴하였삽고, 한신은 이미 성고성까지 나와 있사오니, 이 때를 타서 폐하께서는 속히 성고로 가시어서 한신과 회동하시고 급히 항왕을 치셔야 하옵니다. 지금이 아주 중대한 시기이옵니다. 황공하오나어서 자리에서 일어나소서."

장량의 말이 끝나자 유방은 벌떡 일어나,

"선생의 생각이 옳소이다. 말씀대로 하겠소!"
하고 말하더니 장수들을 불러 출발 준비를 명령했다.

"내일 새벽이면 항우가 또 공격해 올지 모르니, 오늘 밤 어둠을 타고 성고로 가도록 하라!"

한편, 항우 역시 장수들을 모아놓고 영을 내렸다.

"한신이 대군을 이끌고 온 데다가 팽월이 또 우리의 양도를 끊었소. 이 곳에서는 아무래도 저들을 감당하기 어렵겠으니, 다시 광무산으로 가서 그 곳에서 결전을 벌이는 것이 좋겠소."

"폐하의 성견(聖見)이 십분 지당하십니다."

군사 항백이 찬동하자 종리매가 의견을 말했다.

"폐하, 그렇다면 이 밤으로 어둠을 타서 군사를 옮기도록 하소서."

"좋은 생각이야."

그리하여 기묘하게도 그날 밤에 한군과 초군 모두가 각군의 계책에 따라 야음을 이용하여 거의 같은 시간에 은밀하게 군사를 이동시켰다.

광무산(廣武山) 대전

한나라 군대는 군량의 보급을 위수와 황하의 물길에 의지했다. 광무산에서 황하 강안(江岸)까지는 얼마 되지 않는 거리였다. 거기에 높은 장벽(障壁)을 쌓으면 광무산에서 황하가지 견고한 성새를 만들 수 있었다.

광무산은 북쪽에서 남쪽으로 나란히 2개의 봉우리가 있으며, 봉우리와 봉우리 사이는 경사가 가파른 낭떠러지이며, 깊은 골짜기를 이루고 있었다. 동쪽의 봉우리를 동광무, 소쪽의 봉우리를 서광무라고 그 지방 사람들은 부르고 있었다.

서광무의 서쪽 기슭은 경사가 완만했다. 공격하려면 그쪽으로 올라가는 수밖에 없었으나, 서쪽에 성고성이 있기 때문에 우선 성고성을 탈취해야 했다. 그렇게 하지 않으면 서쪽과 동쪽에서 협공당할 우려가 있었다.

항우는 몸소 주력부대를 이끌고 나가 성고성을 맹렬히 공격했다. 하지만 유방의 병사들은 성을 굳게 지키며 방어에 힘썼다. 성은 쉽사리 함락될 것 같지 않았다.

항우는 부대를 동쪽으로 이동시켰다. 한나라 군대의 정면으로 돌라 동광무산에 진지를 구축했다.

얼마 후 한나라 군대의 성새 못지 않는 거대한 성새가 세워지기 시작했는데, 이와 때를 같이하여 한나라 군대 쪽에서는 서광무산에서 황하에 이르는 동쪽과 서쪽을 따라 길고 높은 장벽을 쌓았다.

장벽 안쪽은 넓은 용도(用道)였다. 위수와 황하의 물길을 따라 운반되어 오는 곡식이 황하의 기슭에 양륙(揚陸)되어 용도를 통해 광무산까지 운반되어 오도록 구축되어 있었다.

광무산의 동쪽 봉우리를 「초성(楚城)」, 서쪽 봉우리를 「한성(漢城)」이라고 부르게 된 것은 이보다 좀더 지나서의 일이다.

동광무산(東廣武山)과 서광무산(西廣武山)에서 대치하고 있는 초나라와 한나라의 군대는 오랫동안 교착 상태에 빠졌다.

초나라 병사들이 한나라 병사들의 겁많음을 욕해도 한나라 병사들은 들은 척 만 척했다. 한왕으로부터 상대하지 말라는 엄명을 받았기 때문이다. 상대가 도전에 응하지 않으면 아무리 싸움을 하고 싶어도 어쩔 도리가 없는 것이다.

유방은 대치 상태가 계속되는 한 정세는 한나라 군대에 유리하게 전개될 것이라고 예상했다. 관중(關中)으로부터의 병력과 보급품의 수송이 순조로

웠기 때문이다.

　한나라 군대에 비하여 초나라 군대는 식량이 딸렸다. 팽성(彭城)으로부터의 보급선이 팽월(彭越)의 군대에 의해 끊겼기 때문이다. 팽성에서 양(梁)나라의 땅을 지나 식량을 운반하려면 호위하는 대군이 따라야 했다. 그래서 팽월은 번개처럼 덮쳐 보급품을 빼앗거나 불태웠다.

　제나라에서 한신의 위세는 날로 강대해졌다. 제나라와 국경을 접하고 있는 초나라는 북방에도 대군을 배치하지 않으면 안 되었다.

　전선의 병력은 줄어들 뿐이었기에 항우는 초조하기 이를 데 없었다. 그대로 대치 상태를 계속하고 있으면 초나라 군대는 결국 굶어죽고 말게 된다. 가물어서 작물이 시들어 죽듯이, 초나라 군사들도 광무산 꼭대기에서 그런 꼴이 될 것이다. 다만, 항우는 유방에 대해 하나의 약점을 잡고 있었다. 팽성 싸움에서 사로잡은 유방의 아버지 태공(太公)과 처인 여씨(呂氏)였다.

　항우는 어느 날, 항백과 종리매를 불러서 물었다.

　"지금 우리는 저들에 비해 군사도 적은데다가 군량마저 넉넉지 못하여 오래 싸울 수 엇으니, 이에 대한 계책이 없겠소?"

　종리매가 나서서 아뢰었다.

　"페하께서는 달갑지 않게 여기실지 모르오나 전

쟁이란 비정한 것이옵니다.

아뢰옵기 황송하오나, 만일의 경우에 대비하여 팽성에 있는 유방의 권속들을 이리로 데리고 와서 볼모로 이용하는 것이 어떨까 하옵니다."

　항우는 한참 동안 생각하더니,

　"짐의 성미에 맞지 않은 일이지만, 일단 그렇게 해 두어 보라. 유방 그 필부 놈이 사항계까지 써서 짐을 속인 것을 보았더니, 짐도 어느 새 그놈을 닮게 되는구나."

하고 종리매의 의견을 받아들였다.

　이튿날 유방의 권속들이 모두 광무로 끌려왔다. 항우는 유방의 부친 태공을 보고 말했다.

　"그대의 아들 유방이 짐에게 항거하니 마땅히 그 구족을 멸할 일이로다. 이는 그대나 가족들을 조금도 염두에 두지 않음이라. 불효막심도 천지간에 이같은 놈은 없을 것이다. 그러니 그대가 지금 서신을 써서 그대 아들로 하여금 군사를 데리고 물러가게 타일러 보라. 만이 그렇게 된다면 그대와 권속들을 성고로 돌려보내 주겠다.

　태공은 어쩔 수 없이 아들 유방에게 보내는 편지를 썼다. 태공의 편지는 항우의 명에 따라 중대부 송자련에 의해 성고의 유방에게로 전달되었다.

　유방은 태공의 편지를 펼쳐 보았다. 다음과 같은 내용이었다.

가아(家兒) 유방은 보아라. 천하에 골육지간보다 중한 것이 없거늘, 너는 공명과 부귀를 소중히 알고 아비 보기를 길가에 있는 사람처럼 하니, 어찌 통탄치 않겠느냐. 다행히 이 아비와 네 처는 초패왕 폐하의 불살지은(不殺之恩)을 입어 하루 세끼의 밥을 먹으면서 연명하고 있으나, 불효자식을 둔 부끄러움 때문에 한시도 편할 날이 없구나. 그러니 너는 군사를 거두어 돌아가도록 하여라. 그리하여 부자와 부부가 한 자리에 모이게 된다면 얼마나 좋겠느냐. 만일 군사를 주둔시키고 싸움 계속한다면 내 목숨은 붙어 있지 못할 것이니, 네 어찌 마음이 편하겠느냐. 너는 마땅히 자성하여라.

　태공의 편지를 다 읽고 난 유방은 난처한 표정으로 장량과 진평을 불러 물었다.

　"방금 초나라의 사자가 짐의 아버지가 쓰신 서한을 가져왔구려. 이 일을 어떻게 처리하면 좋겠소?"

　장량이 그 편지를 받아서 읽어 보고는 대답했다.

　"폐하, 태공의 서신 때문에 크게 상심하지 마소서. 이 글은 태공의 필적만 빌렸을 뿐, 모두가 저들이 지어 만든 것이옵니다. 하오니 폐하께서는 초의 사자를 불러 짐짓 술에 몽롱히 취한 것처럼 행동하면서 여차여차하게 하시면, 앞으로 열흘을 넘지 못하여 모두 무사히 해결될 것이옵니다."

　"그렇사옵니다. 폐하께서 방시하고 계셔도 항왕

은 결코 태공과 폐하의 권속을 해치지는 못할 것
이옵니다."

진평도 장량의 의견을 거들었다. 유방은 잠시 입
을 다물고 생각을 굳히는 듯하더니, 초의 사자 송
자련을 불러들였다.

송자련이 앞으로 나오자 유방은 장량이 일러준
대로 정말 술에 취한 듯 몽롱한 얼굴로,

"내가 오래 전에 초패왕과 결의형제가 되었으니,
나의 아버지는 곧 저의 아버지일 것이다. 태공께
서 지금 초나라에 계시지만, 이 곳 한나라에 계시
는 것과 다름이 없다. 그러니 그가 만일 태공을 살
해한다면 천하 사람들은 나를 욕할 뿐만 아니라
그도 또한 욕할 것이다. 맹자도 말씀하시기를, 사
람의 아버지를 죽이면 사람들도 그의 아비를 죽인
다고 하셨다.

라고 지껄인 유방은 좀 정신이 든다는 듯이 송자
련을 똑바로 쳐다보면서 다시 말을 이었다.

"그대는 돌아가서 태공을 뵈옵고, '아무 염려 마
시고 초나라에 잠시 더 머물러 계십시오. 한나라
로 돌아오실지라도 그 곳에 계시는 것과 다를 것
이 없습니다.'라고 전해 주시기 바란다."

그 같이 말하고는 송자련이 무어라고 말할 사이
도 없이 자리에서 일어났다. 두 사람의 시녀가 그
를 부축하자, 유방은 비틀거리며 내전으로 들어가
고 말았다.

송자련은 장량과 진평이 권하는 술을 받아 마시면서도 유방이 다시 나와 주었으면 하고 기다렸으나, 유방은 그 뒤로 다시는 모습을 보이지 않았다.

이튿날 송자련은 하는 수 없이 광무로 돌아와 자초지조을 항우에게 고한 다음, 이어서 자기 나름대로 느낀 의견을 덧붙였다.

"한왕은 주야로 주색에 빠져 자기 부모나 처 생각은 추호도 하지 않는 것 같았사옵니다."

"허어, 천하에 고얀 놈이로군! 사람의 탈을 쓰고 어찌 그럴 수 있단 말인가!"

그러자 옆에 있던 항백이 한 마디 거들었다.

"신이 생각건대, 한왕은 결코 대업을 이룰 사람이 못되옵니다."

그러자 기분이 좋아졌는지 혼자서 중얼거리듯 말했다.

"유방은 원래부터 탐주호색하는 소인배에 불과해, 그리고 제아무리 아버지를 생각하는 마음이 없다고 해도 태공이 우리 진영에 있는 이상, 힘을 다해서 공격하지는 못할 거야."

항우는 이어서 여러 장수들을 불러, 군사를 사방으로 나누어 모든 요해지에 진을 치고 엄중 수비하라고 명령을 내렸다.

그 때에 유방은 화살에 맞은 상처도 아물었기에, 한신을 불러 항우를 칠 계책을 물었다.

"항왕이 오랫동안 광무에 주둔해 있으니 양식은

모자라고 사기는 떨어져 있을 것이옵니다. 신의 군마는 그 동안 조련을 충실히 하였으니, 이 때를 타서 폐하를 모시고 진발하고자 하옵니다."

한신이 서슴지 않고 아뢰자 유방은 크게 기뻐하며 말했다.

"모든 것을 원수의 뜻에 일임하오."

한신은 곧 여러 장수들을 모으고 군대를 나누었다. 제1진은 번쾌와 관영, 제2진은 주발과 주창, 제3진은 근흡과 노관, 제4진은 장이와 장창, 제5진은 번장 누번, 제6진은 하후영과 왕릉, 제7진은 조참과 시무, 제8진은 영포, 제9진은 유방으로 맨 후진을 맡게 했다. 그리고 한신 자신은 따로이 편성된 별동대를 맡았다.

이어서 미리 광무산의 지형과 지세를 살펴본 바에 따라 각 부대들을 적소(適所)에 배치 또는 매복토록 하였다.

그럴 즈음 마침내 항우가 전군을 거느리고 접근해 왔다. 한신은 기다렸다는 듯이 별동대를 거느리고 항우와 맞섰다. 한신이 먼저 항우에게 머리를 숙여 인사하고는 말했다.

"폐하는 당대의 제왕이며 천하의 주인으로서 마땅히 구중궁궐에 계셔야 할 것인데, 어찌 수고롭게도 창검을 들고 전장에 나오셨나이까? 폐하의 모습이 오늘따라 유난히 처량해 보입니다 그려."

한신의 빈정거리는 말에 항우는 심한 모멸감을

느꼈다.

"이놈이 짐을 놀리는구나!"

항우가 크게 노해 철편을 꺼내 들고는 오추마를 급히 몰아 한신을 향하여 들이닥쳤다. 한신은 급히 말머리를 돌려 동남방쪽으로 달아나기 시작했다. 항우는 분함을 참지 못하고 소리를 질렀다.

"네 이놈! 오늘은 또 무슨 수작을 부리려는 거냐! 내 기어이 네놈을 사로잡고 말리라!"

항우의 제장들도 군사를 몰아 한신의 뒤를 추격했다. 어느덧 광무산으로 접어드는 길이 나타났다. 그 때 종리매가 큰 소리로 말했다.

"폐하, 광무산은 수목이 울창한데다 산세가 험하옵니다. 들어가기는 쉬워도 나오기는 어려우니 추격을 멈추소서."

"짐이 언제나 고집을 부리다가 낭패를 본 적이 한두 번이 아니니, 오늘은 그대의 말을 듣기로 하겠다."

항우가 그렇게 말하고 군사들의 대오를 다시 정비하려고 하는데, 한신이 말을 세우고는 웃으면서 말했다.

"폐하께서는 지금 완전히 포위된 것을 아신다면, 말에서 내려 항복하십시오."

"아니, 이놈이 또 나를 속이려고 하는구나."

항우가 호통을 치며 한신을 다시 쫓으려 할 때였다. 난데없는 일성 포향이 천지를 진동시키는 가운데 사방에서 한군이 일시에 나타나며 공격해왔다.

북으로부터는 번쾌와 관영, 좌로부터는 주발과 장창, 우로부터는 근흡과 노관, 남으로부터는 하후영과 왕릉이 각각 대군을 휘몰아 쳐들어오고 있었다.

"아아니, 이놈들이!"

하지만 항우는 과연 대단한 사나이였다. 그는 조금도 두려워하는 기색이 없이 좌충우돌하면서 길을 열어나갔다. 그가 휘두르는 창에서 용장의 진면목을 볼 수 있었다.

그런 지 얼마 지나지 않아 이번에는 구강왕 영포가 군사를 거느리고 와서 항우의 앞을 가로막았다. 이를 본 항우는 크게 노하여 꾸짖었다.

"얼굴 푸른 반적 놈이 무슨 면목으로 짐의 앞을 막는거냐?

이에 영포도 지지 않고 당당하게 마주 소리쳤다.

"네가 지난 날 나를 시켜 의제를 죽이게 하고는 그 죄를 모두 나에게 뒤집어 씌웠으니, 너야말로 비겁한 군주가 아니고 무엇이냐!"

말을 마치자 영포는 대부를 휘두르면서 항우에게 덤벼들었다. 항우는 창을 거두고 초천검을 빼어서 영포를 공격했다. 칼과 도끼가 바람을 가르며 맞서기를 20여 합 했을 때 누번이 일군을 거느리고 와서 영포를 도왔다.

항우는 두 맹장을 상대로 이리 치고 저리 찌르며 불같이 싸웠다. 그 때 계포와 환초가 말을 달려오며 항우에게 말했다.

"이놈들은 우리가 맡겠으니, 폐하께서는 길을 여십시오."

"그래라!"

항우는 대답하고는 다시 길을 열어 나갔다. 그 사이에 종리매도 혈로를 뚫고 나와 항우를 옹위하며 함께 말을 달렸다.

그들이 광무산의 능선을 타고 얼마쯤 길을 열어 나갔을 때, 별안간 풍악 소리가 들리기에 고개를 돌려서 보니 높은 정상의 바위 위에서 한신이 보라는 듯이 여러 장수들과 함께 술을 마시고 있었다.

"저 비렁뱅이 놈이 이처럼 심하게 짐을 모욕할 수가 있는가! 내 당장 올라가서 저놈의 목을 베고야 말리라!"

항우는 곧바로 정상을 향해 말을 몰고 올라갔다. 군사들이 새까맣게 그 뒤를 따랐다. 그러는 중에 종리매가 말했다.

"한신이 저렇게 방약무인하게 구는 것은 폐하를 노하게 하여 쳐올라오기를 기다리기 위해서인 것 같사오니, 올라가지 마소서."

종리매의 말이 채 끝나기도 전에 요란한 징 소리와 함께 철포와 석뢰가 비오듯 쏟아지며 산 위로부터 커다란 바윗돌과 뇌목들이 홍수처럼 굴러내려왔다. 동시에 사방에서 복병이 일어나며 질풍처럼 쳐들어왔다.

때문에 죽고 다치는 초군들이 부지기수이며 모두들 도망가기에 정신이 없었다. 항우는 여러 장수와 함을 합쳐 군사들을 수습하며 한 가닥 혈로를 열어 말을 재쳐 산기슭까지 가니, 이번에는 한 줄기 큰 강물이 달빛아래 출렁이고 있었다.

항우는 강물의 수심을 알 수 없어 잠시 군사들과 더불어 주저하고 있는데, 뒤에서 또 함성이 크게 일어났다.

"앞에는 강물이요 뒤에는 한군의 추격이 급하니, 짐의 운도 여기서 끝나는구나!"

항우가 탄식해 마지 않을 때 계포가 말을 타고 달려와 아뢰었다.

"뒤에 오는 군사는 주란과 주은이 거느린 우리 초군이옵니다."

항우는 가장 위급한 지경에서 뜻하지 않은 구원을 받았다.

"나에게도 아직 군사는 있었구나!"

항우가 열 차례도 넘는 싸움에서 참패를 당하고 가까스로 본진에 돌아와 군사들을 점검해 보니, 군사 5만 명이 비었고, 환초 · 계포 · 우자기 · 주은이 중상을 입고 있었다.

"이 철천지한은 반드시 설분하고야 말리라!"

항우는 이를 갈면서 방비를 튼튼히 하도록 명령을 내리는 한편으로, 최후의 결전을 준비하기 시작했다.

휴전 아닌 휴전

이 무렵 한군 진영에서는 유방의 권속들을 구하기 위한 계책이 숙의되고 있었다. 장량은 초군의 포로병 가운데 영특해 보이는 사졸 하나를 뽑아 장하로 데리고 와서 은밀히 말했다.

"너에게 한 가지 중대한 일을 맡기려고 한다. 일을 성공적으로 성사시키면 큰 상을 내리고 네 고향으로 돌아가도록 해 주겠는데, 네 의향은 어떤가?"

사졸이 눈을 빛내며 물었다.

"제가 할 일이 무엇입니까?"

"내가 초의 군사 항백 장군에게 서한을 보내려고 하는데 마땅한 사람이 없구나. 너는 원래 초나라 군사이니, 그 곳으로 가서 항백 장군에게 내 서한을 전하고 답서를 받아 오면 되는 것이다."

"별로 어려운 일 같지는 않군요. 제가 말씀대로 해 보겠습니다."

장량은 사졸에게 서신과 함께 충분한 노잣돈을 주면서 거듭 당부했다.

"각별히 조심하고, 이 서한은 품 속에 깊이 감추었다가 항백 장군에게 직접 전해야 한다."

"잘 알겠습니다."

사졸은 그 길로 초나라 진영으로 가서 순초관에게 말했다.

"저는 지난번에 있었던 광무산 싸움때 사로잡혔다가 탈출해 왔습니다. 저는 죽어서 초나라에 와서 묻히는 것이 소원이었습니다."

"음, 장하구나."

순초관은 별로 의심하지 않고 그를 원대에 복귀시켜 주었다. 그는 틈을 타서 항백의 장막으로 가서 좌우에 사람이 없을 때 장량이 준 서한을 항백에게 전했다.

항백이 피봉을 뜯어서 서한을 읽어보니, 부디 한왕 유방의 권속들을 잘 보호해 주기 바란다는 내용이었다. 항백은 즉시 붓을 들어 답장을 써서 사졸에게 주면서,

"잘 간직하여 장량 선생에게 전해 주고 오너라."

라고 말하고, 좌우의 심복인을 불러 그 사졸을 진문 밖까지 데려다 주도록 했다. 때문에 사졸은 한진으로 무사히 돌아와 항백의 답서를 장량에게 바칠 수 있었다.

장량이 항백의 답서를 보니, 예상했던 대로 '한왕의 권속들을 내가 책임지고 보호할 테니 안심하라'는 내용이었다. 장량은 사졸의 노고를 치하하

고 나서 약소했던 후한 금백을 주며 마음대로 가고 싶은 곳으로 가게 해 주었다.

그런데 바로 그 이튿날이었다.

남북으로 이어지는 광무산의 두 봉우리, 동쪽의 봉우리를 초성(楚城), 서쪽 봉우리를 한성(漢城)이라 부르게 되었다는 것은 이미 앞에서 설명했다. 깎아지른 낭떠러지의 깊은 골짜기를 끼고 대치한 초성과 한성은 가까운 곳이 2백 보 정도밖에 되지 않았다. 사람이 부르면 대답할 수 있을 만큼 가깝다. 항우는 고조(高組:신에게 고기를 바치는 데 사용하는 높은 축대)를 만들어 태공을 그 위에 세워 놓고 맞은편에 있는 한성을 향해 소리쳤다.

"보이는가! 한왕, 너의 아버지다!"

한성의 망루 앞에 유방이 나타났다.

유방은 고조 위에 있는 사람이 아버지라는 것을 알자 까무러칠 정도로 놀랐다. 돼지나 양을 요리할 때 쓰는 커다란 식칼을 든 병사 둘이 태공의 양곁에 서 있었다. 유방은 떨리는 다리에 힘을 주어 낭떠러지 길을 따라 아래로 아래로 내려와 마침내 초성과 마주 대하고 있는 바위 위에 올라섰다.

골짜기를 끼고 부르면 대답할 수 있을 만큼 가까운 곳으로 유방이 내려온 것은 항우가 예상했던 대로였다.

항우는 한군 진영에서 잘 보이는 곳에 커다란 가마솥을 걸어 놓고 기름을 끓이면서 큰 소리로 외쳤다.

"지금 당장 항복하라! 그렇지 않으면 태공을 삶아 죽이겠다!"

그러자 유방이 대답했다.

"이놈아, 내가 너와 함께 북면하여 회왕(懷王)을 섬길 때 나와 너는 형제가 되자고 맹세했다. 그렇다면 나의 아버지는 곧 너의 아버지다. 너의 아버지를 죽이겠다면 할 수 없는 일이지, 나중에 나에게 국이나 한 그릇 보내 다오."

그 말을 들은 항우는 격분했다. 그는 칼을 뽑아 태공을 베려다 말고 명령했다.

"솥을 가져 와라!"

고기를 삶는 솥에다 태공을 집어던져 유방이 보는 앞에서 삶겠다는 것이었다.

그 때 항우의 숙부인 항백(項伯)이 항우에게 간했다.

"천하의 일은 아직 어떻게 될지 모릅니다. 그리고 천하를 잡으려는 사람은 가족을 생각하지 않습니다. 태공을 죽여 봤자 득되는 것은 하나도 없고, 오히려 상대방의 화만 돋우고 세인의 비난을 받게 될 뿐이오."

항우는 끓어오르는 격정을 억지로 억눌렀다. 그를 죽여도 지금 당장 얻을 수 있는 것은 아무것도 없다. 그러니 후일을 위해 살려 두자고 생각했다.

항우는 입을 꽉 다물고 잠시 무엇을 생각하는 것

같더니,

"숙부의 말씀이 옳소이다."

하고 말하고는 군사들을 보고,

"태공을 다시 본진으로 데리고 가라!"

명령 한 뒤에 자기도 군사들을 인솔하여 본진으로 돌아가 버렸다.

항우가 태공을 죽이지 않고 돌아가는 것을 끝까지 지켜보고 있던 유방은 그제야 자기 본진으로 돌아와 상 위에 엎드려 대성통곡했다.

"아, 나처럼 불효막심한 놈이 하늘 아래 또 있을까! 나는 천하의 죄인이로다!"

그가 항우에게 한 말은 모두가 장량의 계책에 따른 것이기는 해도 너무도 입에 담을 수 없는 참혹한 말이었다. 유방은 심한 자책감으로 가슴이 찢어지는 듯했다.

초나라와 한나라의 군대가 대치한 채 세월만 속절없이 흘러갔다. 어느 날 항왕은 한성으로 사자를 보내 다음과 같은 말을 전하도록 했다.

"천하가 흉흉하고 어지럽게 된 지 수 년이나 지났는데, 그것은 오로지 우리 두 사람 때문이다. 그러니 우리 둘이서 단판 승부를 가려 자웅을 겨루기로 하자. 공연히 천하의 백성들을 괴롭히지 말자."

한왕은 웃으면서 그 제의를 거절했다.

"나는 오히려 지혜로 승부를 가리고 싶다. 힘으로 싸우는 것은 내 성미에 맞지가 않아."

그래서는 싸움이 되지 않았다. 또다시 한왕이 항왕을 가볍게 퉁긴 꼴이 되었다.

그래도 항왕은 계속해서 도전했다. 대장끼리의 단판승부가 싫다면 부하들끼리 싸우게 하자고 말했다.

초성과 한성은 깊은 골짜기를 사이에 두고 있었기 때문에 격투는 할 수 없었다. 무술로 다툰다면 기사(騎射)밖에 없었다. 봉우리 위의 망루에서 말을 탄 무사가 나타났다. 무사는 고삐를 좌우로 당기며 곡예사처럼 능숙하게 말을 다루어 낭떠러지 길 아래로 내려와 바위 위에 섰다. 그리고 한성을 향해 소리쳤다.

"이리 내려와 나와 상대할 놈은 없느냐?"

한성 쪽에서는 응하는 자가 없었다. 무사가 다시 소리쳤으나 그래도 한나라 병사들이 응하지 않자,

"이 비겁한 놈들아!"

하고 욕지거리를 퍼붓고는 대장인 유방까지 패(沛)의 불한당, 겁쟁이라고 매도했다. 등 뒤에있는 초병들도 함께 합창하듯이 유방을 비웃으며 욕설을 퍼부었다.

처음에는 상대도 하지 않았던 한왕도 사태가 그쯤 되자 그냥 내버려 둘 수 없게 되었다. 한나라 군대에는 용사가 없는 꼴이 되고 한군 전체의 사기에도 영향을 미치게 되기 때문이다.

기사(騎射)에 능한 장사를 찾았더니, 누번(樓煩)이

나섰다.

누번이란 조나라의 서쪽에 사는 호족(胡族)의 명칭으로 그 나라에는 기사에 능한 자들이 많았기 때문에 기사에 능한 자들을 모두 누번이라고 불렀다. 그 때 나선 누번도 이름은 따로 있었으나 진중에서는 그저 누번이라는 종족의 이름으로 불려지고 있었다.

누번 역시 곡예사 같은 솜씨로 말을 몰아 경사가 심한 길을 내려와 이윽고 그는 골짜기를 사이에 두고 초나라의 무사와 마주 섰다. 서로 간의 거리는 2백 수십 보, 골짜기 밑에는 물이 흐르고 있었다. 시위를 떠난 화살에 맞으면 상대방은 골짜기 밑으로 굴러떨어져야 한다.

"내 화살을 받아라!"

초나라의 무사가 소리치며 활을 쏘았다. '윙'하고 소리를 내면서 날아간 화살이 누번의 가슴에 꽂히는가 싶었는데 누번은 상체를 살짝 비틀어 그것을 피했다. 화살은 바위에 맞아 튀었다.

누번은 상체를 일으키자마자 단궁(檀弓)을 힘껏 당겼다. 화살은 바람을 가르면서 빠르게 날아갔다. 이어서 초나라의 무사가 말에서 굴러떨어졌다. 놀란 말도 발을 헛디뎌 인마가 함께 골짜기 아래로 떨어졌다.

한나라 군사들은 일제히 환성을 질렀다.

항왕은 노발대발하여 두 번 세 번 도전 하게 했으

나, 그 때마다 무사들은 모두 누번에게 사살되었다.

항왕은 더 참을 수가 없었다. 그는 결국 자신이 직접 나서기로 했다. 갑옷을 입고 창을 꼬나쥔 항우는 준마에 올라타고 낭떠러지 아래로 내려가 한성이 마주 보이는 바위 위에 섰다.

누번은 네 사람째의 도전자를 맞이하게 된 것이다. 한데 이 도전자는 이름도 밝히지 않고 활도 쏘지 않았다. 바위 위에 말을 세우고 이쪽을 노려보고만 있을 뿐이었다. 때문에 누번은 활을 당겨 쏘려고 했다. 그러자 도전자인 거한이 큰 소리로 꾸짖었다.

그 목소리는 우레와도 같았다. 황금색 투구는 햇빛을 받아 번쩍이고, 투구 밑의 두 눈은 횃불처럼 빛나고 있었다. 누번은 무수히 날아오는 빛의 화살들 때문에 눈이 부셔서 그를 바로 볼 수가 없었다. 활을 쏘려고 했으나 손발이 뻣뻣하게 굳어져 화살이 시위를 떠나지 않았다. 누번은 너무 놀라 활과 말을 버린 채 비틀거리며 벼랑길을 기어올라 가까운 망루로 도망쳤다.

한왕이 사람을 시켜 그 장사가 누구인지 알아본 결과, 항왕이라는 것이 판명되었다. 한왕은 혀를 내두르며 놀랐다.

항왕의 용맹은 난다 긴다 하는 누번까지도 벌벌 떨게 만들었던 것이다. 초나라와 한나라 군대의 용맹을 다투는 시합은 결국 초군 쪽이 이겼다고 해도 좋을 것이다. 한왕이 볼 때에는 소박하기 짝이 없는 도전 방법이었기에 일소에 부치고 싶었지만 사병들은 그렇게 생각하지 않을 것이었다. 항왕의 용맹이 한나라 전군에 알려지면 그렇지 않아도 항왕을 크게 두려워하고 있는 그들의 공포증이 더욱 커질 것이었다.

장기적인 대진 상태에서 군의 총수가 가장 염려하는 것은 군사들의 사기가 위축되는 것이다. 항왕의 용맹에 꼼짝 못하고 있으면 사기는 진작되지 않는다. 그래서 유방은 장량(張良)과 의논했다.

"우리 군대의 사기를 진작시킬 방법이 없을까? 그리고 초군의 사기를 꺾을 수 있는 방법이 없을까?"

"있습니다."

장량이 대답했다.

"항왕은 용맹스러운 성격 때문에 남이 못 하는 일도 많이 해 왔습니다. 그 잘못을 비난하면 어떻겠습니까?"

"잘못을 비난한다, 그거 좋은 생각이군."

한왕은 장량의 계책을 귀담아 들었다.

한왕은 본영인 망루에서 나와 울짱(말뚝 같은 것을 죽 늘여서 박은 울)을 지나 벼랑길 아래로 내려가 바위 위에 섰다. 그리고 큰 소리로 불렀다. 초성 쪽에서도 항왕이 준마를 타고 유유히 내려왔다.

이윽고 한왕은 골짜기를 사이에 두고 초왕과 마주 섰다.

"항왕이여, 내 말을 들으라!"

한왕은 그답지 않게 소리를 크게 질렀다.

"너처럼 악역무도한 왕은 없다! 처음에 너와 나는 회왕(懷王)에게서 명령을 받았다. 그 때 회왕은 '제일 먼저 관중을 평정한 사람을 왕으로 삼겠다'고 약속하셨다. 너는 그 약속을 어기고 나를 촉(蜀)과 한의 왕으로 만들었다. 이것이 첫째 죄다. 너는 왕명이라고 속여 경자관군(卿子冠軍:宋義)를 죽여 버리고 스스로 상장군이라는 높은 자리에 앉았다. 이것이 둘째 죄다. 너는 조나라를 구원하라는 명령을 수행했으므로 당연히 돌아가서 회왕에게 보고해야 했다. 그러나 그렇게 하지 않고 멋대로 제후의 군사들을 위협하여 관중으로 들어갔다. 이것이 셋째 죄다.

회왕은 '진나라에 들어가서는 포학한 짓을 삼가고 약탈을 하지 않겠다'는 확약을 너에게 받았는데, 너는 진나라의 궁전을 불태우고 시황제의 분묘를 파헤쳤으며, 그 재산을 거두어 너의 것으로 만들었다. 이것이 넷째 죄다. 또 항복한 진나라의 왕 자영을 죽였다. 이것이 다섯째 죄다. 진나라의 자제들 20만을 속여 신안(新安)에서 파묻어 죽였고, 그 일을 지휘한 장수를 왕으로 앉혔다. 이것이 여섯째 죄다.

너는 진을 멸망시키자 부하인 장수들을 모두 비옥한 땅의 왕으로 앉히고, 그 땅의 원래의 군주들은 내쫓아 신하들이 배반하도록 했다. 이것이 일곱째 죄다. 너는 의제(義帝)를 팽성으로 내쫓고 스스로 그 곳에 도읍을 정해 한왕(韓王)의 땅을 빼앗고, 양(梁)·초(楚)를 손아귀에 넣어 태반을 너의 영토로 만들었다. 이것이 여덟째 죄다. 너는 사람을 시켜 남몰래 강남(江南)에서 의제(義帝)를 죽였다. 이것이 아홉째 죄다. 인신(人臣)의 몸으로 그 주인을 죽이고, 이미 항복한 자도 죽였다. 정사에 공평하지 않고 맹약을 맺고도 신의를 지키지 않았다. 이것은 천하가 용납하지 않을 것이며 대역무도한 소행이다. 이것이 열째 죄다. 이렇게 말하는 나는 정의의 군사를 이끌고 제후들과 함께 잔적들에게 벌을 주고 죄인인 너를 치고 있다. 그런데 무엇 때문에 내가 너의 도전을 받아 싸운단 말이냐!"

항왕은 신이 나서 떠드는 한왕의 목소리를 속수무책으로 그저 듣고만 있었던 것은 아니었다. 병사들로 하여금 보이지 않는 곳에 쇠뇌(여러 개의 화살을 잇달아 쏘게 된 활의 한 가지)들을 늘어놓고 한왕을 겨냥하도록 하고 있었던 것이다. 이윽고 그는,

"한왕아, 다 지껄였는가?"

하고 소리치며 손을 들어 신호했다.

여러 개의 쇠뇌들이 일제히 화살들을 쏟아 냈다.

쇠뇌의 사정거리는 길고 화살의 힘은 강력했다. 화살 끝에는 무거운 돌이 달려 있었다. 바람을 가르는 소리와 함께 화살들이 날아갔다. 그 하나가 한왕의 가슴에 맞았다. 한왕은 나뒹굴었으나 곧 일어났다.

"오랑캐 놈이 내 발가락을 맞췄다!"

라고 소리치며 발가락을 주물러 보였다. 장병들을 불안하게 만들지 않기 위해 화살이 발가락을 맞췄다고 말했지만, 상처는 깊어 금방이라도 까무라칠 것만 같았다.

한성의 본영으로 돌아가 누워 있는데 장량이 왔다.

"장병들이 모두 불안해하고 있습니다. 진중을 순행하셔서 무사하신 모습을 보여 주시어 안심시켜야 합니다. 초나라 군대에게 틈을 주어서는 안 됩니다."

장량의 말을 들은 한왕은 일어나서 가마를 타고 한성의 봉우리에서 골짜기까지 순행했다. 장병들의 불안감을 덜어 주기 위해서였다.

그러나 가슴의 통증이 심해서 견딜 수가 없었다. 한왕은 하산하여 성고성(成皐城)으로 들어가 상처를 치료했다.

유방이 부상당했다는 소문이 관중(關中)에 퍼졌다. 관중은 유방의 근거지이다. 근거지의 백성을 불안에 빠뜨리면, 적이 그 틈에 무슨 공작을 시도

할지 모른다. 그래서 웬만큼 상처가 아문 한왕은 관중으로 들어갔다.

관중의 수도는 역양이다. 여기에는 태자인 영(盈)이 있고, 승상 소하(蕭何)가 태자를 보좌하고 있었다. 유방은 1년 만에 관중에 돌아왔는데 전년보다 오곡이 풍성했다. 소하가 선정을 베풀어서인지 백성들의 살림살이도 궁색한 것 같지 않았다. 민가에서 밥짓는 연기가 오르는 것을 보면 식량이 궁하지 않다는 것을 알 수 있다.

유방은 관내(關內)의 부로(父老)들을 불러 잔치를 벌였다. 이 부로들은 현향(縣鄕)의 자치조직의 대표자로 뽑힌 사람들이었다. 공조(貢租)도, 장정을 전장으로 내보내는 것도 이 부로들이 맡고 있었기 때문에 유방은 그들을 위로하지 않으면 안 되었다.

그것에 앞서서 유방은 사수가에서 자살한 사마흔(司馬欣)의 목을 역양의 시장에 내걸었다. 사마흔은 진(秦)나라 때 역양의 옥연(옥리)으로 있다가 항우에 의해 새왕(塞王)으로 발탁되었던 인물이다. 관중 사람들은 사마흔의 얼굴을 잘 알고 있었다. 배반자의 목을 시장에 내건 것은 위엄을 보이기 위함이며, 부로들을 위로한 것은 은덕을 베푼 것이었다. 유방은 은위를 동시에 내보였던 것이다.

유방은 나흘 동안 관중에 머문 뒤 전선인 성고성으로 돠돌아갔다.

유방이 근거지인 관중에서 은위를 아울러 과시한

결과, 관중에서의 모병은 더욱더 순조로워졌다. 소하는 모인 병력을 속속 성고성으로 보냈다. 때문에 한나라 군대의 사기는 크게 앙양되었다.

광무산의 골짜기를 끼고 대치한 초나라와 한나라의 군대는 어느 쪽도 먼저 공격하려고 하지 않았다. 한성이나 초성이나 완벽할 정도로 요새화되어 있기 때문에 공격을 가하는 쪽이 많은 희생자를 내고 손해를 입을 것은 너무나 뻔한 일이었다.

전투로 결판이 나지 않으면 보급으로 승패가 가려질 것이었다. 한나라 군대의 보급은 순조로웠다. 하지만 초나라 군대는 보급로가 차단되어 물자 수송이 두절되었다.

초나라 병사들에게서 굶주림의 기색이 나타나기 시작한 것은 5월이었다. 한나라 군대가 광무산에서 농성하기 시작한 것은 한나라 4년 겨울 10월이었으니 반년이란 세월이 흐른 것이다.

한나라 군대의 군수물자, 특히 군량은 위수(渭水)·황하의 물길을 타고 내려와 황하의 남쪽 강변에 양륙되었다. 서(西) 광무산에서 황하의 강변까지 동서로 높은 장벽이 축조되고 있었기에 그 안쪽은 넓은 용도(甬道:흙담을 양쪽에 쌓아 올려서 만든 통로)로 되어 있었다. 이 요새화 된 용도를 통해 식량을 운반하기 때문에 한나라 군대의 군량은 떨어질 걱정이 없었다.

초나라 군대는 한나라 군대보다 두 달 늦게 동(東)

광무산에서 황하의 강가까지 동서 양쪽에 장벽을 쌓아올렸다.

한군이 한성에서의 황하 강변까지 장벽을 쌓아 거대한 성곽을 만든 이상 초군도 그것에 대항하지 않을 수 없었다. 축성과 축새는 방어만을 위한 것이 아니었다. 공격을 위한 목적도 겸하고 있었다.

팽성(彭城)에서 오는 보급이 끊어진 초나라 군사들은 한나라 군대의 군량을 탈취하려고 용도를 공격했다. 용도를 파괴하려고 했으나 요새 공사를 하면서 수비하는 군대가 강했기 때문에 공격할 때마다 초나라 군대는 많은 희생자만 낼 뿐 소득이 별로 없었다.

초나라 군대는 식량을 가득 싣고 황하를 내려오는 한나라의 배를 습격했다. 처음에는 성공했지만 한나라 군대는 곧 대응책을 강구했다. 많은 배들을 띄워 습격에 대비한 것이다. 배의 수는 한나라 군대 쪽이 훨씬 많았다. 때문에 초나라 군대는 한나라의 배를 덮칠 수 없게 되었다.

그 해 7월, 한왕은 영포(英布)를 회남왕(淮南王)으로 봉했다. 제나라의 한신이 제왕으로 있기 때문에 영포를 왕으로 앉힐 필요가 있었던 것이다. 한나라의 장군으로서 한신과 겨룰 수 있는 실력자는 영포와 팽월(彭越)이었다. 팽월도 머지않아 왕으로 앉혀야 했다.

팽월은 광무산과 팽성의 중간인 양(梁) 땅에서 유

격전을 활발히 전개하여 초나라 군대를 괴롭히고 있었다. 초나라 군대의 보급부대를 습격하여 식량을 빼앗고 논밭의 경작물을 불태웠다. 때문에 광무산에서 농성중인 초나라 군대의 식량이 딸리게 되었으니 팽월의 공적은 그 누구보다도 크다고 하지 않을 수 없다.

한나라 군대의 식량이 풍부하다는 것을 알고 한의 진영으로 모여드는 소(小)제후들이 많아졌다. 식량이 풍부한 쪽이 전투에서 승리를 거둔다고 본 것이다. 식량 보급이 제대로 되지 않는 초나라의 진영으로부터 이탈하는 군소 제후들도 있었다. 때문에 한성의 병력은 초성보다 우세해졌다. 영양성 공방 때와 사정이 뒤바뀌고 만 것이다.

가을이 깊어지던 8월, 한왕은 자국의 영토 내에서 처음으로 산부(算賦)를 과했다. 산부란 장정세(壯丁稅)를 말한다. 15세 이상 56세까지의 백성들 중에서 군대에 취역하지 않는 자로부터 징수하는 세금이다. 금액은 1백 20전(錢)이었다. 한왕은 또 불행하게 전사한 병사에게는 시체를 덮을 옷이나 이부자리를 만들어 유해를 관에 넣어 집으로 보냈다. 이러한 임무를 담당한 것은 관중을 지키는 승상 소하였다. 한왕은 세금을 거두어들이면서도 민심을 위무하는 것을 잊지 않았던 것이다.

그즈음, 북맥과 연(燕)나라 사람들이 한나라의 진

영에 참가했다. 북맥은 동북방 호족의 이름으로 그들은 기마전에 능했다. 그들은 질풍처럼 달려가 초나라 군대의 보급부대를 습격했다.

초나라 군대에는 정세가 호전될 조짐이 전혀 없었다. 배불리 먹지 못하면 사기가 떨어지는 것은 자명한 이치였다. 그들이 곤경에 빠져 있음을 초왕이 우려하고 있다는 사실을 간파한 것은 장량이었다.

어느 날, 장량이 한왕에게 진언했다.

"초나라는 꽤 힘이 빠진 것 같습니다. 이쯤에서 강화를 청해 보시는 것이 어떨는지요?"

"강화를 말이지요……?"

한나라는 우세한 입장에 있었다. 이대로 가면 초나라 군사들은 자멸할 것이다. 우세한 자가 열세에 있는 자에게 강화를 청할 필요는 없었으나 한왕은 초나라와 승패를 가리기 전에 할 일이 있었다. 그것은 아버지인 태공과 처 여씨를 되찾는 일이었다. 유방이 아버지를 희생시키면서 싸웠다는 말을 들으면 불효자식이 되는 것이다.

유방은 원래 효심이 두터운 위인은 아니었다. 패(沛)의 불한당이었던 시절에는 아버지도 유방을 싫어하여 젖혀 놓고 있었다. 그런 아버지에게 새삼스럽게 효도를 할 생각은 없었지만 뻔히 알면서 아버지를 죽게 만든다면 세인의 규탄을 받게 될 것이다. 효는 중국인의 중심되는 윤리 사상이기 때문이다.

"항왕은 응하지 않을 테지?"

"응하지 않을지도 모릅니다만 해 봐야 되지 않겠습니까?"

"사자로는 누가 좋을까?"

"육가(陸賈)를 보내시는 게 어떻습니까?"

한왕은 육가를 사자로 삼아 초나라의 진영으로 보내기로 했다.

육가는 유학자이다. 유교는 난을 배척한다. 병란을 진정시켜 요·순의 세상으로 되돌리는 것을 정치의 이상으로 삼고 있었다. 그는 유학자답게 의관을 정제하고 의용(儀容)을 갖추어 20명 정도의 수행원과 함께 골짜기를 건너 초성으로 향했다.

사자의 왕복은 편지를 단 화살을 날려 먼저 알리기 때문에 초나라 군대 쪽에서도 그가 어떤 임무를 띠고 오는 사자인지 알고 있었다. 육가는 안내를 받아 초나라 군대의 본영으로 들어섰다.

육가는 무관이 아니다. 식객으로 몸을 의탁하고 있는 신분이었다. 식객은 외교관으로서 여러 나라에 사자로 가야 하는 경우도 많았기 때문에 종횡학도 대충 익혀 둔 상태였다. 유학에 조예가 싶었던 육가는 항왕을 알현하여 자기의 장기인 화려한 수사와 치밀한 논법으로 휴전을 하라고 설득했다.

천하는 전란으로 오랫동안 괴로움을 당하고 있다. 선왕은 전쟁을 기피했고, 부득이 싸우는 것은 오로지 만백성을 도탄에서 구해 내기를 원하는 경우에 한했다. 이것은 유교뿐만 아니라 도가(道家)도, 묵가(墨家)도 자주 하는 소리이다.

"대왕이시여, 살피시어 수락하시기 바랍니다. 그러면 천하에 평화가 다시 찾아와 만민이 살아날 것입니다."

"무슨 소리를 하는 건가? 싸움을 걸어 천하를 어지럽게 만든 것은 한왕이 아닌가."

항왕은 화를 억누르면서 말했다.

"돌아가서 한왕에게 전하라. 끝장을 보려면 하루면 족하다. 한왕이 한나라 군대를 이끌고 우리에게 덤비면 된다. 우리는 한왕을 성고성의 성문 앞에서 효수할 것이다."

유방의 아버지인 태공과 처 여씨는 항우로서는 중요한 카드였다. 카드는 효과적으로 이용해야 했다. 태공과 여씨를 건네 주면 항우는 유방에게 굴복하는 셈이 되는 것이다.

강화는 성립되지 않았다.

하지만 한왕은 강화 교섭이 끝장났다고 생각하지 않았다. 언젠가는 항왕이 응하리라고 예상했던 것이다.

그 무렵, 제나라의 한신의 막하에 있는 조참(曹參)과 관영의 군대가 초나라로 침입했다. 초나라의 도읍 팽성을 공략할 기세를 보인 것이다. 유방이 미리 명령해 두었던 광역작전(廣域作戰)에 따른 것이다.

도읍을 점령당하면 광무산의 초나라 군대는 오갈 데 없는 신세가 되고 만다. 산상에서 이리저리 떠돌다 굶어 죽고 말 것이다.

"초왕은 당황하고 있을 것입니다. 다시 한 번 강화를 청해 보시지요. 이번에는 응할지도 모릅니다."

장량이 헌책했다.

"사자로 누굴 보낼까?"

"후공(侯公)이 어떨는지요."

후공은 유가가 아니라 종횡가이다. 구변으로 한나라 군대에 몸을 의탁하고 있는 식객이었다.

강화의 사자로 후공이 지목되었다. 후공은 유학자가 아니니까 육가처럼 몸차림을 다듬는 일은 하지 않았다. 부사 한 사람과 수행원 몇 명만을 데리고 한성에서 내려와 골짜기를 건너 초나라 군대의 진영을 향해 벼랑길을 기어올라갔다.

항우가 강화를 수락할 수밖에 없는 곤경에 몰려 있다는 것을 후공은 알고 있었다. 그렇다고 해서 대뜸 강화하라고 설득해 봐야 항왕이 응할 리 없었다. 항왕에게는 패왕으로서의 긍지가 있기 때문이다. 자존심도 있다. 항왕의 자존심은 꽤나 높을 것이라고 후공은 생각했다. 자존심을 상하게 해서는 안 된다. 자존심을 다치지 않게 강화 문제를 끄집어 내야 하는데, 그러려면 서둘러서는 안 되었다. 서두르면 실패하게 되는 것이다.

후공은 급하게 항왕을 알현하려고 하지 않았다. 항왕의 신하를 먼저 만나 이야기했다.

"나는 항왕의 사자로 왔습니다만, 사자의 임무 따위는 아무래도 좋습니다. 강화가 성립되느냐, 안 되느냐는 항왕께서 심기가 좋으시냐, 나쁘시냐에 달린 것 아닙니까. 저는 당분간 푹 쉬겠습니다."

후공은 지난번 사자와는 달리 허식이 없고 옷도 허름한 것을 입고 있었으며 그저 태연할 뿐이었다.

"저는 술을 좋아하는데요, 술 좀 먹을 수 없을까요?"

강화 교섭이라는 중대한 임무를 띠고 온 사자의 신분을 잊은 듯이 염치없이 술을 달라고 했다. 뻔뻔스러웠지만 그런 점에 오히려 애교가 있었다.

후공은 술 대접을 받았다.

이틀이 지나고 사흘이 지났다. 후공은 계속해서 술만 퍼마시고 있었다. 대작할 사람을 붙잡아 놓고 말을 건네기도 했다. 세객인 후공은 중국 전토를 두루 돌아다녔기 때문에 화제가 풍부했다. 각국의 지리, 인정, 풍속, 또는 기담 등 듣는 사람이 싫증을 느끼지 않을 정도로 재미있게 이야기했다.

"난 아내도 없고 자식도 없습니다. 자연을 아내로 삼고 벗으로도 삼고서 살아갑니다. 그래도 아무런 불편이 없어요. 불편하다고 생각하는 것은 인간에게 욕심이 있기 때문이지요. 욕심을 버리고 자연으로 돌아가라, 이렇게 말하면 황로(黃老:黃帝와 老子)의 무리라고 생각하실지 모르지만 실은 그게 아니오."

후공은 계속해서 말했다.

"인간의 육체나 수목(樹木), 그리고 물과 흙, 이모두가 자연의 존재지요. 인간에게 있어서 가장 소중한 삶은 자연의 성정(性情)대로 하는 것입니다. 외부로부터의 간섭을 물리치고 사람들에게 무한한 자유를 주면 천하는 스스로 다스려지지요. 인간의 욕망이란 원래 그렇게 큰 것이 아닙니다. 그것을 한없이 부풀리는 데 싸움의 근원이 있는 거지요. 이 싸움을 없애려면 사람들이 치욕을 감수할 수 있는 마음을 가져야 합니다. 인간이 지(智)를 버리고, 자아를 버리고, 성현을 무시하고, 무심한 흙덩어리와 같은 존재가 되면 길은 스스로 열릴 것이오."

무슨 소리인지, 알쏭달쏭한 말만 늘어놓았다. 후공은 이어서 무위자연(無爲自然)을 제창한 노자(老子), 박애와 부전(不戰)을 말한 묵자(墨子), 법치만이 천하를 병란에서 구제하는 유일한 길이라고 주장한 한비자(韓非子)의 이야기를 들려 주었다. 상대방이 이해하건 말건 후공으로서는 아무래도 좋았다. 항왕의 신하들은 후공을 유식한 기인이라고 생각할 것이다. 경계심을 풀 것이다.

항왕은 신하로부터 한나라의 사자가 괴짜라는 말을 듣자 갑자기 흥미가 쏠렸던 모양이다. 항왕 쪽에서 후공을 불러 술잔을 건넸다.

후공은 초왕의 수를 빌며 잔을 비웠다. 그리고 나

서 말했다.

"나이는 속일 수가 없는가 봅니다."

"한왕은 벌써 60이 다 되셨습니다. 산성의 한기를 견딜 수가 없는지 감기가 들어 쭉 누워 계십니다."

"한왕이 벌써 60이 됐는가?"

"한왕은 자기는 50이라고 하지만, 사실은 60입니다."

60이면 앞으로 살 남도 얼마 남지 않았다. 항우는 30대, 유방에 비하면 팔팔한 청년이다.

"앞서 입은 부상이 아직도 쑤시는지, 그 후로 매우 쇠약해졌습니다."

항우는 창 밖을 내다보고 있었다. 나뭇잎들이 모두 떨어져 벌거숭이가 된 나무들이 찬바람을 맞으며 바람에 떨고 있었다. 이미 초겨울이었다.

"늙으면 마음이 약해집니다. 한왕은 이젠 전쟁이라면 진저리가 난다, 천하 같은 것은 바라지도 않겠다, 아버지 태공만 돌려 주면 관중으로 돌아가 논밭이나 갈며 살고 싶다고 말하고 있습니다."

항왕은 비운 잔을 후공에게 건넸다.

"저는 한왕의 부탁을 받고 온 게 아닙니다. 천하의 창생을 전란에서 구해 주고 싶어서 자진하여 사자의 역할을 맡은 것입니다."

"천하의 창생을 구하고 싶다고?"

항우의 표정이 변했다.

"백성은 불쌍합니다. 끊임없는 전란으로 인해 집은 불타고 입에는 풀칠할 꺼리도 없습니다. 유랑 끝에 굶어 죽은 자들이 얼마나 많습니까. 평화가 다시 찾아오면 백성들은 대왕을 태양처럼 우러러볼 것입니다."

천하의 창생을 살리기 위해 전쟁을 그만 둔다면 항우의 체면도 충분히 선다.

후공은 구체적인 강화 조건을 한왕에게서 듣고 왔다. 그것은 홍구(鴻溝)를 경계로 하여 동쪽을 초나라, 서쪽을 한나라의 영토로 정한다는 것이었다. 홍구는 하음(河陰)의 광무산에서부터 형택(滎澤)으로 이어지고 있는 운하이다. 초와 한은 광무산에서 대치하고 있으니 이렇게 천하를 둘로 나눈다는 안은 개략적이지만 타당한 것이라고 말할 수 있다. 하지만 지금 영토가 많고 적음은 초왕이건 한왕이건 별로 관심이 없을 것이다. 강화가 성립되면 태공과 여씨는 물론 되돌려보내야 한다.

"한왕의 요구는 뭔가?"

"저는 강화의 내용에 대해서는 잘 모릅니다. 부사가 알고 있으니 부사를 시켜 대왕의 측근에게 전하도록 하겠습니다."

그렇게 대답하고 후공은 강화 교섭을 부사에게 맡겼다.

부사와 항우의 신하 사이에서 강화 교섭은 구체적으로 진행되었다.

한왕 유방의 권속을 내어주면 한왕은 필히 군사를 성고 쪽으로 돌려 초·한 양국간의 화친을 세세 영영토록 지킬 것이라고 말했다.

항우는 뜻밖의 제안을 받고 생각했다.

'내 이제 광무산 대전 이래 군사는 피폐하고 양식은 모자라는 터에 유방이 먼저 화친을 청해 오니 거절할 이유가 없지 않는가. 아직은 아무래도 싸움에 승산이 없고 형세 또한 고단하니, 이 때에 화친을 들어 주기로 하자.'

항우는 그렇게 마음을 정하고 후공에게 말했다.

"짐이 이 참에 한왕과 싸워 기어이 자웅을 결하려 했으나, 그도 인륜을 알아 제 아비와 철르 찾고 화친을 하자는데 내 어찌 이를 마다할 수 있겠는가. 내일 아침 짐과 대면하고 문서로 화친을 서약한 다음 군사를 물리도록 하라."

그렇게 해서 한나라와 초나라의 강화는 성립되었다.

후공은 한성으로 돌아왔다.

한왕은 후공의 보고를 듣고 매우 좋아했다. 격식을 갖춘 강화의 사자가 정식으로 초성으로 파견되었고, 초성의 사자도 한성으로 건너와 상호간에 서약서가 교환되었다.

다음날 아침 항우는 유방의 권속들을 데리고 홍구(鴻溝)로 나갔다. 유방이 먼저 와서 기다리고 있다가 그를 맞았다.

항우가 유방의 정면에서 30칸 가량 떨어진 곳에

말을 세우자, 유방은 미리 준비하여 가지고 온 서약서를 환초로 하여금 항우에게 바치도록 했다. 항우는 그것을 받아서 항백에게 주고 자기의 서약서를 계포에게 시켜 유방에게 전하도록 했다.

문서의 교환이 끝나자 항우가 우렁찬 목소리로,

"이제부터 각자의 경계를 지키고 피차에 상쟁함이 없도록 할지어다."

이렇게 말한 다음, 좌우를 보고 유방의 권속들을 인도하라고 분부하였다. 3년 동안이나 인질로 잡혀 있던 태공 이하 일가 권속들이 모두 인도되어 넘어오는 것을 보고 유방의 마음은 무한히 기뻤다.

"폐하의 성덕으로 저의 권속들이 모두 무사히 돌아오게 됨을 깊이 사례드리옵니다. 앞으로 마음을 다하여 화친의 서약을 지키겠나이다."

이리하여 항우와 유방 사이에는 화친이 성립되고, 전진(戰震)이 자욱하던 광무산에는 다시 평화가 깃드는 듯했다.

한왕은 후공의 공을 치하하며 그를 평국군(平國君)으로 봉했다. 한왕의 측근들은 후공을 이렇게 평했다.

"후공은 실로 천하의 변사다. 그 변설은 나라를 기울일 만한 힘이 있다. 그러니까 이번과 같은 어려우 일도 해낼 수 있었던 것이다."

후공은 그로부터 얼마 후 종적을 감추었다. 그리고 두 번 다시 한왕 앞에 모습을 나타내지 않았다.

경국(傾國)의 대칭(對稱)은 평국(平國)이다. 후공은

굳이 평국 같은 허풍스러운 칭호를 준 한왕의 심중을 헤아려 보았다. 나라의 힘을 기울이게 할 정도의 역량을 가진 세객에 대한 경계심과 약간의 빈정거림이 그 칭호에 담겨져 있는 것 같았다.

"머지않아 한왕의 천하가 온다. 그리고 평화가 온다. 그러면 세객들은 쓸모가 없어질 뿐만 아니라 위험한 인물이라 하여 쫓겨날 것이다. 재앙이 닥치기 전에 미리 도망치는 것이 상책이다."

후공은 초왕을 속였다고 생각하며 양심의 가책을 느꼈다.

강화를 수락한 초왕은 이제 망할 것이다. 초나라 군대는 지금 기아 상태에 있다. 초왕은 약자이다. 싸움에는 강하지만 약자임에 틀림없었다. 강화를 청한 한왕은 강자이다. 전투를 해서 항왕을 이길 수는 없지만 강자의 입장에 있는 것은 틀림없다. 강자가 청한 강화를 약자가 수락한 후 멸망당하지 않은 예는 역사에서 찾아 봐도 없다.

"초왕은 반드시 망할 것이다."

한왕의 식객이었던 후공은 세객의 명예를 걸고 강화를 성립시켜야만 했다. 강화가 성립된 지금, 결과적으로 후공은 사람이 좋은 초왕을 자기의 말재주로 속인 꼴이 되었다. 양심의 가책을 받은 것은 당연한 일이라고 말할 수 있다.

"결국은 구변 하나로 이 세상을 살아가려고 했던 것이 잘못이었다. 너무 늦게 태어난 것이 한이다.

전국시대에 태어났더라면 나도 소진(蘇秦)이나 장의 (張儀)에 뒤떨어지지 않는 이름을 얻게 되었을 것을……."

'평국후로 봉해진 후공이라는 인물이 어느 날 갑자기 까닭도 없이 한나라의 진영으로부터 종적을 감추었다. 어디로 갔을까. 어디로 숨었을까? 이상스럽게 생각하고 후공의 이야기를 화제로 삼을 것이다. 그렇게 되면, 혹시 평국후라는 이름이 남을지도 모른다. 초나라와 한나라의 전쟁사에 평국후라는 이름이 전해져 내려갈지 모른다. 한나라의 천하가 되어 위험 인물로 낙인찍히느니보다 한나라를 떠나 몸을 숨기는 편이 낫다. 그러면 이름만이라도 후세에 남겠지.'

후공은 스스로에게 이렇게 타이르고 한나라의 진영을 떠난 것이다.

강화가 성립된 후, 초나라와 한나라의 군대는 모두 광무산에서 내려왔다.

초나라 군대는 그 날 안으로 팽성(彭城)을 향해 행군을 개시했다.

"팽성으로 돌아가면 배가 터지도록 먹이겠다. 그 때까지만 참아라."

항우가 초나라의 전군에 전한 말이다. 계절은 깊어진 겨울, 10월 초순이었다. 가을에 거둔 곡식이 팽성과 그 주변에 있을 것이다. 팽월(彭越)의 군대도 팽성 근처는 손을 대지 못했다. 배불리 먹이면 군사들은 원기를 되찾는다. 원기를 회복하면 한나라 군대 따위는 상대가 안 된다. 항우는 한나라 군대를 무찌를 자신이 있었다.

"그 때까지만 참자."

그것은 항우가 스스로에게 타이르는 말이었다. 그는 강화가 일시적이라는 것을 알고 있었다. 언젠가는 초나라와 한나라가 다시 싸우지 않으면 안 된다. 초나라 군대는 이제까지 한나라 군대와 싸워서 진 적이 한 번도 없었다. 항우가 지휘한 군대는 항상 이겼다. 그 때마다 한나라 군대는 혼쭐이 나곤 했다. 그런데 양식이 떨어졌기 때문에 강화에 응하지 않으면 안 되었던 것이다. 너무나 굴욕적인 일이었다. 무슨 일이 있어도 설욕을 해야 했다. 하지만 어쨌든 우선은 하루라도 빨리 팽성으로 돌아가야만 했다.

한나라 군대는 초나라 군대에 비하면 느긋했다. 광무산에서 내려온 한왕은 성고성(成皐城)으로 들어갔다. 성내에는 목욕탕 설비가 갖추어져 있다. 유방은 욕탕으로 들어가 전진(戰塵)을 씻었다. 관중으로 돌아간다고 해도 군사들에게 먹일 식량은 충분히 있기 때문에 서두를 필요는 없었다.

유방도 역시 강화가 일시적이라는 것을 알고 있었다. 한나라와 초나라는 언젠가는 자웅을 겨룰 숙명을 가지고 있었다. 초나라 군대는 도망치듯 전장에서 떠나갔다. 따라서 그들은 뒤쫓지 않고 그냥 내버려 둘 수는 없다고 생각했다.

"팽성으로 돌아가면 초나라의 병사들은 포식하여 살찔 것이다. 그러기 전에 쳐야 한다."

그러나 이제 막 강화가 성립된 참이다. 서약서의 먹물이 채 마르기도 전에 초나라 군대를 치면 세상 사람들의 지탄을 받을 것이다. 신하들의 신뢰도 잃게 될 것이다. 한왕으로서는 어려운 국면이었다.

그 날 저녁때였다. 장량(張良)과 진평(陳平)이 한왕의 거실로 들어왔다. 한왕은 식사를 하는 중이었다.

"이제 한나라는 천하의 태반을 보유하고, 제후들은 모두 한나라에 가세하고 있습니다. 그에 반해 초나라는 식량이 모자라고 병사들은 피로에 매우 지쳐 있습니다. 초병들의 발걸음이 얼마나 맥이 없는지 눈으로 보셨을 것입니다. 그것이야말로 하늘이 초나라를 멸망시키고자 하는 것입니다. 이 기회에 그들을 쳐서 없애야 합니다."

"지금 그들을 그대로 팽성으로 돌아가도록 내버려 두는 것은 호랑이를 길러 스스로 재액을 부르는 것과 같습니다. 배부르게 먹고 기운을 차린 호랑이는 손을 못 댑니다. 초나라 군대를 칠 기회는 지금밖에 없습니다."

"항왕을 뒤쫓아라, 이 말이군."

유방이 말했다.

"약속을 어기고 항왕을 뒤쫓으면 내가 천하의 신뢰를 잃게 되지 않을까?"

"신뢰를 소중히 하시다가 한나라가 망하는 길을 택하시겠다는 것입니까. 송(宋)나라의 양공(襄公)은 싸움에 임하여 인(仁)을 들먹거리면서 적이 전투 준비를 갖출 때까지 기다렸습니다. 때문에 패하여「송양의 인」이라는 말을 들으며 천하의 웃음거리가 되었습니다. 초나라 군대가 팽성으로 돌아가 전력이 충실해질 때까지 기다리시겠습니까?"

"신(信)이나 인(仁)이나 다를 바 없습니다. 이기면 신을 따지지 않습니다. 은(殷)나라의 탕왕(湯王)과 주(周)나라의 무왕(武王)은 역리(逆理)로 천하를 잡은 뒤에 순리(順理)로 천하를 다스려 후세에 성왕(聖王)이라는 칭송을 받고 있습니다. 초나라를 평정하여 평화를 가져오시면 폐하도 성스러운 천자라고 숭앙을 받게 되실 겁니다."

"그렇게까지 말한다면 경들의 말에 따르겠소."

싸움에 패해 신의에 대해서 다시 묻게 되면, 그 책임을 져야 하는 것은 장량과 진평이다. 한왕이 이러한 모양으로 끌고 가고 싶어했다는 것은 말할 필요도 없다. 한나라 군대는 초나라 군대를 추격하기 시작했다. 하지만 급히 추격하지는 않았다. 초나라 군대와의 사이에 거리를 두면서 슬슬 추격한 것이다. 급히 추격하면 맞부닥치게 된다. 초나라 병사들이 매우 피로해 있다고 해도 정면으로 싸워서 이길 재간은 없었다.

성고성에서 나올 때 유방은, 제나라의 한신과 양

나라의 팽월에게 사자를 보내 양하(陽夏)의 남쪽 부근에서 회동하도록 했다. 한편 회남왕(淮南王) 영포를 구강군(九江郡)으로 파견하여 고지(故地)를 평정토록 했다. 또 양(梁)나라에서 초나라의 땅으로 침입하여 초나라 군대의 후방을 교란시키고 있던 유가와 노관에게 명령하여 다시 초나라 땅으로 깊숙이 들어가 수춘(壽春)을 공략토록 했다. 수춘은 그 옛날 초(楚)나라의 애왕(哀王)이 마지막으로 도읍을 삼은 곳이며 회수(淮水)가 있다. 유방은 또 유가로 하여금 초나라의 영토인 서를 수비하는 장군 주은(周殷)이 한나라와 내통하도록 설득케 했다. 팽성을 향해 행군하는 항우를 사방에서 포위하는 작전이었다.

초나라 군대는 식량을 징발하면서 행군해야 했기 때문에 행군 속도가 느렸다. 그들은 마침내 한나라 군대가 추격하는 것을 알게 되었다. 보고를 받은 항우는 전군에게 정지하라고 명령했다. 한나라 군대를 맞아 싸우려고 했던 것이다. 격분한 항우가 그런 명령을 내렸으나 장군 종리매가 싸우면 불리해지는 이유를 설명했다.

"좀더 앞으로 나가서 싸우는 것이 좋겠습니다. 한나라 군대를 되도록 깊숙이 끌어들인 다음에 쳐야 합니다. 앞으로 갈수록 한나라 군대는 적진 깊이 들어오는 꼴이 됩니다. 초나라 군대는 팽성에 가까워질수록 유리해집니다. 보급품을 징수하는 것도 수월해지고요."

항우는 종리매의 말에 따랐다.

초나라 군대는 다시 행군하기 시작했다. 양하를 지나 고릉(固陵)이라는 고을에 이르렀다. 이 고을의 성에는 많지는 않지만 식량이 비축되어 있었다. 군사들은 오랜만에 포식을 했다. 배가 차면 원기를 회복할 수 있다.

고릉의 북쪽 끝 동쪽에 팽성이 자리잡고 있다. 고릉에서 성보(城父)를 거쳐 회수의 지류를 건너 더 동쪽으로 나가면 수계에 이르게 된다. 수계에서 팽성은 그다지 멀지 않다.

항우는 고릉에서 며칠 동안 머물면서 한나라 군대의 동향을 살폈다. 그들이 추격하는 속도는 이상할 정도로 느렸다. 양하에 머문 채 움직이지 않는다는 것이다. 항우는 한나라 군대가 뒤따라오면 고릉 근처의 광활한 평야로 유도하여 격멸할 생각이었다. 그러나 그들이 움직이지 않으니 어쩔 도리가 없었다.

초나라 군대는 식량 보급이 어렵기 때문에 언제까지나 고릉에 머물러 있을 수가 없었다. 고릉성을 출발하여 동쪽으로 길을 잡았다. 그러자 한나라 군대도 또한 행군을 시작했다는 보고가 들어왔다. 항우는 전군에게 정지하라고 명령했다. 그 곳은 일망무제(一望無際)한 평야 가운데였는데 낮은 구릉지대가 소의 등처럼 엎드려 있었다. 항우가 장기로 삼는 야전장의 지형으로는 안성맞춤이었다.

초나라 군대를 추격하던 유방이 양하에서 지체하며 움직이지 않는 것은 예정된 행도였다. 한신과 팽월의 군대가 도착하는 것을 기다렸다가 양군의 병력을 합쳐 적보다 몇 배 많은 대군으로 항우의 군대를 압도해 버릴 생각이었다. 그런데 그 한신과 팽월이 오지 않는 것이다. 유방은 짜증스러워하면서 며칠을 보냈다.

이윽고 초나라 군대가 고릉성에서 출발하여 동쪽으로 행군하기 시작했다는 보고가 들어왔다. 초군이 동쪽으로 행군하면 한군도 그 뒤를 쫓아야 했다. 쫓지 않고 초나라 군대를 그대로 팽성으로 돌아가게 하면 정세가 어떻게 바뀔지 알 수가 없기 때문이다. 유방은 고릉을 향해 출발을 명령했다.

한나라 군대가 고릉에 도착하자 고릉성의 수비병은 싸우지도 않고 도망쳤다. 한나라 군대를 유인하기 위한 행동이었다. 유방은 항우의 속셈을 알아차렸지만 그것은 대수로운 일이 아니었다.

유방은 고릉성으로 들어갔다. 여기서도 이제나 저제나 하면서 한신과 팽월이 오기를 기다렸으나 오지 않았다. 그들이 올 길을 따라 기병을 내보내 봤지만 수십 리 사이에는 군대의 그림자도 보이지 않는다는 것이다.

유방은 몹시 화가 났다.

'오지 않겠다면 그만 두어라. 나 혼자 하겠다.'

초나라 군대와 싸워 이길 수 있다는 확실한 승산

은 없지만 이기지 못할 것은 또 뭐 있는가. 듣자니 초나라 군대에서는 도망병이 잇달고 있다 했다. 굶주림과 피로로 인해 그들은 녹초가 된 것이다. 옛날의 초나라 군대가 아니었다. 그들을 치는 것은 별로 힘든 일이 아닐 것이다.

'한신과 팽월의 힘을 빌면 그들의 발언권이 강해진다. 큰 땅덩어리를 떼어 주어야 한다. 내가 혼자서 항우를 쓰러뜨리면…….'

하고 유방은 생각했다. 초나라를 멸망시킨 다음 자기 뜻대로 전후 처리를 할 수 있을 것이다.

"해치우자."

유방은 결심했다.

참모인 장량은 유방의 속을 환히 들여다보고 있었다. 싸우고 싶으면 싸워도 좋겠지. 이길 수 있지만 질지도 모른다. 승패만은 싸워 보아야 안다. 지금과 같은 경우, 유방의 전의를 꺾는 발언은 삼가야 할 것이었다.

'초나라 군대와 싸워 설령 지더라도 한나라 군대는 물러설 곳이 있다.'

장량은 생각했다. 고릉성까지 후퇴하여 성문을 닫아 버리면 그만인 것이다. 고릉성을 포위한다 해도 지금의 초나라 군대로서는 쉽사리 함락시킬 힘이 없다.

한나라 군대는 고릉성에서 나와 초나라 군대의 뒤를 쫓았다. 추격한 지 이틀 만에 초나라 군대와 맞부닥쳤다. 그들은 구릉을 등에 두고 전투 진형을 정비하고 있었다. 미리 예견한 일이었지만 막상 싸우게 되자 유방은 덜컥 겁이 났다.

매우 허약한 대장이었다.

"싸워야 하는가?, 물러서야 하는가?"

유방은 장량에게 물었다.

"우리는 추격군입니다. 여기까지 쫓아와서 적이 싸움을 거는 데 물러설 수는 없지요."

장량은 쌀쌀하게 대답했다. 본심에서 나온 말은 아니었다. 한왕은 싸워 봐야만 비로소 자기의 실력을 알 것이다. 제(齊)나라의 한신(韓信)과 양나라의 팽월의 존재가 크다는 것을 새삼스럽게 인식하게 될 것이다.

한나라 군대는 행군을 정지하고 종대에서 횡대로 진형을 바꾸어 좌우로 넓게 전개해 나갔다. 그들 병력은 초나라 군대의 갑절이 넘었다. 초나라 군대가 밀집해서 돌격해 올 것이라고 예측하고 그 돌격을 견디어 내려고 중앙군을 두텁게 했다. 한나라 군대는 초나라 군대의 배가 넘는 만큼 중앙이 뚫리지 않는 한 적이 피로했을 때, 양쪽에서 포위하듯이 해서 치면 섬멸시킬 수 있을 것이다.

양쪽 군대의 거리는 좁혀졌다. 공격을 먼저 시작한 것은 초나라 군대 쪽이었다. 흙먼지가 하늘을 덮고 화살이 날으고 함성이 천지에 메아리쳤다. 초나라 군대의 선봉은 말도 병사도 마치 맹수가 덮치듯이 돌격해 들어왔다. 그것은 적의 중군(中軍)에 거대한 송곳을 비벼넣는 것과 같았다. 선두에 서서 달려나온 것은 항우였다.

항우가 진두지휘해서 진 전투는 이제까지 한 번도 없었다. 불패의 신념은 항우뿐만 아니라 졸병에게까지 침투되어 있었다. 순식간에 한나라 중군의 선봉이 무너졌다. 한나라 군대는 제2진에서 버티려고 했지만 밀물처럼 쳐들어오는 초나라 군대를 막을 수가 없었다. 제2진이 무너져 패주하는 병사들이 제3진으로 쫓겨들어가 대혼란을 일으켰다. 유방을 호위해야할 친위대마저 무너져 도망치기 시작했다. 대장인 유방을 버리고 저희들만 도망을 친 것이다. 유방도 말미를 돌려, 걸음아 날 살려라 하고 달아났다.

장량은 그렇게 될 것이라고 뻔히 예측하고 있었다. 그는 즉시 예비대로 하여금 쇠뇌를 초나라 군대의 측면을 향해 일제히 발사케 했다. 때문에 추격하는 초나라 군대의 속도가 둔해져 유방은 고릉성으로 도망칠 수 있었다.

한나라 군사들은 고릉성의 성문을 굳게 닫았다.

"초나라 군대는 강해. 이렇게 강한 줄은 몰랐어."

유방은 자기의 추태는 입 밖에 내지도 않았다. 장량은 말했다.

"죽기를 각오했기 때문입니다. 죽음을 각오한 군사보다 강한 것은 없습니다. 우리에게는 내일이 있

습니다. 그러나 초나라 군사들에게는 내일이 없습
니다."

"내일이 없다? 그건 무슨 뜻인가?"

"한나라 장졸들은 이 싸움이 한나라의 승리로 돌
아가리라는 것을 알고 있을 겁니다. 살아남을 수만
있으면 포상을 받습니다. 영지도 얻을 수 있습니
다. 내일의 영달을 약속받은 것이나 다름이 없습니
다. 그러니까 목숨이 아깝습니다. 그에 반해 초나
라 장종들에게는 내일이 없습니다. 오늘의 싸움에
서 지면 그것으로 끝장입니다. 그러니까 죽기 살기
로 싸우는 것입니다."

초나라 군대는 고릉성을 포위했으나 성벽을 돌파
할 만한 공격력이 없었다. 농성하는 한나라 군대는
20만인 데 비해 포위하고 있는 초나라 군대는 10
만이 될까 말까였다. 절반 이하의 병력으로 자기보
다 배나 되는 적을 포위했다는 공방전은, 중국은
물론 세계의 전사에도 유래를 찾아 볼 수 없을 것
이다.

그러나 한나라 군대가 초나라 군대에게 포위당한
것은 엄연한 사실이었다. 시간이 지나자 유방은 초
조한 빛을 감추지 못했다. 한군이 초군과 싸워 패
했다는 소식이 각국으로 퍼져 나갈 것이다. 유방은
약하다. 항우는 세다. 한나라에 가세하던 제후들도
유방을 단념하고 항우 쪽에 붙을지도 모른다. 포위
된 이 상황을 타파해야만 했다.

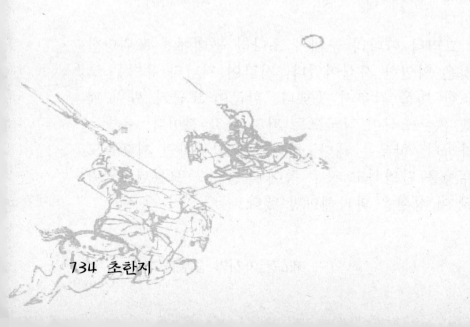

제7장 천하통일

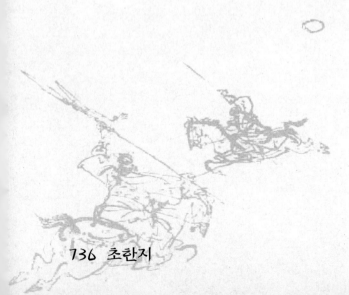

초조해진 항우

"한신과 팽월은 어째서 오지 않는가?"

유방이 장량에게 물었다.

"초나라는 이미 패망 직전에 있습니다. 그런데도 한신과 팽월이 오지 않는 것은 그만한 이유가 있기 때문입니다. 모르시겠습니까?"

"나는 모르겠어."

"한신과 팽월은 아직 영토를 받지 않았습니다. 폐하께서 천하를 분배하실 생각을 보이신다면 그들은 당장에라도 올 것입니다."

"……."

"폐하께서는 전에 팽성에서 초나라 군대에게 패하셨을 때, 이제 천하는 누구에게 주든 상관이 없다고 말씀하셨습니다. 기억하고 계십니까?"

"글쎄, 그런 말을 한 것 같기도 하구먼."

"한신이 제왕이 된 것은 폐하의 뜻에서가 아니라 자청해서 왕이 된 것입니다. 당연히 한신으로서는 마음이 편치 않을 것입니다. 팽월은 양(梁)나라를 평정했습니다. 그 때는 위표(魏豹)가 있었기 때문에 위나라의 상국(相國)이 되었습니다만 위표가 죽은 지금은 왕이 되기를 바라고 있을 겁니다. 그런데 폐하는 팽월을 양왕으로 앉히려고 하시지 않습니다. 팽월의 입장에서 보면 더 이상 피를 흘리며 초나라를 멸망시켜 봐야 아무런 득도 없다고 생각할 것입니다."

"그러면 어떻게 하란 말인가?"

"구체적으로 말씀드리면 한신에게는 진(陳)에서 동쪽 바다에 이르는 땅을 모두 주시고, 팽월에게는 수양에서 북쪽 곡성(穀城)에 이르는 땅을 주시면 두 사람은 만족할 것이라고 생각합니다. 그렇게 하신 다음 각자가 자기의 욕심을 채우기 위해 싸우도록 하시면 초나라를 멸망시킬 수 있습니다."

"알았네. 그렇게 하지."

유방은 남의 말을 빨리 이해했다. 당장 사자를 보내 그 같은 뜻을 전하기로 했다. 한신과 팽월은 한왕의 사자를 맞이하고서 대답했다.

"분부대로 거행하겠나이다."

한신이 출전 준비를 끝내고 마지막 점검을 하고 잇을 때, 그 동안 미친 사람처럼 거리를 떠돌아다니던 괴철이 불쑥 찾아왔다.

"신이 아예 종적을 감추려 하였사오나, 이제 대왕께서 스스로 재앙을 불러 들이시기로 차마 보고만 있을 수 없어 이렇게 찾아뵈었나이다."

한신은 괴철이 반가우면서도 재앙이라는 불길한 말에 눈살을 찌푸리며 물었다.

"대부가 떠나신 뒤로 내 마음이 참으로 허전했소이다. 이제 다시 만나서 반갑기 그지없는데, 내가

스스로 재앙을 불러들이고 있다니 그게 도대체 무
슨 말씀이오?"

괴철이 양연히 고개를 쳐들고 대답했다.

"한왕이 그 동안 몇 번이나 대왕을 불렀으나 대
왕께서는 쉽사리 움직이지 않았습니다. 때문에 한
왕은 어쩔 수가 없어 장량의 계책에 따라 대왕을
삼제왕으로 봉해 주면서 대왕의 마음을 홀리고 있
는 것이옵니다. 신이 생각하기에 장차 천하가 통일
되는 날에는 한왕이 반드시 대왕의 과오를 낱낱이
들어 그 죄를 물을 것이옵니다. 그럴 바에는 차라
리 한·초 두 나라가 아직 승부를 가리지 못하고
있는 이 때를 타서 삼국 정립의 기틀을 튼튼히 다
지시옵소서. 만일 대왕께서 오늘 신이 드리는 간언
을 듣지 않으시고 군사를 내어 마침내 초를 멸하신
다면, 그 때는 필경 목전의 재앙을 면치 못하시게
될 것이옵니다."

괴철의 말이 끝나자 한신이 정색하고 말했다.

"대부의 말씀에도 일리는 있소이다. 하지만 며칠
전 내가 사신을 만나 군사를 일으켜 한왕과 함께
초를 치기로 약속하였소. 그런데 만일 이를 행하지
않는다면, 첫째로 임금의 명을 거역하는 것이 되
고, 둘째로는 붕우간의 신의를 저버리는 것이 되
며, 셋째로는 은혜를 배반함으로써 도리를 잃게 되
는 것이오. 이 세 가지의 불의를 범하게 되면 천하
제후들의 비난과 치소(恥笑)를 면치 못하게 될 것이

니, 내 이제 와서 한왕을 배반치 못하겠소."

괴철은 듣고 나자 길이 한숨을 쉬며 자리에서 일어났다.

"아아! 대왕께서는 후회하실 날이 머지않았나이다. 소신은 이만 물러가나이다!"

한신의 대군은 드디어 진군을 시작했다. 팽월도 또한 병력을 이끌고 양나라에서 떠났다.

한신과 팽월이 행동을 개시한 것과 거의 때를 같이 하여 초나라 깊숙이 침입했던 유가와 노관의 군대가 남쪽의 수춘에서 북상해 왔다. 항우는 보고를 받자 갑자기 고릉성의 포위를 풀고 동쪽의 팽성을 향해 진군했다.

고릉에서 동방으로 2백 리(약80km)쯤 되는 곳에 성보(城父)가 있다. 성보성에 도착했을 때 뜻하지 않은 소식이 전해졌다. 그것은 항우가 남방의 초령(楚領) 수비를 맡겼던 대사마(大司馬) 주은(周殷)이 한나라 군대의 권유를 받아 항복하여 서(舒) 병력을 동원 육(六)을 치고, 구강의 군사들이 모두 영포를 맞아들였다는 보고였다. 항우는 전에 영포의 가족을 몰살시켰다. 영포는 그 원수를 갚기 위해 틀림없이 자신이 선두에 서서 진군해 올 것이었다.

초나라 군대는 갑자기 천하에서 고립되는 신세가 되고 말았다.

성보에서 급행군하여 수계에 이르렀을 때였다.

수계에서 팽성은 가깝다. 말을 타고 가면 사흘밖에 걸리지 않는 거리이다. 간신히 돌아왔구나 하고 생각하고 있는데 팽성에서 급사가 달려왔다. 제나라 별동부대의 장수 조참과 관영이 팽성을 포위했다는 것이었다. 게다가 그 뒤에서 한신이 이끄는 30만 대군이 팽성을 향해 진격해 오고 있다는 것이다.

"이제 팽성으로 돌아갈 수는 없다."

항우는 보고를 듣자마자 그렇게 판단했다.

팽성은 주위에 언덕이 있는 데다 거성이기 때문에 함락시키기가 어렵다. 그러나 광활한 대평원 가운데는 사방 팔방으로 길이 나 있었다. 대군이 회동하기에는 편리하다. 이른바 병법 용어에서 말하는 구지(衢地)에 해당된다. 공격하는 데에는 대군이 필요하며 지키는 데에도 대군이 필요하다. 10만의 초나라 군대가 농성한다 해도 식량이 언제까지 갈지 모른다. 항우는 천하에 고립되고 만 자기의 비참한 모습을 여러 사람의 눈에 띄게 하고 싶지 않았다.

'강남(江南)으로 가자.'

항우는 그렇게 생각했다. 강남은 항우의 제2의 고향이다. 숙부인 항량(項梁)과 함께 거병을 한 곳이다. 강남의 땅에서 모병을 하면 권토중래(捲土重來)하는 것이 가능할지 모른다.

항우는 즉시 군대를 되돌려 남쪽으로 향했다. 닷

새 만에 영벽(靈壁)에 이르렀다. 영벽에서 다시 남
하하면 해하성(垓下城)이 있고 그 남쪽에 회수가 흐
르고 있다. 영벽을 거쳐 해하로 향했을 때, 유방의
군대가 뒤따르고 있다는 보고가 들어왔다.

"유방이 움직였다고?"

항우는 여기서 또 마음이 변했다. 유방과 결전을
벌이자는 생각을 한 것이다. 한나라 군대가 설사
천하의 대군이라고 해도 유방의 목만 베면 그것으
로 결판이 나는 것이다. 전투가 시작되고 유방이
어디에 있는지 그것만 알면, 돌격에 돌격을 거듭하
여 유방에게 육박해서 그를 쓰러뜨리는 것은 불가
능한 일이 아니라고 생각했다. 팽성의 싸움에서는
3만의 병력으로 56만의 대군을 궤멸시킨 항우가
아닌가.

"해하성으로 들어간다."

항우는 장수들에게 말했다.

해하성은 꽤 높은 구릉 위에 자리잡고 있다. 하
천이 성벽 밑을 흐르고 있고, 그 반대쪽은 깎아지
른 듯한 암벽이다. 공략하기 어려운 요해의 땅이
며, 나가서 치려면 언덕길을 뛰어내려가면 된다.
항우의 군대는 해하성을 수복하고 새로 누벽을 구
축하여 유방의 군대를 요격할 태세를 갖추었다.

대출전(大出戰)

항우를 쫓는 유방은 서두르지 않았다.

이미 한신과 팽월의 군대가 남하하고 있으며, 남쪽으로부터는 유가와 노관의 군대가 북상하고 있었다. 영포와 주은의 군대도 유방의 군대와 합류하려고 행군 속도를 빨리 하고 있었다.

해가 바뀐 지 이미 한 달이 지나가고 있었다. 5년 11월의 일이었다. 매서운 추위가 매일같이 계속되었다. 유방과 그에 회동하는 여러 제후들의 군대가 해하에 모인 것은 12월이었다.

한나라 군대의 선봉은 한신(韓信)이었다. 한신은 기세가 등등했다. 이 일전으로 난은 그칠것이다. 항우의 목은 누가 뭐래도 자기의 손으로 베지 않으면 안 된다.

한신은 싸워서 한 번도 패한 적이 없다. 항우도 또한 70여 차례를 싸워 패한 적이 없다. 불패의 장군끼리 격돌하는 것이다. 중국 전사에 남는 격전이 벌어질 것이었다.

해하성에 비축된 식량은 없었다. 항우에게는 처음부터 농성할 생각이 추호도 없었기 때문이다. 한나라 군대를 요격하기 위해 요해의 성을 거점으로 삼았을 뿐이었다.

한신은 공칭 30만 대군을 셋으로 나누어 좌익은

공희(孔熙) 장군, 우익은 진하(陳賀) 장군, 스스로는 중군을 지휘했다. 대군에는 병법이 필요하지 않다. 이제까지의 한신의 전투는 아주 적은 군세로 대군에 대적한 것이었다. 따라서 기책, 기술을 사용하지 않으면 안 되었다. 그러나 이번에는 대군으로 약세의 군사를 치는 것이므로 정정당당하게 정면으로 밀고 나가면 되는 것이다.

항우는 아마 밀집해서 돌격해 올 것이라고 생각되었다. 그래서 한신은 중군에 정예부대를 배치했다. 중군이 불가피하게 후퇴를 한다고 해도 양익의 공희 장군과 진하 장군이 초군의 측면을 치면 그들은 피로해져 궤멸할 것이 틀림없었다.

유방은 한신의 군대 후방에 본영을 두었다. 본영을 지키는 것은 주발(周勃) 장군과 시무(柴武) 장군이었다.

한신의 군대가 해하성의 성벽에 육박하기 전에 초나라 군대 쪽에서 먼저 밀고 나왔다. 항우는 이 일전에 스스로의 운명을 걸고 있었다. 유방을 찾아 그의 목을 쳐야 한다. 그 이외에 이길 방법은 없었다.

한군 진영 앞에 이르른 항우는 창을 꼬나들고 마상에 높이 앉아 큰 소리로 외쳤다.

"유방 이놈아! 네가 불알을 찬 남자한이라면 어서 나와서 자웅을 겨뤄보자. 만일 또 전날과 같이 복병을 두고 유인계나 쓴다면, 너야말로 대장부가 아니니라."

들고 난 유방이 대답했다.

"하하하. 네놈은 여전히 필부지용만 믿고 대언장 담하기를 좋아한다마는, 추호라도 두려워할 내가 아니다. 무릇 군사를 통솔하여 승부를 결하는 것은 계획함에 달린 것이지, 네놈처럼 가마솥이나 번쩍 드는 힘에 달릴 것이 아니라는 것쯤은 산야의 촌부도 다 아는 일이다. 네 이놈! 세상이 크게 바뀌고 천하가 다 나에게 귀복하고 있으니, 어서 항복하여 목숨이나 보존토록 하여라."

"아니 저놈이, 사상 정장이나 하던 저 필부 놈이!"

예상했던 대로 항우는 불같이 노하여 창을 휘두르며 곧장 유방을 향해 살같이 짓쳐들어왔다. 그러자 유방의 좌우에서 공회와 진하가 마주 뛰어나갔다.

"네까짓 무명하졸 놈들이 감히 짐의 앞을 가로막다니! 내 창맛을 보아라!"

항우의 손이 한 번 번뜻하자 진하가 창에 찔려 말 아래 떨어졌다. 이에 놀란 공회는 단 1합도 경루지 못하고 말머리를 돌렸다.

이를 본 유방이 황급히 말머리를 돌리자, 방죽이 터진 듯 한군은 무너지며 패주하기 시작했다.

초나라 군대의 돌격은 무서웠다. 검은 회오리바람이 소용돌이치듯 그리고 송곳을 비벼박듯이 뚫고 들어왔다. 한신군의 선봉이 무너지는 데까지 시간은 얼마 걸리지 않았다. 선봉에 이어 제2진이 무너졌다. 초나라 군대에게는 내일이 없지만 한나라 군대에게는 내일이 있다. 내일이 있는 한군은 내일이 없는 초군에게 쫓겨 도망쳤다. 이 패주하는 군사가 제3진으로 밀려들어가 혼란을 일으켜 후진까지 무너졌다. 한신은 옴짝달싹할 수 없을 정도로 자기편 군사 틈에 끼어 등을 밀리면서 후퇴했다. 초군의 승리이며 한군의 패배였다.

유방의 본영까지 위태로웠다. 한나라 군대는 대지를 메울 정도의 군대이지만 대장인 유방이 공격당하면 패배한다. 한나라 군대의 위기를 구해 낸 것은 공희 장군과 진하 장군이었다.

측면에서의 공격은 첫번째 공격부대가 맡았고, 피로해질 무렵에는 두 번째 공격부대가 대신 담당했다. 두 번째 부대가 피로해 보이면 세 번째 부대가 대신 밀고 나갔다. 이처럼 집요한 측면 공격 때문에 초나라 군대의 전진 속도가 둔해졌다. 한나라 군대는 예비대를 내보내 초나라 군대의 돌격을 저지했다.

서북에서는 왕릉, 북에서는 노관, 동북에서는 조참, 동에서는 영포의 대군이 내달아 왔다. 그리고 남에서는 주발, 동남에서는 팽월, 서남에서는 장이, 서쪽에서는 장이의 대군이 몰려오며 초군을 들이치니, 살기는 하늘에 뻗치고 초군의 시체는 들을 덮었다.

그러나 항우는 이 같은 복병에도 아랑곳하지 않고 더욱 무용을 다하여 한꺼번에 8명의 장수를 상대로 싸웠다. 마침내 항우가 이들을 모두 물리쳐 쫓아 버리니, 이번에는 박소·손가회·고기·장창·척사 등의 부장급 장수들이 일시에 항우에게로 달려들었다.

항우는 조금도 피로하거나 지친 기색도 없이 다시 이들을 맞아 싸우는데, 두어 합이 채 못 되어 먼저 손가회의 목이 땅에 떨어지고 이어서 척사는 말에 밟혀 목숨을 잃었다.

이 서슬에 놀란 나머지 부장들이 뺑소니를 치자, 이번에는 진희와 부관·시무·오예 등 네 장수가 짓쳐왔다. 그러나 이들마저 몇 합 겨루지 못하고 저마다 뿔뿔이 흩어지고 말았다.

이렇게 해서 항우는 하룻밤 사이에 칼과 창을 번갈아 쓰면서 한나라 장수 50여 명과 차례로 싸웠지만, 그의 검법이나 창법은 반점의 틈도 보이지 않았다. 천하 장수 항우를 태운 오추마 역시 주인과 더불어 조금도 지칠 줄 모르고 이리 뛰고 저리 뛰었다. 하지만 초나라 군대의 전진은 한계점에 이르게 되었다. 전진을 멈추면 병력 수가 적은 초나라 군대는 포위되어 전멸하고 만다. 때문에 후퇴할 수밖에 없었다. 너무나 분했기에 항우는 등자를 차며 이를 갈았으나 어쩔 수가 없었다.

한나라 군대는 후퇴하는 초나라 군대를 추격하며 무찔렀다. 이 때문에 초나라 군대는 큰 타격을 받아 궤멸되었다. 성문까지 후퇴할 수 있었던 초나라 병사들은 절반이 채 못 되었다.

한나라 군대는 해하성을 겹겹이 포위했다. 성벽 밖은 한나라의 빨간 깃발과 한나라 병사들로 메워졌다. 하지만 유방이 어디에 있는지 알 수 없었다. 항우는 돌출하고 싶어도 돌출할 수가 없었다.

사면초가(四面楚歌)

성내의 식량은 날이 갈수록 줄어들었다. 원군이 올 희망은 전혀 없었다. 아마도 병사들은 곧 굶어 죽을 것이다. 항우는 강남으로 가야겠다고 생각했다. 강남까지만 가면 병력을 모아 재기할 수 있을지도 모르기 때문이다.

해하성을 포위한 한나라 군대는 이제 포위망만 유지하고 있으면 되었다. 성은 언젠가는 함락될 것이다. 그래도 전쟁이니까 언제 어떤 사태가 발생할지 모른다. 하루라도 빨리 함락시키는 것이 상책이었다.

한왕의 진영에는 수많은 식객들이 있다. 식객은 변사, 외교가, 책사, 학자 등등 갖가지인데 그 중 한 사람이 유방에게 헌책했다.

"성을 둘러싸고 있는 병사들에게 시켜 초나라의 노래를 부르게 하면 어떻습니까. 초가(楚歌)를 성 안의 초나라 병사들이 듣게 되면 그들은 깊은 망향의 상념에 빠지게 될 것입니다. 또 초인(楚人)들이 많이 한나라 군대에 가세했다고 생각할 것이니 사기가 떨어지고 탈주하는 병사가 늘어날 것입니다. 성이 곧 떨어질 것은 확실합니다."

유방은 그 방책을 채택했다. 성벽 가까이에 있는 병사들에게 초나라의 노래를 가르쳐 부르게 했다.

중국의 민요는 북방은 서사적이고 간결한 데 비해, 남방은 서정적이며 착착 감기는 맛이 있고 그 음율이 매우 구슬프다. 초나라의 노래라는 것은 누가 들어도 알 수 있었다.

초가를 합창하는 소리를 들은 성 안의 초나라 병사들은 깜짝 놀랐다.

"초나라의 노래가 들린다."

"초나라 사람들이 노래하고 있는 것일까?"

매일 밤마다 들려 오는 초나라 노래에 귀를 기울이는 병사들이 많아졌다.

"초나라 사람들이 노래하고 있는 거야."

"한나라가 초나라 사람들도 자기 편으로 만들어 버린 것일까?"

어느 날 밤, 항우는 밤중에 잠이 깼다. 그의 귀에도 초나라 노래가 들려온 것이다. 항우는 놀라며 벌떡 일어났다.

"한나라는 이미 나라의 땅을 모두 손아귀에 넣었구나. 초나라 사람들이 어찌 저리 많을 수 있단 말인가?

"구월의 가을은 깊어 들에는 서리가 날리고
　하늘은 높고 물은 말라 가는데 기러기 떼 슬피 울어 대네.
　싸움은 마냥 고달파 밤과 낮이 모두 괴로운데
　적은 세차게 몰아쳐 와서 모래 언덕에 백골을 쓰러뜨리네,
　고향을 떠난 지 어언 십여 년, 부모와는 생이별을 나눴으니
　처자식인들 얼마나 외로우랴, 가도가도 독수공방임을
　메말라 가는 고향의 밭은 그 누가 가꿀 것이며
　이웃집의 술이 익었으려만 누구와 더불어 마실 것인가.
　늙은 부모는 문간에 기대어 가을 달만 처량하게 바라보고
　어린 것은 굶주림에 울어 간장이 끊어질 노릇이네.
　나그네 길이 아무리 오래기로 어찌 고향을 잊어버리랴.
　한 번 싸우게 되면 창검에 휘말려 죽되
　뼈와 살은 곤죽이 되어 개천 가의 풀을 덮을 뿐이다.

혼백은 허공 중에서 떠돌 뿐 갈 곳조차 없으리로다.

　장하던 그 마음 마냥 쓸쓸하여 황당하기 이를 데 없으니

　기나긴 가을밤에 고향 생각 뿐이로다.

　급히 고향으로 달아나면 죽음을 면할 수 있으리라.

　이 노래는 너를 살리려 함이니 어찌 하늘의 소리가 아니랴.

　너 하늘의 뜻을 알았다면 주저할 바가 아니로다.

　한왕은 덕이 높아 도망가는 군사들을 죽이지 않으리니

　고향에 돌아가겠다면 마음대로 가게 해 준다.

　비어 있는 진영을 지키지 마라. 군량은 이미 떨어졌도다.

　머지 않아 포로가 되면 목석이 함께 다치리로다.＂

　항우는 잠을 이룰 수가 없었다. 자리를 털고 일어나 본진의 장막 안에서 주연을 베풀었다.

　항우는 말했다. 성에서 탈출하겠다는 생각을 밝힌 것이다. 그 자리는 그들에게 있어서 이 세상에서의 마지막 작별의 장소가 될 것이었다.

　＂다 마셨거든 각자의 생각대로 성을 빠져나가라. 어디로든 혈로를 뚫고 도망가라. 나를 따르고 싶은 자는 따르라.＂

항우의 눈에 굵은 눈물방울이 어렸다. 우희는 몸을 떨면서 흐느껴 울었다.

항우가 울고 있는 우희를 껴안으면서 말했다.

"그대는 아름다운 여인이니 유방도 해치지는 않을 거요. 어떻게 해서라도 목숨을 잃지 않고 있으면 언젠가 다시 만날 수 있을 거요."

항우의 뜨거운 눈물이 우희의 목덜미에 떨어져 흘러 내렸다.

"폐하, 살거나 죽거나 이 몸은 폐하의 곁에서 떠나지 않을 것이옵니다. 그러니 저도 데려가 주옵소서."

우희가 애원했으나 항우는 머리를 저었다. 겹겹이 싸인 포위망을 뚫는 것은 장사인 자기도 하기 어려운 일인데 연약한 여자의 몸으로 어떻게 따를 수 있겠느냐면서 훗날을 기약했다. 우희는 자기 때문에 항우의 신상에 어려움이 생길 것을 생각하여 뒤따를 것을 단념했지만 유방의 포로가 되어 몸을 더럽히기는 죽기 보다도 싫었다.

두 사람은 서로 마주 보면서 최후의 술잔을 들었다. 항우는 탄식하는 것처럼 노래했다.

"힘은 산을 뽑고 기개는 세상을 덮었건만
때는 불리하고 추가 가지 않는구나.
추가 가려고 하지 않으니 어찌하면 좋을까
우여, 우여 그대를 어찌해야 좋을까."

되풀이해서 노래하기를 몇 번이었던가. 우희도 그 소리에 맞춰 노래를 불렀다.

"한나라 군대가 우리를 에워싸
사방에서 들리는 건 초나라 노래 소리
폐하도 의기가 다 하셨으니
이 몸이 어찌 살아 남을까 보냐."

노래를 끝낸 우희는 갑자기 단검을 뽑더니 자기의 목을 찌르고는 쓰러졌다. 항우가 언젠가 정표로 주었던 보검이었다.
항우가 다가서며 말리려고 했지만 한 발 늦고 말았다.
항왕의 뺨에 몇 가닥의 눈물이 흘러내렸다. 좌우의 신하들도 모두 울며 감히 항왕을 쳐다보지 못했다.
항우는 축 늘어진 우희를 안아다 양지바른 곳에 손수 묻었다. 그리고는 목이 쉬도록 꺼이꺼이 울었다.
훗날 우미인의 묘 위에 이름 모를 아름다운 풀이 한 포기 오똑 돋아나 가련한 꽃이 피었으며 사람들은 그 꽃을 우미인초(虞美人草:개양귀비)라고 불렀다고 한다.

항우는 드디어 애마 추의 등에 올라탔다.
따르는 장사들은 환초(桓楚)를 위시한 8백여 명. 그는 8백 명의 군사를 2대로 나누어 자신이 선봉을 서고 환초와 주란은 후진을 맡게 했다.

"가자!"

항우는 그의 마지막 군사들과 더불어 말을 달려 나갔다. 그의 기세는 일월도 무색할 지경이었다. 한의 맹장 관영이 그의 앞을 가로막았으나, 그의 기세에 눌려 말머리를 돌리고 말았다.

이에 항우는 포위망을 열면서 계속해서 앞으로 달렸다. 그 모습을 산상에서 지켜본 번쾌가 깃발을 크게 흔들어 항우의 행로를 놓치지 않고 한군들에게 알려주었다. 한의 대군은 여기저기서 벌떼처럼 쏟아져 나와 몇 겹으로 초군들을 에워쌌다. 여기에 조참이4명의 부장과 함께 대군을 휘동해 와서 얼마 남지 않은 초군의 마지막 군사까지 사정없이 들이쳤다.

마침내 후군의 환초와 주란은 더 나갈래야 한 치도 더 나갈 수 없는 포위망 속에 갇히고 만 것을 알게 되었다. 그들과 함께 최후까지 남은 군사라야 20ㅇ명도 채 되지 않았다. 주란과 환초는 이미 최후가 온 것을 깨달았다. 환초가 비통한 목소리로 조용해 말했다.

"우리 힘이 여기서 다했구나! 한군에게 붙잡혀 죽느니, 차라리 깨끗하게 자결하고 말리라."

그 말을 신호로 환초와 주란은 거의 동시에 칼로 목을 찔러 자결하고 말았다. 그러자 남은 강동의 자제 20명 역시 저마다 스스로 목숨을 끊었다.

이러한 사실을 전혀 모르는 선두 항우는 계속 포위망을 뚫고 나아가 회하(淮河) 가에까지 이르렀다.

마침 강가에 큰 배 두 척이 매여 있었다. 항우는 군사들과 함께 배를 나누어 타고 강을 건너 앞을 바라고 5리쯤 갔을 때였다. 여기서도 한군이 매복해 있다가 사방으로부터 짓쳐나왔다.

항우가 다시 창으로 휘두르며 일조 혈로를 뚫고 10리쯤 달려 음릉(陰陵)에 이르렀는데, 저만치에 농부가 한 사람 서있는 것이 보였다. 길의 방향을 잃었던 차였기에 항우는 반색을 하며 그에게 물었다.

"강동으로 가려면 어느 길로 가야 하는가?"

농부가 흠칫 놀라는 품으로 보아 길을 묻는 사람이 항우라는 것을 알아보는 것 같았다. 하긴 항우가 눈에 띄는 거구에 금갑녹포를 입었으니 알 만도 했다.

그러나 농부는 얼른 대답을 하지 않고 머뭇거리기만 했다.

항우가 다시 물었다.

"짐은 초패왕이다. 그대는 두려워 말고 어서 길을 가르쳐 달라. 어느 길로 가야 강동으로 갈 수 있는고?"

농부는 전부터 항우를 미워해오던 터였기에 그가 항우임을 확인하자 엉뚱한 길을 가리키며,

"여기서 왼편 길로 곧장 가시우."

하고 능청스럽게 대답했다.

그러나 농부의 그 말이 거짓말인 줄을 꿈에도 생
각지 못한 항우는 군사들과 함께 왼편길로 달려갔
다. 그들이 얼마쯤 길을 갔을 때 커다란 습지가 앞
을 딱 가로막았다. 그제야 농부에게 속은 것을 알
았지만 되돌아올 수도 없었기에 갖은 고생 끝에 가
까스로 습지를 건너 산지로 접어들었다. 때문에 추
격군과의 거리가 좁혀졌다.

　　이제 항우를 따르고 있는 군사는 단지 28명에 불
과했다. 그는 이들과 함께 길도 잘 모르면서 무턱
대고 동쪽만 바라고 달릴 따름이었다. 일찍이 백만
대군을 거느리고 천하를 호령하던 그로서는 착잡한
심회를 금할 수 없었다.

　　그런 지 얼마 만에 수목이 울창한 숲속에 들어 길
을 찾아 헤매다가 해가 질 무렵쯤 해서 한 채의 오
래 된 절을 발견했다.

　　"폐하, 그 동안 수백 리를 물 한 모금 드시지 않
고 여기까지 왔사옵니다. 몹시 피곤도 하시겠지만
시장하기도 하실 터이니, 여기서 잠깐 쉬도록 하시
옵소서."

　　군사 하나가 이렇게 말하여 항우가 말에서 내리
자 모두들 말에서 내렸다. 항우가 절의 문 앞에 서
서 보니, 안에서는 불빛이 흘러나오고 있고 문앞
언덕 아래에서는 졸졸졸 물 흐르는 소리가 들렸다.

　　그는 물 소리를 듣고서 오추마를 끌고 언덕 아래로
내려갔다. 말에게 물을 먹이려 했으나, 기암괴석들

이 쌓여 있어 말이 물을 먹을 수가 없었다. 그가 팔을 걷고 허리를 굽혀 바윗돌들을 치우자, 그 밑에서 비로소 옥수같은 맑은 물이 샘솟듯 솟아올랐다.

이곳은 흥교원(興敎院)이라는 곳으로, 오강으로부터 75리 정도 떨어진 지금도 항우의 음마천(飮馬泉)이라는 고적이 있는 곳이다.

항우는 오추마에게 물을 배부르게 먹인 후 흥교원 안으로 들어갔다. 좌우로 기다란 복도가 있는데, 어디에도 사람이라고는 보이지 않았다.

그는 천천히 걸어서 흥교원의 뒷마당으로 갔다. 그 곳에 집이 한 채 있는데 7, 8명의 노인들이 불을 피워 놓고 둘러앉아 있는 모습이 보였다.

항우가 물었다.

"어인 일로 노인장들만 여기 계시오?"

한 노인이 대답했다.

"원래 이 절간ㅇ에는 젊은이들이 20여 명이나 있었습니다만, 난리통에 모두 달아나고 없소. 그래서 우리 늙은이들만 남아 있는데, 댁께서는 뉘시오?"

"나는 초패왕인데, 싸움에 져서 이렇게 쫓기고 있소. 원컨대 먹을 것을 좀 주시고 재워 주신다면, 그 은혜를 잊지 않겠소이다."

항우의 말에 노인들은 모두 일어나서 땅에 배복하며,

"황송하옵니다. 산야에 묻힌 촌부가 폐하께옵서 행림하신 것을 알지 못하고 죄를 지었사옵니다. 부디 용서하여 주시옵소서."
하고 사죄했다.

　"아니올시다. 모르시고 하신 일이 어찌 죄가 되겠
소. 이렇게 예를 차리고 맞아 주시니 매우 고맙소
이다."

　항우가 그렇게 대답하자, 노인들은 서둘러 항우
와 그 군사들을 집 안으로 안내하는 한편으로, 쌀
한 섬을 내다가 밥을 짓고 야채를 씻어 국과 반찬
을 만들어 내놓았다.

　이에 항우는 노인들을 치하하고 나서 군사들과
함께 주린 배를 채웠다. 이어서 곧 잠자리에 들어
투구를 베개삼아 어렴풋이 잠이 들려고 하는데, 갑
자기 바깥이 소란해지며 무수한 말발굽 소리가 가
까이 다가왔다.

　'또 한적들이로구나!'

　항우는 급히 자리를 차고 일어나서 갑옷 입고 창
들고 오추마를 추켜타고서 홍교원으로 뛰쳐나갔다.
바깥은 이미 날이 새고 있었다. 항우가 말을 몰아
나가자, 한 장수가 말을 타고 나서며 큰 소리로 외
쳤다.

　"항우야, 나는 한 장 관영이다! 이젠 항복하여 목
숨이나 구하라!"

　항우가 대로하여 마주 호통을 쳤다.

　"네 이놈! 내 너를 사로잡아 그 주둥아리를 찢어
놓고 말리라!"

항우는 창을 휘두르며 관영을 취했다. 두 필 말이 서로 사귀고 두 자루 창이 서로 어우러져 싸우기 10여 합에 이르렀을 때, 근흡·시무·여마통·여승·양무의 다섯 장수가 또 일제히 항우를 향해 달려들었다.

막 잠에서 깬 항우 그러나 그가 휘두르는 창끝은 편체분분하고 살기는 새벽 빛 속에서 차디차게 번득였다. 6명의 한 장들이 항우 한 사람을 에워싸고 치는데도 도무지 접근을 하지 못하고 오히려 막아내기에 급급하였다.

항우는 이들을 따돌리고 마치 무인지경을 가듯 포위망을 뚫고 나와 50여 리를 더 달려 동성(東城)에 이르렀다.

오강자문(五江自刎)

동성에 항우는 말고삐를 움켜쥔 채 사방을 휘둘러보았다. 바로 자기 뒤에서 추격해 오는 한군은 보이지 않았으나, 이쪽저쪽 산모퉁이에서 뽀얗게 먼지를 일으키고 있는 것은 한의 추격군임에 틀림없었다.

항우는 착잡한 심정이 되어 혼자 생각해 보았다. 앞에는 강물이고 좌우와 뒤쪽은 모두 한군들이다. 설사 날개가 달렸다 한들 여기서 벗어나기란 지극히 어려운 일이었다.

'탈출하는 것은 불가능하다.'

항우는 이렇게 판단하자 28기를 향해 말했다.

"내가 거병한 지 8년이 되었다. 그 동안 나는 70여 번이나 싸웠으나 한 번도 패한 적이 없었다. 항상 상대방을 무찔러 항복시키고 천하를 눌렀다. 그러나 이제 여기서 궁지에 빠졌다. 이것은 하늘의 뜻이다. 하늘이 나를 망하게 하는 것이지 싸움에 약해서가 아니다. 오늘 죽기로 이미 각오했다. 원컨대 제군을 위해 결전하여 반드시 세 번 한나라 군대에게 이기고자 한다. 제군들을 위해 한나라 군대의 포위를 뭉개고 장수의 목을 베고 군기를 쓰러뜨림으로써 하늘이 나를 망하게 하려는 것이지, 내 용병술이 서툴러서가 아님을 보여 줄 것이다."

항우는 28기를 7기씩 4대로 나누어 사방으로 나가게 했다. 한나라 군대는 그들을 겹겹이 둘러쌌다.

항우는,

"적중을 돌파하거든 언덕의 동쪽에 세 군데로 나누어 집결하라."

라고 지시한 다음, 멀리 보이는 한 나라의 한 장수를 가리키며 말했다.

"제군들을 위해 내가 저녀석을 죽이겠다!"

항우는 함성을 지르며 달려내려갔다. 한나라의 군사들은 바람에 나부끼는 꽃잎처럼 흩어졌다. 항우는 한나라의 장수를 베면서 그대로 달려나갔다. 한나라의 장군 양희(陽喜)가 그를 뒤쫓았으나 항우가 말머리를 돌리고 눈을 부릅뜨며,

"이놈!"

하고 소리치자 말이 놀라 뛰어오르고, 양희는 질겁을 하며 인마와 함께 몇 리나 도망쳤다.

항우와 함께 한나라 군대의 포위망을 돌파한 28기는 항왕으로부터 받은 지시대로 언덕의 동쪽에서 합류하고 거기서 다시 세 부대로 나누어 집결했다. 한나라 군대는 항우가 그 세 군데 중의 어느 쪽에 있는지 몰랐기 때문에 군대를 셋으로 나누어 또다시 포위했다.

항우는 다시 달려내려가 한군의 한 도위(都尉)를 베고 병졸 80~90명을 죽였다. 그리고 다시 부하들을 집합시켜 보니 2기를 잃었을 뿐이었다. 항우는 남은 부하들에게 말했다.

이 날 항우는 하루 동안에 한군 대장과 9번 접전하여 9명을 베고, 그리고 천여 명의 사졸들을 죽였다. 실로 기적같은 승전이었다.

적의 포위가 흩어진 것을 보고 항우는 26명의 군사들과 함께 양자강(揚子江)의 북안 오강(烏江)기슭으로 갔다. 이 때 뜻밖에도 오강의 정장이 배 한 척을 준비하고 있다가, 항우가 오는 것을 보고 그의 앞으로 와서 배복하고 아뢰었다.

"폐하께서 이곳으로 오실 것을 예측하고 기다리

고 있었사옵니다. 강동이 비록 작은 지방이오나 옥
야천리에 양식은 풍족하고 사람들 또한 많이 살고
있는 곳이옵니다. 폐하께옵서 다시 군사를 모으시
면 수십만은 금방 될 것이오니, 속히 강을 건너시
와 후일을 기약하시옵소서. 이곳에는 신이 지금 가
지고 있는 배 한 척 외에 다른 배는 없사오니, 한군
이 쫓아온들 강을 건널 수는 없사옵니다. 한군이
다시 추격해 오고 있사옵니다. 어서 이 배를 타시
옵소서."

정장의 말은 구구절절 옳은 말이었다. 하지만 항
우는 잠시 묵묵히 서 있다가 그 만 고개를 가로 저
으며 말했다.

"하늘이 나를 멸망시키려고 하고 있는데, 어찌 내
가 이 강을 건널 수 있겠는가. 그리고 나는 강동의
자제들 8천 명과 함께 강을 건너 서진했는데 지금
한 사람도 돌아오지 못했소. 설령 강동의 부형들이
불쌍하게 여겨 나를 왕으로 추대한다 해도 내가 무
슨 면목으로 그들을 대하겠소. 설령 그들이 아무런
말도 하지 않는다고 해도 나는 마음속으로 부끄러
움을 금할 수 없을 것이오."

그리고 다시 정장을 보고 말했다.

"나는 그대가 장자(長者)임을 알고 있소이다. 이
말을 드리겠소. 나는 이 말을 5년 동안이나 타고
다녔는데, 실로 명마여서 하루에 천 리를 달린 적
도 있소. 지금 여기에다 내버린다면 한왕의 것이

될 것이고 그렇다고 정리상 죽일 수도 없소."

항우는 이같이 말하고, 한손에 쥐고 있던 말고삐를 정장에게 주었다. 정장은 두 번 절하고 말고삐를 받았다.

오추마를 배에 태운 정장은 마침내 항우를 향하여 멀리서 또 한 번 예를 올리고서 배를 띄었다. 정장과 함께 따라왔던 몇 사람이 노를 저어서 배가 강의 한가운데로 들어섰을 때였다.

"어흐흥, 어흐흥⋯."

그 때까지 배의 중간에 가만히 서 있던 오추마가 갑자기 세 번을 크게 울더니, 껑충하고 강물 속으로 뛰어들었다. 금시에 오추마는 오강의 급한 물결에 휩쓸려 모습을 감추고 말았다.

그 모양을 언덕에서 바라보는 항우의 가슴은 사뭇 찢어지는 것 같았다. 마지막까지 사랑해 마지않던 오추마저 물 속에 장사지내고 만 것이다.

그 때에 또다시 함성이 천지를 진동하며 한군이 벌 떼처럼 몰려왔다. 항우는 이를 갈며 땅 위에 힘차게 버티고 섰다. 26명의 부하들도 모두 말에서 내렸다.

"와아! 와아!"

한군은 눈 깜짝할 사이에 항우와 그의 군사들을 빙 둘러쌌다, 워낙 비교도 안 되는 중과부적이었다. 항우는 우글거리는 적병들 속으로 쳐들어갔다. 26명의 장사들도 뒤따랐다. 칼을 뽑아 들고 싸우는 백병전이었다. 항우 혼자서 죽인 한나라 병사들의 수는 수백 명이나 되었다. 항우 자신도 10여 군데를 다쳤다.

항우는 드디어 마지막 순간이 온 것을 알았다. 어깨로 크게 숨을 쉬며 무심히 전방을 보니 거기에 여마동(呂馬童)의 얼굴이 있었다. 여마동은 그 옛날 항왕을 섬겼으나 지금은 한나라에서 기병대장으로 있었다.

"오, 너는 여마동이 아닌가."

항우는 말을 걸었다.

여마동은 항왕을 흘낏 봤으나 무섭기도 하고 겸연쩍기도 했을 것이다. 시선을 피하며 곁에 있는 왕예에게 항우를 가리키며 말했다.

"저게 항왕이다."

항우는 여마동을 부르고 말했다.

"한왕은 내 목에 황금 천금과 1만 호의 봉지를 걸었다지. 지금 내가 그것을 너에게 주마."

항우는 그 자리에 선 채 오른손에 쥔 피묻은 칼을 자기 목에 대고 칼끝을 왼손으로 바치고 머리를 일단 뒤로 뺀 다음 반동과 함께 앞으로 내던졌다. 선혈이 뻗치고 머리가 댕강 베어졌다. 그 위로 항우의 거대한 몸통이 커다란 소리를 내면서 쓰러졌다.

항왕의 시체에 한나라의 병사들이 덤벼들었다. 거기에 황금 천금과 1만 호의 봉지가 달려 있으니 서로 차지하겠다고 쇄도한 것도 무리는 아니다.

왕예가 재빨리 머리를 차지했다. 몸통을 둘러싸고 처참한 쟁탈전이 시작되었다. 서로 얼키고 설키며 몸싸움을 벌였다. 양 손과 양 다리를 붙잡고 힘껏 당기니 항우의 사지는 찢어지고 말았다. 이 다툼으로 수십명이 죽고 다쳤다.

　그리하여 마침내 항우가 오강에서 죽으니, 때는 대한 5년(서력 기원전 202년)겨울 12월이었다. 진시황 15년(서력 기원전 232년)에 태어난 항우는 그의 나이 불과 31세에 이 세상에서 떠난 것이다.

황제 즉위(皇帝卽位)

　항왕의 시체를 나누어서 차지한 것은 왕예와 낭중기(郎中騎) 양희(楊喜), 기사마(騎史馬) 여마동(呂馬童), 낭중(郎中), 양무(楊武), 낭중(郎中), 여승(呂勝)의 다섯 사람이었다.
그들이 중군으로 돌아와서 유바에게 항우의 머리를 바치자, 유방은 그 얼굴을 한동안 내려보다가 눈물을 흘리며 말했다.

　"짐이 전일에 항왕과 의형제를 맺고서 그 후에 천하를 다투느라 피차에 원수가 되고 말았소 그려. 그러나 뜻밖에도 지금 항왕이 이처럼 세상을 떠난 걸 보니, 짐의 마음이 찢어지듯 아프오."

　유방이 그렇게 말하면서 크게 소리내어 울었다.

다른 신하들도 절로 흘러나오는 눈물에 모두 옷소매를 적셨다. 이튿날 유방은 약속했던 대로 머리를 차지한 왕예는 두연후(杜衍侯), 양희는 적천후(赤泉侯), 염동은 중수후(中水侯), 여승은 열양후(涅陽侯), 양무는 오방후(吳防侯)로 각각 봉해졌으며, 항씨 일가를 멸하지 않고 존속 시켰다. 항백(項佰)을 사양후(射陽侯)로 봉하고, 또 도후(桃侯), 평고후(平皐侯), 현무후(玄武侯)도 모두 항씨였는데, 항씨란 성을 사용하면 불편한 일이 많을 것이라 하여 유(劉)란 성을 하사했다. 그리고 오강가에 항우의 묘(廟)를 세우고서, 1년에 네 차례씩 제사를 올리라는 분부를 내렸다.

이렇게 해서 5년에 걸친 초나라와 한나라의 싸움은 끝났다. 그런데 초나라의 땅은 모두 한나라에 귀속되었지만 노(魯)만은 항복하지 않았다. 노는 주공(周公) 단(旦)을 시조로 하는 나라로, 공자와 맹자가 태어났으며 학문과 예절을 중히 여기는 기풍이 강했다. 항우는 처음에 초나라의 회왕으로부터 노공(魯公)으로 봉해졌고, 그 후 서초(西楚)의 패왕이 되고 나서도 노나라는 그의 치하에 있었기 때문에 노나라 백성들은 항우에게 순절하려고 했던 것이다.

한왕은 노나라를 치려고 북상하는 도중에 사자를 보내 항복을 권고했다. 사자에게 항우의 목을 갖고 가도록 하여 노나라의 백성들에게 보인 다음,

"항왕은 이미 망했다. 저항하는 것은 무익한 일이 아닌가. 한왕은 노인(魯人)이 피를 흘리는 것을 보고 싶지 않다."
라고 설득했고 노나라는 결국 납득하고 성문을 열었다.

한왕은 노공의 격식으로 항왕을 곡성에 묻었다. 그리고 항왕을 위해 복상하고 묘전에서 곡례(哭禮)를 올린 다음 노나라를 떠났다.

이리하여 천하는 완전히 평정되었다. 하늘 밑에서부터 바다 끝까지 이제는 모두가 유방의 장중에 들어오게 되었다.

그러나 유방은 마음이 편치 않았다. 그것은 바로 한신에 대한 꺼림칙한 생각 때문이었다. 제나라는 원래 큰 나라이다. 70여 성이나 되는 넓은 지방에 인구도 많고 물산이 풍부하니, 그를 제왕으로 두었다가는 후일에 화근이 될지도 모른다는 생각이 그의 머리를 떠나지 않고 있었다. 초나라는 한가운데에 끼어 있으니, 비록 수십만의 군사가 있다 할지라도 크게 장난을 치지는 못할 것이다.

유방은 그렇게 생각하고 한신을 불러 말했다.

"원수의 힘으로 짐이 천하를 통일한 것은 참으로 원히 잊지 못할 일이라고 아니 할 수 없소. 그러나 원수의 공이 크고 위엄이 무거운 만큼 소인배들이 시기하고 질투하여 원수로 하여금 그 지위를 오래 보전하지 못하게 할지도 모를 일이오. 그러니 원수는 원수의 인수를 다시 바치고 초왕이 되어서 그 지방을 다스리기 바라오."

한신은 천만 뜻밖의 말에 잠시 어리둥절했으나 유방의 명령을 거역할 수 없었기에 원수의 인수를 끌러 두 손으로 바치면서 말했다.

"황송한 말씀이오나, 폐하께서 신을 제왕으로 봉하신 지 수 년이 지났사온데, 지금 갑자기 다른 곳으로 옮기라 하옵심은 합당한 조치가 아닌 듯 하옵니다."

"장군은 잘못 생각하시었소. 장군은 원래 회음사람이지 않소. 그러니까 초나라는 말하자면 장군의 부모의 땅이요 고향이오. 뿐만 아니라또한 초나라를 멸망시킨 것은 온전히 장군의 힘에 의해서였으니, 장군이 초왕이 되는 것은 가장 적합한 조치가 아니겠소."

세상 만사는 이현령 비현령이다. 유방이 그렇게 말하자 한신은 더 할 말을 하지 못하고 허리에 찬 제왕의 인수마저 끌러서 유방에게 바쳤다.

그것을 받은 유방은 그 대신 초왕의 인수를 한신에게 주었다. 한신은 그것을 받아 가지고 유방 앞에서 물러나와 즉시 초나라로 갔다.

유방은 제후들을 각각 본국으로 보낸 후에 자기는 낙양으로 갔다. 그러는 사이에 해가 바뀌어 대한 6년 정월이 되었다. 각국의 제후들은 유방에게 와서 새해 문안을 드렸다. 그 중에서도 조왕 장이

와 초왕 한신은 유방 앞에 나와서,

"이제 천하가 통일되고 백성이 태평하오니 폐하께서는 속히 황제의 위(位)에 오르시와, 천한 백성들의 마음을 편하게 해 주시옵소서."

하고 아뢰었다. 그러자 유방은 고개를 저으며,

"제위는 어질고 영명한 사람이 아니면 앉을 수 있는 자리가 아니라고 나는 생각하오. 나는 본시 재주가 없고 덕이 부족한데, 어찌 제위에 오른단 말이오."

하면서 듣지 않았다.

그러자 여러 신하들이 한신과 장이의 말에 찬동하며 유방에게 제위에 나갈 것을 간곡히 아뢰었다.

"천하가 통일되고 공신들을 왕후(王侯)에 봉하시고서도 폐하께서 호아제가 되시지 않으신다면, 무엇으로써 천하에 신의를 보이시겠나이까?"

유방도 그 말에는 대답할 말이 없었기에 결국,

"정녕코 그렇게 하는 것이 나라에 유익하다면, 내 어찌 사양하겠소."

라면서 마침내 황제가 될 것을 허락하였다.

그리하여 도읍을 낙양으로 정하고 그 해 2월 갑오일을 길일로 택하여 사수의 남쪽에 식장을 설비한 뒤에 황제의 난가(鸞駕:임금이 타는 가마의 하나)를 봉영하고 천하에 조칙으을 포고했다.

짐은 본시 패현 사람으로서 위로 하늘의 보우하

심과 선조신령의 도우심을 받들고서 문무 제신들의 힘에 의지하여 진나라를 멸하고 초나라를 이겨 마침내 천하를 평정하였으니, 이는 오로지 천하 백성들의 뜻을 주장함이라, 대한 6년 갑오일에 사수의 남쪽에서 황제의 위에 오르며 천지신명께 제사하여 이 뜻을 고하는 바이로다. 이로써 나라 이름을 대한(大漢)이라고 하는 터인, 이 날로서 대묘(大廟)를 받들어 4대를 추존하여 태상황제로 하고, 사직을 낙양에 건립하는 바이다. 또한 진나라와 초나라 때 가혹한 형벌을 받은 자들을 남김없이 모두 석방하오니, 이를 천하에 포고하여 널리 알리도록 하라.

식장에서는 즉위식에 이어 문무 백관의 배하식(拜賀式)이 거행되었고, 잇달아 큰 잔치가 베풀어졌다. 그 자리에서 유방이 신하들을 둘러보며 말했다.

"짐은 원래 패현의 사상 땅 일개 정장에 불과하였는데 오늘날 천하를 얻게 되고, 항우는 7천 근이나 되는 가마솥을 들어올릴 만한 용력을 가졌건만 필경에는 천하를 잃고 말았으니, 이는 무슨 까닭인고? 그대들은 기탄없이 말하라."

그러자 고기(高起)가 일어나서 대답했다.

"항우는 배고픈 사람에게 밥을 주고 추워하는 사람에게 옷을 주는 것과 같이 불쌍한 사람에게 동정하는 인자의 인정은 있었지만, 어질고 능하고 착한 사람을 꺼리고 시기하며 공이 있는 자에게 상 주는 것을 싫어하였기에 천하를 잃었던 것이옵니다."

"흐음, 그렇다면 그에 비해 짐은 어떠한고?"

유방이 궁금하여 묻자 이번에는 왕릉이 대답했다.

"그에 비해 폐하께서는 사람을 업신여기시는 교만함이 있기는 하지만, 성을 치고 땅을 빼앗은 후에는 공이 있는 자에게는 반드시 상과 은혜를 베푸시고, 천하와 함께 이익을 함께 하시었으므로, 천하를 얻으신 것이라고 생각되옵니다."

유방은 그 말을 듣더니 빙그레 웃으며 말했다.

"짐이 생각해 보니, 장중에 앉아 계책을 꾸며 천리 밖의 승부를 결정짓는 일은 짐이 장량을 당하지 못하고, 백성을 편안하게 하면서도 어김없이 군량을 수송하여 삼군을 주리지 않게 하는 것은 짐이 소하보다 못하며, 대군을 지휘하여 싸우면 반드시 이기고 공격하면 틀림없이 점령하는 데 있어서는 짐이 한신을 따르지 못한다. 그러므로 짐이 천하를 얻은 것은 사람들을 잘 쓴 까닭이라고 말할 수 있다. 항우는 범증 한 사람도 제대로 쓰지 못했기 때문에 천하를 잃어버린 것이다."

그 말을 들은 여러 신하들은 진심으로 배복하였다.

토사구팽(兎死拘烹)

천하는 이제 유방의 것이었다. 그는 이런저런 일에 구애받지 않고 마음 놓고 상작(賞爵)을 내릴 수 있었다.

만일 항우가 살아 있다면 그를 꺾기 위해 신하들의 말도 들어 주어야 하고 또 때로는 그들의 비위도 맞추어 주어야 했지만, 이젠 그럴 필요가 없었다. 그가 곧 천자이니 무엇이 두려울 것인가.

그래서 제일 먼저 한신에 대한 문제를 해결했거니와, 이어서 다른 사람들에 대한 논공행상도 서둘러 행했다.

형산 왕 오예를 장사 왕으로 옮기게 하여 임상에 도읍을 정하게 하는 동시에 회남 왕 영포, 대량 왕 팽월, 연왕 장도는 그대로 머물러 유임케 하고, 유가(劉賈)를 비롯한 유씨 일족을 모조리 왕작에 봉했으며, 장량·소하·번쾌 등 공신 20여 명도 모두 혈후로 방한다는 조칙을 내렸다.

이처럼 그 나름대로 장구지계를 매듭지은 유방이 어느 날 높은 누각에 올라서 궁실 밖의 풍경을 관상하고 있었다. 그런데 대장들이 서너명씩 모야 앉아서 무슨 이야기인가 수군거리는 모습이 그의 눈에 띄었다.

'무슨 비밀스러운 밀담들을 저렇게 나누고 있는

것일까?'

유방은 더럭 의심이 생겼다. 때문에 근시를 돌아보면서 속히 장량을 들게 하라고 분부했다.

이윽고 장량이 누각으로 올라오자 유방이 그 연고를 물었더니 장량이 대답했다.

"폐하께서 천하를 얻으신 것은 문무 제신들이 강약이나 친소 할 것 없이 모두 다 충성을 다해서 일심합력했기 때문이옵니다. 그런데 지금 와서 보니 친하고 가까운 사람들에겐 봉작을 주시고 미워하시던 사람에겐 죽음을 주시기에 저 사람들이 불평을 늘어놓고 있는 것이옵니다.

유방은 깜짝 놀랐다.

"그렇다면 이 일을 어찌하면 좋겠소이까?"

"폐하께서 평소에 가장 미워하시고 또 모든 사람들도 그렇게 알고 있는 사람이 누구이옵니까?"

"옹치요."

"그러시다면 폐하께서 가장 사랑하시는 사람은 누구이옵니까?"

"정공이오"

"폐하께서 지난 날 팽성 대전에서 참패하시어 도주하실 때, 옹치는 항왕의 명령을 받들어 폐하를 끝까지 추격하였으니, 그 사람은 충신이옵니다. 그와는 반대로 정공은 항우의 명령을 어기고 폐하를 도와 드렸으니, 그 불충이옵니다. 따라서 정공을 참수하시면 동요하는 군심은 저절로 안정될 것이옵니다.”

그 말을 들은 유방은 즉시 미워하던 옹치를 불러 십만후에 봉하고, 사랑하던 정공은 참수형에 처해 다른 사람들의 본보기로 삼았다.

갑자기 이 같은 조치가 내리자 그 때까지 불만을 품고 있던 사람들은 모두 다 후회를 하면서 깨끗이 불만을 씻었다.

그런데 어느 날 유방이 뜻밖의 명령을 내렸다.

“짐이 팽성 대전에서 참패했을 때 초장 계포와 종리매는 끝까지 짐을 괴롭혔다. 이놈들을 잡아들이도록 하라.”

유방의 명령에 따라 전국의 곳곳마다 계포와 종리매를 찾는 방문(榜文)이 나붙었다.

그 때 계포는 함양성 안의 주장이란 사람에게 몸을 의탁하고 있다가 그 소식을 듣고는 함양을 떠나 노나라의 주가에게로 가서 몰래 머리를 자르고 그의 노복이 되었다.

그런데 주가는 이 범상치 않은 노복이 계포임을 알고 조용히 말했다.

“나는 그대가 초장 계포임을 진작부터 알고 있었소. 마침 한의 일등 공신인 등공 하후영이 이 사람의 죽마고우이니, 내가 등공한테 가서 그대의 목숨을 부탁해 볼까 하는데, 이 사람이 어떠하오?”

“그렇게만 해 주신다면 은혜는 평생 잊지 않겠습니다.”

이에 주가는 낙양으로 가서 하후영을 만났다.

"황제께서 천하를 다 얻으시고서도 한낱 사사로운 감정으로 계포를 죽이려 하시는 것은 심히 속좁은 일이네. 계포는 지용을 겸비한 장수로서 구하기 어려운 인물일세, 그가 만일 북방의 호(胡)나 남방의 월(越)로 도망이라도 가는 날에는 후환이 되기 쉬우니, 귀공이 황제에게 나가 그의 죄를 용서하도록 주청해 주게나."

하후영은 주가의 말을 옳게 여겨 그 같은 일을 유방에게 고하고 계포의 죄를 용서받게 해 주었다. 계포가 하후영에게 인도되어 유방 앞에 엎드렸다.

"네 어찌 일찍이 와서 죄를 청하지 않았는고?"

유방의 꾸짖음에 계포가 대답했다.

"나라는 망하고 주인은 죽었는데 무슨 면목으로 일월을 볼 수 있으며 항차 폐하를 뵈올 수 있겠사옵니까. 신은 오직 초패왕과 함께 오강에서 죽지 못 했음을 후회하고 있을 따름이옵니다."

유방은 듣고 나자 고개를 두어 번 끄덕이며,

"계포는 충신이로고."

하고 중얼거리고는 그를 거두어 낭중(郎中)으로 삼았다.

한편 종리매는 그 때 초왕 한신에게 몸을 의탁하고 있었다. 그는 한신과 더불어 싸웠던 적장이었지만 일찍이 한신이 초의 집극랑으로 있을 때부터 교분이 두터웠기에 그를 찾아왔던 것이다.

그런데 이러한 사실을 알게 된 유방은 더욱 한신을 의심하는 마음이 생기게 되었다. 그는 진평의 계교에 따라 사냥을 핑계삼아서 문무 백관을 거느리고 운몽(雲夢)으로 순행을 나가 그 곳에 모든 제후들을 모이게 하였다.

유방의 속셈을 눈치 챈 한신이 후원에 있는 종리매의 거처로 찾아가 전후 사장을 이야기 했다. 종리매가 물었다.

"그래, 대왕은 어떻게 하실 작정입니까?"

"국법은 지켜야 하지 않겠소. 그대르 르잡아들이라는 황제의 어명을 어떻게 어길 수 잇단 마링오."

한신의 대답은 차가웠다.

"허어, 대왕은 잘못 생각하셨소! 지금 황제가 운몽으로 대왕을 부른 것은 대왕을 의심해서이니, 대왕이 그 곳으로 갔다가는 황제의 덫에 걸리고 말 것이오. 대왕이 여기서 움직이지 않는 중에 내가 살아 있다면 황제가 대왕을 해치지 못 할 것이나, 내가 만일 죽는다면 그 다음에 죽을 사람은 바로 대왕입니다. 그것을 모르십니까?"

종리매가 그렇게 말했으나, 한신의 대답은 여전히 싸늘하기만 했다.

"내가 충심을 보이면 황제께서 나를 해치실 리가 있겠소. 또 설사 황제께서 그래도 나를 의심하신다면 내가 배반할 뜻을 갖고 있지 않다는 증거를 보여야 하지 않겠소."

한신의 말이 채 끝나기도 전에 종리매가 눈을 부릅뜨고 한신을 노려보며 호통을 쳤다.

"이놈아! 너는 용병은 잘 하지만, 의리도 모르고 세상의 이치도 알지 못하는 놈이구나. 네놈이 죽는 꼴을 보지 못하고 죽는 것이 한이다."

종리매는 그렇게 한신을 꾸짖고는 칼로 자기의 목을 찔러 자결하고 말았다. 한신은 그의 목을 잘라서 나무 상자에 넣은 후 그를 가지고 운몽을 향하여 출발했다.

그는 운몽에 채 닿기도 전에 노상에서 유방의 어가를 만났다. 그가 어가 앞으로 종리매의 머리를 들고 가자마자 유방은 추상같은 호령을 하였다.

"짐이 오랫동안 종리매를 찾았건만 네가 숨겨 두고서 내놓지 않다가 짐이 운몽으로 부르니까 죄상이 탄로날 것이 두려워 그를 죽여 가지고 왔구나. 이건 결코 네 본심이 아니렸다. 여봐라, 한신을 결박하라!"

유방의 명령이 떨어지자, 무사들이 한신에게 달려들어 순식간에 그를 묶어 버렸다.

"신에게 무슨 죄가 있기에 별안간 이같이 하시나이까?"

한신이 부르짖었다.

"네가 지금 와서 무슨 변명이냐!"

유방은 또 꾸짖었다.

"신은 폐하의 개국 공신이옵니다. 죄도 없이 결박

을 당하오니, 어찌 억울하지 않겠사옵니까."

"뭐, 네게 죄가 없다고? 그렇다면 들어 보아라. 짐이 전일 너에게 제나라를 정벌하라고 했을 때 속히 평정하지 못하기에 따로이 역이기 노인으로 하여금 제왕을 설복시켰음에도 불구하고 너는 조칙을 어기고 제나라를 공격하여 마침내 역이기를 참살당하게 하였으니 그 죄가 하나요, 네가 제나라를 평정한 뒤에 스스로 제왕이 되겠다고 짐을 위압하였으니 그 죄가 둘이다. 그 후 짐이 성고 땅에서 포위당해 있을 때 구원하러 오라고 했건만 너는 가만히 앉아서 승부만 구경하고 있었으니 그 죄가 셋이요, 짐이 영양성에서 초군을 치기 위해 불렀는데도 오지 않다가 짐이 항왕에게 항복한다고 하니까 비로소 왔으니 그 죄가 넷이다. 그 외에도 너는 평소에도 오만방자하여 짐을 우습게 알고 능멸한 일이 한두 가지가 아닌데, 그래도 죄가 없다고 우길 셈이냐."

한신은 다 듣고 나자 그만 길이 탄식하며 말했다.

"아아, 높이 나는 새가 없어졌으니 큰 활이 소용 없고, 토끼를 다 잡으니 개는 삶아지며, 적국을 격파하니 모신이 망한다고 하더니, 과연 그 말은 바로 나를 두고 한 말이로다. 천하가 평정되었으니, 이제는 내가 죽을 차례가 되었구나. 이를 슬퍼한들 무엇 하리오."

한신의 말을 들은 유방은 의심하는 마음이 크기

는 했지만, 막상 결박당한 채 땅바닥에 앉아 있는 한신의 모습을 보자, 연민의 정이 어린 목소리로

"초왕의 인수를 바쳐라."

하고 말했다.

한신은 무사에게 자기의 품 속에 들어 있는 인수를 가져가라고 눈으로 가리켰다. 무사가 초왕의 인수를 꺼내 유방에게 바쳤다.

유방이 한신에게 꾸짖은 말대로라면 역모에 관계되는 일이니 그 자리에서 한신의 목이 달아날 수도 있는 일이었다. 하지만, 초왕의 인수를 거두는 것으로 일단 끝났으니 한신으로서는 고비를 넘긴 셈이었다. 하지만 그런 상태는 그리 오래 가지 못했다.

어쨌든 한신을 결박해서 낙양으로 돌아온 유방은 대부 전긍을 비롯한 여러 신하들의 만류에 의해 한신을 중죄로 다스리지 않고 당분간 연금 상태에 두었다.

어느 날 유방은 문득 한신 생각이 나서 근시를 시켜 한신을 궁중으로 들게 하였다. 한신이 들어와 예를 올리자 유방이 말했다.

"경은 참으로 유능한 인물이오. 짐이 그것을 잘 알고 있으니, 얼마 후에 다시 중용하리다."

유방은 그렇게 말하고 난 뒤 여러 대장들의 인물됨이나 장단점에 대하여 물었다. 한신은 그의 질문에 일일이 응대하면서, 누구는 어떠하고 누구는 지

혜가 얼마나 되며 누구는 그릇이 어느 정도인가를 자세히 논평해 주었다.

유방은 그의 논평을 듣다가 말고, 불쑥 물었다.

"그럼 짐과 같은 인물은 군사를 몇 명이나 거느릴 수 있는 재목이오?"

"폐하께서는 그저 10만 명 가량 거느리실 수 있는 대장이라고 생각되옵니다."

라고 한신은 대답했다.

"짐과 경을 비교하면 어느 쪽이 더 많은 군사를 거느릴 수 있겠소?"

유방은 흥미있는 듯이 또 물었다.

"신은 군사가 많으면 많을수록 좋습니다. 백만 대군도 능히 거느릴 수 있사옵니다."

한신이 대답하는 소리를 들은 유방이 웃음을 참지 못하고 물었다.

"하하하, 그렇다면 경이 어째서 짐에게 사로잡혀 왔는가?"

"폐하께서는 군사는 잘 쓰시지 못하오나, 대장들을 잘 쓰시기 때문이옵니다. 그래서 신이 사로잡힌 것이옵니다. 또한 폐하에겐 천우신조하사 그 누구도 폐하를 꺾지 못 하나이다."

유방은 그 말을 듣고 껄껄 웃었다. 하지만 겉으로는 유쾌한 듯이 크게 웃기는 하였으나, 한신이 자신을 업신여기고 있다는 것을 확실히 알았기에 더욱 그를 의심하고 경계하는 마음이 들었다.

또한 한신은 한신대로 유방 앞에서 물러나와 집에 돌아간 뒤에도 가슴 속이 편하지 않았다.

적송자(赤松子)

그즈음 장량은 한 달이 넘도록 두문불출하고 있었다. 세상이 싫어지고 인간사가 덧없다고 느껴졌기 때문이었다. 그가 그렇게 된 직접적인 원인은 한(韓)나라 왕 희신의 모반에 있었다.

희신은 장량의 5대조 할아버지 때부터 섬겨 오던 한나라 왕실의 후손이었다. 그래서 장량은 부조 때의 은혜를 갚기 위해 유방에게 고하여 그를 한나라의 왕으로 봉하도록 해 주었던 것이다. 말하자면 희신은 유방의 덕분으로 왕이 된 것인데도 유방을 배반했으니, 있을 수 없는 일이었다.

또 하나의 원인은 한신이 유방에게 사로잡혀 온일 때문이었다.

한신은 자기가 추천한 인물이었다. 초패왕의 집극랑에 불과했던 한신은 자기가 기대했던 바와 같이 대원수가 되어 항우를 격멸하기는 했지만, 제나라 정벌을 전후한 시기의 그의 행적 중에서 자기의 기대에 어긋나는 일은 한두 가지가 아니었다.

장량은 착잡한 심정으로 17년 전에 있었던 일을 떠올렸다. 진시황 29년에 박랑사 벌판에서 창해공으로 하여금 철퇴로 진시황을 죽이려다가 실패하고 하비 땅 항백의 집에 숨어 있을 때 자기에게 천서를 주었던 노인의 말이 문득 생각났다.

"사람은 모름지기 때를 알아야 한다."

장량은 계속해서 집에 들어앉아 있기만 했다. 어떤 때는 하루 종일 아무것도 안 먹고 벽을 향해서 가만히 앉아 있기만 했다.

그러던 어느 날 황제의 근신이 찾아와, 폐하께서 부르신다고 전했다. 장량은 황제가 부르는 것을 피할 도리가 없었기에 일어나서 대궐로 들어갔다.

유방은 장량이 예를 올리는 것을 보고,

"신병이 좀 어떠하시오? 짐이 궁금하여 물어 볼 때마다 몸이 불편한 것 같다고 해서 선생이 나을 때까지 기다리고 있었소이다."

하고 말했다.

"폐하의 성념(聖念), 오직 황송할 따름이옵니다."

"짐이 다행히 선생을 만나서 좋은 가르침을 받아 마침내 천하의 주인이 되었소이다. 그러니 어찌 한시라도 그 같은 선생의 공로를 잊을 수 있겠소이까? 그래서 전일 논공 행상할 때 선생을 유후(留侯)에 봉하였건만 선생이 사퇴하셨기에 짐은 선생을 대국의 왕작에 봉하려 하오."

유방의 말을 들은 장량이 조용히 아뢰었다.

"참으로 과분한 분부이시옵니다. 신이 폐하를 모신 이후로 폐하께서 신이 드리는 말씀을 들어 주시고 신이 올리는 계책을 채용해 주신 까닭에 그 중에서 더러 적중된 것도 있었사옵니다마는, 그것은 모두 하늘이 도우신 것이옵지 신이 재주 있어서가 아니었사옵니다. 신의 봉작은 유후만으로도 성은이 하해와 같사오니, 그 이상 더하실 필요가 없사옵니다."

"선생께서는 너무 겸사해서 말씀하지 마시오."

"아니옵니다, 폐하. 신이 근자에 세상 사람들을 두고 보오니, 사람의 일생은 물 위에 뜬 거품과도 같사옵니다. 그래서 신은 어찌하면 신농(神農) 시대에 있었다는 적송자(赤松子:중국 전설 시대의 신선의 이름)를 만나 장생불사하는 법을 배울 수 있을까 하는 것만을 생각하고 있사옵니다. 사람들은 모두 고루거각에 앉아서 옥식을 먹기를 바라지만, 신은 본시 몸이 쇠약하고 병도 또한 많아서 도저히 부귀영화를 감당할 수 없사오니 하념치 마시옵소서."

장량의 말을 들은 유방은 몹시 서운해하며 진심 어린 표정으로 말했다.

"선생이 그처럼 왕작에 뜻이 없으시다면, 심신을 편안히 쉬면서 병을 치료하도록 하오. 하지만 앞으로는 적어도 한 달에 한 번씩은 조정에 나와 주시기 바라오."

"황송하옵니다. 그렇게하겠사옵니다."

장량은 유방이 베푸는 은혜에 사례하고 대궐에서

나왔다.

그로부터 며칠 후 장량은 집을 나섰다. 별로 작정한 곳도 없이 여행을 하고 싶었던 것이다. 그가 정처없이 마음내키는 대로 수레를 몰고 가게 하다가 보니, 천곡성(天谷城)을 지나가게 되었다.

천곡성은 항우의 시신을 장사 지낸 곡성 부근이었다. 끝없이 넓은 벌판이 눈 앞에 펼쳐져 있는데, 적막한 겨울의 벌판은 석양빛을 받고 있었기때문인지 더욱 쓸쓸해 보였다.

그 때 장량은 수레 안에서 길가의 밭 가운데 있는, 깎아 세운 듯한 크고 누런빛이 나는 돌을 보게 되었다. 그는 수레에서 내려 밭 가운데로 걸어 들어갔다. 돌의 높이는 한 길 가량 되었는데, 전후좌우가 모두 누런빛이었다.

장량은 돌 앞에 서서 생각에 잠겼다.

'앞으로 10년 후에 너는 반드시 크게 이룰 것이다. 13년 뒤에는 천곡성 동쪽 땅에 한 사람의 왕을 장사하게 되리라. 그 때 너는 그 빈터에서 커다란 누런빛이 나는 돌덩어리를 보게 될 것이다. 그것이 바로 지금의 나다.'

17년 전 하비 땅에서 그렇게 말씀했던 이상한 노인의 목소리가 귀에 들리는 듯하였다. 그는 땅에 무릎을 꿇고는 그 돌을 향해 두 번 절을 했다.

'이 돌을 보호하는 사당을 이 곳에 세우자.'

장량은 그 노인의 이름을 알지 못했기에 그 돌의

이름을 노인의 이름으로 정해야겠다고 마음먹고 그 이름을 가만히 불러 보았다.

"황석공(黃石公)!"

장량은 석양이 끝날 때까지 그 돌 앞에 망연히 서 있었다.

한신의 최후

그런 뒤 천하는 한동안 고요한 물이 흐르듯 잠잠한 채 태평성대를 누렸다. 그런데 태평스럽던 천하가 갑자기 전운이 감돌기 시작했다. 서북 오랑캐의 반왕(潘王)이 군사를 이끌고 대주(代州)를 점령하였다는 급보가 올라온 것이었다.

유방은 진평에게 대책을 물었다.

"신이 생각하기에 지금 영포와 팽월을 부른다 해도 너무 멀리 있어서 급히 오지 못할 것이옵니다. 상국 진희는 한신의 막료로서 무용과 지략을 겸비한 사람이오니, 그를 대장으로 삼아서 반왕을 격파토록 하소서."

유방은 진희를 불러 그에게 대원수의 인수를 내리고 군사 10만을 주어 반을 치라고 명령했다. 한신은 '기회는 바로 이때다' 하고 생각하며 출진 중에 자기 집에 인사차 방문한 진희를 설득하기 시작했다.

"내가 하는 말을 냉정하게 잘 들어 보고 생각해 보게, 지금 자네가 반병을 정발하는 일과는 비교도 안 되는 큰 공을 세운 내가 오늘날 이 모양이 되고 말았네. 자네가 이번 싸움에 나가서 승리하고 돌아온다고 해도 아침에 왕공이 되었다가 저녁에는 내침을 받고 일개 필부가 되고 만다는 것을 지금의 내 꼴을 미루어보면 알 수 있을 걸세, 그렇지 않은가? '

그 말을 들은 진희는 자리를 고쳐 앉으면서 걱정스러운 얼굴로 물었다.

"그러면 어떻게 해야 좋겠습니까?"

한신은 잠시 입을 다물고 있다가 말했다.

"지금 자네에게는 10만의 군사가 있지 않은가. 따로이 안신할 길을 찾는 수 밖에 없다고 생각하네, 자네가 가려는 대주 지방은 무(武)를 숭상하는 곳이라서 온전히 공을 세우기도 힘들걸세. 그러니까 자네는 대주에 들어가는 즉시 모반을 하게, 잔가 모반했다는 소식이 올라와도 폐하께서는 처음 얼마 동안은 믿지 않을 것일세, 폐하께서는 자네를 누구보다 신임하시기에 이번에 대임을 맡기신 것이니까 말일세, 그 때에 내가 자네를 위해 안에서 들고 일어나면 안팎에서 협공하게 되므로 족히 천하를 도모할 수 있을 것일세, 이 때를 놓치면 안되네. 알아들었는가?"

"예, 잘 알겠습니다."

"중대한 일이니까 실수가 없도록 하게."

"신중히 하겠습니다."

두 사람이 이렇게 철석같이 약속을 했는데, 정작 결정적인 실수를 한 사람은 바로 한신이었다.

뒤늦게 진희의 모반을 알게 된 유방이 진희를 토멸하러 친히 대군을 이끌고 출정한 사이에 한신이 진희에게 밀서를 보냈다는 사실을 하인이 밀고한 것이다.

승상 소하의 계책에 따라 한신을 교묘히 속여 편전 뜰 안에까지 이끌어들인 여후(呂后)는 한신을 묶어서 장락전 아래로 끌고오게 했다.

"이놈들! 감히 나를 묶다니 이게 무슨 짓이냐!"

한신은 고함을 지르면서 끌려왔다. 여후는 장락전 대청 위에서 한신을 내려다보며 큰 소리로 꾸짖었다.

"황제께서 너의 죄를 물어 진작에 주륙하셔야 했는데, 그 동안 네가 이룬 공훈을 생각하시어 너를 죽이시지 않고 회음후에 봉하시지 않았느냐. 그런데 너는 그 같은 성은에 보답할 생각은 하지 않고, 진희에게 권해서 그로 하여금 모반하게 하고, 또 밀서를 보내어 진희로 하여금 장안을 공격하게 하는 동시에 너는 내응할 음모를 꾸몄다. 그 같은 죄악은 하늘과 땅이 모두 용납지 않으리라."

"신은 결코 그런 일을 꾸민 적이 없사옵니다. 황후께서는 사실의 진가를 자세히 알아 보시고 그런 말씀을 하시기 바라옵니다."

한신은 여후를 올려다보며 항변하였다.

"거 무슨 소리! 너의 집 하인 사공저란 놈이 나에게 와서 그 같은 사실을 모두 말했느니라. 구차한 변명은 하지 말고 대장부답게 죽으라. 여봐라 저놈의 목을 베어라!"

한신은 기가 막히는 듯 하늘을 우러러보며 길이 탄식했다.

"아아, 내가 진작에 문통의 말을 들었더라면, 오늘날 이렇게 일개 부녀자의 손에 목숨을 잃게 되지는 않았을 텐데, 아아, 이것은 나로서는 어쩔 수 없는 천명이로구다."

그렇게 탄식하고 있는 동안 한신의 목은 무사들에 의해 베어져 장락전 뜰 위에 떨어졌다. 때는 대한 11년(서력 기원전 196년) 9월 11일에 있었던 일이었다.

권력은 무상한 것

한신이 죽을 때 남긴 마지막 말은 유방의 귀에도 들어가게 되었다. 그로부터 며칠 후에 미친 사람 행세를 하며 돌아다니던 괴철도 유방 앞에 끌려나오는 신세가 되었다. 오방이 괴철을 꾸짖었다.

"이놈! 네가 전부터 한신에게 모반하라고 권했다지?"

"신은 모반하라고 권한 것이 아니오라 천하를 얻으라고 권했을 뿐이옵니다. 신이 생각하옵건대, 강아지가 요 임금을 보고 짖은 것은 요 임금이 어질지 못해서가 아니었고, 강아지는 다만 그가 자기 주인이 아니었기에 짖었을 따름이옵니다. 그 때에 신은 오직 한신이 있음만을 알았사옵고, 폐하가 계신 줄은 몰랐사옵니다. 한신은 그 때 신의 말을 들었던들 어찌 오늘날 그처럼 참혹한 최후를 맞았겠사옵니까. 이제 신은 섬겨 받들었던 한신이 죽었기에 더 살고 싶지 않사오니 죽여 주시옵소서."

유방은 그 말에 감탄하며 괴철을 칭찬했다.

"사람마다 그 주인이 따로 있구나. 그대야말로 진정한 한신의 충신이로다."

괴철은 입을 다문 채 아무런 말도 없었다. 유방이 이어서 말했다.

"짐이 이제 전일에 있었던 그대의 죄를 용서하고 관작을 내리고자 하니, 그대는 사양치 말라."

그러자 괴철이 머리를 저으며 아뢰었다.

"관작은 신이 바라는 것이 아니옵니다. 오직 바라는 것은 폐하께서 천하를 평정한 한신의 공로를 참작하시어 그의 목을 신에게 내려주시옵고 초왕으로 추증하시어 회음땅에 장사지내게 해 주시는 것이옵

니다. 그렇게 해 주신다면 신은 평생 동안 그의 무
덤이나 지켜 줄까 하나이다."

유방은 괴철의 말을 듣고 깊은 감동을 받았다.

"장하도다, 문통! 그대의 소원을 들어 주고말고!"

유방은 즉시 계철에게 한신의 수급을 내어주면
서, 유사(有司)에게 명해 한신의 묘를 회음땅에 구
축하고 왕례로서 장사 지내라고 분부했다. 그뒤에
천하는 한동안 고요한 물이 흐르듯 잠잠한 채 태평
성대를 누렸다. 그러나 초나라에서 항복해 온 영
포와 팽월에게도 그 말로가 닥쳐서 마침내 그들은
목숨을 잃고 말았다.

먼저 팽월은 의심 많은 유방에 의해 모반으로 몰
려 죽임을 당했는데, 팽월을 죽이고 나자 여후가
유방에게 이렇게 말했다.

"천하 제후들이 팽월을 본받아 자꾸만 모반할까
두렵사옵니다. 하오니 폐하께서는 죽은 팽월의 시
신으로 장육(醬肉)을 담아 그것을 제후들에게 나누
어 줌으로써 후일을 경계해야 할 것이옵니다."

너무도 끔찍한 말에 유방은 얼굴을 찌푸리며,

"뭐, 그렇게까지야…. 한신을 죽였던 때처럼 팽월
의 목을 베어서 무리들에게 보이면 될 것이 아니겠
소?"

하고 말했다. 그러자 여후는 당치도 않다는 듯이,

"폐하께서 너무 인자하셔서 천하의 제후들이 폐

하를 우습게 알고 법을 무서워하지 않는 것이옵니다. 그러시다가는 천하를 잃기 십상이오니, 꼭 소첩의 말대로 하시옵소서.”

하고 고집을 부렸다. 유방은 귀찮다는 듯이 한 마디로 분부를 내렸다.

“그렇게 하오!”

유방은 여후의 말에 따라 팽월의 시신으로 담근 장육을 천하의 제후들에게 골고루 나누어 주었다.

그것을 받아 본 회남왕 영포는 인륜을 어긴 유방에게 반발하여 장육을 가지고 온 사자를 한칼에 베어 버리고 한나라에 대항했다.

의외로 영포는 승승장구하여 유방의 일족인 초왕 유고를 사로잡고 대장 육가의 목을 베면서, 동으로 오(吳)를 취하고 서로는 상채(上蔡)를 빼앗아 그 세력을 자못 넓혔다.

그러나 그것은 한때의 물거품이었을 뿐, 대세를 거스를 수는 없었다. 그는 마침내 크게 패하여 오예를 찾아갔다가 그의 조카 오성이 대접하는 술을 마시고 취해 대취하여 잠든 끝에 오성에게 목이 베어지고 말았다.

영포마저 그렇게 죽자 유방은 비로소 마음을 놓았다. 이제는 한(漢)의 천하에서 걸리적거리는 것은 아무것도 없었다. 천하는 모두 그의 것이었으며, 그의 기침소리 하나에도 산천초목이 벌벌 떨었다.

그럴 즈음에 장량이 유방 앞에 나와서 아뢰었다.

"신 장량은 신병이 날로 무거워져 일을 볼 수 없을 정도로 불편하옵나이다. 그래서 종남산(終南山)에 들어가 신선의 도를 배우면서, 일체의 부귀공명을 버리고 하늘에 떠 있는 구름과 언덕 아래 흐르는 물과 더불어 유연히 여생을 마치고자 하옵니다. 그렇게 할 수 있도록 폐하께서 허락하여 주시옵기를 엎드려 비나이다."

　유방은 장량의 말을 듣더니 크게 낙담하며 말했다.

　"선생이 짐과 함께 하면서 지난 수십 년 동안 여러 차례나 큰 공을 세웠지만, 짐은 아직까지 그것의 만분의 일도 보답하지 못했소이다. 연전에 짐이 선생을 유후에 봉하였으나 받지 않고 사퇴하더니, 지금에 와서는 또 짐으로부터 멀리 떠나겠다 하니 가슴이 무너지는 것만 같소이다."

　장량도 감정이 북받치는 듯 떨리는 소리로 말했다.

　"지금 조정에는 어진 이가 많이 있사옵고 착한 사람들이 힘을 모아 일하고 있사오니, 성려를 놓으시옵소서. 신은 이제 늙고 병든 몸으로서 나라에 아무런 유익함이 없사옵니다. 엎드려 거듭 바라옵건데, 신을 산으로 보내 주시와 신이 여생을 그 곳에서 보양하도록 해 주옵시면, 신이 눈을 감는 날까지 폐하의 성은을 잊지 않겠나이다."

　유방은 장량의 말이 간절하고 그 뜻이 굳음을 깨

닫고는 마침내,

"그렇다면 하는 수 없소이다. 선생의 소원대로 산으로 들어가도록 하오."

하면서 허락을 내렸다.

"폐하, 부디 만수무강하옵소서."

장량은 두 번 절하여 그 동안 유방이 베풀어 준 은혜에 사례했다.

유방은 근신을 불러 장량에게 많은 황금과 비단을 하사하게 하였다. 장량은 다시 동궁으로 들어가서 태자에게 작별 인사를 하고 행장을 수습했다. 하지만 그 때 장량이 가지고 있는 것은 자기 집에서 나올 때 가지고 온 작은 보따리 하나뿐이었다.

장량은 동궁에서 나와 소하 · 진평 · 조참 · 번쾌 · 하후영 등 여러 사람들과 작별 인사를 마치고 유방 앞에 나아가 공손히 절했다.

"신 장량, 이만 물러가옵니다."

유방은 뭐라고 작별할 말을 생각하다가,

"선생! 잘 가시오!"

하고 무거운 목소리로 짧게 말했다.

장량은 이윽고 궁문 밖에 세워 두었던 수레에 탔고, 그 수레는 언덕의 비탈길을 천천히 내려가기 시작했다.

마침내 수레는 보이지 않게 되었다 유방의 눈에는 다만 흰 구름 뿐이었다. 그 구름은 무한히 넓고도 깊어 보이는 모습을 가지고 있었다

권말에 붙이는 글

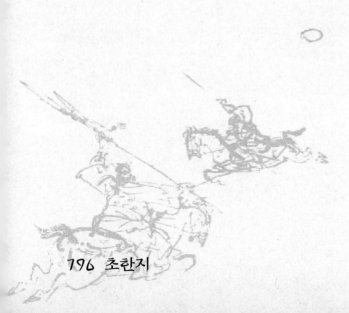

796 초한지

《사기》의 저자 사마천은 항우를 다음과 같이 평했다.

「진(秦)나라가 실정하자 진승(陳勝)이 먼저 거병하니 호걸들이 봉기하여 서로 싸워 그 수는 헤아릴 수가 없었다. 그런데 항우는 촌토의 봉토도 갖지 못한 채 농무(시골)에서 일어나 3년 뒤에는 급기야 다섯 제후들을 이끌고 진나라를 멸망시켜 천하를 나누어 왕후를 봉하며 천하에 군림하게 되었다. 그 자리를 끝내 보전하지는 못했으나 일찍이 볼 수 없었던 성사였다. 항우가 지세가 유리한 관중의 땅을 버리고 초나라를 그리워하며 동귀(東歸)하여 의제를 내치고 자립함에 이르러 왕후들이 자기를 배반하는 것을 원망한 것은 잘못이다. 또 스스로 자기 공을 자랑하며 자신의 지혜만 믿어 옛스승의 가르침을 받지 않으려 하고 힘으로 정복하여 천하를 경영하려 했으나 5년 만에, 결국은 그 나라를 잃고 그 몸도 동성(東城)에서 죽었다. 그리고 스스로의 잘못을 깨닫지 못하고 잘못을 자책하는 일 없이 오히려 "하늘이 나를 멸망시키는 것이지 용병이 서툴렀기 때문이 아니다"라고 말한 것은 얼마나 어리석은 일인가」

유방은 항우를 멸망시키고 황제가 된 지 7년 만에 죽게 된다. 반란을 일으킨 영포를 직접 토벌하러 갔다가 빗나간 화살에 맞은 상처가 죽음의 원인이 되었다.

죽음에 임한 유방은 일대의 영걸(英傑)다운 두 가지 일화를 남겼다.

그 중의 하나는 이렇다. 그의 부인 여후(呂后)가,

"만일 폐하께서 불행한 일이 생기고, 또 대신 소하도 죽는다면 누구에게 뒤를 맡기는 것이 좋겠습니까?"

하고 묻자 유방이 대답했다.

"조참(曹參)이 좋을 것이오."

여후가 계속해서 조참이 죽은 뒤에는 누가 좋겠느냐고 물었더니,

"왕릉(王陵)이 좋을 것이오. 하지만 그는 머리가 현명하지 못하니 진평(陳平)이 보좌해야 할 거요. 진평은 재주가 뛰어나지만 그에게 모든 것을 맡기면 위험하오. 주발(周勃)은 인품이 중후하지만 성품이 너무 딱딱하오. 하지만 우리 한왕실을 영속시켜 줄 사람은 그 주발일 것이오. 그를 태위(太尉)의 자리에 앉게 하시오."

여후는 다시 그 뒤를 이을 인물은 누구냐고 물었다. 그러자 유방은,

"그 이후의 일은 내가 알 바가 아니오."

라고 대답하고는 입을 다물었다.

'그 이후의 일은 황후인 당신에게도 관계가 없는 일이오.'라는 뜻을 가진 유방의 담담한 심경이 엿

보이는 일화이다.

유방의 병이 악화되었을 때 여후는 천하의 명의를 찾아서 그를 치료케 했다.

의사가 병상에 가까이 다가가서,

"폐하의 병은 치료하면 낫습니다. 안심하시기 바랍니다."

라고 말했다. 그러자 유방은,

"나는 일개 서민의 몸으로 검을 들고 일어나 천하를 제패했다. 이것이야말로 천명(天命)에 의한 것이 아니겠는가. 인간의 운명은 하늘이 정한다. 그러므로 설사 편작과 같은 명의가 온다고 해도 천명을 거스르지 못하는 것이다."

라고 말했다. 그리고는 끝내 치료하기를 허락하지 않고 황금 5천금을 의사에게 주면서 그대로 물러가게 했다고 한다.

천하를 얻은 것이 천명에 의한 것이라면 지금 이렇게 죽는 시기를 맞이한 것도 천명에 의한 것이라는 유방의 깨끗한 체념의 의지가 한결 돋보이는 모습이 아닐 수 없다.

유방과 항우는 숙적이었으며 죽음 앞에서는 똑같이 천명을 자각하고 순순히 따랐다. 두 사람 다 좀더 살 수 있는 기회가 있었다. 하지만 항우는 도망가서 살 수 있는 기회를 버리고 자결했고, 유방은 치료를 받으면 영화를 더 누릴 수 있었는데도 그것을 거부하고 죽음을 택했다.

이들 두 영걸은 죽음 앞에서 자신의 능력의 한계를 느낀 것인지도 모른다. 자기의 소임을 다했으니 이제 깨끗이 하늘의 뜻에 따르겠다는 담담한 심정이었을 것이다.

◨ 대한고전문화연구회 ◨

저서 · 편저 · 번역 발행도서
- 큰글 삼국지
- 큰글 수호지
- 큰글 초한지
- 정통 삼국유사
- 정통 삼국사기
- 정통 십팔사략

한권으로 독파! 큰글 초한지   정가 28,000원

2024年 1月 5日 인쇄 2판
2024年 1月 10日 발행 2판
 편 저 : 대한고전문화연구회
 발행인 : 김 현 호
 발행처 : 법문 북스
        (일 문 판)
 공급처 : 법률미디어

저자와 협의
하에 인지 생략

152-050
서울 구로구 경인로 54길4(구로동 636-62)
TEL : 2636-3281, FAX : 2636-3012
등록 : 1979년 8월 27일 제5-22호
Home : www.lawb.co.kr

▎ISBN 978-89-7535-750-3 (03820)
▎이 도서의 국립중앙도서관 출판예정도서목록(CIP)은 서지정보유통지원시스템 홈페이지(http://seoji.nl.go.kr)와 국가자료종합목록 구축시스템(http://kolis-net.nl.go.kr)에서 이용하실 수 있습니다. (CIP제어번호 : CIP2019026857)